作者近照（1996年5月19日 摄于吉卜力工作室）

摄影／落合淳一 (Studio Plus One)

出发点
1979~1996

［日］宫崎骏 著
曹逸冰 译

南海出版公司

新经典文化股份有限公司
www.readinglife.com
出 品

目录 CONTENTS

代前言
国家的走向【对谈】筑紫哲也 / 2

制作动画这回事
怀念失落的世界 / 24
从构思到影片① / 31
从构思到影片② / 36
续 从构思到影片① / 40
续 从构思到影片② / 45
我的原点 / 50
用铁桶将清水倒入洪流 / 56
我对剧本的看法 / 59
关于日本动画 / 69
不过是想维持能做出好电影的现场 / 81
打造便于员工使用的工作室 / 87
动画世界与剧本 / 90

工作二三事

弗莱舍之我见 / 106

《原始星球》随感 / 109

动画与漫画电影 / 111

观《城》与《礼物》有感 / 116

聊聊古装片 / 119

工作二三事 / 121

同盟的声援 / 126

观《种树的牧羊人》有感 / 127

只会左右摇摆的国家 / 131

想做这样的电影 / 131

偶尔也叙叙旧吧 / 139

我喜爱的东京 / 139

一个镜头的力量 / 140

漫画繁荣论 / 142

一棵树上的生命 / 143

立于腐海之岸 / 145

也可以做些感谢顾客的广告 / 151

人

一位从事上色检查工作的女性 / 156

"中伤"画 / 165

在手冢治虫身上看到"神之手"的刹那，我选择了与他诀别 / 169

关于二木女士 / 174

我与老师 / 175

大地懒的后裔 / 177

将育儿全部交给妻子 / 179

寥寥数语 / 181

时代的风声 / 182

父亲的背影 / 184

悼念司马辽太郎先生 / 185

聊聊司马辽太郎先生 / 186

书

绳文时代的日本人最幸福 / 192

Making of an animation——"……?……" / 194

挣脱束缚：《栽培植物与农耕的起源》/ 197

BOOKS / 199

吉田聪就是堂吉诃德 / 203

《来自红花坂》（高桥千鹤著）/ 我的少女漫画体验 / 205

飞行员达尔 / 213

听见堀田先生的声音 / 215

我的作业 / 219

《乐佩异闻》很不错 / 219

爱好

我的剪贴簿 / 222

雪特龙2CV是30年代法国飞机的后裔!! / 225

想要这样的庭院 / 226

我的爱车 / 228

我心中的武居三省堂 / 229

"《杂想笔记》是我的消遣" / 233

对谈

"动机"与"移情" _ 押井守 / 238

畅谈"风之谷"的未来
舍弃火?"娜乌西卡"与有冰箱的"生态乌托邦"
_ 欧内斯特·卡伦巴赫 / 249

"我有一个想请您做成电影的故事" _ 梦枕貘 / 258

逃出密室 _ 村上龙 / 269

如今称职的读者或观众其实很少 _ 糸井重里 / 282

在龙猫森林驻足闲聊 _ 司马辽太郎 / 298

企划书与导演备忘录

版权采购提案 / 312

打造没看过原作的人也能乐在其中的电影 / 314

《天空之城》企划原案 / 315

企划书《龙猫》/ 317

《龙猫》导演备忘录：关于登场人物 / 321

KIKI 当代少女的愿望与内心 / 324

寻找自己的出发点 大东京物语企划书 / 326

动画电影《墨攻》笔记 / 327

红猪笔记：导演备忘录 / 329

为什么现在做少女漫画？ / 331

《幽灵公主》企划书 / 333

作品

鲁邦就是时代之子 / 338

关于娜乌西卡 / 342

聊聊《未来少年柯南》/ 344

宫崎骏作品自述 / 365

"丰饶的自然，同时也是凶暴的自然" / 388

个人觉得它和《风之谷》一脉相承 / 394

《龙猫》不是因为怀旧而制作的作品 / 403

我想在这部作品中展现一个人的多面性 / 431

《红猪》映前访谈 / 437

《风之谷》完结的当下 / 441

未完成的《熊猫家族》 / 456

《熊猫家族》作者寄语 / 458

画面已经在脑海中动起来了 / 458

具有隐喻属性的地球环境 / 461

《On Your Mark》：刻意曲解的歌词 / 479

年谱 / 482

爱的火花 _ 高畑勋 / 491

爱好（手稿翻译） / 501

代前言

国家的走向【对谈】筑紫哲也

◎ 最忧心孩子有没有朝气

筑紫：司马辽太郎先生去世的时候，各界人士都发表了悼词。其中最震撼我的，就是你在《朝日新闻》上发表的那番话。

"如今我不得不亲眼见证这个日本人走向没落的可悲时代，幸好司马先生不必受这份罪了。"

你说得那么直截了当，那么掷地有声，在某种意义上给了我很大冲击。所以我特别想借此机会，请你讲一讲"这个国家的走向"和"现状"。

宫崎：哎呀，那次是一不留神说漏了嘴。司马先生的离世对我来说是很大的打击，但如今回想起来，我不由得感叹"哦，原来人还有那样的死法"，想多向他学习学习。

把该做的都做了就痛痛快快地离开，而不是忧心该如何度过晚年，这样也挺好的。我很敬爱他，所以他的离去让我很难过。可难过归难过，那种话还是脱口而出了。

筑紫：但人脱口而出的话往往是最言简意赅，能切中要害的。

宫崎：找司马先生咨询以后的路该怎么走的人实在太多了，所以他也非常担心日本会走向何方。谁知道以后的路该怎么走呢？这么重的包袱扛在肩上，肯定很辛苦吧……我跟他见面的时候也会下意识地问这些问题。我上年纪以后，有年轻人跑来问我同样的问题时，我也会给出一本正经的回答。

日本用枪炮打了一仗，一败涂地，又在经济领域打了一仗，兜里有钱的游客纷纷涌向当年打仗时去过的那些岛。但我们早就意识到，这样的日子迟早会结束，如今这一天终于来了。

因此在探讨日本人的没落时，我最担心的不是经济能否继续增长，也不是多媒体会如何发展，而是这个国家的孩子们有没有朝气。

换句话说，只要人好好活着，国家一贫如洗也不要紧。反正由于人口爆炸、经济问题和各种各样的事情，全世界——尤其是东亚将迎来巨大的动荡。现在显然已不是我们年少时那种"放眼未来一片光明"的时代了。

一想到我的孩子和孙辈要经历那样的时代，就不由得烦恼，我能给他们什么呢？还什么都没有给啊。

我只能思考"自己究竟能做什么"，然后做些力所能及的事。

当务之急是改变小学教育。等到了初中和高中，想挽回就难了。

二战后，孩子比大人更出风头的漫画在日本流行过一阵子，比如《幻影侦探》[①]、《铁臂阿童木》和《少年王者》[②]。想必是因为大人没有了信誉。要是让欧洲人画《少年王者》那样的故事，主角肯定像泰山似的肌肉发达，但那时日本流行的是少年大展身手的作品。我们确实经历过那种作品更具说服力的时代。

当时社会上存在一种观念，认为人一旦长大就会束手束脚，而孩童时代要自由得多。不知不觉中，人们把童年当成了为成年后做准备

[①] 桑田二郎于1957年连载的漫画。（本书脚注若无特殊说明，均为译注。）
[②] 山川惣治自1945年开始创作的连环画。

的投资。在我看来，这种早期投资如今在各方面都起了反作用。

尽管"住专"风波①等问题层出不穷，但我们这代人最大的失败大概就是孩子的教育。这是显而易见的。

筑紫：媒体等一直以"百年俟河清②"的态度看待教育问题。你刚才强调了改变小学教育的重要性，但大家常说，日本的中小学教育水平，包括识字率等，和其他国家相比还是很高的，问题出在大学阶段。

可走访教育界人士时，得到的却是截然不同的回答。大学教授认为，高中把孩子培养成这副模样送进大学，他们无能为力。高中老师也说，初中把孩子教成这样，他们束手无策。初中老师则说是小学的问题。讨论教育时总免不了推卸责任。有指责文部省③的、指责社会的，还有指责家长和孩子自己的。不过，你认为罪魁祸首是小学？

宫崎：不，其实从幼儿园就开始了。就不该有在幼儿园阶段教孩子认字的念头。小学五年级前后是孩子构思以自己为主角的故事的时候，这时额头上一旦被打上叉，就永远救不回来了。

我觉得童年不是为长大成人服务的，童年就是童年，只有在童年才能体验到那些独一无二的东西。童年的五分钟，远胜长大成人后的一整年。心理创伤也是在这一时期形成的，所以全社会都该努力打造让孩子自由舒展的环境。

人们常说个性有多么重要，但个性发展的土壤正是童年的经历。个性不是一出生就有的，所以大家才会强调个性的培养，然而我们真正该做的是放手，将孩子从大人的监管中解放出来。如此一来，就算没有玩游戏的场地，孩子们也会玩得很开心。

还有像动画、游戏等为了赚钱打着种种旗号跟孩子打交道的行

---

① 20世纪80年代中期，日本住宅金融专业公司因房地产抵押贷款引发的呆账事件，是日本"泡沫经济"破灭后的一系列金融问题之一。
② 意为"等待黄河变清"，比喻根本不可能实现的徒劳等待。
③ 文部科学省的前身，负责统筹日本的教育、文化、体育等事务。

业，必须受到法律的约束。我们从事的工作也不例外。

这不是光靠讨论就能解决的问题，而是应该立足于成人的见地采取行动。虽然再激进一点，就跟齐奥塞斯库①差不多了，（笑）但我认为这么做很有必要。

筑紫： 在教育层面，有些事应该在幼儿园和小学阶段做，有些则不应该。你认为在种种"失败"中，最严重的是什么？

宫崎： 大概是误以为"只要在童年时期进行早期投资，日后就会有丰厚的回报"吧。在我看来，这是度过了乏味人生的父母自说自话勾勒出的幻想。司马先生最担心的或许就是这样的想法，他也很困惑"日本人怎么变成这样了"。

既然国家是人的集合体，那就既会干蠢事，也会干正事。世上不存在时时刻刻都贤明的国家，每个国家也许都有羞于见人的一面，都会干蠢事。然而从另一个维度看，如今的日本人都成了不思进取的窝囊废，这比"一个人变好还是变坏"的问题更严重。

我每年夏天都会带着亲戚朋友家的小孩去山间小屋玩几天。有个我一直觉得不错的孩子，一上二年级就开始为九九乘法表发愁。我一听气得火冒三丈，心想："为什么非要让这样的孩子背乘法表不可？"耐心等上几年，他自然而然会记住，为什么要吓唬这样一颗幼小的心灵，说"学不会就成不了顶天立地的大人，就不是好孩子"？不管大人是不是出于好心这么做，都是不可原谅的，等于剥夺了本属于这个小学二年级孩子的精彩纷呈的时光。

筑紫： 有些话说多了就会变成老生常谈，但我还是想强调一下对孩子来说非常重要的两种"力"：首先是"创造力"，就是创造新事物的能力；然后是"想象力"，让孩子自由发挥，他们就能张开想象的翅膀，玩出花样。扼杀这两种力量是莫大的罪过。

---

① 尼古拉·齐奥塞斯库（1918—1989），1974年起出任罗马尼亚总统。

◎ 重新审视明治以来的教育制度

宫崎：我们有必要重新审视自明治时期以来，为了追赶西方列强引进的种种教育制度。

首先，为什么要规规矩矩站在操场上开晨会，听校长毫无营养的训话？在我看来，晨会完全是为那些想当众发言的人服务的。

现代美术家荒川修作[①]先生在岐阜县养老町建了一座不可思议的公园，叫"天命反转地"[②]，我还没去过，可是光看照片就觉得心潮澎湃，不由得想"把学校操场改造成那样该多好啊"。要知道操场本是为军训建设的，运动会原本也是军训的延伸。

像这样梳理一遍现在的教育制度，理清哪些部分要保留，哪些问题要注意并加以改正。用"头痛医头、脚痛医脚"的思路去解决孩子不肯上学的问题，写再多的工作指南也是徒劳。

而那些在教育第一线认真耕耘的人，却把大量精力消耗在"如何应对已经出现的问题"上。所以我刚才说幼儿园和小学必须改变，就得从这种最基础的地方入手。

还有，三岁之前别给孩子看电视！（笑）三岁之前多接触、多观察自己周围的现实就够了。六岁之前，应该限制孩子看电视的时间，只在某些特殊的时候允许他们看。也希望电视台能按这个标准制作节目。过了六岁，孩子就能分辨真假，到时候再让他们按自己的选择观看电视节目，就不至于被媒体吞噬。

筑紫：动画也不给看？

宫崎：不给看。电视上有这么多动画本就是不正常的。日本动画打入美国市场，或者在欧洲卖得很好又怎么样？这不是什么能跟民族

[①] 荒川修作（1936—2010），20世纪50年代日本前卫艺术运动的先锋。
[②] 1995年10月4日竣工，在棒球场大小的空间中打造研钵质感的地面，使各处凹凸不平，刻意增加行走难度。（原编注）

自豪感挂钩的事情，我反而觉得可耻。

筑紫：教育制度就建立在"必须开晨会""必须怎样怎样"的规则之上。因此重新审视明治以来的教育制度，究其本源就是质疑文部省还有没有存在的必要。其实按美国战后的对日政策，文部省原本是要撤掉的，谁知半个世纪过去了，还是老样子。

说起来，我接受的学校教育是从"开了开了，樱花开了"①开始的，你这代人呢？

宫崎：我要稍晚一点。

筑紫：四月份一入学，就跟着老师念"开了开了，樱花开了"。这个时候鹿儿岛的樱花已经谢了，东北地区和北海道的樱花又还没开，但全国各地的学校还是统一用这套读本，丝毫不觉得别扭。直到现在，这种精神也完全没有改变。

宫崎：从室町时代开始，日本各个方面都表现出了向"京城（中央）"看齐的倾向。这句话应该是山崎（正和）②先生说的，我觉得很有道理。

关键不在于"整齐划一是好是坏"，而是"孩子们究竟要学什么"。那显然是读写和珠算，外加一定的社会常识。回归"在义务教育阶段掌握这些就行了"的观念，孩子们肯定能轻松不少。

有些人天生爱学习。我的前辈高畑勋导演就是个非常热爱学习的人，他总说不理解学不会或不想学的人是怎么想的。文部省八成都是他那种人。（笑）让那种人拼命去学就是了。

比方说，有的小学生已经拥有高中水平的数学能力，那就应该让他继续钻研数学。这和让画画好的孩子多画是一个道理。总之就是发

---

① 指《小学国语读本》，即"樱花读本"，1933年至1940年间日本的小学新生使用的语文读本。
② 山崎正和（1934—2020），剧作家、评论家，历任大阪大学名誉教授和东亚大学校长等职。

扬各自的长处，没必要一刀切。这和"破坏平等"是两码事。我对精英教育没有意见，但大多数人并不是精英，对他们开展精英教育反而会把人教废。我就是例子。儿子还小的时候，我问他："一千个一块钱合起来是多少钱？"他支支吾吾了半天。我当时就想，让他搞数学肯定没戏。（笑）所以他做数学题的时候手忙脚乱，考试成绩一塌糊涂，我也不好发火。平时我常跟孩子说"我们家的血液里就没有数学细胞"，（笑）不过这样做能不能给孩子减负，还得打个问号。

总而言之，"植物只要多浇水施肥、多晒太阳就能尽情生长"是一派谎言。

更何况人这种生物更脆弱，但也拥有更神秘的力量，多放任一点反而会长得更好。只要能意识到这个天经地义的事实就行了。

筑紫：这是发展中国家和发达国家共通的问题。不过在发展中国家住过几年的人回到日本后，几乎都会说："日本的孩子眼里没有光，是全世界最没有生气的孩子。"你经常观察和接触小朋友，也为他们做了很多事，请问你也有过类似的感受吗？

宫崎：把所谓"眼里没有光"的孩子带到另一个地方，他们一下子就能焕发活力——这样的情况我见过不止一次。我不觉得日本孩子总是死气沉沉。表现得死气沉沉，不过是因为置身于无聊的地方。

筑紫：哦……

宫崎：我经常和吉卜力工作室的制片人铃木（敏夫）聊起这个问题。带孩子出门游玩的时候，不妨多约上熟人的孩子，或者叫上孩子的小伙伴，亲戚家的小孩也成。许多人误以为父母和孩子面对面彼此迁就才是亲情的体现。但只有大人才能带孩子去一些非日常的空间，所以大人只要买车票或者开车带孩子过去，其余的交给孩子就行。如此一来，孩子便会自然而然地焕发活力。大人只需要把钱付了，到了饭点喊一声"过来吃饭啦"，提醒一下"别跑太远"，就可以安心睡大觉。这样一来，三天两头吵架的兄弟姐妹都会变得团结友爱，大的照顾小的，小的乖乖听大孩子的话，连眼神都跟平时不一样了。见多了这样的例子，就会意识到日本的孩子并不是没有潜力，只是大人总试图阻止他们去做自己想做的事，情况才会越来越糟糕。

我也曾陷入那种不知所措的焦虑。小时候，我曾经转过学。到了新的环境，我完全不知道眼前发生了什么，看什么都好像蒙着一层雾，连课本都看不懂。说得夸张一点，那是一种从根本上怀疑自我存在的焦虑，类似于"连这些都搞不懂，我该怎么办……"。强迫孩子接受这种想法，还让那些跟不上学业的孩子安安静静地坐在座位上，一坐就是好几年。这样培养出来的孩子怎么可能朝气蓬勃呢？

这和老师对教育事业热不热心没有关系。在我看来，热心的老师也完全有可能把孩子养废，解放孩子的天性才是关键。

筑紫：说白了就是放养的少之又少，像肉鸡那样精养的却越来越多了。

宫崎：而且被这样养大的人自己也当了家长。有位朋友跟我说了这么一件事。他家养了只猫，不是猫妈妈亲自带大的。后来那猫生了一窝小猫，一看到小猫爬出窝，它就担心得不行，连忙把小猫叼回来。小猫一天天长大，活动范围也逐渐扩大了，它还是总想着把小猫往回叼。可小猫不再听妈妈的话，于是那只猫就疯了似的在房子里跑来跑去，就这么活活跑死了。我便想，人也是一样啊。

筑紫：现在大部分家长都像极了故事里的猫妈妈。

◎ 忘记传授给孩子的东西

宫崎：是啊。但我是一个坚信"无论怎样的国家都不会灭亡"的人。换句话说，即使国家破产了，大家也照样过日子。我们常把"国家"挂在嘴边，国家太愚蠢，国民就会吃苦头。但"民族"或者说"人"这个东西，并不等于国家。

从这个角度看，我并不觉得日本会走向灭亡，但如果继续像现在这样发展下去，后果不堪设想。

我们工作室也有年轻人。与我们那个年代相比，现在的年轻人要善良得多，做事也认真得多，可我总觉得光有这些是不够的。这说明我老了吧。细想起来，我们刚入行的时候也都是傻乎乎的年轻人。所以我总是告诫自己，老人才爱这么想，尽量不说"现在的年轻人就是不行"这种话。但我近来生出了危机感，在工作场合也不例外，突然感觉再这么下去要出大问题。说白了就是现在的年轻人缺乏消化吸收过往经验的能力，这是非常可怕的。

这是什么意思呢？他们能画自己的画，而且画得很好，所以才能通过入职考试，进入工作室。但这里的工作不是画自己的画，而是让别人的画动起来，或是在画与画之间加图。要是在以前，这种经验会反馈到他们自己的画里，让他们的画相应地产生变化。虽然是画别人的东西，也会用上自己的经验，资历就这样逐渐丰富起来。然而从大约十年前开始，社会上出现了一些完全不会吸收经验的人。他们自己干得很痛苦，但这些痛苦的经验根本没有通过画面体现出来，就像用来消化吸收的神经束没发育完全似的，那本该是在他们很小的时候就联结起来的神经束。

制作动画有"上色"环节。我们这代人都具备一定的上色功底，只不过有上手快慢之分。再往上就得看天赋了，比如涂得快不快，手脚麻利不麻利，挑颜色的眼光好不好。可最近有些年轻人都来一年了，却一点进步也没有。当事人非常刻苦，别人都走了，还一个人留下来加班，但似乎并没有积累经验，这是我们始料未及的。

我们估计可能是手指缺乏训练的缘故。所以入职考试时，在常规考题的基础上加了几个类似幼儿园入学考试的题目，比如测试剪刀的使用，或者给考生看几个表现动作变化的画面，问他们"这部分是这个颜色，那相邻的部分应该涂成什么颜色"，都是些非常简单的推理题。结果发现有些自以为灵巧的人其实一点都不灵巧，还随之出现了很多别的问题。可是光发现问题也没有用啊。

事情没那么简单。吸收日常经验，并在心中加以整合的能力，本该是在更小的时候一边做该做的事一边掌握的。

抓住树枝双脚离地时，直觉会告诉你"不好，这根树枝要断了"，可你记得自己是在哪儿学会的吗？"踩这里会陷下去""这里很泥泞，最好别踩"……都是不知不觉中学会的，不是吗？幼儿时期，我们在接触大量现实场景、不断试错的过程中学会了这些，但现在的孩子很可能没有经历过这个阶段。那些经验让我确信，这种判断力是后天形成的，但这个民族并没有用心培养这方面的能力。

在教怎么写字、怎么算分数之前，本该把人生在世必不可缺的东西先传授给孩子，可大人偏偏忘记了。没学到这些东西的孩子如今已经为人父母，所以这个问题并不简单，不是改变学校的制度就能解决的，但从幼儿园开始传授还来得及，所以我总是提到幼儿园和小学教育。

教幼儿园小朋友写字是万万不行的，那是亡国之徒才会干的事。肯定有很多母亲为孩子记不住生字忧心忡忡，但孩子不认得几个字、没有抽象思维的时候，视角才更直观，更容易发现事物的本质和奥妙。

孩子看不见迎面驶来的汽车，却能注意到掉在马路对面的橡皮筋。这是孩子特有的才能。现在的教育却是让孩子别看橡皮筋，一门心思盯着汽车。

筑紫： 换句话说，人作为动物的那一面正在逐渐消失。从某种意义上讲，人既不可思议，又愚不可及，天知道每个人会干出什么事来，而这正是最有意思的地方。人类也无法避免犯错，但有人偏偏想大刀阔斧地砍掉这些特质。

宫崎： 他们大概觉得这就是文化和文明。倒不是因为打了败仗。问题的根源在昭和初期。人们突然剪掉发髻，卸下刀剑，也不光脚走路了，这种强硬改变的影响一直延续到今天，让一切都乱了套。

司马先生曾在一档名为《太郎之国物语》的节目里说过这么一句话——当时应该还是泡沫经济的全盛时期，他说："日本人越来越不体面了。"这话听得我满心欢喜，因为我也有同感。

比起泡沫经济时期，我更喜欢现在。但人心确实变得颓败了。所以在未来的经济形势和形形色色的大环境下，我们将经历许多国家正在经历的寻常考验，包括泡沫破灭的善后工作。在这个过程中，我们必然会反思自己对人和事物的既定观念是否还行得通。到时候肯定还会闹出许多"不体面"的事。

最不想看到那些的，应该就是司马先生。这就回到了最开始的话题。所以我那时才会脱口而出，幸好司马先生不必受那份罪了。

◎"你想活出怎样的人生"

筑紫：但无论置身怎样的社会，这种不体面的评价都往往会在形形色色的经历中逐渐被扭转。举个非常典型的例子，如今洛克菲勒家族被形容为优秀资产家的支持者，可在从前那个时代，人们将他们比作小偷，用"暴发户"来形容他们。

作为经历过泡沫经济的人，我对那个时代十分厌恶。

在泡沫经济时代，大家沉浸在未来一片光明的喜悦中，这最让我感到别扭。如今泡沫破灭了，从某种角度看，我还真松了一口气。

不过正如你刚才所说，社会上弥漫着一种闭塞感，我也有种被禁锢的感觉。

我对你说的另一点也深有同感，如今很多东西明显变得颓败了。暴发户不再被称为暴发户，而是通过各种手段渐渐转变为谨慎低调的富人，又或是在颓败中不断沉沦，最终落得十分凄凉的下场。

宫崎：两者皆有吧。归根结底就是这么一个问题："你想活出怎样的人生？"已经有很多人开始齐声表达对国家未来走向的焦虑，所以我们别再说这些了。不要像他们一样没有主见，人云亦云。

常有外国记者来采访吉卜力工作室，问我们"怎么看待日本漫画"。在这种场合，无论我们怎么解释"大人也会在电车上看漫画"都是徒劳。但回一句"哎呀，我觉得挺没出息的"，对方就会认同。也只能这么活下去了。

国家变蠢了，于是每个人也会跟着变蠢吗？不会的。我已经五十五岁了，不知道还能活几年。我想尽量守住自己的人生态度，并以这种态度思考怎么对待自己的孩子，怎么在职场自处。大概也只能这样了吧——尽管我也时常因为烦恼而消沉。（笑）我并不是逃避世事，而是看到有些人忘记了我刚才说的那种态度，把"都怪他，都是他不好"挂在嘴边，乍看仿佛是正义的评论家，面相却变得越来越卑鄙。这样的人我见过不止一个，所以还是多多自律为好。

很多人不愿意说别人的坏话，所以总要有人替他们说。但越是觉得替别人说坏话是理所当然的，就越容易被这种行为反噬。在制作电影的时候，没有比说别人电影的坏话更有趣的事情了，我们也常常批判其他人的作品。但轮到自己做电影时，曾经说过的那些坏话就会报应到自己身上，我就切身经历过许多次，那种感觉非常可怕。

当然，必须依据自身对政治、经济等方方面面的判断，发表必要的观点，表明必要的态度。但重要的并不是追究谁是谁非，而是思考自己在日常生活中该以怎样的态度看待世界，以怎样的态度与人打交道。只可惜我这些年活得非常愚蠢，事到如今也不可能突然变成一个了不起的人。

与其说司马先生是高风亮节的正人君子，不如说他也是有许多烦恼的人。他一直在跟烦恼抗争，努力成为自己心目中"杰出的日本人"。我很喜欢他这一点，尽管不知道他的努力有没有开花结果。开头我说过，因为他走得很突然，我不由得想，哦，原来还有这样的死法。他在这方面给了我非常多的启示,要是我以后也能像他那样就好了。

◎ 筑地墙[1] 崩塌时的活法

筑紫: 还记得和司马先生聊起为什么持续创作时,他说战争结束时自己才二十二岁,后来一直抱着"给当年的自己写信"的心态写作。

宫崎: 是的。

筑紫: 当时他想,昭和时代的日本人怎么如此不像话,甚至发动了战争。其实这跟你刚才说的有些异曲同工。他心里一直有一个疙瘩,所以才渐渐对历史生出了兴趣。每个人都有独特的个体经历,而这些经历或许会成为做某件事的动力或起点。对司马先生来说,他的起点就在二十二岁那年。

战争结束时我才十岁,正是接受过军国主义教育的年纪。当得知有些大人——而且是很优秀的大人对我坚信不疑的战争提出质疑,认为它是错误的,甚至反对它,并将这一切写进日记时,我感到无比震惊,因为他们的行为与我的无知形成了鲜明对比。过了一段时间,我又意识到虽然有这样的人,但战争并没有停歇,所以只有十岁的我才要受这么多罪,就产生了想追究上一代人的集体责任,希望他们能对此负责的情绪。也许正是这一点造就了今天的我——一个不听话的人。我是不会轻易尊敬上一代人的。

可不知不觉中,我也到了花甲之年,开始思考现在从事的工作究竟算什么。正如你一开始提到的那样,我们正处在一个需要为孩子做些什么的时代,这回轮到我们被孩子质疑了。

宫崎: 总之,只能对他们说一句"对不起"。很多事情不试一试

---

[1] 平安时代,公家宅邸与寺院官舍用泥土浇筑的矮围墙。

就不知道会发展成什么样，毕竟贫穷的痛苦是很难熬的。所以二战结束后，大人们为了让日本摆脱贫穷之苦，埋头走上了发展经济的道路，这也是无可奈何的。

毕竟其他国家也在做同样的事情，犯着同样的错误。真让人头疼啊。所以我近来时常感叹，愚蠢的不光是日本人。

筑紫：但正如你一开始说的那样，就像是先用枪炮打了一场败仗，然后在经济战场上接着打。这么说来，泡沫破灭也算是某种形式的战败，就是少了几分戏剧性。

宫崎：才到中途岛①呢。

筑紫：才到中途岛？看来情势还会出现转变啊。

宫崎：我可不认为已经到了在密苏里号②上签字的时候。

筑紫：哦，才到中途岛啊，那接下来……

宫崎：所以一切才刚刚开始。

筑紫：那接下来就更可怕了。

宫崎：是啊，我也这么觉得。到时候，人心肯定会更加颓败。这是不可避免的，是非还不可的债。所以为此提心吊胆也没有意义，关键在于到时候要如何自处。不瞒你说，我被电影制作的工作折磨得身心俱疲时，总忍不住想，要是突然来场地震、突然爆发战争或巨大的金融危机，逼得我们不得不暂停电影制作，把上映时间往后推个一年半载就好了。（笑）

但这些事都是有可能发生的，因为否定经济增长的时候最容易爆发战争。如今人们都在讨论亚洲如何自由，一切看似顺风顺水，但经济形势暗藏危机。除了中韩两国，新加坡和日本也在这个地区，完全

---

① 1942年6月初，日本海军在太平洋的中途岛海战中惨败于美国海军，此后开始节节败退。（原编注）
② 在太平洋战争期间下水服役的美国海军最新型战舰。1945年9月2日，日本向同盟国投降的签字仪式在此舰甲板上举行。（原编注）

可能发生不可预知的大事。不是说选举没出什么事就能高枕无忧,毕竟我们就生活在这样的大环境里,无论我们自己愿不愿意。

该来的暴风雨和地震总归会来,该来的大萧条也躲不过。无论一个人多么理智、多么努力地振臂高呼,履行自己的责任,该来的还是会来。

到时候,你还能守住几分理智?我觉得做人最要紧的,就是看能不能在躲避灾祸的同时保持理智。

要是有人问我"你做得到吗",我也只能说,我对自己并没有信心。是真的没有信心。毕竟我一门心思做电影,做到了这个年纪,一路上没遇到过什么大问题,唯一的担心就是制作周期不够。我没有资格高高在上地教育别人,可终于还是走到了这一步。

大概受了堀田善卫[①]先生的影响吧,泡沫还没破灭时,我也常对工作室的年轻员工说:"此刻的我们像极了平安时代末期待在筑地墙里的人,外面越来越乱,墙上的破口越来越多。不知不觉中,墙外已是尸骸累累,墙里的人却还在吟诗作对。后来墙倒了,夜贼破墙入内行窃,连杂役都拿着值钱的东西跑了,各种各样的事情接踵而至。放眼世界,日本现在还处于待在墙里,一片歌舞升平的状态,但我说的那种局面已经近在眼前。"前些天,那批员工跟我聊起"墙终于还是倒了",我说:"是啊。"他们说:"这么一倒,都不知该怎么办了。"我说:"可不是嘛。"虽然说中了这种事,但我一点也高兴不起来。

筑紫: 确实叫人高兴不起来,但现实正是如此。这种时期总会发生各种事情,不过说到底,最要紧的还是每个人要如何接受现实,并与之共存。虽然担忧"国家的发展",但"国"这个字以各种各样的形式被反复使用,语义变得愈发模棱两可。其实我觉得"老家"这一

---

① 堀田善卫(1918—1998),日本小说家,"战后派文学"代表,1951 年获芥川奖。

含义最恰当①，而不是现代社会所谓的国家或"nation"。这一点对于包括我在内的国人要何去何从，或者说如何面对即将到来的局面是非常重要的。各种形式的考验已经开始，比如"住专"风波、药害艾滋事件②、TBS录像带问题③……这些都象征着"筑地墙的倒塌"。而且越是"老字号"，塌得就越厉害。

我们既要面对个人问题，也要面对我刚才说的所谓"国家"崩塌的问题，所以关键是在这样的环境下，要活出怎样的人生。

就像五十年前……我十岁那年体验过的那样。这个国家好像没有太大的改变。假设现在正值中途岛战役，就得忧心之后发生的事会不会重演。一九四五年二月的"近卫上奏文"④就已经判断出这场仗不能再打下去。据说同年六月，天皇命令重臣们"想想办法"。可直到冲绳死了那么多人，在广岛和长崎发生了那么严重的事情，才迎来八月十五日（的战败投降）。自始至终，领导人没有做出任何决定，这与"住专"风波、药害艾滋和TBS录像带问题并无不同。

宫崎：真的一模一样，就是个巨大的无责任体制。农协内部也是如此，谁都不觉得错在自己。可怕之处在于他们真是这么想的，不会真的察觉不到吧？

但你观察一下日本农村的民主，就会发现他们的处事方法和眼下闹得沸沸扬扬的"住专"风波如出一辙。负责人不站出来，也不通过投票做任何决定。选政党领袖的时候也是如此，谁都不想得罪。这是自乡里社会一脉相承的做法。不过在村落这个规模下，这种做

---

① 在日语中，"国"有故乡、老家的意思。
② 20世纪80年代，日本近两千名血友病患者因使用受艾滋病病毒污染的血液制剂导致死亡的事件。
③ 又名"奥姆录像带事件"，TBS电视台的员工私自外泄节目录像带，导致节目嘉宾坂本堤律师一家被奥姆真理教杀害。
④ 1945年2月，时任首相近卫文麿上奏一份分析形势的文书，主张日本政府应向同盟国投降，否则可能被苏联军队占领。

法确实很好。不是有部叫《十二怒汉》①的电影吗？我特别讨厌那部片子，觉得没有比它更糟糕的电影了。只要站在正义的一方，就可以那样踩躏他人？虽说事关一位青年有罪与否，可不得不说，那个男主角真是个既孤僻又讨人厌的家伙。（笑）

筑紫： 毕竟他把其余十一个人都扳倒了。

宫崎： 是啊。等他扳倒那些人回到家的时候，搞不好老婆都跑了。（笑）如果那就是民主，民主主义根本站不住脚。

所以我觉得，以村庄为单位的民主也不错，在这个范围内履行责任就好。坏就坏在不该妄想发动针对全世界的战争，妄想成为称霸全球的经济大国。就像司马先生说的那样，"坐在角落里而非房间的中央，闻着厕所的臭味说句'通风还不错'"才更好。能灵活应对局势的变化是最好的，可惜没那么容易。

筑紫： 换句话说，也许我们到了可以考虑活得有分寸一些的时候了。虽然一提起这个，大家会立刻联想到缩水、萎缩、收缩。

宫崎： 有人一看到我们制作的电影在欧洲上映，或在美国卖出了数万盒录像带就说"恭喜"，这让我气不打一处来。我又不是为了这个才投身这项事业的。我们一直活得很有分寸，所以现在也没有失落感。单是周围嚷嚷着"搞理财才是明智之举"的人越来越少，就让我十分痛快。这些人心里正波涛汹涌呢，今后怕是也不会风平浪静。但他们内心翻腾得再厉害又能怎么样？只要别影响到我们这里就行。所幸我们工作室都是蓝领，不存在瞒着老婆借钱买高尔夫球会员这种事。（笑）毕竟动画行业从来都没有繁荣过。哪怕别人说现在大环境不好，我也没有一点切身之感。从这个角度看，我是真心觉得待在角落里还挺好的。

---

① 1957年上映的美国电影，讲述十二名陪审员如何裁决一个被控谋杀的青年。起初十二人中有十一个人投了有罪票，只有一人质疑证据不足，主张无罪。最终经反复讨论，陪审员一致裁定青年无罪。（原编注）

筑紫：这样的营生还是很多的。既有做豆腐的人，也有做茶叶生意的人。如果这类营生足够多，一个国家就不至于太糟糕。然而这些工作正在不断减少，一旦消失，未来堪忧啊。

宫崎：前些天，我在电视上看到了这么一件事。有户人家原本是靠收集废油制作肥皂的，后来肥皂原料能用更便宜的价格买到，用不着废油了。于是那家的老爷子说，不如往废油里加点氢，弄成柴油。没想到做出来的东西烧起来不冒黑烟，就是有股天妇罗味儿。（笑）后来花甲之年的老爷子还报考了工科夜校，说是想正经学一学。

可惜像他那样充满活力的人往往都上了年纪。要是这个国家有更多年轻人慢慢变成那样的老人就好了，但也不是希望所有人都像他一样。

那位老爷子的梦想还挺有意思的。他说想绿化中国的沙漠，在那里种大豆，然后用大豆榨出的油炸天妇罗，再用废油开汽车，打造一个巨大的循环。多么美好啊。

筑紫：真好。

宫崎：在这个国家，这样的人还是有不少的。从这个角度看，我不会不分青红皂白，认定所有人都成了拜金主义者，也不觉得每个人都背负着泡沫经济的代价，每天过得很辛苦。

泡沫经济时期其实是一个傻瓜分外招摇惹眼的时代，他们到处宣传自己有多么愚蠢。

筑紫：没错，好在这个国家也不全是傻瓜。

◎ 再等五年，人才自会现身？！

宫崎：是啊，但每每听到年轻人议论养老金如何如何，我就很不是滋味，心想才三十几岁就开始数养老金，可怎么得了？不过我希望年轻人都能加入国民年金，不然将来面临养老金问题时可能无法团结起来。"你们每月能拿一万，我却一分钱都拿不到"，事情发展成这样可就麻烦了。话说回来，人怎么会变得如此傲慢，认定自己能一眼看到人生之路的尽头呢？

筑紫： 怎么就意识不到提前定下终点，会使前行的过程变得非常无聊呢。

宫崎： 所幸……说"所幸"好像也不太对。因为关西大地震，我们意识到"地面突然喷火"这种事是有可能在地球上发生的，于是我在工作室的自行车棚建了一排厕所，是旱厕哦。（笑）平时停放自行车，哪天发生了紧急情况，把帘子一拉，就能隔出五间旱厕来。工作室有五十几个年轻女性，租房住的也不少，大家都去避难所也不好办。有了这些旱厕，真发生紧急情况，至少能来工作室上厕所，也能去附近的农户那儿打水。在工作室开展自救，总比都去别处避难强吧。不过一边建厕所，一边担心会不会发生地震，确实有点傻。（笑）平时多做些准备，就算国家有朝一日灭亡了，我们也能应付得来。

筑紫： 就像建造现代版的筑地墙一样。这么做并不能解决所有问题，但拥有这种心态很重要，总结成一句话就是"如何自立"。当然，光靠自己也不行，关键时刻要如何与他人横向联结呢？毕竟神户的例子让我们深刻认识到，"组织"之类的东西根本指望不上。

宫崎： 说国家变成什么样都无所谓，也会引发许多问题，我当然希望国家可以正常运行。

筑紫： 反正我觉得最重要的并不是国家。

宫崎： 经团联① 不是提意见了吗，想改变小学教育。他们对教育问题指指点点，其实是为了培养更容易为自己所用的国民。现在他们又跳出来说，教育应该更宽松一点，留更多的空间。想必是因为用以

---

① 日本经济团体联合会，主要由大型企业组成的业界团体，对日本的政治、经济发展具有重要影响。

前的方法教育出来的年轻人在职场上不顶用吧。

筑紫：他们想把年轻人培养成自己想要的模样，说白了就是想要更多螺丝钉。但这种机制本身已经到了极限。螺丝钉越来越不好打发了，这是不争的事实。

宫崎：等他们四五十岁的时候，这个国家就不是在中途岛了，搞不好已经到了马里亚纳①或者英帕尔战役②。

筑紫：可千万别走到这一步。

宫崎：我倒觉得——当然这也是我胡思乱想，也许再过五年，就会冒出一批对自己的作品和电影行业有新认知和冲劲的年轻人。不过这也做不得数，毕竟预言往往是不准的。（笑）

现在走出校门的这批人都体验过泡沫经济，但刚刚十几岁的人没经历过"一个人有好几家公司抢"的时代，他们是看着人心的颓败长大的。到时候，有才华的人完全可能站出来，创作视野更广、突破日本如何如何这一范畴的作品。因为一个社会走向没落的时候，往往也是哲学家和艺术家诞生的时候。我个人觉得只要再坚持一段时间，这间工作室也会涌现出新的领路人。

筑紫：温水一般安逸的日子显然让我们看不清方方面面的事物。我也不确定是否可以期待风浪的到来……有所期待，其实就意味着认为现在是最坏的时代……（笑）但不管我们愿不愿意，该来的还是会来吧。

宫崎：是啊。聊聊这种话题，心态会轻松许多。不可能什么都好，也不可能什么都坏。所以大可告诉自己，无论什么样的时代都有

---

① 1944 年 6 月 19 日至 20 日，日美海军在马里亚纳群岛附近交战。日方出动几乎全部海军飞机，仍以失败告终，无力援助关岛和提尼安岛。美军针对日本本土的空袭也因此升级。（原编注）
② 1944 年 3 月至 7 月，日军企图包围印度东北部靠近缅甸边境的城市英帕尔，结果惨败于盟军。（原编注）

很多有意思的东西。但无论置身怎样的时代，都不能太失了体面。

[根据《筑紫哲也 NEWS23》节目（TBS 电视台 1996 年 5 月 2 日、9 日播出）录制的对谈整理成稿]

筑紫哲也

1935 年出生于日本大分县。1959 年从早稻田大学政治经济系毕业后，入职朝日新闻社。后由宇都宫分社调入政治部，深入当地报道归还冲绳谈判。1971 年起担任驻华盛顿特派员，参与报道"水门事件"。1975 年回国，担任《朝日 Journal》副主编、海外新闻部副部长。

1981 年成为编辑委员。1978 年至 1982 年担任朝日电视台新闻主播。1984 年成为《朝日 Journal》主编，1987 年再次就任编辑委员。1988 年派驻纽约。1989 年离开朝日新闻社，担任《筑紫哲也 NEWS23》节目（TBS 电视台）主持人。

著有《首相的犯罪》《聚焦现代》《青年之神》《时评、戏评、批评》《媒体与权力》等。

制作动画这回事

CHAPTER 1

怀念失落的世界

◎ **我所定义的"动画"**

我自己的动画观——可以概括成"我想做的作品就是我的动画"。

动画的世界很广阔，除了电视动画，还有广告、实验电影和剧场电影等。但只要是我不想做的作品，于我而言就不是动画，哪怕别人说它们是也不例外。

这终究只是我个人立场的动画观，在工作中并不总是能称心如意，苦中作乐才是常态。不过《未来少年柯南》对我来说正是"想做的作品"，是一项令我愉悦的工作。

简而言之，就是创造一个只能用动画（而非漫画杂志、儿童文学或真人电影）展现的虚构世界，将喜爱的角色置入其中，构建一个完整的故事——听着虽然有些武断，但这就是我所定义的动画。

◎ **想要拥有自己的世界……**

今时今日，动画在以初中生为主的年轻群体中非常流行。这是为什么呢？我似乎很清楚这个现象的原因，或者说背景。

我最热衷漫画的时候，正是备战高考的阶段。这个年龄段的孩子看似自由自在，其实在各方面饱受压抑。除了学业压力，他们还对异性生出了强烈的向往。为了摆脱积压已久的郁闷，少男少女渴望"拥有自己的世界"——一个不想让父母知道、只属于"我"的世界。动画恰好迎合了他们的需求。

我把这种情绪归结为"对失落世界的向往"。别看自己现在是这副样子，要不是因为某些原因，本可以拥有另一种人生——我猜测，这种心境正是少年少女热衷动画的关键。

大人追忆童年时，常使用"怀念"这个词。但三五岁的孩子也会生出近似怀念的情感。这无关年岁。毋庸置疑的是，随着年岁增长，怀念的广度或深度显然会增加。

我相信，这也是动画制作者的原点。

人在呱呱坠地的刹那就丧失了"可能性"。一个人一旦生在了一九七八年，就不会生在过去或未来的其他时代。于是只能在空想的世界中遨游。这种对丧失的可能性的向往，也化作创作动画的原动力。

许多人并不觉得自己身处的环境有多么不幸，却难免有这样那样的不满。

《安妮日记》（安妮·弗兰克著）广受少男少女的欢迎，想必也是因为他们对安妮的境遇心生"羡慕"。身处极端环境中，每天担惊受怕——他们向往这样的人生，但与此同时，他们也不希望自己在现实生活中身处类似的境地。也就是说，对动画等作品中悲情主角的向往，通常源自某种自恋（自我陶醉）的心态，也是在寻找失落之物的"替代品"。

就我个人的经历而言，我之所以喜欢上动画，是因为看了东映动画的《白蛇传》（1958年）。片中的"白娘子"美得令人心痛，我看了一次又一次。那是一种近乎恋爱的感觉。对当时没有女友的我而言，她就是恋人的替代品。

像这样，用某种东西填补欠缺的部分，人就会感到满足。那可以是电影、音乐或小说，也可以是动画。

此刻热衷动画的少男少女迟早会"毕业"，去寻求其他替代品。即使还在动画中寻找，找寻的方式也会随着年龄的增长而改变。这是很正常的规律。

◎ **换我来做的话……**

总之，《白蛇传》成了我走上动画师之路的契机。在那之后的十五年里，我的创作态度始终如一，"多看佳作，努力超越"。

刚才提到的《白蛇传》我翻来覆去看了许多遍，越看越觉得"这部作品很假"。"假"在哪里？为了烘托主人公许仙和美丽的白娘子的悲剧设定，没有对其他登场人物的魅力做一丁点刻画。我倒是挺喜欢这部作品，却又觉得"这样好像不行吧"，心中渐渐冒出了一个念头：换我来做的话，会如何如何……

今时今日，很少有动画能让我看得怦然心动，茫然若失。要是有机会看到这样的动画就好了，哪怕一年只有一部也行。不仅对我们而言，对所有人来说也是如此，这样的作品才是真正的动画。然而，创作这样的作品需要动画师的全心投入，以保证每幅画面的精准呈现。可惜现实并不允许我们这么做。即使全情投入，也别指望得到应有的待遇。

说到底，只有那些说"吃不上饭也无所谓"的人，才可能制作出这样的作品来。

这和制作实验电影是两码事。我探讨的是制作以儿童为主要受众的作品。这不可能靠一己之力制作出来，必然需要群策群力。哪怕作品是由每个人的个性驱动，最后的成品也不该只为一个人服务。它应该属于所有人，属于它自己。希望在这样的环境下创作出的作品能被更多的观众看到——这就是我们的心愿。

◎ **核心是"现实主义"**

机械元素在当下的电视动画领域中非常流行,我也画过各种各样的机械。

然而,机械类作品的剧情往往是"主人公驾驶着某种根本造不出来的巨型机器与敌人战斗,最终取得胜利"。我不喜欢这种作品。是什么样的机器人都无所谓,但应该是主人公辛辛苦苦造出来的,出了故障也要自己修理,让它重新动起来——在我看来,机械类作品应该是这样的故事。

在现代社会,人类从属于机械,机械掌握着人类命运的关键。与此形成鲜明对比的是,在动画的世界中,人是可以驱动机械的。动画明明被赋予了这样的特权,许多作品却偏偏放弃了它。

人人都向往"强大"与"力量"。自古以来,每当故事里出现鞍马天狗这样的超人,人们便会移情于他,把自己代入其中,享受故事的一波三折。但现代超人的出现往往与机械或技术互相关联,即使操控的人只有一个,在机械投入使用之前肯定也有很多人参与其中,比如设计师和机械师。只有把这些细节描绘出来,"虚构"的世界才是"真实"的。我不喜欢对这些方面不做刻画的作品。

所以我不看动作片。制作《未来少年柯南》时,我心里想的也是"漫画电影"而非"动画",原因正在于此。

虽然动画的世界是"虚构"的世界,但我一直认为它的核心必须是"现实主义"。即使这个世界是假的,也要想方设法把它变成真的。换句话说,就是要让观众觉得"那样的世界也真实存在着"。

举个例子,假设我们要以虫子的视角描绘虫子的世界,就不该是"人类通过放大镜看到的世界"。小草会变成参天大树,地面也不是平坦的，而是凹凸不平的，雨、水滴等液体的性质也完全不同于人类的认知。按这个思路去画，就能创造出一个真实而有趣的世界。

这就是动画的特性。能用画面表现出这些东西，是一件非常美妙的事。

◎"笑点"与"笑"

再聊聊"笑点"。"笑点"往往是嘲笑某人干的蠢事。但我觉得真正的笑点不该是这样的。嘲笑别人的失误，反而是一种令人生厌的行为。

真正的笑点，应该是"脚踏实地的人在某种情况下，忘我地做出一反常态的事情"。

比方说，美丽善良的公主为解救陷入险境的恋人，一脚踹飞强盗——公主的形象不会因此崩塌，反而会一下子鲜活起来。

作品中经常出现所谓的"搞笑角色"，三天两头干蠢事，又是脚滑又是跌跤的，我最讨厌这种角色了。

不过"笑"也有各种各样的类型，不能一概而论。比如《红发少女安妮》中的"马修"就是个寡言少语但很有意思的角色。一想到"他真是个有人情味的角色"，我就会不自觉地笑出来。

◎ 在讨论"动画技术"之前

杂七杂八说了很多，但创作时最重要的莫过于"你想通过作品表达什么"。说白了就是创作主题。

常有人混淆主次，过于关注技术。有的作品技术水平很高，想表达的东西却很模糊，看完以后一头雾水。

反之，只要想表达的东西足够明确，哪怕技术不够精湛，完成度不那么高，我也会高度评价它拥有的内核。

既然说到了这里，那就再对有志成为动画师的年轻人说几句吧。

年轻的时候，人人都想尽快独当一面，这种心态很容易让人埋头钻研技术。连那些还没入门的人都开始未雨绸缪，一心想多学些技术方面的知识。

然而，动画技术其实是可以在入行之后迅速掌握的。

常有高中生来咨询："我该上大学，还是该立刻入行当动画师？"

我总会这样回答——不管怎么样，先上大学。尽情享受四年的大学生活，如果想学画画，就边上学边学习绘画技艺。

为什么这样说？因为提前四年走上这条路，并不意味着你能更早地成为一个成熟的动画师，反而会被大量的工作淹没，失去自我提升的时间。

绘画这件事，只要你认认真真地学，就能掌握一定程度的技巧。所以希望你们在进入动画世界之前，趁着还有自己的时间，多学点各种各样的东西，比如观察事物和思考问题的方法，打好基础。

否则就会把自己的人生变成消耗品。毕竟从事这个行业，郁郁不得志的时间是很漫长的，必须在经受磨炼的同时，耐心等待发挥本领的机会。而这样的时机少之又少，只有少数幸运儿才能等到。

忍耐是非常累人的，也非常痛苦。但你仍然要坚守自己的意志，不失去自我风格。一旦半途而废，就只能机械地落笔，以"赚多少钱"，也就是"金额"为人生目标了，要么就是为作品的收视率时喜时忧。

对动画产生浓厚兴趣是好事，但我不希望你们轻易陷入其中。动画的历史还很短，称得上杰作的也就那么几部。不过请你们务必看一看那些杰作。同时也要多关注拥有百年传统的领域，扩大自己的知识面。因为正是在这样的努力中，"自我风格"才会诞生。

◎ 趁现在开始"真正的学习"！

在外人看来，动画界是一个光鲜亮丽的世界，制作动画也是一份很有价值的工作。这份工作确实有迷人的一面，我也觉得它很有意义。然而，光鲜亮丽的仅仅是一小部分，不为人知的大部分工作其实很不起眼。

放眼今天的动画界，仅仅是因为"喜欢动画"而投身这个行业的年轻人大有人在。假如让他们按自己的想象去画"Chaika[①]"（《未来少年柯南》中的飞艇）起飞的模样，画出来的东西跟他们在电视上看过的大同小异，这样肯定不行。

要让飞艇按自己独创的想法飞行，至少该看一本关于飞机的书，在此基础上丰满自己的想象。

翻开关于飞机史的书，必然会看到伊戈尔·西科斯基这个名字。他在一九一三年造出世界上第一架四引擎双翼飞机，并驾驶着它飞越俄罗斯（后来他移居美国，在一九四一年发明了单旋翼直升机）。他在飞行期间吃了飞机餐，发动机出故障时，还扶着机翼支柱，从驾驶席站起来。迎着狂风担忧发动机的情况——这才是翱翔天际的人应有的模样。"好想飞上蓝天"这句感叹正是通过这样的场景具象化的，而不是模仿看过的电视动画和模型，更不可能由乘坐封闭的喷气式客机的经验催生而来。

一旦进入动画制作的世界，就必须埋头制作一部又一部作品，因而无暇看书学习，甚至没有时间构思精彩的创意。久而久之就会生出这样的疑问——我制作动画究竟是为了什么？只是为了糊口吗？所以我才会反复强调学习的重要性，希望大家不要沦落到这一步。

（《月刊绘本别册 Animation》昴书房 1979 年 3 月号）

[①] Chaika 是原设定名，后来改成了 Falco。

从构思到影片①

> 一个编造出来的世界？没错。观众和演员都一清二楚，却仍然乐在其中……因为观众能体会到自己是勇敢、坚强而美丽的。
> 为什么？因为观众的内心深处就有这些品质！
> 一个编造出来的虚假世界？不！我们向观众展示的是真相，以"你们也能变成这样"的形式……
> （劳埃德·亚历山大①《塞巴斯蒂安的意外遭遇》）

我认为制作动画就是创造虚构的世界。这个世界能让被残酷现实折磨得疲惫不堪的心灵、濒临崩溃的意志、扑朔迷离的情感得到舒缓，让观者的心情变得轻松愉快，还能净化心境，让人神清气爽。

比别人更爱做梦的人，以及想把梦传达给别人的人，会选择走进动画世界。不过他们很快会意识到，为别人带去快乐绝非易事。只要你曾尝试向人讲述自己夜晚的梦有多么美妙、多么哀伤，就会明白这有多难。而且打造一部作品离不开团队的协作，这会让问题变得更加复杂。

看苏联的《冰雪女王》②时，我由衷地庆幸自己是一名动画师，因为动画师能创造出如此美好的世界……不，甚至可能创造出比这更美好的世界。人世间还有更美妙的职业吗？

动画师就是做动画的人。不过从严格意义上讲，应该是"人们"。

动画师曾经是无所不能的。

他们画画、构思故事、让画面动起来、上色、操纵摄像机，甚至自己配音和添加音效，试图创造出一个世界。

---

① 劳埃德·亚历山大（1924—2007），美国儿童文学作家、奇幻文学作家。
② 1957年上映的苏联动画，改编自童话《白雪皇后》。

而今时今日，动画已经来到了量产与分工的时代。电视动画节目的大规模生产，让动画师在这股洪流中早早地沦为生产线上的一颗螺丝钉。

原画和动画也成了排列在流水线上的许多工种之一，分量与其他工种并无不同。

对着不知从哪儿来的、大多很蹩脚的分镜图，在尽量不改动的前提下草草画上几笔，尽快交给负责下一道工序的人……这成了动画师的日常工作。

讽刺的是，当这股洪流成为一种风潮，再敷衍了事的动画节目都有人自称粉丝，周边商品也相继上市。最关键的是总有人赚得盆满钵满。而动画师们也在那一丝自我满足中接受了这种心理层面的矮化，认为"动画就是这么一回事"。

你怀着"想要创建虚构世界"的抱负投身动画行业，但天真的梦想会迅速破灭。无比庞大的工作量，极度匮乏的制作经费和时间，愚昧无知的电视台、赞助商和发行方，以及固化分工体系的厚重壁垒……你不得不坐在传送带前机械地提笔画画，可谁又有资格责怪你呢？借口是找不完的。一旦习以为常，做一颗螺丝钉的活法也算省心。

动画师就不能参与作品的全局把控吗？就不能成为更纯粹的动画师吗……

不，路也不是全都被堵死了。毕竟动画是由一群人（而且往往是没有被根深蒂固的意志团结在一起的人们）制作出来的。只要你有不辞辛劳的决心、想要展现的世界和撑起这一切的技术，就有希望摆脱螺丝钉的现状，逐渐接近真正的动画师。

在日常工作中，你可以为理想化的情节增添一点点真实性，为空洞的人物形象注入一点点生气，也可以用一些微不足道的小心思，将蹩脚的画面修改得差强人意。总之，就是瞄准对手松懈大意的时机。

唯有那些不找借口、日日埋头努力的人才能抓住机会。只有在这样的时刻，你才能尽情投入一直想展现的世界中。

如果你的行动力远超预期，而且能不求回报地让他人信服你的提案，只要领导并非自私自利的既得利益者，你想创造的世界就会被接纳。毕竟这是没有成本的事情，就算你的提议被采纳，也不用在成果上署上你的名字，对整个团队而言百利无一害。唯有在这样的时刻，你才能体验到创造作品时的那种战栗。

紧盯机会，做好随时起跑的准备，才是这份职业的"希望"所在。

◎ 从个人经验出发的动画论

我在本文中坦率地陈述了个人的经验与观点（大概充满了独断与偏见）。

动画的类型纷繁多样，我能探讨的仅仅是在影院与电视上放映的漫画电影，我也绝非功成名就之人，只是我这些年一直是这么做的，今后也没打算改变。虽然本文的标题是"从构思到影片"，但我无意讲解每一个制作步骤（有的是关于这方面的读物），而是想从自身经验出发，写一写从构思到印象板[①]、故事板[②]、场景设定、角色塑造、笑点、分镜、场景构成、美术、原画，最后到成片的整个过程中，动画师可能以什么样的形式参与到作品中。

◎ 构思——一切的原点

作品的制作是在企划敲定后才开始的吗？身为动画师的你，是在这个时间点以后才开始构思关于作品的种种吗？

[①] 用绘画的方式探讨作品的大致印象与世界观，一般会挑选故事中的数个情节预先绘制出画面，除了传达故事的形象概念，也能掌握作品的方向。
[②] 故事或概念的视觉呈现，由一系列按顺序排列的插图或图像组成。

不，一切始于很久很久以前，那时你说不定都还没有冒出想当动画师的念头。

不管是已经敲定故事或原作（漫画原作除外，原因稍后再解释）的企划，还是更幸运的原创企划，不过都是一根导火索。

这根导火索会为你点燃一直在脑海中勾勒的世界，让珍藏已久的风景和要表达的思想与情感从内心深处喷涌而出。

当人们聊起美丽的晚霞时，会急急忙忙翻看相册寻找照片，或者外出寻找晚霞景致吗？其实不会。你会从记忆还未成形时，伏在母亲背上望见的霞光在意识深处镌刻的印记里，从生命中初次被"风景"震撼的体验中，从无数段被落寞和愁绪笼罩的黄昏记忆里，找出自己想描绘的那片晚霞。

有志成为动画师的你，应该已经有许许多多的素材，比如想讲述的故事、想表现的感情和想塑造的架空世界。也许来自别人讲述的梦境，抑或是一个逃避现实、令人难以启齿的自恋世界。但人人都会在讲述中进步。向他人讲述梦想时，为了避免过于自我的表达，你必须将其打磨成一个完整的世界。在磨炼想象力和技术，即所谓"技艺"的过程中，素材会逐渐"成形"。哪怕它此刻还很模糊，只是朦朦胧胧的向往也无妨。"有想要表达的东西"才是一切的原点。

企划敲定之时，你也会受到某种启发。是特定的情绪也好，是模糊的场景片段也罢，反正无论如何，它都必须是吸引你的东西，是你想画的东西，也必须是你自己想看到的东西，不管别人是否觉得有趣。一部长篇巨作始于"女孩歪头沉思的样子"又有何不可呢？

你要在一片混沌中，渐渐摸索出想表达的东西的模样。

然后动笔画出来。

就算故事还不完整也无妨。

有了画面，故事自然会来。塑造角色还在更后面的阶段。先来为这个世界定下基调。当然，你的画不可能被原封不动地采纳，被全盘否定也很正常，所以我之前才会提到"不辞辛劳"。

当你画下第一张画，作品的准备阶段也随之启动。

你要展现的是一个怎样的世界？是写实的，还是带有漫画色彩的？变形的程度是高是低？舞台、气候、内容、时代分别是什么样的？太阳有一个还是三个？登场人物有谁？主题是什么？……画得越深入，问题的答案就越清晰。不按照原有故事情节，换一种方式展开怎么样？能不能创造一个这样的人物？……总之让树干不断变粗，让枝条不断伸展，长出新枝（那也许就是构思的起点）和树叶，愈发繁茂。

尽可能多画，能画多少就画多少。如此这般，一个世界就渐渐被创造出来。创造一个世界，意味着抛弃与之相矛盾和抵触的其他世界。如果它们非常重要，大可放入心中，改日再用。

只要有过画面不断从心中涌现的经历，就一定会有这样的感觉。

在你梦中出现的场景，没能构思完整的故事桥段，憧憬某个女孩的记忆，被你视作爱好并深入研究的某个领域的知识……一切的一切都会发挥各自的作用，最终汇聚为一股力量，让散落在你内心的种种素材向着同一个方向，开始流动起来。

虚构世界的原形就是这样诞生的。它会逐渐成为制作团队所有成员共有的世界，成为存在于众人眼前的世界！

在制作动画的过程中，这个环节被称为"印象板"。这也是最令人雀跃的时期。

如果你是团队核心成员，就能专注于这项工作。可如果还有别的作品要忙（无论何时，应该都有正在进行的作品），还有工夫操心这些吗？无论是在经济层面还是时间层面，都得不到任何保障。但是不去做，就抓不住机会！

如果原作是漫画，就意味着这项工作已经由作者完成了。无论你多么诚实地把它改编成动画，多么努力地丰富那个世界，也是别人先完成了最基本的"世界构建"，你难免要落于人后。所以撇开练习不谈，我希望大家牢记，无论改编出来的作品多受观众的欢迎，根据漫画改编动画终究是一份枯燥乏味的工作。

(《月刊绘本别册 Animation》1979 年 5 月号)

从构思到影片②

◎ 动画师的堡垒土崩瓦解

绘制故事板，丰富作品的细节设定是动画师的工作。所有的构思都要经过筛选，在故事板上集合成一个故事，逐渐雕琢成形，然后通过各个工序呈现在胶片上。艰巨的工作便由此开始。

说得再具体些，就是根据故事情节的发展画分镜，绘制场景、构图、人物动作、台词等，组合成让观众捏一把汗的动作戏、让人捧腹大笑的笑点和生动感人的场面。

然而，如今绘制故事板已不再是动画师的工作，连故事板这个东西都快绝迹了。取而代之的是批量生产出来的分镜，动画师的工作则始于分镜出炉之后。

至于原因，我想到了这么几条。

原因之一是现在的故事变得更加复杂，对构思能力的要求远超过去的剧场短片动画。

举个例子吧。《大力水手》是不需要剧本的。"波派和布鲁托都想故意弄伤自己，以便住进医院享受护士奥利弗的照看，但又想尽办法阻挠对方。"——只要有这一句话，剩下的交给故事板就行了。波派为了弄伤自己，躺在铁轨上等着火车。布鲁托为了压情敌一头，让火车脱轨，救了波派一命（?!），从而生出了令人捧腹的笑点。把一个个有冲击力的点子画在故事板上，写上台词，再挂到墙上。画故事板的人笑着跟团队成员讲解。之后大家冷静地探讨，需要修改的再回炉重造，敲定下来后就开始作画。

长篇作品则不然。主人公的性格必须更加立体、更加复杂。即使某个场景非常有趣，但如果它在作品中的作用不大，那也必须把精力集中在更重要的场景上。决定如何分配精力的不是动画师，而是更能洞察全局的人，也就是导演。在我看来，这是动画师和导演分工的契机。

想表达的内容越复杂（《国王与小鸟》[①]是典型案例），剧本就越重要。于是动画师不得不将一半舞台交给导演和剧本。

原因之二则是老生常谈——制作时间和预算的压缩。假设一部时长一小时的作品有八百个镜头。每个镜头只配一块故事板肯定是不行的，至少需要两到三倍那么多。把这些故事板都画出来，需要大量的精力与才能。但如果只是照着剧本划分画面，就不需要画什么故事板了。故事板要弥补剧本的缺陷，丰富剧本的意图，并以能够进行讨论和推翻重做为前提，否则就毫无意义。当年东映动画的长篇作品故事板大多是这种类型。仅仅是为了展示构图和分割台词的话，导演直接用分镜示意图效率更高，也更经济实惠。

电视动画出现后，光是让画面动起来就够动画师忙活的了。久而久之，他们连仅剩的那一半舞台也放弃了。

漫画电影的制作重心转移到了剧本和导演的分镜上（在如今的电视动画领域，连分镜这个环节都是分工完成的），动画师日渐沦为"只按指示画画，让画面动起来就行"的职业。

那些在办公桌前呻吟着画故事板，被自己的点子逗得笑出声，时而心潮澎湃，时而因为入戏过深落泪的动画师就这样走下了历史舞台。而这也是"漫画电影"一词日渐黯淡，变成"动画"（Animation），再

[①]1980年上映的法国长篇动画电影，根据安徒生童话《牧羊女与扫烟囱的人》改编。

简化为"Anime"的过程。

◎ **雕琢剧本**

一不留神，引子写得太长了。还是来画故事板吧。你有想表达的内容，也在"构思"阶段画了很多画，把制作漫画电影最有趣的环节拱手让人也太可惜了。

即将开始制作动画的你，必须先改一改看待剧本的观念。"读起来有趣的东西"和"画成画后动起来有趣的东西"是两码事。要求编剧按照漫画电影的方式编写剧本就离谱得很。

漫画电影就像圣诞树，谁都喜欢最惹眼的、闪闪发光的装饰，装点圣诞树的人也往往在这方面下功夫。可要是没有枝叶，又能把装饰挂在哪儿呢？而且枝叶的繁茂，离不开隐藏其中的树干和树根。用作装饰的星星和玩偶精巧无比，却少了树干和树根，如此肤浅单薄的作品比比皆是。有些作品则利用了树根的缺失，在树干上接几根竹子，又焊些铁片和塑料上去，以为这样能标新立异，到头来却成了一时兴起的摆设，全无趣味。

其实你想要表达的本体，就隐藏在"构思"阶段绘制的许多草图和许多想法组成的混沌材料中。而在创作剧本环节，最关键的正是雕琢出主体，打造坚实的树根和树干。

◎ **装点是动画师的工作**

要明确主题。有些人一听到"主题"就会联想到文化批判、世界和平这种夸张的口号，但我定义的主题更为纯粹朴素，说白了就是作品的根源。以世界和平为幌子，却尸横遍野的战争漫画；吹捧英雄，却轻视踏实生活、随处可见的普通人……越是响亮的口号，就越容易成为劣质作品的遮羞布。

关键在于人物要足够丰满，足够鲜活，他们的愿望和目的要明确，情节要尽可能地简洁，不能太牵强。只要剧本做到这几点，接下来的装点就是动画师的工作了。动画师必须清楚地把握一个个场景的含义，根据登场人物的想法构思画面和动作。

说得极端一点，哪怕剧本只有"A（主角）和B（反派）激战一场，A最终获胜"这么一句话也行。只要提前讲清A和B都是什么样的人物，为什么非要拼个你死我活不可，剩下的就是尽可能让他们有个愉快或干脆的结局。这个环节的关键往往是人物的动作，许多东西得画出来看一看才知道，这也正是动画师的专业领域。

◎ **故事板和场景设定**

聊到这里，让我们再次回归"构思"。对照着已完成的树干（剧本），去掉不必要的东西，补充缺失的东西，在脑海中再次构建那个"世界"。

那个世界也可能与你最初的构想有所不同。

然后，你要在脑海中完善这个空间，从风景一直到房屋的结构。之前都是想到哪里画到哪里，但从现在开始，你所画的一切都将受限于这个世界。那条路就在那儿，不在别处。那扇窗就在房子的某个位置，不在别的地方。想象会越来越明确，直到能清晰描绘出自己脑海中的世界。那里有座小山，爬上去会看到什么？亲自登上山顶，也许就会发现，"哦，原来这里有片湖！"这便是场景设定的基础工作。

A和B正要在那个世界一决高下。接下来就是拼图游戏了，可以做出各种各样的设想：如果自己是A会怎么做？是B又会怎么做？

此时最重要的不是追求逻辑。逻辑这种东西要多少就能想到多少。关键是想出最有意思的方法。当年的动画师都是笑着、咆哮着、哭着画出许许多多的故事板。画着画着，逻辑自然就清晰了。每个人物在某一刻的情绪，他的喜怒哀乐会化作自己的血肉。如此一来，你就会渐渐成为所谓的"体验派动画师"。

当然不可能什么都画，画几张关键的就够了。每个电影场景都有关键镜头。只要这些镜头足够明确，足够吸引人，就能说服包括导演、美术和作画监督在内的整个团队。

制作电视动画显然没有画故事板的时间，但可以做类似的工作，说白了就是"不要完全照搬分镜"，要多思考分镜是否合理，有没有意思……谁都可以提出建议，但不能光挑毛病，必须马上给出替代方案。如果你是专业人士，就不能在没有替代方案的情况下发言。不仅如此，还要提供相应的行动支持。就像这样，一点点从"被动制作"的人变成"主动创造"的人。

(《月刊绘本别册 Animation》1979 年 7 月号)

续 从构思到影片① 起跑……跑步

刚入行的时候，前辈们告诉我，人的"跑"和"走"是很难画的。新手时期的我干劲十足，精力十分旺盛，所以总是一个劲儿地画，让角色不分场合地全速奔跑，对自己的成果心满意足。但最近我愈发痛感，"跑"是真的很难画。

虽然有"画面动感十足"这样的说法，但只要画几张动作稍有不同的画，一帧一帧拍下来再播放，不管什么样的东西看起来都像在动，只是费些时间和精力罢了。这本身是一项艰苦的工作，却没有多大的意义。

在过往的工作中，我们画过许多符号化的动作，比如"走过来""走过去""奔跑"……但能实现想象中的奔跑与行走却是另一码事。

光是看到爽快的奔跑，就能感受到那个角色的喜悦。看到有血有肉的人物走在坚实的大地上，就能体会到他的心境。稍微爬几步坡道，就能表现出土地的质感……这样的行走与奔跑实在是很难创作。

我看过已故的阪东妻三郎主演的电影《血烟高田马场》的片段，备感震撼。阪东饰演的堀部安兵卫得知叔父要跟人决斗后，奔向高田马场。那场"跑戏"称得上精彩绝伦。只见堀部跑过河堤，左手持刀，左臂紧紧收住，右臂则尽力向前伸。他拨开路人，穿过人群……也许有电影镜头的加持，但跑戏确实精彩。那绝不是运动会上的跑法，而是更接近歌舞伎的表现形式，却又不拘一格，一点都不死板，反而比单纯的奔跑更有动感。明明是长镜头，安兵卫的急切却通过人物的剪影表现得淋漓尽致。我不由得感叹，他真是位了不起的演员。

要是现在拍一部动画版《血烟高田马场》，这一幕会用什么样的动作呈现呢？怕是只有脸上表现得拼死拼活（我都能大致想象出来），奔跑的动作却跟平时并无不同。握刀的手搞不好还会前后摆动。

在电影《侠骨柔情》[①]中，亨利·方达牵着克莱门的手走向露天舞会的画面，在动画中是无法实现的，但我还是想至少把日常生活中常见的"跑"画得更好一些。

◎ "跑"的基本模式

话虽如此，在动画中呈现奔跑的时候，我们确实要遵循一定的基本模式。

每秒二十四帧跑四步，即每步六帧是比较有节奏感的，也最不容易出错。

[①] 1946年上映的美国电影，由约翰·福特执导，亨利·方达饰演维亚特，卡茜·当斯饰演克莱门。

照理说，有双脚离地的瞬间才算是"跑"，但这种基本模式并不包含人腾空时的画面。

每步六帧，一拍二[①]，意味着你只能用三个基础姿势去表现奔跑。只能保留最起码的蓄力、伸腿和踢地，虽然能勉强加入腾空的感觉，但这样会丧失力量感，体现不出跑步特有的动感。当然，这种方法在"日常生活中的孩童奔跑"一类的场景中是可行的，可惜以此为目的的例子少之又少。

要是单单为了体现两脚腾空多加一张画，把每步六帧变成八帧，又会丧失重力感，看着轻飘飘的，也缺乏节奏感，不堪入目。照理说，这种方法可以用于成年人日常生活中的小跑，或经过训练的一群人进行长时间负重跑之类的场景……

除非是一拍一，否则基本模式（每步六帧）的奔跑不会加入腾空的画面，所以步子显得略重，看起来"扑通扑通"的，但这样总比丧失力量感要好，所以我还是会用这种表现方式。

想让角色跑得更快，或者想表现幼儿踉踉跄跄小步奔跑的样子，就按每秒六步、每步四帧来。这种模式需要人腾空的画面，所以呈现出来的姿态比较轻盈，但受经费所限，一拍一只在横向移动（也叫跟镜头，指角色在原地，只有背景移动的镜头）时使用，而纵向的移动要在一拍二中加一张过渡的中间画，看起来也会有"在跑"的感觉，所以在作品中经常使用。

看到这里，大家应该能意识到，动画中的奔跑虽有基本模式，但和真实世界中的跑法还是很不一样的。我们笔下的奔跑，其实是一种让观众误以为人物在跑的障眼法。我并不反感这一点，因为动画本来就是一种障眼法。

[①] 动画术语，指一张画停留 2 帧，即 1 秒 12 张图。以此类推，"一拍一"是一张画停留 1 帧，"一拍三"是一张画停留 3 帧。

毕竟将现实中的奔跑分解成几个动作画出来，看上去也不像是在跑步。

现实中的奔跑无法用简单的线条和色彩表现，因为它由肌肉的抖动、头发和衣服的飘动、快到肉眼追不上的肢体运动等元素巧妙地组合而成。

"走"比"跑"更难，因为肉眼追得上这个动作，观众有丰富的知识储备。一般来说，观众对人以外的动物的动作更宽容一些。

以上面提到的基本模式为基础，可以发展出各种各样的变体。是严肃的还是滑稽的，是日常的还是非日常的，人物的姿势是沉重的还是轻盈的，是欢乐的还是疯狂的，是追逐的还是被追逐的，年纪多大，有没有运动细胞……需要对照着这些问题塑造出符合要求或想表现的奔跑场景。如果使用得当，只运用基本模式就可以达到不错的效果。

但在实际工作中，不知变通、墨守成规的例子屡见不鲜。许多动画师先入为主，认定"奔跑就该这么画"，着实令人遗憾。模式终究只是模式。在模式被创造出来之前，人们会反复观察和试错，摸索出"障眼法"的雏形。在这个过程中画出来的奔跑虽不完美，却有着神奇的生命力。完全按照模式来，甚至没有意识到这是一种障眼法，画出来的奔跑就会变得索然无味。

画几张略有差异的画连续播放，任何东西看起来都像在动。只做到这种程度，称得上是"动画师"吗？

◎ 质疑基本模式

我在电视上看到过猎人在日趋沙化的大草原上追逐羚羊的场景。猎人把鸵鸟蛋壳做的水壶藏在草丛里，只带了弓和几支箭，追逐受伤逃跑的羚羊。他跑得很优雅，丝毫不勉强，简直像"赤脚英雄"阿比比①。不过说"阿比比跑起来像猎人"才更贴切。

人类本来没有纯粹的奔跑,当奔跑成为一种"体育运动"之后,才从生活中脱颖而出。

人类奔跑,不是为了尽快接近目标,就是为了逃离危险。

每一次奔跑都有不同的意义,呈现出不同的姿态。"跑得连滚带爬"不只是一个比喻,有时真能跑出这样的感觉。

在漫画电影中,如果奔跑场景既要展现角色的行为和思考,又要传达电影的主旨,那么即使不得不遵循一些基本模式,它作为一种"演技",也应该有无数种可能。

体育运动中的奔跑也就罢了,在山野中奔跑的时候,你能保持节奏、步调和姿势固定不变吗?短距离跑和长距离跑肯定也有不同的跑法。

能够画出无数种跑法……其实是源于观察。某种模式一旦被固定下来,就会迅速流于形式,失去生命力。我认为有必要通过不断的观察,将模式努力打磨成更接近现实的形态。

一拍一确实费事,但每步五帧或七帧的奔跑也不错。帧数为奇数的奔跑在一拍二时会比较难办,但在画面重复时用一用又有何妨。

如果能多花些时间,不如在绘制重复的奔跑时将两帧六张的单一模式改为两种模式交替,稍微增加一些复杂的变数,这样呈现出来的奔跑会生动得多,如今的电视动画完全有能力做到这一点。

最关键的是"你想通过奔跑表达什么"。仅仅模仿现实中的奔跑终究是不够的。哪怕在真人电影中,精彩的"跑"与"走"都难得一见,足见那是人类表演中难度最高的一类。

---

① 阿比比·比基拉(1932—1973),埃塞俄比亚长跑运动员,两枚奥运会金牌得主,也是历史上第一个获得奥运会金牌的非洲运动员。

正因为如此，我才殷切希望在漫画电影中借助观察和障眼法，实现有血有肉的人都不可能展现的精彩奔跑。

身披厚重的铠甲、手持刀枪、意志坚定的铮铮汉子，一定能跑出软绵绵的临时演员无法企及的模样。怒火冲天的民众跑得气势汹汹，孩子憋着眼泪往家跑，下定决心离去的女主角哭喊着跑开……我由衷地想，要是能在大银幕上展现这些美妙的、书写生命跃动的奔跑，该有多么愉快。衷心希望有朝一日可以邂逅这样的作品。

(《月刊Animation》青铜社 1980年6月号)

续 从构思到影片② 论载具/视角的移动

> 农夫使劲把鼻子贴在玻璃窗上，想找出那片熟悉的土地。
>
> 可是他找不到。无论是生活了二十八年的村子，还是走过无数次的道路……
>
> 大地剧烈摇晃，牲畜四处乱窜，飞机掠过一座座屋顶。鸟群轰然而起，飞向四面八方。
>
> 在离地三十米的空中，飞行员将机体下降到极限，让农夫用熟悉的视角观察。
>
> 飞机像开汽车一样，低低地掠过森林上方。
>
> 农夫终于看到了他要找的森林。

在安德烈·马尔罗[①]描写西班牙内战的小说《希望》中，有这样一段情节。

农夫通风报信，说森林里藏着法西斯的秘密机场。

[①] 安德烈·马尔罗（1901—1976），法国小说家、评论家，曾任法国文化部部长。

但他是个文盲,看不懂地图。

他主动提议给飞行员带路,于是共和军的轰炸机载着他起飞,去寻找那座秘密机场。

土地是肥沃还是贫瘠,庄稼的长势是好是坏……农夫对村子的每一寸土地都了如指掌,可一旦将视角切换到翱翔天际的飞机上,他却是两眼一黑。

马尔罗写道:"如果人会为了观察和寻找而死,这位农夫怕是早已一命呜呼。"

马尔罗本人就是飞行员,而且在西班牙内战期间参加过轰炸行动。我觉得这段描写精彩极了,只有他才写得出来。

早在飞机问世之前,关于"从空中俯瞰的地面"和"想象中的飞行器"的描写便已层出不穷。

不是从高塔或热气球上眺望,而是用看地图或微缩模型的思路俯瞰自己居住的地方——这是一种相当古老的视角。

在空中快速上下移动的视角,则是飞机带来的全新体验。

那是只有乘坐飞机飞上天空后才能目睹的景象。恰似第一次坐火车的孩子惊呼:"电线杆在跑!"……

如今,我们甚至能大致想象出宇宙飞船驶离地球时看到的景色。但这不过是因为通过录像和照片获得了大量的模拟体验。

移动的视角……载具的发展,不也是一个带来新的展望和拓宽视野的过程吗?

在画面中,为了表现延绵不断的道路与草原,我们理所当然地拉动二层甚至三层的背景。

这种被观众全盘接受的手法,也是基于人们在汽车或火车上的体验——景物流淌而过,视野逐渐开阔。

换句话说,对我们而言,载具之所以是载具,不仅仅是因为它的形态和功能，更是因为它带来的"移动的视角"。

◎ **塑料模型的视角**

因为工作的关系，我画过各种各样的载具：从自行车到宇宙飞船，再到坦克、巨型机器人……但视角往往停留在塑料模型的层面。

我自己——也就是镜头，端坐在房间的某处。

把模型举到面前。

配上"轰隆隆""嗡——"之类的音效。

再举到头边晃几下。

想象驾驶舱里的飞行员。

然后让模型冲向目的地。

边冲边发出"哒哒哒"或"嗖——"的喊声。

在我的动画作品中登场的大多数载具（有时也称作机械），都是按这个思路画的。

这种塑料模型的视角存在一个明显的问题：缺乏临场感。

但主动放弃临场感，不追求身临其境的作品也是有的，所以临场感并非万能。

然而，除了震撼力十足的战斗或狂飙场面，如果需要通过临场感凸显虚构世界的真实性，基于塑料模型的视角就显得过于敷衍。

正因为动画是虚构的，创作者才更应全力构思"如何欺骗观众"。

我们不妨比较一下迪士尼的《小飞侠》和东映动画的《淘气王子斩大蛇》①，分别看看这两部作品的空中场景。

小飞侠和温迪飞跃月光笼罩的伦敦，须佐之男与奇稻田姬则骑着天马翱翔天际。

---

① 东映动画的巅峰之作，改编自须佐之男大战八岐大蛇等日本神话故事。

两者差异极大，不能简单归结为空间感的不同。

《小飞侠》基于飞机的视角，即视点在空间中不断移动的体验，让观众和片中角色一起飞上天空，饱览月色云影下的城市美景，为观众带来了解放感，和角色共同享受自由的飞行。

而令人遗憾的是，须佐之男的飞行是在榻榻米上仰望天空的产物。

他好不容易得到了天马，实现了自由翱翔的夙愿，却止步于符号化的"飞"。

无论是在地上奔跑，还是在空中飞翔，不同的只有背景。没有风，没有高度，更没有从中生出感动。

不管是天马还是飞毯，基于魔法的飞行都可以被视为某种类型的"载具"，所以当务之急是让视角（镜头）摆脱大地。

只有模型视角的作品的缺点是显而易见的。

◎ 对力量的向往……机械

在制作动画时，仅仅从外观和功能这两个角度对"载具"或者"机械"进行构思和表达，这样的做法日渐盛行。

对所谓的"机械"的兴趣，往往来源于潜意识中对力量的向往。

所以，创作者也会有意识地激发观看者对力量的渴望。

如果只想表现出力量感、"帅气"的外观或"充满攻击力"的性能，移动的视角反而碍事。

这正是业界大量使用模型视角的原因所在。某知名模型厂商的社长就说过："只有配备大炮的坦克才卖得出去。"

我从小就喜爱军用飞机、军舰和坦克。

我为战争片心潮澎湃，也在成长过程中创作了不少战争相关的涂鸦。我这个人自尊心很强，又常常打不过别人，靠着画技在班里站稳脚跟。想必是把对力量的渴望寄托在了飞机尖锐的机头和军舰的巨炮上。

在燃烧着徐徐沉没的战舰上,直到最后一刻仍不停开炮的士兵,冲进轮式编队①发射的大量闪光弹中的士兵……他们的身姿曾让我热血沸腾。

很久以后,我才意识到他们其实都想活下去,却只能走向死亡。

立足于模型视角的人再精通坦克的型号和性能,也想象不出伴随着轰鸣和振动,在充满燃油味道和火炮发射的废气的灼热铁箱里,为了相互厮杀,通过布满灰尘的潜望镜的狭窄视野眺望外界的人有着怎样的人生。被履带践踏的人们过着怎样的生活就更不用说了……

我喜欢载具,今后也想继续画载具,但不想为了激发观众对力量的向往而画。

更何况,一味追求全世界最大的舰炮不过是一种幼稚的想法。一旦碰上那些老于世故,认为"只要能打胜仗就行,大炮能打中目标就行"的民族就行不通了。

无法摆脱对力量幼稚的渴望,沦为机械狂人,甚至成为军备强化论者……这是我无论如何都不想走的路。

希望漫画电影中那些在地面、水中和空中驰骋的载具,只为了帮助人类脱离有限的活动范围而存在。

在作品中让一辆最高时速为三百迈的超级跑车真的跑到三百迈,无非是在陈述"富人一定比穷人富有"这一事实罢了。

所以我觉得漫画电影真正的有趣之处,在于自行车也能与超级跑车竞速,也能正大光明地取得胜利。

如果那并非带有讽刺意味的模仿,而是利用了巧妙叠加的障眼法,让这样的胜利充满说服力,便再愉快不过了。

---

① 一种以战列舰或航空母舰为中心,周围环绕部署防空警戒舰的舰队阵型。

观众的视角随着画面中空间的移动而变化,从而生出一种解放感,直让人想向风、云和眼前辽阔美丽的大地送上真挚的问候……希望有朝一日,我能有机会画一画如此美好的画面和载具。

(《月刊 Animation》1980 年 7 月号)

我的原点

◎ 深深扎根于童年时期的自己

其实从事动画工作后,我一直在两种观点之间摇摆不定。

一方面,目前每周播出的动画足足有四十部之多,然而对孩子们的生活而言,真的有这个必要吗?

另一方面,创作无疑是人的本能,人总想创作有趣的东西。

我徘徊在两者之间,一闲下来就会琢磨"需要这么多动画吗",可工作找上门时又会欢天喜地,一心想着"做些有意思的东西出来"。

今天的动画产业是如何运作的呢?电视台、广告公司、出版商、玩具厂商、动画师、漫画家,乃至电影界人士显然都被纳入同一个娱乐产业,颇有些休戚相关、同生共死的感觉。

因此,当杂志连载新漫画时,编辑会把制作公司和电视台的人叫来,问:"有个这样的作品开始连载了,你们要不要买?"

某玩具厂商把百分之六十的广告费直接支付给动画公司,这就等于让动画公司把商品直接做成动画,吸引孩子们购买。大人将孩子的动画世界公然转化成了商品,这是不争的事实。

动画界却对这一现实视而不见,做起了这门生意,还口口声声说什么"冒险"和"爱"。

有再大的抱负,对动画抱有再崇高的愿景,只要不去迎合这样的现实，就什么都做不了——我们每天活在这样的大环境中。

即便如此，我还是忍不住思考如何让动画发挥文化方面的作用。想必这和我在儿时与漫画电影结下深厚缘分有关。

对小时候的我而言，看漫画电影是非常幸福的时光。也许是因为当年观看的机会不是很多。如今人们可以看动画看到厌烦。然而作品再出色，一旦泛滥，也就觉察不出它的优秀之处了。就像用随身听从早到晚听音乐，耳朵也肯定会疼，道理是一样的。

人们常说"想参观法隆寺的人应该在离得很远的地方下车，沿乡间小路走过去"。花点时间徒步前行，才能透过松林看到法隆寺的殿顶，进而领略寺庙的全貌。

只有靠自己的双脚去探索，才能体会这种感觉。前往法隆寺的旅途越是艰辛，见到真容时的感动就越深刻。

我向来认为，如今日本的文化环境最欠缺的就是这种"自己探索"的态度。

容我举一个古老的例子：据说在罗马濒临灭亡之时，市民们吵着要的是面包和马戏团。今天的日本有的是面包，而马戏团——真正的马戏团却很少见。

诚然，在量产动画的狂潮中制作有良知的作品谈何容易，无异于把清水一点点滴入浑浊的洪流。

话虽如此，要是我们推出的作品都被洪水冲走，那就更可悲了。说"赌上自己的人生"未免有些夸张，可既然选择了动画师这个职业，就应该做些有价值的事。此时此刻，我正在探索自己该走的路。

◎ **想制作能鼓励孩子的电影**

我并不认为娱乐有什么不好。一本正经的生活中总会遇到让人精疲力竭、心灰意冷的事情，因此能让人振作起来，帮助人们忘记烦心事的东西还是有必要存在的。

如果没有娱乐,大多数人都得去精神病院,或者找心理咨询师。

将动画视作娱乐的一种形式也未尝不可,但我们绝不能忘记,动画的出发点是"为孩子制作"。至少我是这么想的。

这种想法的由来和我的个人经历有关。在我备战高考的至暗时期,市面上恰好出现了几种剧画[1]杂志。

那些剧画杂志里净是些描写"世间处处不如意"的作品,特别是那些蜗居在大阪、怀才不遇的剧画家——用"蜗居"这个词可能有点冒犯大阪人。(笑)总之他们将怨气画进了作品中,结局都是极尽讽刺之能事,没有一部是大团圆收场。对置身黑暗的考生来说,这样的作品确实能带来某种爽快之感。

当时我已经有了以后靠画画为生的打算,便也想效仿那些剧画,画点充满怨恨和辛酸的东西。但我对未来并没有清晰的规划,所以仍然很焦虑。

尤其是从少年蜕变成青年的时候,这种焦虑会成倍增长,人会苦恼于"到底该怎么活下去"。正因为烦恼,才会去寻找能尽快帮助自己摆脱焦虑的东西。说白了就是想找到属于自己的那把椅子,直接坐上去。

于是我选择了漫画,作为寻找这把椅子的武器。就像前面提到过的,虽然起初想画的是剧画那样的东西,但恰好此时,我看了《白蛇传》,在某种意义上受到了文化冲击,因此对剧画产生了疑问:

"我真正想画的究竟是不是剧画?真的没错吗?"

说得再具体些,我觉得也许可以用更纯粹的方式去表达心中好的、漂亮的和美的东西。

---

[1] 日本漫画家辰巳嘉裕所创的漫画风格,比主流漫画更写实,符号化程度较低,面向青年而非低龄儿童。

倒不是极力赞扬《白蛇传》，只是我确实是在看那部漫画电影时产生了这种想法。从那以后，我就不画剧画了，改画漫画。

画了一段时间漫画，我才明白自己当初为什么想画充满怨恨辛酸的剧画。剧画中的情节总能引起我的共鸣，让我生出一种"好有意思啊"的感觉，我也是带着这种读者的心态去画的。

但当我改画漫画，年岁也长了一些后，当初想画剧画的理由才逐渐浮出水面。这其实与童年和青少年时期的经历有很大关系。

小时候的我是大人口中的"好孩子"，总是不自觉地听从父母的意见，而不是按自己的想法行动。我从没意识到这一点，但这样才更可怕。

后来我逐渐成长为青少年，认识到不能再做这样的"好孩子"，必须用自己的眼睛看世界，用自己的双脚站立。久而久之，我甚至连孩子最纯粹的本心都忽略了。再加上当时正处于痛苦的备考时期，所以选择了充满怨恨和辛酸的剧画。

而《白蛇传》让我茅塞顿开，意识到自己应该描绘的是孩子的纯真和豁达。然而，父母有时会践踏孩子的这份纯真，所以我想创作一些作品，告诉孩子们"别让父母把你生吞活剥了"，鼓励他们脱离父母，独立自主。

这就是我的出发点。在二十年后的今天，我依然秉持这一信念。我认为打造作品的关键在于"上小学三年级的我欢欣雀跃地期盼迪士尼和苏联的漫画电影时，想看的究竟是什么"。

结婚生子之后，我又琢磨起了另一个问题：我的孩子想看什么样的漫画电影呢？

孩子三岁的时候，我想为三岁的孩子做动画。孩子上了小学，我又试着为小学生做动画。现在我的孩子已经上高中了，似乎对动画失去了兴趣，搞得我都没干劲了，（笑）或许应该把目标转向邻居家的小朋友。

"为孩子做动画"听起来冠冕堂皇，其实不然。况且我也不是只为了讨孩子的欢心。

我想做自己童年时想看的东西，或者我的孩子想看的东西。换句话说，如果我能为所有的孩子创作他们想看的作品就好了。

大家都读过童话故事吧？读过就会发现，童话其实是一种鼓励，告诉你"船到桥头自然直"的道理。现在过得再苦再累，也总会有人来拯救你……《灰姑娘》和《白雪公主》都是如此。而且这种"鼓励"会随着时间的推移而改变，尤其在这个影像化兴起的时代，我们不得不年复一年地重新思考"鼓励"的定义。因为通俗文化本就会与时俱进，过几年回头看看曾经鼓励自己的作品，会纳闷"当时怎么会觉得那种东西好呢"，这也是常有的事。

◎ 如何将自己想做的事反映在作品中

今时今日，我们置身于富足的贫困社会。只要稍加思考就会发现，明明有很多音乐可以听，有大量的影像可以看，却只有一小部分能触动我们的心弦。

拉面馆是人们最常看漫画杂志的地方之一，大家都是一边吃面一边看。画漫画的人也很清楚这一点，所以会把作品画成"边吃拉面边看也能看明白"的样子。

漫画编辑，尤其是少女漫画的编辑甚至敢公开宣称，漫画家是消耗品。他们不致力于培养漫画家，而是想方设法发掘新人。

动画界也是如此。想在这样的大环境下尽可能地将想做的事反映在作品中，创作者必须拥有坚定的信念。

对我来说，这个信念就是要告诉那些不知道自己为何而活、彷徨无措的人，让他们"打起精神来"。

无奈现实不会让人轻易如愿，在滔滔洪水中硬着头皮前进才是常态。前些天,我和工作室的同事们一起去九州鹿儿岛县的屋久岛玩了一个星期。大伙儿都十分惊讶,没想到世上还有这么宁静闲适的地方。

刚回来的时候,我们还讨论起了"有没有办法搬去那儿住",说什么"靠快递总能生活下去"。(笑)

可惜这种闲聊起不到鼓励大家的效果(笑)……

不好意思,扯远了。最后再说一件特别想和大家分享的事吧。

一次我跟孩子去钓鱼,到了目的地才发现没带橡皮筋,于是带着孩子去林子里找了找。

我睁大眼睛找了一会儿,但根本找不到。小时候,我一听到蝉鸣,就能立刻找到趴在树干上叫的知了,可惜长大以后,这样的能力就消失了。

然而,孩子一下子就找到了橡皮筋。他们的着眼点好像跟大人的不一样。孩子能发现掉在马路上的橡皮筋,却留意不到迎面驶来的汽车。大人看得见汽车,却注意不到橡皮筋。这是为什么呢?

人类的眼界会从生活范围逐渐向外扩展,在认识各种各样的事物之后,逐步建立起自己的世界。观察一下婴儿就会发现,他们可以一门心思地拔眼前榻榻米上的毛刺,一拔就是一两个小时。

总之,孩子只会被眼前所见的事物吸引。

我讲这个故事只是想告诉大家,让孩子看太多过于刺激的动画,他们会养成被动接受的习惯,而不是主动做出选择。

我也不知道这么做会造成怎样的后果,但现状着实令人担忧。

尽管有这样的忧虑,继续制作能"鼓励"人们的漫画依然是我们的日常。

今天就讲到这里吧,感谢大家的聆听。

(动画研究会联盟主办讲座 1982 年 6 月 5 日
东京高田马场 早稻田大学)

用铁桶将清水倒入洪流

在我看来,当今文化环境的首要问题莫过于影像的泛滥。电影和电视并非对立关系,前者就像村子里在农闲时搭的戏棚,后者则是邻镇开办的、随时都能去看戏的常设剧场。换句话说,以前村里人必须自己排戏才有戏看,现在则是只要掏点钱,随时都能去镇上的常设剧场看戏。同理,电影这种大众媒介诞生后,随着技术的进步,又出现了有声电影、彩色电影和宽银幕电影,再到电视和录像带……总之获取影像的门槛变得越来越低。热爱电影的人,也就是"想在漆黑的环境中和很多人一起观看大银幕的人"看不惯电视,是因为他们觉得戏剧的乐趣在于乡亲们农闲时群策群力编排的过程。也许生意人拍的戏会更好看一些,但看这种戏和看自己排的戏,收获的东西完全不同。

电影确实有过杰作辈出的时期。特别是在二十世纪五十年代初,电影是最廉价的娱乐,吸引了大量观众。我也看过不少武打片和西部片。起初什么都看,不挑挑拣拣,所以看过《擦鞋童》,也看了《偷自行车的人》,走出影院的时候简直目瞪口呆。木村功[①]总是扮演不善为人处世、格外耿直的青年,让我懂得人生不如意事十之八九,看完后只得没精打采地走回家。我很清楚,那个时代的电影对人们的意义不同于今天的大众传媒。于是问题来了:电影和电视要如何融入当下的文化环境,并继续生存下去呢?但讨论这个问题之前,我总是忍不住思考"我们需不需要这么多电影"。

我不怎么看电视,偶尔看两眼,也不由得感叹 NHK 的纪实节目有了很大进步。不用说《丝绸之路》[②],连那些制作规模很小的节目都

[①] 木村功(1923—1981),日本演员,曾出演黑泽明等知名导演的一百多部电影。
[②] NHK 在 20 世纪 80 年代初期拍摄制作的特别节目之一,共两部。

做得非常好，比我小时候在学校礼堂看的文化教育电影还出色。他们充分发挥NHK的技术实力，大幅提升器材性能，依靠充足的经费，不管在水下还是空中都能随心所欲地拍摄。连《一都六县》这样的低成本节目都有比昔日的电影更为丰富的内涵。当然，只看三浦先生如何如何的八卦节目，怕是也不会有什么收获。不过正是因为看了许多有内涵的节目，我觉得我们不能将电视和电影对立起来，或者将商业主义和非商业主义对立起来，这样的思路是徒劳无益的。

回望童年，我们这代人是在通俗文化的熏陶下长大的。在战后的各种民主运动中问世的儿童杂志和读物大多在朝鲜战争后销声匿迹，我从没看过。相反，我看的都是在当时的反动浪潮中诞生的恶俗杂志，由此萌发了要从事这个行业的想法。因此我无意推广艺术运动之类，也无意通过独立制作的形式提出问题或发表观点。那么，我到底想制作什么呢？我想制作的是能为孩子们带来乐趣，能让孩子们度过美好时光的东西，无论形式是电视还是电影。之所以更倾向于电影，是因为它可以比电视投入更多时间和预算，但如果能做出好的电视作品，我也很愿意尝试。

但我们面临着一个很大的问题，那就是电影界和电视界都热衷于追逐眼前的蝇头小利。相比之下，电视追求的利益更微薄，整体更小家子气，和电影一样只敢打安全牌，不过最大的问题还是产量过剩。这年头，大家都不清楚同行的动向，也不看彼此做的东西。因为只要看上三分钟，就能看透台前幕后的种种，所以根本提不起劲。

而观众也是全天候无休止地接收影像，并习惯了这种状态，甚至开始面不改色地索要更多。他们不管制作者为一部作品耗费了多少心血，为做出像样的东西吃了多少苦头，没完没了地嚷嚷"放给我看"，嚷了一周又一周，一年复一年。常有人说"节目一年不如一年"，殊不知制作者不可能每年都以同样的速度产出作品。越是努力，越是做不出相同质量的东西。要想年年都出好作品，必须建立相应的机制。

就动画而言，用制作故事长片的方式去制作电视动画剧集，在现实中本就是不可行的，将动画硬塞进批量生产、批量销售的体系中，以非常短的周期无休止地制作，这样做出来的动画也是理所当然地没什么内涵。这就是我们当前的处境。

电影的没落是必然的。观众转向电视，不过是因为电视可以更方便地看到影像。这和电影的问世淘汰了曾经的乡村戏和戏棚是一个道理，因为电影是更便宜、更便捷的娱乐方式。有鉴于此，只是喊喊电影复兴的口号并不能解决当下的问题。无论何时，关键都在于有没有好作品问世，在于如何孕育出好作品。在电影的全盛时期，我们能掰着手指数出许许多多的杰作。可那个时代的电影也不都是佳作，比现在的电影还要拙劣的也多得是。当年有好些所谓的古装片和现代片，怎么看都是随便乱拍的产物，现在的人看了怕是会惊得魂飞魄散。只不过那些电影随着时间的推移不知不觉消失了，并没有演变成严重的问题。

那又该如何应对这样的文化环境，包括作品的过剩呢？我也进退两难。换句话说，我确实觉得"也许最好的法子就是停止制作"，真的有必要把一桶桶清水倒进洪水吗？可另一方面，我又会给自己找借口，觉得哪怕置身洪水之中，也是需要喝点清水的。我自己也想喝一喝。所以当工作摆在眼前时，我依旧会全身心地投入其中。如此摇摆不定，便是我的现状。

但我个人认为，至少要对制作者和消费者之间的关系——包括资本和劳动的关系，以及分配等问题有明确的态度，并在此基础上开展工作。有机会就好好做，没有机会就等待机会的到来，尽力守护自我，免得失去本心。

（《剧场前线》剧场前线社 1985 年 1 月号）

我对剧本的看法

◎ 写在前面

在五花八门的动画中，我了解的仅限于自己参与制作的若干电视动画与剧场作品。我没有正经学过编剧，也不会主动翻看其他作品的剧本。就连自己参与的作品的剧本，有时也只是粗略通读一下，工作中全凭直觉和心情。

让我这样的人探讨剧本，无非是向大家展示我是如何以独断、偏见和经验主义为依据为自己开脱的。不过事到如今再说我不是合适的人选，怕是也来不及了。

也许对编剧而言，剧本就是他应该完成的作品。然而，作品的一切都在影片中，包括剧本在内的所有环节都不过是通往成片的过程。说得简单粗暴一点，就是"只要能把影片做出来，用什么法子都无所谓"。

我一贯认为，作品并不存在固定的制作方法和制作程序。创作者以想要创造的作品为目标，一点点逼近极限的全过程，就是"创造作品"。

目前通用的职位分工，比如作画监督、原画、导演、CD[①]、总指挥、主管……都只是在特定时期、特定场合的分工而已。许多被视为"正统"的制作程序（比如企划、剧本、分镜、角色/舞台设定）也不过是为提高制作效率而建立的制度。一旦情况发生变化，立刻会有别的流程应运而生。如果安排得再巧妙一些，甚至可以不分先后，同时推进各项工作。剧本在画师的刺激下变得更丰满，画师的想象力受到剧本的启发……这样的例子比比皆是。当然也有分镜出炉后，为了在

---

① Chief Director，东映动画对"演出"（单集导演）的另一种称呼。

形式上捋顺条理而编写剧本的情况。在没有剧本的情况下做出一部电影的事，应该也不止我一个人经历过。

最愚蠢的做法莫过于不把自己的工作视为制作影片的环节之一，拒绝他人的修改，误以为那是对自己职权的侵犯。在讲究团队协作的动画界，坚信"拒绝修改剧本可以保护编剧权利"的人或者"以职权为挡箭牌，拒绝修改分镜"的导演，几乎是和"无能"画等号的。在团队协作中，必须有足够的灵活性，能毫不犹豫地采纳更好的方案，哪怕它出自昨天刚入职的新人之手。还要足够坚定，凡是自己认定的事情，就要做好在讨论中说服他人的思想准备。

说句题外话，至今还有人认定迪士尼的制作流程是制作动画的最优解。团队核心成员一起制作印象板，搭建故事大纲，形成故事板，大家绞尽脑汁想创意，接着重新组合和替换，把故事板做成临时影片（称作"徕卡带"①）推敲一番，再制作动态样片，准备工作就算完成了。有人忧心日本动画的现状，于是视这种吸收所有员工创意的方法为理想，但这也是一种谬论。迪士尼和他的心腹下属们创造的这种方法只适合那个时代、那样的作品内容（说"想要实现的目标"也行）和聚集在那里的人。从结果看，迪士尼为了维持这套流程，驱逐了与之相异的人才。动画的制作方法应该以时代与场景（所谓场景指的是不同的国家体制和文化环境）为基础，根据团队成员的才能、热情和体力做出相应调整。日本也有过不少尝试迪士尼式创作法的例子，认为沿用黄金时代（那时动画作品稀缺，观众支持增加产量）的方法就能制作出优秀的作品，但我敢说，它们都以失败告终了。

体系应该因人而异。仔细研究一个好的体系，就会发现它建立在优秀的人才基础之上。哪怕少一个人，都会变成死板僵化的官僚体制。每次根据实际情况（你想创作什么，为此可以召集哪些人）开发

---

① 用分镜图和临时配音、配乐等合成的影像草稿。

最合适的方法就是了。

剧本也是一样，根据实际情况决定它的作用即可。

别误会，我并不是说写作的技巧和能力是多余的。没有技术和能力，哪怕你脑海中勾勒的作品再出色，投入的资金再多，也做不出好东西。而磨砺技能不仅需要才气和热情，还需要积累经验的时间。

1. 何谓剧本

剧本并非为动画而生。在戏曲和真人电影的影响下，动画作品的内容逐渐变得复杂，时间也越来越长，于是人们也开始为动画编写专门的剧本。

与其给"动画作品的剧本"下个定义（我也没这个本事），不如通过几个假设来阐述我的观点。

假设突然有人递来一册剧本。看着看着，你的想象力受到了刺激，心跳加速，感动不已，心想：要是能把这个拍成电影该多好啊。如果能以此制作一部电影，它便会成为一切的起点。也许它能吸引人才，集结所有力量和技术，激发团队成员的才华和创作热情。或者剧本本身并没有那么完美，但你认定它是一块璞玉，于是想方设法把它打磨得光彩照人。我还没遇到过这样的例子，但在戏剧和真人电影领域应该有吧。

人们似乎普遍认为，剧本就该具有这种力量：用文字清晰地展现出影像作品的创作方案、细节、时间安排、台词、人物设定……说白了就是"包含所有想要表达的东西"。

不得不使用自己并不认同的剧本，或者看起来根本没法用的剧本时，又该怎么办呢？

照理说，应该与编剧合力推敲剧本，但这是不可能实现的。编剧可能认为现有的剧本已经足够好了，或者支付的酬劳不足以覆盖修改所要耗费的劳力。最终定稿的流程往往也快结束了，没时间返修。这种情况在当今的日本动画界很常见。

只能用剧本抛砖引玉，在演职员表里保留编剧的名字，绕过说明性的副标题，彻底改变故事结构，加入新的内容。即便没有做到这一步，轻微或中等程度的修改也是不可避免的。

在这种情况下，和编剧及其支持者（有时是编辑，有时是制片人）发生冲突再正常不过。妥协是不可能的，势必会发展成拉锯战，要么你退让，要么对方退让，或者以更隐晦的方式糊弄过去。

可你要是没有替代方案，上面这些方法就行不通。在工作现场批评他人的工作时，必须拿出能取而代之的方案，还得有足够的说服力，让对方认同你的方案更好。工作现场不需要评论家。无法说服对方，就得咬紧牙关按原来的剧本走下去，直到有足够的说服力，这是很痛苦的。

明明该聊剧本，却一不小心扯到了现场。其实我想强调的是，我在工作中从未给自己设置过特定的职务，好比编剧、导演或美术设定等。职责范围是由能力决定的。哪怕你只负责美术设定，但实力过硬的话，自然会在导演和作画方面有发言权。导演没本事，就会被动画师牵着鼻子走。在动画的世界，这是天经地义的事。

刚入行的时候，前辈就是这么教导我的，我也通过自身经验验证了这一点。所以当我站在影片制作者的立场上探讨剧本时，难免会有这样的想法。哪怕让我聊聊怎么当导演，可能也是差不多的论调。就像前面说的，本文是独断、偏见和经验主义的产物。

假设企划案最终通过（无论是改编作品还是原创作品），电影的制作又要如何启动呢？

如果是漫画改编的电影，基本形象（无论故事还是画面）都是现成的，但这样的作品制作起来就更简单吗？也未必。剧情类漫画的故事情节往往太多，光是梳理清楚就让人筋疲力尽。无论如何，制作的起点都是拆解。对制作者而言，无论原作是文学作品还是漫画，工作量都一样大。

首先，要将作品的大方向、战略目标（要讲述什么）、战术目标（要实现什么），以及为之服务的故事、时代、舞台、人物等元素全部有机地组合起来。很多人会先集中精力写剧本，但我认为在动画制作中，不走这一步才更高效。哪怕跳过这个环节，准备阶段的时间也绝对不够用，把有限的时间放在印象板上效率更高。话虽如此，画面和文字工作应该同步推进，并以备忘录的形式总结阶段性成果。

在有了备忘录和画面的基础上再向编剧提出要求。要做好思想准备，初稿不可能让人心满意足。修改到整个团队开工前的最后一刻也无妨。因为无论时间多么紧迫，导演和核心成员都希望能通过剧本把握作品的全局，这样做也比较方便，所以只能多推敲剧本。与此同时，还应该说服团队推延时间表。

我自己是初稿一出炉就不干涉剧本了。因为我从没遇到过"准备阶段的时间很充裕"的情况，哪怕提了要求，怕是也不能按时完成。说我小家子气倒也没错。

只要能摸清作品的大致轮廓，就把剧本打印出来，哪怕你知道它并不完美。附上封面、装订成册的剧本不是用来打发赞助商或客户的，而是为了客观反映迄今为止的所有工作。

然后以剧本为"砖"，如有必要则进一步拆分、删减、修改，甚至不惜全部推翻，推敲出更细致的方案。我一贯将分镜（义同故事板）的完成视作准备阶段的终点，因此会把所有精力都放在那上面。

除了用来抛砖引玉，打印出来的剧本还能用来把控作品时长。这个作用至关重要。有时——或者说经常会出现"故事板还没完成就开始作画"的情况。比方说，当分镜做到剧本的四分之一时，可以以此计算一下"这部分的秒数有没有控制在总秒数的四分之一以内"。

剧场动画的时长不像电视动画那样有严格的限制，但尺数（胶片的长度以英尺为单位）也不是随意决定的。在没有完成故事板的情况下开始作画，结果把原定时长不到两小时的片子做成了两个半小时，就意味着大量工作会被白白浪费，员工的劳动得不到回报，剪辑难于登天，最后的影片也会千疮百孔。

也许读者会把我的观点解读为"对编剧的轻视"。在实际工作中，编剧的抵触也相当强烈。递上详细的大纲和画面，让人家参考备忘录，可照这些写出来的剧本却被当成了草案，最后出炉的作品完全是另一番模样。在这种情况下生气是理所当然的吧。

不过，我觉得生气是不对的。导演、团队核心成员和编剧之间应该像抛球游戏一样有来有往。但只扔一次球是远远不够的，哪怕那一球凝聚了你的所有心血。抛球，接球，再抛球……最终基于相互之间的信任，才能完成一部作品。在整个过程中，要高度认可每一项工作（包括自己的试错）的意义。

在电影界，编剧一度被赋予了某种特权。人们认同编剧是兼具"作家性"与"个性"的职业。那是编剧们奋力争取到的权利。

但是我们不能将这种权利直接应用于动画。我并不是要求限制编剧的权利，只是想说"其他员工的权利实在太少"。在动画制作领域，过度重视编剧和导演是不对的。就像电影的版权收入过于向原作倾斜，导演和编剧只能分到一点点，其他员工更是一分钱都拿不到，这也很不合理。这个问题牵涉许多棘手的因素，三言两语说不清楚。但员工的权利和义务被一大摞合同框得死死的，就很难实现高效的协作。

简而言之，在动画领域中，编剧的作家性并非体现在"执着于在剧本上署名"，而在于"作为团队的一员积极投身于制作过程"。如果能做到这一点，作品便属于全体成员，编剧也自然有资格宣称"这是我的作品"，并为之做出贡献。

2. 剧本的实情

我的名字作为"编剧"出现在了若干作品的演职员表里。也有做了同样的工作，但没有署名的情况。且不论那些作品的评价如何，是否值得探讨，我想借此机会记录一下自己参与过的剧本的实际情况，仅供参考。

《熊猫家族》
（短篇动画电影，东京电影公司·A 制作公司出品，1972 年）

上面要求我构思一部以熊猫为主角的作品，内容不限。我和高畑勋用了一两个晚上就做好了企划案，但迟迟没有定下要不要做，直到"中国将向日本赠送熊猫"的消息传来，才突然敲定。

我们讨论了简要构想，即想做成一部什么样的作品，然后委托某编剧写剧本。在初稿出炉之前，我画了类似故事板的印象板，希望能具体呈现我们的想法。

我们对初稿并不满意，但认为再修改就太浪费时间了，于是向公司申请"自己撰写剧本"。跟高畑讨论情节之后，我负责执笔，结合印象板完稿。

由于写出来的文本不符合剧本的格式，便请进行（制作进行①的简称）整理成可以打印的状态，然后和高畑一起着手绘制分镜。

就这部作品而言，我们已经通过以前的合作对"该如何达成目标"有了非常明确的共识，剧本也是抱着"先写个草案出来"的心态写的，所以带有明显的个人风格，"舞台提示"（对角色动作的要求）要比普通剧本多得多。开始绘制分镜后，高畑把我写下的台词和进行准备工作时绘制的画面整理得清清楚楚，将我潜意识里对角色的情感

---
① 制作团队中负责管理项目进度，进行资源分配和统筹协调的人员。

转化为电影式的表达，这大大提升了我对这项工作的认同感。我从未如此愉快地参与过一部电影的制作。

制作续集《熊猫家族之大雨马戏团》（1973年）时，一开始就决定剧本由我来写。还记得我当时窝在高畑家，跟他聊了聊作品的内容，然后根据我们共同的童年经历（对洪水的向往）写出了类似制作笔记的剧本，再请进行帮忙整理誊清。

由于这部作品没有围绕戏剧性的事件展开（其实这正是我们的目的），遵循传统思维写剧本的编剧似乎不太能理解我们的想法，转化成文字一看，作品确实显得极为平淡，人家担心"这种东西能不能拍成电影"也很正常。但直到今天我依然坚信，我们的目标是正确的。

《未来少年柯南》（电视动画，日本动画公司出品，1978年）

在"对原作进行大幅修改"的前提下，我担任了这部作品的导演，对情节做了粗略的搭建，写出尽可能详细的大纲，再与编剧进行协商。但将自以为最精良的大纲细化为剧本后，我才意识到其中净是缺点。这就导致明明剧本完全符合自己的构想，却迟迟无法进入分镜环节。

身为导演，我需要以周为单位推进剧本和分镜，结果陷入了"大纲是草案，编剧交上来的剧本也是草案，分镜当然也是草案"的窘境。而且故事的发展偏离了最初的构想，不得不照着临时画的新故事板推进，结果进度严重延迟，给同事和公司添了非常大的麻烦。罪魁祸首就是我的弱点——凭直觉和心情做事。

但草案是绝对必要的，无论是出自别人还是自己之手。因为我们往往能在否定性的思考过程中明确前进的方向。

哪怕备忘录只有一张纸，只要言之有物，就能行云流水地画出分镜。如果画着画着卡住了，或是觉得哪里不太痛快，就意味着某个地方还藏有问题。只要能毫不犹豫地推翻之前的想法，积极寻找其他方向，就一定会找到最合适的道路。由于时间紧张，难免想赶紧搞定，于是暗示自己"一切进行顺利"，但我们必须摆正心态，不放过任何一个小隐患。哪怕是通宵达旦画出来的分镜，也要有能痛下决心扔进垃圾桶的觉悟。只有这样才能看清哪些部分能用，哪些部分不能用。

靠得住的不是逻辑，而是直觉。为了高畑的荣誉，必须在这里说一下，高畑为《柯南》绘制的五集分镜完成度很高，对身心俱疲的我而言，他的援助堪比久旱甘霖。

《鲁邦三世：卡里奥斯特罗城》

（长篇动画电影，东京电影公司新社 / Telecom 出品，1979 年）

这是一个从创作故事开始的项目。为了将朦胧的构想逐渐呈现出来，我先绘制小国的湖和城堡（故事发生的舞台）的鸟瞰图。我相信画完后，一切都会顺利进行。至于剧本，我写好了从开场到大结局的大纲，就委托编剧写剧本，条件是"名义上共同执笔，绘制分镜时可自由更改"。初稿中有些细节与我想要的略有差异，还有些尚需打磨之处，但都原样打印了出来。与此同时，我把段落[①]列在大张的纸上，再贴到墙上，着手绘制分镜。这是为了摸清自己的工作进度，画完分镜的段落就用记号笔划掉。

《鲁邦》这种作品的大致情节是固定的，但如何呈现这些情节，以及角色的调动和安排、设置机关和伏笔都很重要，因此在影像化的过程中，更改大纲是不可避免的。

我们按起承转合，把作品分成 ABCD 四部分。做到 C 部分时发现时长有可能大幅超出原计划，于是将情节修改得更简洁一些。做到 D 部分时，我意识到由于工期紧迫，原定的内容是做不完了，于是在

[①] 动画术语，多个镜头的集合为场景，多个场景的集合为段落。

分镜阶段进行了战术性撤退。

因为这次妥协,在作品完成后的半年里,我受尽了挫败感的折磨。但我坚信这种看似反常的方法并没有错。

《风之谷》(长篇动画电影,Top Craft 出品,1984 年)

制作《风之谷》时,我采用了与《卡里奥斯特罗城》相同的方法,却卡在了"拆解自己的原作"这一步,深陷窘境。尽管为此找了一位编剧合作,却没有奏效,最终耗尽了时间,不得不仅靠贴在墙上的大纲开始作画。虽然我也以编剧的身份出现在演职员表里,但这部作品并没有打印出来的剧本草案,只是按照演职员表的惯例加了"编剧"这一项,仿佛真的有剧本存在一样。总而言之,并不是方法论本身有问题,而是不该让原作者将他已经表现过的作品以影片的形式再表达一次。

可以在电影完工后再写剧本终稿——制作《动物宝岛》(东映动画出品,池田宏导演,1971 年)时,团队的核心成员就是这样做的。那是我第一次体验为了提高分镜的完成度,正式使用剧本草案的制作流程。

除了我,还有多位导演采用了这种方法。有的导演继续与编剧殊死搏斗,有的导演则选择与编剧合作,顺畅推动各项工作。虽然这套程序源于制作现场的实践,但也必然存在经验主义的弊端,会在一定程度上影响作品的完成度。比如决定权过度集中于导演,或者因为惯性导致制作团队出现风气变坏的危机……

正如上一小节所说,能够彻底说服现场的成员、为他们指明新希望的剧本,其实是大家翘首以待的。我们无法否认,好剧本,真正拥有力量的剧本一定蕴含着源源不断的可能性。

3. 好剧本的写法

我不知道好剧本该怎么写，知道的话早就写出来了。好剧本是才能和努力相结合的成果，不是靠别人教出来的。因为写剧本关键不在于技法，而在于"想表达什么"。

想表达的主题一定要明确。这是故事的树干，要始终做到概括而精炼。

观众看到的是树梢，是闪闪发光的树叶。但剧本最不可少的是深深扎入大地的根和隐藏在枝叶中的粗壮树干。

只要树干拥有长出枝叶的力量，大家就可以集思广益，挂上各种装饰，让树开花结果。

最好的剧本，也许就是连枝叶和爬在上面的虫子都写得清清楚楚的剧本。

（《动画讲座 3 图像设计》美术出版社 1986 年 1 月 25 日发行）

关于日本动画

日本第一部彩色长篇漫画电影《白蛇传》是一九五八年上映的。那年年底，正在备战高考的我在简陋的三番馆[①]邂逅了这部电影。

向大家坦白一个难为情的秘密——我爱上了这部电影的女主角。看完电影后，我大受震撼，在飘雪中恍恍惚惚地走回了家。她们是那么一心一意，相比之下，我实在是太不像话了。我越想越觉得惭愧，蜷在被炉里哭了一整夜。考生的压抑心理、青涩的青春期、肤浅的爱情故事……无论是受到了哪种因素影响，对心智尚未成熟的我而言，

[①] 比首映影院晚一两周上映的影院称"二番馆"，更晚的就是"三番馆"。

《白蛇传》带来的震撼无疑都是非常强烈的。

当时我立志成为漫画家,想画风靡一时的荒诞漫画。正是《白蛇传》让我深刻认识到了自己的愚蠢。它让我察觉到,尽管总把怀疑挂在嘴边,但我内心向往的正是那种"肤浅"的爱情故事所展现的世界——虽然俗气,却无比真挚纯粹。我再也无法否认,其实自己十分认可这个世界。

从那时起,我便开始认真思考应该创作什么。至少我摆正了心态,告诉自己再难为情也不能违背真心。

一九六三年,我入职东映动画,成了一名菜鸟动画师。但工作很是无趣。哪怕是正在制作的作品,企划书都让我难以苟同,而且我也放不下成为漫画家的愿望,终日惶惑不安。《白蛇传》带来的感动早已淡去,回想起来,我只记得它作为一部动画作品的欠缺之处。要不是在工会组织的放映会上看到了《冰雪女王》,我都要怀疑自己还会不会继续做动画了。

从《冰雪女王》中可以看出创作者在这份"让画动起来"的工作中倾注了多少心血,而动态的画面又能在何种程度上升华为生动的表演。它也证明了怀着真挚、纯粹、朴素而坚定的信念制作的动画,对观众心灵的震撼丝毫不亚于其他类型的顶级杰作。尽管《白蛇传》在内容上有不足之处,但我相信它也有同样的特质。

那时,我第一次庆幸自己从事动画师这份工作。也许有朝一日,这样的机会也会降临在我的头上。我就此下定决心,要在这个领域继续耕耘。

《白蛇传》和《冰雪女王》都是通俗作品。虽然我讨厌演歌,但也不得不承认自己是一个俗人。看过《修女乔安娜》[①]后,我三天两头

---

① 1961 年上映的波兰恐怖片。

跑去ATG[①]的电影院，但是把那些作品加在一起，也敌不过一部《摩登时代》。通俗作品的意义在于与它相遇的那一瞬间。接收者（即观众）看到作品时处于怎样的精神状态，与作品的内容一样，都能决定作品的意义。通俗作品最重要的并非永恒的艺术价值。包括我在内的观众在看电影时总是一知半解，容易忽略影片中的重要信息。但让观众摆脱日常生活的枷锁和苦闷，发泄抑郁的情绪，发现潜意识中的渴望、真挚和自我肯定，带着更多的活力回归日常——我认为这才是通俗作品的作用。哪怕在短短几分钟后，我就嘲笑起了影片中的多愁善感，那部作品对我来说也是有意义的。这么说并不是因为《白蛇传》影响了我的职业选择，而是因为我当时还是个高中生，比现在青涩得多，与《白蛇传》的相遇才会产生如此重大的意义。

所以我认为通俗作品可以轻佻，但必须充满真情。作品的入口要低而宽，允许任何人进入欣赏，出口则要高而洁净。不该破罐子破摔，也不该对低劣视而不见，甚至强调或放大这种低劣。

我讨厌迪士尼的作品。因为那些作品的入口和出口同样低，也同样宽。在我看来，这是不折不扣的蔑视观众。

我之所以在探讨日本动画之前写下这一段既像是坦白自己的信仰，又像是纯粹的经验之谈的文字，是想先表明立场。如今聊起我们从事的这份工作，心中难免有些许苦涩。我一直以二十世纪五十年代的若干作品为榜样，但与它们相比，八十年代的我们制作的动画无异于大型喷气式客机上发的飞机餐。批量生产改变了一切。本应贯穿始终的真情和思考不得不让位于故弄玄虚、神经质和肤浅的笑话。本应充满热情的手艺活在简单粗暴的计件付酬体系下被日渐消耗。之所以讨

[①] 全称Art Theatre Guild（日本艺术影院协会），集电影发行制作于一体的公司，建立伊始致力于引进外国艺术电影，之后向独立电影制作及发行公司转型。

厌"Anime"这个简称，也是因为它在我眼里象征着这种荒废的境况。

我无意分析或代言日本动画，也无意为之辩护。简称为"Anime"的动画更适合与游戏机、进口车和装模作样的美食点评放在一起讨论。与友人讨论动画时，话题的核心会在不知不觉中演变为文化环境、社会的荒废或控制社会[①]。动画热潮来了又去，然而在一九八七年的今天，日本每周播映的电视动画仍有三十部，每年还有几十部动画电影和动画录像带问世，除此之外还有美国的转包合作项目。但在这里介绍这些也没有意义。要说有什么是非提不可的，那就是日本动画的"过度表现主义"和"动机的丧失"。正是这两点腐蚀了日本的通俗动画。

◎ 动画的过度表现主义

照理说，动画的技法是没有限制的。哪怕不画画，也能制作动画。在同一地点架设摄影机，每天用同一个角度拍一帧（即1/24秒），一年下来便是一段十五秒多的影片。在日新月异的东京郊区坚持拍十年，便是一部相当有价值的作品。也不知每月给同一个人拍一张裸体照片，从新生儿阶段拍起，最后能做出怎样的作品。

技法的种类何其多。直到今天，世界各地仍有高雅又优秀的动画短片相继出炉。但毫不夸张地说，我们所用的通俗动画技法都建立在赛璐珞动画之上。

赛璐珞片，即聚氯乙烯薄片，在动画制作中简称为"seru"。将画在纸上的画转印到赛璐珞片上（通过热处理使碳粉附着），再用水性颜料上色，叠在用广告颜料（其实还有别的颜料）绘制的背景上进行拍摄，就是所谓的赛璐珞动画。顺便一提，此法并非美国独创，日本

---

① 通过控制去压抑、否定个人的社会。

也几乎在同一时期开发出了这种技法。

赛璐珞动画是一种适合团队协作的技法，其特点是画面直白明了，易于吸引观众。将"直白明了"说成"浅薄"也无妨。换成时下流行的说法，就是"画面信息量小"。翻翻赛璐珞画册就知道了，那些画乍看鲜艳明晰，可看多了很容易腻。制作现场的经验告诉我，哪怕是相当蹩脚的画，做成赛璐珞片也是像模像样的，而优秀的画一旦做成赛璐珞片，就会变得单薄，失去原有的魅力。总之，好的和坏的都会被平均化，正是这种特性让动画的批量生产成为可能。

要想以这种技法制作出质量达到一定水准的影像，兼具才能与毅力的技术团队必不可缺。这个团队的核心就是让画动起来的动画师，可培养大批优秀的动画师难于登天。有人说动画师和演员差不多，那他们的水准怕是还不如公司年会上的即兴表演。重力、惯性、弹性、流体等基础法则自不用说，还要熟练运用透视法，能够以二十四分之一秒为单位分解动作并重组串联……在表演之前需要掌握的东西实在太多了，以至于动画师们在堆积如山的作业里晕头转向。

我可以肯定地说，大多数动画师不具备所谓的"演技"。动画导演一旦要求登场人物（角色）表演，就会陷入对动画师的怀疑，尝到挫败的滋味。美国和苏联之所以发展出从实拍影片中提取表情、动作和时间点进行动画绘制的技术（Live Action），正是因为动画师的想象力和描述力的极限已显而易见。话虽如此，如果将实拍的影片直接转换为动画，连知名演员的表演也会变得温暾模糊。其实表演不仅是动作，微妙的光影变化、无法用赛璐珞片表现的质感、干湿状态，以及比每秒二十四帧更精细、更有连续性的动作都是表演的一部分。

经验丰富的制作者会要求模特演员用更简约的方式，依靠人体轮廓去表演。因为他们觉得，与针对电影开发的表演模式相比，戏剧表演更适合赛璐珞动画电影。这就是为什么迪士尼作品中的人物动作带点音乐剧的味道，《冰雪女王》的人物动作神似少女跳芭蕾舞。虽然做出了这样的尝试，但以惨败告终的例子并不少。如果用作参照的实拍影片本就拙劣，巴克希的《指环王》①也不可能取得成功。而迪士尼的《灰姑娘》也足以证明，通过这种技术追求"更逼真"的动作是一把双刃剑：这种追求只在银幕上塑造出了一个美国姑娘，故事的象征性远不如《白雪公主》。

类似的技术没有在日本发展起来。成本固然是一方面的原因，另外我也不喜欢这种技术。如果动画师成了实拍影片的附庸，作品的魅力就会打对折。不过，说原因在于"日本没有能用作范本的表演模式"也不是不行。文乐、歌舞伎和能剧狂言与我们的作品相距甚远，日式音乐剧和芭蕾舞更是舶来品，让人提不起兴趣。我们一直在时间和财力允许的范围内，以电影、漫画和其他杂七杂八的东西带来的体验为基础，以情感、直觉和思考为线索作画。人物的表情动作往往是将喜怒哀乐的符号分解成五官（眼睛、眉毛、嘴巴、鼻子）的形状，再组合排列而成，但动画师会借助戏剧领域中尚未分化的"与角色同化"或"移情角色"的技巧来作画，努力克服符号化的缺陷。

不要轻视这种朴素的力量。虽然这种样式与高雅无缘，但只要能准确把握应该表达的东西，充满真情的画面就会拥有力量。比起真人表演的娴熟动作，我更喜欢这种力量。

说回日本动画。日本动画往往改编自漫画，沿用漫画的人物设定，吸收漫画的活力，并在有志成为漫画家的少男少女中招募人才。当然也有例外，但我认为大致情况就是如此。在电视动画出现（1963年）之前，东映动画的风格更接近儿童画而非漫画，但电视动画与漫画的批量增产斩断了这一趋势。日本动画起步于根据漫画改编的电视动画，制作周期以周为单位，远远短于长篇动画电影。经费和时间的限制迫使制作者不得不尽量削减作画张数。人手短缺则导致现场有大

---

① 1978年上映的美国奇幻动画电影，改编自J.R.R.托尔金的古典奇幻史诗《魔戒》。

量不熟练的技术人员和不适合这个行业的人。作画部门自不必说，包括导演和编剧在内的所有工种都遭遇了大范围的"注水"和扩编。可怕的是，这种倾向持续了整整二十年（在这期间，电视动画的数量持续增加，甚至在动画热潮的末期多达每周四十部）！！

赶上播出时间成了第一要务。而且在制作时，必须尽量缩减动画最大的特色，即动画的"动态"。这种不伦不类的动画之所以能被观众接受，想必是因为它的老大哥——漫画的视觉语言已经渗透了社会的方方面面。

日本动画在起步之初就放弃了"动态"，促成这一点的正是漫画（包括剧画）的手法。一目了然的视觉冲击力高度契合赛璐珞动画的特性，于是制作者一味追求震撼、帅气和可爱，来抓住观众的眼球。只通过一张画来表现登场人物的所有魅力，而不是用动作或表情为其注入生命。如果以单一时刻的表达为中心，登场人物便不再是复合体，而是只强调一两个属性的变形产物。依靠剧画式的设计使画面呈现灵活的动态是不可能的。更何况负责批量生产的团队良莠不齐、毫无凝聚力，画面必然崩坏。不仅是设计，情节的展开、段落的组成、分镜的排列、各个镜头的内容以及每个动作都不得不跟着改变。日本动画的过度表现主义潮流就是由此而起。

说来也怪，这种时候竟有理论家跳出来为现状辩护，说什么"未来是有限动画①的时代"，"动了反而碍事，静止画才是全新的表现手法"。

除了登场人物的外形设计和性格，连空间和时间都彻底变形了。棒球从投手的手到捕手手套的时间，被这一球所承载的感情无限延长，动画师不得不想方设法，将这一被拉长的瞬间打造成震撼人心的动作。因为"球场对主人公来说无异于战场"，把狭小的球场描绘成广阔战场的行为也变得合理了。想想真是滑稽，这种叙事方式竟与评

---

① 有限动画（Limited animation），与"全动画（Full animation）"相对应，是一种运用高度简化的动作降低成本、提高制片效率的模式。比如人物说话时全身不动，只有嘴开合。

书如出一辙。说书人讲述"曲垣平九郎①骑马登上爱宕山石阶"时的夸张口吻，和这些动画片的叙事是何其相似。

让画面动起来的技术被局限为一种装饰，被延长扭曲的空间和时间反而成了重点。本就不擅长的对人物日常动作的描写也被当作不必要的过时元素排除在外，非日常感则倍受追捧。如何刻画战斗、比赛和机械的细节，如何强调从核武器到激光枪等武器的火力，成了评判动画师能力的标准。要表现内心世界的时候，就简单粗暴地套用漫画的表现方法，不让画面动起来，仅仅用音乐、构图和静止画敷衍了事。内心戏份这种看起来有些乏味的段落，成了给制作现场减负的休息环节。动画师们在衡量自己负责的段落的分量时，也越来越倾向于"只看动作的夸张程度"。

男主角基本不笑，要笑也是冷笑，因为脸一笑就垮了。平时眼睛大大的女主角一发呆就成了豆豆眼②，这两种面容之间没有任何关联。极端变形、毫无存在感的人物在同样变形的艳俗世界里随意拖延时间，一味耍帅的作品逐渐演变成了日本动画的一大特色。

这种表现主义在刚出现的时候，曾作为一种时尚的风潮被正当化。当观众投入过度的感情，产生的共鸣超出了作品原有的表达时，这种手法确实会得到压倒性的支持。经济高速增长期的《巨人之星》③就是如此。然而，随着情绪的消磨，这种手法沦为最简便的套路。为了挽回颓势，动画在过度表现的道路上越走越远。原本是两个机甲合体，后来升级为三合一，再到五合一，最后竟离谱地演变成二十六合一。角色的外形设计也变得越来越考究，巨大的眼睛以七色高光装

---

① 江户初期的马术家，曾奉三代将军德川家光之命骑马上爱宕山的石阶折梅花枝，此事也演变成经典的评书故事。
② 人物眼睛变成黑色小点，多用于表现发呆、惊讶的神情。
③ 梶原一骑原作、川崎伸作画的日本棒球漫画，讲述星飞雄马在父亲的训练下成长为以高速球闻名的投手的故事，1968年起三次被改编为电视动画。

点，阴影以不同的颜色区别，头发也要顺应时下的流行涂成花哨的颜色。这些都加重了按件计酬的动画师的工作负担，压得他们喘不过气。类型化进展到这个地步，着实叫人心惊胆战。

也许我对日本动画的描述夸张了一些。并非所有日本动画都偏向过度的表现主义。有人在限制之下努力创造独特的演技，有人致力于描绘空间和时间的存在感，也有人努力不让动画沦为漫画的小弟。但倾向于表现主义的终究是大多数，许多年轻的动画师也是向往这种过度的表现才投身动画界。

"动画＝过度表现"的等式一旦固定，社会便会认可其正当性，导致动画的发展停滞不前。正如评书已无法满足当今观众的需求，动画制作者也失去了灵活性和对多元世界的尊重，从而失去观众的支持。尽管如此，许多业内人士仍未意识到过度的表现主义正在荼毒自己的动画观，依然认为它是动画的魅力所在。

其实截至一九八七年，过度的表现主义已随着热潮的落幕被迫退却，失去了昔日的市场份额，残余势力转向了录像带作品。录像带被宣传成了新兴媒体，但其市场并未扩大，反而产量锐减，愈发小众化，沦为"面向发烧友的作品"。这岂止是可悲，直让人联想到伊索寓言中那只撑破了肚皮的青蛙。[①] 电视动画则开始反省"一味抬高受众年龄"的做法，表现出了回归儿童题材的倾向。然而，孕育了日本动画表现主义风格的土壤丝毫没有改变。"在尽可能不动的前提下制作动画"这个条件仍然存在，因此大多数业内人士将这一倾向视为"受众退化成小朋友"，而不是"为了给孩子们带去快乐而创作"。

美国有"星期六早上的动画师"这样的说法。因为美国每周双休，所以星期六上午，电视台总是放动画节目，好让父母睡个懒觉。制作此类节目的动画师常以此自嘲。不难想象，日本的动画师们怕是

---

① 出自伊索寓言《牛和蛙》，青蛙模仿牛把自己的肚子撑破了，寓意是人要有自知之明。

很难在热潮落幕之后，将工作重新定义为"充满热情的手艺活"。

◎ 关于动机的丧失

在福尔摩斯的某个故事里，华生医生高呼："你是人类的恩人！！"如果我们能以这种方式思考世界，那该有多省心。如果能断定"爱是至高无上的"，创作故事该有多容易。如果笃信正义站在自己这边，所有邪恶都归属于他人，动作片该有多好拍。

如果我们能说出"要实现崇高的理想，就不能畏惧任何的自我牺牲和奉献"……不，光是相信这种理想是存在的，就会让工作变得轻松许多。反之，如果我们认定人类本性愚劣，信仰都是权宜之计，大义与信条也是虚伪的，自我牺牲的背后都是算计，那倒也省力。毕竟要找卑劣肮脏之物，这个社会就是不二之选……

恐怕在所有通俗文化中，动画是最后一个坚守爱与正义的领域。不过这并非坚定的信念使然，更可能是由于动画团队的协作性质、公共性以及始终追赶不上漫画的脚步等原因，让它看起来落后于时代。

如今的动画制作者已无法为主人公赋予自发的动机。不知为何，控制社会中的人们似乎不知不觉地接受了努力的枉然。昔日的大敌"贫穷"好像也变得模糊，甚至找不到应该对抗的敌手了。

与其他领域一样，动画界只有职业意识保留了下来。因为我是机器人士兵，所以要拼死战斗。因为我是刑警，所以要追捕罪犯。因为我渴望成为歌手，所以要击败对手。因为我是运动员，所以要努力训练。其余便是对裙底和裤裆的兴趣。

这也是理所当然。即使有"企图征服世界的组织"这一百试不爽的终极手段，每周看好几部大同小异的作品也肯定会腻。"爱"这个字也被《宇宙战舰大和号》之流炒作成了一大卖点，不褪色才怪。《大和号》引爆了动画热潮，但它其实是爱与正义的坟墓，想想也真是讽刺。

在第一部上映（1970 年）多年后推出的《明日之丈》①续作被时代抛弃，浑身散发出尸臭，也不仅仅是过度表现主义所致。

动机的丧失……日本动画已经证明，如果无法为主人公赋予从自身价值观出发的动机，持续创作会有多么可怕。

人不可能因为自己碰巧属于巨人队，而别人碰巧属于中日队、广岛队或阪神队，就对他恨之入骨。不想输归不想输，但更多的是"大家都不容易"的心态。描绘机器人太空大战的电视动画屡见不鲜，登场人物净是些势不两立的人，这些被观众当成了今后不得不迈入的社会的缩影。他们把这种对立当作现实来接受，却又心生厌倦。

职业意识和专业素养本质上是一种"无价值论"，会不可避免地被生存竞争的逻辑所吞噬。用之前提到的过度表现主义去追求这两种意识，会产生怎样的结果呢？只能是"一切都变成游戏"。

恋爱成了心理游戏，战斗成了相互残杀的游戏，而比赛则是以金钱体现结果的游戏。

日本动画变成了铺天盖地的游戏，连登场人物的生死都被游戏化了，制作者反而登天成神。动画的热潮被游戏机取代也是理所当然。游戏的参与度比动画高得多，满意度自然也高。

美国电影也苦于动机的丧失，盯着里根不放。纳粹德国的恶棍都拍得差不多了，又请出了苏联及其手下的游击队。

制作者一旦开始描绘连自己都不信的东西，会立刻露出马脚。尽管如此，他们仍然认定活力充沛才是最要紧的。看到六十年代被大力吹捧的"现代孩子"②为人父母后，陷入身为团块世代③的困惑中，我明白了一个显而易见的道理：时代与流行孕育出的东西，终究无法走

---

① 1968 年开始连载的日本漫画，后被改编为电视动画，于 1970 年和 1980 年播出。
② 20 世纪 60 年代的日本流行语，特指在升学竞争加剧、城市化、信息化、经济增长等背景下成长起来的年轻人。
③ 指 1947 年至 1949 年间，在日本第一次婴儿潮期间出生的人。

出时代与流行。"现代孩子"已被"新新人类"取代,"活力充沛"也被换成了"性格开朗",仅此而已。

制作者已无法再为主人公赋予动机,但每天仍有孩子降临在这个世界上,等他们一天天长大成人,面临的挑战也丝毫没有变少。就算今天的孩子不再像以前那样,将理想寄托在正义的英雄身上勉励自己,也仍然希望得到鼓励,希望有人教会他们感知世界的美好。不然怎么会有那么多孩子误入歧途,试图毁灭自己呢?

丧失动机就是我们眼前的问题。缺乏信任、意志缺失与虚无主义也是这种现状的产物。如果没有意识到这一点,一味依赖自己的感性,那我们到底要创造什么呢?在我看来,"以为仅靠专业素养就能进行创作的愚昧心态"正是腐蚀日本动画的元凶。

◎ 算不上结论的结论

无论过去还是现在,"观众"这一不特定人群的愿望始终没有太大变化,就隐藏在所谓的"土气"和"俗气"中。无论时代如何变迁,孩子们寻求的必然是我邂逅《白蛇传》时感受到的冲击。如果我发现事实并非如此,肯定早就不干这一行了。请容我再发表一个独断而跳跃的观点——其实我们正在进行一场接力赛。我们正在努力奔跑,好把接力棒传给下一个人。艺术或创作一类的东西是最可怕也最激进的,与我们从事的通俗文化工作有着本质的不同。不要再用"艺术家"之类的词语偷换概念了。

虽然我现在对自己的工作感到厌倦,过得很是别扭,然而在今天的日本,活得舒服反而奇怪。我深耕赛璐珞动画多年,近来痛感"做不到的"比"做得到的"多得多。但我仍然认为,在儿时接触优秀的动画并不是什么糟糕的体验。话虽如此,我也深知我们从事的职业是一门瞄准孩子购买力的生意。无论我们多么有良知,影像作品终究只能刺激孩子的视觉和听觉，从而剥夺他们发现、感受和品味世界的能力。"量"的无限扩张，改变了这个社会的一切。

今时今日，许多同行仍在为生计苦苦挣扎。然而，我们无法高声喊出自身的困境，因为无法为自己过去的所作所为辩解。毕竟我们从事的工作已经烂透了。

我自己的割裂感也愈发严重。我不忍直视泛滥成灾的影像作品，却又挣扎着想做些稍微像样一点的东西出来，为此努力地合理化自己的谋生之道。嘴上说讨厌职业意识，在工作场合却只凭能力来评判他人。将"无意谈论动画"挂在嘴边，却隔三岔五发表关于动画的观点。怒吼"日本动画灭亡了才好"，却又为没有工作的朋友担心。嚷嚷着"再做动画又有何用"，没过几天却又讨论起新的企划。明知道想在当前的大环境下做出有人情味的作品，就必须接受没有人情味的日常，却还是理所当然地沦为了工作狂。

即便如此，如果我们的工作还有那么一点点意义，我们又该做些什么呢？待在东京，怕是什么都看不明白。在电视界和电影界寻找线索也是徒劳。不努力拓宽视野，就会沦为井底之蛙。

我的割裂感与观众对解放内心的渴望是一致的，但都需要坚定的意志。所以我只能一次又一次回到自己的出发点。

(讲座 日本电影 7《日本电影的现状》

岩波书店 1988 年 1 月 28 日发行)

不过是想维持能做出好电影的现场

◎ **这些年做的工作的延伸**

——《Animage》一月号和二月号刊登了您亲自绘制的吉卜力工

作室招聘广告，广泛招募新的动画师和上色师，看来吉卜力似乎有意启动一场触及根本的体系改革，您对此有何看法呢？

宫崎：首先我想说，我们这几年运气不错。最起码吉卜力没有出过一部票房惨淡的电影。这很关键。不敢说这是我们的实力使然，还是应该谦虚一点。正是这几年的成功提供了物质基础，让我们有更多的余力去建设工作体系。还有，我们计划中的体系建设绝不是"改革"。从吉卜力成立之前到现在，我对制作的态度一直都没有变过。阿朴（高畑勋导演）也是如此，从《阿尔卑斯山的少女》（1974年）开始，他打造作品的方法就没有变过。

——能具体说明一下"打造作品的方法"吗？

宫崎：比如在企划方面，我们会刻意避免走成功过的老路。别人往往会走同样的路线不是吗？但我们会刻意避开稳妥的选项，尽管也可能栽跟头，但结果好像还不错。正因为结果不错，电影的预算经费、制作日程、对电影院和观众的吸引力等才能逐渐得到提高。在实际的制作过程中，我们秉持"呕心沥血、不辞辛劳、尽可能利用现有条件打造作品"的态度，从《阿尔卑斯山的少女》到现在一直如此。

——当时，您和您的团队所做的工作与其他工作室有何不同呢？

宫崎：虽然其他工作室也拼尽全力了，没有懈怠，但我觉得我们是最努力的。不光是工作强度大，更关键的是我们有明确的目标，就是"制作有意义、有价值的作品"。不过从某个时期开始——契机可能是《风之谷》吧，我们交了不少好运。怎么说呢，大概是恰好契合了时代的波长，总之在经营层面还是比较顺利的。

◎ 确保作品质量是团队成员的责任

——眼下业内也不是所有的工作室都做得顺风顺水，请问您对动画界的现状有什么看法呢？

宫崎： 撇开企划，单说条件的话，大家好像都在预算和日程的管理上栽了不小的跟头。举个例子，业内有传言说动画《儿时的点点滴滴》的日程管理是一团糟。因为人手不够，忙得焦头烂额，我们在《Animage》上刊登了招募动画师的广告，但我们的情况可能比其他工作室要好得多。为什么还孜孜不倦地招募人手，补充人员呢？因为我们不想降低作品的质量。乍看这似乎与制作电影没什么关系，但动画制作的周期越长，就越需要制订合理的计划，努力把经费和时间利用到极致。否则你会不知道钱花到哪里去了，或是稍微发几天呆，就会突然忙得天旋地转，不得不火急火燎地把做动画和上色外包出去。恐怕有很多工作室在制作的收尾阶段会陷入这种狂乱状态，最终导致崩盘。勃勃雄心在不知不觉中被现实一扫而空，只能破罐子破摔，安慰自己"唉，没办法""回头重做就是了"。不能充分利用制作条件就会出问题，至少在动画电影这个领域是如此。

——但这难道不是工作室管理层的问题吗？

宫崎： 不一定。团队成员应该对作品的质量负责。要保证质量，就必须做到自我管理工作进度，尽量避免怀着"今天就少干点吧""凑合做一点得了"的心情早早下班回家的情况。

所以从这个意义上讲，我们必须努力维持团队的综合实力。在我看来，只有一两位有灵气的优秀动画师不足以做出一部电影。没有至真至诚、脚踏实地、坚忍不拔的团队成员发挥"躯干"的作用，就不可能完成作品。那躯干又要如何维持呢？关键在于团队的核心成员和管理层要时刻意识到"电影是由这些人制作的"，好好对待他们。

◎ 打造能持续产出的健康制作现场

——所以，为了巩固"躯干"，吉卜力进行了组织层面的改革。您能简单讲讲吉卜力正朝什么方向努力吗？

宫崎：刚才也说了，我们并没有试图"改革"，只是想维持一个能持续产出电影的现场。于是问题就来了——要实现这个目标，我们该做些什么？倒也不是为了在动画工作者心中留下一个好印象，我们只是想建立一套健全的体系，在动画制作变得愈发困难的当下持续产出。这看起来很自私，但我们已经到了不提高动画人的待遇就走不下去的状况。不做点什么，就无法维持制作现场。既要留住足够的动画师，也要大力培养新的原画师，还需要上色师和靠谱的美术设计。

比如色彩的问题，我们一直想摆脱"沿用以往动画作品的配色风格就行"的想法。我们为之前每部作品创造了独一无二的配色方案，而要维持这些配色方案，并不断创造出更多的新风格，经验的积累必不可少。不想办法改善待遇，就留不住那些有经验的人才。

——留不住的话，那些人会流向其他领域吗？

宫崎：不，去其他领域发展倒无所谓，想继续从事动画工作的人没有了施展才能的空间才是大问题。健康的制作现场应该由勇于挑战困难的人组成。他们不惜牺牲自我，也要做出好电影，否则就失去了从事这一行的意义。

单靠精神万能论已经行不通了。吉卜力在经营层面取得了一定程度的成功，所以我们将这些年的积累视为一种风险投资，招募新人，开展培训，同时改善老员工的待遇。

◎ 吉卜力正陷入公式化

——也就是说，吉卜力打算做的事可以概括为"为了保证工作人员的数量，对工资体系等进行调整，从而维持电影的制作现场"。

宫崎：对，就是打造并维持制作现场。

还有一点——这其实是我的一贯观点，在新工作室成立的前三年，或者说做出三部作品之前，大家的劲头都很足，可是再做下去就会生出厌倦。从这个角度看，吉卜力早该停滞不前才对。宣布要做长篇电影时，大伙儿的反应不再是"哇，要做长篇啦，太棒了"。久而久之，工作室就会变得因循守旧，越来越多的员工只是为了生计混日子。一旦发展到这个地步，按部就班地用老方法就行不通了。所以为了让吉卜力继续发展下去，我们有必要转型为一家正规公司。不能再像以前那样，有作品要做的时候招人，做完了就解散团队。要是不改变，吉卜力就经营不下去了。无论在年龄层面还是体力层面，我们都没有余力在日本开辟新的制作现场，因此只能充分利用现有的基础，让吉卜力进一步发展下去。而且，"（动画工作者）喜欢动画，所以工资可以开低一点"的做法也是有限度的。因为这并不正确。

——您这些年在吉卜力制作的都是长篇动画电影。是不是因为周围的环境发生了变化，迫使您不得不做出这样的改变？

宫崎： 确实有这方面的原因。一是推出的作品超过了三部，难免会陷入套路的僵局；二是经营比较顺利，所以条件有保障；三是已经没有精力解散吉卜力，重新打造一个制作现场了。这三点就是我们招募并通过研修制度培养新人，同时将现有的团队成员转正，努力朝正规公司发展的理由。通过这样的方式也能改善工资等方面的待遇，但不是拉高上限，而是抬高了下限。不过目前还没有实施到位就是了。

◎ 打造广开门户的平台

——在把工作室改造成正规的公司，或者说在打造并维持健康制作现场的过程中，您肯定也遇到了很多问题吧？

宫崎： 是啊。一旦把工作室变成公司组织，就不能像以前那样"做完一部就休息一阵子"，还挺头疼的。毕竟要不断地构思企划，还得靠有能力的员工去判断这些企划有没有可行性。

而且人员转正后拿固定工资，工作速度难免有所下降。必须在具备质量和速度的同时，也具备可以随时吸收新鲜人才的灵活性。比方说，没有好的导演苗子，就没有未来可言。所以我很希望能有新的人才站出来，有效利用"吉卜力"这个平台，做出优秀的作品。我想尽力为他们准备这样一个平台，并不想把工作室占为己有。我也欢迎大家上门推销自己的剧本，有人想当导演的话，我也很乐意让他放手一试。没受过一点训练的人另当别论。有一定经验的人完全可以带着自己的作品找上门来，我们是很欢迎的。虽然我们的风格一贯比较保守，但会尽量以开放的态度谦虚地给出评价。如果一切顺利的话，希望对方能利用吉卜力这个平台做出好作品，仅此而已。

◎ 想做面向孩子的好电影

——最后请您谈谈吉卜力工作室作品的未来方向。

宫崎：我觉得应该尝试各种类型的作品。不过还是希望吉卜力能成为一家制作面向孩子的好电影的工作室，这应该是我们始终坚守的信念，绝不能跑偏。就算偶尔改变目标受众的年龄，也要以"为孩子们制作有趣的电影"为主。希望我们能成为一家这样的工作室。

——原因是什么呢？

宫崎：认为靠动画就能解决成人世界的问题，这是非常狂妄自大的。那么，面向孩子的作品是不是更简单一点呢？倒也未必，孩子比成人更接近根源和本质，所以从某些角度看，做面向孩子的作品反而更难。但动画其实很适合描绘这些。我想通过描绘日本孩子的现状，以及他们的愿望，制作出让他们真正发自内心喜欢的影片。我们绝不能忘记这个根本立场，一旦抛之脑后，这家工作室必然会走向灭亡。话虽如此，因为花了很多钱在公司建设和薪资体系上，就想通过打安全牌的企划把钱赚回来，那灭亡也是迟早的事。不是轰然倒塌，而是做出来的作品会越来越无聊，工作室也会随之走向没落。我们必须不断做出超越观众预期的、出乎意料的新鲜企划和作品，而且我并不认为靠现有的团队就足以实现这一目标。因此我们必须始终向人才敞开大门。

不过动画制作净是苦力活，连导演都逃不掉，所以我们不需要吃不了苦的人。只有不怕寂寂无闻，肯吃苦受累的人才能胜任。做不到这一点，动画就没有未来可言。

(《Animage》德间书店 1991年5月号)

打造便于员工使用的工作室

——那就从您为什么决定建设新楼聊起吧。《天空之城》《龙猫》《萤火虫之墓》《魔女宅急便》等优质作品都是在吉祥寺的老工作室诞生的，不能继续在那里工作吗？

宫崎：地方实在太小了，小到不得不把人分去好几个地方办公。吉祥寺的老工作室不也有一号间和二号间吗？包括外包部门在内，团队总共有近一百个人。大家还是聚在一处比较好，沟通起来也方便。可我们找了又找，都找不到合适的地方。要是有，我们早就租下来了。就是这么个理由。可以租的商业楼确实不少，可即便是专门的办公楼，也都设计成"在外人眼里好看"的样子，并没有真正考虑在那里工作的人用起来方不方便。比如女厕所特别小啦，不舒服的时候连个休息的地方都找不到啦，这种问题太多了。无奈之下，我们得出一个结论——只能自己建新楼。

——把大家集中在一起的好处很多吧？

宫崎：有很多，因为各个部门可以迅速聚集起来协商讨论。

但没人能保证，换了新的工作环境就一定能做出好作品。毕竟不是建了一栋楼，就一定能培养出人才。恶劣的环境孕育出好作品反而是常有的事。我并没有"建了好工作室就一定能做出好作品"的幻想，也无意成为工作室的经营者，只是长久以来大家的工作环境实在太糟糕了。虽然不知道以后能否培育出新的人才，但我至少想为下一代打造一个更好的环境。

——近来地价飙升，建筑成本也在上涨，肯定要投入不少钱吧？

宫崎：是啊，听说是花销不小，大部分得靠贷款。可要是有人问"欠着这么多债，还能走下去吗"，我只能说"哪怕一分钱都不欠，走不下去的时候还是走不下去"。再说，制作动画也是一门生意，适当的投资和风险也是有必要的。如果像游击队一样做动画，天知道什么时候现场的成员就走光了，这样总归不太好。常有人嚷嚷"这年头净是些没志气的作品"，可有志气的人要是不去承担风险，也不像话。所以，我觉得改善工作环境是有意义的。

◎ 新工作室的特别之处

——新工作室大楼的建筑方案是您操刀的吗？

宫崎：对。别人也想做，但我当时正好有空，就设计了一个方案。

——在设计的时候，您有没有参考过其他工作室呢？

宫崎：那倒没有。我是按"如果自己做导演，怎样会更方便"的思路设计的。比如要保证我能快速从自己的办公桌赶去开会，或方便跟制作部门碰头，去找上色和美术部门也要尽量方便。

我还考虑了一些细节，比如上色师去其他部门时会经过哪里，美术人员去观看试映时要怎么走等等。

——新工作室还有什么特别之处吗？

宫崎：我们规划了一个类似酒吧的茶歇区。天天窝在自己的工位吃饭多可怜啊，所以设计了一个休闲空间，几个人可以聚在一起吃午饭，喝喝茶。在老工作室里，动画、美术和上色是分开的，沟通起来很不顺畅，所以我想专门留一个空间，供大家聚在一起交流，还能开开派对什么的。为了方便各个部门的人前来，我们特意把酒吧设在了工作室的中央，还为它装了旋转楼梯。另外，我们打算在新工作室周围多种些树。这倒不是为了员工，而是为了避免破坏周边的环境。也是出于这个原因，我们建了一座带顶的大型自行车棚，这样大家就不会把自行车和摩托车随便停在工作室周围了。我们希望有了这间工作室，周边的环境也能变得更整洁。

◎ **打造电影制作基地**

——虽然新工作室的优点肯定不止这些，但在最后，还是请您分享一下设计的基本理念吧。

宫崎：总结成一句话就是，我们想在日本继续制作动画电影。外包的协助当然也是不可或缺的，但我希望这间工作室不要完全依赖外部，而是成为一座拥有全职的专业人员，能一边培养人才一边制作电影的基地。这就是新工作室的首要理念。但不可能一次性完成所有的构想，比如我还预留了可以用来剪辑影片的房间。

总而言之，我觉得一味地将人员分散——只留几个制作人员在小房间里，其余工作都外包出去，甚至送到外国去做，这样的动画制作体系是没有前途的。之所以招募新人，也是出于这方面的考虑。

——大概什么时候竣工呢？

宫崎：目前还没开工，不过一切顺利的话，明年七月左右就可以搬进去了。

（《Animage》1991 年 8 月号）

动画世界与剧本

◎ 漫画和动画在日本蓬勃发展的原因

如今,欧美国家纷纷引进日本的电视动画,因此造成了一个有趣的现象。

外国记者来日本采访时,都把日本动画称为"漫画"。他们自己的国家当然也有动画,但在他们看来,我们做的动画跟漫画一样。他们认为,无论画在纸上的,还是录影带上的都是"Comic"。

我们认为纸上的漫画和动画电影是两回事,在外国人眼里却不是这样。

所以来采访的外国记者都会提出这样的问题:"为什么漫画在日本这么流行?""为什么这个地处亚洲边缘的国家会在生产汽车的同时,生产大量的漫画?"

跟大家分享一下我的假设吧。举个例子,与美国动画师交流时,发现我们最大的不同在于看待事物的方式。

他们倾向于从"量",从立体的角度把握事物,而我们则倾向于用"线条"把握事物。好比计算机识别物体时用的是面和点,不存在线条或物体轮廓线之类的概念。换句话说,日本人,或东亚人习惯于用线条感知事物。

我们的大脑结构就是这样的。欧洲自古有钻研如何描绘光线、烘托质感的传统,当然也有许多人留下了杰出的素描作品,但总的来说,他们更倾向于表现"量"。

比如画人脸的时候,如果要添加阴影,我们通常用不同密度的线条表现出光影的阴暗,这样就足够了。美国的朋友则会用渐变效果体现阴影。

他们认为,阴影里是没有线条的。

这种差异不仅来自动画发展史,可能还有更深层的原因。不光日本,朝鲜半岛和中国也对线条和边界更敏感。这也许和民族性有关。

翻看十二世纪左右,即从平安末期到镰仓时代的绘卷的复制品,你会感受到,那时的日本人认为绘卷能描绘出人世间的各种事物。在古人看来,政治、经济、艺术、宗教,乃至冥界与性事,都可以用绘卷和相应的说明文字来表现。

回顾日本的美术史,绘卷已经在中途悄然消失,取而代之的是在和平时期诞生的浮世绘。浮世绘缺乏叙事性,我大胆猜测——原因在于江户时代是太平盛世。近代的日本和平安末期、镰仓时代一样动荡,所以绘卷这一形式再次兴盛,逐渐演变为今天的漫画。只要我这么一说,外国记者就会心满意足地离开。(笑)

漫画在昭和三十八年(1963年)前后发生了质的变化。那正是东京举办奥运会的时候。在那之前当然也有儿童漫画,但我周围的朋友基本都在初中毕业的时候告别了漫画。换句话说,漫画原本是"小时候看,长大了就该告别"的东西。

我在日本经济高速发展之前度过了高中时代。当时我是全校唯一还在看漫画的人。听说我以后要画漫画,同学们都觉得我是个傻瓜。我虽然是众人口中的"傻瓜",却总是安慰自己,他们才是不懂漫画潜力的"傻瓜",所以心态还挺好的。(笑)

在那一年,翠鸟在东京二十三区销声匿迹了[①],教室里也渐渐听不到老师们统一的绰号。那是家庭规模缩小、社会急剧变化的时代,漫画也开始向周刊杂志化发展。所以从那时开始看漫画的孩子,长大后也没有放下漫画。就算坐电车时也照看不误。

于是外国记者来到日本后惊讶地发现,西装革履的大人竟然都在

---

① 20世纪60至70年代,东京二十三区的河岸进行了混凝土改造,导致翠鸟无处栖息。

埋头看漫画杂志。我总会告诉那些记者，没有任何一个国家经历过如此残暴的现代化进程，而漫画是人们应对这种压力的重要发泄方式，（笑）所以过不了多久，漫画也会在中国和韩国流行起来。这个猜测没有任何依据，（笑）但还是能看出些苗头。

在我看来，判断漫画会不会流行起来的决定性因素是"筷子文化"。用筷子、吃米饭的民族——从朝鲜半岛到中国，乃至新加坡。大家的音乐也很相似。看看这些地方的跨年晚会就知道，除去菲律宾，新加坡、台北和首尔的歌舞节目简直一模一样。唯一的区别是后面伴舞的姑娘穿得精不精致。我擅自称之为"环太平洋通俗文化的共性"，（笑）真的像得出奇。日本漫画大概也会对这些地方产生很大的影响。大家也正经历着经济高速增长和残暴的现代化，所以我猜漫画也许会作为发泄压力的方式流行起来。这三点大概是漫画在日本流行的原因。

◎ 对日本文化影响巨大的漫画思维

当今日本文化环境的首要特征不是"有很多漫画"，而是"漫画对所有领域都有影响力"。

说白了就是从小看漫画长大的人想画漫画，但画不出来，于是去写了小说，或者是看了漫画后想把它改编成戏剧或电影，又或者是受漫画启发制作印象专辑。这种反哺形式变得愈发多见。

举个例子吧。看看孩子们看得最多的儿童读物，你会发现里面有很多一文不值的糟粕，水平比漫画还低。作家大多不肯下功夫深挖人性，也懒得认真观察和描写世界。相比日益复杂的漫画，文字阅读起来反而更轻松。

而"Cobalt 文库"[①] 等近年出版的少女读物之所以受初中女生的欢

---

① 集英社于1976年创办的少女小说文库。

迎，正是因为少女漫画愈发复杂了，"Cobalt 文库"的小说就成了更简单也更有意思的选择，从而掀起了一股"把少女漫画改编成小说"的风潮。大家在日常生活中应该也有切身感受，不用我多举例。与此同时，我们恐怕也有必要审视一下，自己受到了多少漫画文化和漫画思维的影响。

为什么今天的漫画能影响各种文化？漫画最大的特征是什么？一言以蔽之，人们不会看他们不想看的东西。哪怕是买《周刊少年JUMP》的人，从头到尾都看完的也不过是一小撮。确实有人连读者来信专栏都不放过，（笑）但大多数人通常只看自己喜欢的作品，然后往电车的行李架上一扔了事。不喜欢就不看，要么就是草草翻一翻。觉得有意思呢，就重看一遍，或者仔仔细细地阅读。这是漫画与其他类型的作品之间的决定性差异。很少有人在电影院里坐了五分钟就无聊得跑出来，所以"影评文化"才有立足之地。因为观众会边看边生气："谁拍的垃圾玩意儿！"漫画则不然，因为你压根儿就不会去看不喜欢的漫画。这是漫画最大的文化特征。难怪针对漫画的评论往往毫无意义。

还有一点，漫画可以无止境地扭曲时间和空间。举个有点年头的例子，在《巨人之星》里，主角星飞雄马的一个投球能拖上一整集。（笑）好像他的人生都凝聚在那一球里了。一整集都在刻画球飞行过程中涌现的种种回忆。世上没有几个民族会这样描写。

时间和空间的无限扭曲并非漫画首创，而是源于日本人的爱好。听听评书就知道了。曲垣平九郎骑马登上爱宕山石阶的评书故事，像极了一部动画。"驾！啪啪啪啪！"主角吆喝一声，翻身上马。听众甚至能在脑海中勾勒出这个镜头。评书最大的特征，就是通过无限扭曲时间和空间打造幻想世界。再看看漫画，在少年漫画中，就有很多描写激情或者怨恨的力量超越物理力量的桥段。

相传忍者有一种工具叫"水蜘蛛",这倒不是漫画的发明。据说使用它就能在水上行走,可欧洲人打死都不信,说这违背了阿基米德定律。日本人却觉得,也许只要修行一番就能掌握。(笑)这是流淌在日本人血液里的思维方式,日本人就喜欢这种东西。所以一旦拥有动画和漫画这样的媒介,这类爱好会一发不可收拾,就像过去对忍者的幻想是通过评书传播开来的一样。

◎漫画和动画的区别

不想看的东西就不去看,所以漫画难以成为文化评论的对象。并且它能无限扭曲空间和时间,对日本文化产生了很大的影响。这是我们面临的首要问题,我认为这个问题兼具正反两面的意义。

这样的作品一旦来到水土不服的地方,比如欧洲——像《小甜甜》[①]曾在西德、意大利和法国风靡一时,之后轮到了《美少女战士》,如今西班牙已经成了《美少女战士》的天下,连大人都看得如痴如醉。(笑)这都是不争的事实。

为什么要提这些呢?因为动画电影和它们是完全不同的。

电影打造的是连续的时间和空间。漫画与动画的区别就在于此。认定"有趣的漫画一定能改编成有趣的动画"的人,往往会栽大跟头。这样做出来的动画会比漫画无聊得多。

为什么呢?看看少女漫画就知道了。少女漫画之所以有趣,是因为它只描绘我们心中理想的风景,不会画读者不想看到的东西。展现在纸上的并不是角色置身其中的具体景象,而是角色眼中的风景。于是想法与情绪便会以更纯粹的方式表现出来,让读者看得津津有味。

"少女漫画能不能改编成动画"是我们时常聊起的经典话题。一

[①] 漫画家五十岚优美子绘制、儿童文学作家水木杏子原作的少女漫画作品。

个人的内心世界能用影像展现到什么程度呢？其实少女漫画虽然有画面，内涵却几乎是靠文字和纸张的留白来表现。日本漫画的发展真是不可思议。一旦开始尝试改编电影，少女漫画就不再是少女漫画了。这是个很有意思的现象。

不想看的可以不看，这是漫画的一大特征。漫画不会描绘"不希望存在"的事物，所以不会出现家长之类的角色。即使出现了，也跟只会吐出食物的自动售货机没什么差别，有需要就露个脸。看少女漫画的时候，我总会纳闷这个家长为了什么而活？活着的乐趣是什么？感觉他们没有完整的人格。漫画会放任这种变形，所以将有趣的漫画直接改编成电影肯定行不通。

改编成电视动画的效果也不太好。比如高桥留美子的《相聚一刻》[①]，我都看不出音无响子这个主角有什么好的。但看漫画时，就会带着"主角肯定好"的先入为主的观点。这是看漫画的先决条件。没有人抱着"这人真讨厌"的念头去读漫画。一眼看过去觉得"这个角色很可爱，我喜欢，愿意原谅她"，才会继续看下去。

可要是拍成电影呢？电影无法对时间和空间做太多变形。想呈现一定的生活感，就必须有站立、坐着、吃饭等场景。于是这个女性角色会立刻变得魅力全无。这是理所当然的。制作电影的人不得不绞尽脑汁思考"她到底有没有魅力"，必须用自己身边或某处得来的人物形象去丰满她，让她哪怕只是坐着也能展现出魅力。要么就得找到一位这样的女演员。

人们时常对比美日两国的电影，说日本电影不好。但站在广义的文化层面看，比如在动画领域，迪士尼的《美女与野兽》录像带在美国卖了两千万盘。美国的人口大约只有日本的两倍，换算一下就相当

[①] 高桥留美子的巅峰之作，讲述一刻馆房客、落榜生五代裕作和年轻的管理员音无响子，以及其他房客之间的故事。

于在日本卖出了一千万盘。这时，我突然想到《周刊少年JUMP》每周的销量也是六百万册，心想"搞什么啊，这不是差不多嘛"。（笑）换句话说，美国不存在大人和孩子都看的"Comic"。虽有《重金属》之类的成人漫画，却终究只是众多产业组成的镶嵌画中的一小块，对其他领域并不产生影响。

不少人为日本漫画进军美国市场而欢喜，但这件事的意义仅限于"浴室角落里的一块小瓷砖变成了日本漫画"。在美国，能将全社会联系在一起的不是漫画，而是电影。在日本，肩负这一重任的大概是电视动画和漫画，动画电影则被挤到了角落。

◎ **动画的剧本**

以漫画为原作，将动画视作漫画的小弟，突破页面的限制，搬上大银幕……如此制作动画是否可行？想这么做的肯定大有人在，我也无意反驳。但在推敲我们的作品时，若想创造更有普遍性的影像语言，而非只在本民族内通用的语言，还是得让时间和空间流动起来才行。

否则，无论原作漫画有多火爆，改编的动画也不会成功。这与剧本密切相关。

我常以原作、编剧和导演的身份出现在演职员表中。但我没写过书，也没写过剧本，只是个导演而已。那为什么要给我"原作"和"编剧"的头衔呢？因为这牵涉权利问题。不这么做，就会产生著作权纠纷。

对我们而言，分镜就是剧本。在画格旁边写内容，舞台提示在左，台词在右，大致情况一目了然。动画师就是根据分镜作画的。

《心之谷》的原定时长是九十分钟，所以要绘制四百五十张分镜。《魔女宅急便》则是五百五十张左右。《天空之城》大概是六百五十张。这是一项非常艰巨的工作。要是一个人先写原作，然后改编成剧

本，再画分镜，有多少时间都不够用，所以只能同时进行，往往等电影上映了，原作和剧本才会同步完成，简直是一团糟糊。（笑）

不写剧本的原因，在于我的脑子已经习惯了不需要剧本的制作流程。我也试着写过几次，可用文字写得再好的剧本，画成分镜都是一塌糊涂，能明显感觉出这样行不通，自己的想法太肤浅了。

所以我死了自己写剧本的心。要不请别人来写？于是我写好详细的大纲，和编剧开了个会，请人家帮我写。但我从一开始就不太喜欢这个方法，因为太不尊重人了。请人家写剧本，却不完全照着剧本制作，只是借用人家的名头……

所以我们决定不这么做了，改成上来就画分镜。

然而这样做的麻烦在于，从制作现场的角度来讲，最好是完成全部分镜以后再启动制作工序。以前大家也觉得这样做才是对的，可分镜的进度一拖再拖……

因为我会一遍遍反刍自己的分镜，按情节的推移把空间和时间串联起来，却总是发现之前在脑海中构想的场景站不住脚。直到这时，我才有正在制作电影的感觉……可进度表已经是火烧眉毛了。

每次都会陷入这种悲惨的状态，不过……我倒不是想为自己开脱，只是单就动画电影而言，比起按敲定的时间表画分镜，在分镜画到一半时开始作画，边作画边推进分镜效率好像更高一些。因为推敲的时间越久，越能加深对角色的了解。

这是一种有趣的体验。我写剧本的时候也会展开想象，比如"这个人没有出现在这里，但他有怎样的过去和背景"。在绘制分镜的过程中，这些想象会进一步丰富起来。不过有时也会适得其反，比如一开始打算让角色在这里笑一笑，但结合背景，他根本不可能笑。和角色塑造有了冲突，情节也推进不下去，怎么办？总会出现类似的问题。

其他人总是催我赶紧把分镜画出来，但这种经历让我逐渐意识到，分镜是很花时间的东西，等到电影快做完的时候才能画完。

我确实把该在剧本中思考的部分用分镜呈现了出来，但这并不意味着我不重视剧本。其实我一直都在寻觅好的剧本。要是手头有十来个好剧本，问谁愿意拿去做，就有人自告奋勇接下来，那该有多好啊。

我们工作室有一项"企划研讨会"制度，就是先选定一个剧本，然后大家一起讨论。谁都可以参加，无所谓工种，但参会前必须把剧本看完。先不谈"把它做成电影能不能卖座"，只针对"能不能做得有意思""值不值得做"和"有没有可能赚钱"这三点发表意见，只要尽到切题的义务，别的说什么都行。我们一直都在开这样的研讨会。

我们通过研讨会选出了两三个剧本，并确信现在做成电影也绝不会卖座，但它们是我们的宝贵财产，哪怕现在做不成，也许过个一年半载就会变成可行性很高的企划了。

我们不会选"现在就能做"的企划，而是专挑突破常识的内容。

比如，我们会从中世①绘卷中挑一个故事，讨论能不能写成剧本。还有人提出"我来写以江户时代为背景的剧本"，利用休息时间勤勤恳恳去图书馆查资料。没人知道他的作品最终能否问世，但我们的企划研讨会一直延续了下去。因为我们渴望好剧本……接下来再聊聊我们想要什么样的剧本吧。

◎ **我想要的剧本**

看完一部电影后说"我喜欢那一段"，就像看到了圣诞树上挂的闪闪发光的圣诞老人、星星、灯笼或蜡烛，说"我喜欢那个"。

有些人专做这种东西。他们觉得只要把星星之类的东西摆出来，观众就会觉得有意思。这可不行，因为这样是造不出圣诞树的。要是没有树干，怎么称得上是圣诞树呢？得先有树干，粗壮的树干。有了

---

① 指12世纪镰仓幕府成立到16世纪室町幕府灭亡这段时期。

笔直壮硕、伸展枝叶的树干，才能往上挂装饰品。

如果没有树叶，或者有树叶却没有树干和树枝，又或者没有树枝，直接把树叶和装饰品挂在树干上，都不算圣诞树。于是就有人搬来一根光秃秃的树干，比如"人类的命运如何如何"，将这么一根粗壮的树干或者说圆木立在地上，既没有树枝也没有叶子。也许有人已经猜到我在说什么了，（笑）这样的剧本我们也收到过不少。

有些人误以为我和高畑（勋）是环保主义者，觉得只要以环保为主题和中心思想，就能做出一部电影来，简直错得离谱。

这就像是地上立着一根干巴巴的圆木一样。树必须深深扎根大地，长出粗壮的树干和树枝，我们才能想方设法进行装饰。

一部电影能让观众觉得"好看"，固然是装饰的功劳，但装饰也只是整体的一部分。我也不知道举这个例子合不合适——有一部电影叫《巴贝特之宴》[1]，用非常滑稽的方式演绎了一场庄重的圣诞晚宴。照理说，观众也不知道那些佳肴好不好吃。要是有人给我上一道海龟汤，我也不知道喝下第一口之后会不会给出好评，看到烤鹌鹑，怕是也不会生出"想吮吸它的脑浆"的念头。但电影刻画得很是巧妙，不时穿插送客人来的车夫在厨房里偷吃的画面，这个面善的老头吃得一脸满足，完美烘托出了菜肴的美味，堪称提鲜的佐料。

身在制作现场的我时常感叹，就没有既扎根大地又枝繁叶茂，树枝上还点缀着装饰，通篇洋溢着生气的剧本找上门吗……这样大家自然会凑过来一起装点。总之不要只带着装饰物来，也不要只带着一根圆木来。

要是手里握着十来个长篇剧本，畅想"下次就做这个"，该有多好啊。可惜我们现在每次做完一部电影，都会进入一段真空期，像无头苍蝇一样，不知道接下来要做什么。

---

[1] 1987年上映的丹麦电影，由加布里埃尔·阿克谢执导，获奥斯卡金像奖最佳外语片奖。

其实我手上有很多剧本，而且都是超乎常识的类型。不是一看就很卖座的，而是"说不定碰到适合的时机，就能做成电影"那种，这些剧本是莫大的财富。

所以我绝不是不重视剧本，只是动画师出身的导演只能用画面思考，这才发展出分镜先于剧本的创作模式，仅此而已……

◎ **创作剧本的问题**

再聊聊如今我们制作电影时面临的一大问题吧，这可能也是大家都会遇到的。在某个时期之前，故事创作仅限于刻画人与人之间的事情。

直到前不久——一九六〇年前后都是这样。但今时不同往日，只关心"人与人之间的关系"是做不出电影的。

换句话说，我们原以为世界是无限的，蕴藏着无穷无尽的可能性，只要处理好人与人之间的关系，调整分配和生产的方式，世界就能变得更美好，大家也会更富足，一切都会顺风顺水。我认为这种全人类范畴的信仰是在六十年代破灭的。

因为我们无法再忽视一个事实——无论是我们的社会，还是社会中的家庭、家人和人们的生活方式，都建立在自然界的光合作用之上。

拍一部强调自然和光合作用重要性的电影就行了吗？那和立在地上的圆木没什么两样。

我们需要思考"该如何在这样的环境中活下去"。

从飞机上俯瞰日本国土时，你会觉得日本怎么有这么多人，怎么遍地都是高尔夫球场，简直没救了。一旦做出这样的判断，就会陷入绝望。可是，如果邻座的乘客长得好看，你又会小鹿乱撞，品尝到片刻的幸福。人有这样的两面性。

人可以同时拥有两种相距甚远的想法。我们会被眼前的各种事情和即将发生的未来搞得头晕目眩、不知所措，同时也会思考"何谓家庭""何谓人类"这种永恒的主题。能否将这两种分裂的思维整合起来，做出一部电影来呢……这不仅是我们自己面临的问题，更是整个国家，乃至全球都在面临的问题。

现在中国和韩国的电影市场非常红火，我觉得这很正常。当年日本也是如此。因为在那个年代，我们视"贫穷"为公敌。

可现在如果再制作"贫穷就是敌人"的电影，日本观众也不会买账了。许多电影人失去了名为"贫穷"的假想敌，却没有下一个主题可用，转向环保也很牵强……

同样，并不是高呼"时刻把大自然放在心上，在自然中光明磊落地活下去"就行了。那么同一个时代，城市中的人是怎么生活的呢？难道他们的生活就没有意义吗？当然也有……

举个例子吧。去山间小屋的时候，我都会跟当地居民聊一聊。我说："哎呀，今天天气真好，蓝天白云看着都舒服。"他们的反应往往是"舒服啥呀，以前可不是这样"。但那些白云已经足够感动我了。我嘴上会说"也是哦"，但并不觉得失望。因为我会告诉自己，我在这里产生了美好的感觉，这就足够了。

总之要告诉自己，尽可能地品味和享受生活，就能收获足够的感动，否则无法生活下去。事实上，这就是我对待生活的态度。各位可能也面临着这样那样的问题，但我相信你的剧本一旦被采用，你就会把所有问题抛到脑后，兴高采烈地欢呼"万岁、万岁"。

既然人是这样，那能不能在兼顾两种思维的情况下制作电影……这是个非常难的问题。

我们制作的是面向孩子的影片，所以会在某种程度上把孩子当作避风港。何必跟孩子讲这么复杂的问题？只盼着他们能活力充沛地长大成人，所以先做些能鼓励他们，让他们朝气蓬勃地活下去的电影就行了。

这其实是一种逃避，忽视了"活在同一时空的大人该怎么办"的问题。明知是逃避，却还是会这样做。现在依然如此。这不是个好选择，但在制作这种电影时，故事的核心会不可避免地涉及自然观等元素。

当创作者忽略这些问题，只关心人与人之间的故事，或是偷换成民族与民族之间的问题……一旦为处理故事内容犯愁，往往就会将其替换成自己身边的问题。比如宗教问题常常会延伸到国界纷争或民族冲突，这就是为问题寻找的替代品。单靠自己解决不了，就会认定"都是别人的错"。这种归咎于他人的做法大行其道，今后怕是也会继续流行。

◎ 何谓"最好的剧本"

说起制作电影，人们往往会联想到各种华丽的辞藻，比如创意，又比如创造性。但选择题材，也就是明确"我要制作怎样的电影"，是靠自己决定的。

比方说，你决定拍摄一部以初中女生为主人公的电影，讲述她是如何活在当下的。直到这一步，你都可以随意从无数个可能性中做出选择。下笔写剧本时，决定"要写这样的主题"的也是你自己。

虽然这个选择来源于潜意识深处的愿望，但好歹是可以自行决定的。可一旦敲定下来，进入了制作阶段，就不再是"你做电影"，而是"你被电影推着走"了。

假设你塑造了一个人物，将他置于某个时代的某个背景中，让他遵循故事情节的发展而行动，就会自然而然地形成一部电影。而如果你故意歪曲其中的某些元素，这部电影就无法成形。

我常说，电影不在脑子里，而在这个位置（指着头顶上方）。一旦决定要做一部电影，在当代日本，考虑到我的年龄和客观条件，能找到的团队和人才，以及我的状态和精力，那么就只有一个最佳的创作方案。肯定是有的。关键在于想办法找到它。

无脑地借鉴别的电影，做出来的东西也是七零八碎的。这并不是最佳方案，只能用心去找。只在自己脑海的角角落落里翻找，肯定找不到。

因为这一点，我制作电影时会花很多时间在分镜上，绝不能在这个环节逃避，只有苦思冥想一条路可走。你只能告诉自己，苦思冥想得够多，更深层次的意识就会运转起来……已经忘却的种种过往经历和事物会整合为能让自己认同的东西，突然出现在脑海中。这大概就是自身能力的极限吧。

因此，关键在于你能不能把自己逼到那个极限，这是最要紧的。如此一来，你就会发现不是自己在制作电影，而是电影推着你走。

我想说的是，大家写剧本的时候，肯定存在一个最佳方案。也许那个独一无二的方案不在你心里，而在这里（指着头顶上方）。写剧本就是寻找它的过程。

运用何种符号、把何种元素拼接起来……这些都无所谓。电影原本什么都不是，只是用胶片把戏剧拍下来而已。渐渐地，人们才研究出了特写等各种拍摄手法。

所谓剧本的写法、电影的拍法都是骗人的。但有一点是毋庸置疑的——只要你有想做的东西，就一定能做出来。

觉得自己能行，就一定能行。最重要的是别局限于自己的常识，而是努力寻找心中勾勒出的理想，拼命寻找可能存在于这里（头顶上方）的东西，否则就不可能成功。

你的心境，或者说你的思想和情感，不仅在日常生活中产生，还会受到社会、政治、经济动向等因素影响。正如我刚才提到的，这些构成我们所处世界的基础因素，以及我们对它们的关注，往往很难整合在一起，全世界的创作者都在为此苦苦挣扎，即使我们做不到也无可厚非。但我还是希望大家竭尽全力去靠近这一目标,体验一下"被电影推着走"的感觉。

(编剧协会于 1994 年 8 月 6 日举办"1994 年夏季公开讲座",
本次演讲内容收录于《剧本》1995 年 1 月号)

工作二三事

CHAPTER 2

弗莱舍①之我见

前些天，我在东京大学科幻研究会举办的放映会上观看了《虫先生进城记》②和"彩色经典"三部曲③。虽然我心满意足地踏上了归途，却总觉得不痛快，心里很别扭。

我接下来要写的东西可能有人指出过，本没有必要重提，但终究是我的真实感受，敬请一看。

我喜欢弗莱舍。这里的"弗莱舍"指的不是戴夫·弗莱舍这个人，而是那群带有"弗莱舍"风格的、大概老少皆有的员工。我强烈怀疑，《虫先生》不像是戴夫·弗莱舍身为创作者或动画师的作品。这是我的第一个疑问。

我认为那天看的"彩色经典"三部曲是彻头彻尾的愚作，是俗气的谐星试图出风头，却没能成功的作品。主题挖得不够深，画面脏兮兮的，立体微缩模型更是有损空间感，不仅没能创造出一个独特的世界，反而让空间看起来虚假而单薄。"无法将微缩模型融入赛璐珞片

---

① 美国动画工作室，1929年由马克斯·弗莱舍和戴夫·弗莱舍兄弟创立。
②1941年由弗莱舍工作室推出的第二部长篇动画电影，讲述了昆虫家园被人类毁坏后，蚂蚱先生带领大家迁徙进城寻找新家园的故事。
③《小鸟之歌》《美梦成真》和《小不点》。（原编注）

和镜头之间"这一致命弱点体现得淋漓尽致。之所以依靠微缩模型，是因为弗莱舍对空间有极高的要求吗？我认为不是。那反而是缺乏空间感、不相信画面力量的人才有的思路。

反观放弃模型之后的《大力水手》和《虫先生》，都在画面中呈现出了空间感。《大力水手》表现出的敏锐空间感和《虫先生》精巧的空间构成，是弗莱舍以往的作品中所没有的。我个人推测，也许是他培育出了一个或几个优秀的动画师。他们诞生于弗莱舍创造的俗不可耐却因之充满力量的混沌中，在技术和感性层面都展现出了更为洗练的能力，从而主导了这两部作品的制作。

他们通过《格列佛》[①]的经验积蓄了力量，又用《虫先生》超越了弗莱舍。《虫先生》中有许多绝妙的想法，将点子组装成故事的手法和搭建画面的方式都是"彩色经典"不具备的。

虽然上述意见充满了我的独断与偏见，但都是我通过职业本能感知到的。贝蒂[②]的怪诞与"彩色经典"的肮脏一脉相承。对贝蒂的骇人感，我是感叹多于喜欢。它也许是催生出《大力水手》的原动力，却与从《格列佛》到《虫先生》的作品完全不同。他们很可能已经完成了世代交替。人才迅速成长时，一年的时间便足以完成主导权的转移，只是这种变动没有体现在演职员表里。我猜测，弗莱舍的员工也许分成了泾渭分明的两派，一派是守旧的，另一派则在探索新方向，双方很可能持互相批判的态度。

然而，《虫先生》依旧带有浓重的弗莱舍色彩。虽然完成度很高，却一如既往地缺乏对主题的深挖，也许这就是导演戴夫·弗莱舍留下的作品的弱点。我觉得别扭也来源于此。

虫子们专心爬上大楼的模样震撼人心。我非常喜欢这种充满动感

[①] 即《格列佛游记》，弗莱舍工作室的第一部长篇动画作品。
[②] 即贝蒂娃娃，马克斯·弗莱舍与动画师格里姆·纳特威克等人共同创造的动画人物。

的场景，可结局却是那么空虚。

楼顶上的自然（比起当代语境中的"自然"，更偏向于用金钱力量维持的个体生活）空虚得令人难以忍受。弗莱舍选择了极富现代感的素材，通过当下流行的主题，表现了他身为导演对成功的渴望。在屋顶花园（花园里铺着人工草坪，对真正的昆虫来说怕是不太宜居！）中建阳光房，创作流行歌曲的作曲家夫妇让我感到厌倦，我刻意移开了视线。

虫子们说地面上的人类"跟虫子似的"，这句台词乍看意味深长，但分量其实不比孩子从住友三角大厦五十二层的观景台俯瞰地面时发出的感叹沉重多少。我只看出了虫子俯瞰和自己一样的虫子时，那炫耀自己不再是虫子的优越感。

制作漫画电影就是撒谎，观众期待的也是巧妙的谎言。但肯定有不该撒的谎，《虫先生》的结局就属于这一类。逃进正在建设的大楼……不难猜测，制作团队想出这个点子时肯定很兴奋。就算最终到达不了新家园，虫子们也应该去城市之外寻求新天地，像《摩登时代》中的卓别林或《愤怒的葡萄》那样远走高飞。

为什么漫画电影的结局总是这么糟糕？但我也没资格说别人……《冰雪女王》的结局是全片唯一的瑕疵；《国王与小鸟》的结局莫名其妙，看着像是给员工办的庆功宴；《白蛇传》的白娘子也在最后变得魅力全无。看完虫制作公司的《某个街角的故事》[①]，我便真真正正地告别手冢治虫了。那是在粉饰战争，是对达成了终局之美（我都不想用"美"这个字）的自我陶醉。海报上一男一女身披烈焰的模样也表现出那一代人特有的卑鄙，与《宇宙战舰大和号》如出一辙。而且只有少女活了下来。不，就是为了让她活下来才避开了原子弹爆炸的主题，将故事改成普通的战争。影片中的着装与炸弹也颇具时代感。和聚焦

---

① 手冢治虫首次担任制片人的动画，带有实验性质。

虫子的生活一样，直面战争是一个非常庞大的题材。即便是漫画电影，一旦选择了某种题材，就不能回避对主题的深入挖掘。等待着那个小女孩的只有毫无意义的死亡！——只能这么描写。制作漫画电影的人和爱看漫画电影的人都有某种程度的缺陷，会互相舔舐伤口。而我希望看到双方对作品展开赤裸裸的深入探讨。我们必须把自己没有察觉到的弱点，以及在制作过程中敷衍了事的细节摆在光天化日之下讨论。最重要的是，无论在作品中展开多么荒唐的情节，都必须找到一个能将这些情节变废为宝的主题。《大力水手》有很多集就是毋庸置疑的一流作品，《虫先生》则是二流。

《虫先生》很好看，却也无聊至极。这是我的新结论。那些作品号称出自戴夫·弗莱舍之手，我却认为是追随并超越了弗莱舍的无名员工（哪怕他们只存在于我的想象中）所做的。我想向他们致以诚挚的问候。他们究竟去哪儿了？是因为团队解散丧失了力量，只得在《超人》[①]中自我安慰，还是消失在了不起眼的工作中？

1979年5月7日

（《FILM 1/24》30号 Anido 1980年11月1日发行）

《原始星球》[②]随感

（前略）

感谢你们放映《原始星球》。

看完那部电影后，我心里堵得慌，难以提笔写些什么。好在近来总算理清头绪，意识到这种情绪并不是电影本身造成的，而是和我们

[①] 弗莱舍工作室是派拉蒙电影公司发行的《超人》动画的制作主力。
[②] 1973年上映的科幻动画电影，由阿内·拉鲁执导，同年获戛纳国际电影节特别奖，是首部获此荣誉的动画片。

多年以来所做的工作有关。

关键在于美术的缺位。

我指的不是美术设计缺乏才华。我自己近来也很有感触。我并不排斥通俗性，却担心自己只是在某种约定俗成的驱使下生产作品。自以为在创作，实则被战后三十年日本通俗文化的粗鄙、廉价和精神层面的脆弱所束缚。从美术的角度看，《阿尔卑斯山的少女》和《野蔷薇之茉莉》①是等质的，不过在技巧上有些微小的差别罢了。

《原始星球》本身是很有趣的，但我并不喜欢。我感叹于它的技术水准，却无法产生共鸣……观影体验不错，却无意看第二遍。我认为它制作精良，故事却很粗糙。怀疑是先有了托普②创造的世界，然后才去找适合在那个世界中讲述的原作。我并不认为影片在主题上取得了成功，但确确实实展现出了托普的世界观。

放映当天，我对富泽女士③说，这部电影很像博斯④的画。不过我想表达的是"这部电影很像我心目中的博斯画作"。它富有魅力，美轮美奂，却又会引发无可辩驳的生理反感……我不禁想起看到中世纪基督像时的惊骇之感。他们怎么把神明描绘成了如此可怕的形象……我惊愕不已，根本说不出一个"美"字。我甚至庆幸自己是日本人，能欣赏百济观音那样的"美"。可能因为我是个典型的日本人，一直理解不了欧洲的文化风土孕育出的阴郁的博斯世界，也欣赏不来阴森恐怖的基督像和托普的电影。要是让我看着苏黎世的民俗博物馆里丑得可怕的天顶画过冬，我肯定会疯的……同理，看到姆明⑤的画，我

---

① 1979年的电视动画，制片人为丹野雄二，导演为葛生雅美。
② 罗兰·托普（1938—1997），法国插画家、钢琴家、电影制作人，以超现实主义风格闻名，担任《原始星球》的美术指导。
③ 时任《FILM 1/24》发行人的富泽洋子。（原编注）
④ 耶罗尼米斯·博斯（1450—1516），荷兰画家，画作极具原创性和想象力，代表作是三联油画《人间乐园》。
⑤ 芬兰奇幻文学大师、画家托芙·扬松笔下的卡通角色。

也感到毛骨悚然。

像《贝拉多娜》①那样模仿欧洲画风的日本人越来越多，但我认为这只是一种时尚潮流，因为他们的画作一点都不可怕。

我是一名动画师，所以抵触美术先行的电影制作思路。我也忧心托普式电影背后那些无法突破技术形式的动画师的未来。即便如此，我们还是不能否认一个事实：正是美术的缺位让我们的电影屈居二流。那么，美术的缺位是不是风土文化的丧失造成的呢？有位欧洲人一针见血地指出，《太阳王子》②就没有美术加持。既要体现日本的文化特质，又要在美术上和《野蔷薇之茱莉》旗鼓相当的话……

无论如何，正如前文所示，不想办法解决美术的缺位，我只能越来越颓废，陷入自暴自弃的状态。所以我生出了一个强烈的念头，非要打破砂锅问到底不可。

不过，我的确喜欢通俗的东西，由衷地希望能将福岛铁次的漫画《沙漠魔王》带给我的激动传递给今天的孩子们。如果能鼓起勇气到达通俗的极致，展现在眼前的兴许是异常宽广的地平线。

这部电影让我思考了许许多多。而且还是免费的，非常感谢。

就此搁笔。

(《FILM 1/24》31号 1981年4月1日发行)

动画与漫画电影

细数起来，我从事动画工作已有二十年了。在二十年过后的今天，我想聊聊此刻的所思所想。

---

① 《悲伤的贝拉多娜》，1973年上映，虫制作公司出品的成人动画电影三部曲的最后一部，上映后票房不佳，导致工作室破产。
② 《太阳王子 霍尔斯的大冒险》，1968年上映，高畑勋导演的首部长篇动画电影。

◎ 我们这代人的宝贝

我喜欢飞机,所以就以飞机为例吧。我觉得现在的动画已经进入了大型喷气机的时代。

动画史上也有"前莱特兄弟时代",人们也犯过各种各样的错误,比如以为只要转动机翼,飞机就能飞起来,结果一头栽了下去。

那时,主要在美国动画界诞生了一些作品,取得了票房上的成功,比如《米老鼠》和《贝蒂娃娃》。

到了第二阶段,技术层面实现了重大飞跃。以迪士尼的"糊涂交响曲"系列[①]为中心,动画发展为大人也可以欣赏的作品,甚至成为一种新的影片类型。许多长篇作品也在这一时期相继问世。

但在当时的日本,动画还叫作"漫画电影",不是随随便便就能看到的。

只能在暑假看上一回,或是看电影的时候碰巧有动画短片一起放映,比如迪士尼的《唐老鸭》或《米老鼠》。这就是儿时的我们与动画的渊源。

所以对我们这代人来说,动画是极其珍贵的宝物,能在那样的环境下遇到一部好看又有趣的、令人兴奋的作品,是莫大的幸运。那感觉就像看到了在远方闪烁的光芒。

对比之下,此刻的我们仿佛置身于动画的滔滔洪水中。只要坐在电视机前,就被迫接受动画的狂轰滥炸。换句话说,我们正处在一个"大量消费动画的时代"。

我倒无意缅怀过去,只是当年从事动画工作的时候,只需要讨论区区几部作品就够了。

[①] 迪士尼在 1929 年到 1939 年推出的实验性动画短片,包括知名的《三只小猪》《龟兔赛跑》《丑小鸭》等,奠定了日后迪士尼动画的风格,也为动画技术发展树立了里程碑。

比如"糊涂交响曲"系列的最后一部作品《老磨坊》。如果你没有看过，请务必看一看。它是迪士尼团队制作的特效动画短片，旨在用云、水和风的动态来表现风暴。影片讲述了山头的小磨坊在风暴中度过的一夜，堪称迪士尼动画的巅峰之作。

迪士尼团队就是用这部短片的技术制作了长篇作品《白雪公主》。现在再看《白雪公主》，你一定能深刻感受到制作团队"这也想尝试、那也想挑战"的热情。《白雪公主》是一个绝佳的范本，充分展示了团队以健康的面貌完成一部作品时能达到的境界。

还有法国的《国王与小鸟》和苏联的《冰雪女王》。

我曾在东映动画参与过长篇作品的制作。无论从哪个角度看，东映的动画技术都远远不如上述作品，充其量不过是制作一些类似"兔子滑了一跤"的简单动作。我们什么时候才能赶超美国、法国和苏联的作品呢？连是否有这个可能都是未知数。

我们根本不知道该怎样赶上那些登峰造极的作品，所以虽然存在工期短、经费不足等客观的不利条件，还是忍不住从自身找原因，疑心"是不是自己的能力本就差了一截"。但至少要立志向他们看齐。

◎ 对人的兴趣最要紧

放眼当下，对动画感兴趣、想从事动画工作的人越来越多，理解动画为何物的人也大幅增加。但和这些人交流时，总觉得他们失去了我们在这个年纪曾经拥有的抱负。

有些年轻人只看过电视上播的短篇作品，就认定那是动画。

常有立志成为动画师的年轻人找到我这儿。我问："你想画什么？"他说："我想画爆炸场景。"我再追问："画出爆炸以后呢？"他就答不上来了，也没有别的东西想画。

作品中不光有爆炸场景，还得画各种各样的东西。不过在我看来，对人感兴趣才是最要紧的。要好奇笔下的人物是怎么生活，怎么跟事物打交道的。然后再让这个人物拿起马格南手枪，或让他去开飞机。说白了，就是把自己的兴趣融入作品中，或是设置各种机关，让作品变得有趣。

我不得不说，"只为了描绘爆炸场景或飞机而创作"的思路有点偏颇。

从这一点来说，我很担心现在的年轻人。看动画时，除了看到"某场爆炸很震撼""某场打戏很精彩"，我们还必须关注整部动画想表达什么，表达得是否到位。

当然，有些作品是娱乐性的，没有明确的主题，所以我们也无法总结出来。但对于那些不靠主题，而是以趣味为卖点的作品，更应该从某个具体的场景切入分析。

我希望大家通过形形色色的作品培养出更高远的抱负，去追求更高的目标。由衷期待怀有这种雄心壮志的动画师登上舞台。

用飞机打个比方吧。飞机第一次起飞时，"它能飞"这件事就足以让你高兴了。在动画制作中也是一样，"自己的画动了"就足以让人高兴一阵子。

后来便有了定期航班，但航班刚开通时着实称不上"舒适的空中之旅"。当时东京到大阪的航线用的是名为福克"超宇宙"运输机的六座飞机，只有一台前置发动机。

这种飞机噪音很大，废气会流入客舱，发动机的机油也会溅到乘客的脸和衣服上。一旦遭遇气流，机体还会晃得"咔嗒咔嗒"直响，说是"用命在飞"一点都不夸张。（笑）

即便如此，人们还是肯花大价钱坐飞机。倒不是为了尽快到达目的地，而是想实实在在地体验一次"我飞上天了！"的感觉。

当年我们好不容易看到一部漫画电影时，也会不由得感叹："哇，我看了一部漫画电影！"在我看来，这种感动和乘坐福克"超宇宙"

运输机的体验并无不同。

相较之下，与现代动画的相遇则更像是搭乘大型客机，整个航程都十分平稳，不怎么摇晃。

在这样的"动画大型客机"时代，我们已无法再像过去那样，为了追求稀缺价值去搭乘福克"超宇宙"了。希望大家能用契合大型客机时代的视角去看待动画。做一个只看得到作品中可爱女生的萝莉控可不行。（笑）

我由衷希望大家能结合自己的现实生活看待动画。

◎ 唯一的依靠是野心

动画师也比以前富裕了。虽说没富到能开着凯迪拉克轿车到处跑的地步，但好歹达到了和普通人差不多的水准。

我们这代人二十四五岁的时候，也就是刚开始做动画师时，生活没有任何保障。看不到前景，没有钱，也没有能力。

但动画师就是仅仅以野心，或者说以希望为依靠的职业。

所以我们聚在一起时总会聊"要不要洗手不干了""有没有更好的行当"之类的话题。

可是不知不觉中，大家不再谈论这些了。与此同时，年轻动画师的钱包鼓了起来，也买得起房子了。

因为不缺工作，劳动力市场变成了卖方市场。那我们的工作内容是不是离年轻时的野心，或者说抱负越来越近了呢？我觉得反而是越来越远了。

刚开始制作电视动画时，电视台也不知道该怎么办，任由我们发挥。于是在制作现场，动画师们的想法能原封不动地呈现在动画中。

可如今有各种各样的限制，比如要卖周边产品、要赚版权费、要靠出版赚钱……束手束脚的体制就这样形成了。

版权费中的百分之十五归谁，百分之二十归谁，百分之十归谁，百分之五归谁……这些都是一开始就敲定好的。为避免收入突然下降，人们往往会选择比较保险的企划。

这就导致了制作现场"无可奈何"的地方变得越来越多。

比方说，动画师不能擅自改动《福星小子》[①]里的角色。而且现在是原作漫画的全盛时期，这种限制就更多了。

但机器人题材的作品往往不打算在漫画杂志上连载，所以只需要按玩具厂商给出的设计来做，其余部分——比如故事情节，就可以自由发挥，动画师在制作现场也有了发挥创意的空间。反正只要把玩具卖出去，赞助商就心满意足。

在其他领域，制作现场也受到了种种限制。

话虽如此，我已经在这一行摸爬滚打了二十年，渐渐生出了"万事自有转机"的想法，要是到头来没有好转就认命，也只能抱着这种心态耐心干下去。

不管怎样，往日的热潮已经结束，动画进入了真正的大量消费时代。怎么说呢，我能切身感受到现在是动画的时代，而不再是漫画电影的时代了。

今天就聊到这里吧。

（大阪 Animepolis Pero 书店两周年纪念演讲

1982 年 7 月 27 日下午 大阪曾根崎新地 东映会馆）

观《城》与《礼物》有感

我不想从"动画工作者"或"年近不惑的成年人"的角度来评论

[①] 高桥留美子的第一部长篇漫画作品，搞笑漫画的开山鼻祖，后改编为电视动画。

《城》和《礼物》这两部作品。与它们的创作者年纪相仿时，我并没有那样的实力和毅力。能做出影片来，就足以让我钦佩了。

这些作品将无法置身事外的迫切感摆在了我的眼前。因为包含在作品源头中的向往和思考，确实是我在那个年纪拥有过的，而且直到现在也没有完全消失。

在某个时期……从少年成长为青年的不稳定阶段，带有某种倾向的青年们在"少女"的故事中寻找神圣的象征。我本不想分析原因。且不论好坏，每年都有这样的青年出现，这是不争的事实。藏在他们心中的想法深不可测，他们或是理直气壮地认为"萝莉控也是一种值得尊重的个性"，或是在过家家的游戏中释放自己的情绪。于是这些青年在心中驯养起了少女。少女是他们的一部分，是心灵的投射。对他们来说，少女会无限包容自己，而且不会像母亲那样将自己吞入子宫，夺走力量，所以能为了那个少女主动做些什么……有人说这是理想的女性，其实不然。理想是更普世的，这种少女不过是为了个体属性而存在的异性。

追求自立的女性憎恶这样的少女。她们感受到了男性单方面的暴力——试图将她们塞进某个模子中。她们大声疾呼：真正的我们并不是那样的，我们也在摸爬滚打，也在苦苦挣扎中活着。"心机女"一词似乎既包含着对男性难以抑制的愤怒，也潜藏着无法摆脱男性视角的自嘲。

《城》和《礼物》这两部作品中的少女都是创作者心中的少女，虽然在画面中呈现的模样略有不同，但无疑是同一个人。在丧失人性的城市里，在被战争夺去父母的人群中，唯有少女保留着温情和对"美"的共情，在寻求真实而非模仿的心灵交流。这样的结构看似带有文明批判的色彩，但我敢说这很可能不是创作者的本意。或许那座城市投射了创作者即将告别青涩时代的心态。在他们眼中，外部世界是如此复杂而粗暴，充满不确定性，且不可逆转；而憧憬与不安交织的复杂情感，又让这座城市看上去像一张只有线条的白纸，看似无机质，同时又充满未知的挑战。相对的，少女象征着青年创作者对童年时代的不舍与依恋……长大成人后，他们被迫失去了获得庇护和无知的特权，所以通过这样的形象怀念曾经不受生活琐事束缚、无比自由的自己。

所谓的少女并非独立的个体，而是他们在内心深处养育的自我。

正如开头所说，我也是这种类型的人，所以无意也没有资格评判这究竟是好是坏。恐怕此时此刻，也是一边面对着现实中的女性，一边试图寻找自己的投影，而不去关注她们的本质……所以我并不想简单粗暴地将《城》和《礼物》视为分析和批判的对象。

分析、否定甚至抑制存在于内心深处的憧憬和想法又有何用，但创作作品是另外一回事。我会自说自话地幻想。如果《城》中的少女为了夺回自己的小狗，追上那个机器螃蟹拳打脚踢，影片又会变成什么样呢？如果她不是扔掉面包，而是想方设法喂给被机器螃蟹吞下的小狗吃……如果《礼物》中的少女试图把送她绘本的无名士兵从队伍里拉回来……

这样的故事可能发展为一部长篇电影，也可能无法成形。虽然纯粹的少女无法再保持纯粹，但这样不也很有意思吗？

结合我面对的课题，这也许就是"制作"和"创作"的不同之处。

（早稻田大学动画同好会会志《Anicom Z》Vol.2 1983年4月3日发行）

原编注：上文为早稻田大学动画同好会的自制影片《城》和《礼物》的观后感。

《城》（1981年 3分15秒 8mm 彩色纸动画）

情节梗概：在高楼林立的寒冷城市中，少女在垃圾桶里捡到了一只被遗弃的狗。少女喂它吃面包，和它成了好朋友。就在这时，形似螃蟹的巨型机器突然现身，伸出机械臂从女孩手中夺走了狗，将它一口吞下。片刻后，机器螃蟹吐出了变成毛绒玩具的狗。机器螃蟹离开后，女孩抱着毛绒玩具哭了起来，把剩下的面包扔向远处。

《礼物》（1982年 4分22秒 8mm 彩色纸动画）

情节梗概：战斗机在城市上空飞舞。士兵溜进少女的房间，在她枕边放下一册绘本，悄然离去。少女拿着绘本走向士兵来来往往的街头，这时有只小鸟把一枝花送到少女手中。但少女不小心摔了一跤，把花折断了，于是小鸟又飞回繁花盛开的原野，而那里的景色与绘本中的图画一模一样。小鸟给女孩带来了第二枝花，少女把花别在一位即将前往战场的士兵胸前。

聊聊古装片

我们看到的古装电影不一定忠实反映了战国时代或江户时代。它们与史实完全不同，跟歌舞伎等艺术形式一样，沿袭了一种样式美。近来鲜有古装电影出现，可能是人们已经厌倦了这种样式，也可能是因为人们对电影塑造的"古装片中的历史"抱有相当大的先入为主的观念。

电影江河日下的说法由来已久。当真有意复兴电影，就应该把日本的古装片拍得更加真实、更加泥泞，这样才能打造出极具魅力的作品。换句话说，我们需要用不同以往的视点重新审视这类电影。

诚然，如果完全按照史实制作，《钱形平次》[1]和《水户黄门》[2]就

---

[1] 野村胡堂的小说《钱形平次捕物控》改编的电视剧，主人公堪称江户时代的福尔摩斯。
[2] 讲述江户时代中期，水户藩主德川光圀微服私访、惩恶扬善的故事。

站不住脚了，也不会出现什么居酒屋，拍出来的东西索然无味。我却觉得，如果能不拘泥于样式美和固有观念，反而能拍出有意思的电影。

把战国武将刻画成企业经营者的方法在小说界流行过一阵子，但这种做法反而缩小了故事的格局，让人们对日本史的印象大打折扣。

以影像为卖点的电影应该更清晰地展现真实的战斗，而非华丽绚烂的王朝画卷，或建立在大战废墟上的天守阁①。

黑泽明的电影《七武士》中草寇的扮相就十分真实，也非常有意思。但在《影武者》中，骑马的武士们背上插着颜色统一的旗帜，像近代军队里的骑兵似的冲锋陷阵。这可以理解为一种经过变形处理的形象，但实际不可能发生。照理说，他们会带着一众小卒，骑着马冲向前线。

在如今的古装电影给人的印象中，战斗似乎只发生在富士山脚下或北海道的原野上。然而在真实的历史中，战斗也许发生在地藏菩萨旁边，士兵和战马也会驰骋于田间小路和有粪坑的地方。拨开芒草灌木作战才是常态。

就没有人制作一部描写这些细节的古装片吗？

战国时代的军队有多卑鄙？据我所知，当年的士兵吃不到什么像样的东西，补给也没有保障，虽然会随军携带粮草，但根本不够，八成会在行军打仗的同时沿路抢掠。

古装片里的足轻②好像没什么存在感，但在战国末期，他们可是正规军，要严格遵守军纪，保持集体行动。怎么就没有一部电影，能够把足轻描绘成拿着火枪的近代步兵队伍，而不是和将军形成鲜明对比的悲惨小兵呢？

直木三十五③的《合战》是我钟爱的书之一。我也不确定书中描

---

① 日式城堡顶端的阁楼，具有瞭望、指挥等功能，也是封建权力的象征。
② 即步卒，最下级的武士。
③ 直木三十五（1891—1934），小说家、编剧、导演。

写的战斗是否符合史实，但至少能感觉到作者对战斗的描述合理又生动。阅读这本书时，当时的战场景象会在脑海中徐徐展开。

无论是长筱之战①的描写，还是真田幸村与伊达政宗在大阪之战中的战斗——没有配枪的真田军盔甲被子弹击中时发出的响声，用战友的尸体挡子弹……都让人身临其境。突击作战的重骑兵的马匹也并非全力疾驰，而是笨重地行进。

那个年代的日本马体形较小，体力也不够用，不可能驮着全副武装的武士全力疾驰。

这种行军和战斗的场面，与我们这些年看到的电影大不相同。

倒不是非要忠于史实。就没有人用画面再现充满想象力的战斗实况吗？

也许有人说，用动画不就行了？可我们做《风之谷》的时候，连表现腰间佩剑的摇摆都耗费了大量的精力，要完全展现铠甲的细节就更束手无策了。只能等待愿意为之努力的人横空出世。

(由发言稿整理)

(《历史读本》新人物往来社 1985 年 4 月号)

工作二三事

◎ 动画师

动画师就是从事动画制作的人，据说日本目前大约有两千五百名动画师，但没人知道确切的数字。因为动画师分散在细分化的外包体系中，无时无刻不在流动，无法掌握准确的人数。这项职业原本是需

---

① 日本战国时代著名战役，1575 年，织田德川联军在长筱击败了武田军。

要天赋的，如今却成了"当画家"最便捷的途径。在过去十多年里，制作的工作需求不断增长，动画师总是供不应求，处于"只要会用铅笔画线就能接到工作"（这句话毫不夸张）的状态。动画师的数量不断增加，而相对价值则持续下降。

动画师的平均年龄非常小，善良与贫穷是这群年轻人的特征。他们中的大多数人是按件计酬，电视动画一般是每张一百五十日元。换成我们正在制作的动画电影，则是每张四百日元。许多二十四五岁的人月收入还不到十万日元，有些人甚至没参加国民年金或医疗保险。哪怕最开始是因为热爱才入行，也不可能一直这么干下去。

但改行没多久，他们又会不知不觉跑回来。因为这份工作很安逸，不必低声下气，也不必踩着别人往上爬。正是这群与控制社会格格不入、善良而贫穷的年轻人，让日本的动画实现了世界史上前所未有的产量。

可动画本不必做那么多的……

◎ 人才

访问美国某动画工作室时，正在检查原画的导演问我："你们那边有没有优秀的动画师？"他的焦躁和沮丧似乎是手中的原画引起的。我回答道："优秀的动画师比沙滩上的金粒还难找。"他使劲点头。但这句话其实是华特·迪士尼说的。大家都说迪士尼工作室没能培养出接班人，"九大元老"一直不肯让位，故步自封，失去了力量……但事实并非如此。迪士尼开办学校，多年来致力于培养动画师，甚至通过移民局寻求得力人手，在人才方面一掷千金。即便如此，他们也没有培养出后继之人。

用连续的图画就能表现出动态的画面——这是老师教的，可"为什么要让它动起来""为什么要这么动"是没法教会我们的。教了也只是强加于人。

优秀的新人总是突然诞生在与动画全无干系的地方。迪士尼和他的九大元老不也是在加利福尼亚的沙漠中初露锋芒的吗？

人才总是短缺的，只能用这短缺的力量去制作作品。因为那就是我们的力量。

◎ 招聘考试

几年前，我参与了某动画公司的动画师招聘考试，准备从数百名应聘者中挑选出十来个年轻人。这是一个久违的正式培训计划，我们甚至做好了"没有合适的人选就一个都不录用"的思想准备。筛选机制和普通的招聘考试差不多，先看几幅作品初筛一轮，再让他们按题目作画、写小论文，外加面试。没有安排考一般常识的笔试，因为考官自己就不是有一般常识的人。没想到刚开始就碰了钉子。

我们不能指责应聘者的模仿行为。在通俗文化领域，很多人都是从模仿开始，然后才逐渐形成自己的风格。看似是专家，实则没能走出模仿的人也比比皆是。然而，没有一个人具有一目了然的独创性和突出的资质，局面一片混乱。我仿佛成了淘金者，只盼找到一块打磨后能闪闪发光的原石。面试时，每个人的神经都绷得紧紧的，眼睛闪闪发光，看起来资质不错。我想尽可能做到谨慎客观，到头来却只能依靠狭隘的经验主义去挑选。

后来，我换了一个地方工作，又做了几部电影。每次团队里都有当时被我刷下去的年轻人，其中一些还是我正在制作的那部电影的团队核心成员。而当时通过筛选、接受培训的新人也成长了起来，和他们邻桌而坐，携手并进。

那场考试到底算怎么回事呢……

◎ 电视动画

当年，电视动画的数量还没有那么多。我们团队第一次负责制作的电视动画是《阿尔卑斯山的少女》。当年的我们雄心勃勃，立志制作一部为孩子服务的作品，而不是玩具，想借此摆脱当时电视动画行业消沉敷衍的状态。虽然工作室的房子破破烂烂，但年轻员工积极响应了我们的热情，大家拧成一股绳。为期一年的"特别时期"就此拉开帷幕。我们废寝忘食，拼命工作。每天都绷紧神经，连得感冒的工夫都没有。开播后，反响之热烈超乎想象。更重要的是，我们自己的孩子也很喜爱这部动画。我们精疲力尽，却也无比幸福，靠着一口气坚持下来，完成了这项工作。我自以为坚持了初心，尽了全力，自此就能回归宁静的日常生活，谁知在那之后，才窥探到电视动画的可怕之处。电视会一遍遍要求我们交出同样的东西。它是那样贪婪，想把一切都变为日常，要求我们把"特别时期"当作常态。作品取得了成功，可制作现场的情况却丝毫没有改善。又要来一遍那一年吗……只有将作品质量下降到可以持续产出的水平，才能与电视建立长久的关系。这也是如今的电视动画日渐衰落的原因。

即便如此——即便我不行，但只要集中一批人的才华、干劲和毅力，就仍有希望摆脱电视动画的桎梏，打造出值得一做的作品。

◎ 徒步旅行

制作动画电影的机会寥寥无几，因此一旦进入制作阶段，就得全力以赴。时间总是不够用。我会不停地激励员工，别休息，使劲画，埋头向前跑，自己也努力赶工。动画公司有固定的制作团队的话，这样做倒也无伤大雅。因为全速奔跑不仅是训练年轻员工的方式，也是让他们大显身手的机会。最后的冲刺结束后，大家可以喘口气，通过一些过渡工作为下一个目标做好准备。可现在的主流做法是在项目敲定之后,按作品和员工单独签约。工资是按件计酬,所以冲刺结束后就得马不停蹄地奔赴下一个项目,有时共事半年都不知道同事叫什么名字,更别提互相了解了,简直是把人当成一次性耗材使用。如今,我身边的年轻女员工也是每天工作十二小时以上。虽然现在星期天和节假日还能歇一歇,但很快就休息不了了,因为制作进度一如往常地拖延。人倒不是有了空闲才会谈恋爱,可现在这个情况是连谈恋爱的时间都没有。在我二十多岁的时候,冲刺期间也就是最后一个多月,当成一场狂欢熬过去就好。因此,我们第一次——真的是第一次在制作长篇动画电影期间,计划利用工作日进行一次集体徒步旅行。当然,这天的工作量要用休息日补回来。希望二十四号是个好天气。

◎ 千年森林

最近我时常幻想"千年森林"。

买下一大片别人经营不下去的森林,集思广益,恢复当地的原生植被。这个过程需要以百年为单位的时间。重新种植已经灭绝的植物,没有植被覆盖的地方就种树。虽然不能引入狼群,但可以把其他幸存的兽类、昆虫和鸟类放养其中,耐心观望,不进行过多干预,维持森林里的生态平衡。为此还要选择富有责任感的护林员,并赋予他们执法权。

过个五十年,森林就会变成国家公园,成为观察和散步的好去处。可以建设狭窄的步道和住宿设施,但饮食和废物排放等方面要有严格的限制,不使用混凝土和沥青,不设纪念品商店,也不卖酒。汽车只能停在很远的地方,护林员在林区内也不能开车。千年之内不得砍伐树木,哪怕藤蔓勒死了树木,昆虫大量繁殖,野兽受了伤,人也不能进行干涉。千年后,当法隆寺的立柱日渐腐朽,药师寺的东塔开始倾斜时，生长在这片森林里的数万棵柏树可能会有几棵派上用场。如果人类能够存活千年，抵御酸雨，这片森林定将成为全世界的瑰宝。让我们在森林边境立起天然石材做的石碑。不用容易磨损的机雕，而是请石匠手工雕琢，刻出用世界各地的文字书写的"这片森林是人类之源"。因为我们诞生于这里。

(《朝日新闻》1987年9月14、16、17、21、22、24日)

同盟的声援——另一篇后记

上小学低年级之前，两个儿子很爱翻看我爱人的六本写生册，几乎把它们当成了绘本。那些画并不是为了特定目的而画的，认定它们"有助于稳定孩子们的情绪"未免武断。我唯一忧心的是与以大儿子为模特的画相比，小儿子的难免会少一点。而且"学走路比哥哥慢""开口比哥哥晚""迟迟没有戒尿布"之类的问题也比较多。毕竟那些画都是我爱人为自己画的，并不是为了孩子。在家长看来，"开口晚"也是孩子的个性，能怀着对孩子的爱把这件事画出来。但我在家中也排行老二，多少能理解小儿子欣赏为数不多的关于自己的画时的感受。

小儿子的画偏少，是因为我们是第二次做父母，已经习以为常了，外加他上托儿所的时间比较短。可他毕竟是第一次做小孩，根本不可能理解这样的借口。

在我看来，大家常说的"不给别人添麻烦"根本是天方夜谭。我越来越觉得，哪怕我们在养育子女和日常生活中满怀关爱和善意，还是会把自己的想法强加给对方，互相添麻烦才是常态。

大儿子的到来，让我有机会回忆起在他那个年纪时的愿望和憧憬。对从事我这种工作的人来说，这是非常珍贵的体验。

小儿子则让我再次体验儿时的所思所感，以及性格的形成过程，包括我选择这份职业的理由。他让我比以前更了解自己。

由父母决定一切的时期已经过去了，我的儿子们必须靠他们的力量实现自我。

还记得小儿子上初中后，为了第二天的考试努力复习的那个夜晚，我感到自己正在目睹幸福童年的终结，哀伤的情绪汹涌而来。但当我像他那么大时，还是无知无觉的。用个老套点的说法，我只能默默向他的背影送上"同盟的声援"。

（《吾郎和敬介 妈妈的育儿图画日记》
宫崎朱美著 德间书店 1987年9月30日发行）

观《种树的牧羊人》[①] 有感

说这部作品好，并不是因为我就是做动画的，哪怕我不从事这一行，看到这部短片大概也会不由得感叹："哇，真是一部杰作。"它是一部充满力量的作品，不是随随便便就能做出来的。它将贝克本人的丰富经验与作品的主题思想相融合，而且取材于现实，在一个充满不确定性的动荡时代，真有人做了这么一件事。

故事中的那位普罗旺斯老爷爷堪称田野哲学家，充满了老练的智慧，我们总会对这样的人生出强烈的憧憬。贝克巧妙地运用独特的表现手法将这样的主题展现出来，我对此深感钦佩。

我还想向加拿大广播公司的人致敬，难得他们肯投资这种不可能赚钱的作品。这家广播公司貌似位于魁北克。那里是加拿大唯一的法

---

① 加拿大动画大师弗雷德里克·贝克制作的动画短片，改编自法国作家让·乔诺的同名小说，1988年获第60届奥斯卡金像奖最佳动画短片奖。

语省份，动不动就闹独立。这部电影的故事发生地普罗旺斯也是法国南部民族主义色彩最浓厚的地区，说不定两者之间还有那么点联系。

第一次看这部短片时，我还不知道它的故事发生在哪里。听说是普罗旺斯后，很多地方一下子就想通了。原作小说也许跟普罗旺斯的文学复兴运动，即用普罗旺斯方言进行诗歌和小说创作的运动有关。

我曾在普罗旺斯开车兜风。那里的平原绿意盎然，种植了大片的防风林，看来是个风大的地方。曾以为那片土地原本就青翠欲滴，看了这部作品才知道是人为种植的树林。

据说故事中的普罗旺斯老爷爷并不是真实存在的人物。作者收集了许多当地人的事迹，整合成了作品的核心形象。放眼世界，这样的故事比比皆是，日本也有，其中江户时代的居多。

比如，玉川上水原本是用来扑灭野火的水渠，后来在它的影响下，河流周围的植被也增加了。毕竟武藏野曾是一片荒凉的芒草原。八岳山脚下的防风林也是如此。

反面例子也有不少。比如在北海道拓荒的先人种植了防风林，可到了近代，人们嫌它们不利于机械化发展，砍掉了那些树，于是土壤迅速流失，只得重新栽种。

人们总把"保护自然"挂在嘴边，可很多东西并非自然造就的，而是由人类创造出来，在时间的作用下逐渐成形的。其实人类往往是既需要留存自然的原貌，又需要进行人为创造。

在日本，人们以"镇守之森"的形式，在神社内外保留树林的自然形态，那些原本为了日常生活种植的树木就这样形成了独特的景观。然而江户时代以前形成的安定环境，在明治时代以后的现代化进程中不断受到破坏，这也成了日本近代史的一环。

也许加拿大并没有这样的历史，但我非常理解贝克为什么看完这本小说后想描绘这位老爷爷的故事——把荒地改造得绿意盎然，让充满生机的生活诞生在那片土地上……

我看的第一部贝克导演的作品是《摇椅咯吱》[①]。四五年前，我和高畑先生（《风之谷》和《天空之城》的制片人，《萤火虫之墓》的导演）一起去美国出差时，碰巧看到了和其他影片连映的《摇椅咯吱》，受到了很大的震撼。还记得看完以后，我跌跌撞撞地走在回酒店的路上，边走边对高畑先生说："我们真是太差劲了。"

后来又看到了这部《种树的牧羊人》。我们现在做的赛璐珞动画很难表现植物的状态，只能画随风摇摆的小草这种简单的符号。无论在风中摇曳，还是在阳光下闪闪发光，植物的存在都依赖于周围的气候和光线。我时刻都在琢磨"这种东西该怎么描绘才好"，却又觉得靠自己的表现手法无法呈现，就放弃了。贝克却迎难而上，而且颇见成效，让我肃然起敬。作品的视觉效果也很美。

这种作品是不可能突然出现的。正因为有《摇椅咯吱》，才有了后面的《种树的牧羊人》。后者离不开《摇椅咯吱》的表现手法和摄影师等成员的支持。我相信贝克的团队也通过《摇椅咯吱》树立了信心。没有"希望超越前作"的热忱，这部作品就不会诞生。

哪怕用同样的素材进行实景拍摄，也难以呈现这样的震撼力。贝克在这部作品中使用的动画技法也很独特，无人能模仿。一旦试图讨论动画的可能性，就会陷入"用什么表现手法才合适呢"的死胡同，所以我认为这样的讨论没有多大的意义。

其实就表现手法而言，得先有"想要表达的东西"，才会涉及技术问题。"徒有技术而不知道想表达什么"是不可行的。技术本就是为了表达某种东西而诞生的。

从这个意义上讲，我觉得贝克在《摇椅咯吱》中开创的手法被

[①] 获1982年第54届奥斯卡金像奖最佳动画短片奖。

《种树的牧羊人》完美继承了。没有必要进一步发展,已经达到了"完成"的状态。下次再做同样的作品,就会有种炒冷饭的感觉。

使贝克这些作品成为可能的,是他观察世界的"目光"。

从那种角度看世界,才能发现自己与观众的共鸣。那是一种来自世界最深层,并且长久传承下来的人文视角。作品中的老爷爷有一张哲学家的脸。我非常理解他为什么选择那张脸。

种下树苗,让它们慢慢长大,变成森林,引来蜜蜂……我明白,贝克想描绘的是眺望遥远未来的目光。

我在某报的小专栏里看到过一篇文章,讨论日本人与欧洲人不同的生死观。日本人上了年纪就想与自然融为一体,欧洲人却想与自然面对面,看个究竟。听到"与自然融为一体",日本人可能会联想到"被绿意环抱",可生活在戈壁滩上的人也有拥抱自然的方式。并不是只有日本人才想回归自然。对所有民族来说,大自然是人类的起源,也是人类认识世界的场所,十分重要。

听说贝克的老家在德法交界的阿尔萨斯地区,说不定在加拿大也有相似的地方。他也许是在制作枫糖浆的光景中思念起了故乡,才制作了《摇椅咯吱》。

随着大自然遭到全球性的无情破坏,我们对脚下的土地、周围的风景和花草树木的感情变得越来越强烈。这种心情和住在普罗旺斯不停植树的男人是相通的,我从《种树的牧羊人》中感受到了这一点。

作为观众,我被这部作品深深打动了,不由得感叹,还好我们有诺尔斯金[①]和贝克这样出色的动画人。

(演讲《种树的牧羊人》LD版 1988年6月25日 先锋公司)

---

① 尤里·波萨维奇·诺尔斯金(1941—),俄罗斯动画导演、制作人。

只会左右摇摆的国家

原以为战败起码会促使人们反思国家宣扬的所谓正义与大义名分，让这个国家变得更好。我越看布什，越觉得他被约翰·韦恩①的鬼魂附体了，满口都是"男人就该这样"。这和萨达姆所谓的正义半斤八两。

本不该如此的日本，却仅仅凭借着贸易和邻国关系的逻辑掺和起了海湾战争。日本政客只会嚷嚷"萨达姆就是希特勒"，但没有人说"东条英机也是一丘之貉"。这个国家抛弃了"大义名分"，却没有挖掘出更根本的东西。国民就像浮萍，微风一吹便左右摇摆。要是连"和平宪法"都无法维持下去，那就真的什么都不剩了。

我看着儿子们的脸，心想无论日子过得多穷，都绝不会送他们上战场。别人家的孩子也一样。作为一名电影制作者，我一直在思考"如何不被控制社会扼杀，坚持生活下去"。我有一个酝酿了近十年的企划，想制作一部以现代东京为舞台的青春电影。但如今已经决定放弃了。因为在没有稳固根基的前提下，只描写人们神经质的反抗，对生活在毒气和幼儿夭折阴影下的人来说毫无说服力。我更想深入地寻找能为我们的思想提供根源的东西。虽然还不确定那是什么，但隐约觉得，这个国家还没有对上一场战争进行过真正的反思，而我寻找的东西也许就在那个方向。

（《周刊朝日》朝日新闻社 1991 年 2 月 22 日号）

想做这样的电影

大家好，我叫宫崎骏。我的口才不是很好，要是有听不明白的

---

① 约翰·韦恩（1907—1979），美国电影演员，演绎的角色极具男子气概。

地方，就请山崎老师（班主任）帮忙补充吧。今天想跟大家分享的话题是"时间"。我从事动画工作已经三十年了，通过这三十年的工作，我对"时间"的理解可能会比大家多那么一点点。

大家都听说过绳文时代吧？那么，绳文时代的人大概能活到多少岁？据说他们的寿命都只有三十几岁。我今年五十一了，比绳文时代的人多活了二十年呢。

他们都还没变成现代人观念里的"老爷爷老奶奶"就去世了。因为寿命短，那个时代的人十五岁左右就当上了爸爸妈妈。比如你（指着一个学生），十五岁就当妈妈了。当妈妈意味着要生孩子。那个时候婴儿的死亡率又很高，所以人们会生很多孩子。十五岁生下孩子，等孩子长到十五岁的时候，妈妈已经三十岁，差不多快离开人世了。所以那个时代的人死得很早，想想都觉得可怜。

可是对绳文时代的人来说，这一点都不可怜。因为他们到了三十多岁就会成为公认的长者，备受尊敬。漫画里不是常有这样的角色吗？村里的长老都是一些年纪很大的老爷爷。但在绳文时代，长老是三十岁左右的人。当然啦，也不是每个人都在三十岁死去，也有活到三十二岁或三十五岁的，那就是不折不扣的大长老了。

为什么要说这些呢？树木到了冬天就会落叶，到了春天又会吐出嫩芽。人也是一样的。婴儿出生、长大，再生下和自己长得相像的孩子，这就像生命的轮回。从这个角度看，人和树其实是一样的。

◎ 人的一步，老鼠的一步

为动画作品绘图的时候，我会研究各种生物的行走速度。透过窗户观察跟大家年龄相仿的孩子走路时，我发现走一步大约需要零点五秒，也就是每秒走两步。

人很累的时候，步态也会显得很疲惫，有种"唉，累死了"的感觉，对不对？早上活力充沛，步子肯定要比半夜回家时走得快一点。

那老鼠走起来有多快呢？如果这么小的老鼠也是零点五秒走一步，那它从这儿到那儿（指讲台的一头到另一头）就得走好久。老鼠的步子很小，零点五秒走一步该有多慢啊。但在现实生活中，老鼠的步伐很快，不是吗？即使有时走得很慢，但跑起来可利索了，蹿得非常快。

再看大象。制作动画的时候，我也会想象大象的步行速度。以猛犸象为例——这是一种长毛象，因为遭到人类的猎杀已经灭绝了。它们走一步肯定不止零点五秒，要慢得多。但我觉得，它们的速度大概和人类一样快，甚至更快一些。

我们制作动画的时候，一秒内有二十四个画格，所以这是一份必须时时刻刻思考"该怎么用二十四幅画去呈现一秒钟"的工作。久而久之，我察觉到人类小孩走一步需要零点五秒，大象走一步则是两秒，而老鼠走得更快。照理说"一秒"对大家来说都是一样长，可我越琢磨就越觉得，大象、人类、老鼠和蜜蜂感觉到的一秒也许是不同的。

让我们把范围扩大一些。有没有同学知道地幔对流？咦，都不知道啊？（笑）那有没有听说过大陆是会移动的？听说过吧？这就是地幔对流。现在学界的主流观点是，地幔位于地核和地表之间的夹层，有流动性，可以缓慢移动，进而推动大陆漂移。据说日本列岛也在缓慢漂移，是被称作"太平洋板块"的地幔推着走的，这就是地震发生的原因。地幔的移动速度大概是多少呢？每年移动三厘米。哪怕我们死死盯着地面看，也绝对看不出来。可如果大家是石头做的巨人，个个有一万米高，寿命有一万年长……不，一万年还不够，得有个一百万年。活一百万年，也许就能看出地幔在移动了，不是吗？

◎ **蜜蜂能躲开雨点**

与昆虫相比，我们的寿命要长百倍。所以——当然，这只是我个人的想法啦，既然昆虫的寿命只有人类的百分之一，那我们的一秒在它们看来，岂不是跟一百秒差不多？也不知道实际情况如何，反正我就是这么想的。（笑）如果在考卷上这么写，老师可能会打叉。但是我想，如果现实真是这样，又会发生什么呢？

举个例子吧，大家知道《小蜜蜂玛雅》[①]吗？故事的主角是一只像人一样的蜜蜂，捧着蜂蜜罐子飞来飞去，可真正的蜜蜂是不会用什么罐子的。我还没做过以真正的蜜蜂为主人公的电影，要是有朝一日做一部这样的电影，在蜜蜂的眼中，我们的一秒就相当于它的一百秒，那它眼中的世界又是什么模样呢？真想做做看啊。

大家觉得蜜蜂眼里的雨是什么样子的？你觉得会是什么样子的呢？（指着前排的学生）

"它应该看不到雨吧？"（学生回答）

是吗？我们的一秒相当于它的一百秒呢。雨点从这儿落到那儿要花费一秒，在它看来却是足足一百秒，不是吗？所以雨点在它看来应该是落得很慢的。人会被雨淋湿，但我觉得蜜蜂不会。在我们看来，雨点是"嗖"的一下落下来，但在蜜蜂眼里，雨点是慢慢落下的，所以我猜它们搞不好能躲开。蜜蜂扇动翅膀的速度非常快，不过我觉得它们能看到自己扇动翅膀，就像我们走路时能看到自己摆动手臂一样。所以蜜蜂应该也能看到雨点。

话说大家觉得雨点是什么样的？（指着一个学生）要不你在黑板上画画看？（学生上前画雨滴）嗯，大家肯定会这么画。为什么要这么画呢？因为人看不清雨点，只能想象着"落下来的时候一定是这个样子"去画，毕竟我们没有蜜蜂那样的眼睛。但我知道在宇宙飞船里倒水的时候，水会呈现出怎样的形态。在失重状态下，水会飘浮在空中，变成软绵绵的一团，（打手势）一会儿凹进去，一会儿弹出来。

[①] 德国作家瓦尔德马尔·邦泽尔斯的长篇童话，1975年被改编成日本电视动画。

说不定蜜蜂在雨中飞行时，也能看到许许多多软绵绵的水球缓缓落下，这里有一个，那里有一个，远处还有一个……它只要在水球的缝隙间飞行就行了。

要是把这一幕做成漫画电影，大家能看出是在下雨吗？看不出来吧。（笑）（学生们都说"看不出来"。）但我觉得，蜜蜂眼里的世界就是这样的。（有学生说"还真有可能"。）是吧？

再举个例子吧。鱼不是在水里游来游去吗？当然啦，偶尔也有鱼跳出水面。那么鱼会有"我在水里"的感觉吗？大家都生活在空气里，但肯定不会时刻意识到这件事吧？要是没有空气，人会感到不适，肯定会乱成一锅粥。如果空气中有怪味，你也会闻出来，或者有时会喘不上气，对不对？人在水下无法呼吸，所以要在水中憋气。但鱼不会这样想，鱼觉得自己在水里是天经地义的。它们的感官和人类的完全不同。

顺着这个思路往下想……也许我的思维比较跳跃。大家都知道象龟吧？它们是地球上寿命最长的动物之一，也许能活两百多年。加拉帕戈斯群岛上的象龟是吃仙人掌的。我觉得在它们眼里，人类走路的速度肯定快得出奇。

◎ 鸟儿应该能看见风

再聊聊鸟儿吧。我们可以对比一下鸟和飞机。飞机是有舵的，机翼外侧有名为"副翼"的部件，一边下降，另一边就会上升。还有控制上升下降的升降舵和控制左右转向的方向舵。方向舵也可以通过脚舵控制。向前推控制杆，飞机就会向前倾。向后拉控制杆，飞机就会抬头。左右转动控制杆，飞机就会向两侧倾斜。飞行员要根据风向努力调整才行。

鸟却什么都不用想，甩甩尾巴就行了，跟我们直直地站在地面上一样简单。它们为什么能轻轻松松飞起来呢？这也是我的大胆猜测——它们也许能看见风。而且鸟类的寿命不是比人类的短吗？所以风吹过来的一秒钟里，人会手忙脚乱，但在鸟看来，这个过程有好几秒，所以它们能立即做出反应。在它们眼中，风的速度没有那么快。当然，这也是我的想象啦。（笑）全都是想象。我们从事的工作就建立在想象之上。

为什么会聊这些呢？大家都知道滑翔机吧？滑翔机有一个重要的指标叫"滑降比"，说的是下降一米的同时能前进多少距离。假设飞机能前进六十米，其间遇到了一米的上升气流，就是风向上吹了一米，你就能保持同等高度继续飞行。但上升气流会消失呀。遇到这种情况，如果正处在大陆板块，飞行员就会寻找天上有没有秃鹰。看到远方有秃鹰在飞，就知道那里肯定有上升气流。只要往那儿飞，便能再次搭上上升气流，让飞机盘旋上升。可是日本压根儿没有秃鹰，（笑）乌鸦兴许能看到不少。但在有秃鹰的地方，滑翔机飞行员就会寻找它们的踪迹。为什么秃鹰知道哪儿有上升气流？我越琢磨越觉得，它们肯定能看见风，看见空气。但空气是没有颜色的，怎么能看到呢？也许——这也是我的妄想，也许有上升气流的地方会有一团空气往上升，另一团空气往下降，于是风景就跟别处略有不同。我们透过滚滚热浪看到的风景不也像是在微微晃动吗？上升气流带来的变化肯定更细微，但鸟儿的眼力好，说不定能看出来。当然，这只是我个人的猜想，实际怎样得问问鸟儿才知道。

◎ **对一秒钟的感知**

在成年人的世界里——比如你决定要做一部电影，就得立刻考虑后续的事情。现在是一九九二年，对吧？明年是一九九三年，后年是一九九四年。要在一九九二年年底敲定制作一部什么样的电影，留一段时间做准备，然后在一九九三年春天开始作画，一九九四年春天画完，夏天完成制作……这些时间节点都要提前定好，否则是做不出动画的。

对在座的同学来说，一九九四年还很遥远。到时候你们应该上初一了。一九九五年也不过上初二。可是对我们来说，这点时间根本不够用。其实到了一九九三年春天就会开始着急上火，觉得时间不够用。（学生们惊呼"啊?!"）要做出一部两小时的动画电影，一年根本不够。这是我的经验之谈。如果再拖延一年，就到一九九五年了。（笑）谁知道那个时候地球还在不在。（笑）我们的工作并不是特例，大人都觉得时间永远不够用，就像暑假来得快，去得也快。

可小时候我们天天盼着暑假快点来，放假前的那一个月别提多漫长了。是吧？假期却是那么短暂。明明是同样长的时间，为什么会有不同的感受呢？所以我总觉得对时间的感知是因生物而异的，不同的生物有不同的感知。

对一棵活了五千年的树来说，一天一眨眼就过去了，不是吗？冬去春来，在它看来也只有一天那么长吧。

如果你变成了一只虫子，爬这么高（手微微抬离讲台）就不得了了。虫子的世界一点也不小。这么一想，植物的世界其实也非常广阔。刚才说的这些都是我的想象，但我毕竟从事动画工作，所以画各种生物时会去研究它们的动作。我总会想，那种生物的一秒钟和人的一秒钟是不同的。这棵树的一秒钟也和我们的一秒钟不同。你觉得狗连续叫十五分钟没什么问题，可对那只狗来说，却相当于叫了几个小时。树不会喊痛，可它会感到悲伤。要是我们能理解这一秒钟的不同，该有多好啊。今天我出门的时候，我家的狗也嚷嚷了好一会儿，要我带它散步，我只能告诉它我很忙，就这么走了。（笑）做动画的时候，我常常想到这些。

有些动画里不是有巨大的机器人吗？能推倒房子的那种。我时常琢磨，要是我的体形也那么大，会是什么感觉。动画里有各种各样的机器人，据说都重达数万吨。真要有那么重，可是会陷进地里哦。（笑）漫画当然不会这么画，但是在现实生活中，这么重的机器人一迈步就会陷进地里，哪怕走在柏油路上，脚下的感觉也跟人踩在水田里一样软。

还有，大家知道木星吧？它是气态行星。知不知道木星上面有肚脐眼似的东西，看过木星的照片，就会发现那是个很大的旋涡。在杯子里也能做出旋涡，对吧？木星的旋涡也是一样的东西，只是形成的时长不同而已。这就是为什么擅长画水的动画师也擅长画树，还擅长画成群结队移动的人，以及在操场上玩耍的孩子。

我自说自话地认为，宇宙万物都在以同样的方式运动，无论是大是小，只是速度不一样罢了，换句话说，就是时间不一样，所以只要明白其中一个原理，别的都能明白。（笑）只是说起来容易做起来难啊。这就是我从业三十年总结出来的经验。

我的研究还不够全面，不过用这种方式看世界，会发现很多不可思议的东西。比如刚才说的蜜蜂。蜜蜂不是经常做花粉团吗？仔细观察停在花朵上的蜜蜂，就会看到它们在收集花粉，一团团粘在身上。我也不清楚花粉真正的模样，只看过显微镜下的图像，但觉得蜜蜂肯定能分辨出"这种花粉看着好吃""那种花粉看着难吃"，只是不知道在它们眼里，花粉看起来像香肠、馒头还是团子。

顺着这个思路往下想，与其让蜜蜂在用显微镜放大的世界里做和人类一样的事情，倒不如真正进入蜜蜂的世界，以它们的视角描绘故事，这样兴许能做出比去外星冒险更有意思的电影。我一直在琢磨这件事，可惜想起来容易，做起来很难啊。

（1992年6月19日 于仙台八幡小学六年级三班）

偶尔也叙叙旧吧[①] 宫崎骏为加藤登纪子著作写的后记

每个人都有自己的往事。然而一旦说出口,本应珍贵的往事就变成了老人的车轱辘话。我们很难剔除对过去的感伤和美化,不过一枚邮票大小的回忆,也会在不知不觉中,膨胀成一百号的画纸那么大。

所以我决定不再回顾过去。我做过很多傻事,但决不后悔。我决定负起责任,带着这些回忆进火化炉……然而,这难道不是一种自我开脱吗?

时代的车轮滚滚向前,我突然意识到自己的愚昧,不知所措。就在这时,我听到了加藤女士出版《偶尔也叙叙旧吧》的消息。

我发自肺腑地觉得,回忆过去也不是什么坏事。毕竟就是在那个时候,我创造了有自我风格的东西。即使是现在,我也不能否认这个出发点。

(《偶尔也叙叙旧吧》德间书店 1992 年 8 月 31 日发行)

我喜爱的东京 明治神宫的森林

挑个人少的时间,漫步于冷清幽深的小径,你肯定会不由得感叹"这里竟然是东京吗"。大正年间由全国各地捐赠的树木组成的常绿阔叶树林也颇为震撼。这里是"只要有心,在短时间内也能造出一片森林"的宝贵例证。

(《产经新闻》1992 年 9 月 19 日)

[①] 也是加藤登纪子演唱的《红猪》片尾曲名。

一个镜头的力量

《生之欲》是黑泽明导演首屈一指的名作。它诞生于四十年前，但魅力至今丝毫未减，甚至有着让如今的观众肃然起敬的力量。考虑到四十年来全球的动荡、思想层面的变化和产业结构的扩张等因素，这部电影的非凡力量可见一斑。在时代浪潮的冲击之下，现代片往往比古装片更易褪色，但《生之欲》是一部真正的电影。

一部有力量的电影，即使从中途看起，也会立即感受到它传达出的某些东西。制作者的思想、才华、决心和品格会通过短短几个镜头传达给观众。简而言之，无论剪取哪一段，都能立刻判断出电影的好坏，就像金太郎糖①似的。而B级或C级片无论剪取哪一段，也只会出现B级或C级的面孔。

我们总能在富有力量的电影中找到最具代表性的几个镜头。这些镜头不一定出现在影片的高潮部分。它们可能出现在尾声，也可能不经意地存在于过场镜头中，但总能深深烙印在观众的脑海里，在人们的记忆中逐渐变成整部作品的象征。

《生之欲》的代表性镜头，在影片开头那段政府机关的戏里。

在堆成小山的文件前，主人公——市民课课长翻阅着文件，逐一盖章。他把一份份批阅好的文件叠好，拿起下一份，扫了一眼。然而，他早就知道那不是什么需要细看的东西，于是再次拿起印章，按了下去。主人公身后放着一大摞文件。画面阴影浓重，衬托出主人公正机械地进行着可悲的工作。这段影像震撼人心，洋溢着无与伦比的紧张感和存在感，让我瞬间意识到，这是一部必须正襟危坐观看的电影。我切身体会到，此刻遇到的这部电影，是一位电影导演一生中难得的几部杰作之一。

---

① 一种搓成条再切成粒的糖，每粒糖的横截面都是相同的金太郎的面孔。

《生之欲》有许多公认的经典场景。但对我来说，这部电影的精髓浓缩在了"成堆的文件和盖章的男人"的镜头中。多么美丽的影像啊。日本电影竟有过如此绝美的影像。我一遍遍回想起那一幕，一遍遍扪心自问：我为何会如此感动？那个镜头的力量究竟蕴藏在何处？

我向来认为，从故事、主题或精神出发讨论一部电影是荒谬的。如果一个镜头仅仅是为了揶揄官僚主义或人生的虚无，表现出的影像就不可能如此精彩。成堆的文件怎么可能呈现媲美古老筑地墙和斑驳墙面的美？说得极端点，只要看一眼那个镜头，听一听情节梗概，我就能断定《生之欲》是一部杰作。我早已没有了为消遣看电影的必要，所以养成了挑着看的坏习惯。实话实说，虽然我极力赞扬塔可夫斯基的《潜行者》①，却没有从头到尾看完过，大概只看过后三分之一，而且还是碰巧在电视上看到的。这对我来说已经足够了。我大受震撼，别无所求。

也怪我太懒。要是能完整看一遍这部电影，肯定会更加感动。制作者肯定也希望观众好好看完。但我已经收获了足够的感动，再多的也承受不起了。

文件成堆的镜头也给我带来了同样的震撼。我时不时扪心自问，它究竟有什么意义？最终得出一个结论：

如果那是毫无意义的，那么盖章文件堆积如山的人生和堆满电影胶片盒的人生又有多大区别呢？

说"无为"倒也没错。主人公循规蹈矩的悲哀，也是我们人生所拥有的悲哀。活着的意义并不在于成就。如果世界有光与影之分，与我们相伴的总是凄惨的阴影。那堆文件的存在感不单单来源于巧妙的小道具和灯光，更因为其阴影刺中了藏在我们心底的阴暗面，所以才

---

① 由知名苏联导演安德烈·塔可夫斯基执导的科幻悬疑片，获第33届戛纳国际电影节天主教人道奖。

如此震撼人心。容我再强调一下，活着的意义并不在于取得了什么成就。影片揭示了主人公更为深层的人生意义。乍一看电影似乎对积极生活、为他人无私奉献的行为进行了全方位肯定，但这个镜头展现出更深奥的内涵。仅凭这一个镜头，黑泽明执导的《生之欲》就是当之无愧的杰作。这样的影像可不是随随便便就能做出来的。

我再次痛感，影像就是这样一种能产生巨大力量的表达方式。

(《生之欲》LD版 1993年10月1日 东宝)

漫画繁荣论

最近常有外国记者问我有关"漫画"的问题。不光是西方人，连邻国的人们都把日本的"Comic"和"Anime"统称为"漫画"了。

为什么日本的漫画行业呈现出了井喷式的繁荣景象？记者们的问题并不好回答。因为怕麻烦，我都是用自己的假设来回应。以下便是我的假设。

第一，日本人喜欢用轮廓，即线条去识别物体，这也许跟我们的大脑结构有关。而有些民族倾向于用量，也就是从立体层面把握事物。比较美国动画师和我们这些日本动画师的个性时，能明显看出这种倾向。这就是日本能够大量生产和消费没有色彩、只有线条的漫画的物理条件。

第二，回顾历史便知，日本有一项传统，认定世间百态都能通过图画和文字的组合来描绘，像平安末期到镰仓时代盛行的绘卷，政治、经济、宗教、艺术、战争乃至艳事都能成为绘卷的素材。这一传统一直延续至今。

第三，经济高速增长带来了过剩的压力，漫画则是最佳宣泄渠道。漫画家在《阿童木》中向往现代化，在《巨人之星》中展现毅力,剩下的部分则发泄在《GARO》[①]中。因此不难想象,在经济迅速增长的邻国,漫画业也会得到一定程度的发展……

感谢协会颁给我这个奖。

(1994年日本漫画家协会奖获奖感言 1994年6月20日)

一棵树上的生命

因为我的电影,尤其是《龙猫》里出现了巨大的樟树,大家都以为我有这方面的童年回忆,其实不然。

比方说,在制作以少年为主人公的电影时,我的脑海中会浮现出各种感觉和想象。但我几乎不记得自己的童年,所以想起的是看到过的各种关于孩子的景象。我自己的孩子、邻居的孩子、亲戚的孩子……电影中呈现的是我当年看到他们时的感受。大樟树也是我年过三旬、对大自然产生兴趣时在脑海中想象出来的景观。

不过,我对树的喜爱应该要追溯到上初中时,透过教学楼窗口看到的那棵白桦树。那棵树长在教学楼边的操场上,刚好对着窗口。当时我便想:哇,这棵树可真挺拔,看着真舒服。记得我还琢磨过"能不能把它画出来"。

有一阵子,我净画高大的东西。不仅画树,还画铁塔和各种高大的建筑,总想爬到它们上面去。可能当时的我不知不觉被它们吸引住了吧。

之所以对植物世界感兴趣,是因为我觉得植物最能表现出世界的复杂多变。制作动画时,我试过在背景中画一棵大树,但很难表现

[①] 月刊漫画杂志《GARO》,1964年至2002年发行,刊登的作品以另类漫画、前卫漫画为主。

出风吹拂树叶的样子。放一张照片的震撼力搞不好还更大一些。但有许多生物或非生物栖息在树上，说不定用影像可以将它们全部表现出来。也许无法实现，但我一直想做一部关于树的电影。

人的时间、鸟的时间、虫子的时间、细菌的时间……大家的时间观各不相同，但对每种生物来说，等质的时间可以同时存在于一棵树所代表的巨大空间中。鸟儿掠过茂密的树叶看到的风景，毛毛虫看到的光合作用实现的过程，旁边的小石子感受到的世界……如果能从各种视角进行全面观察，你会意识到，即使是杂木林角落里一棵普普通通的树，也是一个不得了的世界。从人类的角度看，树也许并不赏心悦目，衰弱的植物上会生出虫子，还是会咬人的害虫，带来许多麻烦。但在虫子眼里，雨滴可能是表面张力极大、不可思议的透明球体。我想试着做一部以一棵树为中心，不断调整视角与时间轴的电影。奈何电影得有娱乐性，所以很难实现。

听说我想拍一部这样的电影，大家可能以为树对我有什么特殊的意义。但我对树的向往也许是从更遥远的地方传承下来的，并非来自我的个人记忆，更像一种认为"有树的风景比没树的好"的普遍观念。如果我出生在沙漠里，大概就不会这么想了。关键在于能否意识到，我们脚下的土地一直生长着比人类历史更悠久的植物。如果几千年来都没有树木生长，人们会觉得世界原本就是这样的，也不会冒出种树的念头了。

从这个意义上讲，我觉得现在是关键时刻。日本人会随着风土的变化而改变自身，还是会执着于保留对风土的记忆，重新种下树木？话虽如此，人生在世也不能只考虑保护环境，就像人们总是需要乘坐汽车一样，所以我们只能活在矛盾之中。

最近，我家附近的污水河出现了大量的摇蚊，但这种事不能简单粗暴地评价为"肮脏"或者"麻烦"。我们不应该从清洁或污浊这样的角度来评判事物，毕竟人类才是脏污的罪魁祸首。一下大雨，摇蚊就会销声匿迹，可水道一旦淤塞，它们便卷土重来，活得很是顽强。我越来越觉得，嫌它们脏、想方设法扑灭它们是不对的。

我当然也想为环保做些力所能及的事，但光喊口号不行。就像树的电影一样，我也想从四万十川的香鱼或污水河的摇蚊的视角来看待事物。

（《去看大树》讲谈社 Culture Books 1994 年 7 月 25 日发行）

立于腐海之岸 但我还是要种草，还是要清理河道

我找了在大学学习园林设计的儿子，让他给现在的事务所（吉卜力工作室）规划一下，在屋顶上种满绿植。因为他说不收设计费。（笑）这样能避免阳光直射大楼，也节省了空调费，算是"一举多得"。现在有这么好的机会，干吗不放手一试呢？我想得很随意，也许铺上生命力最顽强、最接近野生状态的草皮，然后多撒一些杂草的种子，就能让它们相互竞争、野蛮生长。

工作室也有反对的声音，说这么一来，就不能在屋顶放松休息了，但我驳回了那些意见。（笑）在这种事情上集思广益，只会适得其反。

前几天，有个人因为自家的榉树长得太大，就砍掉了几根树枝。后来他去周围的邻居家道歉，说："不好意思，给大家添麻烦了。"结果有的人家说："何必砍那么多呢？"有的则说："早该砍了，我家的雨水管都堵了好久。"政府部门往往也会按照投诉者的意见修剪行道树，连许多不用砍的树枝都砍掉了。

所以在这种问题上，与其广泛征求意见，不如明确提出基本方针。我认为这才是公共机关应该做的。得拿出"不是顺应舆论，而是启发舆论"的态度。

如何在日常生活中和植物打交道呢？我们必须建立新的世界观，不能光赞美花草树木的美好，而是应该思考如何解决植物带来的不便和损失。雨水管堵了，就该积极地研发不会堵的管道。

"树叶为了化作尘土才落到地上，我们却急着把落叶扫到一起烧掉，也太浪费了"，像这样抱怨一句也无妨。建造大型居民区时，应该让入住者盖章承诺，紧邻树木的人家负责打扫路上的落叶，运到指定的地方，否则就不准入住。这是唯一的办法。

怎么说呢，一聊起环保问题，我就会口不择言。不，说口不择言也不太对，毕竟我觉得自己还挺深思熟虑的。（笑）水的问题也一样。我家附近有一条叫柳濑川[①]的河，每当看到河里有几条小鱼游来游去，我的心情就会轻松不少。二十五年前刚搬来的时候，那条河跟臭水沟似的，里面只有蚂蟥和摇蚊的幼虫。当时我还感叹"这地方竟然还有摇蚊，生命力真够顽强的"，不过最近在雨水和泉水的冲刷下，这条河偶尔会变得特别干净。

随着周边土地的开发，河岸加固工程不断推进，像从前那种河道紧挨着杂树林的区域越来越少了，加起来长度都不到一百米吧。谁知两三年前，开始有鸭子来这边过冬。今年冬天最多的时候足有五十多只。于是街坊们都带着面包屑去河边喂鸭子，一个劲儿地往河里扔。唉，再这么喂下去，河又要变脏了。（笑）

我们成立了"柳濑川清扫会"，每年清理河道三四次。但垃圾是从上游漂过来的，没过多久又变得脏污。一下雨，河水暴涨，漫到杂树林里，晚上打着手电筒去察看，能看到水流哗哗地穿过树林，特别吓人，也特别有意思。水一退，就会有很多塑料垃圾卡在树林里，所以怎么打扫都无济于事。

[①] 发源于东京都和埼玉县交界处的狭山丘陵，从新河岸川汇入荒川，全长约20公里。多摩湖和狭山湖的两座水库就是在这条河的上游蓄水而建。（原编注）

但是正因为有了这样的行动，河水才稍微干净了一点。遥想二十多年前，这条河实在太脏了，是名副其实的臭水沟，大家都束手无策。所以我们应该对这些微小变化心存感激，只能这样摆正心态。

藻类大概也是十年前长出来的。看到荒凉的河床铺上绿色的水藻，我们大受感动。可是跟其他河流一比，那些水藻其实是水质差的证据，因为它们只长在脏水里。

也不能一说起让河流变得更干净，就嚷嚷着一定要像屋久岛的小溪，或者我没见过的四万十川一样清澈。一味用"干净"与"肮脏"去区分，高举清洁感的大旗，总显得有些病态。

单看一条河，就能看出很多事情来。比如有人把农业用水的水闸关上，不让被污染的脏水流到河中。看到河里有鱼，大家会兴奋地叫嚷："哇，有鱼呀，好棒！"可一旦下雨，混凝土加固的河岸让鱼无处藏身，被水冲走。保留杂木林的话，鱼还能找到藏身之地。这都是很容易理解的事情，所以大家会吃一堑长一智。

总之，在大声呼吁"水很重要""植被很重要"之前，最好先有一片可以享受绿水和花草树木的地方，而不只是喊喊口号……

柳濑川的源头在狭山丘陵，那一带开展龙猫森林①运动的历史也很悠久。主导这项活动的人早在自然保护运动②之前就在当地组织过鸟类保护协会，所以才能搞得那么成功。活动的性质是由主办人的性格决定的。他们并没有打着正义的旗号，态度非常随和，愿意与任何投身环保的人合作。无论如何，保护自然才是第一要务。他们也不会强调什么"这是我们发起的运动，不许别人抢走"。

---

① 以源自埼玉县所泽市的自然保护运动"龙猫故乡基金"为名义，购买的狭山丘陵林地，占地1200平方米。（原编注）
② 旨在为后代保存具有历史价值或自然美的土地与建筑的全民运动。1964年，镰仓市鹤冈八幡宫后山被开发商看中时，市民与市政府设立了财团，集资买下了部分土地，为日本自然保护运动之始。

万幸的是,开展这项活动时正值泡沫经济时期,当时所泽市和埼玉县的资金都很充裕,甚至买下了龙猫森林周边的土地。最终,我们以龙猫森林一号地为中心保住了相当大面积的绿地,二号地也在物色中。

前些天,我参与了一号地的清理工作。清扫枯叶,砍掉竹子。如果把土地搞得太肥沃,就会长出锥栗树这样的照叶树。但大家都太善良了,不想砍掉竹子。一位农民会员说:"没事的,砍了也会再长出来,你们得相信植物。"可大家还是下不了决心。

需要扫走这么多落叶吗?是不是该留下一点当肥料?大家七嘴八舌。有人建议让树林自由生长,有人却说为了维持杂树林的现状,应该砍掉长得太大的树,定期打理。还有人说可以把一部分落叶堆起来,引独角仙来繁衍。

不管怎样,先从力所能及的小事做起,这是唯一的方法。抱着"揠苗助长"的想法去做也不会成功。

◎ 希望是什么?也许是和你在乎的人一起付出

《风之谷》中的腐海[①],是千年前的人类为净化环境创造的装置,但创造的人也无法预见腐海会如何变化,找多少杰出的生态学家来也是徒劳。

比如我们可以在这间办公室旁边种一棵榉树,却无法预测这棵树会发生什么变化。它会给人们带来什么?会成为恋情的契机,还是会倒下,成为大楼倾倒的先兆?我们都无法预见。自以为能预言是一种狂妄自大。人类可以创造契机,安排事物,但其中生出怎样的玄机,有没有神灵降临,都不是我们可以决定的。从这种角度似乎才能更正

---

①1994年1月28日完结的宫崎骏长篇漫画《风之谷》中刻画的神秘森林。(原编注)

确地看待世界。

期待和结果是两码事。虽然腐海起初是"人工设计的生态系统"，但它在这个世界上、在时间的长河中也会慢慢变成与从前不同的东西。与其说"树是人们种下的，不是自然生长出来的，永远成不了原生林，所以没必要爱护它"，倒不如说"人造森林也能发挥森林的作用，演变成超乎想象的复杂生态系统"，更符合我的心境。

有人说"自然是善良的"，"自然为了恢复被人类污染的环境，才创造出了腐海造福人类"，这是不折不扣的谎言。而问题就在于人们无法放弃这种天真的地球观。在画《风之谷》的过程中，我意识到了这一点。

我从一开始就隐约感觉到，自己会得出这样的结论，但有人说这样会不会不太好，算不算对读者的背叛，可我的想法没有动摇。有目的性的生态系统是不可能存在的。我不想深究这一点，却又不得不深究。就像娜乌西卡明白腐海的真相，但很难用语言向人们解释清楚。只要我们能了解娜乌西卡迄今为止所做的一切，以及她将来要做的事情，就足够了。毕竟谁都无法轻易地谈论希望。

那么，希望到底是什么呢？也许和自己在乎的人一起付出也是一种希望吧。大概也只能告诉自己"这就是活着的意义"。

天知道种草和清理河道会带来什么。如果你问这些是否关系到未来的发展，我只能回答"没什么关系"。可要是不做，就什么都不会改变，甚至在日常生活中可能会出现一些麻烦。所以让我们试着享受这一切吧。

不过一说到"天知道以后会怎么样""只能顺其自然"，就会有另一个问题冒出来。我已经猜到那个问题是什么了。像井上阳水的歌曲《最后的新闻》里唱的那样："地球上的人多得溢了出来，掉进了海的尽头。"一旦意识到这一点，它就会一直萦绕在心头。

据说用地球的陆地总面积（包括沙漠和极地）除以人口，算出来的人均面积为一百七十平方米。再过五十年，当人口达到一百亿时，就只剩一百二十平方米了。当人口达到五百亿时，地球上恐怕就没有人类以外的生物了。据科幻作家阿西莫夫①估算，五百亿人是地球极限，一旦超出这个数字，地球就不能再通过光合作用产生有机物了。

◎ 唯一的生存之道也许是多生养后代

南斯拉夫问题虽然涉及民族之间曲折复杂的历史，但根本原因在于土地的贫瘠。我们通过古罗马的历史看到了文明如何毁灭植被，使群山沦为不毛之地。意大利、南法和西班牙也是如此。曾经文明最发达、人口最多、生活最富足的地方成了荒蛮之地。树都被砍光了。

在那样的地方，人们的兴趣必然会集中在人与人之间的关系上，也会趋向享乐主义。J联赛②就是如此。要是日本只剩下J联赛一种体育赛事，那就要走"拉丁化"的道路。从观众的角度看，足球比赛是及时行乐的最佳诠释。

但日本还有职业棒球比赛。跟美国职业棒球不一样，虽然有点小家子气，总是将关注集中于野村③教练的调兵遣将上，但依旧算得上职业比赛。这样还有点恢复生态系统的希望。当然啦，这只是没有依据的个人观点。（笑）

未来可能会有一百亿人口，但也可能只有两亿人。正如历史所示，再悲惨的事情都有可能发生。真到了那个地步，我们又该怎么活下去呢？唯一的生存之道也许是多生养后代。我们只能告诉自己，在为孩子烦恼、为疾病所苦的过程中活下去，才算是活着。所以我最近

---

① 艾萨克·阿西莫夫（1920—1992），美国科幻小说黄金时代的代表人物之一。
② 日本职业足球联赛。
③ 野村克也（1935—2020），日本著名棒球运动员，曾担任东京养乐多燕子队、阪神虎队等的教练。

去吃喜酒时，总把"多生几个孩子"挂在嘴边，因为无论如何担忧未来都是徒劳。与其说是徒劳，不如说人就是这样患得患失的生物。要是你问我哪种活法更好，那当然是有孩子、为孩子头疼的生活。

虽然有时人类只能无奈地接受现实，但如果消极地认为我们早晚都会死，所以做什么都是徒劳，那就真的完蛋了。人类不希望自己灭绝，这是毋庸置疑的。

不是有恐龙学吗？以前的主流观点认为，恐龙是在所谓自我进化的尽头灭绝的，现在有了不同的看法。不是涅墨西斯[①]对恐龙施加了因果报应的惩罚，而是一颗巨大的陨石撞击了地球，造成类似核冬天的状态，所以恐龙才会灭绝。还有人说不是陨石导致的，而是地壳剧烈运动，大规模的火山爆发反复发生，导致大约百分之七十的物种灭绝，新的物种取而代之。这么看地球并不善良。如果没有这样的动荡，恐龙会一直活下去。恐龙灭绝不怪它们自身，而是地球的错。

在二十世纪末，这种观点才成为主流。这也意味着，人类决定一边无休无止地繁衍和制造脏污，一边活下去。

(由发言稿整理)

(《活水之书 Living Water, Loving Water》朝日 Original 生活与环境朝日新闻社 1994 年 7 月 20 日发行)

也可以做些感谢顾客的广告

◎ 制作电影就像把零食批发给零食店

——您的电影总能创造出独特的世界，感动很多观众。您认为这

[①] 希腊神话中的复仇女神，对妄自尊大的人施以天谴。(原编注)

种感动的根源是什么呢?

宫崎: 我们不会强调电影一定要传达什么观念,或者在电影应该承担的责任上大做文章。

比起这些,我认为制作电影更像是"生产零食,再批发给零食店"。如果我生产的零食不好吃,销量就不如店里的其他产品,那也是让人头疼的问题。所以色彩要足够鲜艳,得做出看起来更美味的东西。可即便是零食,也不能添加有害色素或有问题的合成防腐剂。从这个意义上讲,哪怕成本再高,我们也要做质量好的、不比其他家差的零食,能让孩子们乐意伸手去拿。

传达的观念就像营养层面的问题,所以我更希望孩子们通过正餐获取营养。看电影是零食属性的行为,为了吃零食压缩正餐可不行,也没必要通过零食摄取钙质。从这个意义上讲,我们会尽量避免自以为是,不要觉得自己在做什么特别的事情。不过我们会明确"在此刻栖身的世界中,什么是重要的,什么是错误的",并以此为基础制作电影。

——电影上映的时候会开展怎样的宣传活动?

宫崎: 我们尽量不在宣传广告上花太多钱。据说在今天的日本,需要用五亿日元才能打开影片的知名度。但我们的电影制作成本相当高,所以花在广告上的经费比较有限。当然会尽最大努力,通过各种方式让人们看到我们的电影,但不会因为进行了商业合作,就在正式与观众见面前将影片分段出售。现如今,社会上充斥着各种声音。我们做出了一部电影,也需要让公众知晓它的存在,不能让它一点水花都没有就消失,所以也不得不打打广告。

——您对近年的广告的总体印象如何?

宫崎: 乐观、积极、肯定人生、开朗……这些观念在媒体上泛滥成灾。

制作电影时,我们偶尔也会说"有这样的观念或主题",可连广告宣传领域也充斥着这些东西，我认为是非常空洞的。只是喝了一口清凉饮料，人怎么会露出这么开心的表情呢？广告里怎么会充斥着这样荒诞无稽的情节呢？我感到匪夷所思。

尤其是香烟广告。现在这类广告大多强调香烟如何对身体好，比如"焦油含量低至零点一毫克"，可烟民不会觉得这种烟抽起来味道好。焦油和尼古丁才是香烟的本质，广告却与实际情况相去甚远。

同样是香烟，"CHERRY"之类的就完全不打广告。在包装上强调"无害"的产品越来越多，可抽烟的人就是冲着烟的"毒"去的啊，（笑）完全可以顺应香烟的特性做些强调毒性的广告。除了吸引新顾客，也可以做一些感激烟民的广告嘛，比如"感谢各位一直以来的青睐"。（笑）总觉得能引发观众和实际用户共鸣的广告太少了。

◎ 企业的宽裕能改变广告

——越来越多的企业在广告中提及环保问题，以改善自身形象。这恐怕也是改变广告本质的因素之一。

宫崎： 我倒觉得这样反而会导致环境被进一步侵蚀。对于城里泛滥的广告，该大力监管的也不是张贴海报的人，而是花钱雇用他们的人。对张贴海报加以限制，奇奇怪怪的广告自然就没了。

开设美术馆是一种文化，但整理电缆、减少交通标志、让街景不再杂乱也是一种文化。每个有驾照的人都知道哪里不准停车，照理说不需要交通标志。只要大家遵守这些规则和常识，东京就会变成一个非常宜居的整洁的城市。

——造成这种现象的原因是人们对身边的生活漠不关心，也不加思考吗？

宫崎： 很多日本人认为"他人的行为总是不会与自己的期望相符"，所以不喜欢按照法律规定行事，而是想办法钻空子。我认为这种思维自古以来一直存在于日本社会中。要是能在这方面再规矩一点就好了。

如果电视能多放点优秀的影像作品，我倒是不介意支付收视费。当我认认真真看节目的时候突然插播广告，就会有种"还有完没完了！"的感觉。怎么就没有企业提出"这个时间段我们买下来了，不用插播广告，继续放节目就行"呢？（笑）考虑到企业的实际情况，大家可能没有这样的余力。要是真的实现，应该就能解决"广告效果不跟购买力和销售挂钩"这个严重的问题了。

电视台实在太多也是一个问题。目前日本面临的文化问题总能归结为"太多"这两个字。量变会导致质变。常有人说，以前的漫画比现在的好看，但实际情况是以前的漫画数量很少，所以每一部都很珍贵。要是电视台所谓的好节目，每周一口气做五十档呢？那不得看吐了。如今市面上的书和杂志都太多了，每一册的价值都大打折扣，还让我们错过了一些需要认真看的东西。我们必须分清什么才是真正必要的。

（《宣传会议》宣传会议 1995 年 12 月号）

人

CHAPTER 3

一位从事上色检查工作的女性

不瞒各位，我之所以能在这年关迫近之际（1982年12月21日）厚着脸皮出来开讲座，是因为手头没有电视动画项目要做。要是有，哪还有闲工夫出来耍威风呀。

在今天的日本，每周在电视上播出的动画节目足足有四十档左右。动画人都在埋头苦干。快过年的时候比平时还要忙上一倍，简直是焦头烂额。

为什么呢？因为冲印厂过年期间放假，冲印机一律不开。这就意味着我们必须赶在年前把新年播放的作品送进厂里。而且每周要播出的动画节目足有四十档之多，每个动画工作室都没有存货，以至于大家不得不像走钢丝一般用"线摄"（把未上色的线稿制作成临时的片子，供配音、音轨合成等环节使用）撑过去。

那样的制作现场混乱不堪，惨无人道。其实动画界并非特例。看看报纸就知道了，大环境不好的时候，各行各业的人都不好过。欠了一屁股高利贷，资金周转不开的；因为生意失败，带着一家老小寻死的……类似的报道层出不穷。想必在座的各位之中肯定也有人觉得年关难过吧。有的本该全力备战明年的高考，却满不在乎地跑来听什么动画讲座，（笑）有的则想找份好工作，眼下却还没有着落……

我今天想跟大家分享的，就是一个尝遍世间辛酸的人的故事。虽然她是动画工作者，但这个故事是有普遍性的，希望大家不要把我接下来说的当成动画界特有的情况。

◎ 裹着毯子睡在长椅上

大冢（康生）先生和高畑（勋）先生……"高畑"（Takahata）这个姓氏太拗口了，我还是像平时一样叫他"阿朴"吧。大冢先生、阿朴和我都上了年纪，所以时常被拉到今天这样的场合抛头露面，不知道的还以为我们三个就是制作动画的主要人员，其实不然。动画是许许多多人共同打造出来的。大家各司其职，通力合作，才是制作动画的真实状态。

"上色检查"就是动画制作的重要环节之一。先简单介绍一下这项工作的内容吧。首先是色彩设计，从三百多种颜色里挑出特定的颜色，比如某个角色的头发是棕色的，就选择编号为 C6 的颜色，然后用红色圆珠笔把编号写在每一个镜头里。这是为了保证谁都能准确完成上色工作。

所以，要是画面中有个三角形的空隙，负责人也得给出详细的指示，是保持原样，还是涂上另一个角色衣服的颜色，如此这般。

按指示上色的工作都是外包出去的，因此每张赛璐珞片上的指示必须准确无误，这就是色彩设计的工作。

上好色的画回来以后，需要检查颜色有没有上错，有没有污损的地方。这也是上色检查的任务。每一张都得检查，非常辛苦。

总之，上色检查的工作整合了描线和上色环节。这项工作一般由经验丰富的女性负责。男性也不是不能做，但不知为什么，基本都是女性在做。

我今天要讲的这段往事的主人公，就是一位负责上色检查的女性。她的名字我就不透露了，反正是个很有魅力的人。

实话告诉大家吧，我是她的粉丝……这么说可能让人误会，不过真有这样的误解，我还求之不得呢，（笑）因为……当年她可漂亮了。（哄堂大笑）

我第一次见到她，是在筹备《阿尔卑斯山的少女》的时候。我、阿朴和小田部（羊一）[①] 先生一起去了她任职的工作室。那间"工作室"不是大家想象中的正经办公室，而是建在停车场旧址上的预制板房，原来是卖假发的。假发店老板连夜跑路以后，他们就把房子租了下来。（笑）

那里空间狭小，屋顶最低的地方才到我胸口。我们去的时候正值夏天，空调碰巧坏了，室内足有四十几度。到了冬天，又因为板房到处漏风，即使点了暖炉都冷得要命，别提有多吓人了。（笑）

当时那家工作室刚成立没多久，《阿尔卑斯山的少女》是他们接手的第一部电视动画，是公司成立后的第二部作品。虽有"公司"之名，上上下下却没几个员工，只能靠少得可怜的人手勉强撑起一部片子的制作流程。

那时的情况别提有多艰苦了。我本以为再也不会像制作《鲁邦》那样忙得没日没夜，但当时的忙碌程度有过之而无不及。其实那间工作室是临时的，新工作室正在建设中，可我们当时还一无所知。

我们三个就这么走了进去。上色有个专用的房间，也就六张榻榻米大。搬一张书桌进去，就算是《阿尔卑斯山的少女》的准备室了。

只见准备室的长椅上，睡着一位身上裹着毯子的人。正是那位负责上色检查的女士。

当时是上午十一点左右。我们一进房间，她就立刻翻身坐了起

[①] 小田部羊一（1936— ），动画师、角色设计师，东映时代的代表作为《太阳王子 霍尔斯的大冒险》，后加盟任天堂，参与马力欧系列和塞尔达系列游戏的制作。

来，眼里布满血丝。一看就知道她熬了一宿，天亮了才睡下。

我们生怕打扰她休息，急忙退了出去，她却莞尔一笑，给我们泡了茶。她也喝了茶，跟我们聊了一会儿，然后便道声"失陪"，回到自己的办公桌前。

再次投入上色检查工作。

◎ 天天连轴转，只睡两小时

当时她负责的作品每周要用六千到七千张赛璐珞片，每一张当然都需要由她来指定颜色。上色检查也是她一个人完成的。

外包交上来的每一张赛璐珞片，她都要仔细检查。到了做上色检查的最后一天，她会给各处打电话，召集负责上色的姐妹们来帮忙——她们都是她的好伙伴。这都得归功于她的人望。

大伙儿聚在一起，一齐给画面上色。桌上摆着零食小吃。大家边喝茶吃零食边工作。

她每天都在做这样的工作。每当我走进那间上色专用的房间，长椅上的她都会突然坐起身。

我说："多睡会儿吧。你到底几点才睡觉啊？"她回答道："早上九点。"我说："那岂不是只睡了两个小时？"她却不以为意，直接起来干活，每天都是如此。

我觉得这样实在是不像话，就找工作室的负责人反映了一下，得到的回答却是"就她靠得住，没法把工作放心交给别人"。她本人也干劲十足，说"宁可自己干，也不想跟不熟悉的人合作"，于是就这么稀里糊涂地维持着现状。

日子一天天过去，眼看就到了年底。我开始构思《阿尔卑斯山的少女》的情节，而她所在的工作室也开始接手这部作品的工作。也就是说，在那年年底，那家工作室同时制作两部作品，可负责上色检查的还是只有她一个人。两部作品从颜色指定到外包上色的分配都是她在推进。

不过，《阿尔卑斯山的少女》刚开播时我们还有三集的存货，所以她一个人负责两部作品还应付得过来。可存货一眨眼就播完了，很快沦落到了每周都得做出一集的境地。起初还能将上了色的片子送去配音，没过多久就变成了线摄。

怎么会这样呢？我稍微解释一下吧。

要确保各项工作如期推进，避免某个环节的延误累及其他环节，最简单的方法是不把所有权限交给某个导演或作画监督。如此一来，导演和作画监督就不用仔细看分镜，把作画工作统统扔给制作公司，背景随便一弄送去录音，录音时也不用到场。不知道是不是制作团队有意为之，反正有些作品确实是这么做出来的。

但我认为作品不该这么制作。竭尽心力查看每一个镜头，推敲到极致是很重要的。

当然，我们必须在这个过程中做出很多妥协，尤其是与时间赛跑的时候。哪怕一星期不睡觉，每天工作二十四小时，时间还是不够用。据说"一星期七天"是巴比伦人定下的，我有时会埋怨他们，要是当初定成一星期十天，时间就宽裕多了。（笑）哪怕一门心思制作，进度还是会落后。

言归正传。

被延误拖累最多的是哪个环节呢？就是她负责的上色。因为上色后面的环节是送到冲印厂，人家可不会等你。

能用来上色的时间被不断压缩，最后一天半夜忙得天旋地转。因为必须在第二天一早把东西送到厂里。

首先，制作进行要开着车跑遍东京，回收分发给外包公司的赛璐珞片。大概有三千张。动画检查员要全部检查一遍。这位检查员也是女性，忙的时候要连续检查三十六个小时。

她说"看到最后腿都软了"。之所以能拼到这个地步，也是因为她有让作品尽善尽美的气魄。

然后才来到上色环节。指定好颜色以后分配给外包公司，上好色再收回来检查。做这一步的时候往往已经是大半夜了，因为外包制作公司都是白天上班。

到了上色环节的最后一天——赛璐珞片和动画之间夹着薄纸，要逐一抽出来，边抽边检查。忙到最后，她整个人几乎都埋在了薄纸堆里。

在此期间，她要挑出错误，重新上色。一个人忙得不可开交，就把编辑、会计、制片人和其他同事都拉过来，坐在桌边拼命涂色。我也去帮忙。

到了这个节点，大家都会暂时放下自己的工作，没有一个人例外。不过，最辛苦的还是负责上色检查的她。换别人早就怨声载道了，她却毫无怨言。她的性格本就开朗活泼，做事跟劈竹子一般爽快利落。

摄前检查结束后，我会问她一声"还活着吗"，她露出一如往常的笑容，拿出茶点招呼我们。

◎ 她那种把工作贯彻到底的力量

然而，每天这样通宵达旦地工作，就算是铁人也吃不消。于是我跟上面协商了一下，在公司里弄了间浴室。毕竟是女生，这么没日没夜地工作，都没时间收拾自己了。

她大部分时间都待在公司里，吃着送上门的盒饭、方便面和零食，回家只是为了拿换洗衣服。我也想给大家留出更多自由支配的时间，但对她的了解越深，就越是仰仗她，于是把越来越多的工作托付给了她。她真的很靠得住。

比方说，如果碰到"今晚必须搞定一千张画的上色"的情况，制作进行会到处打电话，把工作派出去。可要是问了半天，还剩三百张无论如何都没有人接手，她就会给自己的朋友打电话，请人家在第二天早上之前务必完成。

在这方面，她可比年轻的制作进行厉害多了。而且她很清楚外包制作公司的特点和内部情况，比如"那家公司上色很粗糙""这家公司有个人描图很仔细"。

有时候，年轻的制作进行还会被她训话呢，那场面别提有多吓人。但我不怕她，因为她对我还挺和善的。（笑）

到头来，做《阿尔卑斯山的少女》的那一年和前一年，都是她一个人负责上色检查。

《阿尔卑斯山的少女》制作结束的时候，我们办了一场庆功宴，犒劳包括她在内的所有工作人员，吃吃喝喝闹了一夜，然后大家都回家睡觉去了。

可那个时候，她已经在为三个月后要开播的新片做上色检查了。她和之前一样通宵达旦地工作，睡两个小时起来接着忙活。

这显然违反了《劳动基准法》，也违反了"不得让女性在深夜工作"的规定。因为这样有损女性身体的健康。可她还是埋头苦干，是个十足的工作狂。

我一方面觉得"没必要这么拼吧"，另一方面又确实渴望能像她那样，拥有把工作贯彻到底的力量。

要是只做出和有限的预算以及时间相符的成果，倒也没什么问题。可是如果想多做一点，哪怕只前进五毫米或一厘米，就离不开她那样的人的帮助。这不是把一个人的工作分给两个人就能解决的问题，而是需要能够理解我的抱负，并愿意投身其中的人。我也知道这个想法非常自私……

比如有一次，收回来的赛璐珞片上错了颜色。虽然将错就错也能糊弄过去，但有时就是想改回来。可是时间所剩无几，要做的事情太多了。想重新上色，只能压缩睡眠时间。她本来就只睡两个小时，我却要拜托她利用这宝贵的两个小时来修改。

饶是她向来爽快，这次也没有一口答应。我们俩都沉默了。

在这种情况下，先开口的就是输家。片刻后，她幽幽地说：

"没办法啊，我来改吧……"

我们的工作就建立在这样的日积月累之上。高畑先生更是这样的典型。我也是这么做导演的。

之所以拼到这个地步，是因为我们希望孩子们在电视这一极其常见的媒体上看到动画《阿尔卑斯山的少女》时，不光感到可爱、好看和有趣，还能发自内心地产生喜悦之情。我们想突破"普通的电视动画"的藩篱。

为了实现这个目标，我们不惜睡在工作室的地板上。我总是安慰自己，只要熬过这段非常时期，就能回家安心睡觉了。

节目就这样播完了。但后来我逐渐意识到，这种非常时期一点也不特殊，会一直持续下去。

一档节目结束，另一档紧随其后。这成了一种常态。而对于她来说，非常时期的要求成了理所当然的，而她也适应了这样的节奏。

后来我没有再跟她合作过。偶尔去她那儿，都看到她一如既往地埋在薄纸堆里干活。

听到我打招呼，她会转过身微微一笑，（笑）然后拿茶点招待我。事后回想起来，当时她的身体怕是已经出问题了，只能吃得下零食。

到头来，她还是病倒了，被救护车送进了医院。我去探望时，她还笑眯眯地说："过两天就好了。"

现在她已经出院了，继续做着上色检查的工作。我很想再和她一起制作作品，但一直没能如愿……

◎ 心有渴望，才能达成"志向"！

如今电视动画的制作规模发展到了每周播出四十部左右。可我不由得琢磨，能有几个人像我刚才介绍的负责上色检查的女士那样，全身心投入工作呢？能有几个人想跳出电视动画的框架，将某种精神注入作品呢……

如果制作动画只是为了填补节目表上的空缺，那无异于文化污染。不能因为"四十部"这个数量就沾沾自喜，不思进取。

因为现在动画的预算好通过，容易拉到赞助，于是节目越做越多。

可这四十部动画也不是全都受到孩子们的喜爱。不做出点有意义的动画，未来会一片黑暗。

我一直觉得，有这种觉悟的人怎么拼命工作也无妨。没几个工作狂，日本动画就要垮了。

问题是，由这些人支撑起来的动画作品有没有相匹配的内涵。

我们背负着来自他们的压力，在动画界埋头耕耘。他们心里肯定会想："再苦再累我都能忍，可你们能带我到达一个值得我付出这么多的境地吗？"老实说，我们现在很难做出对得起他们辛苦付出的动画。我们做出的动画，很难有与他们的辛劳相匹配的内涵。

今天之所以跟大家聊这些，不是因为别的，而是因为在座的听众中，很可能有立志从事动画工作的人。

常有梦想成为动画师的人给我写信，或是跑来找我。他们一般都会带着自己的画来。

来找我的人都怀着对自身天赋的焦虑和对未来的憧憬，心中非常烦闷。我总觉得他们的焦躁太猛烈了些，但这就是青春啊。冲着太阳边跑边喊"混蛋！！"可算不上什么青春。（笑）

他们不断地自问"我是谁""我能干什么"。每天拼命画画，觉得自己的创作"有戏""没问题"，却又忧心自己的画到底受不受欢迎，怀疑自己有没有画画的天赋，一切是不是错觉。在这种焦虑和急躁中不断忧愁烦恼，就是青春。

希望大家能够尽情品尝青春的滋味，志存高远。

我也有这样的志向。我仍然有远大的志向，可惜难以实现。但大家发表作品的时候，心里还是得有个志向，越是雄心壮志越好。否则就会失去努力达成目标的决心——再前进一厘米，哪怕一毫米也好。

能否实现自己的志向，可能取决于勤奋、天赋、毅力……大家都一样吧，嗯，外加一点点运气。一路上遇到什么样的人可能也很重要。

剩下的就是相信这一切，自己开拓出一片天地。我只能送大家一句"加油"。

毛泽东好像说过这么一句话：从事创造性的工作需要具备三个条件——年轻、贫穷、无名。

我觉得这句话非常精辟。

年轻、贫穷、无名……在我看来，这句话里的"贫穷"指的也许不是物质层面的贫穷，而是精神上的空虚。

不是想吃很多美食，想买随身听，或者想多买几张赛璐珞。

年轻、贫穷、寂寂无闻是人人都可以具备的条件，所以反过来说，大概就是"人人都能从事创造性的工作"吧……

希望今天在座的各位都能有远大的志向。如果想来动画界闯一闯，我举双手欢迎。

(《Animage 文库》德间书店 创刊纪念演讲
1982 年 12 月 21 日 东京都涩谷区 东横剧场)

"中伤"画

这么多年了，那件事的时效也该过了吧。还记得那是一九六四年的秋天，我们在负责美术的同事T的新家吃吃喝喝，大闹一通。

那会儿大家差不多都成家了，平时各家轮流做东，胡吃海喝，闹到末班车快要开走的时候才散场，想聊到天亮的人则会留下来。T家到车站很远，那天还下着蒙蒙秋雨，城郊泥泞的道路对喝醉酒的人并不友好。然而，当大冢先生穿着汗衫追出来，说要开车送回家的人去车站时，大伙儿都一溜烟地跑开了。他喝得酩酊大醉，站都站不稳。我是留下来的人之一，连忙上前劝阻，可他向来都是"喝了就得开车，开车照样喝"，根本拦不住。大家有的躲去电线杆后面，有的缩在房子角落里，只有平日里最倒霉的H被逮住了。

菲亚特500轰然启动，一路狂奔，轮胎带起无数沙石。H的尖叫和哀求反而让开车的那位更加起劲。可车站终究还是太远，驶出商业街后，车子莫名其妙地绕着卷心菜地打转。原来大冢先生压根儿不知道该怎么从T家去车站。这是开车的人常犯的错误。再加上那片新兴住宅区本就开发得乱七八糟，绕了好几圈，彻底迷路后，大冢先生只好放H下车，让他走去车站，自己则一脚油门驶入黑暗中。然而，H下车的地方就在T家旁边。

我们本以为大冢先生会很快回来，毕竟他连衬衫和外套都没穿，可左等右等都不见人影。起初大伙儿还竖起耳朵，仔细听有没有救护车的鸣笛声，可一直没有动静，我们就认定他回家了，于是一直聊到天亮。直到头班车来了，我们也聊了个尽兴，准备回家。就在这时，前门突然打开，大冢先生站在晨曦之中。他的裤子卷到了膝盖，鞋子上沾满了泥巴，泥水还溅到了脸上。那可是十月底，清晨冷得很，他上半身却只穿了一件汗衫。

一问才知道——也不知算是滑稽还是可怜，他的车陷进了泥地里，开不出来，周围又一片漆黑，于是他只能在车里将就一晚上。火倒是可以不熄，可菲亚特500用的是风冷发动机，不跑起来就没有暖气，他被冻得醉意全无，挨到黎明时分爬出车子，在地里一通瞎转，好不容易才发现一片眼熟的房子，这才找了回来。

本以为那辆车很轻，我们四个人齐心协力总能抬出来，便从 T 家借了铲子之类的工具出发了，没想到光找车就费了许多工夫。好像在那边，看着又像在这边……我们按大冢先生信口开河的指引穿过残存着武藏野风貌的杂树林，在宽广的农田里到处寻找，终于在狭窄的田间小路上发现了菲亚特 500 的轮胎印。沿着印子一路找去，发现那条路直通台地的尽头。农用的轻型四轮车也就罢了，普通的汽车根本不会往那儿开。而且路的尽头用栅栏拦着，还挂有"施工中"的牌子。轮胎印从栅栏旁边绕了过去，向着陡坡延伸。

那辆车就在我们眼前。白色汽车陷在了台地尽头正在开凿的道路中间。刚挖开的关东红土层[①]被前一天的雨水泡得松软无比，穿胶靴踩上去会陷到脚踝处。轮胎印沿坡蜿蜒而下，生生轧出了几道沟，最后半个轮胎都陷进了土里，整辆车动弹不得。车的周围满是杉树枝和似乎是农田篱笆的碎木片，不难想象大冢先生前夜是如何孤军奋战的。拉是肯定拉不上来了，我们决定把车推到坡下，可车硬是纹丝不动。铺上木板也会陷进去，更没有能用千斤顶的硬地面。后来有个人去下面瞧了瞧，喊道："不行不行，前方没路了！"

我们这才发现，坡下停着辆露出半截的挖掘机，它身后就是三米多高的悬崖。原来，这条路才开凿到一半。要是没下雨，地面又很坚硬的话，后果不堪设想。"捡回了一条小命啊，大冢先生运气可真好！"我们十分庆幸，可经历过的人都知道，没有什么比丢下被困的爱车更揪心的了，那感觉和"把女朋友丢下"没区别。

大冢先生的孤军奋战就此拉开帷幕。

不就是关东红土层吗！你给我等着瞧！让你见识见识吉普车的威力！当天下午，一位头戴牛仔帽、肩扛绳索的小哥开着吉普车前来助

[①] 由沙子、淤泥和少量黏土组成的土壤。

阵。结果这辆车也被困在泥沼里,不得不再找一辆带绞盘的吉普车来救援。第二天,吉普车爱好者大冢先生向我绘声绘色地描述了绞盘有多么强大。可惜钢缆稍微短了点,还是够不到菲亚特……

由于连日下雨,救援行动被迫中断,但他趁着午休时间开着我的车去了事故现场。从下往上看,那山坡要比从坡顶俯视陡峭得多,说是泥土堆起的悬崖都不为过。小白车就这么陷在里头,任凭风吹雨打。

"好可怜啊……唉……"他垂头丧气地回来了。可我岂会放过如此搞笑的素材?便在工作室四处宣传,让"抽象(中伤①)"画派的画家们一个劲儿地发布图文并茂的新闻。大家越传越添油加醋,一会儿是《菲亚特500践踏卷心菜,开上崎岖山路》,一会儿是《H大喊新婚妻子之名》,还有《夜攀悬崖捡杉树枝》,以及《大冢康生孤眠车中,品味人生孤独》。我们都无心工作,铆足了劲儿创作"中伤画"。大冢先生则每天拿着铲子和席子跑去现场。工地的师傅们很喜欢那辆菲亚特500,因为可以用它来放盒饭。"他们还在车顶放了个水壶。"大冢先生耷拉着脑袋说。于是我们又兴高采烈地开始画画。几天后,他气冲冲地回来,说师傅们让他把车拆了,把零件卖给他们,因为这辆车铁定报废了。多亏了他,我们"差生组"(制作《太阳王子》时,我们管自己的小组叫"差生组"。说白了就是效率低下,是"优秀动画师"的反面教材。"差生组"的同事们都是些接受这一现实、破罐子破摔的人,也是"中伤"画派的中坚力量)又度过了欢乐的一天。

再写下去就没完没了了。最终,菲亚特500是被推土机救出来的。大冢先生等不及道路完工,自掏腰包请来了推土机。他画了一张详细的图给我们讲解"推土机如何用自己的机械臂从卡车上爬下来"。多亏了他,以后碰到从卡车上卸下推土机的镜头,我们也不用发愁了。只不过这些年过去,还没遇到过这样的镜头……

---

① 在日语中,"抽象"与"中伤"发音相同。

容我为大冢先生挽回一下名誉,如今的他已经不再鲁莽,说是一位超级安全的驾驶员都不夸张(尽管他最近刚骑着摩托车一头栽进了垃圾桶)。

我与他相识近二十年。对我来说,他是一位良师。我们一起干过傻事,一起激情畅想动画的未来,也是他教会了我工作的乐趣。他对年纪比自己小的人一视同仁,总是和他们争论不休。他还以身作则,教会了我选择合适的工作和人的重要性。他连续三年和公司抗议,坚持让阿朴(高畑勋)当导演,否则就不当作画监督,才促成了《太阳王子》的成功。我们打了这么多年交道,深知彼此的优缺点。

因为过于熟悉,我们有时也会爆发激烈冲突,但每每回想起筹备《太阳王子》时聚在阿朴家彻夜长谈的日子,心中都有暖流涌动。当年的我们都很年轻,雄心勃勃,充满希望。毫无疑问,那段青春岁月就是我们人生的出发点……

(收录于 Animage 文库《满头大汗地作画》大冢康生著 1982 年 12 月 31 日发行)

在手冢治虫身上看到"神之手"的刹那,我选择了与他诀别

◎ 手冢先生曾是我的竞争对手

听说这期是手冢先生的特辑,但哀悼的声音太多,我并不想加入这样的大合唱。

和那些奉先生为神的家伙相比,我和他的关系要密切得多。他是我的竞争对手,而非供奉在神坛上顶礼膜拜的对象。尽管我也许根本入不了他的眼。毕竟开始做动画之后,我不能说"那个人是神",就

把他的作品视作圣域，避开他进行工作。

首先，我深受他的影响是不争的事实。上小学和初中的时候，我最喜欢的就是他的作品。在昭和二十年代的单行本时代（就是《阿童木》的早期），他的漫画蕴含着无与伦比的悲剧性，连孩子都看得惊心动魄。洛克①和阿童木的底色都是悲剧，只不过阿童木在后期发生了变化……

而年过十八的我决定画漫画时，"如何消除手冢治虫对我的巨大影响"成了一个沉重的负担。

我没有刻意模仿过他，实际上画得也不像，可还是有人说我画出来的东西像他。这让我倍感屈辱。有人说学画画可以从临摹开始，但我认定这样是不行的。大概因为我是家中次子，潜意识里总觉得不该模仿哥哥。当不得不承认自己画得像手冢先生时，我甚至烧掉了攒了一抽屉的涂鸦，决意从头再来。想改变风格得先打好基础，于是我练起了写生和素描。然而，摆脱他人的影子绝非易事……

真正跳出手冢治虫的框架，是在加入东映动画之后。那时我二十三四岁。东映动画有另一种流派，我意识到可以作为一名动画师在那里发展出自己的风格。成为动画师并不意味着把角色占为己有。"如何让角色动起来"和"如何表现演技②"才是更重要的问题。不知不觉中，"画得像不像某人"就变得无所谓了。

说到影响，我自认为受到了从日动（日本动画公司）时代到东映动画的某种传统的影响，还有当时的漫画家白土三平③的影响，总之影响我的东西数不胜数。上小学时，我还一度醉心于《沙漠魔王》的作者福岛铁次，喜爱程度比手冢治虫都有过之而无不及。

---

① 洛克·福尔摩，手冢治虫塑造的漫画角色。
② 指角色的日常动作，与打斗等"动作戏"相对。
③ 白土三平（1932—2021），日本漫画家，以社会批判及现实主义画风闻名。

◎ 创作者的花招

看过手冢先生的几部早期动画作品之后，我便从他的影响中"毕业"了。

《一滴水》①（1965年9月）、《人鱼》②（1964年9月）等作品中充斥着廉价的悲观主义，令我生厌。这种悲观主义与手冢先生在《阿童木》早期所表现出来的悲观主义有质的区别——或许只是因为我看《阿童木》的时候尚且年幼，能在那种消极的态度中感受到悲剧性，为之震撼。事到如今已无法证实这一点了。总之，呈现在我眼前的作品像是一种残骸。好比打开几个小抽屉，翻出以前用过的物品一看，心想"对哦，还有这个东西"，于是拿出来做成作品……这就是那几部作品给我留下的印象。

我在更早的时候看过《某个街角的故事》（1962年11月），那是虫制作公司举全公司之力制作的动画。其中有这样一幕：印着一男一女（大概是芭蕾舞演员和小提琴家）的海报在空袭中被军靴践踏，破碎飞散，如飞蛾一般在火中转圈飞舞。看到这个画面时，我脊背发凉，觉得非常不舒服。

我感觉到了手冢治虫的"神之手"——刻意描绘末日之美，想以此感动观众。《一滴水》和《人鱼》也是一脉相承。

昭和二十年代，动画作品还是"创作者的想象"，却在不知不觉中变成了"创作者的花招"。

一位前辈告诉我，手冢先生参与制作《西游记》时，坚持要加一段插曲：孙悟空回来一看，发现情人已经死了。可他的情人并没有非

---

① 一名漂在大海上的男子在木筏的桅杆上意外发现了三颗水珠。男子竭尽所能想喝下这三颗水珠解渴，然而水珠却始终无法落入他的口中。
② 一个男孩救了一条鱼后，这条鱼竟然变成了美人鱼，从而引发了一连串的麻烦。但当局认为这都是男孩的幻想，将其逮捕，并强行纠正他的想象力。

死不可的理由。对此手冢先生只说了一句话:"因为这样更感人。"听说这件事时,我便明确意识到自己可以告别手冢治虫了。

我的"手冢治虫论"到此为止。

自那时起,我便无法再评价他在动画领域做的任何事。我也不喜欢虫制作公司的作品。不光是不喜欢,还觉得十分奇怪。比如《展览会上的画》①(1966年11月),我边看边想"这到底在讲什么";《克娄巴特拉计划》②(1970年9月)也是,最后那句"回罗马吧"显得阴阳怪气。前面设计那么多激情的场面,结尾来一句"回罗马吧"算怎么回事呢?手冢先生的虚荣心在此处体现得淋漓尽致。

有一阵子,他常说"今后是'有限动画'时代,一拍三好,一拍三就是好",可有限动画并不等于一拍三。后来他又改了口,到处说"还是全动画(一拍一)好"。我总觉得他都不知道"全动画"是什么意思吧。他急急忙忙采购转描机③的时候,我们也只能苦笑。

落语④中有这么一个段子,说是从前有位房东学了义太夫节⑤,于是把房客召集起来,强迫他们听自己的表演。手冢先生的动画也是如此。

一九六三年,他以每集五十万日元的低价制作了日本第一部电视动画《铁臂阿童木》。拜这一先例所赐,动画的制作经费一直偏低。

虽然这是不幸的开端,但在日本经济增长的过程中,电视动画注定要登上历史舞台,只是打响第一枪的人碰巧是手冢先生罢了。

他当时要是没那么做,也许电视动画的起步会晚两三年。那样的话,我应该能在传统长篇动画的制作现场安心地多干几年。

---

① 手冢治虫版的《幻想曲》,将一系列短篇动画与古典音乐结合在一起。
② 虫制作公司出品的成人动画电影三部曲的第二部。
③ 将真人表演拍摄的胶片投映到毛玻璃上,供动画师逐帧描摹的设备。
④ 类似中国的单口相声。
⑤ 江户前期的一种传统曲艺形式,以讲故事为主,三味线伴奏。

不过现在回过头想想，这些都不重要了。

◎"昭和"的落幕

总的来说，我认为手冢治虫开创了故事漫画的形式，称得上是当代动画制作流程的奠基人。所以在公开场合和文章里，我都把他写作"手冢治虫"——因为他是我的前辈，而非竞争对手。就跟写"伊藤博文"一样，把他当成历史人物来书写——总之，我认为这样的评价并没有错。

但就动画而言——我觉得自己有这么说的权利，也有几分这么说的义务——手冢先生说过的话、主张过的观点都是错的。

为什么会造成如此的不幸？从他早期的漫画便能看出，他创作的出发点是迪士尼。在日本，没有人可以成为他的老师。他早期的作品几乎都是临摹的产物，后来才将自己的故事性融入其中，但作品的世界观仍深受迪士尼的影响。我认为他内心一直有自卑感，认为自己终究无法超越"祖师爷"。所以他总也甩不掉"必须超越《幻想曲》和《木偶奇遇记》"的念头——这就是我的看法。

把他的作品看作一种爱好，就很好理解了。当它是有钱人的爱好……

听到他去世的消息时，我有种"昭和时代"就此落幕的感觉，甚至比天皇去世的时候还要强烈。

他是个精力极其旺盛的人，做的事足有别人三倍多。虽然人生走到花甲之年，但和活了一百八十岁也没什么区别。

应该是享尽了天寿。

(《Comic Box》Fusion Product 1989年5月号)

关于二木女士

二木真希子女士是我们动画制作团队的重要成员。

在《风之谷》中,她描绘了受伤的娜乌西卡和小王虫在酸湖的沙洲相遇的场面,仿佛自己也在分担片中人物的痛苦。

在《天空之城》中,她负责巴鲁和希达在屋顶相遇的一幕。为了表现出鸽子啄食掌心的面包屑后,希达自然而然敞开心扉的样子,她用多到令我这个导演都为之惊叹的原画打造了希达的笑容,而这个镜头不过三秒而已。它虽然重要,但某个镜头特别突出,也会破坏作品整体的流畅。作为导演,我难免会犹豫。然而,希达和鸽子的镜头洋溢的真实感,是用手拿着面包屑喂着鸽子的人才能描绘出来的。从结果看,这个镜头完美体现了女主角希达的性格,也让少男少女邂逅的段落更加生动。

在《龙猫》中,她用幸福满满的笔触描绘了四岁的小梅和龙猫相遇的场景,以及高耸入云的大树的镜头。而她对茂密的树叶和蝌蚪的描绘,也让周围的人庆幸"还好这段不是我负责"。光是想象把她的原画变成动画要付出的时间和精力,就足够让我头晕目眩了。说来也怪,这种镜头反倒容易找到适合的人来做。负责摄影的工作人员感叹"看起来就跟实景拍摄的一样",我听了也忍俊不禁。

在《魔女宅急便》中,她负责开头那场琪琪躺在微风扫过的山坡上的戏,精准刻画了小草随风摇曳的样子。作为导演,我震撼得说不出话来,只得道一句"拜托了"。这一幕配合着美术的力量,充分表现出了风的清凉,也象征着即将踏上旅途的少女心中的不安,作为开场镜头给观众留下了深刻的印象。

二木女士是个不可思议的人,经常捡到受伤的小鸟和落单的雏鸟。每每遇到这种情况,她都会放下手头的工作,想方设法救活它们,结果却往往是徒劳无功。也许就是那时的痛楚,使得她将《风之谷》中小王虫的视觉和触觉表现做到了极致。想必她能感觉到碰触娜乌西卡的小王虫硬壳的质感，甚至能感觉到它的体温。不仅试图表现视觉，还试图表现触觉——我认为这是二木女士制作动画的一大特点。她对人以外的生物有着浓厚的兴趣和敏锐的观察力，这种失衡的感知力既是优点也是缺点，但毫无疑问，正是这一点让她成了我们电影中不可或缺的力量。

可惜在当下的日本动画界，能让她大展拳脚的机会并不多。比如对植物的描写，大家往往是敬而远之。按秒计酬的薪酬体系，也使她的努力难以得到相应的回报。

其实我还不知道她画了一本怎样的书。听说她暂停了电影制作的工作（她是不能一心两用的人），花了近一年的时间来创作这本书。我一般不赞成动画师兼任其他工作，但对二木女士的挑战持鼓励的态度。因为我觉得，她对世界和生命广泛而深刻的关注，无法充分展现在动画的世界中。

衷心希望她呕心沥血构筑的新世界能为广大读者所喜爱。

（收录于 Animage 文库 《世界中央的树》二木真希子著
1989 年 11 月 30 日发行）

我与老师

我上初中时恰逢学校改制，老师都很有个性，校园生活也很是愉快。

上了高中，我开始不明白人为什么非学习不可。画漫画是我唯一想做的事，却不能画个尽兴，也没有走入歧途的勇气。回想起来，"睡大觉"便是那段日子的主旋律。

为了画漫画，我将上大学的时间作为缓冲，还找到住在我家附近的佐藤老师，定期去他的画室上课。

佐藤老师原本是我的初中美术老师。后来他辞去了学校的工作，一边当幼儿园园长，一边画油画。他是个超然脱俗、不可思议的人。

就这样，那间只有没画完的画稿和两三尊石膏像的小画室，成了我的避风港。

大学时代，我加入了儿童文学研究会，在那里想起了早被自己封印的、不堪回首的童年。

当年我的父辈经营着一家军需工厂。父亲常说："斯大林也说过，人民是无辜的。"但照理说应该算"人民"的叔伯们却时常提起他们在中国杀了人。日本人是战争的加害者？莫非父亲他们都错了？那他们养大的我岂不也成了错误之下的产物……那段时间，我一直被自我否定的阴影笼罩着。

当时的我连漫画也画得不像样。哪怕每天只有五毫米的进步也好，我的心中满是急躁与焦虑，时常怀疑自己是不是在做一件徒劳无功的事。

我每周六都去画室，独自画石膏像素描之类。老师傍晚过来，见我闷闷不乐地画，便说："要不来一杯？"我们边喝边聊政治和人生。

"有人坐豪华客轮安全快乐地渡海，有些人则自己动手划木筏。一样要渡海，还是选木筏比较好，这样更能品味航行本身。"

"活着没意思，人生很无聊。所以我才用画画欺骗自己。画里才有真正的灵魂。漫画不也是这样吗？"

老师如是说。

夜里，我没精打采地沿着井之头线，走回了三站开外的家。把酒言欢并不能解决我的问题。我也从未向老师倾诉过烦恼，因为觉得没人能理解我的感受。更何况当时我也不是很喜欢他。年轻的时候，我喜欢更有激情、更不掩饰自我的人。

可要是有人问起"你的老师是谁"，佐藤老师的面容便会浮现在我的脑海中。

在我无处可去的时候，不知所措的时候，只要找上门去，他就一定在那里。

对十八岁的我而言，身边有一个年过五旬，和父母或学校都没有关联，而且和自己有着不同的价值观与政治理念的人，应该是有某种意义的吧。

(《朝日新闻》1990 年 3 月 24 日)

大地懒的后裔

我们这些老伙计都管高畑勋导演叫"阿朴"。阿朴爱好音乐和学习，有着难能可贵的缜密组织能力与天赋，但他也是个天生的懒虫，爱睡懒觉。都说人的祖先是猴子，可环顾工作室，我时常怀疑同事中混进了猪八戒和伽星人[1]的后裔。若真是如此，阿朴的祖先肯定是在上新世的大草原上爬来爬去的大地懒[2]。

他操刀的第一部长篇动画是东映动画的《太阳王子 霍尔斯的大冒险》。我也是制作团队的一员，夸这部作品难免有自吹自擂之嫌。但我坚信，《太阳王子》称得上是动画史的分水岭。他以《太阳王子》证明了动画有能力深入刻画内心世界，但也证明了"任命他为导演"对一家企业来说有多可怕，要冒多大的风险。毕竟这部作品本该用一年时间完成，却一拖再拖。我在此期间结婚成家，甚至连长子的一岁生日都过了，电影才大功告成。

直到今天，当年的制作负责人们（用"们"是因为接连换了好几

---

[1] 出自英国科幻小说家詹姆斯·P. 霍根的科幻小说《温柔的伽星巨人》。
[2] 一种已灭绝的巨型哺乳动物，最早出现于约 500 万年前的中南美洲，体形相当于大象，行动缓慢。在日语中意为"大懒虫"。

任制作人）聊起这部作品时仍难掩怒火，语气中却又带着某种奇妙的怀念，直让我感叹，做电影真是件妙不可言的事情。

自那时起，我和阿朴合作了一次又一次。跟大地懒的后裔待久了，我自然就成了《暖暖日记》①里的浣熊。而且大地懒有锋利的爪子，绝非热爱和平的生物。它们会突然表现出凶猛的攻击性，把对手撕成碎片，被盯上的话会吃大苦头。不过我也不是什么正人君子，没资格对别人的残暴指指点点。但论制造的伤口深浅，他怕是比我还厉害一些。

制作启动后，他总要吼几次，"这种东西我做不了！"然后开始滔滔不绝地阐述理由，自以为条理分明，却让被迫当听众的制片人和同事们目瞪口呆。哪怕是他自己提出的企划，他也是这副样子，所以我们这些老伙计早已习以为常，选择视而不见。对那些被迫当听众的人，我们当然深感同情……

我也请阿朴当过几次制片人。"我当制片人，他当导演"这个模式并非从《儿时的点点滴滴》开始，长篇纪录片《柳川堀割物语》也是同样的阵容。这部作品原计划也是做一年，结果一拖就是三年。所幸它是没确定公映时间的独立电影，没闹出大问题。

一看到《儿时的点点滴滴》的原著，我便有一种直觉：只有阿朴才能把它做成电影。原著确实有非常出彩的地方，但我很快意识到，由于故事结构的原因，将其改编成电影会非常困难。要是完全忠于原著，影片的震撼力怕是会被大大削减。但我又无法抗拒将它改编成电影的诱惑。

我当时的想法是，既然原著的人物是漫画式的简略风格，那么无论阿朴如何将人物复杂化，进度应该都可控。谁知我的预想大错特错了，作品中竟出现了原著里没有的二十七岁的成年版主人公，一会儿

---

① 五十岚三喜夫的四格漫画作品，讲述海獭暖暖、花栗鼠和浣熊的日常小故事。

探讨日本的农业问题，一会儿帮别人干农活……进度失控的惨剧再度上演。

到头来，我还是品尝到了许多负责人都体会过的恐怖滋味。电影原计划在夏天上映，本该在春天举办试映会。结果试映会全部取消，工作室的所有人仿佛也变成了大地懒，工作迟迟无法推进。

事已至此，我只能和铃木制片人通力合作，想方设法催促他们赶快抵达终点。待到上映的大喜之日，敬请各位在细细品味这部感人肺腑的电影《儿时的点点滴滴》之余，也欣赏一下电影幕后的激烈攻防战吧。

（《儿时的点点滴滴》新闻发布会资料 1990 年 11 月 21 日）

将育儿全部交给妻子

让我聊聊家人？真伤脑筋啊……我几乎不着家。昨天半夜一点才到家，前天也是如此。倒不是在外面吃喝玩乐，而是因为我是个十足的"过劳爸爸"，每周有六天是大半夜回家。平时吃早饭的时候，我总会一遍遍嘟囔"该出门了"，偶尔放一天假，也是在家闷头睡大觉。

我当上班族时，情况还不算太糟。约莫二十年前，我开始制作自己的电影，于是生活模式就变成了现在这样。动画工作是没有终点的，只能一直做下去，做到满意为止。

所以家务事和养育孩子的重任基本是妻子一力扛起的。她是我在东映动画工作时的同事，很理解我的工作，深知做出一部作品需要耗费多少精力。

话虽如此，她原本是想一直画下去的。结婚的时候，我们也说好了，两个人都出去工作。老二出生前，我也会接送老大上托儿所。然而，看到老大在大冬天睡眼惺忪地走回家时，我才发现"夫妻二人都出去工作的话不太行"。

直到现在,我还是觉得很对不起妻子。不过她回归家庭以后,我终于能专心工作了。但这势必导致了父亲在家庭中的缺位,因此妻子不光承担了家中的种种杂事,有时还要扮演男性家长的角色,教孩子们放风筝、玩陀螺之类。母子三人还利用节假日去奥武藏徒步旅行。

多亏了妻子教导有方,两个孩子的自理能力很强。说得夸张一点,就是不借助别人的力量也能独立生活。我试着做一个好父亲,但从结论看,我并不是一个多么优秀的家长。我自认为从不干涉孩子的学习和升学就业,孩子们却说"爸爸嘴上不说什么,但背影在发火"。

老大醉心于山峦,上高中时就加入了登山社团,后来考上了长野县的大学。如今他已经开始上班了,从事园林设计工作,但总把"以后想回信州①"挂在嘴边,也许过不了多久就会搬出去住。老二在东京的大学学设计,已经搬出去了,说是想自己租房住。

回顾我家的历史,对我而言,家庭的形态是随时间变化的。孩子还小的时候,我用他们激励自己,"为他们做电影吧""想给他们看这样的作品"。那时孩子是我工作的原动力,也是我的最佳观众。

如今孩子已经长大了,那些念想也不复存在。当年的小家伙们去哪儿了?我有时也会琢磨,要是以后有了孙子,那股创作的动力还会不会冒出来。

与妻子的关系也在不断变化。孩子们还小的时候,我们有"为了孩子齐心协力"这个共同的目标。可从今往后,过的就是夫妻俩相濡以沫的日子了。不过因为工作繁忙,所以有一段适应期。妻子因为父母身体不好,每周要回东京的娘家两三次。我们也会聊起,是时候考虑一下夫妻二人今后的日子了。

(《中日新闻》1992年1月31日)

---

① 日本古地名,即现在的长野县。

寥寥数语

我算不上森康二[①]的好徒弟。刚入行的时候，我咄咄逼人，厚颜无耻，心高气傲。总觉得森老师的作品过时得很，却又莫名其妙地认定他是最理解我们的人，一定会在我们尝试新事物时给予支持。简直是自说自话，说出来都难为情。

森老师对这样的我非常包容。他让我想做什么就做什么，大事小事基本都会点头同意，然后用寥寥数语给出点评。直到很久以后，我才意识到他的寥寥数语有多重的分量，或者说有多么惊人。

看《太阳王子》的样片时，我才真正领略到了"动画师森康二"的实力。因为在鸡飞狗跳的最后冲刺阶段，我根本不知道他做了些什么。我看得热泪盈眶。并不是因为前前后后忙了三年的工作终于结束，而是森老师刻画的希尔达的模样让我泪流不止。我自以为已倾尽全力，却只是构建了一个容器罢了。是森老师为希尔达注入了灵魂。我从未如此痛切地认识到自己的青涩和廉价的英雄主义。不过那都是后话。在东映的试映室，我第一次意识到希尔达的存在是多么沉重、多么悲哀。我作为一个普通观众而非制作团队的成员泪流满面。

即便如此，我还是需要更多时间来了解森老师究竟有多伟大。毕竟我不是一个好徒弟。在制作《穿长靴的猫》和《动物宝岛》时，我一心想在作品中留下自己的印记。多亏森老师担任作画监督，让大家能够安心工作，我才能随心所欲地尽情发挥。直到很久以后，我才察觉到这一点。

我是何时意识到森老师教给了我什么呢？并没有特别的契机，只能说是慢慢领悟的。我逐渐意识到，他教给我的东西非常重要。可一

[①] 森康二（1925—1992），动画师，日本动画界奠基人之一，对大冢康生、高畑勋、宫崎骏等后辈影响巨大。

旦用语言表达出来，它就会从我的手中溜走，所以我选择保持沉默。森老师本人也对此只字未提。更何况，我仍旧在离它很远的地方彷徨，所以就不在这里讲了。

我们从森老师手中接过了某种东西。希望我们能像接力赛那样，将接力棒传给下一代……

最后，请允许我以"森老师会看到这段文字"为前提多写一笔。

森老师也来了《龙猫》的试映会，还点评了一句"挺好"。评语依然简短，但那是我第一次感觉到，森老师是真心在夸奖我。这句评语胜过一切，让我由衷地开心。

（《森康二的世界》二马力工作室 1992 年 2 月 28 日发行）

时代的风声 堀田善卫、司马辽太郎、宫崎骏合著 后记

我是二位的忠实读者，但过目就忘，总也没有长进。不过我一直梦想着向二位讨教一下对这个时代和日本这个国家的看法。

世界的动荡已经波及了我所在的小公司，再稀里糊涂地过下去，怕是只有随波逐流的份。说"求道"……恐怕会被二位批评，但这就是身处混沌时代的我的真实感受。

我曾经很激进，随着经济的日渐繁荣和国际局势的转变，我的想法也有了变化，但依旧不想与那些没有理想的现实主义者为伍。我一直想请二位为我指点迷津，告诉我此刻身在何处，在当今的世界又该如何选择人生之路。

没想到梦想竟有成真的一天，而且我有幸担任倾听者的角色，这意味着我该下定决心了。

我不怕丢脸，只可惜自己能力不足，平日里的发言也含糊不清，错过了好几个本能深入探讨这一问题的时机。每当我停下来思考的时

候,话题已经转向别处了。

最让我难忘的是司马先生说出"人真是不可救药"的一刹那。

堀田先生调整坐姿,回应道:

"没错,人就是不可救药的。"

声音洪亮,中气十足。

堀田先生好似驾着载有折叠式禅室的牛车,远离京城隐居山中的鸭长明①。

司马先生仿佛是骑马穿越天山北麓草坡的白发胡人。

我则像极了后巷中孤零零的绘草子②店的店主。

请容我插一段私事。我想起了故去的母亲。

她总把"人无可救药"挂在嘴边。因为这句口头禅,我们不知吵了多少回。所以每每谈及战后文化人士的"变节",我的心中总会涌上一股难以言说的尴尬和痛苦。

虽然二位的发言仍让我有些茫然,却也让我放下了心头的大石。说这是彻底醒悟后的虚无主义,会不会有误导之嫌?廉价的虚无会腐蚀人,而以现实主义为基础的虚无似乎并不等于否定人类。

我痛感自己需要更坚定的立场和更长远的眼光。

多亏这两场三人对谈,我稍微振作了一些,仿佛沉睡在大脑中的电路接通了电源。自己是领会了,却没能充分传达给读者,只得借此机会致以真诚的歉意。

由衷感谢费尽心力促成这次机会的所有人。

(《时代的风声》U.P.U. 1992 年 11 月 10 日发行)

---

① 鸭长明(1155—1216),平安末期至镰仓初期的作家和诗人,晚年于洛南日野山建立方丈(一丈四方)草庵,著有随笔集《方丈记》等。
② 江户中期开始流行的木刻版画插图通俗小说。

父亲的背影

公开声明不想上战场,却靠着战争赚得盆满钵满,与矛盾泰然共处——我的父亲就是这样一个人。

据他说一九三九年、一九四〇年前后,就是我哥哥刚出生那段时间,他还在军队里。即将奔赴前线时,长官说了一句"不想去的就站出来",大概是想鼓舞士气。

谁知父亲真的站了出来,说:"我不能上战场,家里还有老婆孩子。"这在当时简直是不可想象的。据说一位对他很是关照的中士被气得哭了两个小时,痛骂他的不忠。

父亲就这么留了下来,于是才有了我。我对此心怀感激。

太平洋战争期间,父亲在枥木县的"宫崎飞机工厂"担任厂长,生产军用飞机零部件。为了批量生产,工厂招了很多不熟练的工人,所以残次品很多。但他告诉我,只要用钱打点到位就能蒙混过关。

战争结束后,他并没有为自己参与过军需产业、生产过次品心怀愧疚。照他的说法,打仗本就是傻子才能干出来的事,反正横竖都要打,那就干脆捞他一笔。他对大义名分和国家命运毫无兴趣,只关心一家老小要怎么活下去,仅此而已。

父亲是个"软派"。我上高中时,他甚至说过这种话:"学会抽烟没?我像你这么大的时候都玩过艺伎了!"母亲去世后,父亲讲了很多当年的"英勇事迹",诸如"玩女人的秘诀啊,就是欲擒故纵"。甚至七十好几的时候,他还往夜总会跑。

两年前父亲去世时,来吊唁的亲朋好友都说"他这辈子就没说过一句像样的话"。要说有遗憾,那就是我从没和他正经探讨过什么。

我从小就把父亲当作反面教材,可还是和他有几分相像。我继承了他的随心所欲,也继承了他与矛盾和平共处的心态。

我最近也时常想,或许像父亲那样马虎散漫的人在战时也有不少。在百姓中，无法用"军国主义"一词概括的现实主义者大有人在，而满目灰暗、歇斯底里的时代可能仅限于战争末期。

(《朝日新闻》1995年9月4日)

悼念司马辽太郎先生

司马先生是我由衷敬爱的人。五年前，我有幸与他以及堀田善卫先生进行了三人对谈，并出版了一本书。后来，我们还在《周刊朝日》的新年号上对谈过一次。

司马先生总想以身作则，活出日本人最美好的一面，注重"知耻""有礼"等处世之道。司马先生的伟大在于无法用文字表达的优秀品德。哪怕是在对谈时，他也会彻底避免可能招来误会的言论，力求维持风度。

在那次三人对谈中，他说"二十岁时，我很疑惑自己为什么会出生在一个发动这种愚蠢战争的国家，现在是抱着给当年的自己写信回答问题的心态在写小说"。他用毕生精力查证"昭和"这个愚蠢的时代是如何形成的。他提到了军部的统率权，却极有分寸，只要亲历者还在世，就不会进一步深入。

我认为司马先生应该喜欢有头脑的前线指挥官，而对愚蠢又不理智的军部深恶痛绝。他最重视有道德的人，如果没有好人登场，历史就无从说起，这是他一贯的态度。

他的目光犀利又带有世俗感，却因为满头华发而颇显和谐。换句话说，他以和谐的礼仪为人生准则，在纠葛中努力生存。

如今我不得不亲眼见证日本人走向没落的可悲时代，幸好司马先生不必受这份罪了。

(《朝日新闻》1996年2月14日)

聊聊司马辽太郎先生

长久以来，司马先生一直都在写什么叫"体面的日本人"。

因此，他在仪表和谈吐等方面成了"体面的日本人"的代表。很多人都是如此看待他的。

无论是明治时期、幕府末期还是别的时代，愚蠢的人总是占大多数。正因为司马先生对大多数人的愚蠢心知肚明，才会认定有聪慧的人埋没在人群中，并努力去寻找他们。

于是便有人产生了错觉，以为日本人在某些方面很了不起，这种误解真叫人头疼。

司马先生在很多场合都说过，过去确实有"体面的日本人"。相较之下，现在的日本人就缺了点体面，总觉得哪里别扭。

去年年底最后一次见面时，司马先生说，"日本变成一个好国家了"，可他心里真是这么想的吗？

读到他对土地问题和住专问题的严苛见解时，我总觉得他是不是看到了日本人的愚蠢一点也没减少，才生出"这个国家已经无可救药了"的念头。

司马先生从不说生者的坏话。他总是很谨慎，绝不对他人进行露骨的斥责和贬低。

我就冒失多了，动不动就说别人的坏话。而司马先生即使是说坏话，也必然会做好相应的心理准备。

把能搜集到的资料都搜集过来，将附近的二手书店搬空也在所不惜。做到这个地步，再开始评判他人。所以，他对乃木大将[①]"殉死"的描写绝非"坏话"这么简单。

而且，司马先生还想从当下的芸芸众生身上，找到他曾挖掘并书

[①] 乃木希典（1849—1912），日本军官，在明治天皇去世后殉死。

写过的历史人物的体面活法。

他对无名众生以礼相待，努力寻找人们身上的优点。

例如，司马先生钟爱工匠。

之前聊起日本时（堀田善卫、司马辽太郎、宫崎骏三人对谈集《时代的风声》），他说自己喜欢日本的原因之一，是这个国家没有失去对造物者的尊敬。

上位者靠不住，但还有下级执行者，还有黎民百姓。

他们淡泊名利，知足常乐，喜欢开动脑筋，能身体力行地做出示范。他认为存在这样的人，才是一个国家最优秀的地方。

在他看来，端坐在四叠半的小房间里埋头打磨钢笔的人，或许是有神明附体的。

司马先生就是这样一个人。历史也许偶尔会在天才现世时发生剧变，可没有天才出现的时候，正是靠这些默默无闻的人——正是他们撑起了一个国家的民生。

在"日本人"这一范畴中，"高洁"一词早已肮脏不堪，但司马先生笔下的人物总是高洁的。

我喜欢这种高洁的精神。

◎ 从司马先生那里学来的"礼节"

司马先生的话语比他写的书还要精彩。

比如聊起历史。

他不会苍白地阐述历史，说"有这样一个人，他做过什么"，而是用独特的口吻讲述那个人出生的时代和所处的地域、家庭的氛围和周遭的风景。你能清楚地感受到，司马先生有多么喜爱这个人物。

那别提有多精彩了。

司马先生挖掘了很多活出精彩人生的范本。

不难想象，司马先生肯定没少经历摸爬滚打，才写得出那些文字。但与人见面时，他总是面带微笑。

上次见到他，我说："您获得文化勋章的时候可真帅。"他显得很难为情，我这话却是发自肺腑的。

他说"明天就做回书生"。那并非装腔作势，而是在履行自己笔下人物的活法。

如今，我看着儿子们的生活方式，一边琢磨他们今后要怎么活下去，一边感叹，我们迎来了一个不得了的时代。

和司马先生的最后一次对谈中，我们深入探讨了环境问题。

谈到"地球人口突破百亿该怎么办"时，司马先生说"人可以这么傲慢吗"，然后又补充道："不过镰仓时代的日本只有八百万人，当时人们也活得很艰难。如果你活在那个时候，肯定想象不出有一亿人口的日本是什么样子。所以我们现在也想象不出地球上有百亿人是什么景象，但那时也有那时的活法吧。"

我觉得他肯定有过"百亿人，别开玩笑了"的想法，却还是强压着这样的念头，一遍遍劝诫自己，要用温暖善良的目光看待日本和全世界。

他如此精通历史，肯定深知人类有多么愚蠢。即便如此，他仍然努力摸索体面的活法。

我认为，这就是司马先生的"礼节"。

在我们面临各种问题时，这种礼节会成为非常重要的处世之道。

人类的种种行为显然存在矛盾。细看人与自然的关系便会发现，人类明明是自然的一部分，与自然母亲之间却存在明显的裂隙。

创造对人类有用的自然，并不是在保护自然。

自然是残酷的，它否定了我们的文化和文明。即使人类为了自身的利益做出种种努力，这些努力也会与自然界的种种规则发生冲突。

此外，社会或民族之间偶尔也会生出裂痕。

我认为在思考环境问题时，应该立足于从司马先生那里学来的"礼节"。这意味着我们不仅要对生物，还要对山水和空气谦逊有礼。所谓"礼"，至少不是一味要求对方守礼，而是先要求自己守礼。

◎ 理解我为何烦忧的人

如果眼前有一个孩子，我们就只能为了养活他，砍掉树木，将土地开辟为良田。这是人类的天性，也是人类文明不可阻挡的大势。

这样一来，需要养育的孩子势必会越来越多。"人口增长到百亿"就是这么回事。

这种任性妄为的做法，导致人类以外的生物濒临灭绝，我们就身处这样的时代。所以我觉得，地球是无法养活百亿人口的。

如何在这一现实和我们的日常生活之间架起桥梁？挺身参与运动，高呼"都怪你们，他是错误的，你也是错误的，我才是对的"倒也不难，可这样并不能解决问题。

不是"自然造福人类"，也不是"没有了自然，日本就会灭亡"。这些观点都太模棱两可了。遇到困难时，就要遵守分享的基本"礼节"，把人类的东西分享给其他生物，把自己的东西分享给别人。

所以我才说环境问题是礼仪的问题。司马先生也表示同意，"确实是礼节的问题"。

凡事并不是得到了解决才有意义。住专问题不过是引发东北亚大混乱的诱因之一。在未来，混乱将席卷全球。我们必须认清自己正身处动荡之中，而不仅仅当它是一种悲观的假设。

司马先生去世了，我深感遗憾。说句不合时宜的话，父母去世时，我至少是做好了思想准备。真希望司马先生能多活几年就好了。

倒不是为了向他讨教日本未来的方向。

我难过的是以后再也没法跟他诉苦，说"这下麻烦了"。他要是在，肯定会对我说"是啊，这下可真是麻烦了"。只要听到这句话，我就会放心许多。

我总觉得他是最能理解我为何烦忧的人，并不是盼着他教导我什么。想必各位能明白我的意思。

被大家寄予这般厚望，司马先生肯定也很辛苦吧。

（《周刊 PLAYBOY》集英社 1996 年 3 月 26 日号）

书

CHAPTER 4

绳文时代的日本人最幸福

◎ 没有国家和战争,也没有带咒术色彩的宗教,
被这朴素而和平的时代所吸引

我非常敬爱已故的考古学家藤森荣一[①],还有中尾佐助[②]。我的阅读倾向深受这两位的影响。

藤森荣一在《甍羚道》一书中写道:考古学是一篇美丽的抒情诗,是生活,是文化,也是历史。考古学的关键并非土器或石器,而是感知事物的能力。我不清楚他成就如何,但比起其他学者,他身上那种类似青春期的迷茫感更加吸引人。

考古学是一门当不上大学教授就没法养活自己的学问。他被这条考古之路深深吸引,却没有进入公立学校任职。《甍羚道》书写的就是他那段充斥着烦闷与迷惘的青春岁月。我非常喜欢这本书。

长久以来,人们认为日本的农耕始于弥生时代的种稻,正是藤森荣一打破了这一"常识"。绳文时代并非人们想象的那样,只有饥

[①] 藤森荣一(1911—1973),日本民间考古学家的代表人物,曾提出"绳文农业论"。
[②] 中尾佐助(1916—1993),日本植物学家,曾提出"照叶树林文化论",认为以这一植被类型为基础发展而来的各种文化之间具有相通性。

饿的野蛮人四处游荡。从绳文中期的遗迹中出土了许多非常精良的土器，甚至还有用于耕作的挖掘棒。而且当时气候温暖，中尾佐助所说的"橡树林文化"蓬勃发展——橡树林富有生产力，鸟兽、鱼虫和花草树木的果实等自然资源都很丰沛。

接下来是我个人的猜测，逻辑有点跳跃——纵观日本史，也许绳文时代是生活最稳定、最和平的时期。奈良时代的平民住宅遗址中挖不出什么东西，怎么看都是绳文中期的遗址出土文物更多。

当然，绳文时代的人也许会死于山林大火，也许会在打猎时受伤，也许会生病。但当时没有政府，也没有国家的概念。石器的种类如此丰富，却没有任何武器，可见当时也没有爆发战争。没有不祥的大型木乃伊或戴着让人手疼的手镯——说白了就是没有带咒术色彩的可怕宗教。绳文时代信奉朴素的万物有灵论，所以与其前后的时代相比显然更和平一些，人的个性也更丰满。

中尾佐助的《栽培植物与农耕的起源》首次提出"照叶树林"的概念，也证实了藤森荣一提出的"日本在绳文中期已经出现了农耕业"这一主张。读到这本书时，我高兴极了，心想要是藤森荣一能多活几年就好了。这两位对我的影响很大。

我也很喜欢《植物与人类》的作者宫胁昭[①]。为什么呢？因为他是个实践派，为工厂和城市的绿化运动提出了具体的建议和指导，呼吁"要多植树"。这在满口高呼理想的人眼里是不折不扣的"改良主义"。但他却说，现在不再是评论家和知识分子用抽象言论进行辩论的时代了。这句话极具震撼力。由他撰写的翔实的报告更是鼓舞人心。

我是做动画的。动画是一个具体的世界，无法建立在抽象的言论和常识的罗列上，没有影像一切免谈。《风之谷》制作完毕，我正在

[①] 宫胁昭（1928—2021），生态学家，建立了在人类干扰地区快速恢复稳定自然植被的"宫胁造林法"，在日本、巴西及东南亚各国应用广泛。

停工充电。至于接下来要做什么——藤森先生和中尾先生告诉我，以前还有过另一个日本，没有歌舞伎和能剧，也并非干净卫生的日本。我在想，如果从这个角度看日本，自己兴许能做出点什么……

不过嘛，我正处于休眠期。"三年寝太郎[①]"睡大觉也能收获创意，但我只有一口气睡三年午觉的信心。

（《平凡 Punch》Magazine House 1984 年 7 月 9 日号）

Making of an animation——"……？……"有缘千里与书会

我很少为了制作电影或画漫画而看书。

但在我冥思苦想，要做出点什么的时候，以前随便读到的片段就会在脑海中拼凑成一条线或一股脉络。就是这种感觉。随手翻开《希腊神话小事典》（埃夫斯林[②]著）时，我遇见了"娜乌西卡"这个名字。她是拯救奥德修斯的少女。我对她的印象逐渐和儿时读到的《堤中纳言物语》（角川文库）中的"虫姬"交织在一起，几年后促成了《风之谷》的诞生。

不过，我的创作源头来自中尾佐助的《栽培植物与农耕的起源》（岩波新书）和藤森荣一的《绳文的世界》（讲谈社），也来自《断作战》（古山高丽雄著，文艺春秋），以及保罗·卡雷尔[③]的《巴巴罗萨行动》（富士出版社）中描绘的德苏战争。

因为工作的关系，我也会买书作为参考资料，只是太多的资料让我头晕目眩，一眨眼就会突破信息处理能力的极限。比起带着目的

[①] 日本民间故事。村长的儿子太郎天天睡觉，被村人戏称为"寝太郎"。睡了三年后，他突然醒来，想出把河水引入田地的办法，拯救了全村的庄稼。
[②] 伯纳德·埃夫斯林（1922—1993），美国作家，以改编希腊神话而闻名。
[③] 保罗·卡雷尔（1911—1997），德国作家。

买书，我更倾向于平时在书店里淘一些感兴趣的，这样的书往往也更有用。这本《意大利山城和台伯河流域》（鹿岛出版会）我仔细读过，后来在制作电影（《鲁邦三世：卡里奥斯特罗城》）时帮助很大。

同一出版社的另一本书《没有建筑师的建筑》（鲁道夫斯基①著，鹿岛出版会）也很不错。格鲁吉亚那些形似要塞、自带防御塔的房屋是各家族间发生冲突时遗留下来的，我认定那就是托尔金《指环王》中的世界。

不，我不会刻意找一本书，只是在店里碰巧看到了便买回去。刚才也说了，太多的信息会让我头晕。年轻时还会看看书评，但现在只看在书店遇见的书。如今书店的陈列架已经大变样了，这确实让人头疼。但我有这么一个念头，只要是和我有缘的书，迟早都会遇见。

去年上映的《天空之城》的主题来自斯威夫特②《格列佛游记》第三部的空中浮岛，但准确地说，我只是在想到"让宝岛浮在空中"时借用了斯威夫特的名头，好让它看起来煞有介事一些。就在我想把作品打造成"有点时代感的冒险故事"时，参与项目的朋友碰巧是橄榄球迷，给我带了一本他觉得也许能用作参考的影集。

那本书正是《如父大地》（栗原达男、C. W. 尼科尔③等著，讲谈社），一本聚焦英国威尔士的矿业小镇和橄榄球的摄影集。矿工们的表情生动极了，尼科尔对故乡威尔士的描写也很出彩，算是意外之喜。我特别喜欢祖父对即将踏上旅程的小尼科尔说的那段仿佛是遗言的话。

威尔士人混杂了各种血统，但大体上算是凯尔特人。凯尔特人被视作蛮族，被罗马帝国征服后一直饱受摧残，如今只生活在英伦诸岛

---

① 伯纳德·鲁道夫斯基（1905—1988），美国作家、建筑师。
② 乔纳森·斯威夫特（1667—1745），英国作家，讽刺文学大师，以《格列佛游记》和《一只桶的故事》等作品闻名于世。
③ C. W. 尼科尔（1940—2020），生于英国威尔士的日籍作家。

中的苏格兰、爱尔兰、威尔士和欧洲大陆的少数地区。尼科尔在英格兰的学校受尽欺辱，却仍然誓死捍卫威尔士人的尊严。我认为他进行抗争的动力，就是祖父的话语所寄托的，身为威尔士人或凯尔特人的信念。

我在读恺撒的《高卢战记》（岩波文库）和霍华德·法斯特①的《斯巴达克斯》（三一新书）时，曾对野蛮的军事大国充满愤慨；读苏特克里夫②的《马主的印记》（岩波书店）时，凯尔特蛮族之王的英雄气概也曾涌上心头。在我的脑海中，历时一年的英国矿工斗争与二十世纪六十年代的安保斗争③、三池斗争④的印象杂糅在一起，和照片上威尔士矿工的面孔重叠起来。采风的时候，我们去了威尔士，把电影的主人公设定为即将关闭的矿场的小矿工。电影的制作工作结束后，我的兴趣仍未消退，于是又读了格哈德·赫姆⑤的《凯尔特人》（河出书房新社），也越来越喜欢凯尔特人了。

我即将开始制作预计在明年三月上映的新电影，故事发生在电视机普及前不久的东京郊区。这是我酝酿已久的企划，本以为资料都在脑子里了，可实际上手时却是一片空白，手忙脚乱。前些天，我去邻座的同事那儿转了转，看见他桌上刚好放着《每日画报》的增刊《四十年前的日本》，那正是我要找的东西。真是有缘，我立刻向他借来读。

（《朝日周刊》临时增刊 朝日新闻社
1987年4月20日号）

---

① 霍华德·法斯特（1914—2003），美国小说家，作品多反映美国进步人士的斗争。
② 罗斯玛丽·苏特克里夫（1920—1992），英国历史小说家、奇幻小说家。
③ 针对新《日美安保条约》的反政府、反美运动。
④ 反对三井三池煤矿大量裁员的劳工运动。
⑤ 格哈德·赫姆（1931—2014），德国作家、记者。

挣脱束缚：《栽培植物与农耕的起源》

我们是所谓的"新书①一代"。还记得一位在六十年代安保斗争后，早早宣布告别马克思主义的教授说，"反正你们只看《世界》杂志和新书"，让我哑然失笑。不过确实有一本新书对我产生了决定性的影响。那就是中尾佐助的《栽培植物与农耕的起源》。

我开始记事的时候，正值战后广大日本民众丧失信心，继而转向民主主义的时期。日本是人口太多、资源太少、民智未开的四流国家，唯一拿得出手的就是"自然与四季变化之美"——大人们如此自嘲。日本的历史是压迫和剥夺人民的历史，农村是贫穷、愚昧和压迫的温床。农舍的茅草屋顶如今在人们眼中十分美好，然而，那时的我却觉得屋顶下的世界伸手不见五指，对其畏惧不已。看到电影中的青年为人耿直，不善处世，在挫折和绝望中苦苦挣扎的样子，我的心情也分外阴郁。河水清澈见底，稻田一望无际，在我眼里却只是贫穷的证明。

不知不觉中，我成长为一个讨厌日本的少年。

周遭的大人都在吹嘘自己的战绩。父亲的家族因为战时的军需赚了不少钱，家中男丁甚至没有应征入伍，只有一位堂兄死于空袭。母亲以战败时的变节为由鄙视进步的知识分子，向儿子灌输质疑和失望，说"人是无可救药的"。表面上我是个开朗懂事的乖孩子，内心却懦弱胆小。我被战记所吸引，把能找到的都看了一遍，却逐渐厌倦了模式化的形容词堆砌，对日军隐藏在轰轰烈烈的胜利故事背后，在各个方面表现出来的愚蠢深感失望。廉价的民族主义被自卑取代，我就这样成了一个讨厌日本的日本人。对中国、朝鲜半岛和东南亚各国的负罪感让我战栗不止，不得不否定自我的存在。我成了心理层面的

---

① 多指尺寸为 105mm×173mm 的书，由学者执笔，向读者介绍专业领域的最新成果。

左派,却找不到为之献身的人民。然而,不管我如何闷闷不乐,如何烦闷地漫步在明治神宫人迹罕至的后巷,目光扫过镜子时,都会因为自己那双开朗活泼的眼睛羞愧不已。我就是想肯定什么,想得心里焦躁难耐。我既矛盾又分裂。我告诉自己"人得有根",却又讨厌日本这个国家、日本人和日本的历史,向往西欧、俄罗斯和东欧的文化。从事动画工作后,我也更偏爱以外国为舞台的作品。虽想做以日本为背景的作品,却对日本的民间故事、传说、神话等喜欢不起来。

当我为了作品去外国采风后,这种撕裂感变得更加强烈。在魂牵梦绕的瑞士村庄,我就是个来自东洋的短腿日本人。那倒映在西欧街角玻璃橱窗上的肮脏人影,分明就是身为日本人的自己,一个在外国看到太阳旗时深感厌恶的日本人。

看到《栽培植物与农耕的起源》这本书纯属偶然。我并不想夸大其词,说只要勤于寻找总能遇到心仪的书,或者将其视为一次命中注定的邂逅。但在翻看的过程中,我确实感到自己的视角上升到了更高更远的地方。微风拂过,国家的框架、民族的隔阂与历史的沉重感渐渐远去,照叶树林的生命力感染了爱吃年糕和纳豆等黏性食物的我。年轻时爱逛的明治神宫森林,对藤森荣一(曾提出绳文时代中期的信州存在农耕文明的假设)的尊敬,擅长讲故事的母亲反复讲述的山梨县的山村生活……一切的一切汇成一股清晰的脉络,让我知道了自己的根在哪里。

这本书给了我看待事物的出发点。看完之后,我对历史、国土和国家有了更深入的理解。

由衷感谢中尾佐助将他的宏伟假设写成了通俗易懂的新书,而非艰深的长篇论文。幸好让我重拾信心的不是汽车或家电,而是一本新书。天知道拥有这样一位学者,会为我们带来多大的幸福。

(《世界》临时增刊 岩波书店 1988年6月刊)

BOOKS

◎ 躺着看两本

某月某日

我一整天都躺在床上，读约瑟夫·凯塞尔[①]的《梅尔莫兹[②]》（中央公论社）。我早已通过他本人的著作《我的飞行》，圣-埃克苏佩里[③]的《人的大地》以及佐贯亦男的散文，知道了这位传奇邮政飞行员的存在，但他的传记还是第一次读。

脆弱的机体、阴晴不定的发动机、幼稚的航空驾驶技术、沙漠、汪洋和安第斯山脉……这一切点亮了梅尔莫兹和伙伴们的日常。也许是因为他在南大西洋上空失踪不久后，约瑟夫才动笔写下这本书，所以除了对梅尔莫兹的无限尊敬和爱惜之外，作者也对尘世琐事流露出一种轻蔑的态度。有种在读《人的大地》姐妹篇的感觉。

五十名飞行员、四十名机师和通讯员死在了开拓南方邮政航线的过程中。与他们的牺牲相比，那些邮袋是多么寒酸肮脏。在航线开拓期才有这样的高洁情操。而在这一事业的意义逐渐无人问津，沦为纯粹的工作时，梅尔莫兹死了。活下来的圣-埃克苏佩里在大战期间主动请缨，前往地中海上空执行近乎自杀的任务，就此下落不明。

还记得有一次，我碰巧在电视上的初级法语讲座里看到了梅尔莫兹的座驾之一"库泽内彩虹号"在图卢兹起飞的画面。三引擎的奇特造型，机体有着美式理性主义设计大行其道前的优雅线条，充满不可思议的魅力。看了这本书，我才知道厚实的机翼中设有通道，用于在

[①] 约瑟夫·凯塞尔（1898—1979），法国记者、小说家，曾在一战时成为飞行员。
[②] 让·梅尔莫兹（1901—1936），法国飞行员，被埃克苏佩里等飞行员视为英雄，许多法国学校以他的名字命名。
[③] 安东尼·德·圣-埃克苏佩里（1900—1944），法国作家、飞行员，代表作为《小王子》。

飞行期间检查发动机。

做了干咖喱当晚饭，吃完后又躺下，拿起宫川比吕的《幸福色彩的小舞台》（白杨社）。想起小泉八云的话，"这个国家的人把世界看得很美"。美好又温馨。可惜这是儿童读物，篇幅有限。宫川比吕笔下二哥阿贞的背影，足以体现"缀方运动①"中乡下教师的良苦用心。

我在后记中得知心地善良的阿贞战死了，深感痛心。虽然无从得知他的死因，但不由得想起了神子清《莱特岛非我葬身之地》中的士兵。那本书描写了败局已定后，一群士兵拒绝毫无意义的死，试图逃往婆罗洲的故事。虽然逃亡之旅最终因饥饿而宣告失败，但半数士兵得以幸存。比起被人谴责临阵脱逃，这也是一种光明正大的活法。要是宫川比吕的二哥也能这么活下来就好了……我怀着如此茫然的心情合上了这本书。

白天躺太久，夜半时分钻进被窝也没有了困意。我拿起芭芭拉·塔奇曼②的《八月炮火》，但文字从脑海中穿行而过，不留痕迹。眼镜好像也不太合适。

◎ 无处可归的死

某月某日

订购四副新眼镜，开车出门一副，日常看报一副，办公一副，看近处的东西一副。为什么没有自动对焦的眼镜呢？回家路上，我买了山形孝夫的《沙漠修道院》（新潮选书）。寡然的文字。与宗教无缘的我有很多看不明白的地方，但能感受到盐沼旱谷的酷暑与沉寂。我的心境变得莫名严肃，总觉得应该读得再认真些。

---

① 日本民间教育运动，兴起于大正时期，鼓励学生通过作文反映自己的真实生活，以帮助学生实现自我认知和自我表达。
② 芭芭拉·塔奇曼（1912—1989），美国历史学家、作家、记者，曾两次获得普利策奖。

某月某日

取眼镜。店老板给四副眼镜分别标注了ABCD。躺在床上看书得用超近距离专用镜D。看字确实不费劲，但焦距极浅，连床头的烟灰缸都看不清。我读了山川菊荣的《我居住的村庄》（岩波文库）。作者视角精准，得知这本书最早出版于一九四三年时，我深感惊讶。它让我想起了过世的母亲反复讲述的故乡的乡村生活。讲述战时经济制度改变了地主和佃农关系的部分，仿佛是农田解放的预兆。我痛感自己对历史是多么无知。读后倒是爽快，但还是难以入眠。再次拿起《沙漠修道院》，随意翻看。

我好像突然懂了。懂的不是关于科普特教修道士的内容，而是四月以来一直困扰着我的动画电影《萤火虫之墓》。

四岁和十四岁的兄妹在空袭中失去了母亲和住处，死于饥饿和营养不良。他们的灵魂为什么没有遇到母亲的灵魂呢？难道母亲和他们去了不同的世界？如果他们带着对生的渴望含恨而亡，两人的灵魂就该是临死时饥肠辘辘的模样，为什么看起来毫发无伤？

科普特教的修道士斩断了与俗世的联系，西渡尼罗河。而那对兄妹也在活着的状态下去往了另一个世界。他们栖身的防空洞，就是他们生前选定的墓穴，恰似沙漠中的修道士。虽然有人说哥哥太不中用，但他的意志是坚定的。这份意志不是为了活下去，而是要守护妹妹纯真无垢的心灵。

兄妹俩最大的悲剧不在于失去生命，而是像科普特教的修道士那样，死后的灵魂没有可以回归的天堂。或者说，他们的悲剧在于不能像母亲那样化作灰烬，归于大地。但他们保留了启程时的幸福模样。也许对哥哥而言，妹妹就是圣母马利亚吧。他们飘荡在以两人相依为结局的世界，相视而笑，不再受死亡的折磨。

《萤火虫之墓》不单单是反战电影，也不单单是宣扬生命可贵的电影。我认为它描写了无处可归的死，是一部非常恐怖的电影。

◎ 具有全球视角的日本历史书太少了

某月某日

本该待在信州的小屋，却连日泡在工作室里。工作告一段落后，我通常需要半年时间来恢复正常的生活节奏，这次却由于自己判断失误，不得不连轴转。没有比被动应付工作更糟糕的了。

没有精力看大部头，只得躺在床上看别人送的关于德国坦克兵的书。这本书不像口述的战记那样难懂，但作者的价值观将受到读者的检验。我隐约感到一丝不安，果不其然，通俗战记的恶臭扑面而来。作者的照片看起来愁眉苦脸。我不禁骂道，这人肯定是边写边算稿费。在德国人的战记里，赫伯特·维尔纳[①]的《铁棺材》（富士出版社）写得最好。不喜欢战记的人不在少数，但我认为这本书甚至有堪比纪实作品的文学价值。

某月某日

躺了一整天，浑身疲惫。知道房间很乱，却没有精力收拾。一年没收拾过，露出来的地板不足一半，堆满了杂书。如果全都扔掉，不知道以后会不会后悔。脑子都不转了。拿起书翻了翻，又丢到一边。

钻进被窝后，重读前几天熟人送来的吉尔·巴顿·沃许[②]的《夏末》（岩波书店）。第一次读这本书大约是六年前。当时我很喜欢这部作品，因为它充满了惊心动魄的紧张感。后来我把书给了别人。碰巧去了故事的发生地——英国的圣艾夫斯后，我再次开始寻找这本书。

---

① 赫伯特·A·维尔纳（1920—2013），二战期间的德国潜艇军官。
② 吉尔·巴顿·沃许（1937—2020），英国小说家。

但令人错愕的是，竟然毫无触动。我发现自己明显更喜欢后篇《海声隆隆的山丘》（同上）。原以为它不及前篇。莫非我的心态在过去的六年里发生了某种变化，以至于更能共情少女时代和晚年交织的后篇，而非描写童年终结的前篇？也许只是因为头脑变得迟钝了吧。

某月某日

从工作室回家时，顺路去了一家晚上营业的书店，买了维戈·鲁西荣的《拿破仑战线从军记》（中央公论社）。书中对埃及远征的描写很是详细。杀戮和掠夺、狂热和怨怼、饥饿和疫病、胆量和愚钝，应有尽有。与《远征记》[①]中的世界并无不同。战争期间的日本军队也是如此。在路易十六被处决的那一年，十八岁的作者加入了革命军。他在军队中服役四十五年，经历了七十四场战斗，其中包括二十一次会战。不过话说回来，具有全球视角的日本历史书太少了。就没有像罗斯玛丽·苏特克里夫一样具有时代感的作家，来写一写丰臣军入侵朝鲜的故事吗？

（《朝日周刊》1988年7月29日号、8月5日号、8月12日号）

吉田聪[②]就是堂吉诃德

这是一个"指南"泛滥的时代。无论是想从商，还是想当不良少年、漫画家或将棋棋手，都有相应的指南可供参考。一旦选定了方向，就必须按指南规定的路线走。

如果你迟迟不肯确定方向，继续拖延时间，也有指南告诉你该如

---

① 古希腊历史学家色诺芬的作品，记录了他随希腊雇佣军远征波斯帝国的故事。
② 吉田聪（1960— ），日本漫画家，代表作有《湘南暴走族》等。

何收场。

我的面前没有道路，所以要走向荒野——不久前一位诗人战栗而自豪地说道。我们虽是凡夫俗子，却能感受到这番话中的气魄。与那个时代相比，现在的日子是何等难过。

我的眼前虽有宽阔的柏油路，却堵得水泄不通。哪怕拐进小巷，目光所及也都是在城市地图上登记过的招牌和店铺。站在原地不动，就会被后面的人推推搡搡，被迫往前挪动。觉得别无选择，只好沿着看似没什么损失的既定道路前进的年轻人何其多。

吉田聪的作品一贯反对这种世态，《湘南暴走族》便是体现了这一点的杰作。然而，那毕竟是踏入社会之前的学生在封闭的校园中闹得鸡飞狗跳的故事。主人公江口和伙伴们毕业以后该怎么活下去呢……随着令人印象深刻的结尾落下帷幕，这个疑问在我心中挥之不去。

从《湘南暴走族》之后的作品来看，作者显然一直在思考江口等人的后续故事。我认为他试图将校园这个狭小的舞台视为"整个社会的缩影"，以此来寻找答案。已经屈服或即将屈服的少年如何用自己的双腿站起来？他用充满激情的叙述来回答这个问题。《Slonin》朴实无华，但我很喜欢。这本《鸟人传说》中有三个故事也很不错，我尤其喜欢《鸭尾族》。

用自己的双脚站起来。

不用学来的文字，而是去寻找自己的文字，来表达自己的内心。

如此一来，哪怕置身水泄不通的柏油路，也会有面朝荒野而立的战栗与热情——吉田聪如此大声疾呼。

吉田聪就是堂吉诃德。

我喜欢堂吉诃德。

（《鸟人传说》吉田聪著 解说 小学馆 1990年9月15日发行）

《来自红花坂》（高桥千鹤著）/ 我的少女漫画体验

1

我是高桥千鹤的粉丝。但我对她的喜爱有地点和季节的限制——只有待在夏日的信州山间小屋时，我才是她的粉丝。其实只要有空，小屋一年四季都能去，但她的作品还是最适合在夏天看。

夏日的白云在八岳与赤石山脉尽头的入笠山投下阴影，喧闹的一天随着习习凉风迎来尾声时，我会鞭策着疲软的双脚和心脏外出散步。避开午后的灼热，与傍晚时分下田劳作的人们打着招呼，沿着精心打理的田间小路而行。在城里被遗忘的充实感化作氧气的微粒，渗入五脏六腑，让我变回亲切祥和、充满活力的模样。在这样一天的夜晚，我独自躺在小屋里翻看她的漫画。那是早已看过几十次的作品了。看着看着，便会突然冒出念头：真想在有生之年画一部少女漫画，而且是正统的、纯粹的恋爱漫画……

直到某天早晨，阳光的微微变化，让我感觉到了夏日的终结。我的少女漫画季节也在同一时间宣告结束。我会意识到自己根本画不出恋爱漫画，摆在书架上的十二册单行本和一九七九年到一九八〇年间的六本《好朋友》①仿佛也骤然褪色。

我原本不喜欢少女漫画。对漫画本身也不甚热衷，不过是碰巧看到了就扫几眼。我已年近五旬，头发花白，近来都不太好意思边吃拉面边翻沾满油渍的少年杂志了。所以高桥千鹤的作品是一个特例。那十二册单行本也不是在东京的书店一次性买齐的。小屋所在的 S 镇没有书店，所以我给自己定了规矩，在邻镇的乡下书店为数不多的书架上看到了才买。有几本是年轻的朋友带来的。毕竟我一把年纪了，不

---

① 讲谈社发行的少女漫画月刊杂志。

好意思买少女漫画，于是只能托人买些高深的书，再顺便要几本少女漫画，假装是孩子要买的，所以单价往往比较高。

各位权当是看个笑话吧。要是能一笑了之，感叹"世上竟还有这么奇怪的少女漫画读者"，就再好不过了。

去年刚翻修过的小屋是岳父在二十多年前建的，以便让没有乡下老家可回的一家人有个避暑之地。因为过于简陋，冬天根本没法住，所以是不折不扣的"避暑小屋"。岳父夏天总是很忙，女眷们成了小屋的主要住客。每到夏天，岳母和她的女儿们，外加女儿们的孩子会在小屋组成一个"母系社会"。推测家中男性成员不来的理由也没有意义，总之会露脸的女婿几乎只有我一个。

岳母总是在房间中央摆开阵仗，一边听信号不好的黑白电视机转播高中棒球联赛，一边做手工活或练书法。女儿和孙辈进进出出，在她身边消磨时间。多亏了这间小屋，我的两个儿子和表亲们一直很要好。我当然也是忙于工作的男丁之一，每年夏天只出现一两天，说是利用小屋应付放暑假的孩子们也未尝不可。可见到三个外甥女却是新鲜的体验。我家只有两兄弟，是她们教会了我关于女孩的事情。

小屋刚建好的时候，院子里杂草丛生。随着时间的推移，新种下的树木越长越高，最后连屋顶都被树枝盖住了。那大概是岳母人生中最安宁祥和的日子。小屋的每个夏天都充满孩子们的欢声笑语，仿佛这样的时光永远不会落幕。

许多别墅和山庄都有这样的生命周期，小屋也迎来了清冷的时刻。一方面是因为孩子们渐渐长大，又要忙考试，又要参加社团活动，活动范围自然也扩大了。而更直接的原因是，原本身体硬朗的岳母出了车祸，行动不便。来小屋的人越来越少，最终迎来了无人到访的夏天。本就是用老旧建材造的小屋日渐朽坏，地板的托梁歪斜，油漆也剥落了，最终淹没在了草木之中。这也标志着孩子们童年的结束。

不好意思，绕了这么大的圈子。不过这也是我的少女漫画体验的伏笔之一。

2

做完《风之谷》电影的那年，我心血来潮，想去小屋过一个夏天。那时我总也摆脱不了神经性疲劳，重启连载后更是忙到脚不沾地。我想恢复正常的生活节奏。也许在绿意盎然的地方住一段时间，身心便能舒展开来。于是我把行李扔进车里，独自来到了阔别已久的小屋。

向往田园生活的人不在少数，可真到了乡下，又觉得浑身不自在。电视还是岳母的那台黑白电视，画面模糊得很，只能看清高中棒球联赛的比分。电话就不用说了，连报纸和收音机也没有。除了把潮湿的被褥拿出去晒太阳，给发霉的壁橱通风，再检查一下阁楼，就无事可做了。哪怕出门散步，也很快就会腻烦。曾经那般美好的一草一木竟再也无法触动我的心弦，仿佛大脑蒙上了一层薄膜。那时的我连路都懒得走，更提不起劲来工作。

即便如此，白天还是挺忙的，要准备饭菜、收拾东西，还要洗澡、打扫卫生……晚上却分外安静，一片漆黑，以至于对细微的声响都变得十分敏感。再加上我故意没带打发时间的书，所以更加觉得无聊。本是为了逃离吵吵嚷嚷的环境，来了以后却特别想找人说说话。

渐渐地，目光所及尽是小屋还很热闹的时候留下的痕迹。孩子们小时候的玩具还原样留着。墙上还挂着当初舍不得扔的中国烟花灯笼和万国旗。盒子里装着下雨天做来玩的相扑小人剪纸。早已亭亭玉立的外甥女第一次来小屋时带来的玩具水车，还好好放在浴室瓷砖地的角落。孩子们已经逝去的童年就这样留在了小屋里。小屋一直在等待，等待夏天的来临，等待孩子们的归来……

这些痕迹象征着那一个个忙于工作，傲慢地以为同样的日子会永远持续下去的，无法挽回的夏天。

我迷失在茫然与感伤之中。夜半时分，我想起了儿时养过的小狗，忽而转醒，悲从中来。

要不是心境如此，我肯定不会翻开外甥女们留下的旧少女杂志。小屋共有两栋，以走廊相连。被我们称为"内院"的那栋已被落叶松完全覆盖，光线昏暗。橱柜里整齐地摆放着前文提到的《好朋友》杂志和岳母的草稿纸。

在一个雨天，我躺着翻看起那些杂志。不出所料，有些作品让人看着难受。我受不了那些过于自怜或过于浅薄的感伤，但没有其他事情可做，也提不起劲做任何事，于是反复翻看《好朋友》，只是跳过了那些作品。

3

高桥千鹤的《来自红花坂》在一九八〇年的春夏两季连载于《好朋友》杂志。它的画风与情节都是我最喜欢的，讲述的好像是一对互生好感的高中生误以为他们是同父异母的兄妹，想放弃这段感情却越陷越深的故事。之所以说"好像"，是因为小屋中的杂志连载没头没尾，中间部分也残缺不全，让人看不明白。

真要命啊。这部作品虽然是常见的少女漫画类型，却洋溢着爱上一个人的无奈和真诚。情节发展称得上老套，但细节的真实感让我久久无法平静。

要说老套，其实所有的故事都能归为几种类型，这是众所周知的。关键在于不能缺少感动。《来自红花坂》的男女主角都很坚定，毫不软弱，让人看得着实痛快。于是我找起了高桥的其他作品，发现前一年连载的《一半的幸福》也相当不错。可惜也是没头没尾，中间断断续续。

看到这部作品的时候，连载已经结束四五年了，所以我也无计可施。但想象力还是受到了莫大的刺激，连许久以前的怦然心动都突然浮现在脑海中。我的思绪莫名地变得单纯，身体也出现了惊人的变化，竟能对满园的绿树杂草生出新鲜的感动。说出来不怕大家笑话，《来自红花坂》确实成了让我的神经质有所好转的契机。

我甚至开发出了舒心的散步路线，欣喜地发现自己能更真诚地看待风景了。白天工作、晚上看《好朋友》的生活突然变得充实起来。看腻了漫画，就看看读者来信专栏，还有占卜专栏、漫画家培训学校的点评、时尚专栏、烹饪专栏……从头到尾都看一遍。还看显然是为了迎合读者好奇心的漫画家现状专栏，在粗糙的照片中寻觅作者的身影。年过四旬的男人做这种事着实不像话，但我确实在稳步恢复，没有再沉溺于感伤之中。我开始享受一个人的生活了。

一天，几位年轻的朋友来小屋做客。这地方除了喝酒无事可做，来的又都是动画界的怪人，于是我使劲向他们推荐高桥千鹤。第二天，一个朋友就去了趟邻镇唯一的书店，把她的单行本统统买了回来。一个大男人跑去买少女漫画实在是难为情，我是想都不敢想。

买回来的漫画总共四本。

《樱桃双重奏》

《焦糖味的感觉》

《来自红花坂》（全两册）

当时小屋里挤了五六个男人，全都看得专心致志。天赋异禀，能把简单的事情讲得非常复杂难懂的导演O说道：

"天啊……我好久没有过心里暖洋洋的感觉了。"

说完便钻进了被窝。这一幕至今历历在目。

我们在小屋里聊了好一阵子少女漫画，一会儿讨论把高桥千鹤的作品改编成动画的可能性，一会儿分析作品，还聊起了少女漫画的普遍趋势和问题，以及"恋爱还能不能成为电影的主题"，最后甚至热火朝天地说什么"搞个高桥粉丝会吧！！"。

O却冷冷地结束了这个话题。

"根据我的经验，少女漫画家里绝对没有好女人。"

《焦糖》和《樱桃》很有条理，我至今都认为这两部作品是她的巅峰之作。男主的绝妙设定是两部作品的共同点。我的高中生活乏善可陈，要是能像她笔下的少年那样度过精彩的高中时代就好了。不过看到《焦糖》中喜欢马的少年说"毕业后想去北海道当牧民"时，O和比他更年轻、立志成为导演的K齐声大喊：

"太天真了！！"

我却说："真到了毕业的时候，想法自然会改变，现在这样不是也挺好嘛。"两派的意见针锋相对。

而最重要的《来自红花坂》则是期望越大，失望越大，最后这套书被一个朋友带走了，这会儿手边没有，着实可惜。事后我才知道，《来自红花坂》是她走"校园爱情喜剧"路线前的实验之作。尽管推荐语是"温馨的图画日记"，但随着故事的发展，情节变得愈发沉重，透过蛛丝马迹能看出作者和编辑的困惑。我一直想再找一套，用一个夏天细细研读。

4

夏去秋来，我收拾好小屋回到东京。我和朋友们都对少女漫画失去了兴趣。即使在大书店里看到许多少女漫画，我也提不起兴致凑近瞧瞧。我们绷着脸开会讨论，忙于工作。再加上第二年开始新电影的制作，小屋的存在被我抛在了脑后。

又过了一年，不用做电影的夏天再度到来。我又想起了小屋。把行李扔进车里,开车上了中央高速公路。刚把车停在几乎被杂草淹没的小路上,就有一种奇妙的感觉扑面而来。

当我打开挡雨窗,给小屋通风,再把所有被褥扛到屋顶,在灼人的阳光下铺开时,预感便化作了确信。那种心境——我愿称之为"红花坂心境"——又回来了。

两年的忙忙碌碌与城市的喧闹消失不见了,那个夏天的续集即将上演。我做饭,整理,打扫,洗澡,散步,重读老旧的《好朋友》和高桥千鹤的单行本,被夕阳感动,仰望星空。

碰巧O又来做客了,见我还在看那几本少女漫画,像撞见了活的木乃伊似的怪叫一声:

"噫——"

如前所述,这种"红花坂心境"是夏天的专属。换作秋天、冬天和春天,无论是翻开单行本,还是翻开老旧的《好朋友》,我的内心都不会泛起一丝波澜。

每逢夏天总会想起……

简直像流行金曲的歌词似的。

这个习惯延续至今。今年夏天,我也在邻镇买到了她的新作。这本漫画的原作者是赤川次郎,说实话,读着挺无聊的。这么说并不是因为我钟爱原创,而是光顺着小说的情节,画出来的作品就不可能有意思。书末的两个原创短篇倒是很不错。我从头到尾、翻来覆去地看,享受了一整个夏天。后来,我把这本书拿给一位年轻的少女漫画发烧友看,他却表示"也就一般般吧"。这是信息过剩症的常见症状。他们接受了过多的刺激,感官已经麻木了,只会对过剩的信息做出反应。

我不知道高桥千鹤的作品在少女漫画界处于什么地位,也不想知道。但是——但是,仔细看她的作品,能从细枝末节中看出她是一个非常认真、平衡感出众，而且品性正直的人。这都是我们这些电影人应该拥有的重要品质。当然，也不知是少女漫画还是她自身的局限性，如果以置身城市时的挑剔心境去评判她的作品，无论是尺度、结构、历史观、自然观还是社会价值观，都不甚完美。

可是啊，她的作品就像在暴风雨中好不容易找到的避难所里，喝上的一杯让人打起精神的热茶。为了在俗世活下去，我早已用自己的方式锻炼出了体力与意志，所以不需要什么宏大的东西来舒缓身心。

5

除了高桥千鹤的作品，肯定还有许多优秀的少女漫画。我没读过的古籍和文学作品肯定也数不胜数。本该看看，却因为太难或太沉重一味逃避的书也已堆积成山。无数没听过的好音乐，无数没看过、一直盼着能看上一眼的画，还有工匠们精湛的技艺，以及这些事物所蕴含的崇高精神，乃至触及生态系统的奥秘时，在内心深处闪耀的丰富意象……有数不清的东西在等待我们去探寻。

而其中的大部分，我终其一生都触碰不到吧。

可是啊，我有过两次被音乐感动的体验，所以确信音乐是博大精深的。因为有宫泽贤治，我相信崇高的精神是存在的。意大利的三引擎木质飞机 SM79 无比优美的尾翼曲线，让我对无数陌生的工匠充满敬意。所以，重要的东西本不必尽数知晓。

就少女漫画而言，能看到高桥千鹤的作品，我便心满意足了。再说了，能遇到一位作者，让你说出"在日本乃至全世界，我都是你最忠实的读者"，也绝非易事。

这就是我的少女漫画体验。

写这篇文章的时候，年轻朋友 K 和 U 相继联系我说，他们找到了很多高桥的旧作,有《来自红花坂》,也有《一半的幸福》。我嘟囔着"怎么就不是夏天呢",却还是让他们统统买下来。今年冬天,我想一边往炉子里添柴火,一边整理出高桥千鹤的作品年表。

1990 年 11 月 7 日
(《Comic Box》1991 年 1 月号)

飞行员达尔[①]

我特别喜欢《飞行员的故事》和《独自飞行》。因为那是"飞行员达尔"的作品。

《飞行员的故事》是我碰巧读到的。书中收录了若干短篇小说,取材于他早年在英国皇家空军服役时的希腊经历。我看得很是着迷。

我爱看战记,从初中开始读了不少,但日本的战记大多不精彩,过于情绪化,又充满自恋情结。哪怕是外国的战记,真正的一流飞行员写的也过于务实,读起来没什么意思。

和飞机有关的战记中,第一本让我觉得"哇,这本够地道"的就是罗尔德·达尔的作品。圣-埃克苏佩里有些做作,又冥想过度,读起来有种"再这么下去可要坠机了"的感觉,而且他有点借友人的经历抒怀的倾向,所以我没法把那些作品当作"飞行员的故事"来读。他的《夜航》和《人的大地》,还有些短篇也很不错,却终究出自"文学家"之手。

相较之下,罗尔德·达尔写得十分简单,重点突出,读起来让我无限畅快。读《独自飞行》的时候,我也有同样的感想。日本有没有他这样的人呢?会不会出现他这样的日本人?我是怀着这种羡慕的心

---

① 罗尔德·达尔(1916—1990),英国文学家、剧作家,代表作有《查理和巧克力工厂》。

情读完那本书的。

达尔也写儿童文学，但我不喜欢《查理与巧克力工厂》，觉得有点瘆人。他的书后面不是常有和家人的合影吗？照片中的他看上去不太健康，也许是飞机迫降时脊椎受了重伤所致。我能嗅出那种感觉。虽然这么说很奇怪，但就是有这种直觉。

达尔还有很多儿童文学作品，但我读到的几本翻译得都不好……所以我明明是个常看儿童文学的人，却不再看达尔写的了。总之，我认为作为飞行员的达尔是最棒的。

就像《独自飞行》里写的那样，当年外行人用虎蛾双翼机（一款性能很强大的飞机）稍微训练一下，就得去开战斗机了，所以光是让飞机飞起来都是一项艰巨的任务。当年日本的飞行员训练两百到四百小时就要开战斗机与美国空军作战，这一点也被当成日军随意对待士兵的证据。可德军飞行员的训练时间才八十小时，达尔去希腊前的飞行训练可能更短。近代战争就是这样，每个国家都是残酷无情的。得知日本军队反而最保守，我都惊得说不出话来。

另外，我觉得达尔是个天生的射击好手。在空战中，会导致飞机坠落的飞行员从一开始就无法生存下来，世界上的任何一支空军都是如此。简而言之，这是天赋的问题。达尔之所以能活下来，肯定是因为他天赋异禀。

不过话说回来，他在希腊那场必败的战斗中完全没有自暴自弃，这一点让我由衷赞叹。对同一顶帐篷里的战友的描写也非常感人。

达尔是一个能在关键时刻将自己的意志贯彻到底的人——他接受了自己的行为，甚至接受了命运的安排，却没有自暴自弃，也没有陷入虚无主义，他的坚忍究竟从何而来？日本人要是没有这种约束自身行为和审视自身的视角，就永远无法堂堂正正地活着。

达尔的写作契机并不是因为他有很多未竟之事，需要靠文字纾解情绪。他已了无遗憾，早就做完了该做的事，所以并不是有意要成为文学家,只是C.S.福里斯特①碰巧留意到了他写的故事。真遇到这种人,也只有目瞪口呆的份了。

《男孩》也很有意思,透过这本书能看出,英国的教育制度虽然为人赞扬,但其实很敷衍马虎,充斥着霸凌和权威主义……要说英式教育有什么意义的话,那就是能把不屈不挠,哪怕遍体鳞伤也坚决抗争的少年培养成顶天立地的男子汉。

罗尔德·达尔的出发点,是通过一封封书信联结起的母子亲情,是在挪威小岛与家人共度暑假的回忆,这些都是塑造性格的重要基础。而且他长大后也没有舍弃这些,反而总是回到那里补充能量,再去往下一站。他在童年的延长线上展望世界,独自远行。无论走到哪里,无论发生什么,他都不会惊慌失措,而是装作面无表情地做好该做的事。所以他才那么有意思。他不是伟大的哲学家,也不是冥想家,但看着真的很爽快。哪怕在英国,他这样的人也很少吧。

(由发言稿整理)

(《Mystery Magazine》早川书房 1991年4月号)

听见堀田先生的声音

这本书是堀田善卫先生在《青春与读书》杂志上发表的自传体回忆录。标题是《相逢的人们》,写的却不是日常生活中的相遇。

本书沿着"人与历史""人与国家"这两个堀田先生毕生研究的主题展开,精选他遇到的人和事,希望借此"帮助年轻的你们看清历史"。

---

① C.S.福里斯特(1899—1966),英国小说家、编剧,擅长写战争、冒险小说,曾帮罗尔德·达尔推荐发表了第一篇文章,达尔也由此发现了自己的讲故事能力。

在前几年的三人对谈中，我有幸与堀田先生交流过，可惜当时我年纪尚浅、恍恍惚惚，没能把握好机会。所以权当是他通过这本书再给我仔细讲解一遍。几乎在同一时期，堀田先生做了一场题为"时代与人"的电视讲座，内容同样令人感动，有种"他重新给我上了一课"的感觉。

对我来说，堀田先生是一位非常特别的人。

我成为堀田先生的读者已有三十年了。这些年来，天知道他的行为和作品给了我多大的支持。年轻时，我讨厌极了日本这个国家，以身为日本人为耻。接触到堀田先生《广场的孤独》等作品后，我感到他似乎有和我一样的问题。他比我走得更深更远，腰板挺得笔直，任我如何努力都追赶不上。但他的背影总能为我指明前进的方向。

我最近才开始努力将"国家属性的日本"和"风土属性的日本"分开来看，但这样做反而使凶暴的攘夷思想①逐渐在我的心中扎根，对各种事情的态度变得模棱两可，仿佛被廉价的虚无主义牵着鼻子走。恰在此时，我在机缘巧合下读到了堀田先生的随笔，再度发现他那走向更深更远处的背影，这才幡然醒悟。

那是在海湾战争期间。那一带的国界是殖民时代的产物，只为利权而划，从未考虑过当地居民。我知道伊拉克占领科威特是不对的，心中却仍在抗拒，觉得通过两伊战争倾销武器，将伊拉克变成军事大国的正是包括美国在内的西方国家。更何况，科威特是靠石油一夜暴富的不动产国家，吃饱了油水的王室和少数国民沉迷敛财，对外国劳工颐指气使。

保卫这样一个国家是正义的吗？布什总统的演讲让我反胃。更让我恼火的是那些为确保日本石油供应，把"国际贡献"挂在嘴边的人。日本已经被他们搞得到处都是汽车了，任由自己的儿子成为女友

---

① 江户时代末期的一种封建排外思想。

的"专属司机",还嫌石油不够用吗?

但萨达姆·侯赛因更不像话。看到他在那些油嘴滑舌、满面穷酸的人面前耀武扬威,我便没有了试图理解他的力气。

电视看久了,我不禁怒火中烧。就在这时,有人在我心中怒吼:"开打吧!"

开战吧!让美国和伊拉克都见鬼去吧!这样也许还能痛快一些。就是这样的吼声。

我很困惑。明知电视节目都是被人刻意操纵的,却失去了理智,这让我惊慌失措。我对自己险些被"开打吧"的情绪左右深感错愕。听说日美开战当天,父亲听到珍珠港被偷袭的消息时非常激动,大呼"太棒了",我还觉得他蠢到家了,原来我也半斤八两。

长久以来,我无条件接受了战后民主主义的主张,即"绝不可发动战争"。这一主张至今仍然正确。但作为其依据的理念在我心中是何其脆弱,以至于面对多民族间的冲突和憎恶不断扩大加深的现实时,这种薄弱就会完全暴露出来。可见缺乏危机管理能力的,又岂止是自民党的议员。

比起在媒体上抛头露面的人,我更想听听堀田先生的意见。他一定会给出正确的判断。至少,他绝不会说"开打吧"。

他在这本书里提到了梵蒂冈的声明(梵蒂冈没有领土,所以能在无关国家利益的立场上做出判断),并对海湾战争做出了如下阐述:

"关于这次的海湾战争,梵蒂冈方面的见解是——简而言之,这是一场因为缺乏沟通而引发的战争。伊拉克立足于奥斯曼帝国以来的历史。美国则立足于当前的利益和现行法律,即与联合国保持同一立场。两边鸡同鸭讲,所以根本不该拿起武器……我认为这个观点非常妥当,也非常公正。总之,双方应该继续想办法沟通。"

慌什么?你真的读过我的作品吗?——我仿佛听到了堀田先生的训斥。无论政治还是经济都只看当下,好似阳光下的一潭死水,这就是日本的现状。在这样的大环境下，我们很难拥有堀田先生所说的多层次的历史观，即像佛教的曼荼罗一样，过去、未来和现在都围绕着我们。但我至少会警惕起来，告诉自己"我的历史观和看法是有缺陷的"，否则就很容易被"开打吧"带跑。在世界即将迎来动荡和崩坏的时代，你永远不知道自己会遭遇什么。希望到了那个时候，我能成为像堀田先生那样的人。

苏联军占领捷克斯洛伐克，"布拉格之春"夭折时，堀田先生在莫斯科作家大会的满堂敌意中批判了这场行动。

在第二次世界大战末期的上海，他制止了非礼中国新娘的日本士兵，却遭到殴打，亲身感受了日本侵华的真实情况。

在勃列日涅夫时代的苏联，堀田先生勇敢地劝阻过一位参与危险的反体制活动的女性，让她"静候时代发展，不要让鲜血浸湿手中的笔"，理解并接纳了她的苦恼与绝望。

一九四五年三月，堀田先生穿行于东京大空袭的废墟，打听熟人的下落，恰逢前来视察的昭和天皇。目睹战争受害者向着本该对他们谢罪的天皇跪地致歉，他对日本这个国家和日本人深感绝望。在那段命运般的经历之后，他结识了许多人——不仅限于和他同时代的人，还包括鸭长明、藤原定家等历史人物——培养出了独特的历史观，从而缔造了堀田文学。

"这本书仿佛是写给战后派文人的遗言。"

我虽已年过半百，在堀田先生眼里却还是个"叫人头疼的年轻人"。不过我想向那些比我更年轻、在泡沫经济时期长大的人推荐这本书，以及堀田善卫先生的所有作品。

(《青春与读书》集英社 1993 年 1 月号)

我的作业

把堀田善卫的《方丈记私记》改编成动画,而且是商业性质的动画电影,可行吗?明知是异想天开,全无把握,但我满脑子都是这个想法。日本动画界向来不知天高地厚,什么都要拿来做成影片,可是把《方丈记私记》改编成动画电影还是太离谱了。所以我很享受在空想中酝酿这个念头,但有时也会认真思考该做成怎样的结构。

一旦开始思考,就会一头撞上自己的教养不足、对宗教领域认知的浅薄、影像基础素材储备不足等问题,痛感按以往的方法是不可能实现的。但我没有放弃,继续垂钓,不收回鱼线。在翻阅中世绘卷的复刻本时,我感觉好像有什么东西上钩了,兴奋了一个晚上。

前路漫漫,但我舍不得放下这份乐趣。

[《堀田善卫全集》(内容样本)筑摩书房 1993 年 3 月发行)]

《乐佩异闻》很不错

昭和末年,漫画杂志接连创刊。《Little Boy》也诞生于这股热潮之中。但和许多杂志一样,它的退货率高达百分百,出了五期就停刊了。我手头只有最后的第五期。封面是红底白字,连寒酸的同人志都很少使用这种设计,仿佛在昭告天下"我们没钱"。其中一篇就是堤抄子[①]的《乐佩异闻》。

这部作品乍看朴实无华,我却非常喜欢。因为它结构严谨,内容脚踏实地,对超能力的描绘也很真实。作者应该是一位擅长用自己的眼睛观察风景的漫画家。在对学校和汉堡店的描绘中,不经意地穿插

---

① 堤抄子,日本漫画家,代表作为《圣战记光蛇王》系列。

着老房子和电线杆对面不远处的山峦等画面，也烘托出了地方小城的独特氛围，看起来着实舒服。

用沙沙作响的竹林表现出情绪波动的场景，别说在漫画中，就算在电影中，也是难得一见。

我特别喜欢戏剧社的社长和主人公小丽。

"你有用想象击碎现实的能力，去炸飞观众的日常吧！""再大声点，感情再丰富点！"——小丽指导超能力少女练习发声的一幕，让我生出"终于又遇到了一个坚定的人物"的感觉，很是痛快。对话和独白的整体质量也非常高，三言两语就能点明故事背景的叙事结构很到位，也很充实。

自那时起，《Little Boy》的第五期便一直放在我的办公室里，日渐褪色。封面在某次需要用红纸的时候剪掉了，但我一有机会就拿出《乐佩异闻》给年轻朋友们看。因为它是绝佳的练习材料，可以拿来讨论"能不能把这个原作改编成动画电影"。少女漫画很难改编，因为这类漫画的世界由心中的风景和想象构成，一旦被投射到电影的时空中，就会被没头没脑地拆解掉。堤抄子这部作品与众不同，它的结构是很容易改编的，但从某种角度看，这也让改编的难度变得更高了。完全按照原作来，就会沦为敷衍的平庸之作。名为小丽的少女与拥有超能力的少女相遇的那一瞬间，她的内心被什么吸引了呢？如果小丽心中有着与那个少女相同的影子，又该怎么表现呢……能讨论的地方多得是。

无论如何，我都殷切希望漫画家堤抄子能继续用心描绘她自己的世界。现在市面上有那么多漫画，肯定有她这样的人生存的空间。衷心希望她不要争当大人物，也不要安于小众，继续做自己。

(《高音小号的孩子们》堤抄子著 解说
Fusion Product 1993 年 12 月 25 日发行)

爱好

CHAPTER 5

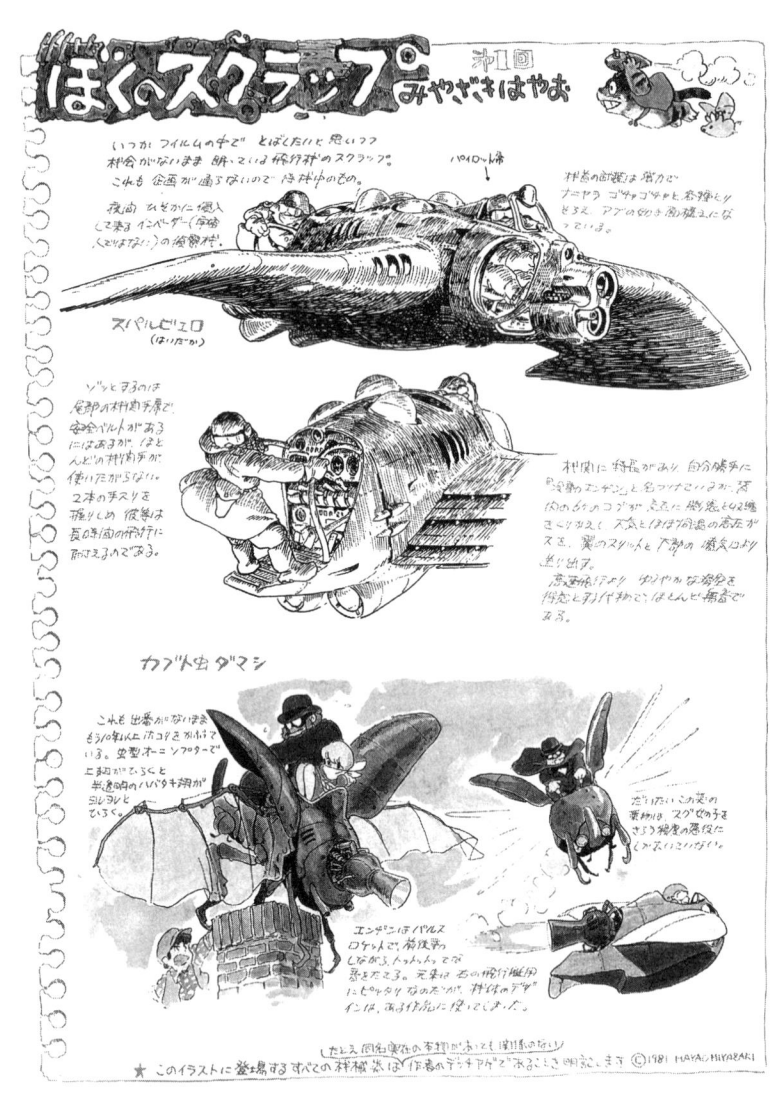

(「東京ムービーFC会報」1981年10月号)

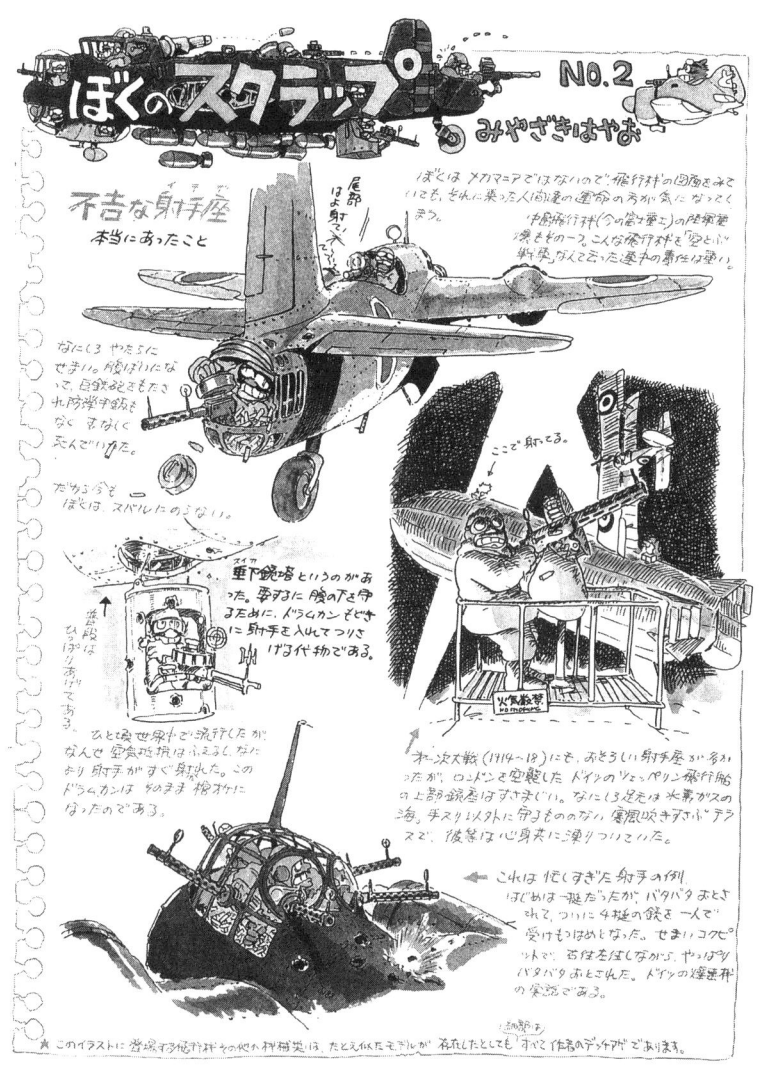

(「東京ムービー FC 会報」1981 年 11 月号)

ぼくのスクラップ 第3回
みやざきはやお

<おわび>

戦車を材料に原稿を書こうとしたが一向に筆が進まない。そのうちに理由が判った。ぼくはいつの間にか戦車ギライになっていたのだった。ゴ、この原稿は友敵減裁である。

↙ これでも50年前になる新式戦車である。

装甲のエリート

世界のどこの国においても重戦車騎兵は軍の花のエリートであった。優秀が地面を自分の足で歩くくん人間達を1121に軽蔑したがる象／鳥なる恐怖始末る×

「ゴメンクダサイ！」
「ワー」とくなない

戦争反対

× 今世紀になって、重装甲騎兵は戦車となって復活した。ドイツ軍やイスラエル軍に見られるように、戦車は軍の中のエリートである。最近ともに、自分は戦車でふみつぶすアラビアではなく、ふみつぶされる側だと思うようになった。で！戦争がキライになり、ぼくのスクラップもカランポになっていったのだった。

©1981 HAYAO MIYAZAKI

（「東京ムービーFC会報」1981年12月号）

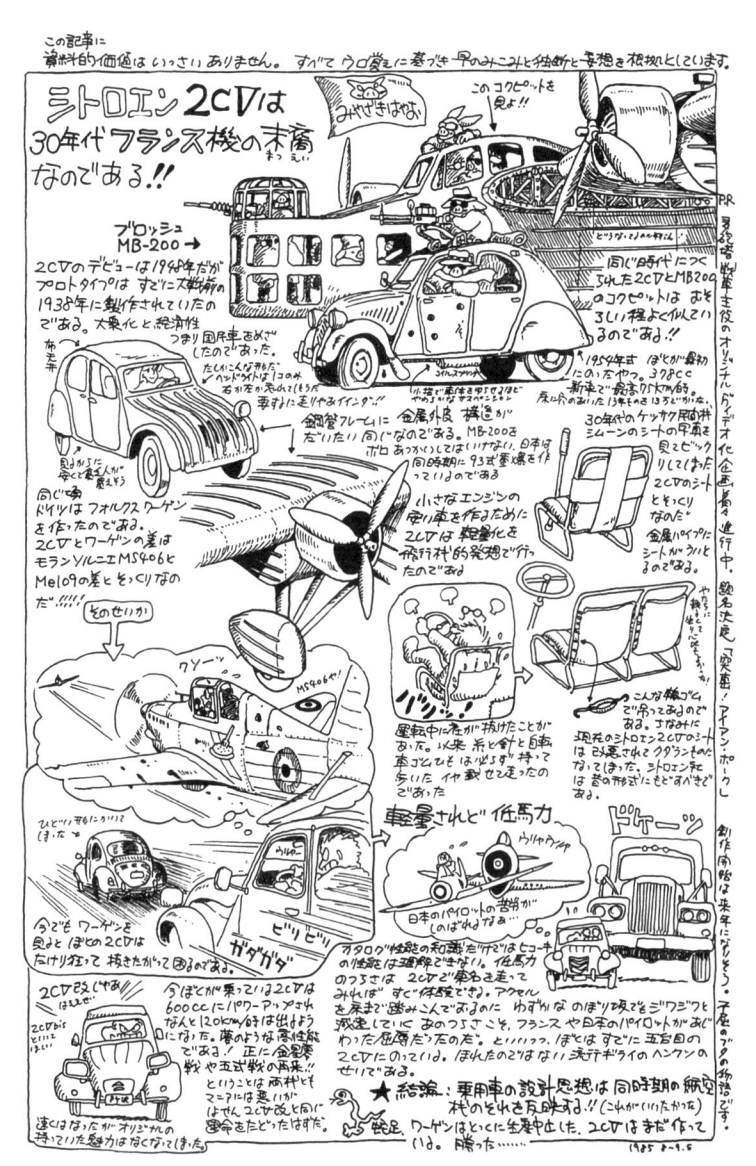

(月刊「モデルグラフィックス」アートボックス　1985年10月号)

こんな庭がほしい

その門はいつもしまっていて 錆びた門扉ごしに木立ちに消えていくダ利道が見えたサ.いったい誰が こんな大きな屋敷に住んでいるのだろう

町の中の大きな空白 長い長い塀 中はまるで原始林のようだ

ある日電車の窓から大発見する その屋敷の森のきれ目に不思議なカゲ ˝まるでブロントザウルスにそっくりだ˝

もう頭の中は あの屋敷でいっぱいだ.きっとすごい秘密があそこにはかくされている‥‥

そして ついに ある夏の日日曜日の朝 決行する
電柱づたいに 塀をこえて 中に忍びこんだ゛

荒れはてた庭に 石の恐竜達が
るいるいと 横たわっている

水蓮の池には 首長竜、無人の西洋館

しげり放題の夏草
の中で、トリケラトプス
がセミの声をきいてい
る……

ああ ぼくに ありあまる程の お金が
あれば こんな庭を 造るのに……

宮崎 駿 1984.11.20

(「TAMIYA NEWS」田宮模型編集室　1986年1月　Vol.175)

我的爱车

三叠大小，没有卫浴和空调——我的爱车雪铁龙 2CV 跟这种广告上的廉价木质结构出租屋有得一拼。

毕竟它的排气量极低，最高时速也只有七十五千米。在高速公路上拼命追别的车，身后就会掀起盛大的烟幕，车身摇来晃去，超乎想象的速度感从胶合板一般薄薄的车厢外壁传来。车上的乘客都会不由自主地喊道："要死了！要死了！"

原本只是想搞一辆接送孩子上托儿所的代步车，就在这个节骨眼上，我看了让娜·莫罗①主演的电影《恋人们》。在这部描写婚外恋的影片中，比让娜·莫罗更吸引我的是这辆造型莫名寒酸的雪铁龙。那已经是约莫十三年前的事了。

要开就开怪车。雪铁龙 2CV 完美契合了我当时的心境。杂志上又恰好有二手车广告。

谁知不久后，出现在我面前的是一辆保险杠弯曲变形、车顶的铁皮好似被压扁的汽油桶的汽车。开得快了，车门会突然打开。在十字

---

① 让娜·莫罗（1928—2017），法国女演员，获戛纳国际电影节最佳女演员奖、荣誉金棕榈奖，以及柏林国际电影节、威尼斯国际电影节终身成就奖等。

路口踩刹车会莫名熄火，动弹不得。上坡的时候，车上的家人齐声大喊"嘿咻！嘿咻！"，为它加油鼓劲。

这辆车好似一间会跑的活动板房。妻子说它是"天字第一号经济适用车"，实际上却是三天两头进修车厂，一点也不经济适用，天字第一号破车也差不多。

下次得换辆像样的车——于是我买了一辆最新款的自动挡轿车。但我还是只开雪铁龙，因为总也忘不了那种鸡飞狗跳的滋味。即使当时买的是新车，车里也没有烟灰缸和空调。车厢漏风得厉害，到了冬天得全副武装，穿大衣、戴手套，否则就会感冒。还会漏雨，风一吹就东倒西歪。好在设计简洁，车顶也够高。总听说厂家嚷嚷着要停产，所幸好像还在制造。《鲁邦三世：卡里奥斯特罗城》里，这辆让人爱恨交加的车也登场了。

(《周刊新潮》新潮社 1988 年 2 月 18 日号)

我心中的武居三省堂[①]

大约在一九六四年东京奥运会前后，我对有点年头的建筑逐渐产生了兴趣。但我的活动范围仅限于东京西郊，对那些在关东大地震后建成，并在空袭中幸存下来的建筑，还有那些建于战后不久，因此继承了战前建造理念的建筑非常着迷。它们不是特别壮观，却也不怎么寒酸。也许是受当时的流行影响，有的稍带现代元素，有的窗框独具一格，有的则在今人看来十分荒唐的地方做了精心的装饰。我对数寄

[①] 创立于明治初期的文具店，其旧址（千代田区神田须田町一丁目）为二代传人武居龙吉于 1927 年所建。起初主要批发毛笔、墨条、砚台等书法用品，后来发展为绘画工具和文具的零售店。如今已等比移建至东京小金井市的"江户东京建筑园"。（原编注）

屋造①的传统日式建筑不是特别感兴趣，却被那些二流或二流半的建筑深深吸引，有时甚至会提前一站下车，绕着它们走两圈。

因为我心里满是怀念。我生于一九四一年，最早的清晰记忆应该是空袭后的焦土废墟。不过想想还挺奇怪的，光是想象一下生活在那些房子里的人，想象一下窗内有怎样的风景和回忆，我的心里都暖洋洋的。说不定那是我记事之前用幼儿的眼睛看到的景色。话说上小学一年级的时候，我被某本书上少年走过寻常街道的插图勾起了浓烈的乡愁，胸口闷闷的。我时常幻想，也许怀念并不是长大成人以后才有的，而是从出生起就是我们的一部分。

我曾梦想走访各地令人怀念的老建筑，用照片把那些没有在建筑史上留下痕迹的无名建筑记录下来，可惜自己生性懒惰，时光在白日梦中徒然流逝。当藤森照信②和他的伙伴们以"路上探险"的形式聚焦这些略显古旧的建筑，并给予恰如其分的评价时，我体验到了"英雄所见略同"的畅快。得知他把装饰了外立面的商铺命名为"看板建筑"时，我也深感佩服。这确实是个很精准的名字。

铺垫得略长了些。总而言之，这就是我第一次参观"江户东京建筑园"时感慨万千的原因。还记得当时园区快关门了，游人稀少。我在黄昏降临时分立于武居三省堂前，眺望整条街。那是我第一次意识到，原来人世间还有看得见、摸得着的追忆。我倍感怀念，仿佛看到了遗忘多时的童年。儿时的我走出家门，逐渐扩大活动范围，回过神来才发现自己正站在陌生的街角，刹那间的恐惧与对家的依恋同时涌上心头，那种熟悉的感觉又回来了。柔情填满了心田，我甚至产生了想和每个擦肩而过的人打招呼的冲动。后来我又去了几次，却没能再体会到最初的那种滋味。这也难怪。因为我的兴趣在肆意发散，注意

---

① 日本建筑样式之一，"数寄屋"即茶室。
② 藤森照信（1946—　），日本建筑师、建筑史学家。1974年与堀勇良等人组成"建筑侦探团"，走访日本各地留存的西洋建筑。

力转向了房屋的结构，琢磨起了如果把"建筑园"的某部分改成这样是什么效果，或者能不能进那家店喝上一杯，能不能去那座公共浴室泡个澡，希望多建一家冰激凌店……如此这般。

但为了那个无比幸福的时刻，我也要由衷感谢规划和建成这座"建筑园"的所有人。

至于园内的建筑，我还是最喜欢"武居三省堂"。它给人的印象很好。房子明明很小，窄得跟鳗鱼洞穴似的，却依旧如此和谐。当然，它还在营业的时候，店里肯定是商品琳琅满目，顾客络绎不绝，呈现的模样可能也与现在不同，但我能从整栋建筑品味出雅趣。难得它能在人们忙于迈向新生活，忙于建房拆房，忙于买东西扔东西的时代留存下来。

一眼便能看出，这栋建筑是工匠们一砖一瓦建造的。玻璃门、外墙和货架皆出自工匠之手。而且这种施工方法与现在为了省时省力组装现成品有着本质区别。即使当时工资很低，技艺精湛的工匠也大有人在。要是在今天用同样的法子造一栋房子出来，哪怕不用上等建材也会花很多钱。工匠的工资微薄是一件不幸的事，但他们做出来的东西又十分卓越，人世间的讽刺莫过于此。

店里铺着榻榻米，这种效率低下的设计也与现在的商铺大不相同。这样的店我只去过一次。当时我离开东京，住在埼玉的一个小镇上，为了买劈竹子的砍刀去了一家老五金店。我走进店里，正要问砍刀在哪个货架上，店主却让我别着急，在榻榻米上摆了个坐垫，于是我只得坐下。接着，他给我上了茶，客客气气地问我要买什么。以前每逢赶集的日子，周边的农民都会来镇上买东西。虽然小镇已经不再是当年的光景，我却能通过那段经历想象出昔日人们悠闲购物的模样。

不过，在三省堂里铺榻榻米恐怕不光是为了座贩[①]。当年店主一

[①] 日本传统售卖方式之一，顾客进店后与店员相对而坐，在交谈中挑选商品。

家和用人都住在店里，人口众多，所以需要在榻榻米上铺被褥睡觉，有时大概还要在上面摆矮桌开宴会。据说在全盛时期，店里足有十六个人，看客厅和厨房的大小就知道这么多人是不可能同时用餐的，必然是谁有空谁先吃，大家轮流上桌，速战速决。说到这儿，我想起来，在农家长大的母亲常说，她特别不能接受父亲家里的用餐习惯。父亲那边开了一家挺大的作坊，大家都是分开吃饭的，菜也都是店里买的粗糙熟食。虽然母亲的娘家也不是大富大贵，可相较之下，夫家还是显得很没规矩，匆匆忙忙。

父亲家吃的是可乐饼配卷心菜丝，连酱汁都是店家浇好的，要么就是沿街叫卖的煮豆子，总之怎么省事怎么来。孩子想吃什么，就给点零花钱打发出去。母亲的娘家虽然平日里忙于养蚕，但日子过得精致多了。拜这种生活习惯所赐，父亲直到去世都爱吃煮豆子、臭鱼干、沙丁鱼片之类。

武居三省堂里也有过这样忙碌的生活吗？一位老家在平民区的朋友告诉我，小时候家里每天都吃同样的菜，实在是吃不消。在外面玩到天黑，回到家一打开门，闻到熟悉的茄子炖竹荚鱼味儿，他便大失所望，心想"唉，今晚又只能吃茄子了"。因为他不喜欢吃青背鱼[①]。也许外出归来、饿着肚子的三省堂小伙计一打开大门，也会被扑面而来的茄子炖竹荚鱼味儿弄得灰心丧气。"买东西吃"是平民区生活的重要组成部分。外卖也算是不得了的美味佳肴。我的祖母就是在平民区长大的，所以我们这些孙辈去做客时，她总会问："想订寿司还是天妇罗盖饭呀？"不知三省堂是不是这样。

武居三省堂有间小浴室，也不知店里的人是不是都去那儿洗澡。如果在厨房脱衣服，简直"一览无余"，但我猜他们大概是不介意的。夏天去平民区的亲戚家时，我们也常在后院洗澡，想偷看的话也不

[①] 包括沙丁鱼、秋刀鱼、青花鱼、竹荚鱼等。

难。那时街上还是一片昏暗，赤身裸体也没那么难为情。年轻的母亲在电车上给孩子喂奶也是很自然的场景，现在已经看不到了。我的姨妈和婶婶们以前也常在火车上脱得只剩一条衬裙。

不知不觉中，我们的生活发生了翻天覆地的变化，现在人们都有点想象不出三省堂那样的建筑里曾有过怎样的生活了。夏热冬寒是肯定的。老板八成也很顽固，所以才一直没改建，家里人也许为此吃了不少苦。尽管如此，我还是想对建造三省堂、并在那里走完一生的人致敬。

恐怕在三省堂建成之时，知足常乐的美德已渐成过往，但它的存在足以证明当年的东京仍残留着昔日的美德——这就是我心中的武居三省堂。

(《江户东京建筑园物语》东京都江户东京博物馆 1995 年 5 月 31 日发行)

"《杂想笔记》是我的消遣"

在日本，战争和军事就不是正经人该碰的东西。可是，这些却是我从小到大的爱好……只是不敢光明正大地说出来。因为一旦说出口，就会被当成好战分子。

在政治层面，我至今反对日本重整军备，也反对日本参与联合国维和行动，但我对军事一向很感兴趣，所以也经历过种种不可思议的事情，想想都纳闷"怎么会干出这种蠢事"。几十年研究下来，便积累了不少杂七杂八的知识。攒得多了就会有输出的冲动，于是把自己的妄想画了出来……（笑）

毕竟是妄想嘛，所以我明明白白地写上了"没有用作参考资料的价值"。对着资料精准地画出飞机或军舰太麻烦了，看多了还会头昏脑涨，所以我都是按自己的想法随便画，有不少胡诌的成分。但看到

有发烧友上当受骗,我别提多高兴了。(笑)

这是个完全不定期的连载。每次忙完电影,《Model Graphix》杂志编辑部便会打来电话,问:"差不多能开工了吧?"我一般都回答:"呃……再过阵子吧。"(笑)

说实话,画得最顺手的是我连载《风之谷》漫画那会儿。那种东西画多了,脑子里自然就攒满了妄想。在截稿日的凌晨画好必须送去印刷厂的漫画稿件,第二天再画《杂想笔记》,只花一星期左右就能搞定。其实画《风之谷》的时候,我满脑子都想着《杂想笔记》,想画这个,画那个……画完它之后再开启一期漫画连载,倒还能保持节奏,可一边做电影一边画《杂想笔记》肯定是不行的。

因为一做电影,我的脑海就会被电影的工作占据。哪怕最后呈现出来的画面只有一帧,可围绕这一帧的妄想有满满一脑袋,靠这些想法甚至能做出一整段动画。我脑子里有好几个想做成电影的故事,但有没有必要投入大量的精力去做呢?答案往往是否定的。哪怕资金充足,大概也行不通。换句话说,《杂想笔记》都是消遣,是画得尽可能像那么回事的消遣。不过,确实是个不错的解压方式。

另外,关于这次的广播剧,我没有尝试任何挑战。(笑)毕竟是消遣嘛,有人想把我画来消遣的东西做成广播剧,我就说"随便做吧",仅此而已。我不觉得自己在挑战什么。(笑)

不过我觉得,广播剧的没落着实可惜。广播剧是最好的东西。看书的时候,我会反复思考它改编成电影的可能性,但其中有很多是"绝对能改编成广播剧"的。

然而,广播剧特有的那种激发想象力的空间一旦转化成影像,就会变得非常单薄。毕竟你无法突破绘画的极限。可要是广播剧里说"她是绝代佳人",那么听众就会毫不怀疑地认同这一点!因为广播剧就是这么说的。你只能把所想到的各种"绝代佳人"综合起来,在脑海中创造出一个更美的形象,不是吗?那样的人物肯定美得不可方物。从这个意义上讲，广播剧的没落真是十分可惜……

其实我很喜欢广播剧的留白。比方说江户川乱步的作品，拍成影片就是一个非常无聊的世界。因为明智小五郎傻里傻气，少年侦探团也好不到哪儿去，只会把徽章落在街角，嚷嚷着万一被人捡到了怎么办。我就是随便说说。（笑）

江户川乱步的优点在于写出了心理层面的黑暗，而不是只描述某个具体空间中的黑暗氛围。他把握住了藏在人心深处的阴暗面。把《帕诺拉马岛绮谭》拍成影片肯定索然无味，因为那是座蹩脚的主题公园。可是用广播剧的腔调讲出来，听着就非常有深度。那种东西只能在广播剧里演绎出来。还记得小时候一个人听，只觉得毛骨悚然。再加上绝代佳人身上衣服摩擦的声响……不过，广播剧里大概没有这种效果音吧。

德川梦声[①]都是直接说"衣服摩擦的声响"。（笑）于是我很好奇那到底是什么样的声音，心痒难耐。因为我有过这样的经历，所以现在开着收音机熬夜加班时碰巧听到了广播剧，都会暗暗欢呼"太棒了"，觉得很有意思。只是最近的广播剧变得过于艺术化，听着反而无聊。我觉得广播剧就得穿插旁白，否则多没劲啊。

《杂想笔记》请一个人播讲就够了吧。毕竟我也没区分不同的角色。摆出形形色色的人物也不一定能让故事更丰满。我倒觉得一个人讲更能激发听众的想象力，尤其是这种素材，毕竟是"随便做做"，画来消遣的……区区消遣都能讲出这么一大堆来，哈哈哈哈！

（《Animage》1995 年 12 月号）

［本文为日本放送广播电台将《宫崎骏的杂想笔记》（1984 年至 1990 年间，不定期连载于月刊《Model Graphix》，1992 年由大日本绘画出版社汇编成书）改编成广播剧时进行的访谈。］

---

① 德川梦声（1894—1971），日本老牌多栖艺人，曾任无声电影解说员。

对谈

CHAPTER 6

"动机"与"移情"

对谈者 / 押井守

◎ 电影《福星小子》中的戏仿①

宫崎： 我刚看了《福星小子》的剧场版《只有你（爱星球之恋）》，有几个问题想请教一下。首先是关于戏仿的。戏仿就是炒冷饭，但又要炒出新意。所以虽然无法脱离模仿和复制，却需要换种呈现的方式。怎么说呢，有点像对戏仿的对象做出反击，但反击得并不彻底，只是简化了原先的设定。

押井： 您说的大概是对真人电影《毕业生》的戏仿吧……

宫崎： 不，比起《毕业生》，我想说的其实是电影中的个别镜头。比如飞船降落的画面，虽然设计上有所不同。还有钟楼，里面有熟悉的齿轮在转动。（笑）所以我不认为那是戏仿，更像是盗用了其他电影的设定。

要戏仿，就不能搞得不上不下，应该多爱惜自己的影像……我也

---

① 指创作中对其他作品的模仿，以达到调侃、嘲讽、游戏或致敬的目的。

知道这话说得太老气横秋了，但这种情况随处可见。

押井：其实电视动画也一样，包括我在内的动画导演并没有刻意进行戏仿。我只是想呈现电影式的品位，不仅仅是动画式的，而是从各类电影中积累起来的品位，所以并没有刻意采用明显的戏仿形式。我觉得所谓戏仿，只有在观众了解戏仿对象的前提下才能成立……

宫崎：确实。

押井：我一直有"让不了解原委的观众也能乐在其中"的意识。

宫崎：这个我懂，但总觉得你们没有明确哪里戏仿了、哪里没有戏仿。比如战斗一触即发的时刻，突然插一段大喊"哥哥加油"，还摆出那种姿势的镜头，看着就像是在戏仿。做成这样真的好吗……能让电影更精彩吗？

押井：关于那一段，我是带着相当明确的意图画的分镜——在"舰队在太空中进行决战"这样的"宇宙战舰大和号"式的设定下，拉姆和阿当没完没了地打情骂俏……我觉得这就是他们的世界。

宫崎：但没有真正开打吧？

押井：嗯，实际上并没有。但万一出现类似的情况，飞船里大部分人都激情昂扬，准备开打的时候，有人完全不受影响，依旧我行我素——我就喜欢这种人，所以做了刻意的安排。

宫崎：这个我也能理解。但那时拉姆也参与其中了吧？

押井：嗯，是的。

宫崎：她参与了，但并非贯彻自己的意志，只是对战争无感吧？

押井：说她对战争无感也没错。

宫崎：是吧，虽然这么说可能有点难听。另一段让我在意的画面是大家在飞船内感叹"原来这就是打仗啊，真有意思"。他们应该是看向窗外，而不是看着电子屏幕吧？可身处机库，他们该怎么透过窗户看到太空中的场景呢？

如果打开机库门一看，所谓的窗户原来在飞船的前端，还说得通……我觉得这种地方需要留心一下。电影不能随随便便凭感觉做，哪怕设定中的世界一片鸡飞狗跳，也得好好做。另外，双方都有宇宙舰队，在画面上还离得很近，不是吗？那么多战斗机在空中飞行，照理说应该已经开打了，可到头来只是在相互挑衅，并没有开战。比如已经爆发了激烈的战斗，士兵们大喊"为国捐躯"，男孩喊着"哥哥——"，飞机开火进行突击，或是进行自杀式袭击。看到这荒唐的一幕，众人才冷静下来，从某种角度看，这反倒能成为一种冲击力十足的戏仿。我的评语可能严厉了些……毕竟是刚看完嘛，感想比较多。（笑）这方面还是得重视一下，当然，实际操作确实比较难。但想方设法去挑战这种难关，也是制作过程中很重要的一环。

押井： 关于这一点，我觉得您说得很对。因为电视动画必然受限于制作日程，所以我一直在想，要是有机会做一部结构完整的动画，一定要做那种充分利用设定的作品。也许只用一个设定就能讲述完整的故事，我很想尝试一下。这部电影的企划刚启动时，我首先想到的就是这个——知道这么说有点像找借口，但我其实只有四个月的时间来制作，所以很难细化到那个程度。起初还先做构图（layout），再通过构图中的矛盾点来修改设定，最后来不及了，只能一把抓。

宫崎： 我特别能理解。（笑）

押井： 比如在分镜阶段，那个可以看到外面的凸窗是在飞船顶端，而不在机库……不光这一处，类似的问题还有不少。

宫崎： 影片开头不是有飞船出现的画面吗？要是这样一艘飞船真的出现在今天的日本，肯定会引起轩然大波，自卫队什么的都会出动的，结果竟是办婚礼。

押井： 电视版的第一集就有这样的情节，故事的开端确实有点相似。说实话，我本不想做成《第三类接触》[①]那样，但想来想去只想到

[①]1977年上映的美国科幻电影，导演为史蒂芬·斯皮尔伯格。

了那一种风格……到头来唯一能做的，就是把走出飞船的人设定为一位老太太。

宫崎： 你不喜欢炒冷饭？

押井： 确实不喜欢。

宫崎： 我倒是还行，会变着法子来。（笑）

押井： 变着法子来还是可以的，可我没能成功，所以挺不好受的……我记得您写过这么一句话，在《星球大战》正流行的时候，大家都模仿起了摄像机缓缓扫过飞船的镜头，于是您说："拍摄的人和观看的人都半斤八两。"我也有同感。

◎ **承载了女性怨念的角色**

宫崎： 今天看完《福星小子》，我有种"女人画的漫画变成了男人拍的电影"的感觉，所以更能对阿当移情……我不懂拉姆是怎么回事。老实说，要是让我来拍这部电影，我肯定会很头疼。比如，拉姆并不是那种电一下阿当、然后耷拉着肩膀叹气的女生。如果是漫画，这样的桥段还能作为笑料，一笑而过。可是在电影中，必须连续展现出时间和密切相关的空间，后面立刻跟上拉姆耷拉着肩膀的画面就太伤感了……因为拉姆本该是个更开朗的女孩……我边看边感叹，这样的电影可真不好做。

押井： 我跟拉姆打了一年半的交道，可还是搞不懂她。女孩子真是太难懂了。阿当却是一眼就能看明白。也有人对我说，最近的电视动画里的拉姆太"符合男人的口味"了，总是哭哭啼啼，闷闷不乐……刚开始的时候，我心目中的拉姆是一个无论遇到什么事都满不在乎、不哭不闹的女孩。她能凭借自身的优秀品质，自然地超脱周围环境的限制，这很棒。我也想重新塑造一下这个角色。

宫崎： 可能拉姆是个承载了女性的怨念的角色，所以到头来还是搞不懂吧。

押井：嗯,很有可能,我深有同感。

宫崎：有种"女性的复仇"的感觉。(笑)

押井：高桥留美子的复仇。

宫崎：仿佛高桥留美子和她身后的无数女孩,一齐说着"难道我们终究还是要回归家庭吗"。

……我身边的一位动画师也有类似的想法,她会在鲁邦三世的身后突然变出一大片闪闪发光的玫瑰花。(笑)我总能在她身上感受到女性的坚毅。虽然靠数落男人宣泄情绪,但既不会败给男人,又深知不能对男人疏忽大意,有着时下女孩都有的那种平衡感。她不会说出"愿意为爱去死"之类的话。对她而言,下一顿吃的咖喱是辣的还是不辣的更重要。(笑)这种生活观就是她的底色。所以如果和拉姆结了婚,阿当就完蛋了。他也很清楚自己会被拉姆当成宠物,所以才一个劲儿地逃跑,逃避未来"阿当,张嘴吃饭饭啦"的生活。(笑)

押井：没错。生活观确实是一个人的底色。哪怕遇到惊天动地的事情,晚饭也得好好吃。

宫崎："今天也好好吃饭了",丝毫不马虎。(笑)

◎ 用"时代"连接观众与制作者的作品

宫崎：我看过电视版的《福星小子》,但看得不多,你执导的大概看过两三集。

杀进面堂家那一集,还有前一阵子的"我讨厌大海!"那集(第八十六集《龙之介登场!我爱大海!!》)。

押井：哦哦。(笑)

宫崎：那集很有意思啊,画得非常好。画大海的人连波浪都刻画得很仔细,让人印象深刻。

押井：那是位资深画师，也是我们的大前辈（高桥资祐）。

宫崎：因为我很清楚在电视动画里做到那个地步意味着什么。

押井：我也想一直做成那种水准，但这样做会带来各种各样的问题。如果某一集特别突出，难免会给其他部分造成压力……我无法接受，或者说，特别受不了"以前明明能做到这样，今后却不行了"。

宫崎：突出一点也无所谓吧？

押井：说到底，还是先做者为强。

宫崎：没错。无论别人怎么说，先做就是了。

押井：做剧场版的时候，我也不想降低电视版的质量，可还是拉了不少电视版的人手过来。所以做完剧场版回归电视版的时候，我狠狠松了一口气。

宫崎：十年前，我们不是做了《鲁邦三世》吗？那部作品有着和我们这些制作者当时的心境非常契合的东西。我们并没有思考太多，而是凭借着心灵的共鸣做出了那部作品。倒不是因为我们年轻，而是那个时代的"鲁邦三世"所扮演的角色或者说意义，正好与我们这一代人以及那个时代相契合。所以他虽然一贫如洗，不成体统，却又很精明，能消解人们的挫败感。有阿朴（高畑勋）提醒我们不要做得太过火，所以电影版的制作过程很顺利。我们甚至没有亲自检查作画，全都丢给了大冢（康生）先生。大冢先生则时不时偷个懒，偶尔还会逃班（笑）——也许那种心境和属于这个时代的《福星小子》非常相似。我有种"哦，《福星小子》属于这一代人"的感觉。哪怕随心而画，作品中也有某种连接观众与制作者的东西。制作团队成员之间也有某种共通之处，为同一个目标工作——女孩一回头，头发就飘起来，这种琐碎的细节都能逐一刻画出来，着实让我印象深刻。因为我知道画这些有多麻烦。要把头发进行单独的处理，即使只是随风摇摆一下，中间都得插入五张画。必须全心全意投入每一张画，告诉自己"要把她画得漂漂亮亮的"。这是一种超越逻辑的信念。在"我讨厌大海"那集里，这种费时费力的元素随处可见，制作团队对此也是接受的态度，于是我想，团队成员肯定很珍惜这部作品。

押井：嗯，确实是这样。现在的制作主任久保真就十分用心。他肯听取大家的无理要求，即使需要八千张，都咬牙接受。

宫崎：这一点非常重要。

押井：不然制作电视版肯定没法这么任性。

宫崎：嗯，尽管任性下去吧。（笑）大家的努力能不能得到回报，到头来看的还是作品有没有意思。我见过各种各样的导演，其中听从大家的要求减少张数，为了不打乱日程就选择按部就班的人是绝不会得到尊重的。这种人一文不值。反倒是那种制作时被大家骂作"魔鬼"的导演，能让大家在完成作品后心满意足。知道不好干，可还是得好好干下去。

押井：真的不好干啊。因为单价不会有太大的变化，人家都不太愿意接手《福星小子》的动画和上色，因为太费事了，只能靠公司间的交情硬塞给人家做。

宫崎：你是不是已经有固定班底了？比如去这家公司找这个人，那家公司找那个人。

押井：固定合作的和再也不合作的各占一半吧。

◎ 现在做《福尔摩斯》的难处

——最近宫崎先生没有新作上映，所以就请押井先生观看了《名侦探福尔摩斯》，不知您印象如何？

押井：动画制作得严谨缜密，看着很舒服。

——片子没有配音，可能不太好懂。

押井：不，几乎都看懂了。

宫崎：这部作品打算卖去欧美，各种条件都不一样，所以不能像探讨普通的电视动画那样评价它的质量……

呃,这可能是我们这代人特有的倾向吧。打造作品时,我们不敢问"何谓主题""何谓犯罪""犯罪动机是什么",不敢面对这些难题,于是用玩笑带过(笑)……照理说,得深挖出这些问题的答案才能做出好作品。现在已经不是福尔摩斯的时代了,不是抓住罪犯就能了事。犯罪的不一定是罪犯,做坏事的也不一定是坏人。所以我制作《福尔摩斯》时就有点找不到方向……最先想到的是"尽量不破坏读过原著的人的印象",所以名字保持不变,但角色的内核最好要变一变。我很喜欢《跳舞的人》,但绝不会去碰自己没读过的作品。即使碰了,也压根儿不会有什么进展。(笑)

……不过我纠结到最后的是,为什么现在做福尔摩斯……而且还是以狗的形象……都没有能移情的对象,只能把视线转向波莉(第二集中的女孩)。(笑)以上就是结论,那就换个话题吧。(笑)

押井:《福尔摩斯》的美术是……

宫崎: 山本二三。

押井: 他还很年轻吧?我常听早川(启二)先生提起他。

宫崎: 年轻是年轻,可也三十多岁了。只要眼前有工作,他就像被胡萝卜吸引的马似的画个没完,除非有人喊停。

押井: 我觉得他很厉害,名不虚传啊。

宫崎: 从这个意义上讲,还是应该让《福尔摩斯》跟观众见面。

押井: 我也在两年半前执导了剧场版《尼尔斯骑鹅旅行记》,可惜至今还没有上映。

◎"动机"塑造到位,作品就能变得丰满

宫崎: 我经常琢磨人的动机究竟是怎么回事,可最近的作品往往没有令人信服的动机。真假暂且不论,以前的动机好歹是大家都能认

同的，比如为了给父母报仇啦，重振家业啦……人也是被这样的动机驱使的。动机塑造不到位，就搞不明白人物是为了什么做那些事。感情刻画沦为配饰，只是把两个人放在雪地里，配上煽情的音乐草草了事。这样的做法屡见不鲜。当然啦，人不是单纯靠动机驱动的，但只要把动机塑造到位，作品就会丰满起来。在如今的大环境下，这似乎很难。福尔摩斯这样的侦探是最糟糕的，罪犯们反倒在体验人生。因为他们有主观能动性，被自己的欲望、怨恨、感情和各种因素驱使，而侦探只知道把别人想隐藏的东西暴露在光天化日之下。真是群讨人厌的家伙。

押井： 我父亲做过侦探……（笑）

宫崎： 是吗？（笑）为什么做侦探呢……如果纯粹是为了帮助别人，说起来会有些难为情吧。这实在是很难界定。没办法，只能把主角设计成为了享受人生当侦探。真头疼啊。到头来做的还是鸡飞狗跳的闹剧，可作品中一旦出现侦探或小偷，却没有他们选择这一职业的理由，"因为想做就做了"这样的动机总归不够充分。

——做着做着，动画师都没有"福尔摩斯是只狗"的意识了。

宫崎： 是的，做第一集的时候还能意识到"我在画动物"。

我们为"要不要加个人类角色"吵过好几次。也不知道真正加进去了是什么效果。我构思过很多荒唐的情节，比如只把哈德逊夫人画成人类，福尔摩斯再装模作样，到了她面前也就是一条狗，一条拼命虚张声势的狗。（笑）没人知道哈德逊夫人为什么要招房客。要是加入这么一个莫名其妙的角色，情节发展肯定会大不一样。

——也不知道哪个选择更好一些。要是全都画成人类呢？

宫崎： 那肯定很讨人厌，设定成狗还好些。有"容身之处"的动画角色是最不讨喜的。比如一个拥有一间事务所的人，一个无论发生什么都有容身之处的人高高在上地救了一个女孩，多讨人厌啊。

除非是通过某起事件，让主角和其他角色扯上关系，让他们心意相通，否则就只是单纯的闹剧。第三集（《海底的财宝》）用华生对哈德逊夫人的"爱慕"串联了起来。即使观众看不出来，我们暗地里也是这么设计的。被海军司令召见的时候，华生说"没喝成哈德逊夫人的茶"，福尔摩斯却说"紧要关头提什么女人！"，两个人就这么吵了起来。最后还有一句"错过了哈德逊夫人的晚餐……"，都是些小巧思。（笑）我实在不想做成干巴巴的闹剧……阿朴（高畑勋）总是装出一副完全不在意的样子，其实对角色投射的感情可深了，只是不在别人面前表现出来而已。我则会一边做一边直白地表现出来，挺不像话的……不移情，怎么能做出好作品呢？

押井：这话没错。

宫崎：总得将热情寄托在一些东西上呀。

◎ 男性导演眼中的女性角色

押井：我起初也不知道该如何与《福星小子》建立情感联系，完全没头绪，纠结了好一阵子。我跟早川先生他们讨论过"阿当是个怎样的人"，可总也捉摸不透，有些问题在电视版的制作启动后才得以解决。也许阿当是个不会"走"的人，他"跑"起来的时候最有活力——我是从这一点入手的。

宫崎：阿当这个角色原本给人的印象是"女人眼中的男人"。

押井：是，但作为导演的我是男性，所以不得不对这一角色做出改动。（笑）

宫崎：我们想在《红发少女安妮》的开场弄个半身镜头，于是画了主角在马车上回眸的一幕。结果女性观众来信说，"那是男人眼中的女人"。我大感惊愕，陷入了沉思。那位观众看到那个镜头的刹那，敏感地察觉到"男人想把女人塞进模子里"。

她把主角的轻盈转身理解成男人对女人的期望，解读为"希望女性这样做"的模子。我到现在还没想明白，到底该怎么做才好呢。听现在的高中生说，如今女孩子说话比男孩子还要粗鲁，开口闭口都是"你小子"。

押井：可把这样的现实展现出来，女观众恐怕也不会信服。

宫崎：是啊，难就难在这儿。光是讨论"现实生活中有没有那样的女人"就够我受的了。（笑）还会被认定"你就是用这种眼光看我们的"。

押井：确实有人这么说。不过说起"男人眼中的女人"和"女人眼中的男人"，"没有了拉娜，柯南就无法成为柯南"的论调也是存在的。如果没有拉娜，柯南就不会去逞英雄，不会让自己变得强大，不会拼命努力。同理，没有遇到这样的柯南，兴许拉娜也无法认清自己……所以我总觉得不应该过于主观地看这个问题。

宫崎：很多人都渴望有一场这样的邂逅，哪怕他们自己并没有察觉到这一点。

押井：是啊。

宫崎：对了，你会再做一部《福星小子》的剧场版吧？

押井：还没敲定，不过已经在谈了。

宫崎：重要的不是完成度有多高，而是要充满热情。热情总会以某种形式开花结果，这次你一定能争取到更好的条件，无论是时间安排还是人手。能争取的都要尽量争取。到了关键时刻也别跟大伙儿客气，即使做得尸横遍野也不要紧……（笑）

押井：这其实很难啊。

宫崎：我觉得再难你也会做的，因为你会迎难而上。

押井：我想把下一部当成自己的第一部作品去做。说什么都要一雪前耻。

（《Animage》1983 年 5 月号）

押井守

1951年8月8日生于东京。毕业于东京学艺大学美术科。大学期间开始制作独立电影，1977年入职龙之子工作室，逐渐展露导演天赋。

出道作为电视动画《棒球少年贯太》。之后主要担任电视动画的分集导演。1979年加盟鸟海永行主理的小丑工作室，担任电视动画《福星小子》的第一代导演，在业内站稳了脚跟。

后执导《福星小子》的两部剧场版《只有你》和《绮丽梦中人》，成为自由导演。

主要作品有《天使之卵》《红眼镜》《机动警察》（电视版及两部剧场版），及去年（1995年）上映的电影《攻壳机动队》等。

畅谈"风之谷"的未来
舍弃火？"娜乌西卡"与有冰箱的"生态乌托邦"

对谈者／欧内斯特·卡伦巴赫

◎ 西欧现代文明让我们失去了"与自然共生之术"

卡伦巴赫： 我看了《风之谷》，觉得其中一些主题似乎与我写的《生态乌托邦》不谋而合。比如《风之谷》有娜乌西卡，而《生态乌托邦》里也有一个强大的女性角色玛丽莎。两者的主人公都是强大的女性或少女。

然后是军用机。多鲁美奇亚的军用机画得非常丑。（笑）但飞机本来就该是那样的。娜乌西卡使用的喷气式滑翔翼"海鸥"就很可爱。

还有一点深得我心——娜乌西卡明白植物的重要性，与花草树木建立了密切的关系。而且"战争也许会被消灭"的乐观主义贯穿了全片，要是拿去美国上映，观众们肯定喜欢。

宫崎：我的美国朋友说，片中讨论的问题对美国人来说可能太复杂了。

说实话，听说今天要见的是位生态学家，我怕得不行。（笑）如您所见，我是想回归田园的，却始终在城市的烟尘中摸爬滚打。

卡伦巴赫：我也住在城里啊。（笑）

宫崎：我能充分理解您创作《生态乌托邦》的动机。您的一些建议，我们已经在实践了。

卡伦巴赫：美国各个地区的情况不同，有些地区也已经实现了《生态乌托邦》里的设想。

宫崎：我想大多数人都有这样一种感觉——不光是日本和美国，全世界都面临着一堵难以想象的墙。有没有办法突破这道墙呢？一想到这个问题，我就有点绝望。

卡伦巴赫：我也差不多，有一半的心情是相当绝望的。也许将来会爆发核战争，杀虫剂和化学物质会继续污染地球。但另外一半的想法是，要相信生命的力量。我想站在生命那一边，为它的延续而奋斗。

宫崎：我可能对"生态学家"这个词有所误会。原以为生态学家是一群想回归自然的人，他们舍弃了城市和现代文明构筑的各种舒适环境，力图与自然和谐相处，就像苦行僧一样。我做不到这个份上，也不能强迫我的孩子这么做。（笑）

但我很想知道，保留现代文明创造的种种便利，只修正它的一些缺点，真的能让我们生存下去吗？我怀疑这种说法是错误的。

卡伦巴赫：类似的问题目前在美国也成了争议的焦点。一方是传统环保主义者，另一方则自称"深生态学家"。后者认为仅仅修正缺点不仅不够，反而会让情况越来越糟。最好的办法是减少人口，维持自然环境的原始状态。在他们看来，风之谷那样的社区是最适合生活的，因为"一个地方有太多的人"是破灭的根源。

宫崎：我在某些方面很认同他们的观点，但稍微一想就意识到，为充实自己的人生这样做是可行的，站在全社会的角度却行不通。

卡伦巴赫：首先要考虑的是时间——需要多长时间。写《生态乌托邦》的时候，我以为很多事情会在大约二十年内出现转变，（笑）但二十年似乎太短了。至少要六十年左右吧。

然而，资本主义在西欧社会的发展少说也花了两百年。生态学家们想实现的变革一定非常复杂，恐怕也需要同样长的时间。

宫崎：您提出的"生态乌托邦"概念在美国受到了关注，身处日本的我们也深有感触。大家切身感受到物质文明已经达到了顶峰——也许还会更进一步吧，但无论怎样都已经达到了饱和状态。其实世界上的大部分地区并不是这样的，比如日本，今后会在环境问题上做出各种小的修正。但周围的韩国、朝鲜和中国才刚刚起步，正要做我们曾做过的事。

结局可想而知，但说服人们停手恐怕是不可能的。人类社会一直都想消除饥饿、疾病和贫困。这一向是人类的理想。所以我们将不得不忍痛看着人们为实现这些理想污染河流、挖掘土地、砍伐树木，视其为不可避免的罪业。

卡伦巴赫：我认为，所谓的发达国家没有资格对发展中国家说不该做什么。我们能做的是展示良好的模式。

可以把我在《生态乌托邦》中描绘的东西看成一种模式，如果美国大力采用这种模式，周边的古巴、南美，还有一些亚洲国家就会明白"美国已经开始这样做了"。如此一来，他们也许不会重蹈覆辙，而是选择一条不同的道路。

宫崎：我觉得不太可能。（笑）因为欧洲花了两百年的时间才完成工业革命，称霸世界。他们横扫亚洲，殖民非洲。日本也是有样学样，现在已经变成了每天都能轻松入账一亿美金的国家。

亚洲和非洲都曾有与自然界和谐共生之道，日本在这方面尤其巧妙。这种和谐共生的消亡是西欧的现代文明所致。日本乘上了现代文明的东风，也是咎由自取。但现在全世界都陷入了"不顺势而为就无法生存"的形势。这个问题不止"要不要效仿"这么简单，除非开发出另一套哲学，否则人类将无休止地重复同样的错误。

卡伦巴赫：比如两三千年前，封建制度尚未确立之时，世界上大部分地区都是农村，没有多少战争，尚能保证温饱，人们过着和平的日子。后来，随着农业的蓬勃发展，利润和财产作为公认的价值愈发受到重视，出现了一个群体压迫另一个群体的情况。

而当大规模的社会或国家形成后，国家之间就开始爆发激烈的战争。由此可见，关键是让社会回归过去的小单位。回归小单位，选择与之契合的方式生活，各种矛盾也许就会迎刃而解。

◎ 有甘于贫穷的决心吗？

宫崎：我们也常和朋友聊起，日本的四十七个都道府县干脆都独立算了，议会民主主义、共产主义、君主专制、君主立宪制随便选。再在边界设置关卡（笑）……

卡伦巴赫：变成小国的好处是在经济层面更划算。我看过一本叫《城市与国家财富》的书，提到了新加坡这样的小国，经济发展得确实好。

欧洲也有地方在闹独立，西班牙有位于巴斯克地区的分离主义势力，威尔士也是，苏联也有。持这种想法的人在世界各地都有不少。

宫崎：真到了这一天，就得立一条规矩——联合国不阻拦大家打仗。仗可以打，但只能使用刀剑和步枪。这些武器还要烙上联合国的标记，别的一律不准用。（笑）谁不遵守，就向谁发射原子弹。（笑）这就是我们讨论出的结论。

卡伦巴赫：新加坡这样的小国都忙着赚钱，哪有工夫打仗？（笑）

宫崎： 这些小国是在发展中国家和发达国家的夹缝中赚钱，我可不觉得全世界都能像新加坡那样。

卡伦巴赫： 也许是吧。不过换个角度看，小国能从事创造性的工作。美国这样的大国必须把大量的钱花在军费上，这是很低效的，创造力也会被扼杀。小国却能在文化层面创造出独具一格的东西，无论是音乐、文学还是产品。

宫崎： 这肯定会让世界变得更加多姿多彩。

卡伦巴赫： 我觉得，建立许多小国就是在模仿自然。在大自然中，不会有一个地方只长一种树、只有一种生物的情况，各类动植物是在自然中共存的。如果人类采取这种更贴近自然的生活方式，也许就能与自然和谐相处。

宫崎： 我也这么想，但我也认为要选择您说的那条路，就必须下定决心，甘于贫穷。人最难做到的就是甘于贫穷，所以我总觉得这个问题是无解的。（笑）

卡伦巴赫： 在我看来，增长、扩大和制造更多东西都很荒谬。希望我们的社会不要总盯着"拥有多少东西"，而是多关注爱，多注重顺畅的人际关系，多重视快乐的生活和明智的行为方式。

宫崎： 我对于这些没有异议。不过，我也读过您的《生态乌托邦百科全书》，感觉这本书没能回答我最关心的问题。绳文时代的日本成年人平均寿命是三十岁，那时的人应该也认为这个寿命是天经地义的。现在日本人的平均寿命却已经超过七十岁了。

释迦牟尼也说过，人的烦恼在于想摆脱饥饿、疾病、衰老和死亡这四种痛苦。当今人类社会挑战的正是这四苦。想要消除饥饿，也想摆脱衰老，所以美国那边很流行节食和慢跑。人们还投入大量资金，想消除疾病。哪怕最后全身插满管子，也要花大价钱延长寿命。最后只有"死亡"是无法避免的，所以要尽量让人死得自然，但心理层面的问题还完全没有解决。

该如何把握这四个问题呢？古人试图用宗教抚慰心灵，今人则认为可以用科技代替宗教实现疗愈。在我看来，这正是我们在精神层面遇到的一大问题。

如今我们面临的头号问题是人口不断增加，消耗的东西越来越多，熵不断增大，导致环境恶化，像癌细胞一样侵蚀着养育我们的自然母亲。

真想对付这些癌细胞的话，比方说，我们可以把消耗的物质减半。要是每个日本人都能下决心放弃一半财产，日本的土地肯定会重焕生机。还有就是放弃活到七十岁，下定决心活到五十岁就去死。说白了就是不与命运抗争，欣然接受病痛。

我是个没出息的人，稍微有点感冒发烧就急着吃药，（笑）也没资格说人家。但归根到底，问题是："为什么一定要保持健康，活到八十岁？为什么人类一定要阻止死亡？"

◎ 转向"另一种文化"是可行的

卡伦巴赫： 首先说疾病，哪怕以前的社会不如现在富裕，防治疾病也不需要花很多钱。例如，我们通过打疫苗之类的方法根除了霍乱、肺结核、白喉等以前致死率很高的疾病。这花费不了多少钱。

宫崎： 这个我明白。只是从前人类根除了霍乱和肺结核，现在又想消灭癌症。如果人类要与自然界共存，就应该接受有限的寿命，毕竟自然本身也有生命周期。这意味着我们不仅会在睡梦中老死，也有可能死于癌症或霍乱，所以问题在于人们能否接受这也是自然周期的一种。这可能是东方人特有的思维方式吧。

卡伦巴赫： 可您真能接受活到五十岁就死吗？我可不敢说这种话，否则到时候就非死不可了。

宫崎： 正因为人人都想长寿，不想过穷日子，想吃饱穿暖，才走到了这一步。但不是因为我们做错了，而是文明的本质中就有造成这种局面的原因。

卡伦巴赫： 探讨这个问题的时候，最好不要把两件事混为一谈。我们人类也是动物，会在求生本能的驱使下想吃东西，想选择更舒适、更温暖的环境。而在此之外的，比如想变得富有、想吃更多的食物，这些都属于人类创造的文化，不是吗？

宫崎： 当前的局面就是以文化的形式追求本能的结果。换句话说，我们在发挥本能的同时构建了社会，进行了分工，制造并出售物品。一味追求这些，并认为是合理的，结果就走到了这个地步。

卡伦巴赫： 您说现在的社会是追求本能的结果，可并不是所有社会都构筑起了同样的文化。应该也有创造出不同文化的社会。我们的文化应该也可以调转方针，朝另一个方向发展。虽然难度很高，也很花时间，但是可行的。

宫崎： 虽然有点偏离主题，但我觉得有一点很重要，那就是"置身于自然中"和"在巧妙驾驭自然的同时与自然共存"是两种不同的观念。

卡伦巴赫： 这个我也明白。之前提到的深生态学家认为当务之急是减少人口。应该把美洲大陆的人口减少到只有印第安人生活那会儿的数量，大概两三百万人吧。只要把人口减少到这个水准，哪怕运用科技，也能实现不会严重破坏自然的生活方式。但这需要几个世纪的时间。

◎ 温和的科技

宫崎： 我的言论好像都很悲观，但我其实是一个明知会灭亡，也能活得很开心的人。（笑）因为每个人都知道自己有朝一日会死，可还是活得好好的呀。（笑）明知人类将要灭亡，个体也能怀着各种感动，活到灭亡前的最后一刻。

卡伦巴赫：要不您再做一部电影吧，讲述人们在五百年后的风之谷怎样生活。运用高科技，享用上好的物质资源，将人口控制在一定的数量内。何不描绘一下风之谷五百年后的世界呢？

宫崎：我无意做电影的续集，漫画的连载也停了一段时间，但今后可能会从"要不要放弃火"这个角度展开。人是从森林中走出来的，那不如干脆消失在森林里吧——我喜欢这样的观点。

我个人并不喜欢科技。迫于无奈，我开着日本最省油的车，但觉得自己过着和"用后即抛"的现代社会正相反的生活。我家的房子破旧不堪，但我和妻子都没有翻新的打算。（笑）我在工作时会开空调，但在家的时候不开。也已经很久不用洗洁精了，只用皂粉。

我不是想靠这些方法活得更久，也无意为了长寿去尝试减盐疗法或慢跑。我只想顺其自然地活下去，直到死亡的到来。换句话说，我关心自然并不是为了人类，而是因为自然本就不该被破坏。这倒不是什么宗教信仰，也许算某种万物有灵论吧。其实娜乌西卡也是被万物有灵论驱使的。

卡伦巴赫：我的生活和您很相似。我也有车，是一辆小本田，但出门主要靠走路或骑车。

宫崎：我想提一个小细节——读到《生态乌托邦百科全书》里关于冰箱那部分时，我不禁纳闷"为什么还不扔掉冰箱"。

卡伦巴赫：不，我想一直留着冰箱。（笑）尤其是日本的冰箱，制冷效率很高。（笑）我并不反对所有的科技。有些生态学家的态度是全盘反对，但我个人不是。我喜欢的科技都非常温和。

宫崎：我很理解您的生活态度。可我也会琢磨，要是迎来了家家户户都想拥有冰箱的一天，河流和天空会变成什么模样？发达国家要做生态乌托邦的典范，就必须先消灭冰箱吧。（笑）

卡伦巴赫：也不用都消灭，几家人共用一台也行嘛（笑）……当然，在过去的美洲大陆，印第安人没有冰箱也过得很好。因为他们的生活方式与自然紧密相连，有什么就吃什么。现代人很忙碌，我上学的时候还自己酿啤酒呢，现在却忙得不可开交，不得不工作赚钱，然后用赚来的钱买啤酒。天知道这算悲剧还是喜剧。（笑）您可能会觉得是悲剧，我却觉得是喜剧。

我是一个乐观主义者，原因之一是我生长在真正的农村，从小观察自然的循环，知道动物和植物是如何成长，又如何死去的，所以从心底相信自然。

◎ 人类以外的生物都很顽强

宫崎： 现在回想起来，促使我制作《风之谷》的一大契机就是"水俣湾因汞污染变成了一片死海"。那是一片对人而言的"死海"，因为大家都不去那儿打鱼了。结果几年后，水俣湾出现了日本其他海域都见不到的大鱼群，礁石上也长满了牡蛎。那一幕让我生出了毛骨悚然的感叹。我不由得感叹，人类以外的生物真是太顽强了。

卡伦巴赫： 但那些生物不能吃吧……

宫崎： 不吃也行。（笑）毕竟它们承载了人类散布的罪恶，顽强地活着。

插句题外话，昨天忙工作的时候，妻子打电话过来，说院里的枯树桩里钻出好多长着翅膀的白蚁，眼看着就要飞出来了，问我要不要把树桩烧掉。我让她别烧。她说万一白蚁把我们家和邻居家的地基啃坏了怎么办。我说房子要塌就塌吧。结果回家一看，她说"已经一把火烧了"。（笑）

卡伦巴赫： 要是明年再闹白蚁，就趁它们还在地下的时候堵住向上爬的通道。把它们堵在地下，就不会造成任何危害了。

宫崎： 爬出来到处飞也没关系。（笑）所以我们家经常为这个吵架。院子里的树上不是会长青虫吗？它们啃食叶子。那么问题就来了，该保护树木还是青虫呢？

卡伦巴赫：这是一个道德层面的问题。我有位作家朋友在中美洲拥有二十公顷的土地，那里的树被藤蔓缠住了，如果任由藤蔓生长，树就会枯死。那他是应该保护藤蔓，还是保护被缠住的树呢？（笑）他得先成为神才能回答这个问题。

宫崎：我们家一直是妻子扮演"盖世太保"的角色，会快刀斩乱麻地解决问题。（笑）

欧内斯特·卡伦巴赫——

生于1929年。芝加哥大学毕业后，进入加州大学出版社担任编辑。以生态作家的身份出版多部著作，后定居加利福尼亚州伯克利。

著有《生态乌托邦百科全书》《生态乌托邦》《生态乌托邦之诞生》，并与他人合著有《生态管理》等。

此次对谈提到的《生态乌托邦》是卡伦巴赫创作的小说，讲述一位记者前去调查"生态乌托邦"的故事。在那个国度，只留存电动车、电视等少量现代科技，居住着想与自然和平共生的人们。这本书在美国非常畅销。

（《朝日周刊》1985年6月7日号）

"我有一个想请您做成电影的故事"

对谈者／梦枕貘

◎ 酝酿已久的企划"最后一棒"

宫崎：不瞒您说，我有个提议——我有一个酝酿了很久的电影企划，一直没能实现。要是能拍成真人电影就好了。实在不行的话，做成动画也行。

梦枕：是个什么样的故事？

宫崎：故事还不是很具体，但我想把标题定为"最后一棒"。就是接力跑的最后一棒。故事的主人公是一个拿到接力棒的青年。背景是现代日本的某个大城市，比如东京。上补习班的青年卷入了一场战斗，但不是什么大决战，就是很日常、很细枝末节的战斗，就算赢了也得不到任何奖励，只是能把接力棒传给下一个人罢了。

梦枕：哦，我明白了。就是那种"纠结该不该把捡到的钱交给警察"的战斗吧。

宫崎：如果输掉或拒绝战斗，考试就会落榜，即使交了女朋友也会立刻分手，工作也找不到，还会出车祸、进监狱，从这个世界消失得干干净净。（笑）但赢了也不一定能考上，还得看自身实力。（笑）

梦枕：（笑）不过，我还是不太明白您所说的战斗是怎么回事。

宫崎：类似于潜藏在日本历史表面下的，开明派和锁国派的斗争。当然，我也不知道这能不能站得住脚。在勇于革新的人和执着于尊王攘夷思想的人之间，平衡的杠杆始终摇摆不定。这样的群体存在于日本各地的乡镇村庄，战斗一次又一次地打响。

梦枕：哦，原来一直都在战斗。

宫崎：在外租房上补习班的青年就这样成为其中的一棒。机缘巧合下，他不得不去保护一个女孩。不是那种能激起保护欲的可爱姑娘，而是个拖着鼻涕的小丫头，青年都不知道该怎么保护她才好。

梦枕：所以是随着故事的发展，他逐渐发现了保护女孩的意义。

宫崎：女孩一旦落入敌手，她的潜能也许就会被封印。不过，把接力棒传给青年的那群人也没有动用女孩的力量，只是传给了下一代。

梦枕：为了什么？

宫崎：为了有朝一日到来的决战。

梦枕：女孩有什么样的力量呢？

宫崎：某种超能力。我希望在故事里稍微改变一下视角，让大家熟悉的东京呈现出完全不同的面貌。这里没有凶相毕露的反派，但坐在公共澡堂收银台的老太太，搞不好是个不得了的大人物。（笑）

梦枕：（笑）原来如此。

宫崎：那个煮着拉面，看着很不好相处的老头，也许暗地里干着什么不得了的事情。我一直在幻想能不能做一部这样的作品，最好请您写本书，然后改编成电影。

梦枕：您说想象力能激发出不少灵感，但光凭想象写的话，可能会写成完全不同的故事。

宫崎：如果您愿意写，我当然会把自己知道的都说出来。（笑）

梦枕：您设想的是实景电影吗？

宫崎：要是能邀请成龙那样的演员，而且他也愿意出演的话，肯定很有意思。比如踩着围墙穿过街巷啦，走在电线上啦。我觉得要是用实景拍摄，就不需要特意布景了，能省钱，结果大家都嚷嚷"做你的春秋大梦吧"。（笑）

梦枕：那样的地方肯定不好找吧。

宫崎：不瞒您说，这间工作室（吉卜力）附近就有一处空地，那里刚拆完房子，准备建停车场来着，刚好露出了背后的小巷，地形非常离奇复杂哦。（笑）有铁皮屋顶，有晾衣服的阳台，还有水管贯穿其间，那景象魔幻极了。

梦枕：我在十月去了趟尼泊尔，那边的城里也有很多窄巷，房子都是连在一起的。跟当地人混熟后，走进小巷一看，里头居然还有牛，都不知道是怎么进来的，特别魔幻。

宫崎：哎呀，之所以有这么一个提议，是因为您的《心星瓢虫》（集英社Cobalt文库）里有一位虽有抱负，但不知道自己能不能闯出一片天地的青年。于是我想，能不能紧贴当下年轻人焦躁不安的心理，以现代日本为舞台，打造一部奇妙的科幻作品呢？然后才冒出想请您写一本小说的念头。

梦枕：哦……不过您说的战斗听起来很难啊。

宫崎：嗯，确实很难，是不会被任何人认可的战斗，（笑）在旁人看来只能用悲惨形容。（笑）但接力棒确实是存在的，它能悄然钻进主角的身体。于是主角成了代打，必须熬过眼前的难关才行。

梦枕：更厉害的人还没上场，他姑且撑一撑。

宫崎：对。至于撑多久，可能是一周，也可能是一年。（笑）

梦枕：搞不好是十年。（笑）

宫崎：逃不逃都行，但逃跑的后果是什么，我刚才也说了。

梦枕：于是，他不得不一人扛起世间所有的不幸。（笑）

◎"请务必推出《风之谷》的续集"

梦枕：接下来聊聊动画吧。今天我看了《故事中的故事》[①]。

宫崎：诺尔斯金的？

梦枕：对，吉祥寺站附近的电影院刚好在放映。

宫崎：是不是很棒？

梦枕：我早就听说这部动画很好看，但没想到这么精彩。

宫崎：他的另一部动画《雾中的刺猬》[②]呢？

梦枕：也看了，是一起放的。

宫崎：其实我只看过《刺猬》。

梦枕：是吗？明天就下映了哦。（笑）

宫崎：哦，我觉得迟早有机会看。那部作品肯定差不了，不用急

[①] 俄罗斯剪纸动画艺术家尤里·诺尔斯金的作品（1979）。以狼崽为主人公，用平淡而有力的手法描绘了人类在不同时代的生活。（原编注）
[②] 诺尔斯金的作品（1975），描写了被困在雾中的刺猬的故事。（原编注）

着看。(笑)

梦枕：说文化冲击可能有点夸张，但看到优秀的作品时，我总会犯愁，有种"得赶紧写小说了"的感觉。

宫崎：看完诺尔斯金的第一反应果然是"必须好好干"啊。

梦枕：其实我还真有个小小的野心。等过几年有了时间，我想尝试一下动画。太长的肯定不行，但五分钟左右的说不定能自己搞定。可是看着诺尔斯金的作品，感觉他仿佛在对我说："你还是乖乖写小说吧。"

宫崎：加拿大有部叫《摇椅咯吱》的短片也很不错。

梦枕：是什么样的……

宫崎：是一个围绕摇椅的故事。很久很久以前，农夫给妻子做了一把摇椅。摇椅见证了时间的流逝，孩子们长大离家，城市不断发展，后来摇椅也坏了，被扔掉了。美术馆的青年把它捡回去修好，放在美术馆里，当作自己的椅子。孩子们看到摇椅十分惊喜，都想坐上去感受一下。大概是这么一个故事。

梦枕：用的是什么表现手法？

宫崎：手法的话……不是传统意义上的赛璐珞动画。虽然也用了赛璐珞，但笔触更偏色粉画，特别好。我被打击得不轻，因为在表现手法上，我们和诺尔斯金还差得很远。①

梦枕：是啊。

宫崎：所以最初看诺尔斯金的时候，我还能告诉自己，"我们搞的是通俗文化，不一样也正常"，还有闲心夸两句"哟，做得真好"。可看到《摇椅咯吱》用的是跟我们相近的手法，却做得那么出彩……

梦枕：哦，确实不好受。

---

① 诺尔斯金的制作团队很小，妻子亚布索娃画原画，诺尔斯金亲自做成动画，再由一位摄影师进行拍摄。(原编注)

宫崎：《摇椅咯吱》是我和高畑（勋）先生在美国一起看的。看完以后，我们一边感叹自己"做得太差劲了"，（笑）一边垂头丧气地往回走。这部作品让我知道了，在我们所运用的表现手法的范围内，什么是能做到的，什么是做不到的。

梦枕：这样啊。

宫崎：电影启动制作以后，最先出来的是样片。一看到样片，我就痛感"这不过是漫画罢了"，很不开心。

梦枕：这种时候会觉得"难堪"吗？

宫崎：在冲印厂的首场试映会上，这种情绪会达到巅峰，就像上法庭接受审判一样。放映结束的时候，脚下的地板仿佛消失了，都没有脚踏实地的感觉。

梦枕：《风之谷》的时候也……

宫崎：那次别提有多惨烈了。我问大家"感觉怎么样"，他们都说"没看懂"，我蒙了，甚至不记得后来是怎么开车回的家。

梦枕：我觉得《风之谷》很精彩。尤其是最后出现的那个瘆人的巨神兵。漫画还在连载，我很好奇后续发展。走向会和动画差不多吗？

宫崎：不，是完全不同的走向。

梦枕：会出现巨神兵吗？

宫崎：会。

梦枕：是电影里那种还没长全的凝胶状形态吗？

宫崎：会以更完整的形态出现，但我都不敢想还得花几年才能画到那儿。（笑）按我的理解，那就是某种"印随行为"（动物行为学术语，指动物会把出生后最先看到的东西当成自己的母亲）。

梦枕：哦，原来如此。

宫崎：巨神兵的印随对象不一定是人类，也可以是机器。只要出现在面前，它就会把那个对象当成母亲。

梦枕：好神奇的设定啊。

宫崎：我也觉得这样的生物很可怜，可要是不这样设定，就无法解决作品涉及的生物技术问题了。

梦枕：那就再拍部续集吧。（笑）

宫崎：哎呀，正因为是第一部，大家才会上当受骗帮我画虫子。（笑）真要做第二部，天知道他们还肯不肯画那种虫子了……

梦枕：但我很想在漫画的连载结束后，看到更完整的呈现。

宫崎：可是完整的呈现是没法用动画实现的。

梦枕：是吗？

宫崎：说到底，哪怕在漫画里，描绘战争都是不可能实现的任务。画过的都知道，连小规模的战斗也要画很久很久，还会漏掉很多细节。动画就更难呈现了。而且没法画泥土、污垢和血迹之类的东西。画沾满泥巴的人是非常费时费力的，而且也不是费时费力就能画好。《风之谷》中的战争以苏德战争为原型。在战场上，光苏联就死了两千万人，我实在不知道该怎么用漫画来呈现。

梦枕：泥巴的问题我倒是可以理解。写小说的时候也一样，总有"不管写得多么细致都传达不到位"的地方。假设某个角色在战斗中使出了关节技[①]。如果再写得详细一点，比如将对方的手掰到身后，用力拧他的手指，最后将其制服。写是可以写，但写出来很无聊啊。（笑）可不写的话，读者又看不明白，于是只写招式的名称——比如有种非常厉害的关节技，叫折臂固定，我就写成"某某使出折臂固定制服了对手"，但这样反而不好懂了。

宫崎：刚开始连载的时候，我并没有把《风之谷》做成动画的打算，所以是抱着"画点做不成动画的东西"的心态画的。

梦枕：哦，原来是这样。我由衷希望您能把它画完。因为您笔下的女孩都很可爱，可您也会画虫子这种瘆人的东西，我觉得还挺不可

---

① 通过固定并压迫对手关节，使关节过度伸直的擒拿技巧。

思议的。

宫崎： 只是大家都不画罢了。别人都去追赶潮流，我就能做自己想做的事。在机械方面也一样，别人都喜欢画有棱有角、机械感很强的东西，我就不用画那种了。

梦枕： 您笔下的机械带点圆润感，我特别喜欢，而且真给人一种"能飞上天"的感觉。娜乌西卡驾驶的"海鸥"就很有飞天感。《柯南》里有一幕是拉娜站在高高的木板上，还记得我当时一想到那个高度，心里都有些害怕呢。

宫崎： 我喜欢那种地方，所以总往高处跑。从高处一点点下降，直到世界的最深处，然后再一路向上攀到顶点，画上句号。我总是下意识构思这样的模式。永远都是这个套路，唯一的区别在于地底是矿井、迷宫还是避难壕。这就是我的"超级专属模式"。（笑）

◎ 时代设定是动画与小说共通的难题

梦枕： 新作《天空之城》的故事背景是怎么设定的呢？

宫崎： 时代设定是从十九世纪到二十世纪初。但当时的日本还有太多旧时代的痕迹，所以故事不能放在日本。于是我们姑且定在了英国，毕竟是跟工业革命有关的地方。但角色名又不太像英语。总的来说就是设定成国籍不明、时代不明。

梦枕： 发生在架空国家的故事……

宫崎： 和十九世纪末二十世纪初写的科幻小说差不多吧，很模棱两可。（笑）

梦枕： 哦……不过从写作角度看，这样其实是最好的。

宫崎： 不过，我们也不会去歌颂昔日的美好，而是反映现实。

梦枕： 写作的时候，"如何设定时代背景"确实是个让人头疼的问题。一旦敲定，就有种故事的发展范围被严重压缩的感觉。如果是以现代为背景的故事，就绕不过战争。

宫崎： 哦，有道理。

梦枕： 换句话说，让一个老人出场的时候，必须先明确他经历过怎样的战争，于是故事发生在昭和某年也会随之确定下来。我总觉得这样挺没意思的。

宫崎： 我在模型杂志上有个连载，只是因为手头的工作暂停了。在连载中，我明确说"本文没有用作参考资料的价值"，然后虚构了一款飞机。我的设定是欧洲某个小国的国王是飞机发烧友，掏空家底造了一架轰炸机，却派不上用场。结果读者都被我唬住了，尤其是那些以飞机发烧友自居的家伙。

梦枕： 只要能抓住其中的一些要点，越是发烧友就越容易信以为真。（笑）

宫崎： 发烧友很懂机械，却不熟悉政治形势。于是我就瞎编，说这个小国先被并入奥地利，然后被并入德国，现在又被并入巴尔干半岛上的某个国家，连国王的肖像都画得很逼真，仿佛是对着照片画的。后来有个人找到我，说想做那款飞机的手办模型，我才告诉他那是虚构的，他整个人都傻了，（笑）可把我高兴坏了。

梦枕： 把人骗得团团转还是很有成就感吧？

宫崎： 是啊，我积攒了很多关于飞机的妄想。

梦枕： 攒够了就抒发在电影里。

宫崎： 那倒没有，在电影里抒发不了。

梦枕： 可电影中有很多飞行器啊，难道都是不相干的吗？

宫崎： 嗯。怎么说呢，因为我这人实在是不爱学习，连电影都不看的……

梦枕： 动画也不看吗？

宫崎： 不看。真人电影也不看。

梦枕： 不过，我也不看小说。（笑）

宫崎： 要找工作灵感，最好还是多看书。反复读写得好的书，想象力就会越来越丰满。

梦枕： 我写作的时候，脑海中会浮现出场景。画面一下子出现在眼前，我再想方设法描写出来。

宫崎： 读《心星瓢虫》时，我也能看出"这些都是貘先生去过的地方"。

梦枕： 是吗？那些场景应该都是我依照回忆描写的。

宫崎： 虽然您没有详细描述地形，但我能看出来。我还喜欢勒古恩①的《地海战记》，世界观非常扎实，哪怕没有细致描写，书中的景色也会浮现在眼前。

梦枕： 画面肯定都在勒古恩的脑海中。

宫崎： 是的，肯定是这样。我会把最喜欢的场景翻来覆去读上几十遍，读腻了，就去找下一个有意思的场景。（笑）关于飞机的书也是这么读的。一开始看战斗机，看腻了就换成侦察机，再慢慢切换成更不起眼的飞机。（笑）我有过一本睡前必看的书，结婚后看了足足十几年，搞得我老婆都无话可说了。

梦枕： 十几年……

宫崎： 书里都是小国的军用机，书页都翻烂了。

梦枕： 话说您要制作一部作品，会预先拟定一个时间表吗？

宫崎： 毕竟公映的日子往往已经定下了。偶尔也有不确定上映日期的项目，但这种项目做到最后常常是一团乱。因为大家都十分辛苦，都是靠敲定的时间表和"我必须完成这些事"的责任心驱使。

梦枕： 截止期限果然是第一生产力啊。如果没有交稿截止日，很多工作我可能动都不会动吧。

宫崎： 要是不预先敲定时间表，我这辈子大概一部动画都做不

---

① 厄休拉·勒古恩（1929—2018），美国科幻、奇幻、女性主义与儿童文学作家。

成，只会冥思苦想。

梦枕：不过，时间太紧张也挺惨的。

宫崎：是啊。诺尔斯金七年才做出一部作品，很大程度上是因为俄罗斯是艺术家和技术专家的天堂，他又是其中的佼佼者。不过这样也会出现别的问题，比如俄罗斯的小朋友也许想看看其他有趣味的作品呢。

梦枕：哟，您还真敢说。（笑）今天刚看完诺尔斯金的动画，不由得感叹"要向他学习"，但您说的问题也确实存在。说不定俄罗斯的小朋友看了《机动战士高达》会开心得欢呼。

宫崎：有诺尔斯金这样的人当然是好事，可是雇用上百个庸才，才会出现一个像他这样的人。或者说当大家的作品都很普通时，诺尔斯金的作品也不过是昙花一现。

梦枕：听您这么一说，我这个搞大众文学的不由得松了一口气。今天我受到了不小的震撼，刚下定决心要好好写呢。（笑）

宫崎：不不不，还是得好好写。（笑）我等着您写"最后一棒"。

梦枕：真让我来写的话，可能要完全按照我的方式去诠释。

宫崎：那是当然，不可能让您完全照我的想法写。

梦枕：其实我也有一个很想请您做成电影的故事，是基于佛教世界的。

佛经里说，世界的中心是虚空，虚空中飘浮着风轮。风轮上面有水轮，水轮的边缘由黄金打造而成。这条金边叫"金轮际"，意为世界的尽头。金轮周围有七重山，内侧是海。海的东西南北四个角是大陆，我们人类就生活在其中的"赡部洲"上。海的中央有一座山，名叫须弥山，海拔足有三十万千米。山上有个地方叫兜率天，佛祖就在那里为弥勒菩萨讲经说法。五十六亿七千万年后，弥勒菩萨开悟成佛，成为第二位佛祖，降临人间普度众生。我特别想写一个少年登上须弥山，成为弥勒菩萨的故事，到时候请您务必把它改编成动画电影。

宫崎：您要是能在作品中打造出一个影像化的空间，那肯定很有意思，不过听起来好像也很难。（笑）

(《Animage》1986 年 2 月号)

梦枕貘——————

1951 年生于神奈川县。1973 年毕业于东海大学文学部日本文学系。1977 年于《奇想天外》杂志上发表《青蛙之死》，正式出道。1984 年，《狩猎魔兽》三部曲销量破百万。1989 年，凭借《吃上弦月的狮子》获第十届日本 SF 大奖。1993 年，其歌舞伎戏曲作品《三国传来玄象谈》举行公演，由坂东玉三郎主演。

主要著作有系列小说《幻兽少年》《暗狩之师》《饿狼传》《狮子门》《阴阳师》，长篇小说《涅槃之王》《空手道商务班练马支部》《平成元年赤手刀》，短篇集《吃噩梦》《仰天·文学大系》《弹猫老人欧鲁欧拉内 完全版》等。随笔与纪实类作品有《圣玻璃山》《后记大全》《圣乐堂醉梦谈》等。

逃出密室

对谈者 / 村上龙

◎ 只会享受海量影像的孩子们

——首先，想问一问二位对少女连环凶杀案（宫崎勤事件①）的看法。

---

① 1988 年发生在日本琦玉县的案件，罪犯宫崎勤先后绑架、伤害及杀害四名四岁至七岁的女童。

村上：不光是那个青年，之前杀害警察的凶手长相也很普通。以前的杀人犯都长了一张杀人犯的脸，或者说在外貌上有某种共通的特征，仿佛不杀人就无法表达自我或证明自己的存在一样，有点陀思妥耶夫斯基的感觉。（笑）大家对这样的人反而比较容易接受。

宫崎：没错。

村上：他们的杀人动机也不是童年遭受过霸凌，所以非杀人不可，只是受到烦躁情绪的驱使。普通人蒸个桑拿就痛快了，他们却无法得到纾解，久而久之就开始动手杀人。其实这种情况才是最可怕的，意味着一个普普通通、随处可见的人都有可能变成杀人犯。正因为害怕，人们不愿承认这一点，总想归咎于什么原因，便把矛头指向了他收藏的大量恐怖片录像带……他也有很多动画吧？

——嗯，好像是的。

村上：那些东西就成了替罪羊。人们想营造出一种印象——他是如此特殊，才做出了那种事。但我认为我们还是得承认"谁都可能变成那样的人"，否则一切都无从谈起。只是承认这一点非常可怕，需要很大的勇气。

宫崎：整个八月我都在信州，待在一个连电话都没有的地方。听说出事以后，很多人打电话来让我发表评论，所幸都被《Animage》编辑部拦了下来。多亏了他们，我什么都不用说。难得有机会见到村上先生，却被要求针对这种事发表评论，我心里是不太痛快的，但我很理解村上先生刚才的发言。人们总想用"他看了太多动画和恐怖片，变成了萝莉控"来了结一切，嚷嚷着要对这些东西严加管制。我不想对此发表评论。

村上：是啊，这真是一个让人不想发表意见的事件。

宫崎：嗯。

村上：您还是别评论为好。我是作家，想说什么就说什么。（笑）

宫崎：出了那件事以后，孩子想去看我们制作的电影时会被家长阻拦，说"不准看动画"。如果有人问我对此有何看法，我只能说，如果孩子认为这部电影值得一看，那就应该去看，哪怕要瞒着家长、甚至跟家长吵架或者要说服父母也该去看。我也曾经以这样的决心去看漫画，去电影院也瞒着老师，所以完全没必要为现在的孩子们辩解。我想先明确这一点。

您刚才说的"凶手长得不像杀人犯"这个问题，我的同事中也有很多这种类型的人。有人家里的录像带比宫崎勤的还多，还有人看腻了录像带，也玩腻了游戏机，开始玩电脑，但也很快就感到腻烦。（笑）不是有很多人觉得显像管呈现的东西更有现实感吗，其实在很早以前，我们就开始讨论这意味着什么了。

如果您问我对这个问题有什么看法……比方说，如果看过电影《龙猫》的人给我写信，说"我家四岁的孩子特别爱看，录像带看了三四十遍，看的时候特别乖"，我是一点都高兴不起来的。

村上：哦……

宫崎：因为三岁之前的孩子分不清现实和显像管呈现的影像。

村上：对，好像是这样的。

宫崎：六岁之前都很容易混淆。所以四岁孩子不该盯着录像，而是应该充分调动自己的感官去探索世界——例如他对烟灰缸感兴趣，而大人总是不让他碰。但某次家长恰好不在，他趁机尝了尝烟头，发现味道不好就吐了出来；也可能去啃烟灰缸，或者把它翻过来，尝试各种各样的事情。孩子本该用味觉、触觉、听觉、嗅觉以及视觉去探索世界，却不得不用显像管展现出的单一视角观察事物。这就意味着他把本该用来研究一只蟑螂或老鼠的时间浪费在了看录像上。让分不清现实和影像的孩子天天看屏幕，从头到尾都是模拟体验，视觉和听觉确实会受到刺激，但嗅觉和触觉等方面会变得极度敏感或迟钝。如果稍微闻到点体味都会受到惊吓，搞不好也有这方面的影响。

除了翻来覆去看《龙猫》，边吃饭边看电视也一样，让孩子在"只会享受影像"的日常生活中成长到底意味着什么？这是我们应该深思的话题。

每每遇到家里收藏了一万盒录像带，一日三餐都吃能量棒也无所谓的青少年，或是花钱毫无节制，把大部分收入砸在买录像带上的人，我都不会对他们说"你是不是傻瓜啊"。我认为问题在于他们的成长环境，也就是日本社会。察觉到这个问题的人可以从自己做起，改变现状。电视上有儿童节目，但想听音乐的话，小朋友完全可以和家长一起唱唱歌，或者放唱片听。别再让电视当孩子的保姆了，多去体验现实世界吧。

村上： 但这是需要付出努力的。

宫崎： 没错。

村上： 也很费时间。

宫崎： 不过我们毕竟是从事动画工作的，靠影像吃饭。所以每每考虑这种问题，我都会陷入左右为难的境地，不由得琢磨，我们真需要这么多影像作品吗？人们总说很多作品质量不好，可当真做出那么多高质量的作品，又该怎么办呢？（笑）打开电视，净是些认真探讨"何谓人生"的片子，可怎么得了。

村上： 哈哈哈，确实。

宫崎： 所以听人说"看了四十遍《龙猫》"的时候，我也高兴不起来。如果是孩子和家长一起去电影院，哪怕只看一次，孩子在看电影的时候哈哈大笑，也不知道到底看懂了没有，不是吗？但这种体验就像跟着爸爸妈妈一起逛夜晚的庙会一样有意义。毕竟我这人比较老派。（笑）

◎ 硬件充实，软件贫乏——这是一种扭曲

村上： 正如宫崎先生刚才所说，日本社会的影像文化现状是一个

非常严重的问题。

宫崎：是啊。我们工作室有很多二十多岁的年轻人。他们刚来的时候才十八九岁，我看着他们成长起来，一直来到将近三十的年纪，也有意无意地了解了他们的生活方式，归纳起来就是住着六叠的一居室，家里摆着一台二十八英寸电视机，平时骑摩托车来工作室上班。有一家常去的便利店或录像带租赁店，仅此而已。不是工作室到便利店再到家的三点一线，就是加上租赁店的四点一线。这是他们的典型模式。

倒不是说这样有什么不对，而是我们的工作方式本身有很大的问题，对此我也在深刻反省。我们这代人二十几岁时有的是闲暇时间，谁知后来有了电视动画，被周播的节目追着跑，成天忙得不可开交。就像有了新干线以后，有些人反而变得更忙了。

村上：是因为硬件的出现，让软件的部分变得更忙了？

宫崎：没错。我也不确定是不是硬件的原因，不过杂志从月刊变成周刊的时候就出现了这种现象，尤其是漫画。以前一个月画八页，现在变成一周画三十二页。但作者构思的故事体量其实是一样的，于是只能拉长画格，一味强调画面的冲击力。大环境逐渐变成了这样。我怀疑我们一直高喊"在这种环境下也要尽可能做出好作品"的口号，到头来却只是剥夺了年轻人的时间……

村上：哎呀，这么想岂不是无可救药了。（笑）我儿子也很喜欢玩游戏机，跟他玩棒球游戏都是我输。于是我对他说，"游戏玩得好算什么呀，真正能把球接好才厉害"。为了让他明白这一点，必须先让他感受到真实的抛接球是多么有趣，所以再忙都得每天抽出一两个小时陪他玩抛接球。要是打发他去玩游戏，我就能用这两个小时工作了，人总是难免选择更好走的路。而且我儿子确实不擅长抛接球，与其被球砸痛，他宁可玩游戏。这种依赖性就像毒品一样，人总会下意识地选择更轻松省事的做法。所以我觉得您刚才说的，无论是社会还是家长都很难做到。为了自己的儿子，我还能硬着头皮去做，换成别人家的孩子就……

宫崎：话是这么说，我觉得还是要放手让孩子自己去探索。我一直觉得，给孩子们足够的闲暇才是唯一的办法。给他们自由的时间，别赶他们去上兴趣班。但只有孩子闲下来也不行，因为一个人只能埋头打游戏。三五成群在街上玩的孩子已经销声匿迹了，我们得想办法重新唤起这种文化。并不是让大人去引导，告诉他们应该怎么玩，而是营造一个"闲得没办法只能去玩"的环境。如此一来，哪怕大人不让他们玩，他们也会偷偷摸摸去玩。孩子们能在这个过程中体验耻辱和悔恨，掌握处世之道，（笑）学会如何敷衍别人，又如何耍小聪明。他们会厌恶这些，却又下意识地这样做……

村上：还有接纳现实。

宫崎：孩子就是以此为动力逐渐长大成人的。我们却砍掉了这些过程，塞给孩子们各种消磨金钱和时间的东西。某个时期的动画无疑也属于这一范畴，在那之前则是漫画。

当游戏机问世的时候，社会已经不再抗拒。也许是这样长大的一代人已经进入社会了吧。

村上：应该是的。游戏机刚兴起的时候，我儿子还在上幼儿园小班，是最容易迷上游戏的年纪。我觉得拦也拦不住，干脆让他玩了个痛快。每天玩七八个小时，甚至玩到起荨麻疹。（笑）现在还在玩呢，很难找到替代品。目前看来，露营是最好的办法。最好去没有任何设施，只有一条河的地方。我带着街坊四邻的孩子们一起去过，他们虽然年龄不同，但在一起玩得很开心。不过要对此提出异议，那也是没完没了。游戏机容易被大众接受，也是因为聪明的人意识到，即使我们想找到它的替代品，也会因为没有时间而作罢——在当今社会，时间是最宝贵的，在生活中挤出时间真的很难。

宫崎：所以我最近一直在想，也许看大量的影像根本无法提升对影像的敏锐度。

村上： 不过……这么说有点炫耀自家儿子的味道，但《龙猫》和《风之谷》还是很特别的吧？

——为什么是特别的呢？

村上： 孩子也有辨别能力，能分辨出什么东西是精心绘制、反复推敲的。我儿子也看过很多遍《龙猫》，他已经九岁了，能区分现实和作品，这是不是能让你感到些许欣慰呢。（笑）

宫崎： （笑）用个奇怪的比喻，从社会常识的角度来说，观看影像的时候，最好从社会常识的层面上划定一条线，规定观众可以观看的范围。先不用讨论几岁前不准抽烟、偷偷摸摸抽烟是不是有意义，（笑）这条线无论如何都应该有。

然而，这个社会总是更热衷于制造硬件，把硬件越做越大，越做越高清。世博会是一个典型的例子，钱都花在了建造展馆上，到头来却没钱制作用于展示的软件。社会结构就是如此。这种扭曲——我旗帜鲜明地认为这是一种扭曲——与其说是文明发展的巅峰，不如说是文明特有的陷阱。这一点在日本和美国的部分地区尤为明显。不过美国的社会结构好似马赛克，我并不认为美国各地都会变得和洛杉矶一样，但日本是相对平均的，在山区搞不好也有同样的现象出现。

◎ 日本人在日元成为国际货币时失去了目标

宫崎： 不知道在这本杂志上谈论这种事合不合适……对幼女的反常癖好由来已久，这并不是恐怖录像带泛滥以后才突然出现的。人们常说人的生命比什么都重要，可最多余的也是人。假设有一万头大象、犀牛或其他濒危动物，它们和一万个人相比，谁更有价值呢？虽然这个问题本身毫无意义，但在这种设定下，也许不得不说"人更有价值"吧。

村上：这就像是某种禁忌，谁都不会提，但孩子们对这种来自社会价值观的压力是很敏感的。

宫崎：没错。都说人的生命比地球还重要，但没人信这一点。有人说"一百万人算是小数目"，这句话放在人口众多的国家来看还挺好理解的，不是吗？我觉得虚无主义或法西斯主义——比如"我们做得很好，但那个国家做得不好"，或者"要在地球的某处筑起高墙"，这样的思想正在悄悄渗入我们的日常生活。

某个创办野鸟协会的人在晚年说过这么一句话，"人口每增长一千万，鸟类就会减少一千万。所以为了让鸟多起来，人必须死，千万别去防止交通事故的发生"。这句话没收录进他的全集就是了。（笑）野生动物的问题也是如此，有些人嘴上说能找到折中点，心里却觉得压根找不到那玩意儿，只能一条道走到底。这种"死心"的消极态度从小就潜移默化地影响着孩子们的想法。

村上：这些问题都很重要，也很严肃。虽然一想起来就让人心情沉重，但有思考的必要，不过在日常生活中，我还是只顾得上自己的孩子。整个社会的价值观会以最真实、最无声的方式渗透进孩子心中。校园霸凌也是社会价值观催生的。

宫崎：现在是以偏差值[①]论英雄，无论什么都要量化评判。不是大人在用这一套规则欺负孩子，而是这一套规则已经深深刻入孩子的价值观。

村上：直到现在，我还经常梦到高二那段时光。当时我的成绩下降得很厉害。我梦见老师在黑板上写了一道题，说："村上，你来做。"我做不出来啊。在梦中，为了证明自己的存在价值，我只能高喊："我是作家！"说出来还挺难为情的。（笑）真是个可怕的噩梦，

---

① 利用标准分算法得到的与排名挂钩的数值，偏差值越高，学生的分数排位越靠前，越容易进入好学校。

让人特别不舒服。我们上学的时候是七十年代的安保斗争之前，那时有嬉皮士和"越平联[①]"之类。虽然老师和家长都让我们好好学习，但我们还可以告诉自己"说不定能走出一条不同的路"。如今人们把人生的意义和多姿多彩的生活挂在嘴边，到头来却面临着不存在第二种价值观，非得走上那条轨道不可的压力。对孩子而言，脱轨是非常可怕的。真要量化起来，（笑）现在的孩子承受的压力怕是比我们那会儿要大一百倍。

宫崎：吉卜力工作室正在招募新人，我们在《Animage》上刊登了漫画广告，但上面只写了在为期一年的培训里大约有多少工资。很多人来电咨询的时候会问能不能保证正式聘用。我在广告里画得很清楚，我们做的就是这种工作，有实力才能站稳脚跟，没有实力就是不行。追求成长和安定需要靠自己，不要幻想别人能给自己保障。但这么一说，很多人立刻打退堂鼓了。

怎么说呢，就像职业棒球比赛的解说员常说的那句话一样，"运势变了"。（笑）

村上：哈哈哈哈。

宫崎：解说员还会说"真不走运啊"。但在不走运的时候拼尽全力击球，逆转胜负，才是真正的体育精神。大家怎么就没有这种觉悟呢？不知为何，如果说这股运势是注定失败的，那股是努力后会获得成功的，他们却往往会选择通往失败的运势，随波逐流，真是奇怪。不过我确实觉得，我们那个年代比现在轻松得多。

村上：我也觉得。现在的高中生肯定很辛苦。

宫崎：在"看漫画的人都是傻子"的风潮下，"成为漫画家"本身就能彰显自己的存在价值，（笑）真的。

村上：没错。

[①] 日本的反越战反美团体。

宫崎：现在的青少年连误入歧途、当不良少年都有"指南"可以参考，从某种意义上讲，父母也变得非常开明，这反而让孩子不知所措。而且孩子们没经历过一些在小时候该做的事，在人际交往中极其胆小。他们非常害怕受到伤害，却能面不改色地伤害别人。我认为这是缺乏训练的结果。

村上：关于这种现象因何而起，我已经说过和写过很多次了。去年我也在《TOUCH》杂志上发表了一篇题为《十年后》的随笔，并附上了从十年前的报纸中选取的照片，对比现在和十年前有什么不同。我认为最大的区别是日元兑换美元的汇率跌破了一比二百。校园霸凌之类的现象就是从那时开始出现的。

这是一个很笼统的观点，当然存在很多漏洞，但我认为自明治时代以来，日本全民之所以团结一致，是为了参与全球性的货币游戏。让日元成为不逊色于美元的货币，就是让日本在全球经济中占据一席之地。日本为实现这个目标做了各种各样的尝试……我的父亲和祖父都对这一点深信不疑，这套价值观渗透到了社会的每个角落。

十年前，汇率跌破了一比二百，日元终于能和美元平起平坐了。接下来该做什么呢？每个人都停下来思考。结果拼命努力的人失去了目标，也失去了领导者，大家七嘴八舌地讨论起了人生的意义和个人的休闲娱乐。

在我看来，日元确实成了国际货币，但日语当然没有成为国际语言，日语的作品也没有走向国际。我觉得文化就是要让人看到你与他人的不同之处，只追求这个目标就够了。可人们还是无法抗拒金钱的诱惑，玩起了金钱游戏，跟无头苍蝇似的失去了方向。

光说不好的一面了，其实现在海外的种种消息不是很流行吗，出国努力工作的人、会讲英语的人不是很受尊重吗？所以我觉得现在的时代也有好的一面，只要制定正确的策略，好处就会显现出来。

◎ 不强调人道主义是宫崎骏作品的过人之处

村上：我个人很喜欢男孩十二岁到十四岁这个阶段，也爱看描绘这个年龄段的孩子的电影。分享一个提过很多次的观点，男孩小的时候，尤其是记事之前，都是由母亲主宰的。稍微懂事一点后，又很容易被漂亮姑娘牵着鼻子走。（笑）争着考上好高中、好大学，找到好工作，也是受"要得到更好的女人"这种压力驱使。我当年就是这样。

宫崎：那我大概太没志气了吧。（笑）

村上：所以男性不受母亲或女性主宰的时间其实是非常短暂的。电影《伴我同行》①描写的刚好是那个时期。那个年龄段的男孩有很多好哥们儿，我当年也是。现在恐怕交不到这么多朋友了吧？

宫崎：听您这么一说，感觉我十八九岁之前都在被人主宰啊。

村上：是老妈还是？

宫崎：这个嘛，说来话长了。原以为父母是世界上最棒的人，但我在很小的时候就生出了怀疑，这也是我战争体验的一部分。我将这种怀疑冻结在记忆里，花了十八年才忍不住解封。所以细想起来，高中三年我几乎是睡过去的

村上：睡过去的？

宫崎：跟睡了三年也没什么区别。没有参加任何社团活动，也没有什么知心朋友。倒是看了不少书。

村上：那就是在休息吧。（笑）

宫崎：是休息倒好了。（笑）我之所以想做面向孩子的作品，也是出于某种补偿心理。常有人问"你为什么要做面向孩子的作品"，其实是个人经历使然。我完全不记得自己十二三岁的时候是什么样

---

①1986年上映的美国电影，改编自斯蒂芬·金的小说。描绘各自怀着心伤的少年们，因为好奇心展开了一段沿着铁路的夏日冒险的故事。

子。因为在十八岁左右，我时常郁闷得想在房间里大声嘶吼，想要忘记一切，也就真的失去了那段记忆。我的内心是空虚的，尽管还记得过去的风景。

村上： 不过作家也一样。常有人说自己度过了完美的童年，但我没有，所以才有这么多东西可写吧。想说的话没说出口，忘记了父亲或朋友对我说过的话，或者有一些话没听进去……正因为有这样的过往，才有此刻执笔写作的我。

宫崎： 为什么当时没有说呢——正因为有这样的不甘，才想在作品里塑造敢说敢言的孩子，而不是跟自己一样什么都说不出口。（笑）

村上： 我明白。但我觉得拥有完美童年的人大概是不存在的吧。度过美好童年的人肯定都不在人世了。只有心怀遗憾的人才会去创造和思考。我不是在为自己辩解，（笑）但确实是这么想的。我们全家都喜欢您的电影，大概是因为那些作品都不强调人道主义吧。

宫崎： 这话可太让我高兴了。（笑）

村上： 虽然是大团圆的结局，但没有表现出通常意义上的人道主义。有人说"人道主义是一种阴谋"，但它确实是一条非常好走的路，只是需要很多的谎言。现在的孩子眼光都很毒辣，一眼就能看穿虚假的人道主义。不过我觉得，在不搞那种人道主义的前提下做成大团圆是很不容易的。这么说您可能会难为情，但背后如果没有某种哲学，是无法实现的。

宫崎： 不，其实我早就放弃真正意义上的大团圆结局了。

村上： 哦……

宫崎： 只能做到"姑且克服了眼前的难关"。虽然在那之后还会经历很多风雨，但我们只能说，主人公一定会勇往直前吧。从电影制作方的角度来看，要是只做那种"打倒了那个坏人，就能皆大欢喜"的电影，该有多轻松多美好啊。

村上： 可不是嘛。（笑）其实就算很多事情没有解决，也可以暂

时搁置，到下一部作品再重新开始。但让你觉得能勇往直前、披荆斩棘的主人公，一定都是女孩子吧。（笑）

宫崎： 没错。（笑）

村上： 这样的设定显得莫名真实，但也有些令人头痛。

宫崎： 是啊。一想到以男性为主人公，我就觉得很别扭。这个问题并不简单。换句话说，如果故事的设定是以"打败某人"为目标，那么男性做主角会更好。不过，现在拍以男性为主人公的武打片，只能走《夺宝奇兵》的路子，或者把纳粹搬出来，这样任谁见了都会说"哦，他们是坏人"……

村上： 还得设定好时代和背景。

宫崎： 只能这么做了。不过是描绘一个没出息的、被推着走的少年形象。他可以精力充沛，但不知道该用在何处；或是必须要有一段非常曲折的经历，才能找到正确的人生方向，把精力释放出来。制作这样的作品并不难，可总有人问我"为什么您的作品都以女性为主人公呢"……

村上： 我也想过，如果娜乌西卡是个男生，故事就乱套了。（笑）比如站在王虫的金色触手上的那场戏，要是个男孩，我肯定会说"你是不是傻啊"，（爆笑）可换成娜乌西卡就很可爱。

宫崎： 瞧您说的。（爆笑）不过制作动画的时候，我总感觉自己在不断编织谎言。比如让一个普普通通的女孩担任作品的主人公，这样的做法是否可行？会不会有一点作秀的味道？

村上： 但可爱的主人公不是很好嘛？（笑）

宫崎： 所以很难拿捏，一不留神就会沦为萝莉控消遣的对象。从某种角度看，我们当然希望将喜欢的角色尽量画得可爱一点。然而，越来越多的人厚着脸皮将角色当作自己的宠物去描绘，而且有变本加厉的趋势。人们一边高呼女性的人权，一边却又做出这种事，其中原因我实在是不想分析……

村上：不过您也不用考虑这些吧。（笑）

宫崎：分析了也不会有什么结果。

村上：没错。分析也解决不了任何问题。大家就是想找点乐子。我也不喜欢分析，所以总是这样牵强附会地为自己找个借口。但容我以影迷的身份说一句，不要为这些愚蠢的事情烦恼了，还是把精力用在创作更多更好的作品上吧。

（《Animage》1989 年 11 月号）

村上龙

1952 年 2 月 19 日生于长崎县佐世保市。武藏野美术大学肄业。1976 年以小说《无限接近于透明的蓝》出道，获得第十九届群像新人文学奖和第七十五届芥川奖。1981 年以《寄物柜里的婴孩》获野间文艺新人奖。如今他不仅是作家，更是多产的电影导演。

主要著作有《寄物柜里的婴孩》《爱与幻想的法西斯》《黄玉》《IBIZA》《五分后的世界》和《穿在乳头上的洞》等。

导演作品有《无限接近于透明的蓝》《别担心，我的朋友》《莱佛士酒店》和《黄玉》（获 1992 年陶尔米纳电影节最佳导演奖）。在《京子》中身兼原作、编剧和导演三职。

如今称职的读者或观众其实很少

对谈者 / 糸井重里

宫崎：在《龙猫》中，糸井先生不仅负责撰写宣传文案，还为片中的"爸爸"这一角色配了音。你的声音是这部作品的定海神针，真是太棒了。

以前我常看你主持的NHK节目《Studio L》,一直觉得你的声音特别不可思议。我听过很多声优的声音,感觉都太温柔了,像是那种完全理解孩子的父亲。以前不是有档电视节目叫《爸爸什么都知道》吗?其实三十出头的爸爸哪儿有那么厉害。所以我们才想找非专业人士配音,提议找你的人就是我。

糸井: 是你提议的啊?

宫崎: 嗯,就是我。我们在讨论《龙猫》的宣传文案时见过一次面……我觉得你的声音很神秘,正适合这个角色。这么说可能有点奇怪……反正要的就是潦草的感觉。说"潦草"也怪怪的。(笑)

糸井: 是说我说话比较随意吗……(笑)

宫崎: 你也是当爸爸的人嘛,知道父亲并不总是"无所不知"的。最好是能表现出这种感觉来。说实话,我当时还挺紧张的,所幸最后的效果很好。(笑)

糸井: 副导演来我家试音,撕下最难的一页剧本让我配音。我根本做不到啊。他说死马当活马医,试试看嘛。我便破罐子破摔,心想就算我不行,你们也能找到替补。

宫崎: 哪儿来的替补啊。(笑)

糸井: 没有吗?那也太吓人了。(笑)

宫崎: 电影的制作时间总是不够用,全靠声优力挽狂澜。但我总忍不住提出更多要求,想要那种没有存在感的声音。尤其是一些女声优,她们的声音听起来仿佛在说"我是不是很可爱呀",我可受不了,总想改变一下这种情况。不过《龙猫》里的女孩,小月和小梅的声音都很好,没有不自然的感觉。

糸井: 说起"没有存在感",我们普通观众反而会认为"动画就该是那样的"。表演也是如此,不夸张一点,观众就看不懂。比如在现实生活中,我跟孩子说话时的声音其实更冷淡。你们要求的配音效果和我想象的略有不同,让我苦恼不已。如果你们要的是"爸爸无所

"不知"的声调，我反倒能模仿出来。

宫崎：哦，原来如此。（笑）

糸井：对，还是能模仿出来的。可要配成那样不就没意义了吗？

宫崎：确实挺难的。嘴上说"按平时那样就行"，可实际上又不能完全按照平时来。

糸井：都是骗人的啦，骗人的。如果真按平时说话那样配音，语气也太吓人了。无论是害怕的时候、摆架子的时候，还是开玩笑的时候——怎么说呢，我说话的语气其实带点邪恶的感觉。

宫崎：我明白。要求配音"尽可能自然"就会遇到这个问题。反之，这也能体现出我们平时为动画配音用的都是很正式的声音。

糸井：我还记得当时问过副导演，选择我，就意味着虽然作品需要的是我的声音，但也应该是能面对大众的正式声调，而不是私下里日常的那种，我猜想的没错吧。但这个尺度该怎么把握呢？

宫崎：这是我们在配音现场经常遇到的问题。重配的次数多了，声优的表现可能会越来越糟……不过这次饰演勘太奶奶的北林女士真是吓了我一跳。（笑）不得了，让我很惊讶。

糸井：厉害啊！北林谷荣女士真是太厉害了！她怕是以一己之力改写了剧本吧？

宫崎：她真的在用自己的方式去表现。

糸井：她发声的方式和部位跟别人的完全不一样。不是照着剧本念，而是像一把抓住空气里的台词，每一句都被她自己抓得牢牢的。

宫崎：哪怕是气氛很紧张的戏，她的声音也一点都不紧迫，于是我提醒了一下，结果她说："我觉得这种场合不该用那种声音。"听着还挺有道理的。（笑）

糸井：这大概就是现场气氛的问题吧。我们出外景的时候，如果现场的气氛特别好，连前往拍摄地点的过程也会给我们留下深刻的印象，让人觉得"这真是个好地方"。但如此一来，实际拍照片的时候，心境已经不纯粹了。因为我已经喜欢上了这个地方，自然觉得拍摄效果特别好，可观众看到的只是拍下来的那张照片。站在观众的角度看，我才意识到，还有很多我们在拍摄现场时没发现的不足之处。我不想事后再后悔搞砸了，想在现场做到精益求精，可如果气氛太祥和，我就不太好意思提要求。这次配音的时候也是，我担心表现得不够好，可大家因为我不是专业声优，就对我十分宽容，所幸最后并没有出现这种情况。

总之，我压根儿就没想过自己会参与配音工作，毕竟最开始只让我负责宣传文案。

我构思的第一版文案是"或许，日本已经不存在这种稀奇的生物了"。我想用"或许"体现出"说不定还有"，注入一点现实主义色彩。因为我跟孩子解释的时候大概也会这么说。您却让我改成"或许是存在的"。我一听便觉得，确实该这么写。

宫崎： "或许存在"的"或许"要比"或许不存在"重一点。

糸井： 嗯，是的。

◎ **很在意"现在的孩子很可怜"这种说法**

宫崎： 我下面说的这句话也要加个"或许"——在日本，认为龙猫不存在的人或许更多一些。

认为《龙猫》是一部怀旧电影的人特别多，只有我一个人在大声疾呼"才不是这样"。一听到别人说"好怀念啊"，我就大感恼火。前些天，和林明子（绘本作家）对谈的时候，我提到了很在意"现在的孩子很可怜"这种说法。好几代东京人都经历过自然被破坏这一城市化进程中必经的现象，又不是现在的孩子们才有的遭遇。有人说，如今世界上已经没有"龙猫"了，这很不正常。我觉得这样的说法反而不太对……

糸井： 插句题外话，我每年大概要抓两百只知了。去年和前年都抓了那么多。徒手抓。还捞蝌蚪和小龙虾，当然都是在东京。孩子们很崇拜我哦，管我叫"知了的天敌"。（笑）

宫崎： 我住在东京郊外的所泽，房子建在了从前种茶树的地方，时不时有螻蛄①从地基爬出来。我不由得感叹"怎么就把房子建在了这么要命的地方，真是太对不起它们了"。因为它们潜伏在地下的时候，地上莫名其妙地多了栋房子嘛。

糸井： 看到螻蛄钻出来还挺震撼的。

宫崎： 孩子们小的时候，我们经常在家门口的杂树林中抓独角仙什么的。说来自私，我对我们搬去的地方很满意，却不希望以后有别人搬来。（笑）

但城里的孩子生活在钢筋水泥建造的世界里，连学校的操场都铺着水泥，还是很可怜的。

糸井： 你说用水泥铺操场有什么意义呢？

宫崎： 是文明开化的证明，经济高速增长的体现。

糸井： 总不会是为了滑旱冰吧。（笑）水泥地方便维护大概也是原因之一……

我出生在群马县前桥市，从小在河边玩耍，也挺开心的。但只有在农田中长大的人才能体会到我父亲常说的那种"小河里有鲤鱼游来游去"的世界吧。那样的"往昔"在我小时候已经绝迹了。

宫崎： 总之，无论是过去还是现在，孩子们总是活在当下的。

糸井： 嗯。

宫崎： 可我看到家附近的河水脏了，说"这条河十年前还很清澈呢"，孩子们就会生气。

糸井： 是啊。

---

① 一种体形较小的蝉。

宫崎： 他们会气得火冒三丈。也许这就是埋在他们心中的第一颗怀疑大人的种子。（笑）到头来我们还是对这种事无能为力。这等于从一开始就让孩子们学会了放弃。如果我挺身而出，努力推进河水净化运动，他们也许会觉得"爸爸真了不起"。可我只会说"这条河脏死了"。不知不觉中，我们对孩子进行了这样的教育。

◎ 受不了"蹲着"的绘本

宫崎： 你是有了孩子以后才喜欢上儿童读物的吗？

糸井： 是的。

但如果用非常严格的角度去审视绘本，我感觉很多绘本创作者其实是想写小说，但因为词汇量不够或者缺乏毅力才去创作绘本。我受不了这种事情，以至于到现在都对绘本抱有很大的偏见。

宫崎： 我也有同感。

糸井： 偶尔看到最顶尖的专家打造的绘本，比如"毛毛虫打洞"（艾瑞·卡尔①的《好饿的毛毛虫》），就能感受到远超业余爱好的震撼。中川李枝子女士的书也是……还是得做到那个水平才行。

宫崎： 二十世纪六十年代初，有个叫阿部进的人写了一本《现代儿童气质》。这本书触动了很多人。他在书中写道，现在的孩子比他那一代能更灵活地适应现实，而且充满活力，能靠这股活力突破一切障碍。作者说的这些孩子就是婴儿潮一代（团块世代），长大成人后，他们中有不少人患上了精神疾病。从这个结果看，我觉得不应该无条件肯定当时的情况，也不应该简单粗暴地认定当时孩子们的状态"很好"。在这个基础上打造作品是不对的。

---

① 艾瑞·卡尔（1929—2021），美国儿童绘本作家和儿童文学作家，用拼贴技法创作的代表作《好饿的毛毛虫》被译为多种语言。

糸井：嗯，这两种思路都不对。成人作家创作的绘本要包含"作者身为成年人，如何看待这个社会和世界"。所以我才喜欢中川李枝子的作品。

宫崎：没错。

糸井：因为她的书给人一种很真实的感觉。

其实广告界也一样，想从事广告文案工作的学生中，有三种思路错误的人。第一种是规规矩矩模仿前辈的。第二种是做"前辈觉得没用，所以没做的事"，误以为是创新和冒险的。比如往文案里写"便便"，以为大家看到这个词就会眼前一亮。第三种则是太天真的。大概就是这三种。我还想出了具体的区分方法。第三种人会去路边摘野花，扎成一捆送给女朋友。简而言之，这种人认为"虽然是野菊花，但我扎的肯定好看，只要用心了就行"。我要是收到这种花，肯定会说"我不要路边的野花，你就没有零花钱买花吗"。以革命者自居的人则会送女朋友鱼腥草。女朋友的反应肯定是"我才不要呢，还不快拿走"。循规蹈矩的人送的是红玫瑰和满天星组合而成的花束。就是这三种错误类型。我教育过他们，让他们去花店看看，那里摆着应季的各色鲜花，价格也不贵，总能选出一束有特色的花吧？怎么偏偏只能拿出这三种呢？至于该怎么选，可以根据当时的心境，自己也可以种球根养花啊。如此看来，三种人都是在投机取巧。我已经不指望他们改变观念，只是提醒他们"要时常对照这三种情况自查自省"。动画界大概也有类似的情况吧……

宫崎：哈哈哈，我刚才就是这么想的。

糸井：送野花的人简直是厚颜无耻。

宫崎：你刚才举的那个在文案里写"便便"的例子，我听了特别有共鸣。到处都是这种人。做动画是需要画画的，我最不喜欢的就是表现欲太强的画。仿佛在说"快来看我"的画，是最不可取的。

糸井：显得特别冒犯。（笑）

还有，我最看不上的一种说法是"跟孩子交流的时候要蹲下来，让自己跟他们一样高，这样就能有效沟通"。这绝对是错误的。一定要从成人的角度与他们对话，否则他们是不会明白的。大人和孩子之间本就存在某种权力关系，藏着掖着也是徒劳。正因为孩子仰视着大人，两者之间的关系才能成立，这跟朋友之间的关系是不同的。绘本却偏要蹲下来，这让我很受不了。

宫崎：绘本这个类型会随时代变迁而改变，但很容易和成年女性所认为的"可爱"或"美好"混为一谈。看到孩子们常读的书时，我总会觉得"这种东西不读也罢"。但通俗文化总有缺乏营养的一面，我们自己从事的动画行业也不例外。虽然孩子们读的最多的就是这种东西，我却并不喜欢，觉得其中掺杂着"做成这样就够了"的敷衍态度……从事通俗文化的人在重复固定的模式时应时刻保持新鲜感。我也不喜欢弯腰蹲下过于迎合孩子的作品。

糸井：改一改高度就行了。还有，不是常有人信奉"要保持少年心性"吗？我不喜欢"少年心性"这个词，也讨厌"他有一颗少年般的心"的说法……不过你恰好处在容易被这么形容的位置。

宫崎：其实我是个满脑子烦恼的成年人。

糸井：可不是嘛。

宫崎：我的烦恼比一般人多，真的。我也不希望自己的作品被打上浪漫和梦想的标签。

◎ 彻头彻尾的傻瓜让世界更明亮

糸井：现在很多年轻女孩把"少年感"之类的挂在嘴边，明明自己还是孩子呢。我觉得"少年心性"就是在过家家，所以想说，别把口袋里塞满弹珠当成"少年心性"。口袋里塞的都是烦恼，而不是什么"少年心性"。（笑）

说得通俗一点，这个词听起来有点"故意犯傻"的意思。不过，要是把各种傻事都干尽了，那我还挺喜欢这种傻瓜的。

宫崎：是啊，我懂。正是这种彻头彻尾的傻瓜能让世界变得更明亮。（笑）

糸井：成年人为了打造出那种彻底的傻瓜费尽了心思。不要在孩子面前用一句"少年心性"糊弄过去。从某种角度看，绘本的世界充满了这种糊弄，不是吗？让我来写的话，肯定会不一样，所以我才想试着创作。我以前也出版过一本书，当时只是想做得图文并茂一些，算不上正式绘本。

宫崎：孩子还小的时候，我倒是想过画绘本，但现在完全不想画了。也许以后有了孙子，我又会冒出这个念头。置身动画界，想做面向孩子的电影时，街坊邻居家里或自己周围没有孩子总归不太好。如果作品中出现的人物是五岁，而自己身边刚好有一个五岁的孩子，就能创造出一个更丰满的世界。毕竟我们长大成人后，难免会忘记儿时的岁月。你很幸福啊，现在有个六岁的孩子，真让人羡慕。我的两个孩子已经二十一岁和十八岁了。如果身边一直有这么小的孩子，该多好啊。

糸井：哎呀，六岁已经有点大过头了。五岁的时候可好玩了。六岁就要上学了。虽然这也是个积极向上的变化……

宫崎：一旦识字，孩子就会变得有点无趣。

糸井：没错。

宫崎：两岁半到五岁的孩子是最有意思的。

糸井：我特别喜欢我家孩子五岁时写的字。可到了六岁，他的字就变样了。

宫崎：看着孩子从婴儿慢慢长大很有意思，可过了某个时期就越来越无趣，让人很不好受。也不好说是谁的错，大概只能怪塑造孩子的父母吧。

糸井：不，过了某个节点，他就不再是"孩子"了。

宫崎：眼看着原本能很了不起的孩子一点点变成了普通人。

◎ 成为可怕、神秘又瘆人的怪老头

糸井：如果问我是个什么样的家长，我只能告诉你，我是孩子心目中的"孩子王"。

宫崎：我是个内心充满悔恨的父亲。（笑）我从自己的童年经历中总结出了反面教材，努力不做那样的家长，可到头来却给孩子带来了另一种压力。父母的存在本身就是压力。孩子的成长离不开压力，它必须存在，也是理所当然的。只要存在父母与孩子这种关系，就会给双方带去压力。我只能告诉自己，既然我不是个好父亲，那就盼着孩子对我的不足之处进行回击吧。但我想为了孙子扮演一个好祖父。我已经在摩拳擦掌了，想做一个既可怕又神秘的爷爷……

糸井：哦……

宫崎：一走进爷爷的房间，就能看到各种瘆人的东西，特别可怕。很多东西是不能碰的，但又很想摸一摸。爷爷还会瞒着爸爸妈妈，开着拉风的座驾带着孙子狂飙——要是能成为这样的老爷子就好了。

糸井：多好啊。

宫崎：英国的书里常有这样的角色。年轻时历经风雨，到了晚年就决定享受余生。我也想成为那样的老爷子，给孙子一点惊心动魄的体验，也不知道能不能如愿，毕竟这是需要空间的。这样的老爷爷需要一个与之相配的空间。躺在普普通通、用新建材造的六叠小房间里是不行的。不好办啊。我一直在琢磨该把那个空间布置成什么样。最好是天花板上画着翻滚的云海，空中挂着一条翼展三米的翼龙，而我端坐其间。

糸井：呵呵呵。

宫崎：有一次，不知道我父亲是怎么想的，买回来一堆木雕佛像，用喷漆挨个上色，用的还是特别鲜艳的颜色。把佛像喷成鲜红的、银的、金的、绿的，在房间里一字排开，特别阴森恐怖，就像走进了外国的寺庙一样。

糸井：真刺激啊。（笑）

宫崎：大家很害怕，只有我觉得很有意思。我还想弄几尊佛像来，跟翼龙摆在一起装点房间。那样一定很吓人。

糸井：我喜欢！

宫崎：我想成为一个在房间里摆满吓人玩意儿的怪老头。

糸井：弥补一下当年没给过孩子这种体验的遗憾。

宫崎：是啊。我就是那种埋头忙工作的过劳父亲。家里没有我的身影，没有我的存在感，所以我心里充满了悔恨。还是得有一栋充满奇怪的气味、有阴暗角落的房子。这样的房子不好建，但还是得有这么一个空间才行。我觉得，有些孩子认定世界是简单明了的，是因为他们住惯了用 2×4 工法①建的房子，把房间里的每个角落都看得清清楚楚。

糸井：之前我有好一阵子没出国，最近连着出了好几次。从成田机场回来的时候，我观察沿途的风景，发现广告招牌和标识都做得很精致。说白了就是平面设计进步很快，因为成本不高嘛。"建筑"却是毫无起色。只是在平平无奇、四四方方的棕色箱子上安上漂亮的招牌，归根结底和画在窗户纸上的画是一回事。而在外国，无论是芝加哥、纽约还是洛杉矶，到处都能感受到建筑师的存在。或者说木匠也行。那边有很多人认为建筑是一种表达，但在日本很少见。

宫崎：确实。建筑师都忙着建纪念馆之类的东西。是时候在日本倡导换一种建房子的思路了。不是突然租下一栋老房子改建，而是给

---

① 指使用横截面为 2×4 英寸的木材为框架，再以木质面板组成墙壁的建筑施工方法。

平民老百姓更多的福利和优惠的税率，让他们多建"沉淀三十年后变得更好的房子"，而不是过了三十年就必须重建的。

糸井：也许这样的建筑不会出自建筑师之手，而是由企业牵头。

宫崎：大家都在忙着赶时髦，所以我才无论如何都想做一个怪老头……要是孙辈们在我没准备好的时候出生了，那可就麻烦了。

糸井：那只能一人分饰两角。（笑）

宫崎：我真的考虑过要不要买辆鲜红的跑车开开，纠结了很久呢，尽管还没有孙子。要是有个跟这座菖蒲园（对谈地点）差不多的院子，我一定会在池塘里放一只石头做的恐龙。再造个小岛，放上一只跟实物差不多大的三角龙，再养上一堆杂草。坚决不准孩子进去。任由杂草疯长，要想看恐龙得钻进去才行。等冬天叶子都掉光了，才能透过缝隙看到那么一点点。这样一来，越是禁止入内，孩子就越想溜进去，至少他们会好奇"这院子里到底有什么"。要是被我抓到，就大吼一声："给我滚出去！"

糸井：啊哈哈哈，父母肯定无法阻止孩子，还是得让老爷子出马。不过这么做的前提是父母已经把社会的基本规则教给孩子了。

宫崎：没错。（笑）

糸井：要想搞破坏，得先把基础打好。

宫崎：所以我才满心悔恨啊。

◎ 父母心中也有纠结，没有模式可循

糸井：前一阵子的一件事，让我痛感为人父母的不易。我家孩子上学从没缺勤过，唯独那一天迟到了。原因很明确——在满是蝉鸣的公园里，出现了一只被遗弃的猫。小姑娘难免有少女心，对小猫上心得不得了，于是大晚上跑去看。到此为止还没什么问题，我不以为意。我料到第二天早上她肯定很担心那只猫，果不其然，她在公园

里追着猫跑，上学迟到了一个多小时。一想到同学们已经坐在了座位上，加上从没经历过这种事，她感觉自己犯了大错，哭哭啼啼地去了学校。要是爷爷奶奶，一定会安慰她"迟到了也没关系"，可在父母的立场上是不能表扬这种行为的。

宫崎：是啊，我懂。

糸井：不能问猫的事，要先教育她"已经迟到了，再掉眼泪还有什么用，一开始就别迟到啊"，可也不能不提那只猫……两者都要兼顾。所幸孩子理解我的难处，事情总算是圆满解决了。要是指针稍微偏向任何一方，我就会失去做父母的立场，甚至违背自我认知。那时我不由得感叹，唉，为人父母可真不容易啊。

宫崎：从某种角度看，父母是孩子的敌人。爷爷奶奶则是盟友。故事里也是这样说的。

糸井：绘本之类的作品是在"讲故事"，怎么编都行，但我认为不应该过多利用这种编故事的方式。因为在现实生活中，我当上爸爸后也一直在纠结，为人父母没有模式可循。

宫崎：是的。

糸井：纠结也是有准则的，因为是绘本，就过于随意地突破这种准则，或陷入某种既定模式，就太无聊了。我觉得《小熊维尼》的作者A.A.米尔恩[①]就很厉害，他在这方面把控得非常精准。

宫崎：没错。

糸井：作品中有两个主人公，一个是"你"疼爱的玩偶，另一个是"你"。小熊维尼到处闯祸，"你"则有点吊儿郎当。"你"就是故事里出现的克里斯托弗·罗宾，一个被维尼和它的朋友们拽进各种冒险的角色。如果站在孩子爷爷的角度写这个故事，肯定会让"你"大

[①] A.A.米尔恩（1882—1956），英国作家，以《小熊维尼》闻名于世。后文提到的克里斯托弗·罗宾是米尔恩的儿子，也是该作中的同名角色。

展拳脚，不是吗？但米尔恩没有这么做，这就是他的过人之处。我觉得，只会以"希望孙子大展拳脚的爷爷"的心态创作的人反而是不了解孩子的。

宫崎：听说克里斯托弗·罗宾这个人物的原型过得很艰难。因为这个故事太有名了，总有人说"罗宾长大以后就混成你这样啊"，搞得他很痛苦。

糸井：孙子真是一种有意思的角色。

宫崎：光是溺爱就太没劲了。

糸井：虽然这么想，但我担心自己有朝一日当上爷爷，搞不好会因为溺爱过头，让所有计划统统泡汤。

宫崎：我也很担心这个。我的计划太浮夸了，做一个用真实的自我去影响孙子的怪老头其实更好。但这样太没存在感了，还是搭配点翼龙之类更容易有效果。（笑）

◎ 把"自由"挂在嘴边的人最虚伪

糸井：你有动画这个武器，当了爷爷肯定很受欢迎。

宫崎：倒也不一定。动画一直在变，通俗文化的潮流也在变。

糸井：哦……

宫崎：反正我是这么想的，所以没抱奢望。我刚才说的那种怪老头是不能黏着孩子的。我忙我的，你玩你的，所以别碰这个。不能说"这个可以碰"，因为有的东西碰了就会坏。要让他知道"碰了不该碰的，把东西弄坏了"的后果很严重，所以要大发雷霆。

糸井：好有戏剧性哦。（笑）

今天聊了这么多，我觉得我们有个共同点，都不接受太跳脱的思维方式。把"自由"挂在嘴边的人最虚伪了。

宫崎：不要三句话不离"感性"，这样对孩子不好。只要亲子之间互相影响，自然会在孩子身上看到自己的影子。

糸井： 有一种观点认为，越是用心感受的东西就越有价值，类似于善于共情的人更优秀……这年头，被雷声吓得尖叫的人比默默听着的人要厉害，不是吗？就跟从前认为得了肺结核的人更厉害一样。我想打破这种观念。（笑）看电影的时候也是如此，看哭了的人仿佛比没看哭的人感知到了更多内容。

宫崎： 写自己看哭了的评论家是最差劲的。那等于在写"我更会感受"，"我的感受能力更强"。要知道，哭只是一种运动啊。

糸井： 不过是单纯的事实罢了。

宫崎： 不是有些人会在电影结束时感动得鼓掌吗？我常想"你们快停下吧"。

糸井： 看来你是位非常保守的老爷爷啊。（笑）我们俩从刚才开始就一直这样口无遮拦。

宫崎： 有句话我最近说了很多遍，但还是想借这个机会再强调一下——不要为了无聊的感性和自我去做电影。

糸井： 哎呀，我们心中肯定也有过那样的想法，只不过一路走来，都被我们踩在脚下了。

宫崎： 没错。

糸井： 可不是嘛。毕竟我们都送过鱼腥草，也都摘过野花。

◎ 如今称职的读者其实很少

宫崎： 不幸的是，生活在这个社会中的年轻人一旦流下眼泪，就会停下来琢磨"这眼泪到底意味着什么"，总觉得光说"我哭了"是不够的。

糸井： 不过嘛，这也算是一种爱好。

宫崎： 所以去看自己的电影对我来说很痛苦，因为要跟观众一起看。

糸井：哭和笑都是纯粹的自我主张。在电影的制作者看来，观众单凭这一点评价作品真是难以忍受。不只是电影院里的观众，如今称职的读者其实也很少，没有多少人会思考"为什么"。

宫崎：再无聊的动画也能吸引粉丝。尤其是青少年，只要稍稍契合当时的心境，他们就全盘包容，还写信给制作团队，于是制作现场的人就会失去认清自我的能力。所以我一直强调，一定要好好开展作品的评论工作。

糸井：这是各行各业都存在的问题。我觉得这番话也可以原样套用在绘本界。

宫崎：是啊，确实是这样。

（《真诚的任性》偕成社 1990 年 12 月）

糸井重里

1948 年 11 月 10 日生于群马县前桥市。1967 年 4 月考入法政大学文学部，次年退学，入职广告公司。

1975 年获 TCC（东京文案俱乐部）新人奖，后离职独立。1979 年成立"东京糸井重里事务所"，成为自由文案作家，创作众多知名文案，多次荣获 TCC 俱乐部奖、特别奖和部门奖等。此外还出版图书，参演影视作品，活动范围广泛。

1989 年，他通过任天堂发行红白机游戏《地球冒险》，1994 年，发行超级任天堂游戏《地球冒险 2》。

与宫崎骏作品的首次交集是为 1988 年的《龙猫》撰写宣传文案"或许，这种稀奇的生物还存在于日本"。此后他为吉卜力作品创作了许多脍炙人口的电影宣传语，如"酷就是这么回事"（《红猪》），"喜欢上了一个人"（《心之谷》）等。

在龙猫森林驻足闲聊

对谈者/司马辽太郎

司马： 我们每个人长大以后，心里还是会有一个孩子。恋爱、作曲、绘画——还有写小说，甚至是做学问——都归这个孩子管。面对负面和阴暗的东西时由心中的大人主导，而创造性的工作则由心中的孩子完成。但随着年龄的增长，这个孩子会逐渐失去活力，即使看到美好的风景，也不再有雀跃的感觉了。宫崎先生在工作管理方面是一个出色的大人，但你也在细心呵护内心的那个孩子，这很了不起。想象力有两种。大人的想象力最多只能紧贴地面，或稍微离地一点点，孩子的想象力则是天马行空的，能让花朵绽放。

上次见面是《红猪》完成之前吧。我的想象力太贫瘠了，完全没想到能打造出那样精彩的作品。因为主人公仅仅是一只普普通通的猪啊。我的想象力很难离地，你却总能从地面起飞，在空中打造出一个世界。小魔女琪琪平时骑着扫帚，最后竟然骑着拖把飞上天空。

宫崎： 您都看了啊，我可太惶恐了。

司马： 为了不让自己心里的孩子失去活力，我看得非常认真。（笑）我很喜欢早期的《鲁邦三世》动画，后来才知道是你画的。

宫崎： 不，我只是制作团队的一员。那是二十五年前的事了，当时我还因为有些见识而洋洋自得，比如有一种威士忌比尊尼获加黑牌还贵，有一种手枪叫瓦尔特P38。后来时代变了，打火机用最便宜的就好，炫耀名牌成了不入流的行为，人们对事物的执着发生了变化。

司马： 日本自古以来就有"崇物主义"。江户时代有条不成文的规矩，大名必须拥有一把正宗[①]短刀，这导致了赝品的泛滥。

[①] 日本镰仓末期到南北朝初期的著名刀匠，对后世影响深远。

宫崎：也是，哪有那么多真品呢？

司马：照理说，近藤勇和土方岁三不可能有"虎彻""和泉守兼定"这样的名刀，那是大名才有的东西。但我走访土方兄长的后代时，发现他的老家三多摩留有一把和泉守兼定，据说是他去函馆之前留下的遗物。我把这件事告诉了大阪一位擅长鉴定的刀剑商。过了一阵子，他去看了看，告诉我那是赝品。新选组成立的时候，近藤和土方抓到过一个自称"攘夷御用党"的浪人强盗，据说此人抢劫过富商鸿池组。鸿池是专门跟大名打交道的商人。

为了答谢他们，鸿池的掌柜打开刀箱，说"请挑一把看着顺眼的"。本以为箱子里的刀剑都是大名典当的真品，殊不知全是赝品。这件事足以体现出大名的东西赝品率反而高。

宫崎：原来是这样啊？

司马：我真的常看你的作品，（笑）《龙猫》里有大龙猫和小龙猫，形象都很可爱，比如大龙猫那蓬松柔软的肚子。我有时觉得，将这种生物特有的质感表现出来才是艺术的本质。

宫崎：那都是幻想，只是我的想象罢了。我一直幻想着生机勃勃的森林里住着很多很多可怕的怪物……不瞒您说，我正在制作的这部电影里也有怪物。这部电影讲述砍伐森林的人类和与人类斗争的神灵的故事，神灵将以野兽的模样现身。这个主题还挺难做的。

司马：你说的森林是欧式的吗？

宫崎：不，是照叶树林。一个虾夷少年来到那片森林。背景是室町时代。之所以设定成室町时代的虾夷少年，是因为主角拿着刀，扎着发髻就太俗套了。我想塑造一个跳出古装片刻板印象的主人公，但很难做到"天马行空"。

司马：京都的森林生态学家四手井纲英先生曾提到，最近东山上的松树越来越少了，橡树和楠树倒是越来越茂盛。松树是需要打理的，要拔掉地上的杂草，还要清理枯枝。宫城县有一处和歌胜地，叫

"末之松山"，意思是"如此偏远的地方竟也有长满松树的山"。松树与稻田息息相关，稻田兴则松树兴，松树兴则天下兴，所以才有"若松大人可喜可贺"这样的歌谣。而著名的京都东山由于近年少有人打理，逐渐回归到绳文时代的原始状态。"照叶树林"这个名字听起来光鲜亮丽，其实却很幽暗。

宫崎：幽暗得可怕。前些天，我们带着整个美术团队去了屋久岛。那边的景色让年轻人大感震撼，连平时从来不说喜欢大自然的人都不停地感叹，那里的绿水青山真是赏心悦目。那样的照叶树林覆盖了日本西半部，这样想来，日本是个名副其实的森林国度啊。屋久岛也是不折不扣的宝岛。

司马：只有去到那种地方，才能将想象注入现实。

宫崎：在制作电影的过程中，我们要不断重复这样的工作。比方说，画室町时代的稻田时，团队反复讨论，认为那时的稻田面积偏小，而且很不规整。但在实际绘制时，还是不可避免地画成了一片片延伸到天边的规整稻田。当年的景象并不是这样，于是我们去采访农民。他们告诉我们，以前下地干活的时候，都是在自家稻田旁边的松树林里吃盒饭，有时是全家人一起吃。如今，松树因土地开发等原因被砍伐殆尽，放眼望去只剩下稻田。农民都说，现在没地方吃盒饭了，很没意思。总算了解了大致情况，下一步就是再现当年的景象。问题是，现在的年轻人没怎么见过松树。我小时候写生基本都是对着松树画。棕色蜡笔画红松树的叶子正合适。

◎ 光是想象虾夷少年就很开心

司马：除此之外，不知道棕色的蜡笔还能用在哪儿。

宫崎：要是没有红松树，蜡笔中的棕色就没有存在的意义了，应该换成另一种棕色。（笑）

下一步就是找到合适的松树。负责画松树的人会自己找到合适的树，拍下照片，从最基础的外观入手。

接着要画室町时代的城郊，大家又没了思路。当时的路是什么样的？总不能在路上铺小石子吧。那个年代没有汽车，肯定是人踩出来的土路。也不知道路边的杂草有没有割过？总之推敲个没完没了。

司马：那个年代的路应该很窄吧。杂草也许会被割掉。北九州人常说"佐贺人走过的地方寸草不生"，但这不是指佐贺人狡猾奸诈的意思。因为佐贺县地势平坦，山村比较少，没有地方割草，所以只要路边长出一点点草，都会被立刻割走。

宫崎：从前，草是一种肥料，叫"绿肥"。

司马：所以路边可能不会长很多草。

宫崎：再者，我们都不知道虾夷人当时的衣着打扮。他们应该是农耕民，但据说习惯在腰间挂一种叫"蕨手刀"的山刀。那他们的衣着是不是比较接近不丹和泰国北部那些刀耕火种的人呢？这都是天马行空的想象，但过程还是很有意思的。还会思考他们的发型之类。

司马：这也很难考证啊。那时除了京都的公卿，上至官员下至农民都剃月代头①。据陈舜臣②先生说，中国周边有的民族会剃成类似月代头的发型。蒙古人留发辫，通古斯人也剃头，只是样子略有不同罢了。但我们并不清楚日本人是从什么时候开始剃月代头的，说不定这发型是弥生式农耕族群的标志。如此想来，也许虾夷人不剃头。

宫崎：虾夷的风俗失传得干干净净。绘画中的虾夷人都像妖魔鬼怪一样，和阿伊努人也完全不同。

司马：确实。虾夷人其实就是日本东北地区的人，只是虾夷二字听起来比较浪漫罢了。听你描述电影内容的时候，我想起了凯尔特

---

① 前额至头顶剃光，露出半月形头皮的发型。
② 陈舜臣（1924—2015），华裔日本历史小说作家。

人。法国的诺曼底半岛生活着很多保留传统凯尔特风俗的人。诺曼底之于法国，就像本州岛东北地区之于日本。听说现在有一部讲述凯尔特少年对抗罗马军队的漫画在法国很流行，这颠覆了我对法国的看法。罗马军队，而且还是恺撒率领的罗马军队占领过法国，所以法国总是以罗马文明的继承者自居，到处耀武扬威。我本以为，如今在法国人的意识中，是他们统治着欧洲文明，看来时代真的变了。想想凯尔特人的过去吧。想想那些被法国人鄙视的诺曼底半岛的凯尔特人。他们就是法国人里的虾夷人。而凯尔特少年对抗罗马人的故事在当下备受法国人的追捧。

宫崎：我觉得如果古装片只拍"武士和老百姓"之间的故事，会让历史愈发贫瘠。

上小学的时候，老师跟我们说过一件事。应该是一九四八年左右，日本遭遇台风，很多桥梁被冲垮了。老师说"这一年里被冲垮的桥比新建的还多"，可把我吓坏了。对大人来说，这不过是个玩笑，我却认定日本所有的桥都要消失了。（笑）说不定这句话还塑造了我的世界观。怎么说呢，我感觉现在是最好的时代，接下来就要走下坡路了。打个比方，我认为以"未来地球人口将达到一百亿"为前提思考问题是非常傲慢的。可能根本到不了一百亿。

司马：一个物种增长到一百亿，一边繁衍生息，一边毁灭其他动植物，这确实不对。但据说镰仓时代的人口只有八百万，现在却是一点三亿。如果你活在镰仓时代，肯定料想不到日本的人口能达到一点三亿吧？

宫崎：确实。

司马：日本人一边维持一亿左右的人口，一边伤害自然界的其他物种。活在镰仓时代的你可能会想，我们虽然有八百万人，但没有对周遭造成任何危害。

宫崎：珍惜自然是正确的，但"恢复了自然，人类就会幸福"是个谎言。镰仓时代自然条件优越，物产丰饶，没有受到人类的破坏，却依然上演了无数的人类悲喜剧。就算日本人口下降到两千万，也必然会产生两千万人规模的战争和暴力。那什么才是生活中最重要的基础呢？我认为归根结底还是礼节。当然这是受了您的影响。

司马： 确实。

宫崎： 守礼法不能解决任何具体问题，但一定要对自然保持敬意。我去过山梨县某地的梯田，发现田间小路居然是用混凝土铺设的。远远望去好似一排排水泥墙，和"田园风光"毫不沾边。再这么下去就完了。这样修路也许很方便，却偏离了农业应有的态度。

司马： 江户时代的大领主有五六座宅邸。但除了他们居住的"拜领屋敷"是建在幕府将军赏赐的土地上，其余宅邸用地都是从商人那儿租来的。中屋敷、下屋敷之类的别邸则是从商家那里租的。

宫崎： 是吗？

司马： 明治村的森鸥外、夏目漱石故居也是租来的房子。东京到处都是租赁住宅，"在城里买房"是战后才兴起的现象。

◎ 飞不起来的超人，反社会的"红猪"

宫崎： 认认真真描绘日本的现代住宅区可不容易。因为到处都是电线杆、广告牌和交通标志。全都事无巨细地画出来，就会变成一个超现实主义的世界。如果我们能把电线杆什么的清理一下，只剩下三分之一就够了。我还挺纳闷的，日本人明明是爱整洁的民族，却没人抱怨天空中的电线和动力线。超人在日本都飞不起来。

司马： 绳文人也有绳文人的礼仪规矩，连吃完的贝壳都会好生安葬。绳文人认为，要是把贝壳随手一扔，它就会告诉同类"以后别进那位的网"，到时候就没有贝类吃了，所以要建贝冢，把贝壳埋进去。然而，在夏目漱石的《三四郎》中，三四郎在去东京的火车上把空饭盒扔向窗外，结果被风兜回来，砸在了邻座女人的额头上。这种事在当年的火车上大概很常见吧。

宫崎：现在的人去看让·迦本的《钱财勿动》肯定会大吃一惊。因为主人公动不动就抽无滤嘴的烈性烟，还随手乱扔烟头。不过在那个年代，这才叫"有范儿"。《红猪》的主人公也抽烟，抽完也随手一扔。试映的时候，台下的工作人员看到这一幕就惊呼起来，嚷嚷着"这猪太反社会了"。（笑）不过话说回来，要是彻底破坏了生态系统，人们眼里就只剩下人与人之间那点事，其他东西会变得无关紧要，谁还顾得上树木呢。森林一旦消失，人与人的关系会变得非常简明易懂。但正因为好懂，反而会凸显人类残酷的一面，或者说逐渐趋于无政府主义……

司马：把"新"字拆开，就是"伐木而立"。刚砍下的木头会散发出新鲜的味道，久而久之就衍生出了"新"字。有说法称，中国古代的殷商王朝建立以前，华北地区曾是一片密林。文明的曙光就是在大量砍伐树木之后出现的。所以那时的人们对砍树没有什么负罪感，还造出了"新"这个寓意美好的字。日本是"丰苇原瑞穗国①"，除了北海道，没有砍伐树木开垦农田的传统。遥想弥生式农法诞生的公元前三世纪的景象，也不会和茂密的森林联系在一起。最多只能想象出河口处芦苇丛生的样子。

宫崎：说起"弥生式"，我想起了诹访有位名叫藤森荣一的民间考古学家，他提出了一个假设，说在绳文后期，人们就已经在八岳山南麓开始耕作了。他本人已经去世，但门下的徒弟们仍在诹访地区开展发掘工作，想证明这个假设，可惜一直没找到有价值的发现。就在这时，青森的三内丸山遗迹出土了。徒弟们非常高兴，说："看吧，我们肯定也能找到。"

---

①《古事记》与《日本书纪》中对日本的美称。

司马：我喜欢青森县，北部地区基本都喜欢，所以才把青森誉为"北国乐园"。不过我听说在鹿儿岛也发现了媲美三内丸山的遗迹。（笑）或许南方也是好地方。

宫崎："农业是人类进步的证明"这个观点已经改变了。甚至有观点认为，采集生活才更富足，但渐渐没有东西可以采集，人们才无奈转投农耕。

司马：但人类刚开始种稻时一定是非常感动的。绳文时代的采集生活也不错，却很辛劳。有人擅长采集，就有人不擅长。我动作慢，所以日子过得很穷，而我的邻居身手矫健，能采到很多东西，所以过得富足。相较之下，种稻虽然辛苦，大家的人生却趋于平均。绳文的采集适合有天赋的人，弥生时代在这方面却比较平等。种稻文化传入北九州后，一眨眼就扩散到了青森所在的日本海一侧。这足以体现出乐于种稻的人数之多。

宫崎：难得今天见到了您，我想借此机会请教一些关于中国的问题。

司马：什么问题？

宫崎：最近我常和朋友们聊起中国。中国会走向何方，东亚又将何去何从？我最近有种茫然不安的感觉。

◎ **世界静观中国的现实主义**

司马：说到中国，全世界都在关注着它的未来。放眼全球，中国在各方面都是独一无二的，也有着非常悠久的历史文明，所以其他国家对中国抱有敬意，或者觉得异国情调浓厚。与中国相邻的日本总有赎罪意识。而越南出于历史原因对中国抱有警惕。同样是邻国，对中国的基本态度却是大不一样。

宫崎：我和一位在中国进行采访长达三十年的记者聊过，他说日本和中国不是"现在正处于危机之中",而是"自古以来一直都处于危机之中",什么时候发生什么事都不奇怪。毕竟对中国而言,日本就跟五胡十六国之一差不多,只是越过边境,试图征服中国,最终战败而归的异族之一。

司马:清朝覆灭,孙中山和袁世凯登上了历史舞台,那时的中国像极了五胡十六国时期。同时日本正处于大正时代。当时的青年间流行着一首《马贼之歌》:"我也去你也去,狭小的日本无生计""四亿人在中国等着我"。那是一种自以为是又多管闲事的天真。谁会等着日本人啊。但在当时的日本看来,中国是一个几乎丧失了统治能力的国家。

如今的情况当然大不一样了。毛泽东站了出来,成功解放了那片广袤的土地。革命的能量尚未散去时,人们高举毛泽东语录。在经济变革的关键时期,又提出"社会主义市场经济",在沿海省份涌现出数以亿计的商人。中国的能量真是不得了。

宫崎:我本想制作一部以平安时代为背景的动画。故事发生在筑地墙内的贵族宅邸中,哪怕墙外发生了瘟疫或饥荒,墙内也是歌舞升平。然而有一天,围墙倒塌了——大概就是这样的情节。而现实生活中的"筑地墙"也因为地震或奥姆真理教的出现产生了裂缝。如果墙真的倒塌了,人们就会束手无策。您说过"人就是无可救药的",我觉得这句话很对,也一直努力鞭策自己,可有时还是会忽然松懈,一遇到突发事件便手忙脚乱。可真是防不胜防啊。总不能因为担心中国的局势,就一味强化自卫队,想阻止所谓"武装难民"吧。要是真被这么愚蠢的妄想驱使,会陷入更荒唐的境地。

司马:成为武装难民,就意味着回到了项羽和刘邦的时代。谁给你饭吃,谁就是英雄。难民会大举投奔那个人,为他效命。刘邦给的饭比项羽多,所以刘邦的兵就多。

宫崎:谁给饭吃就听谁的,逻辑还挺简单。

司马：这么说可能会惹人生气，但如果发展到每个人都有一台私家车的时代，天知道世界会变成什么样。单这一点就不仅仅是某个国家的问题，而是全球性的问题。这么多车会产生大量尾气，进而影响臭氧层，加速全球变暖，荷兰甚至会被海水淹没，这让我想起《风之谷》中的世界。连我这种想象力匮乏的人都很容易联想到，未来对全球产生重大影响的也许是中国。

◎ 没有童心的大人最无趣

司马：中国确实是一个非常独特的国家。比如，以前游牧民族生活的草原，现在变成了耕地。但草原表层土质很硬，大约十五厘米高的草扎根在厚约五厘米的硬质土地上。一旦用锄头刨开土层，草原就无法再生了。无论农民如何用心耕种，风也会把土吹跑，剩下的只有岩石般的地层。最终会导致干旱和蔬菜产量不足。

宫崎：鸟取大学有位致力于绿化鸟取沙丘的老师，他退休后去中国当义工，为绿化沙漠尽心尽力。他认为人为原因导致沙漠化的土地是一定能恢复成农田的。但我听说，有些费尽心思恢复植被的土地也会被家畜啃秃。

司马：万里长城是无价的遗产，但位于内陆的长城是用晒干的土砖砌成的，据说过去有的农民会把土砖抽走。这就是现实主义。把土砖打碎，从中会长出草来。农民把这些草做成堆肥。外国人跑来宣扬保护地球环境和人类遗产这些所谓世界公认的道理也是徒劳，一句"那去哪儿找堆肥"就让人无话可说。

宫崎：我们工作室的年轻人对此并不关心，但年过四旬的同事们聚在一起看纪录片时就会坐立不安，听不到有理有据的发言，危机感和焦虑感会不断升级。

司马：说回《红猪》吧。观看这部电影时，我想起了搭乘水上飞艇的经历。那应该是昭和三十年代末。大阪到德岛有过一条水上飞艇的线路。飞艇像划破大阪湾的海浪般起飞，钻过大桥，降落在吉野川河口的水面。一个老大爷走出挂着苇帘的小屋，扔过来一条绳子，把飞艇拽过去。这条线路只运营了短短几年，不过小屋和水上飞艇的强烈对比还是挺有意思的。这是我的亲身经历，但并没有在想象中勾勒出飞上天的场景。您却能依靠想象飞得很惬意。

宫崎：不，《红猪》是一部不该做的作品。

司马：为什么？

宫崎：我跟制作团队再三强调，我们要为孩子制作，要为孩子制作。不要做给自己看，自己想看就去看书。可到头来我还是为自己做了这部作品，真是惭愧。

司马：也不一定只为孩子做动画吧。我觉得宫崎骏动画是一个没有大人小孩之分的平等世界。我是个随便的大人，可再不挑剔，也看不了太幼稚的东西。因为孩子终究是孩子嘛。但孩子和大人的共通性是肯定存在的。

宫崎：确实。孩子在电影院里看得很幸福，周围的大人也感到幸福。但不是因为看电影而幸福，而是因为看到了孩子们洋溢着幸福的表情。

司马：不不不，大人自己也会突然开心起来。

宫崎：连大人也逐渐释放了自我，确实是一种不可思议的景象。

司马：有位英国作家说过一句话，"孩子是大人之父"。也就是说，没有童心的大人最无趣。能脚踏实地做好本职工作的人一定是童心未泯。大人在电影院里感到快乐，是因为他本人也变成了一个普通的孩子。哪怕一个人脸上长满皱纹，要是没有童心，也不值得信赖。既不能相信他的想象力，也不能相信他的伦理观。

（《周刊朝日》1996年1月5日、12日号）

司马辽太郎 ———————

1923年生于大阪。从大阪外国语学校蒙古语科毕业后,进入产经新闻社。1959年担任文化部记者期间,凭《枭之城》获第四十二届直木奖。1961年离开产经新闻社,后专注于创作历史小说,并发表大量文化理论、文明理论著作与旅行随笔。1991年荣获文化功劳者称号。1993年荣获文化勋章。1996年2月12日去世,享年七十二岁。

历史小说代表作有《龙马行》、《国盗物语》(以上两作获菊池宽奖)、《栖世岁月》(获吉川英治文学奖)、《花神》、《宛如飞翔》、《坂上之云》、《人们的脚步声》(获读卖文学奖)、《油菜花的海岸》、《鞑靼风云录》(获大佛次郎奖)等。

文化理论、文明理论著作有《日本人与日本文化》《这个国家的形态》《风尘抄》《春灯杂记》《十六个故事》等。

旅行随笔有《街道漫步》(获新潮日本文学大奖)、《美国素描》、《从长安到北京》、《关于俄罗斯》等。

企划书与导演备忘录

CHAPTER 7

版权采购提案

RICHARD CORBEN'S ROWLF
© 1971 RICHARD V. CORBEN
PUBLISHED BY RIPOFF PRESS

《洛夫》

作者：理查德·科本

《洛夫》是面向美国市场的长篇剧场版动画的绝佳素材。它不适合儿童观看（即做成电视动画），但处理得当，一定能超越《魔界传奇》[1]，俘获美国各阶层年轻人的心。日本观众可能不适应它的怪诞画风，但通过反复推敲，提升吸引力，也足以打动日本的年轻观众。

◎ 关于原作

里克（理查德）·科本是美国当代最具代表性的漫画家之一。一九七一年自费出版的早期作品《洛夫》无疑是他的代表作。这部作品直截了当地呈现了当代童话应有的样子，并且大获成功。

---

[1] 1977 年的美国动画电影，讲述核战爆发后，地球上的精灵与突变种族间的战斗故事。

《洛夫》的世界看似怪诞讽刺，实则充满对健康人生的信念，蕴含着昔日的童话和传说的力量……它能鼓励读者，给人希望和心灵的安宁。毫不夸张地说，这是一部举世罕见的作品。

◎ **故事梗概**

凯尼斯是个贫穷但和平的小国。一天，入侵的恶魔军队掳走了老领主的女儿雅拉。雅拉养的狗洛夫急忙去找她的未婚夫雷蒙和魔法师报信，但他们平时很厌恶洛夫，听不懂狗的叫声。

就在他们浪费时间的时候，恶魔的装甲部队入侵凯尼斯宁静的乡村，血洗了雅拉父亲的城堡。

洛夫忧心主人雅拉，紧追着装甲部队，但最终因力竭跟丢了敌人，倒地不起。它的内心充满了从未体验过的痛苦，不知不觉中生出了人类的情感。

为了救出雅拉，洛夫开始孤军奋战。

在潜入并歼灭装甲部队的过程中，洛夫开始训练使用双手，思考和学习如何使用工具，最终成功地操控了坦克。

洛夫溜进魔王的城堡，打倒了魔王，炸毁城堡救出了雅拉。不知不觉中，洛夫变身为拥有自我意识的人类男子。

◎ **看点**

①能让人联想到欧洲中世纪的凯尼斯风光。

②在拥有城堡和魔法师的世界里，出现了恶魔的装甲部队和射线枪。

③大胆的舞台设定，比如洛夫驾驶的坦克在沙漠中投下一道孤独的影子，以及带有碉堡的魔王城堡等。

④肌肉发达、会空手道的魔王是典型的反派形象，令人憎恶，让人欲杀之而后快。

⑤洛夫从狗到人的转变十分精彩。

⑥女主雅拉也具有健康的乡村姑娘的魅力。

⑦对雅拉忠诚至极的洛夫逐渐生出自我意识，为了自立不断学习和成长，最终与魔王对决的坚毅形象一定能打动观众。

控制社会令人窒息，阻挡了年轻人的自立之路，对那些在过度保护下变得神经脆弱的年轻人来说，这部影片是送给他们的最佳礼物。

（1980年11月）

打造没看过原作的人也能乐在其中的电影

"控制社会令人窒息，阻挡了年轻人的自立之路。为了那些在过度保护下变得神经脆弱的年轻人，我们要打造一部解放心灵的电影"——近年来，我一直在按照这个思路提出电影企划，可惜迟迟没能实现。于是我抱着这一信念，在月刊《Animage》上开启了漫画连载。

《风之谷》的故事发生在人类文明走向衰落的地球，主人公是一位目光长远的少女，她被卷入了人类内部的斗争。但这部作品描写的并非战争本身，而是将重点放在人类与赖以生存的自然的关系上。

衰落时期，人类还能找到希望吗？如果寻找希望，又需要怎样的视角呢？我想在今后数年的连载中逐渐揭开这些问题的答案。

连载漫画时，我没想过要把它改编成动画，所以当改编项目提上日程后，我着实烦恼了许久。但如果这种题材确实能通过电影来表现，我也非常愿意尝试。

由衷感谢德间书店和博报堂给了我这次机会。我会以谦虚的态度面对自己的原作,做出一部没看过原作的人也能乐在其中的电影。

(摘自 1983 年 6 月 20 日新闻发布会资料)

《天空之城》企划原案

- 标题(草拟)
  少年巴鲁飞行石之谜
  或空中城的俘虏
  或飞天宝岛
  或飞行帝国
- 九十分钟彩色剧场版、全景宽银幕、动画作品
- 立体声

◎ 企划意图

如果说《风之谷》是面向高年龄层的作品,那么《巴鲁》就是主要面向小学生的电影。

如果说《风之谷》旨在打造清新冷冽的作品,那么《巴鲁》的目标就是欢快的、令人热血沸腾的经典动作片。

《巴鲁》的首要目标是让年轻观众舒展心灵,由衷地感到欢喜。欢笑与眼泪,真情洋溢的心,也许对现代人来说最俗气不过,但他们没有意识到,正是这些用不加掩饰、简单易懂的语言表达出的心灵的碰撞,对他人的奉献,对友情和信念的坚守,以及少年勇往直前的理想,才是他们最渴望的东西,即使他们自己无知无觉。

如果说除《哆啦 A 梦》以外,当今许多动画都以剧画为基础,那么《巴鲁》的目标就是复兴漫画电影。我们将目标观众的年龄定在小

学四年级（脑细胞数量已发育到与成人相当的年龄），以挖掘儿童观众群体，扩大目标年龄层。数十万动画迷肯定会看，因此不必迁就他们的喜好。许多潜在观众希望看到一部能让内心回归童年、得到释放的电影。市面上的作品越来越多，但目标观众的年龄层有逐渐上升的趋势，这对动画的未来并没有益处。动画不应被归类为小众爱好，也不应在多样化中迷失方向。动画首先要服务孩子，真正服务孩子的东西也足以让成人鉴赏。

《巴鲁》是一个让动画回归本源的企划。

◎ **故事梗概**

《格列佛游记》第三部中出现了天空中的浮岛拉普达。

拉普达帝国曾在空中自由移动，统治人间的所有国家，在灭亡之后，它的一部分仍继续飘浮在空中。

相传在无人居住、壮丽华美的宫殿里，沉睡着从人间国度夺来的无数珍宝。

人间流传着飞行石碎片的传说，它能指明漫无目的地飘荡在云端的王宫的位置。飞行石其实是隐藏着强大力量的结晶，支撑着空中的拉普达帝国，还能为飞船提供动力。

一个男人企图得到飞行石，成为空中帝国的主人，统治世界。他盯上了有古老的拉普达王室血统的少女。梦想成为发明家的少年机械工学徒也被卷入了争夺神秘飞行石的纷争。

少年与少女在困境中相遇相知，携手战胜困难。在拉普达宫殿深处，他们发现的真正的宝藏是什么？……以少年少女的爱和友情为纬线，以围绕飞行石的冒险和前往拉普达空中宫殿的旅程为经线，展开波澜壮阔的故事。

◎ 故事的舞台

那是一个热爱设计与制造机械的时代,科学尚未显露出给人类带来不幸的端倪。故事发生在某个不知在何处的国家,虽然略带西洋色彩,但并不特指某个国家或民族。在这个故事中,世界的主角还是人类本身,人们还相信能靠自己的双手开拓和改变命运。

在这片安宁富足的土地上,农民为收获而欢喜,工匠为技艺而自豪,商人珍视手头的货物。乡村和城镇之间毫无冲突,保持着稳定的平衡状态。人们能决定自己的生活方式,日子虽然过得清苦,内心却充满互助之情。有丰收时节,也有干旱和歉收的日子。好人有好人的风范,坏人也有坏人该有的行径。

在影像层面运用想象力,打造架空世界特有的存在感。

在这个世界登场的机械,不是工厂批量生产的冰冷产品,而是充满温度的手工制品。

这里没有电灯,只有油灯和煤气灯;没有自来水,只有喷涌的清泉和井水。这里的载具都是手工制作的奇特发明,主人公巴鲁驾驶的扑翼机便是其中之一,是可与娜乌西卡的"海鸥"比肩的重要道具。反派的载具、武器和窝点也都是奇特的发明,它们的完美配合与舞台设定,都让这部电影中的世界充满乐趣。

(1984 年 12 月 7 日)

企划书《龙猫》

◎ 企划意图

中篇动画《龙猫》的目标是打造一部幸福暖心的电影,能让观众看完后带着轻松快乐的心情踏上归途。让恋人爱意涌动，让父母感慨万千地回忆起自己的童年，让孩子们为了见到龙猫去探索神社深处，甚至开始尝试爬树。我想做的就是这样一部电影。

直到不久前，当被问及"日本在世界舞台上引以为傲的是什么"，大人和孩子还会回答"自然和四季之美"，但现在已经没有人这么说了。大家都生活在日本，是地地道道的日本人，但在制作动画时却总是尽可能避开日本。

难道这个国家已经变成一个无比寒酸、没有梦想的地方了吗？

置身国际化的时代，我们明知"民族的就是世界的"，为什么不去制作一部以日本为舞台的有趣而美好的电影呢？

回答这个朴素的问题，我们需要新的切入点和新鲜的发现。此外，这部电影必须是生动活泼、朝气蓬勃的，而不是怀旧或充满乡愁的。

那些已经遗忘许久的东西。

未曾察觉到的东西。

误以为已经失去的东西。

我们相信它们依然存在，因此提出了这份《龙猫》企划书。

- 中篇剧场版动画（六十分钟）
- 彩色、全景宽银幕、杜比立体声

◎ 什么是龙猫

这是本片主人公之一——五岁的小梅给它们起的名字。没有人知道它们的真实名称。

很久很久以前，这个国家几乎还没有人类定居的时候，它们就已经生活在这里的森林中了。据说它们的寿命足有上千年。大龙猫有两米多高。这种形似毛茸茸的大猫头鹰、貂子或熊的生物或许可以称作妖怪，但不会对人类造成威胁，过着悠闲自在的生活。

龙猫住在森林的洞穴或古树的树洞里，人类看不见它们，但出于某种原因，本片的主人公，小月和小梅这对年幼的姐妹却能看见。

龙猫讨厌吵闹，从不跟人打交道，却向小月和小梅敞开了心扉。

◎ **故事梗概**

上小学三年级的小月和五岁的小梅，跟着爸爸一起搬去了郊外的独栋老房子居住。这样一来，等妈妈出院以后，就能住在空气清新的地方了。

住在附近的农家少年勘太吓唬小月，说"你家会闹鬼哦"。他的话竟然真的应验了，小梅在院子里玩耍时，看到和她差不多大的奇怪生物从面前走过，让她瞠目结舌。

妖怪……

小梅立刻跟上那两个妖怪。它们慌忙逃走了。毕竟，它们也没想到自己会被人类看见……

眼看着它们消失在房子后面的树丛里。小梅探头一看，树丛里竟有一条隧道般的小路。小梅钻进树丛，在一棵大树的树洞里发现有只更大的妖怪正在呼呼大睡。

小梅瞪大眼睛，盯着那个妖怪，然后爬上了它的肚子，拽它的胡须。睡眼惺忪的妖怪张开大嘴，发出"噗哈、噗哈"的声音。小梅一点也不害怕，还有模有样地学起来。

塔、塔、啦……学得不像。

妖怪眨了眨眼，再次发出"噗哈、噗哈"的声音。就在这时，小梅大叫起来。

"TO! TO! RO!"

小梅确信，眼前的妖怪就叫"龙猫"（totoro）。

龙猫眨了眨眼睛，但很快又睡着了。无论小梅对它做什么，它都没有再醒过来。这就是小梅和龙猫的初次邂逅。

爸爸和小月四处寻找失踪的小梅。为了吸引小月的注意，勘太故意说小梅被神仙带走了，但还是帮忙一起找。找着找着，小月在树丛的入口处发现了小梅的铲子，抛下害怕的勘太独自走了进去。

只见小梅一个人躺在树洞里的枯叶上，睡得正香。

"刚才这儿有一只好大的龙猫！"妹妹这么一说，小月就不忍心责怪她了。不管怎么说，人找到了就好。

一家人总算习惯了新家的生活，这次轮到小月遇见了龙猫。

那天刮着大风，傍晚时分又下起了雨。爸爸会坐傍晚的巴士回家，于是小月拿着伞，去远处的车站接爸爸。

可巴士没来。过了一会儿，街上唯一的路灯亮了，天色越来越暗。这时，小月注意到身旁还有人在等车。竟然是只毛茸茸的大妖怪。

小月心跳加速，一动不动。对方也一动不动。天空还下着雨。小月注意到，那妖怪只举着一片蜂斗菜的叶子遮住头顶，身上都湿透了。

小月轻轻递过为爸爸准备的伞。妖怪好像不知道伞是什么东西，小月就帮它打开了。

龙猫？

小月轻声问道。龙猫张开大嘴说：

龙猫！！

就这样……小月也认识了龙猫。不一会儿，巴士缓缓进站。没想到，来的竟然是一辆大大的山猫巴士。两只小龙猫下了车。

大龙猫把伞还给小月，递给她五六个橡子，然后消失不见了。

车灯再次靠近。这次是载着爸爸的普通巴士。

小月和妹妹把橡子撒在院子里。姐妹俩就这样认识了龙猫们。

妈妈没能如期出院，她们十分难过，好在和龙猫的秘密友谊安慰了她们的心灵。她们学会了爬上高高的树梢、吹陶笛（人们听到的"猫头鹰的叫声"就是陶笛发出来的）、倾听橡子生长的声音。

但开学以后,小月时常不在家,家里只有来帮忙干活的勘太奶奶,小梅寂寞得不得了。一天,她下定决心,打算去很远很远的山间诊所探望妈妈。她这一走就没了踪影。

故事发展到这里略有些紧张,所幸在龙猫的帮助下,大家通力合作,顺利找到了小梅。再后来,妈妈也出院了,故事画上了圆满的句号。

更多详情,请观众自行发掘……

◎ 追记:关于音乐

这部动画需要两首歌。

一首要简单活泼,适合做开场曲,另一首则朗朗上口,沁人心脾。为了打开知名度,动画电影的主题曲常请偶像艺人演唱,但近来的流行歌曲的歌声都不够洪亮,音域也比较窄,无法抓住孩子们的心。

孩子们想听的是可以用力张大嘴巴放声欢唱的歌。能欢快合唱的歌曲才适合这部电影。

第二首是插曲,用来点缀平淡的故事,不过这首歌的旋律最好是片中的孩子也能随口哼唱的。

(完)
(1986 年 12 月 1 日)

《龙猫》导演备忘录:关于登场人物

〔小月:主人公 小学四年级〕

活力四射的少女,仿佛沐浴着阳光长大。身体柔软而舒展,富有弹性。表情活泼明朗,灵动的眼睛能准确捕捉周围的事物。做事可靠,在母亲缺席的家中甚至扮演了家庭主妇的角色。当然,她并非单纯的乐天派，内心也有阴郁的一面，但现在，她带着蓬勃的朝气，以敏锐的感性体验着生活的每一刻。

小月不喜欢所谓的少女情怀，最喜欢跑跑跳跳和大笑，跟男生打架也毫不退缩。大多数同龄少年都在她的活力面前显得黯然失色。

转学后很快适应了新的校园生活，交到了新朋友。然而，为了照顾自理能力较差的父亲和妹妹，她不得不学着忍让，也变得更加成熟。但她有在困难中寻找乐趣的天赋。

在未来的成长过程中，小月会经历几次转机，成为一位底蕴深厚的女性。但在这部影片中，需要把她描绘成活泼而富有魅力的少女。

- 与父亲的关系

小月喜欢爸爸，认定自己的爸爸是全天下最好的，尽管他有很多缺点。看到爸爸为工作烦恼得抓耳挠腮，她也从不担心，相信他总会攻克难关。当爸爸搞砸了的时候——把饭烧煳了、烧洗澡水时忘记放水、睡过头、忘记承诺等等，她也会跟爸爸一起笑得前仰后合。她很喜欢爸爸偶尔开的幼稚玩笑，也喜欢和爸爸一起胡闹（比如爸爸突然煞有介事地拉起女儿的手跳舞、扮演坏人追着女儿们跑）。

- 与母亲的关系

在小月心中，妈妈的形象有些耀眼。这也许是妈妈长期住院的缘故（对孩子来说，一年已经非常久了）。她无法像妹妹小梅那样依恋母亲、向母亲撒娇。但她喜欢让妈妈抚平自己睡翘的头发。妈妈的感谢和安慰也是小月最重要的心灵支柱。

她总是暗暗地想……要是长大以后能跟妈妈一样漂亮就好了。

- 与妹妹的关系

小月很照顾妹妹，但不想让妹妹总黏着自己。只是妹妹行事鲁莽，她时常放心不下。妹妹自己跑出去时，她常常要四处寻找，也会不客气地批评妹妹。麻烦归麻烦，但她终究是小梅的好姐姐。

〔小梅：小月的妹妹　四岁〕

假如说小月稳重又机灵，小梅则是有耐性的一根筋。她固执而活泼，遇事不慌张，勇往直前，在这方面与姐姐很像，但又有点怕生，不爱说话，似乎比姐姐更善于观察事物。

她一点都不怕妖怪，能在不知不觉间让妖怪们敞开心扉。一方面是因为她的世界还没有被成人的常识所影响，另一方面可能是因为她很寂寞。连小月都要忍耐寂寞，对一个四岁的儿童来说，妈妈不在身边绝不是小事。

但小梅是个大胆又开朗的孩子。她天天追着姐姐跑，总是模仿姐姐，一碰到有趣的东西就会沉浸其中，忘记了时间和回家的路，弄得姐姐手忙脚乱。

〔父亲：草壁辰男〕

以写作为业。第一部作品大获成功后，成为职业作家，目前正在创作第二部长篇作品。为方便妻子养病和让自己专注工作，没有多想就举家搬去了郊外的独栋房子。

有时难以平衡工作和生活，女儿们为此吃了不少苦头，他自己却无知无觉，埋头于工作。他没有成年人那种世故稳重，依然带着几分稚气，但深深爱着两个女儿。

〔母亲：草壁靖子〕

因肺病住院中。为了能够早日回家，与丈夫和女儿团聚，正在与病魔抗争。她是个聪明知性的女子，富有魅力。通过她的细微动作和言语，能感受到她对孩子们的关爱。

〔勘太〕

住在附近的农家少年。和小月同年级，比她矮一点，有颗大脑袋。嘴笨，打架也不厉害，但擅长画画。第一眼看到小月，就被她的笑容莫名地吸引，自己也不清楚这种感觉是怎么回事。每次见到小月，都会说些不该说的话，但其实是有好感的体现。本质上是个正直淳朴的少年。

〔勘太的奶奶〕

可怕的老婆婆。也许是因为曾在城里的大户人家做过工，说话十分直白，不讨人喜欢。性格争强好胜。房东委托她管理小月一家租住的房子。后来才知道她其实是个心地善良的老婆婆，脾气不好是身上的旧疾所致。

(完)

(1987年)

KIKI 当代少女的愿望与内心

原作《魔女宅急便》(角野荣子著，福音馆书店出版)是一部出色的儿童文学作品，以温暖的笔触描绘了在独立自主与依赖他人之间挣扎的当代少女的愿望和内心。在过去的故事中，主人公在经历艰难困苦之后获得经济独立，就等于精神上的独立。而如今，正如"自由打工族""过渡期""跳槽"这些流行语所示，经济独立并不一定意味着精神独立。贫穷不再仅仅是物质上的贫穷，更多的是精神上的贫穷。这就是我们所处的时代。

把"离开父母"视作成人礼未免过于轻率，哪怕生活在陌生人之中，也只需要有家便利店便能衣食不愁。在这样一个时代，少女们追求的独立在某种程度上是更艰巨的挑战。关键在于如何发现并展现自己的才能，如何实现自我。

故事的主人公——十三岁的魔女琪琪只有飞行的能力,而且在这个世界中,魔女并不罕见。她要完成一场修行:在一座陌生的小镇生活一年,并获得大家的认可。

"梦想成为漫画家的少女单枪匹马去大城市闯荡"的情景跃然纸上。据说如今立志成为漫画家的青少年多达三十万。漫画家本身也不是什么稀罕的职业了,出道相对容易,也足以维持生计,往往是到了后期,不断重复的琐碎日常才会让人心灰意冷。现今的大环境就是如此。多年以来,琪琪被母亲的扫帚保护着,有父亲送给她的收音机消遣解闷,还有分身黑猫陪伴左右,但她的内心十分孤独,渴望他人的温暖。我们能从她身上看到那些被父母关心爱护,甚至接受父母的经济支持,却向往城市的繁华,试图在城市中站稳脚跟的少女的影子。琪琪的天真和认知的浅薄完美反映了当今社会的现状。

在原作中,琪琪用与生俱来的善良解决了一个个棘手的问题,结识了一个又一个伙伴。为了将其改编成电影,我们不得不做出一些调整。琪琪施展魔法的模样确实喜闻乐见,但今天生活在城市中的少女的内心应该会更纠结。因为对她们来说,冲破独立这一壁垒的战斗并不容易,有太多太多人甚至觉得,自己在这个过程中从未得到过任何祝福。在电影中,我们必须更深入地探讨有关独立的问题。因为影片更具有现实感,琪琪会体验到比原作更强烈的孤独和挫败。

初遇琪琪时,我们最先勾勒出的画面是"一个小女孩翱翔在城市的夜景之上"。霓虹灯闪闪烁烁,却没有一盏开怀迎接她的灯火……她孤独地飞行着。飞翔的力量意味着脱离地表,但这样的自由也意味着焦虑和孤独。我们的主人公是一个想通过飞翔做自己的少女。以魔法少女为题材的电视动画层出不穷,但魔法只是实现少女愿望的一种手段,让她们毫不费力地成为大众的偶像。而在《魔女宅急便》中,魔法并不是如此方便的力量。

这部电影中的魔法是一种有限的能力,代表了每个和主人公年龄相仿的少女都拥有的天赋。

我们打算为影片设计一个幸福的结局——琪琪在城市的上空飞翔，感受着与屋檐下的人们的深深羁绊，也比以前更明确地认可了自我。我们还下定决心，不让结局沦为单纯的愿望，而是让电影所描绘的少女的蜕变具有足够的说服力。

这部电影没有否定生活在当今世界的少女所拥有的青春活力，也没有被这种活力蒙蔽双眼，而是给在独立与依赖之间徘徊的年轻观众送上了一份礼物，并为他们声援（毕竟我们也曾经是少年少女，对于团队里的年轻人来说，这也是他们正面临的问题）。与此同时，我们也相信这部电影会成为一部优秀的娱乐作品，赢得很多人的共鸣与感动。

（1988年4月）

寻找自己的出发点 大东京物语企划书

不该把昭和初期称为"美好的旧时代"。那是一个暗藏萧条与战争的年代，其阴影无处不在，但市井之中仍有许多人相信"故事"（物语）的存在。

如果说战时的经历是战后发展政治和经济的基础，那么人们内心深处怀念的无疑是战前的日子。如今在我们之中已经没有了这样的人物，但在那段岁月里，确实存在着人人敬仰、令人向往的英雄形象。

这个故事讲述了相信正义和善良、努力走正道的少年，豁达内敛、不炫耀才华的青年和象征着爱情的纯真和温暖、充满朝气的女孩相遇后，发展出的友谊和冒险经历。

《大东京物语》——

在前途未卜的当下，我们踏上了旅程，前往位于地震和战火夹缝间的世界，寻找自己的出发点。

[摘自《东京物语》（福山庆子原作 德间书店）电视动画版企划书 1990年5月11日]

动画电影《墨攻》笔记

◎ 技术专家挑大梁的电影

科幻界有几部这种倾向的作品
包含无思想的虚无主义和蔑视大众的视角
所以让人看着才舒服。反映了时代的价值丧失
比如《爱与幻想的法西斯》和《罗德斯岛战记》
如果这样展开情节，就能做成电影
人类无可救药，但也有可能变得高贵
一切世俗价值——
名誉、金钱、权力和爱欲都愚劣至极
只有依靠自己的力量
度过最贫苦、最艰难、最波澜壮阔的人生
在心中建立起所有的规范
《墨攻》隐隐击中现代人内心的痛点
这一代人认为革命、浪漫、爱情和思想理论都不可信
正因为懂得人类的愚蠢，才能在放弃拯救贫民和弱者的同时
对他们充满爱心→能让人一眼看懂的善良人物
为做成通常的电影形式而改动原作，往往会以失败告终。应该尽量利用原作，弥补弱点

以下为弥补方法的建议：

①摒弃廉价的人道主义

②摒弃大团圆结局

③克服原著在影像层面的弱点

必须让观众感受到现实主义——主人公应该是真正的现实主义者

在故事中占很大比重的攻城武器和新式兵器无法绘制出来

为了使作品更加真实，需要付出加倍的努力和才能。不了解军事技术和军事史是万万不行的

技术人员犀利冷静的现实主义视角必须贯穿全篇，否则会失去爽快感

④对人民的描写——需要有诸星大二郎[①]式的能力和视角

没有必要去爱

对于他们的善良和愚蠢

自私和执着

低俗和软弱

都要开怀接纳，告诉自己"人就是如此"

蔑视大众、怀疑大众都会让电影沦为卖弄聪明的作品

⑤无论是美术还是绘图方面，都需要相当强烈的影像震撼力

⑥需要表现出与"受雇于伊拉克军队的指挥官，在科威特沙漠中英勇奋战"的故事相符合的真实性。

◎ 对故事的改动

为了解释墨子一门，增加一位被贫民收养的徒弟。

但不能将其塑造成《七武士》中的年轻武士。

---

① 诸星大二郎（1949— ），日本漫画家，以创作科幻、怪谈等题材的漫画闻名。

也许需要收一个命运坎坷、出身贫苦的少年（可能的话最好是少女）做徒弟，以此凸显主人公虽然脾气不好，但以身作则，悉心教导徒弟的形象。

◎ 结论

如果能组织一支优秀的团队，就值得一试。但成本可能很高。

[摘自《墨攻》（酒见贤一著 新潮社）

电视动画特辑企划书 1991 年]

红猪笔记：导演备忘录

◎ 漫画电影的复兴

《红猪》是一部让国际航班上疲惫不堪、大脑因缺氧变得迟钝的商务人士也能乐在其中的作品。它应该是男女老少都喜闻乐见的作品，但我们不要忘记，它首先是一部"为疲惫到脑细胞都变成豆腐的中年男人制作的漫画电影"。

虽然欢快，却不鸡飞狗跳。

有动感，却没有破坏性。

洋溢着爱情，但肉欲是多余的。

故事充满骄傲和自由，简单明了，砍掉了枝枝蔓蔓的多余装饰，登场人物的动机也很明确。

男人都阳光开朗，女人都充满魅力，他们尽情地享受着人生，世界也是无限光明和美好的。我们想做的就是这样一部电影。

◎ 记住"人物描写只是冰山一角"

波鲁克、菲儿、德纳鲁特·卡地士、保可洛老爹、吉娜女士、曼马由特队和其他空贼……所有主要人物的人生经历都要有真实感。肆意妄为是因为心怀苦楚,单纯可爱的性格都源于经历过的风霜雨雪。每个人物都要好好刻画,要热爱他们的傻气。描写众多配角时切忌偷工减料。不能犯常见的错误——误以为漫画就是要将角色刻画得比自己愚笨。若不注意这一点,缺氧的中年男人是不会买账的。

◎ 以原画的张数打造动感,而不只是增加线条

刻画大海、飞溅的浪花、大批飞艇和人物时,与其增加线条,不如呈现它们的动感。轮廓要尽可能简单,减轻作画负担,把更多精力放在动感的呈现上,传达出欢快的氛围和运动的乐趣。

◎ 关于色彩

色彩鲜艳,但也要显得优雅,不扎眼。
表现出欢快热闹,但不会让观众感到视觉疲劳,要把握好平衡!!

◎ 关于美术

打造让人心驰神往的城市,让人想展翅翱翔的天空,让人想拥有的秘密基地。打造无忧无虑、壮阔明快的世界。我们的地球曾经是那样美丽。
做一部这样的电影吧。

(1991年4月18日)

为什么现在做少女漫画？

混沌的二十一世纪逐渐展现在我们眼前，日本的社会结构也在嘎吱作响，摇摇欲坠。我们无疑进入了动荡的时代，往日的常识和定论正随着时间的推移迅速丧失力量。过去的物质积累让年轻人暂时免于卷入这股浪潮中，但种种迹象已经显露无遗。

在这样一个时代，我们要制作什么样的电影呢？

要回归人生的本质。

确认自己的出发点。

忽视瞬息万变的流行。

要专门打造一部勇敢高呼"我们现在需要更长远的目光"的电影。

这部作品不会迎合年轻观众的喜好，试图讨他们的欢心，也不会对年轻人所处的现状提出质疑或自以为是地挑刺。

这部作品是在青春岁月里留下苦涩遗憾的大叔们对年轻人发起的挑衅。大叔们想告诉那些"轻易放弃成为舞台主角"的观众——昔日的他们也曾如此——始终心怀激情和渴望是多么重要。

邂逅一位能提升自我的异性（卓别林的电影一贯如此）。重现这种邂逅的奇迹，正是本片的意图所在。

原作不过是一部司空见惯的少女漫画，情节也是老套的爱情故事。在这个世界中，两个主人公之间没有任何阻碍。没有不通情达理的大人和规则，委屈和挫折也很遥远。年轻的女主人公梦想着自己尚未开启的人生故事。与现今的少女漫画一样，在这部电影的原作中，唯一要紧的是双方的感情，所以不会发生其他重大的事件。他们互相确认心意，除此之外什么都不会发生。少女漫画总是到此为止，这也是它受欢迎的原因。

女主人公的恋爱对象是一位梦想成为画家的少年。他一直在画插画风格的作品。这也是少女漫画的典型设定，人物不会追求迫切而激烈的艺术。少女的梦想是成为小说家，她写的也是国籍不明的童话，和少年一样，被局限在没有受伤危险的范围内。

那么，为何提议将《心之谷》改编成电影？

因为无论大叔们如何指出梦想的脆弱，论述它有多么不切实际，都无法否认这部原作以健康真诚的笔触描绘出了对邂逅的向往，以及纯粹的思慕，那就是最真实可贵的青春。

用嘲讽的口吻指出"健康的感情是身处庇护下的脆弱表现""纯爱在没有阻碍的时代是无法成立的"并非难事。那我们就不能以更强大、更具有压倒性的力量来表达这种感情的美好吗？

足以打破现实的健康感情……柊葵的《心之谷》不就是最好的尝试对象吗？

如果少年立志做工匠……如果他决定初中一毕业就去意大利的克雷莫纳，进入那里的小提琴制造学校当学徒，故事又会如何展开呢？

其实《心之谷》的改编构想就是从这个点子开始的。

少年爱做木工，自己也拉小提琴。如果把原作里古董商祖父的阁楼改成地下作坊，设定为"祖父也爱好修理旧家具和美术品，会演奏乐器"……正是在那间作坊里，少年的小提琴工匠之梦逐渐成形。

在同龄的少男少女不愿谈论未来的时候（许多人认为，长大了准没好事），只有这个少年憧憬着远方，活得脚踏实地。如果我们的女主角遇到了这样的少年，又会怎么做呢？

在提出这个问题的瞬间，老套的少女漫画骤然化身为具有现代性的璞玉——经过切割打磨，便能熠熠生辉。

如此一来，我们就可以保留少女漫画世界特有的纯粹，同时反思今日的富足生活意味着什么。

为理想化的邂逅尽力增添真实感，厚着脸皮歌颂人生的美好——

这部作品，就是这样一场挑战。

(1993年10月12日)

《幽灵公主》企划书

- 标题：《幽灵公主》或《阿席达卡䨻记①》
- 彩色全景、数字杜比、一百一十分钟
- 目标受众：小学高年级以上
- 时代设定：室町时代的日本边境

◎ 企划意图

室町时代是中世框架瓦解，向近世②过渡的混沌时期。将那个时代与当前迈向二十一世纪的动荡期相对照，刻画出人类不为时代浪潮左右的根源。

以人类与妖怪围绕着"山兽神"展开的战争为经线，以一位被犬神抚养长大、对人类充满憎恶、宛如阿修罗般的少女，与一位身陷死亡诅咒的少年相遇后，历经险阻解开诅咒的历程为纬线，打造生动鲜明的古装冒险电影。

◎ 解说

古装片中常见的武士、领主和农民几乎不会出现在这部作品中，

---

① "䨻记"是宫崎骏自造语，意为"口耳相传的故事"。
② 指日本历史上的安土桃山时代至江户时代。

哪怕出场了，也是配角中的配角。

主人公们都是历史上名不见经传的角色，还有凶暴的山神。比如炼铁之城达达拉的技术人员、工人、铁匠、采砂师傅和烧炭师傅，还有用牛马运货的搬运工，他们拥有武器，建立了可称为"作坊化手工业"的独特组织系统。

与人类敌对的凶神以山犬神、野猪神和熊的姿态现身。山兽神是故事的关键，它是凭空想象出的动物，人面兽身，头顶树角。

至于男女主角，少年是远古时代被大和政权消灭后失去踪影的虾夷族后裔。至于少女，可以说与绳文时期的某种土偶相似。

故事的主要舞台是人迹罕至、众神栖息的森林和钢铁堡垒般的炼铁场。

城堡、城镇和稻田密布的农村是传统古装片的舞台，但在这部作品中只作为远景。影片试图再现没有水坝、森林幽深、人口远比现在稀少的日本风景，那里有深山幽谷，溪流丰沛清澈，狭窄的土路上没有铺设石子，鸟兽昆虫众多，是极为纯粹的自然环境。

如此设定的目的在于塑造更自由的人物群像，使其不受传统古装片常识、固有观念和偏见的束缚。近年的历史学、民族学和考古学研究表明，这个国家的历史比大众印象中的更丰富，也更多元。古装片的单调乏味大多与电影拍摄需求有关。本片的故事发生于室町时代，那是个混乱而动荡的世界。今天的日本就成形于自南北朝时期开始的下克上、婆娑罗[①]之风、恶党横行和新兴艺术的混沌中。那不是利用常备军进行组织化战争的战国时代，也不是武士们奋勇拼搏的镰仓时代。

那是一个更加模糊的流动时期，武士和百姓之间的区别并不明显，女性也更豁达和自由，正如工匠百景图[②]所示。在那个时代，人

---

① 日本传统美学意识之一，指无视身份秩序奉行实力主义，喜好奢华的行为举止。
② 列举各种职业，描绘平民风俗生活的绘画作品。

们的生命轨迹清晰而分明。他们经历着生活的起伏，体验着爱与恨的情感，辛勤地劳作，最终迎接死亡的到来。人们的人生不是模糊不清的。

这就是在即将迎来二十一世纪的混沌时代的当下，我们制作这部作品的意义。

我们不是为了解决世界上所有问题，因为凶恶的众神与人类之间的战争不可能有圆满的结局。然而，即使在仇恨和杀戮之中，也有值得活下去的理由，也有美妙的邂逅和美好的事物。

描绘仇恨，是为了凸显比它更重要的东西。

描绘束缚，是为了凸显解放的喜悦。

应该刻画的是少年对少女的理解，以及少女向少年敞开心扉的过程。

最后，少女会对少年说：

"我喜欢你，但我无法原谅人类。"

少年会微笑着回答：

"没关系，和我一起活下去吧。"

这就是我想做的电影。

（1995年4月19日）

作品

CHAPTER 8

鲁邦就是时代之子

有人说角色是"时代之子",我深以为然。即使团队成员没有意识到这一点,角色的性格和情节的发展也会敏感地反映出所处的时代,无论好坏。

毫无疑问,鲁邦诞生于过去那个充满活力的时代,有着独特的存在感,能唤起大众的共鸣。从二十世纪六十年代向七十年代过渡期间,鲁邦怀着超越时代的野心横空出世。

那时正值六十年代末,迷你赛车风靡一时。

只要去富士赛车场,便能看见翻开引擎盖代替尾翼的五颜六色的斯巴鲁360,还有车身压低、如金龟子一般匍匐在地的马自达卡罗尔在赛道上风驰电掣。粉红色的卡罗尔在U型弯道处打转,拆掉顶篷的柠檬黄斯巴鲁一头扎进草丛,又爬上河堤……杀气腾腾、焦躁不安的车手们不顾一切地冲向赛道,再次轰然起步——在性能卓越却不讨喜的本田轻型车毁掉迷你赛车之前,这种比赛真是愉快极了。"那时"也不过是十多年前,连囊中羞涩的年轻人都能买辆破车开开。

从前的美味佳肴拉面在六十年代被汤面取代,之后又出现了炸鸡和姜汁烧肉。国家的经济实力不断增强,日元汇率居高不下,身边出国旅游的人也越来越多,各种信息不断涌入国内。

以"社会最低收入阶层"为荣的动画师也不知不觉买了车，开始没日没夜地聊汽车。原本不打算跟风的人，却还是随波逐流。

"爸爸，我一定要闯出点名堂来！"你追我赶，争做公司之星的时代已成过往，轮到鲁邦三世登场了。

领先于时代，创下了业内订单额新纪录的《鲁邦三世》以实证主义为卖点，展现了希望在信息洪流中快速把握机遇的野心。登场人物以奔驰SSK跑车、名贵腕表、名牌打火机装点自己，还有瓦尔特P38和"战斗马格南"等枪支。以前的漫画里只有"看着像枪"的东西，而我们在这个部分下了不少功夫。还会借角色之口炫耀："有种威士忌比尊尼获加黑牌还要贵，你不知道吗？"……

鲁邦的性格设定也融入了超前意识。旧版《鲁邦》系列只播了不到两季（共二十三集）就停播了，但鲁邦的性格在剧情进展的三分之一处发生了巨大转变。

刚开始的鲁邦属于"冷漠世代[①]"。他的基本设定是继承了爷爷的金银财宝，住在大宅院里，不用再为钱奔波劳碌，为了摆脱倦怠偶尔当当小偷。

六十年代末，反战歌曲广为传唱，年轻人抗议《日美安保条约》自动延长，在新宿建起"广场"，在大学设置路障。而在七十年代，高涨的反战气氛开始消退，越来越多的人高喊着"没意思""好无聊"。冷漠这一特征也因此走在了时代的前沿，被直观地拿来塑造角色的性格，躺着聊天的鲁邦和次元大介独特的外形应运而生。主人公鲁邦三世吊着眉毛的样子，和不屈不挠的传统英雄形象截然相反，而且他还享受着富足的物质生活，确实是"时代之子"。

但我们并不冷漠。我们并没有失去希望，越南南方民族解放阵线

[①] 指20世纪50年代后期至60年代前期出生的日本人。在青春期经历了学生运动风潮的消退，长大成人后对政治持冷眼旁观的态度。

仍在努力。奈何我们的职业实在糟糕。电视动画是敷衍、偷懒、拙劣和残缺之物的集合。我们常跟伙伴感叹，自己仿佛在制造一个永远无法愈合的伤口。但毫无疑问，我们是饥渴的。我们有足够的欲望和精力去做一些令人振奋的有趣的事。

更改旧版《鲁邦》的方针是在团队成员不知情的情况下被迫推进的，但我们（高畑勋和我）成为导演后，首先想到的就是摆脱"冷漠"。这并非奉命行事。"冷漠"是时代前沿的态度，但迷你赛车的那股活力才是大众需要的。开朗活泼、实实在在的穷人之子——鲁邦。爷爷的财产被父辈挥霍一空，什么也没剩下。鲁邦只得四处逃窜，钱形警部像金龟子一样紧追其后。他不会拿着产量数百万的军用手枪（瓦尔特P38）耍威风，而是凭借自己的智慧和体力执着地追寻目标。次元大介成了开朗豪爽的男人，五右卫门变成了落伍过时的滑稽角色，不二子也不再卖弄廉价的性感。

撇开好恶不谈，开奔驰SSK的鲁邦和开菲亚特500（意大利穷人常开的车）的鲁邦在这一系列动画中互相对立、抗争，又彼此影响，结果为新作品注入了勃勃生机。在我看来，正是因为拥有那个时代的两副面孔，才让鲁邦成了更名副其实的"时代之子"。

在播出期间调整方针，难免会打乱制作计划，再加上当时电视动画的制作技术停滞不前，导致画面凌乱，质量不佳，在技术层面全无亮点，谁知后来它莫名其妙红了起来，也许原因就在于他是"时代之子"吧。

"这场战斗无功而返，还给大批员工添了麻烦……"制作公司东京电影的社长在庆功会上发表了这样的败北宣言。不过，我们虽然累得够呛，却在制作上为所欲为，在最后一集让五右卫门劈开了不可能劈开的厚重保险柜，让钱形号啕大哭，给了《鲁邦三世》一个痛快的结局。

后来，国内的氛围逐渐平静，时代也发生了转变。

在石油危机和环境污染中，海蒂在绿色的大地上尽情奔跑。作为呼吁增强军备的前兆，战时被视为无用之物的战舰如今重返太空。计划缜密到让人失语的三亿日元抢劫事件[①]已成过往，如今净是些毫无计划的银行抢劫案。绑架、恐怖袭击、饥饿和战争在地球上肆虐，石油价格无休止地上涨。最要命的是，地球本身的极限也已显而易见。

现实世界已经变得比《鲁邦》中的世界更动荡了。

今时今日，只有真正的傻瓜才会开着车耀武扬威。渴望去拉斯维加斯的只有日本自民党的黑帮议员。打火机用最便宜的足矣。信息日渐泛滥，书店的书架上摆满了武器图册，瓦尔特也算不上什么了。想射击就去美国，稍微花点钱，想开几枪就能开几枪。躺在日渐膨胀的国民生产总值之上享受着倦怠感，单纯地沉浸在迷你赛车乐趣中的鲁邦时代已经过去了。

鲁邦是个小偷。只有大多数人从事生产，脚踏实地地过日子，小偷的营生才能成立。小偷看似钻了空子，逃脱了现实的层层束缚，得意扬扬，但也最受现实的约束。

不过，身处现实世界的鲁邦又能做什么呢？充其量只能偷走少女的心罢了……

或许有办法让鲁邦作为当今的时代之子重获新生，可这是一项付出多、回报少的差事。如今已丧失活力的原作便是最好的证明。

播放了三年的新版《鲁邦》收视率屡创新高，虽然称得上取得了商业成功，但这部动画从未成为"时代之子"，反倒以"跟时代脱节"为卖点，沦为不合时宜的滑稽闹剧，十分凄惨。

Monkey Punch的原作漫画有着强烈的渴求。山田康雄和我们也不例外。

[①] 1968年12月10日发生在东京都府中市的现金抢劫案，犯人至今未落网。作案手法巧妙，是日本历史上最神秘的案件之一。

"……那都是十多年前的事了。当年的我还是个只想靠自己闯出点名堂的愣头青。"(《鲁邦三世：卡里奥斯特罗城》的台词)

我有时会想起那些日子，想起那个饥渴的鲁邦，想起好色又有洁癖、冒冒失失又思虑深沉、醉心于迷你赛车的鲁邦。

但我们现在有别的事情要做。真正的鲁邦肯定最能理解我们……

再见啦，鲁邦……

(《Animage》1980 年 10 月号)

关于娜乌西卡

娜乌西卡是希腊史诗《奥德赛》中登场的一位费阿刻斯公主的名字。我通过伯纳德·埃夫斯林的《希腊神话小事典》（小林稔译，社会思想社出版，现代教养文库）得知了她的存在，被深深吸引。后来，我又读了一本由荷马的《奥德赛》改编的小说，可惜小说中的她不像埃夫斯林的小事典中那样光彩夺目。因此对我而言，娜乌西卡只是埃夫斯林用文库本三页半的篇幅描写过的一位少女。他似乎也特别偏爱娜乌西卡，毕竟连宙斯和阿喀琉斯这样的大人物，他才用一页左右去描述，却偏偏留给娜乌西卡那么多页。

娜乌西卡——天资聪颖、爱幻想的美少女。她非常敏感，喜欢与大自然的万物嬉戏，爱竖琴和歌声胜过追求者的爱慕和世俗的幸福。浑身是血的奥德修斯被冲上岸时，她并没有害怕，而是救了他，还亲自照料。也是她用随口吟唱的歌声解开了奥德修斯的心结。娜乌西卡的父母担心女儿爱上奥德修斯，催促他起航。她在岸上目送载着奥德修斯的船远去。传说她一辈子都没有结婚，成了历史上第一位女吟游诗人，辗转于各地的宫廷，歌唱奥德修斯和他的冒险之旅。

埃夫斯林在最后写道：

"这位少女，在历经沧桑的伟大航海家奥德修斯心中占据着特殊的地位。"

得知娜乌西卡的存在时，我想起了一个日本故事的女主角。应该是出自《堤中纳言物语》吧。她出身贵族，人称"爱虫姑娘"，正值青春年华，却喜欢在原野上跑跑跳跳，为毛虫变成蝴蝶而感动，因此世人都视她为另类。故事里说，她没有像同龄女孩那样剃掉眉毛，染黑牙齿，依旧保留着雪白的牙齿和乌黑的眉毛，怎么看都很奇怪。

倘若活在今天，她肯定不会被当作怪人。哪怕她真有些特立独行，也能作为自然爱好者或有独特兴趣的人在社会上找到一席之地。然而，在《源氏物语》和《枕草子》的时代，热爱虫子、不剃眉毛的贵族女性是不会被社会接纳的。儿时的我也不禁好奇她后来的命运。

这位公主不受传统束缚，忠于自身的感性，在山野之间自由奔跑，为草木流云心动，她在那之后度过了怎样的人生？换作今天，说不定还有人能理解她、喜爱她，但在充满规则和禁忌的平安时代，等待她的又是怎样的命运呢……

可惜这位爱虫姑娘不同于娜乌西卡，没有奥德修斯可以邂逅，也没有诗歌可以吟唱，更无法靠四处流浪摆脱束缚。如果她能与伟大的航海家相遇，也一定会在那浑身沾满不祥血污的男人身上找到某种闪闪发光的东西。

在我的脑海中，她与娜乌西卡不知不觉变成了同一个人。

于是当《Animage》编辑部建议我尝试连载漫画时，我便希望以自己的方式塑造出一个"娜乌西卡"。这也是一种缘分吧，我不得不再次回忆当年为什么认定自己没有天赋，放弃了漫画。如今我只能由衷地希望这位少女早日解脱，过上平静的生活。

（Animage Comics 宽版《风之谷 1》德间书店 1982 年 9 月 25 日发行）

聊聊《未来少年柯南》

采访者 / 富泽洋子

◎ 执导的第一部作品

——《未来少年柯南》是您执导的第一部作品，如今回顾起来，不知您有何感想？

宫崎： 那是一段很艰难的日子。在那之前我一直跟阿朴（高畑勋）搭档。每次看到他苦苦挣扎，我都不由得想，"唉，导演这活计真不是人干的"。毕竟导演要把所有重担都扛在自己身上。我一直没怎么负责过导演的工作，就是因为看到了他吃苦受累的模样。

——但您之前负责过分镜部分吧，比如《赤胴铃之助》之类。

宫崎： 是的，那种东西做起来没什么心理负担，我也乐意去做。算是无伤大雅的傻气故事吧，比起那种很深刻的内容，气氛还是比较温馨，哈哈一笑就结束了。漫画本身就有这样的特质，所以比起"动画"（Animation），我更喜欢用"漫画电影"这个词。

——我一直用的就是"动画"（動画）这个词。不过能以动画师的身份参与《柯南》的制作，我真的特别开心。其实大家都想做这种有趣又没有负担的作品。而且上一部片子不是《三千里寻母记》嘛。那也是一部非常优秀的作品，但内容很严肃，我们几个同事也时常讨论，说"下次想做些欢快有趣的东西"。

宫崎： 我本身也喜欢欢快有趣的东西。动画师平时不是都坐在办公桌前吗？心中的情绪根本无从宣泄，如果能在画中做些傻事，也许就能得到纾解。在内心戏中增加一点鸡飞狗跳，静与动、慢与快、爆发与沉默的对比会变得明确，彼此也能相互衬托。如果一开始就确定整体的节奏，制作者难免会陷入被动。不过全是鸡飞狗跳也让人窒息。

——是什么让您决定在《柯南》中挑战如此艰苦的导演工作呢？是制片人的指示，还是……

宫崎：《三千里》结束之后，我一筹莫展。因为我受够了只做画面构成的工作。就在那时，有人问我想不想做导演。不过直到现在，我还是不想给自己打上导演、场景设定或画面构成之类的标签。

要说真有什么想做的，其实我想继续做动画师，而非只做导演。

——就是想创造自己的世界……

宫崎：对。在那之前，我想做的事情和阿朴是一致的，所以我们合作得很好。如今回想起来，阿朴其实有点郁闷，因为哪怕是我觉得一切顺利的时候，他也时常嘟囔"动画导演到底算什么"。以前跟他合作时，从故事情节到具体分工，我们都会详细讨论，聊着聊着，就会得出两人都认可的意象，然后再画出来。然而从《阿尔卑斯山的少女》开始，我光做画面构成都来不及，到了《三千里》的时候，更是不得不把其他工作都丢给阿朴。这样一来，反而唤起了我的野心。

——《柯南》就是在这个时候出现的吧。当时的日程是怎样安排的呢？

宫崎：从启动第一集的作画到播出，有大半年的时间。我们用那段时间囤了八集，可很快进度就被追上了。无论我们怎么努力，做一集都至少要花费十天到两周的时间，要不是 NHK 在播出中途穿插了特别节目，我们的成片肯定一塌糊涂。总之，幸好是在 NHK 播放，《柯南》才能顺利完成。因为 NHK 把一切决定权都交给了我们，连剧本都是分镜完成以后才写的。最后的结果是二十六集动画做了一年零三个月。制作公司（日本动画）大概在经费上亏了不少钱吧。

——有筹备阶段吗？

宫崎：我记得很清楚，六月十五日，我撂下一句"从明天开始，我就不做《小浣熊》（的原画）了"，之后就离开了。而《柯南》的作画工作是从夏末开始的，所以大概有三个月的时间。

——整体构思是在那段时间完成的吗?

宫崎: 好像完成了,又好像没完成……说实话,我在脑海中构思好的只有"救出拉娜,进入沙漠"之前的故事,总觉得后面的情节到时候自然会想出来……遇到拉欧博士是一个重要的转折点,那之前的剧本已经写好了,但故事架构还没有成形。第九、第十集是阿朴根据剧本帮我完成的,因为我的体力已经到极限了。在我的构想中,本该是大家坐巴拉克号逃去高港,戴斯和柯南一路上为了拉娜争论不休,可最后实在是行不通,才有了"核心区"的出现。

◎ 兼顾原作

—— 一方面也是被原作中的阴暗面影响了吧?

宫崎: 我本来想脱离原作去制作。因为原作的主题太可怕了,我觉得自己招架不住。谁知儿子看了电视以后跑来问我"那群人(地下居民)是怎么回事"。他还很担心塑胶矿山的居民,问他们会怎么样。我才反应过来,完全脱离原作可不行啊。直到现在,我仍然认为这是柯南和拉娜之间的爱情故事,可要是回避原作中的其他问题,柯南和拉娜充其量只是一对两情相悦的恋人罢了。我清楚地认识到了故事情节的缺失,却一筹莫展。本以为自己为了创作一个有关冒险的故事,已经放弃了原作中"最终战争后的世界"的设定,可到头来,还是被"末日"这一沉重的情境束缚住了。

第七集中,不是有一幕很多只手从监狱里伸出来的画面吗?我忍不住琢磨起了他们代表的意义。这就像解谜一样。创作者和被创作者的关系颠倒了,我不得不去问角色们,你们到底在干什么?连制作团队成员都不知道剧情的走向,我也没有了方向感。说来难为情,当时的局面真的惨不忍睹。A part 搞不出来,就不知道 B part 会是什么样子。不知道情节该怎么发展,所以根本没有导演计划。当时我称它为

"情绪动画"，因为是在情绪摇摆不定的状态下制作出来的，也只能做成那样了。

——原作是NHK选定的吗？

宫崎：不，听说NHK要播放动画，日本动画公司就提交了几个企划案。《恐怖海啸》是其中之一。当时公司的高层更中意另一部作品，NHK却说这部更有意思。所以最先到我手上的并不是这个企划。

——亚历山大·凯伊的《恐怖海啸》是一个非常黑暗的故事吧。

宫崎：我认为原作的黑暗来自作者世界观的黑暗，即使深挖下去，也不可能得到乐观的答案。而且大家生活在日本，大概会觉得更黑暗吧。话虽如此，我又觉得没必要谈论这个问题。能在历经世界末日后幸存下来的，一定是洋溢着生命力的人。我希望我的孩子也能这样。与其被告知人类终将灭亡，宁可希望他们为眼前的女孩怦然心动，追着人家跑。

——您是如何兼顾动画与原作的呢？

宫崎：关于动画与原作的关系，我认为如果原作完美到必须尊重每一处细节的程度，就不应该改编成漫画电影。最好把原作看作漫画电影的创意触发点。企划只是一个容器，至于往里装什么，就是我们的事了。

——所以，如果是这部原作的话，您觉得改编一下情节也无妨？

宫崎：是的，这是我个人的判断。但听说NHK方面对改编有顾虑，怕跟原作者闹矛盾，但我还是以"可以改编"为前提接下了这个企划。

——您可改了不少啊。

宫崎：其实我不喜欢这部原作。它太悲观了，而且牵涉到了美国和苏联。世界末日、最终战争之类的故事体现的是作家潜意识中的焦虑和恐惧，充满悲观情绪——我觉得不能把那种东西做成给孩子看的动画。自己再绝望，也不该向孩子竭力宣扬未来希望渺茫，这是毫无意义的行为。跟大人发发牢骚也就罢了，没必要跟孩子们说吧。还不如保持沉默。

在原作里，作者表达的中心思想是现在的美国不好，苏联也不好，但也不知道该怎么办……所以幸存下来的人类必然会变得像"帝王柯南"一样。故事中没有一丝希望，也没有一丝生命力。他呕心沥血描绘消极的一面，但从某种意义上讲，这样写很简单，因为现实中充满了软弱和卑劣。但我并不想刻画这些东西。

原作描写的是一种心象风景，有阴暗的大海、灰色的天空和嶙峋的大地，那是一个连骑自行车都成为梦想的荒凉怪异的社会。高港也是个莫名其妙的地方，是无法孕育出希望的，柯南这样的少年不可能诞生在那里。在我看来，只有自然复原，饶恕人类——其实"饶恕"这个说法也怪怪的——为生物打造活下去的基础，作为动物的人类才能活下去。反过来说，自然复原了，就会有柯南这样的人出现。不过有人告诉我，"大自然有复原能力"是日本人特有的思路。砍倒一棵树，不是会长出很多杂草吗？但世上有很多地方砍光树后什么也长不出来。生活在那种地方的人不会有这种想法。反之，如果人类能在最终战争中幸存下来，其中还包括很多败类的话，就必须先恢复自然，否则人们肯定活不下去。

——原来电视动画版的设定"在最终战争结束二十年后，地球恢复了碧海蓝天"还有这层含义啊。

宫崎：是的，我是带着自己的愿望制作的。听起来可能有点假，但拉欧博士的台词——"我要为数十亿人类的死亡和数万种动植物的灭绝负责……"也承载了我的心愿。

我其实想把登场人物都设定成日本人，实在不行就改成"同一个国家的人"，忘掉语言之类的问题。为了区分角色，会有红头发的人物，但我并不想做成一个有不同种族的故事。最好把故事的舞台改成日本沉没后，只剩下房总半岛的顶端，或者不知是哪里的联合工厂。

这样一来，距离的问题不难解决，只要没有交通工具，世界会再度变得神秘莫测，自然也会随之显得遥不可及。高港那边也一样，我本想把麦田改成稻田，但牵扯的东西太多。创造那样的世界需要制定大量的规则，制作日程又不够宽松，只好用成员们都能理解的语言来打造世界观，于是做成了那个样子。要是打造成美国西部拓荒时代的模样，我又有点抵触。最好把"戴斯"改成"团十郎"，把"巴拉克号"改成"弁天丸"，让登场人物用筷子和饭碗而不是刀叉，说"拿米饭来"，才更符合人物的形象。

我也不喜欢美苏对立的解读，觉得过于傲慢。我本以为已经剔除了这些元素，可还是有人把高港视作美国，把工业岛比作苏联，这让我很恼火。抱持这样的苏联观和美国观本来就有问题。

——一提起《柯南》，总会隐隐感觉到它和《太阳王子》的关系。

宫崎：我没法评论《太阳王子》，真的。这么说可能有点装腔作势，但《太阳王子》就是我的青春，里面有各种让人难为情的东西。能做出那样的作品，是因为我和阿朴当时还很年轻，现在不好意思说的话都在那里说尽了。当时的我们雄心勃勃……想要刻画人性。

起初，我不知道该把《柯南》做成什么样子。我想做一个在今天的动画中已经不多见的、充满活力的经典冒险故事，也想把《太阳王子》里没有完整体现出来的，当年那些历经磨难的大叔的精神传承下去。虽然遇到了各种挫折，但我们不想否认为下一代所做的一切，想把某种东西传承给他们。我喜欢这种薪火相传的感觉。也许是因为我无法开口告诉儿子代代相传的力量是多么伟大，所以才会有这种想法吧。

我当时心想，要是《柯南》刚播出，就有人说它无聊，那我就不做动画了。但儿子们成了这部作品的狂热粉丝。他们不是那种"因为是爸爸做的，所以要看"的孩子，我心里才有了底……

——可惜收视率不是很理想。

宫崎：最高的是第二十五集，百分之十四。但我大概能理解为什么收视率上不去。因为我们制作的是一部背离时代潮流的作品。有人说，我们应该一开始就让毒蛾号飞上天，那样收视率会更高一些。毒蛾号开始是在机库里发现的，在它上天之前，我都忘得一干二净了。但我觉得，"花了两季才飞起来的毒蛾号"比"一开始就飞上天的毒蛾号"更有看头。我们从没这么在乎过收视率，毕竟它是整个团队拼尽心血打造的。

——另一方面的原因可能是剧情的连续性非常紧密，错过一集就跟不上了。

宫崎：原因就是我之前说的，没做完 A part 就做不了 B part。我觉得做任何事情都是一样的，你平时看到、听到的各种各样的东西，都会被装进大脑中。但如果什么都不做，你是想不起它们的。只要绞尽脑汁，各种元素就会在脑中汇聚在一起，渐渐汇成一条脉络。不过我做《柯南》的时候，这一步进行得并不顺利。于是，我试着翻遍脑海中的抽屉，结果反而把自己搞疯了。我只知道一点，那就是柯南会回到幸存岛上。因为他想回去，一定会为之努力。所以在最后一集看到幸存岛的时候，我是真的很高兴，感叹"他终于回来了"。有一阵子还以为他回不来了呢。

——NHK 唯一的限制就是抽烟吗？

宫崎：NHK 起初是无所谓的，谁知在开播之前，另一个节目闹出了抽烟问题。我本打算就画那么一次抽烟的画面，而且是从正面去描绘。因为我把金锡这个角色设定成"在废墟中活力十足地奔跑的少年"，所以理所当然地认定他会抽烟。他们过着以物易物的生活，食物都是自己想办法获取的，如果说他有什么想要的东西，也就是香烟了吧。直到播出，我们都不知道那段被剪掉了，气得不行……话虽如此，就算提前通知了，让我们重新做也怪气人的。

◎ 关于第一集

——我碰巧在 NHK 看了第一集的试映，特别激动，直呼："哇！好棒！"

宫崎：第一集啊……我看了以后差点上吊。Cinebeam 录音棚后面有片墓园，那里刚好挂着绳子。（笑）（我认定）拉娜必须是个超级美少女，美得柯南第一眼看到她，就决心这辈子都要为她上刀山下火海，可第一集里的拉娜特别难看。

——那是大冢先生画的吧？

宫崎：是啊，所以我才会发疯。从第二集开始，每张原画我都要亲自检查，一直到第八集，搞得大冢先生都有心理阴影了。我毕竟做过动画师，认为柯南抱起拉娜的时候，应该"像鸟儿飞起来那样轻盈"，但大冢先生是讲究逻辑的人，还要让柯南抱她的时候嘴里发出"嘿咻"的声音。于是我就挖苦他，说那是他在抱自己的老婆。

我们曾在《阿尔卑斯山的少女》里尝试缩小步幅，让人物能"哒哒哒"地走过来，或者不停歇地走向远处。但照理说，只用三四步就能从地平线走到镜头前的才是漫画电影。比如我很喜欢的《农夫阿尔法尔发》，那种"人物从远处飞奔而来"的画面只有漫画电影才能做到，真人电影反而拍不出来。我觉得舍弃动画这种属性简直是暴殄天物。当人物全速奔跑时，我希望他们跑出真人根本达不到的速度。这也是一种表现手法。日本动画公司之前做的都是慢节奏的作品，《柯南》的出现让大家非常困惑，忙得快要发疯。这种状态在我们的团队中持续了很久。

◎ 柯南的设定

——您是把柯南设定成了"自己理想中的少年"，或者说"自己想要成为的模样"吗?

宫崎：这个问题我也不知道该怎么回答……但我确实喜欢柯南这样的少年形象。我时常琢磨，几岁的孩子会把自己想象成故事的主角呢？我觉得英雄救美这种经典愿望，大概是十一岁左右的孩子会有的吧。所以，我才把柯南设定成十一岁。但这个设定其实十分随意，要是我儿子当时十二岁，我大概也会把柯南设定成十二岁吧。我想把孩子的憧憬和愿望具象化。这部作品不需要考虑现实生活中正在成长的十二岁孩子是什么情况。无论柯南还是拉娜，都是时而成熟，时而幼稚。但我认为在漫画电影中，这是被允许的。

——跟女性朋友一起看《柯南》时，她们都说柯南是自己的理想型呢，因为他总是很温柔体贴。

宫崎：我觉得每个人都一样，希望遇到一个让自己满怀温情、愿意付出一切的人，不是吗？反正我是这么想的。不过，是否愿意与之相守一生，则是另一个维度的问题。好在能让所有男人为之疯狂、甘愿展现温柔体贴的女性相对较少，所以这种事还是止于憧憬的层面比较好。《少年王者》（山川惣治原作）的世界就是如此。能厚着脸皮追爱的时代真是让人怀念。

柯南不是超人。他只是个想开开心心过日子的普通孩子。但人有多面性，在那种情况下，自然会有某一面凸显出来，柯南也一样。他的行为不是出于对冒险的渴望，只是竭尽全力地活着。柯南通过拉娜看世界，拉娜则通过拉欧博士了解世界。最终，柯南用自己的行动回答了"想在那个世界活下去，最重要的是什么"，成了一个充满活力、绝不退缩、对他人包容理解的少年。我相信金锡变得从容、戴斯走上正道和孟斯莉的转变，都是柯南默默帮助的结果。

有人说柯南太善良了，但比起在那种情况下还无忧无虑、嘻嘻哈哈的柯南，我更喜欢第二十三集中目睹飞行器爆炸却没有叫好的柯南，以及默默承担杀人重责的柯南。他是一个心中有愤怒，却没有滋生杀意的少年。我不想让他在军舰（战斗船）沉没时叫好。也许这种观点仅限于这部作品，我认为观众心里想着"干得好！活该！"是没问题的，但让柯南说"太好了！万岁！"，总觉得哪里不对。这就是有人批评柯南太善良、不够有活力的原因吧。但我觉得，如果他不是这样的人，就无法攻克难关了。漫画电影或冒险故事的主角就该是这样。我反倒不太喜欢那些说"柯南善良过头"的人，很想反问他们："难道你想看坏孩子吗？"要是柯南的形象塑造和内心情绪没能表现到位，确实会产生很多问题，但故事里有一个真正的好人，有一个看起来特别舒服的人也未尝不可。最近的机械类影片里常出现这种场景——年纪介于少年和青年之间的主人公被队长或博士说两句，就会跩跩地说："知道啦！"态度简直跟我那个正值第二叛逆期的儿子一样。看到那种人，我就想一巴掌打翻在地，心想"真是个讨人厌的小鬼"。我怎么都无法接受让那种人当主角。

◎ 对拉娜的感情

——那么拉娜呢？我觉得她就是您理想中的女主角，尤其是第八集里的拉娜。

宫崎：做第八集的时候，我对她移情过度了。我在这一集里做了所有我想做的事，也做了所有和阿朴合作时绝对做不成的事。有人批评我做得太过火。起初写剧本时，我难为情得要命，根本写不下去。但做了五六集之后，我逐渐对拉娜产生了感情，就顺理成章地写出来了。没有感情是绝对写不出来的。做完水下那场戏，我才回想起来，那一幕和我学生时代画的漫画一模一样，在记忆里埋藏了十五年。连分镜都一样，只是海平面上的水翼船变成了战斗船。

但我对拉娜的感情在某个节点画上了句号。起初，我认为她是属于创作者的，但做着做着，我逐渐意识到，她是属于柯南的，于是我的兴趣也渐渐消退。其实那些故事都是假的。船沉没时，不可能只有那个房间平安无事，说不定早就被炸飞了。可我就是喜欢那种情节。坐上飞行器时，柯南递上行李，拉娜说了声"好"就接了过来（第十一集）。柯南跳上飞行器，说"把门打开"时，拉娜也是说了声"好"就立刻打开了门（第二十三集）。

原作里的拉娜想要戴斯带来的织布机，但她并不想自己织布。我觉得这样的人是无法与未来相连的。

——所以您让她在高港换了衣服，还织了布。

宫崎：我就是想让她换身衣服。因为我觉得，麦田里的拉娜才是真正的拉娜。那一段（第十四集）的口碑不太好，但我很喜欢。那才是真正的拉娜，是我一直想呈现的拉娜。

——去幸存岛的时候，她穿的也是那套衣服吧。

宫崎：没错。但负责颜色指定的人觉得那套衣服太土了，说"怎么不给她穿套更好的衣服呢"。那人喜欢金锡的劳动裤，因为是最新潮的流行款。虽然只是一瞬间，但我想通过那套衣服表现出轻松自由的感觉……大家没有这样的经历吗？一个很自卑的男生看到穿着长裙、头戴白帽的女生骑着自行车在眼前一闪而过，整个人都呆住了，心里有难以名状的憧憬和懊恼。唉，那样的世界明明存在，对我来说却遥不可及。还记得上小学或初中时就有过那种经历。我厚着脸皮想，要是能背着这样的女生尽情奔跑就好了。

——所以，当孟斯莉第一次出现在工业岛的港口时，您才费尽心思给她换了衣服，让她骑自行车。

宫崎：当时对她还没什么感情呢。（笑）拉娜原本是一个有阴暗面的少女，满脑子惦记着博士，结果柯南突然抱起她跑了起来。这时大家才发现，拉娜其实是个开朗的姑娘，是柯南引出了她的那一面。对拉娜来说，柯南仿佛是另一个世界的人，正因为柯南突然对她做了那种事，她才不得不改变。

拉娜在拉欧博士和柯南之间左右为难。和柯南在一起时，她确实在微笑，但心里还是时刻惦记着博士。拉欧博士和柯南并排站在一起时，才是她最快乐开怀的时刻。第十一集里的拉娜幼稚得直冒傻气，但在解放三角塔、地下居民获得自由的过程中，拉娜被拉欧博士牵绊着，内心变得越来越封闭，连柯南的声音都听不到了。其实我的设想是拉娜也意识到了这一点，想主动飞走，但实在没办法，只能做成拉欧博士全都看在了眼里，主动告诉她"去找柯南吧，你可以离开我"，解放了她。那就意味着拉欧博士非死不可。我觉得那句"柯南会阻止的"证明了拉娜正在慢慢离爷爷远去，但如果博士不死，拉娜就得不到真正的解脱，永远带着对爷爷的牵挂。柯南明白这一点，所以他在坦克上抱起拉娜的时候（第八集），对拉欧博士这个人充满了愤怒。

无论是谁，试图操纵历史的都是"坏人"，所以我认为拉欧博士也是"坏人"。他觉得自己对毁灭世界负有责任，只是为了给下一代架起传承的桥梁才苟活至今。不过，如果工业岛上的人们没有自我解放的力量，换句话说，如果卢克他们不自力更生，依靠自己的力量走出地下世界，纯粹是因为拉欧或柯南做了什么才开启新生活，博士应该会抛弃他们，任由他们沉入大海。我觉得他有冷酷无情的一面，在某些情况下，甚至不惜牺牲拉娜。他不是人道主义者。我不希望作品中出现人道主义者。

如果对方劫持了人质，作为威胁的筹码，人们通常是会屈服的，哪怕不确定对方是否能释放人质。在《大怪兽加美拉》①里，敌人不过是劫持了两个男孩，地球防卫军就投降了。我绝不容许这种事情发生，哪怕敌人挟持了数以万计的人质也不能轻易投降。无论是女主角还是别的角色，我都更喜欢信念坚定不屈服的人。拉娜在看到柯南被

---

① 1965年上映的日本电影。

刺青枪指着的时候,其实可以撒谎的,不是吗?她完全可以说"我会配合你"。但如果她是个道德方面有洁癖的女孩,不像我们这样精于世故,那一定会有必须维护的底线,并且坚定不移地捍卫它。守不住底线的人,我是不会让她当女主角的。

◎ 孟斯莉和戴斯

——我很理解您对拉娜的感情,不过在作品的后半部分,孟斯莉的戏份好像变多了。

宫崎: 我刚才用了"情绪动画"这个词,其实导演本该更冷静地规划自己想表达的东西,却总是忍不住被情绪带跑,不移情就做不下去。会一头栽进这个人物,心疼那个人物。对于孟斯莉,我是心疼得快哭出来了。一心疼,就觉得必须想办法帮帮她。怎么帮呢?让她爱上柯南是最简便的,但这条路走不通,因为有拉娜。那就让她跟戴斯结婚好了。想到这个法子的时候,眼前豁然开朗。说白了,就是让她变成一个普通的女人。我喜欢孟斯莉那样的女人。看似坚忍倔强,其实在等待有人来改变她。看到这样的人,我就想对她说些体贴温柔的话。我认为,人的变化并不是不情愿地做出改变,而是要产生"不必再这样倔强下去"的心境。怎样才能实现这一点呢?如果有个人能深刻理解这份倔强——不是知道她执着的理由,而是能理解她坚强外表下的内心——有这样一个人出现,她就有可能改变,主动冲破禁锢自己的"路障"……所以说,孟斯莉的"路障"并不是戴斯打破的。

——孟斯莉少女时代的构想是很早就有了吗?

宫崎: 嗯,现在透露这些也没有意义,因为我觉得孟斯莉应该都忘了。人总会忘记自己不想记住的事情。当她看到高港的那片绿色,感到十分沮丧,却又目睹战斗船被击沉,想起"哦,是战斗船救了我啊"。那时的她大概才会想起童年吧。

——那孟斯莉跟戴斯结婚是……

宫崎：起初只是我随口开的玩笑，但说出口后，又觉得"哟，这么设定还挺有意思的"。

这就意味着，我必须让孟斯莉觉得"戴斯这人还挺不错的"。这便成了戴斯的枷锁。我不得不一点点发掘戴斯的优点，好在最后的效果还不错。孟斯莉变成了普通的女孩子，摆脱一直以来的紧绷状态，从自我压抑中解脱出来，能用另一种眼光看待过去觉得非常愚蠢的事了。戴斯是真的傻，所以孟斯莉起初总骂他"傻瓜"。骂着骂着，"傻瓜"这个词的内涵就变了，而且戴斯敢于做所谓的"傻事"。渐渐地，孟斯莉对事物的看法也发生了变化。

戴斯对待船一向很认真，我觉得这一点很好。孟斯莉是什么时候在他身上找到了优点呢？大概是在戴斯不想放弃宝贵的船，要留在毒蛾号上，说"海上的汉子死在天空中"的时候，她被戴斯打动了一点点。后来，戴斯也背过她，开玩笑地说她"比拉娜重"，他们之间发生过各种各样的事情。孟斯莉也看到了他的缺点，渐渐拿他没办法了。我觉得孟斯莉能泰然接受戴斯，就说明她摆脱了紧绷的状态，以这种方式逐渐变成一个平凡人。于她而言，这就是解放。

最后让戴斯被甩也不是不行，就是觉得他有点可怜，而且其他人都有了孩子。戴斯在婚礼上的表现很不像样，只是安静了一小会儿便故态复萌。有人希望戴斯能一直保持原本的性格，但我认为那才是真正的戴斯。见到孟斯莉时，他突然变得一本正经，连表情都威严可敬。任谁在那种场合都会郑重其事吧。如果身边出现美女，他又会心痒痒的，悄悄凑过去招惹一下，我相信戴斯绝对干得出来。他就是那种人，所以在面对孟斯莉时才会露出严肃的表情。不明白这一点的观众肯定会纳闷，戴斯怎么变正经了呢？听到这样的评论，我不由得想，"你们不懂他啊"。因为孟斯莉聪明能干，我们团队里也有人说："她配戴斯简直是一朵鲜花插在牛粪上！"女士们基本都不喜欢戴斯这种不诚实的男人。但中年男人很懂他，因为他们也是这么吊儿郎当地活着。他是职业水手，只有在巴拉克号上才能展现自己出色的一面，变得异常专注。中年男人很理解这种情感充沛的人物。我本来打算把戴斯设定成反派，直到最后都在高港拼命追求拉娜，但那种吊儿郎当的男人不可能执着地追求一个女人，专一到底。

◎ 雷普卡

宫崎：不对人物移情就无法制作动画。即便是雷普卡，我都带有特殊的感情呢。

——雷普卡吗？

宫崎：本来应该唱反调的戴斯不唱了，后继无人啊。要是像"纵然淘尽岸边细沙，也除不尽世间不绝的盗徒……"①所说的那样，有的是后备力量倒也罢了，可在这部作品中打倒雷普卡后并没有其他反派。可怜的雷普卡，我觉得他都快疯了。他孤立无援，只能靠自己。反应堆快没了，战斗船一去不复返，也没有食物，地下居民又在偷偷摸摸计划着反抗他，任谁都会发疯的。刺青章也不是他一个人盖上去的。说实话，我也有点失去方向了。因为我喜欢所谓的净化作用，但要是让他再喊一次"别慌！"，这部片子会真的变成漫画，到时候我们就没办法杀掉他了。虽说他驾驶着毒蛾号征服了世界，可我们能看到的只有高港和塑胶矿山。统治这两个地方又算得了什么呢？（笑）而且，雷普卡满脑子想的都是找回割麦子的战士，在那里建一所别墅，去找其他幸存者，（笑）没什么别的计划了。他从没想过要征服世界或再次毁灭世界。他真正想要的大概是一个爱自己的人吧，但孟斯莉又无法让他满足——也可能是被她甩了。他在我们团队内部的口

---

① 安土桃山时期的大盗石川五右卫门的辞世之句。

碑简直一塌糊涂，还有人说他是同性恋，眼神猥琐呢。（笑）

——跟戴斯吗？（笑）

宫崎：说他会和泰利特联手什么的。（笑）

——我还以为毒蛾号会多战斗一两集呢。

宫崎：那就得净化雷普卡这个角色。他要是再吼一声"别慌！"，就会变成"杀不了的人"。

——也是。再来一次，他就会变成一个让人恨不起来的家伙。

宫崎：是啊。即便做成现在这样，周围还是有很多人说雷普卡还活着，比其他人先登上幸存岛，住在火箭小屋里。按我的性格，如果无法保持冷静的话，可能不忍心杀掉他，如此一来，我们为这部作品所做的一切就失去了意义。我告诉自己，不能被喜好牵着鼻子走。我好像不太喜欢将人物设定为坏人，总觉得他们本质上是好人。我差点把雷普卡也描写成那样，一直在极力克制自己。他不能穿西装，否则充其量只是个黑心官僚，所以我让他穿上战斗服，加厚胸膛部位，尽力让他看起来像个坏蛋。不过那些全力以赴、不顾形象的角色，总会得到观众的原谅。

◎ 漫画电影的净化作用

——能不能请您详细展开说一下刚才提到的"净化作用"？

宫崎：我喜欢漫画电影的净化作用。坏人——比如《太阳王子》里的希尔达，她变了心，才被雪狼打倒。要是没有这一转变，怕是不会有人原谅她。从反派到正派的变化，就是把可恨的家伙净化成了好人。净化有很多种方式，比如在那个瞬间，孟斯莉想的是"我死了也没关系"。她迫切地希望生活在绿色的世界中，而不是被钢铁和塑料包围，所以甘愿牺牲自己的未来。我认为对她的净化在那一刻就完成了。戴斯也一样，他放弃了对巴拉克号的执念，才第一次得到了真正的巴拉克号。不过说出来会显得有些老套。

在这个故事的最后,大家不是都变得天真无邪了吗?作品以开启通往"未来"的大门画上了句号,角色也都"返老还童"了……金锡比刚出场时显得更加幼稚,拉娜也总算在最后一集回归了孩童心性,戴斯的形象发生了巨大转变,孟斯莉也变得年轻了,仿佛每个人都经历了时光倒流。人们总把人物的成长挂在嘴边,但我认为漫画电影该做的不是让人物变成满口哲理的模样,而是让他们摆脱种种束缚。这是我想看到的。大多数人都有各种牵绊和放不下的心结。拉娜也是在认识到自己其实想和柯南在一起,而不是待在爷爷身边之后,才能飞去找柯南。这样反而增强了她对拉欧的尊敬和爱戴。

漫画电影应该让观众在看完之后产生解放感,作品中的人物也应该在最后得到解脱。我希望看到他们变得天真无邪。

现今的电视动画——仅就看到的而言,最让我气愤的就是"毫无净化作用"。我无法忍受这一点,认为这是对人的不尊重。一个人的改变是怎么一回事呢?是他主动想改变,所以才会蜕变。"改造一个不想改变的人"实在太难了,根本无从下手。我起初想把孟斯莉设定成三十五岁左右的女性,跟原作一样,脸颊凹陷,一看就很神经质,再有一头银发大概更合适。可开始画分镜后,我才发现故事里一个年轻女子都没有……于是便想,还是设定成美女吧!这才有了她后面的改变。如果按照原作的设定,就很难办。孟斯莉应该是一个从一开始就想做出改变的人,只是一直在硬撑而已。她从一开始就有解放自我的念头,所以只需要一个契机,她就能成功蜕变。

至于柯南为什么那么善良,因为他是一个生来就很健康的人。我觉得世上一定有这种人。其实柯南有可能变成欧罗。我不知道欧罗为什么会变成那样,像他那样的人也许会扭曲地度过一生。但我不想撇下他不管,最后让他和卡尔爷爷一起放了烟花。卡尔爷爷那段时间为纠正不良少年呕心沥血,所以才会和他们一起扔炸弹吧。这样一来,我的心境会明朗一些。立意沉重的作品有的是，所以我想做一些不那么严肃的。哪怕最后的成片与现实相差巨大，只当是一个"愿望"也无妨。

只有当角色所做的一切都被简化，漫画电影的"追逐戏"才有可能实现。有谜团需要解开时，有问题亟待解决时，有女性需要解放时，是做不出真正的追逐戏的。让每个人物都能自由行动，坏人也要坏得彻底，唯一的目标就是打倒对方——只有建立起势不两立的关系，才能安安心心地上演你追我赶的戏码。这部《柯南》下了很多功夫才达到这种追逐打斗的状态，因为它牵涉到了最终的战争。

撇开现实生活中是否喜欢某个人不谈，男性都会对女性抱有某种憧憬。我不喜欢《鲁邦》里的峰不二子那样放荡的女人。但发现她的可爱之处时，你会对她另眼相看。关键在于是在哪里发现的。既觉得她讨人厌，又看到了她的可爱之处时，你就会迷上她。这就是净化。

我一直想做《美女与野兽》这类作品。不是照本宣科，而是想试着刻画野兽这样的角色。他们为追求某些事物竭尽全力，在这个过程中得到了净化，同时也经历着蜕变，最后变成了"从一开始就存在该多好"的角色……我想做的就是这样的电影。

动画不仅能让人看到事物动起来，还能让人在精神层面领悟到事物的变化。但动画的这种属性一旦被故事覆盖，便会消失殆尽。这正是我想挑战的。我想在片子里更多地展现角色本身的变化。

我非常理解卓别林。人们说《摩登时代》讲述的是机械文明，但我认为卓别林并不是为了描绘机械文明才拍了那部电影。在我看来，那部电影描绘的是他对女性的憧憬和柔情，表达了卓别林的一种愿望：当男性遇到自己向往的女性时，可以通过全身心的投入来提升和完善自己。作品从头到尾都贯穿着这种愿望。这也是我非常喜欢影片结尾的原因。

◎ 直指漫画电影

——"制作漫画电影"对您来说意味着什么呢?

宫崎：我想做自己想看的东西。我认为漫画电影是最能让人放松心灵，让人感到愉快和神清气爽的东西。怎么说呢，在观看漫画电影的时候，你可以脱离自我……我们生活在举步维艰的现实社会中，时刻面临着进退两难的境地。但要是能挣脱那些情感的纠葛和束缚，置身于一个更自由、更开放的世界，我们会变得更加坚强和勇敢，更加美丽和善良，也让自身的存在更有意义——无论男女老少，心底深处都有这样的念头吧……

"丧失的可能性"，我很喜欢这个词。生而为人，就是身不由己地选择了某个时代、某个地点的某种人生。自己现在是这个样子，就意味着失去了许许多多的可能性。比方说，也许我本可以成为海盗船的船长，搂着公主乘风破浪。那么当下的你便失去了那个宇宙，失去了那种本可以拥有的人生。那些未曾实现的可能性、那些本可以拥有的人生，不仅仅关乎我们自身，还与他人，甚至与整个日本失去的可能性紧密相连。

但这是无法挽回的。因此我们会对空想世界抱有强烈的愿望和憧憬。而漫画电影描写的就是"丧失的可能性"。我认为，如今只有极少数动画有漫画电影应有的活力。人们往往将此归咎于经济条件的制约，但问题出在精神层面的缺失上。虽然与时代潮流相悖、固执己见是愚蠢的，但我还是认为漫画电影应该更有趣、更让人心动。

——我也喜欢漫画电影，但也觉得漫画电影是对现实的逃避。

宫崎：看漫画电影的时候确实是在逃避现实。漫画电影是充满谎言的世界。因为是虚构的，因为"不过是漫画而已"，观众才可以卸下防备。从现实中解脱出来，放松地观看影片时，观众会被主人公和银幕中的世界吸引，内心的愿望和憧憬也会被逐渐唤醒，生出勇气或温情，于是精神为之一振，或是觉得恋人变得更加迷人……

——也有从业者听到"不过是漫画而已"就灰心丧气了……

宫崎：嗯……我倒觉得"不过是漫画而已"才好。漫画电影不需要阐述复杂的主题或理论，也没必要坚称它是艺术。正因为它荒诞无稽，我们才可以设置夸张的场景、厚着脸皮编造谎言，而观众对此也是容许的。但制作者要努力让虚假的世界看起来真实。这种努力与拼凑灵感和创意有着本质的不同。我们要在谎言之上叠加谎言，打造出一个彻底的虚构世界。但这个世界必须有存在感，让人们能将它当成另一个真实存在的世界，所以登场人物的思维和行为也必须合乎现实逻辑。如果构建"有三个太阳的世界"，就要让人感觉"那里确实有三个太阳"，否则这个职业毫无价值。我一直觉得，用谎言打造出一个世界是一门技艺。

——不是"艺术"，而是"技艺"？

宫崎：对，技艺。观众知道那是假的，不可能是现实，但在内心深处能感觉到某种真实性……我真的很想做这样的漫画电影。

——您想做的漫画电影究竟是什么样的呢？

宫崎：在当今社会尝试创作冒险故事，会在构思的阶段遇到很多困难。儿童文学领域有一些相对成功的作品，但今天的日本，到处是水泥墙，满大街都是汽车，在这样的大环境下真能打造出一个"孩子们依靠自己的力量发现某种东西"的故事吗？我一直在说，这是一项艰巨的任务。原创企划很难通过也是一方面原因吧。反正都是虚构，那打造一个可以跳出限制、自由闯荡的世界也没什么不好。最终得出的结论是"做爱情故事好了"。我和阿朴合作了很长时间，但一直都没能尝试这种题材，所以想试试看。在《三千里》中，马可和菲欧莉娜奔向对方却没有相拥，我不喜欢那样处理。马可的母亲和菲欧莉娜是会拥抱的，为什么马可和菲欧莉娜就没有呢？我边画构图边想，要是他们能紧紧相拥就好了。可要是拉着对方的手相互凝视，看着反而更不舒服，我不想让两个人完全没有肢体接触，只好画成他们手拉着手转圈。我觉得在漫画电影中，或者说通过肢体动作表现情感时，"在非常开心的时刻拥抱对方"是最好的。所以我决心厚着脸皮做一个爱情故事。我不知道拉娜那时为什么漂流到幸存岛，但几万人里总归有一个命中注定的有缘人吧。既然如此，让柯南当那个有缘人不是很好嘛。有这种命中注定的缘分多好啊。"真羡慕柯南啊"——金锡不是这么感叹过吗？其实我们都是金锡。

——似乎也有人瞧不起以团队为单位制作的漫画电影。

宫崎：随他们说吧……那些所谓的"动画作家"的作品像俳句似的，我看了也不禁感叹，亏他们能花那么短的时间把那一点点灵感打造成像样的作品，但也有作品必须靠很多人通力合作才能成形呀。正是这样的制作过程令人难以忘怀。

对我来说，漫画电影真正的乐趣在于创造一个世界，把空间利用到极致，让故事的起承转合都在那个世界里完成。这样看着最痛快，自己做起来也最有干劲。漫画电影是一个谎言。既然要撒谎，那就撒个弥天大谎，但我希望让观众感觉到谎言里也掺杂着一点点真实。我愈发觉得自己不太擅长撒谎了，希望有朝一日能打造一个真正的谎言试试看。如果问我，做了这么多年动画，有没有作品超越曾经打动过我的电影，我只能说，自己只不过是把它们运用的技术手段和方法改造得更适应现状罢了，称不上真正的超越。很多人已经放弃了，说"我们肯定没戏"，但我觉得只要有机会，就有可能赶超。我每年都会看一部漫画电影，影片中总有美得超乎现实的场景。小观众看完电影后不记得剧情，却唯独记得某个场景，比如"宝物闪闪发光，好美啊"。哪怕长大以后再看，也不会觉得那有多了不起，但我就是想做这样的作品。大概是因为自己也有类似的体验吧。但我向来认为，一部倾注了心血的作品理应得到这样的待遇。它不是那种可以被商品化的东西，不能像卫生纸一样可以源源不绝地索取，而是值得你花很多心血去制作，所以把它改编成影片时，便会想方设法在其中加入与众不同的构想。

——最后一个问题。对您来说，《柯南》算不算漫画电影呢？

宫崎：嗯……怎么说呢，在职业生涯中，我做过很多种尝试，但和看过并深受感动的漫画电影相比，我还没有真正地"创造出一个世界"……我们只是把漫画电影的开创者们为了构建自己的世界而开发的技术手法勉强移植到了现在的环境中。虽然面临严峻的经济挑战，因为电影市场几乎不成气候，但我不愿就此放弃。想象一下，一个看完电影的少年回到家里，呆若木鸡，一言不发。他不舍得跟别人讨论电影的内容，因为作品在他心中激起了强烈到想落泪的憧憬……我希望有朝一日能做出一部这样的漫画电影。

——期待那一天的到来。

（Animage 文库《又见面啦！》富泽洋子编 1983 年 10 月 31 日发行）

宫崎骏作品自述

◎ 加入东映动画之前，是喜欢看《太平洋 X 点》的小学生

• 一九四一年出生于东京都文京区

——上小学和初中的时候，您是个什么样的孩子？

宫崎：我小时候挺别扭，所以不太想回忆……我是个软弱的孩子。我哥则是全校打架最厉害的一个，我是在他的庇护下长大的。

• 从都立丰多摩高中毕业后，一九五九年考入学习院大学政治经济学部，在校期间参加了儿童文学研究会

宫崎：哎呀，我就是觉得连我哥都能考上，那我肯定也行。

我哥是个特别闹腾的人，起初说要考防卫大学，因为想玩机关

枪。(笑)结果最后进了学习院大学。

——看来他是那种比较外向的性格。

宫崎： 他现在看起来也比我年轻，特别会享受人生哦。

——您是从小就画漫画吗？

宫崎： 那倒不是。"想当漫画家"这个念头应该是上高中以后才有的。在那之前是只看不画。

——都看些什么呢？

宫崎： 上小学的时候爱看手冢（治虫）先生的作品，尤其是《太平洋 X 点》，讲的是用一颗小定时炸弹炸沉一艘战舰的故事。其实现实中是炸不沉的，(笑) 但在作品里战舰"砰"的一声沉下去了。只要在制作方法上用点心思，现在拿来做成电视动画的特别篇也是可行的。

——您有没有投过稿，或者拿着漫画去出版社毛遂自荐？

宫崎： 我找过出版社。但不是只有一张桌子的小出版社，就是那种大半个房间都堆着退回来的书的出版社。

——作品的倾向是？

宫崎： 大多是长篇漫画，对方都是看也不看就直接拒绝。

——方便给大家展示一下当年画的漫画吗？

宫崎： 不行不行，太难为情了。

——为什么选择了东映动画呢？

宫崎： 因为我已经死了做漫画家的心。

——所以想另找一份比较相似的工作？

宫崎： 嗯，不过刚入职的时候，我还是有点放不下漫画。

• 一九六三年四月加入东映动画

《Animage》编辑部：

从一九六三年在东映动画参与绘制《汪汪忠臣藏》动画，到一九七九年底执导《卡里奥斯特罗城》，宫崎先生的脚步从未停歇。但在一九八〇年之后发表的作品寥寥无几，一览如下：

一九八〇年《鲁邦三世》(第145、155集)

一九八一年底至一九八二年夏《名侦探福尔摩斯》

一九八一年底至一九八三年五月《风之谷》(连载漫画)

一九八三年五月至今《风之谷》(剧场版)

在此期间，宫崎先生在Telecom Animation Film公司构思了《小尼莫》等电影企划。

此次访谈恰逢宫崎先生探索新方向之际。

如今回想起来，这场"扬弃之时"的采访，可以说是回顾他十七年间的"动画史"的最佳时机。

在此次访谈中，编辑部询问了宫崎先生参与每部作品的时间顺序(如果是持续播出多年的电视动画，单看播出日期并不准确)，以及他在作品中担任的工作。

他是许多作品制作团队的核心成员，有一些职位是专为他设置的，仅"构图"这一项就有场景设计、画面构成、场景设定等叫法，视作品而定。

这反映出了他不拘泥于职位，更看重工作内容的态度，因此单看演职员表不足以了解他以怎样的形式参与到制作工作中。最明显的例子莫过于《太阳王子 霍尔斯的大冒险》，他当时的职位是"五级动画师"(工资体系里最低的级别)，却是"核心团队中最重要的一员"。

整理作品年表时，我们惊讶地发现他从未担任过"作画监督"，不禁感叹他的与众不同。

◎ 两部"打工"性质的作品

(对照编辑部提前整理的作品年表)

——也就是说，《熊猫家族》之后是《大漠小英雄》。

宫崎： 是的。分集导演是"茂哥"——吉田茂承。我参与了其中一集的作画，应该是跟小田部（羊一）先生各画了一半。我已经不记得标题了。是什么情节来着……分镜是阿朴（高畑勋）负责的。结果画出来的一点也不像。（笑）楠部（大吉郎）先生只得一个人拼命地修。（笑）

《魔投手》有一集是小田部先生和我一起画的原画。然后我就离开了 A 制作公司，抛下大冢（康生）先生走了。（笑）去的是瑞鹰。说起来有些复杂，"瑞鹰映像"后来改名叫"日本动画公司"，所以我去的是这家的前身。

——您在《阿尔卑斯山的少女》负责的是分镜和场景设定……

宫崎： 不，在这部作品中，"画面构成·场景设定"是两个分开的职位。所以，画印象板也包含在了画面构成、场景设定里。

——"画面构成"就是所谓的"构图"吧？

宫崎： 对。美术设定只管建筑物。如果在负责角色动作的同时，也负责背景中的建筑物，那就是"场景设定"。构图的人其实就是"画面构成"……按阿朴的想法，大致是这么回事。

放眼望去都是汉字，（笑）不过这也是没有办法的事情。别人问"你是做什么的呀"，我总是不知道该怎么回答……（笑）所以做《三千里寻母记》的时候，把职位名称改成了"场景设定·构图"。

《小浣熊》……不，我不是（构图）。呃……我负责的是原画。画了半年左右。也做了构图，但当时公司内部人员画的原画都是自己负责做画面构成。

这部（《未来少年柯南》）写"导演"就行。《红发少女安妮》我只负责了构图。应该不算场景设定……因为我只做到了第十五集。

——《熊猫家族》是编剧、分集导演、场景设定和构图……

宫崎： 我不是导演，但参与了原画。人名后面跟着一大串职位，看着真不像话。

——那《全力青蛙》呢……

宫崎：我完全没参与。起初想让我当导演来着，但我很可能会不顾及原作，往别的方向制作。所以我还没来得及做什么，就被撤了下来。那会儿在画分镜的阶段。

——《卡里奥斯特罗城》是导演和分镜……

宫崎：呃……写导演就行。还加上了编剧……真不像话啊。"分镜"只有在有人分担的时候才会单独列出来，没人分担的话，其实算导演工作的一部分。

——《鲁邦》的电视动画《信天翁之翼》呢？

宫崎：写分集导演没问题。

——算编剧加导演……

宫崎：对。

——这张表还列出了一些您可能参与过的作品……

宫崎：我确实参与过《草原之子腾格里》，随便做了些构图工作。哎呀，只是帮了一点小忙罢了，算是还大冢先生的人情。不，还是别提我为好。他本来想让我画原画，可我溜走了。因为我之前偷偷请大冢先生帮忙画过《三千里》的原画，所以他给我打来了电话，说"我本来不想开口，但你还欠着我的人情呢"，我只得答应他"我还我还"。（笑）就是这么一回事。

……这个《小牛和少年》是什么？我都不知道还有这种东西。就是《草原之子腾格里》吧？还记得大冢先生当时问我"演职员表里要怎么写"，我说"别写了"。我还给《姆明》打过工，在第一集到第二十六集之间参与过两三集的制作吧。一天半夜，大冢先生突然找过来，撂下一堆东西让我做。我连自己做了什么都不记得。只记得画了坦克，咔嗒咔嗒咔嗒的。（笑）这种打工性质的就不用记名了，毕竟只是临时参与一下，请把这两部（从作品列表中）删除吧。

——好的。

宫崎：都是为了报答做《动物宝岛》时大冢先生对我的帮助。帮忙做《姆明》也是为了还人情。除了这些，我从没打过工。做《动物宝岛》的时候，是森（康二）先生去求的大冢先生。照理说这个人情应该算在森先生头上，结果却转嫁给了我。（笑）

◎ 沉不下心的早期动画师时代

——那就从您第一次以"动画师"身份参与的《汪汪忠臣藏》说起吧。

宫崎：在这部作品中，我们组的原画是小田部先生负责。他总是来得很晚，让我误以为只要当上了原画师就能晚点去上班。对我来说，小田部先生就像是在云端之上的人。还记得当时，我画的动画要经过两位女同事的严格检查才能到小田部先生手里，而且会被改得面目全非。（笑）就算他看了说"画得不错嘛"，那也算不上是我画的，谈何好坏呢……

——第一次参与制作会紧张吗？

宫崎：紧张归紧张……但我当时还没沉下心来，总觉得"是不是还有更好的生存之道"。

——当时已经彻底放弃漫画了吗？

宫崎：不，还没完全放下，有点……摇摆不定。但我自认对工作还是很认真的。

——当时的月薪大概是多少？

宫崎：一万九千五百日元。

——房租呢？

宫崎：房租是……六千日元。当时我住在练马区（东京）一套四叠半的小房子里。不过我是正式聘用的大学毕业生。如果是高中毕业生，就是"临时聘用"。我的工资要比临时员工高六千日元左右。所以……待遇一直是不错的。

——当时应该还是单身吧？

宫崎：对。父母也住得不远，没钱了就找母亲要……

——那个年代一碗拉面多少钱？

宫崎：多少钱来着……当时新宿西口还有三十五日元一碗的拉面，我觉得可便宜了，经常去吃。面里加了半块压制火腿和豆芽……一般的拉面要六十日元左右吧……记不清了。

东映有一点非常好，它有国民食堂——类似于员工食堂，可以预支工资买餐券，去食堂吃饭。所以就算是身无分文，也能吃上午饭和晚饭。

——现在没有了吧？

宫崎：不，应该还有的。哦，不在东映动画，而是在摄影所那边，得走过去吃。

——清水达正先生（摄影师、前东映动画员工）说，当时摄影所的员工和东映动画的员工待遇差很多……

宫崎：他比我入行早一点。我进东映动画的时候，他好像已经去虫制作公司了。所以我们并没有经历过最穷困的时期。那时已经有工会了，一定程度的涨薪也是有保障的，所以没吃多少苦……工资应该是一万九千五百日元吧……还是一万八千日元？不对，试用期和培训期是一万八千日元。

大体上没为钱发过愁。不过每逢发薪日，还在上学的朋友都会来找我吃吃喝喝，工资一下子就花完了。（笑）

——每天都要加班到很晚吗？

宫崎：那倒不用，最后冲刺阶段确实要加不少班，但我是那种想着"五点一到就回家"的人。因为我认定在公司这种地方待久了，人就废了。

◎ 无忧无虑的培训时代

——最开始是谁带您入行的呢？都教了些什么？

宫崎：公司有三个月的培训期，说白了就是试用期。这其实是在钻《劳动基准法》的空子。公司会安排一位专属的带教老师，如果一届来了十个动画师，就是这位老师带这十个人，为期三个月。

——您那届的老师是谁？

宫崎：一个叫菊池贞雄的人。

——他现在在做什么？

宫崎：给绘本画插图。他老家是青森县津轻的，长得非常英俊。现在住在狭山一带。

——您知道他的联系方式吗？

宫崎：哎哟，还真不知道。他好像在哪儿出过绘本……比如赛璐珞画的绘本之类。对了，松谷美代子的"小桃系列"一直是他画插画。

《Animage》编辑部：

菊池先生于一九八二年不幸离世。后来菊池夫人联系了编辑部，询问我们有没有保留在制作这期"宫崎骏特辑"时采访菊池先生的磁带，可惜时隔一年，磁带已经找不到了。采访文字内容如下：

宫崎先生进入东映动画的时候，我恰好负责培训新人动画师。他当时还带着点学生气，是个实诚又满怀热忱的年轻人。他和现在一样，在创意和构思等方面实力过人，我还清楚地记得他刚进公司时带来的"铁匠"插图，线条非常舒展。他为《太阳王子》出了很多点子，在一群老员工里站稳了脚跟，不过在我看来，那幅"铁匠"插图的意境和《太阳王子》有异曲同工之妙。这年头擅长画画的动画师有很多，但在构思和想象方面，他确实是漫画电影界的第一人。（绘本

作家 菊池贞雄）

宫崎：……和现在的入职培训相比，我们那会儿真的是无忧无虑。画石膏素描的时候互相扔（代替橡皮的）面包，结果被前辈痛骂一顿。（笑）工作日还能去动物园画动物写生。去了那儿，谁还有心思写生啊。（笑）肯定是玩一整天。我们这些还在接受培训的人也会参加春斗[①]，甚至站在队伍最前头呢。跟我同届的有土田勇（美术）、高桥信也（动画师）……听说过吗？

——是参与过《火之鸟》的……

宫崎：没错。还有羽根章悦，他比我早一届。

做《格列佛的宇宙旅行》的时候，我就坐在负责《虎面人》的木村圭市郎先生旁边。经常有个戴着脏兮兮的帽子的大叔来找他下将棋，那个人就是大冢先生。（笑）当时我根本没意识到谁是森先生，谁是大冢先生……甚至不知道他们的全名。顶多知道有个留胡子的人姓森。我是在《淘气王子斩大蛇》完结一阵子以后才加入的，当时公司的气氛非常开放，年轻人也敢在反省会上大声说某部作品"不好看"。

◎ 做模型玩的大冢康生

宫崎：制作《狼少年肯》的时候，我只参与了动画部分……还记得负责人是彦根（范夫）先生。当时我们俩都在工会当执行委员，他经常拿着作画监督的补贴带我去寿司店吃大餐，边吃边骂"东映动画已经不行了"。结果骂着骂着，他真的辞职去了虫制作公司。（笑）

——您怎么没去呢？

宫崎：人家又没来挖我。（笑）而且我也不想去。当时他们只做过

[①] 日本在每年春季为提高薪资、改善工作条件发起的劳工运动。

《铁臂阿童木》，不是吗？那部作品完全不吸引我。当时我在画《少年忍者风之藤丸》，可以尽情发挥，还挺有意思的，也觉得学到了很多东西。

——能回忆一下制作《格列佛的宇宙旅行》时的事吗？

宫崎： 当时我跟着大冢先生，进了他的原画部门。

——当时对他的印象如何？

宫崎： 他都不坐在办公桌前，整天做模型玩。（笑）

说来挺奇怪的，只要在正式员工部门①做电视动画，就能多拿四成工资。有点预付加班费的感觉，但就算没加班，也能拿到这四成。这个数字还是很可观的，原来拿两万日元，加上四成就有两万八千日元了。而且超过原定的作画张数还能拿到计件工资，每张五十日元左右。现在涨到一百五十左右了，简直是天降横财。（笑）

可一旦回到长篇部门，四成的涨薪和计件工资都没了，突然只剩下基本工资。谁还有动力干活呢。（笑）班是照常上，但不干活，去了就扯些"表面张力"之类的，这样的日子持续了大半年。

——"表面张力"？

宫崎： 哦，只是当时碰巧聊到的一个没有营养的话题。大家都不干活，《格列佛的宇宙旅行》的进度自然是一团糟，一拖再拖……

——最后成片的质量如何？

宫崎： 这我可不好评价，毕竟团队里都是认识的人。反正我觉得糟透了。（笑）

——大冢先生也说做着不是很起劲。

宫崎： 我倒没有起不起劲的问题，反正都是做动画。画动画的时候还是觉得很有意思的，也会尽量花心思画。

---

① 东映动画公司在 1964 年之前雇用的员工组成的电视动画制作部门，在待遇上与之后雇用的员工有所区别。

——您画了哪些场景呢？

宫崎：机器人发狂搞破坏什么的……记不太清楚了。每次画完都要进行一次线拍。当时叫"动画测试"。就是先制作铅笔稿的动画，看看动态的效果。每次测试我都忐忑不安。如果动得不好，我就会想"也许自己不适合做动画师"。动得好，我又会庆幸"还好做了动画师"。（笑）不过说到底，那段时光还是很快乐的，有很多东西要学。

——《少年忍者风之藤丸》是您第一次担任原画师吧？

宫崎：对。当时公司内部有个不成文的规矩，"不能让正式员工画动画"，所以大家都被派去画原画了……简直是为所欲为，因为当时公司正处于"无政府状态"，还没有确立"中央集权"的员工制度，分集导演有时是从东映摄影所派来的副导演，有时甚至是演员。（笑）他们不懂动画啊，大手一挥就要做"从远处慢慢走近"这种最难表现的场景。根本做不好，结果只能画成角色脚步歪斜地走过来，简直一塌糊涂。（笑）

不过从某种意义上讲，当时我们什么都可以尝试，不用担心失败。我试过打乱时间节奏，也试过在一集里放一段毫无章法的跑步画面。（笑）有种破罐子破摔的感觉，也因此总结出了不少经验。

那个时代就是如此。

◎ 一团乱麻的电视动画黎明期

宫崎：我在《风之藤丸》做的是原画辅助。

——（原画的）正式调令是什么时候下来的呢？

宫崎：大概是制作《太阳王子》的时候吧。但调令已经有名无实了，因为那时的东映动画非常混乱，正值主要业务从剧场电影转向电视动画的过渡期，却没有过渡好，又赶上经济飞速发展钞票满天飞的时候。追逐钞票的人一门心思挣钱，不追逐钞票的则饿着肚子冷眼旁观,嘟囔着"这群人到底在干什么"。按件计酬,就意味着与其仔仔细细地画,不如尽可能多画,画一张就能拿五十日元,所以当时也出现了一个月挣十万、二十万的人。

——不过画得快也是一种才能吧。

宫崎：也可以说他们是不受良心苛责的人吧。有人甚至专门租了一套房子,把画带回去画。所以当时动画的质量简直一塌糊涂。角色的脸变个不停,每一集都不一样,甚至换了个场景就变样了。总之,那是日本国产电视动画的黎明期,比如《大X超人》就特别糟糕。在《铁人28号》里,警队是整体一动不动地飘过画面的。（笑）

音效也是一塌糊涂,明明是打戏,远处却有隐约的爆炸声传来。音效跟画面对不上,大概是配音的时候压根儿还没有画面呢。真人电影也有所谓的"特别出镜",就是不小心拍到了路人,或者打着打着,背景里的杉树倒了。在那样的年代,质量是指望不上的,不过收视率还挺高。

——那些作品会成为"传说中的名作"。

宫崎：其实只是当时给人留下的印象太深刻了。每每听到有人说"以前的电视动画好",我都觉得很荒唐。明明一点都不好,现在拿出来看就是个笑话。那段时间,电视动画的数量迅速增加,之后又急剧减少,直到靠着《巨人之星》等作品东山再起。到了彩色动画时代才逐渐平稳。应该是有一个转变的节点。

《狼少年肯》和《风之藤丸》是黑白片。这个（《小熊胖奇》）也是。从《魔法使莎莉》开始就变成了彩色片……鲜红的裙子配白色的毛衣,俗得不行。但在电视上看,就不像银幕上那么扎眼了,我当时还想,"哦,难怪要用这种配色"。

——您在《彩虹战队罗宾》担任的也是原画吧？

宫崎：对……《罗宾》也是黑白片。我画了一两集,只是帮忙而已。黑白片总共就十种颜色,颜色指定比较简单。

——《甜蜜小天使》也是原画辅助？

宫崎：对，辅助。当时公司的员工非常多，不像现在这样，一旦进了某部作品的团队就不会轻易变动了。我在《甜蜜小天使》里做什么来着？不记得了。好像画了有直升机的场景。那应该是在《飞天幽灵船》之后吧。其实是在制作长篇的间隙，以内部员工的身份画了点原画。

——您对这些电视动画有什么特殊感情吗？

宫崎：我在《罗宾》里画过外星人登场……但很没意思，很无聊……当时我还为画了个奇怪的火箭沾沾自喜呢，现在回过头来看，简直惨不忍睹。

——在制作长篇的间隙画原画算"打工"吗？

宫崎：不，是公司的一种制度。但电视那边的制作负责人不太乐意。对他们来说，用外包比交给长篇部门的员工做更省钱，所以双方经常闹矛盾。

◎ 住院期间画的岩石巨人

——终于聊到《太阳王子 霍尔斯的大冒险》了。先讲讲您是如何参与到这部作品中的吧。

宫崎：在组建制作团队之前，我就听说大冢先生和阿朴要负责下一部长篇作品——他俩在我入职之前就有交情。至于阿朴和我，我都不记得我们是怎么认识的……我们都加入了工会委员会，但聊得更多的是作品而不是工会的工作。因为这层关系，我认定阿朴要做的话，那我也要参与，而且当时我还没有意识到自己究竟算原画还是动画（五级动画）。后来我听说了作品的内容……原作是以阿伊努神话为主题的人偶剧《春榆的太阳》。听说他们要做这个，我就画了几张拿给他们看，问"画成这样如何"……

——那会儿就有"阿朴"这个称呼了吗?

宫崎:嗯,我进公司的时候,大家都是这么喊他。

——这个昵称是怎么来的呢?

宫崎:据说是因为他每天都卡着点来,喝着自来水,大口大口噗噗地啃面包——当时我还以为终于轮到我们大展拳脚了呢。

——您当然也是筹备小组的一员吧?

宫崎:这个嘛,好像还真不是。我记得当时在忙其他工作,只能见缝插针地画两张,然后把画好的画放在大冢先生和阿朴最开始闭关的房间里。久而久之,我也走进了那个房间……实在记不清了。公司没有下令让我做这部作品,也从未认可过我的参与,可不知不觉中就顺水推舟……当时公司里有个说法叫"让员工参与作品创作",就是公司要求在作品筹备之初就给员工机会,让他们在项目启动前参与进来。我不过是执行这项政策罢了。反正我也不在乎自己是不是核心成员,能"神不知鬼不觉地进了团队"就行。我满脑子都想着"大展拳脚的舞台总算来了"。

当时我们常常聊起东映动画的作画是如何拖沓和无聊。刚好在那个时候,白土三平的《卡姆依传》开始连载,所以我们特别想制作一部不同以往的更激烈的作品。但终究还是要反映出时代的大背景,所以越战的影响非常大……是六几年来着?

——是一九六八年上映的,所以……

宫崎:着手做这部作品是一九六五年的事情。最开始只是听说有这样一个企划……后来我结婚,有了孩子……

——您是什么时候结婚的?

宫崎:一九六三年我入职东映动画,一九六四年在工会委员会担任秘书长,卸任后结的婚,所以是一九六五年,那一年的秋天。

——那很早啊。

宫崎:当时我刚二十四岁。

——所以，您家有一段时间是夫妻俩都在外面上班吧？

宫崎：对，在东映的时候，她的工资一直比我的高。（笑）

——就是做《格列佛》那会儿……

宫崎：不，不是。《格列佛》不是一九六五年春天上映的吗？我是在那年秋天结的婚。那时阿朴已经说要做《太阳王子》了，于是我也吭哧吭哧地画。那年秋天，我还因为阑尾炎住过院，在医院里画了在山上行走的岩石巨人，那是岩石巨人的第一幅画。我是按照"它往远处走"的思路画的，可大家都以为它是往近处走，我也没吭声。（笑）

在这幅画之前，我应该已经画了不少。筹备组大概是一九六六年才成立，所以……二十四、二十五、二十六……嗯，因为作品是在我二十七岁那年完成……我还以为永远都做不完呢。即使项目完工了，却总有种没做完的感觉，特别痛苦。那段时间真的很难熬。你们去问问吉冈先生就知道了。吉冈先生就是吉冈修，现在应该是东映动画的高层了。当时他是制作进行，很受公司打压。阿朴也差不多。

阿朴这人还是很可怕的。你们应该也能看出来吧？当时还觉得正义站在我们这边，可现在回过头来想想，实在是太离谱了。时间明明很充裕，却死活画不出分镜，所以阿朴的绩效考评总是垫底。而且没有项目的时候，他还当着工会的干部。公司当然视他为眼中钉了。

总之，问题出在"我们想做一部前所未有的作品"上，但在作画这个层面，我们的热情和实力之间有很大的差距，所以我们不得不耗费大量时间去弥补。

——有很多至今仍然耿耿于怀的地方吗？

宫崎：不，几乎没有。何况那时我们也深陷工会的旋涡中……

阿朴至少站在理性的层面重新审视过这部作品，我却是一门心思想把它做得更宏大一些，尽管最后并没有成功。

在制作《太阳王子》的过程中，我负责的是类似画面构成的工作，其实是在制作过程中慢慢掌握了很多技能。不是"在作品中展示自己学到了什么"，而是"通过作品学习新知识"。所以做完《太阳王子》，我觉得做什么都特别轻松。毕竟《太阳王子》要在宽银幕专用的大幅画面上呈现动感。相比之下，《穿长靴的猫》之类画起来可轻松了。

◎《穿长靴的猫》的追逐戏和《飞天幽灵船》的坦克

——这部（《穿长靴的猫》）是标准尺寸吗？

宫崎： 不是的，但宽银幕专用的大幅画面要少得多，需要做的事也比较简单，三下两下就搞定了。

——有种"被《太阳王子》套牢三年，这下总算解脱了"的感觉。

宫崎： 是啊，所以做起来挺轻松的。

——站在动画师的角度看，能有些追逐戏就更好了……

宫崎： 哎呀，轻松归轻松，但做着做着又有了干劲。越画越觉得，哎哟，还挺有意思嘛。

——最后甚至无视分镜……

宫崎： 其实是导演让我那样做的。如果导演没有要求，我硬要那么做，确实算我主动而为。但当时的情况是他说"阿宫你来吧"，我说"好，我来"，所以那也许算是在导演的可控范围内吧。

当时我做事毛手毛脚的，画了分镜都不写秒数。只粗略估算一下"有个三秒就差不多了"。因为我觉得"不实际画画看就不知道"。如果实际画出来时间变长了，就拿给导演定夺，而导演会说"哦，没事"或者"是有点长，我想想办法吧"。跟现在相比，当时各方面的自由度都高得多。连台词都能擅自调整——按自己的想法画原画，再改台词。只要写下来，助理导演就会逐一记录，整理成配音剧本。哪怕我们天马行空肆意发挥，也有人帮忙善后。要是现在外包制作公司擅自更改台词，哪有人肯配合他们呢？

总之，导演那边的态度是"只要有意思，就按你的想法来"，给了我们很大权限。所以我不想强调"这部分是我做的"。在那个尚未明确分工的年代，还没那么有秩序，也没有那么机械化的流程。

——关于《飞天幽灵船》有什么回忆吗？

宫崎：我画过一场有坦克的戏。我说"加个坦克吧"，那场戏就这么敲定了。池田（宏）先生最初写的剧本里应该是没有的。国防军的坦克在城里碾压汽车，引起轩然大波……我想通过这场戏来表现自己的政治意识。分镜画好以后，那场戏被分配给了我刚进公司时的带教老师菊池贞雄先生。结果我说"这场戏必须由我来画"，从他那里抢了过来。当时菊池先生的表情还挺复杂的，大概是觉得我太讨人厌了吧。

直到现在，我还是很喜欢那场戏。可画过一次坦克后，我这辈子都不想再画了，没想到它那么费事、那么累人。我觉得坦克不应该在野外，而是要在城里发动攻击，所以才做了那场戏。其实我不太喜欢《幽灵船》这部电影，说教味太浓了。我还画了一些战斗场景，但画得不好，现在的动画师画的爆炸场景要好得多。

◎ 一拍二动画的终结

宫崎：做《动物宝岛》时，我是筹备组的一员，大家都说要把它做成一部大作，一部哪怕角色被枪弹击中也只会说一句"哎哟"而不会死的漫画电影。理想很远大，可现在回想起来，当时我们的实力确实还不够啊。

——大冢先生是中途离职了吗？

宫崎：不，不是中途，他在项目筹备之前就去了A制作公司。我直接去他家，请他帮忙画了一些，但数量不是很多。

当时大家都在议论"听说大冢先生要做《鲁邦》了"，"哦，听起来很有趣啊","让他分我们一集呗"。因为做《阿里巴巴与四十大盗》时我几乎是破罐子破摔，分镜都改得面目全非，只要自己的部分有意思就行了。结果做得太投入，颇有些我负责的戏份结束了，作品也就结束了的感觉。

那个年代的东映动画长片有 A 级片和 B 级片之分。时长和经费都是天差地别。《罗宾》或《009》那种大概算是 B 级片。《阿里巴巴》和《幽灵船》也是 B 级。A 级片是要画五万张左右的赛璐珞，按一拍二的方式制作。《穿长靴的猫》《动物宝岛》和《太阳王子》都是 A 级。谁知寄予厚望的《动物宝岛》在票房上输给了《奥特曼》。（笑）A 级片的命脉就这么断了。大家都觉得一拍二动画算是完了，一个时代就此终结。

所谓我们的时代是始于《太阳王子》，再到《穿长靴的猫》，最后到《动物宝岛》结束。我们的时代……终究是属于我们的啊。基本上一画就是五万张。大家都说《卡里奥斯特罗城》的动感很强，可它只用了四万三千张左右，片长还是一小时四十分钟。而 A 级是一小时十五分钟用五万张。做《动物宝岛》的时候，我们讨论过要不要改成一拍三，以减少张数。结果一看（初版）样片，发现只有小田部先生用了一拍二。大家都说"好你个叛徒"，但后来全改成了一拍二。（笑）因为一拍二肯定更好啊。到头来，全片基本都是用一拍二做的。所以得知《动物宝岛》票房惨败，A 级片已经回天乏术的时候，我们的希望就破灭了。我做《阿里巴巴》时才会那么自暴自弃。内容也很糟糕。我没加过班，一小时都没加过。

《太阳王子》完成后，阿朴被晾了很久。公司高层想让我当作画监督，我就要求"跟高畑勋搭档"，但他们死活不同意。导演部门也对我颇有微词，说"那小子狂得很，还会挑导演呢"。正因如此，我才萌生了"不能这样下去"的念头。

后来，有人找到阿朴，问他愿不愿意做《长袜子皮皮》。他问我

"要不要跟我一起走",我回答"那就去吧"。他又说"干脆叫上小田部先生吧",于是我们三个一起辞职了。听说当时有人劝小田部先生,"你被他们骗了,别走啊"。(笑)小田部先生嘴上说"是啊,愁死人了",可他并没有露出发愁的表情。

◎ 开创时代的《阿尔卑斯山的少女》

• 一九七一年 加盟 A 制作公司
——所以《皮皮》的筹备工作是在离开东映和制作《鲁邦》之间进行的?

宫崎:对。虽然筹备时间很短,但对我们来说意义非凡。我们思考着《太阳王子》之后的下一个主题,这样的思考一直延续到了《三千里寻母记》。

旧版《鲁邦三世》是一部非常随意的作品,没有死抠细枝末节。因为那是大隅(正秋)先生和大冢先生合作的成果。站在作画监督的角度看,突然换导演无异于当头一棒,整个人都蒙了。所以大冢先生直到最后都没回过神来。(笑)我则是想做什么就做什么,没有心理负担,做完以后痛快得很。毕竟那部作品中并没有我们想做的主题。《赤胴铃之助》和《大漠小英雄》都只是被逼无奈,不得不做。

《熊猫家族》是《长袜子皮皮》这一类主题的首次尝试,是介于漫画和高畑勋的生活动画之间的过渡作品——生活动画,或者说是以日常生活为舞台的动画。说白了就是注重日常性,关注主人公如何应对日常生活中发生的事件。不过,《熊猫家族》终究是一部过渡性质的作品。

《Animage》编辑部:
在此次宫崎骏特辑中,编辑部也请小田部先生围绕《皮皮》发表了感言，为补充说明在此引用。

我和阿宫的交情始于东映动画时代的《汪汪忠臣藏》，也算是老相识了。我们原来主要做剧场版的长篇动画，但在《阿里巴巴》之后，阿宫、高畑先生和我离开了东映动画。因为当时已经去A制作公司的大冢先生要做《长袜子皮皮》，我们三人被这部作品的魅力所打动，于是一起前去助阵。阿宫还作为制作现场的负责人去瑞典采风，可惜最终无法征得原著作者的许可，不得不放弃这个项目。当时高畑先生已经写完剧本，连样片都做出来了。

我们很难过，因为我们坚信是能做好这部作品的。况且当初是为了做《皮皮》才离开了东映动画，我们一下子失去了目标。

这段曲折的经历促成了皮皮在《熊猫家族》中的登场，不过实话实说，还是没有做得特别满意。

后来，阿宫在《阿尔卑斯山的少女》等作品中担任构图和场景设定，还制作了《柯南》。听说那段时间他精力特别充沛，被称为"人形机器"。据说担任作画监督的大冢先生经常溜出去喘口气，但很快就被他抓回去工作，为此满腹牢骚。（笑）亏得大冢先生成熟稳重，换我早就跑路了。

- **一九七三年　加盟瑞鹰映像**
——真正实现这一主题是在《阿尔卑斯山的少女》。

宫崎：对。大家都说"如果走这个路线，收视率大概只有百分之二三吧"，"收视率低一点也好，这样就不用做四季（一整年）了"，谁知最后还是做了一年。

——收视率非常高吧？

宫崎：是啊，特别火爆。我认为它开创了一个时代，是文艺动画的开山之作。这都是阿朴的功劳。

——毕竟当时大家都不信那样的作品竟然可以做成电视动画。

宫崎：我也不敢相信。作为过渡作品的《熊猫家族》十分受孩子欢迎，大家也很有成就感，但我并不觉得能在电视上再现同样的效果，而《阿尔卑斯山的少女》证明了这一可能性。但一直证明下去需要付出非人的精力。当年我们真的很拼命，累了就在地上睡一会儿，醒了爬起来接着画，颇有些"没干劲的人才会生病"的氛围。我连感冒都没得过。空气中总是弥漫着异样的紧张。制片人中岛（顺三）也大力支持我们。开播以后，他把赞助商等各方的意见都挡了下来，没让我们知道。真是帮了大忙。

我并不觉得自己是那种身体很好的人，但一进入工作状态，不管怎样都能坚持下来。直到《卡里奥斯特罗城》，我才第一次直面"身体撑不住"的现实，遭遇了挫折。

我觉得那个主题已经在《阿尔卑斯山的少女》里用过了……阿朴和小田部先生也有同感。刚做完的时候，我们还说"下次做部动物题材的片子吧，没什么心理负担的那种"，"不想再深究盘子该怎么摆，用餐要讲究什么礼仪了"。可到头来，还是沿着固定的路线做了下去。下一部不是《佛兰德斯的狗》吗？在收视率方面也取得了成功，我却觉得它跟垃圾没两样。再后面就是《三千里》，那时我们已经没有了想制作的主题，别无选择，只能把目光投向异国的风土人情。作为画面构成，我想方设法通过场景设定，烘托工业化进程较晚的意大利和阿根廷那种动荡的时代氛围，试图从中挖掘新主题。但这样的工作只有无尽的痛苦。不过对阿朴来说，那是他自己打造的路线，大概也很契合他的体质吧。

◎ 在《未来少年柯南》中回归自己的原点

宫崎：插句题外话，我们内部有个小迷信——只要跟大冢先生搭档，收视率保准要栽。（笑）本以为扫把星是阿朴，但《阿尔卑斯山的少女》收视率很高啊。那完完全全是高畑勋的作品。于是收视率扫把星就成了大冢先生。制作《鲁邦》时，大冢先生斗志昂扬，嚷嚷着"冲击百分之三十"，结果实际播出的时候才百分之九。（笑）《柯南》的时候也是，他说"阿宫啊，这部绝对能上百分之三十"，最后也只有百分之九。做《卡里奥斯特罗城》的时候，他还说"这部铁定能火"。（笑）

——您还参与了之后的《小浣熊》。

宫崎：我只是作为日本动画公司的员工画了原画。

——接着就是《未来少年柯南》了。

宫崎：他们让我当导演，可我并没有一口应下。我觉得十分惶恐。当导演太可怕了，这可怎么办呢，但又别无选择。要么做导演或构图，要么做原画——日本动画公司开的工资不高，做原画不划算。而我又不想负责《佩琳物语》的构图，差点想改行不干。所以我提出了条件，如果大冢康生肯做的话，那我就做。

——他当时在 SHIN-EI 动画（A 制作公司）吧？

宫崎：对，他在 A 制作公司负责《我是铁兵》的构图，被我拉了过来，从 A 制作公司借调到了日本动画公司。他也挣扎了很久，说自己无法胜任这样的工作强度，但最后还是很庆幸来了。他身体不太好，但做了《柯南》以后反而恢复了。做《卡里奥斯特罗城》时，他真的很拼命，都没离开过办公桌。一方面也是我不让他离开吧。

——您对《柯南》的评价如何？

宫崎：我很高兴能完成这部作品。毕竟在决定制作之初，大家都说眼下不具备充足的制作条件。是真的没有条件。不仅作画缺人，也没有美术监督。做第一集的时候，是山本二三先生来帮了三天忙。在这个过程中，我遇到了各种各样的人。

——画了七千张（赛璐珞）是吧。

宫崎：对，但在日本动画公司，哪怕是二十二分钟的可尔必思①的作品，也有好几部画了八千张，所以没什么稀奇的。即使《柯南》一集有二十五分钟，也比《佩琳物语》画的张数少。但动作幅度大，看起来就比较有动感。

所以坦率地讲，这部作品让我回想起了"自己为什么想做漫画电影"。说它是我的原点也不为过。毕竟在《三千里》结束之后，我已经丧失了对新主题的探索欲望。而在《柯南》之后，我感觉自己又回归了原点。

- 一九七九年　加盟 Telecom

宫崎：至于《卡里奥斯特罗城》，就是我们在《鲁邦》和东映时期的"清仓大甩卖"。所以我不认为这部作品中有什么新元素，也很理解看过我以往作品的人有多失望。浑身脏兮兮的中年大叔做不出新鲜刺激的作品。我当时就想，这种事绝不能做第二次了，也不想再做下去。所以后来做那两集（《鲁邦》新版电视动画第145、155集）的时候如坠地狱啊。每做一集都是大清仓。（笑）一九八〇年真是让人郁闷的一年。

宫崎：大约从《阿尔卑斯山的少女》开始，我只将部分心力用在工作上，比如画面构成或场景设定。但为了找回（自我？），唯一的途径就是承担"导演"的工作，我觉得这很不幸。直到现在，我还是觉得与负责统筹的导演相比，自己更适合当制作团队的核心成员。导演这么可怕的工作还是让高畑勋干吧。而且我和阿朴的偏好截然不同。在制作《鲁邦》的时候，我也意识到论年龄，也该轮到我承担导演的责任了。

---

① 日本动画公司制作的《世界名作剧场》系列电视动画，最初由可尔必思冠名。

宫崎：离开东映的时候，受到最多攻击的就是阿朴。离开 A 制作公司时也是如此。被人说"在街上碰见，也不会跟你打招呼"的也是阿朴。大家都觉得我和小田部先生是因为"不能让阿朴自生自灭""不能没人管他"，迫于无奈才跟着阿朴走的，所以没受到太多抨击。

因为这层关系……回顾我二三十岁的那段日子，要是撇开和阿朴的关系，我几乎没法聊动画。

在尚未深入到对方的日常生活中时，我们反而能找到更多的共同点，我也更有用武之地。例如，在《阿尔卑斯山的少女》中，我曾建议在海蒂被带去法兰克福后，让彼得做一个梦，梦见自己变成了打败哈布斯堡骑士团的瑞士农民兵，把海蒂救回来。当然这个建议没有被采纳。（笑）

但这不会让我感到沮丧，因为打造一个完整的世界是很有意思的事。大家会讨论"那边是什么样子的？""那东西后面是什么？"，之后在现场手忙脚乱地创造出自己从未见过的东西。这确实能让人体会到在制作属于自己的——属于我们的电影。

（《风之谷 GUIDE BOOK》德间书店 1984 年 3 月 30 日发行）

"丰饶的自然，同时也是凶暴的自然"

《风之谷》上映次日（1984 年 3 月 12 日），于宫崎骏导演家二楼的书房。

——根据东映动画的调查，观众满意度高达百分之九十七，您对此有何看法？

宫崎：我依旧没放下片尾娜乌西卡苏醒的那一幕，有种还没做完的感觉。

——为什么这么说呢?

宫崎：我想让娜乌西卡面前的王虫停下来，可不能那样做，所以甘愿献出生命的娜乌西卡才会死去。这也是无可奈何的事情。然而当娜乌西卡被王虫举起，被晨光染成金色时，那场面简直变成了一幅宗教画！（笑）我还跟中村光毅先生讨论，说"这可怎么办啊"。我一直都在想，就没有别的法子了吗?

——娜乌西卡确实有点像"会飞的贞德"……

宫崎：我并不想把她塑造成圣女贞德，也想剔除宗教色彩，可最后还是变成了一幅宗教画。我感到非常困惑。本以为能用更符合现实的手法来描绘，但努力了半天还是没脱离宗教元素。（笑）

——虽然有宗教色彩，但不是那种有教义的宗教，而是朴素的原始信仰。

宫崎：我喜欢万物有灵论，能接受"石头和风也有灵性"的观念，但不想把这种观念定义为宗教去颂扬。所以娜乌西卡不是圣女贞德。她之所以那么做，不是为了风之谷的所有人，而是因为她自己无法忍受。比起个人的生死，她更在乎救出小王虫，把它送回族群，否则内心的空洞无法填平。她就是这样一个人。

——娜乌西卡是个什么样的女孩呢?

宫崎：她是个怪人。在她看来，虫和人的生命同样宝贵。她虽然无法拯救拉丝黛儿的性命，却仍然不愿放弃营救小王虫……对娜乌西卡来说，抱着小王虫和抱着拉丝黛儿是一样的。常有人自称生态学家或自然爱好者，却总会莫名其妙地变成厌世的隐士，一味地否定人类社会。我想描绘一个热爱大自然，但又停留在人类世界中的富有魅力的人物。她险些去往虫的世界，但最终止住了脚步，她做的事情在现实世界中会让人丧命，但在这部作品中，却能开拓出新的世界。无法接受的人大概会一头雾水吧。

——和《太阳王子 霍尔斯的大冒险》有什么共通之处吗?

宫崎：完全不同。《太阳王子》讲的是人与人之间的问题，《风之谷》讲的是人与自然之间的问题。

——但对于乡村集体生活的描写还是很相似的。孩子也作为劳动单位被纳入其中……

宫崎：（加重语气）这是肯定的，全世界都是这样！

——影片对村庄的描写真的很细致。

宫崎：也有很多细节没做到位。比如，男人和女人分别聚集在各自的大房间里，连公主也跟大家吃一样的东西。还有如果不设定为葡萄园，改成稻田呢？诸如此类。不过能让山谷看起来更真实一些，已经是我们的极限了。水也是城堡里的大风车抽上来的，再由小风车一路往上运，存在森林的蓄水池里。可要在动画中把这些细节都体现出来，只能把故事设置得更简单——入侵者闯入了和平的山谷，有人被掳走，大家随即齐心协力展开救援，最终迎来圆满的结局。这跟《名侦探福尔摩斯》《鲁邦三世：卡里奥斯特罗城》没有任何区别。

——在村子里安排一两个像戴斯那样的人，会不会好一些？

宫崎：多鲁美奇亚帝国的军队打过来时，肯定有人觉得库夏娜说得有道理，也肯定有人去告密，或是对建议投降的娜乌西卡怒吼"你这个机会主义者！"……但描写这些有意义吗？没有！我厌倦了揭露人与人之间的差异，因为人性就是如此。现在我们必须思考形形色色的人聚在一起，要怎么活下去。我们正处在二十世纪的紧要关头，各种问题堆积如山，揭露那些又有什么意义呢？！

——要是能从中得出某种解决办法就好了。

宫崎：我得出的结论只有一个，那就是生存下去的动力。霍尔斯为什么能走出迷失森林——因为他本身就有那种能量，他对人生抱有积极而热切的期望，不是吗？如果你问他为什么改变，显然是因为他自己想改变啊。

——孟斯莉也是。

宫崎： 对。她想要一个改变的契机。我们只能告诉自己，很多人都想要这样的契机。让她得到解放，哪怕从一个神秘的女人变成一个普通人，不是也很好吗？不，我觉得这样才好呢。（笑）

——关于腐海的描写，影片开头犹巴抵达的村庄看上去相当诡谲，但影片结尾犹巴和阿斯贝鲁造访的腐海却非常明亮。

宫崎： 对人类有害的就是害鸟，对人类有用的就是益鸟，这个逻辑是不对的。风景给人的印象会随着观者的情绪而改变，丰饶的自然同时也可以是非常凶暴的自然。所以人才会在面对自然时保持谦虚，对它的丰饶也有足够的认识。《黑水晶》[①]不是说，几千年后那个星球的生物将万劫不复吗？结果演到最后，居然建起了高尔夫球场似的建筑。（笑）与其建高尔夫球场，还不如保留原来的丛林呢，丛林里栖息着各种各样的生物，不比球场有活力？我觉得那样就很好。这部电影真的很奇怪。（笑）相较之下，看看诸星大二郎先生的《失乐园》的结尾，你就会知道他非常了解风景与人的关系。

——为娜乌西卡配音的岛本须美女士演绎得如何？

宫崎： 小时候做梦那场戏很不错。她的表演很有说服力，那句"妈妈也在！"特别好。真的很棒，我十分佩服她。

——制作团队的成员呢？

宫崎： 大家都很努力。尽管老被我教训。

——您、您会教训他们吗？（笑）

宫崎： 天天吼。（笑）去 Top Craft[②] 的时候，他们都在流传宫崎骏是个可怕的人，会让人做很麻烦的工作，（笑）于是我就把流言利用到了极致。（爆笑）中村光毅先生都没怎么回过家，也没怎么好好睡觉，只能握着笔在办公桌边打瞌睡。哪怕一直修改到最后，他也毫无

[①] 1982 年上映的美国科幻电影，由吉姆·亨森、弗兰克·奥兹执导。
[②] 成立于 1972 年的动画工作室，《风之谷》的主要制作团队。

怨言。

——听说您自始至终都很有精神。(笑)

宫崎: 身为导演,即使没有精神,也得装出一副很有精神的样子来。其实我当时的精神一点都不好。(笑)我很庆幸这次能和 Top Craft 的人们合作。比如,原彻社长嘴上说"阿宫,这么做要画很多张啊",却从来不让我们减少张数。可以说这部作品占尽了天时地利人和,尽管我一天到晚都在破坏"人和"。(笑)其实我心里还是很欣赏大家的。(笑)

——制片人高畑先生呢?

宫崎: 阿朴也帮了我很多。光是有他在身边,我就能放心不少。因为不管是关于作品还是其他问题,他什么都懂,尽管那些问题让他吃了很多苦头!(笑)

——新技术 Gum-Multi[①] 的效果如何?

宫崎: 理论上是可行的,但实际操作起来并不顺利。最后的成功得归功于片山一良。我一直在鼓励他"试试看嘛!"。(笑)另外,美国有一种可以消除赛璐珞片损伤的 PL 滤镜,这次我们也试了一下,但滤镜会彻底改变摄影的参数,透射光的效果很奇怪。我还跟负责摄影的人发了几句牢骚,仔细想想,其实都是滤镜的错。(笑)

——这次的音乐也很棒,比如回忆场景搭配的少女歌声。

宫崎: 不瞒你说,我跟阿朴讨论过,想打造一首能表现"王虫一直在等待娜乌西卡这样的女孩"的歌,我还挑战了写诗……

——看来这是一部历经千辛万苦才完成的作品啊。不可思议的是,片长明明有两小时,却没有任何废戏,剧情从头到尾一气呵成。

宫崎: 它很有张力。我不想把这个素材做成《福尔摩斯》和《卡

---

① 将描绘王虫躯干的赛璐珞片分成多个部分,再以系带相接,用拉动画面的方式来表现王虫的移动。

里奥斯特罗城》那样有明确起承转合结构的作品。有茫然不解的部分也没关系，不了解整个世界观也没关系，我就是觉得……非得做成这样的故事不可……当时有这么一种心境……

——做完这部电影之后，您对原作有什么新想法吗？

宫崎：娜乌西卡这个人物确实变得更清晰了。我应该能在漫画中描绘出一个比之前更明朗的娜乌西卡。之前塑造的角色都能清晰地掌握，唯独娜乌西卡让我生出"世上真有这样的人吗"的疑惑。但我不确定连载能否展现出与电影同等的力量。（笑）毕竟那是一个庞大的故事。接下来，她要走遍土鬼诸侯国，深入僧院，神圣皇帝也会出场。然后再去多鲁美奇亚帝国，被卷入濒临灭亡的古老大国的权力斗争，最后活着回到风之谷……她还回得来吗？（笑）毕竟我一下子就对克罗托瓦生出了好感，还认为库夏娜就是一直徘徊在人类世界的娜乌西卡。这也是我的老套路了。（笑）

——不过娜乌西卡真的很有魅力啊。

宫崎：她的胸部不是很丰满嘛。

——对。

宫崎：那不仅仅是为了哺育自己的孩子，也不仅仅是为了拥抱心上人。我认为城中的老爷爷老奶奶们临终前，需要一个那样的拥抱，所以必须画得丰满一点才行。

——哦……原来是这样……（震惊！）

宫崎：必须是那种依偎着就能安心死去的胸膛。

——我懂了。

宫崎：呵呵呵（想起一桩趣事）……话说昨天，住在新潟的三弟给我打来电话。大概是因为老幺（宫崎至朗，任职于博报堂）走漏了风声。三弟听说我在拍电影，生怕票房不好，于是一家四口都去看了。

——他想帮忙贡献四人份的票房？！

宫崎：对，才四个人！（爆笑）不过啊，我是真的希望这部作品能火。它是电影制作态度的一个典范。它能取得成功,这种主题明确的严肃企划就更好实现了。

——下一部作品会不会比较轻松愉快?像《太阳王子》之后的《穿长靴的猫》似的。

宫崎:我还恍惚着呢,满脑子都是"什么都不想做"……连《浪漫相簿》①的封面还没画呢。(大爆笑)

(《浪漫相簿〈风之谷〉》德间书店 1984 年 5 月 1 日发行)

个人觉得它和《风之谷》一脉相承

——听说为了制作《天空之城》,您去了一趟英国的威尔士采风。请问这次旅行对作品有何助益呢?

宫崎:有没有助益不好说。当初是因为制片人高畑勋先生说"以工业革命时期为背景,就得去趟英国",于是我们兴冲冲地冲向了英国,在伦敦南边靠海的萨塞克斯看了苹果花,还去了威尔士的矿井。

——以溪谷为舞台有什么特殊意义吗?

宫崎:怎么说呢……一开始就自然而然画成了那样。毕竟平地画出来不好看。

于是我想,设定成"有很多坑洞的山谷"应该很有意思——尽管我不知道露天开采是否会挖出那种洞来。从威尔士回来后,我把画拿给押井守看。他一看就说:"咦,还有这种地方?"我心想:"哟,看来能唬住人。"(笑)于是决定就用这个设定。

威尔士有个地方能参观矿井,但没出现在影片里。他们保留了当年的老建筑,把员工食堂改造成了游客用的茶室。地下还有马厩,看

---

① 德间书店推出的动画 MOOK(杂志书)系列。

得我直感叹"原来当年是用马的啊"。矿井中纵向移动要坐电梯,但横向移动的话,好像直到最近都在使用马匹。

作品中有一场很牵强的戏——师傅和夏鲁鲁起了纷争,把全镇都卷了进来。要是没有那次英国之旅,我大概是不会采纳这场戏的。因为我在旅途中突然对矿工们感同身受了。(笑)

在那次旅行的前一年,矿工们搞过一次大罢工,最终以失败收场。所以矿工住宅区多是空房子,旅馆也很空。房子不是木造的,乍看很干净,但绕到后面就能看出很久没人居住了。一模一样的小房子,在马路两旁一字排开。

那景象让我十分感慨,原来这世上还存在着劳动阶级。

据说罢工失败后,矿工们闹了很多次内讧。但看到撤走的矿工们的照片,仍然能感觉到那种"虽然罢工失败了,也没有失去团结"的氛围。

——师傅家的墙上还贴着工人运动的海报呢。

宫崎: 单词都是乱拼的。(笑)我觉得这个故事中的矿工也会罢工,会跟军队对着干,(笑)他们一点都不尊敬军队。

——作品中的矿工们看到海盗都没有丝毫慌乱。

宫崎: 因为他们本来就很穷。这里有个隐藏设定,其实朵拉只袭击有钱人,他们是误打误撞来到了那座小镇。

——打架那场戏也有点"排解大环境不景气的郁闷"的意思吧?

宫崎: 我一开始就是这么打算的。(笑)

——所有人都很起劲,嚷嚷着"打架了打架了"。

宫崎: 我让老大(金田伊功)随便发挥来着。(笑)不过最初并不觉得这是个一上来就很有说服力的设定。

在日本,团结的工人、成片的矿工住宅都已经消失不见了。但威尔士还保留着。青壮年劳动力都走了,只剩下老年人。我让大家尽量表现出这种氛围来。

——看完作品之后，感觉夜晚的场景比较多。

宫崎：影片中夜晚的场景多、天空灰暗，是从《未来少年柯南》的时候开始的。不光是夜晚，这次还有很多洞里的场景。

——为什么呢？

宫崎：海盗总不能在光天化日之下袭击游轮吧？肯定是夜里更合适啊。（笑）我不想做成"他们在飞船上度过了好几天"的感觉，顶多是两三天。这次应该还是睡过觉、吃过东西的。

——巴鲁为什么会来到那座山谷呢？

宫崎：出小说版的时候，龟冈修先生（《天空之城》小说版的作者）也深究过这个问题。我只能说，人生就是这么变幻莫测。（笑）人生中总有些难以预料的遭遇。非要给出理由，也不是不能想出来，但我觉得没必要。因为在现实生活中，一个孩子不可能有自己的小屋，也不可能像他那样工作。但让孩子自力更生是儿童故事的传统设定。父母在身边的话，就没什么意思了。

作品需要这样的氛围，所以我们痛下决心，用了这种传统设定。结果朵拉变成了母亲，各位老爷子都成了父亲。（笑）故事是牵强了一点，但传统的故事如何能打动今天的孩子，我对这一点也很感兴趣。

——您的作品中常有在空中飞翔的场景，这次也不例外。请问您对飞行有着怎样的印象呢？

宫崎：我觉得飞机很酷，也很喜欢飞行的影像。这次的电影虽然以天空为舞台，其实飞行的场景并不多——我个人是这么认为的。其实飞艇的内部构造和船差不多，唯一称得上飞行场景的大概就是"鼓翼机像摩托车一样擦着地面飞驰"那场戏吧。

——您不是按照对飞行的想象描绘作品中的飞机的吗？

宫崎：硬要说起来，我并不是那种想开飞机的人。前一阵子，我尝试了驾驶滑翔机，发现开飞机和画飞机是两码事。（笑）完全没有雀跃的感觉。

——那想象会膨胀吗？

宫崎：谁看见云彩，都想飞上去瞧瞧。但我认为云间射出的太阳光造就的庄严景象仅限于离地一万米以内。一旦进入太空，就感受不到庄严了。这与天气，以及人的观感等因素息息相关。

哪怕看到了陆地卫星的照片，我也不会感动，因为那只是符号而已。地球在那些照片里变得非常单纯。

所以比起抽象的宇宙，我更喜欢和女生一起仰望星空，感叹星空的美。我决定把作品的舞台限定在这个范围内，尽情发挥。（笑）

——您之前说爱看圣－埃克苏佩里的飞行小说？

宫崎：我看过一部讲飞机发展史的英国电影。影片的最后是飞机在云端翱翔的画面，让我很是向往，想坐上去感受感受。但如果真在那架飞机上，胃里大概早就翻江倒海了。（笑）

Telecom的动画师友永（和秀）坐过喷气式飞机后，笑着说："哎呀，天上的云都是倍速移动的。"

喷气机的玻璃窗不是有四层嘛？看到那么多层玻璃就心烦。就不能让我亲手摸摸云朵吗？（笑）

坐直升机的感觉也很神奇，但那又是另一种体验了。

——听说鼓翼机的动作模式是金田伊功先生的手笔？

宫崎：是我策划的。金田先生原本负责原画，但刚开始时他总是发呆，于是我拜托他画这个。

起初他画出来的完全没有正在飞翔的感觉，只是机翼在"啪嗒啪嗒"地扑腾。我本想做成孩子骑在鼓翼机上，鼓翼机拍打机翼飞起来，最后只能作罢。所以早期的海报里才会有"坐在鼓翼机上的巴鲁和希达"，后来只能放弃这个设想。

——把前侧的机翼用作了水平尾翼呢。

宫崎：那是主翼。之所以这么设计，是觉得在鼓翼机缓慢飞行的时候，那部分可能会派上用场。

所以我们把"拍打机翼"改成了像红头苍蝇或牛虻那样,"嗡"的一声腾空而起。反正只是海盗坐,干脆就这样也不错。

主人公巴鲁的座驾则变成了风筝。

——扑翼机在作品中并没有飞起来呀。

宫崎:因为扑翼机的飞行很难呈现,不知道怎么画才能让它飞起来——说白了就是没有信心。

比方说,要是机身不动,只有机翼"啪嗒啪嗒"地扇动,那就太假了。机身也要随之激烈运动,不然就不合理。但真做成那样,坐在扑翼机上的人肯定撑不住。怎么想它都动不了。

说来荒唐——如果扑翼机是《福尔摩斯》里的莫里亚蒂教授发明的,就没什么问题了。(笑)它可以"嗡"的一声猛然升空,滑行一段距离后再忽地降下来,然后再升上去。(笑)

这是《福尔摩斯》的世界观下才会有的飞行动作,我们觉得很难在这部中呈现。

——您还构思过其他有趣的飞行器,但这次只拿出了鼓翼机?

宫崎:我画过各种奇形怪状的东西,但有一个问题必须面对,那就是"画到多少才合适"。如果这种东西在作品中安排得太多,整个世界就会变得荒唐无稽。做到一半时,我意识到了这一点。

要是有一架形似麻雀的破烂飞机飞过巴鲁的头顶,巴鲁跟飞行员打招呼,对方也回一句"嗨",那么后面我再拿出什么东西,观众都不会觉得稀奇。

作品中必须有一条分界线,这条线以内是作品原本的世界,超过它就属于空想了。如果没有分界线,就无法体现出严肃性。

不过,早上一睁眼就能看到锈迹斑斑、咔嗒作响的船飞来飞去……其实这样的世界才更有魅力。(笑)

我还画过有手有脚的虎蛾号设计图呢。(笑)

至于虎蛾号,要是把它设计成封闭式飞船,很多剧情就无法展开，所以做成了开放式的。在舰桥和主体之间架桥也是出于这个原因。其实我们本想让巴鲁和希达在桥上说话的，但他们竟然爬到了飞船上面。（笑）

——片头也出现了很有个性的机械。

宫崎：只画一个场面并不难。但我们想让它看起来真假难辨，就只放在了片头。

遇袭的飞艇和歌利亚号的外形都很正经。其实我内心深处隐隐觉得，这种设计没什么意思，尽管这么说很对不起画它们的人。但现在回头看，让那些飞船的设计止步于此，其实也是无可奈何。

——这次的音乐也很棒。

宫崎：我完全没管音乐，甚至说过"这部电影大概不需要任何音乐"，（笑）但不配乐怎么可能呢。于是我全权交给了精通音乐的高畑先生和负责过《风之谷》音乐的久石（让）先生，交给他们两位肯定没问题。

在实际制作时，我们通常会考虑到在某一段插入类似M.16、M.17的音乐。印象专辑在这个环节帮了大忙，有名称的曲目比M开头的编号曲目清晰得多。

对照两者，还可以发现缺少了哪些音乐。

——但影片中的音乐和印象专辑差别很大。

宫崎：有几段确实会让人疑惑"怎么搞得这么热闹"。（笑）但总体还是很不错的。

——机器人的脚步声、虎蛾号的咻咻声也很棒。

宫崎：真要追究细节，就没完没了了，但我觉得能在这么短的时间里做成这样已经很不容易了。

我要求音效师尽量去掉带科幻色彩的声音元素，比如电子音。

——机器人配那种音效正合适。音效师肯定很头疼吧？

宫崎：如果机器人走路时发出"轰隆轰隆"的声响就太像垃圾

车了,所以我让他们做得更加"叮叮咚咚"一点。最后出来的音效很好听。

不过话说回来,只有那些音效确实不像话。多亏加入了背景音乐。

——《天空之城》的美术水平太高了。

宫崎: 我很幸运,能同时请到山本(二三)先生和野崎(俊郎)先生。如果少了其中一位,肯定到不了现在的水平。

野崎先生和山本先生不是在做加法,而是在做乘法。他们相互启发,共同提高了作品的水准。我和山本先生是Telecom时代的老相识,多亏了他,我的想象才能完美呈现出来。

美术的时间也很紧张,但他们都精益求精。所以我们不必担心美术,作画工作也能开展得更顺利,对我们很有帮助。

——制作周期还是挺长的。

宫崎: 幸好足够长。有好几次我们都要两眼一黑了,天知道要做到何年何月。撇开好不好看不谈,这部电影确实是我们认认真真做出来的。(笑)完全没有虚张声势。照理说反派登场时,从脚下往上移动镜头更有效果,但我们用的都是正常角度。至于这么做是好是坏,那是另一个维度的问题。大概是因为我年纪大了,从头到尾都没有做那种"反派登场了!"的场景。

只有将军露脸时稍微带点那种感觉。(笑)用了几乎毫无意义的大号赛璐珞片。(笑)

那是因为我想表现出军队无人能敌的强大感,体现出"巴鲁怎么挣扎都不可能如愿",所以必须好好画这一幕。朵拉他们只用常规手段肯定打不过军队。再说了,哪有海盗敢和军队正面对抗啊。而且他们只有鼓翼机。我讨厌军队,也想刻画出他们的卑鄙。

——拉普达那颗巨大的飞行石很特别。

宫崎: 飞行石可把我们愁坏了。其中要有一个类似心脏的部分,于是我和饭田(助理导演)商量了一下。起初是想做成一个漂浮在液体中的球体，发出"铿——锵——"的声响。

科幻作品里，这样的物体不是都会做成类似核反应堆的样子嘛。我们一致认为这种设计不吸引人，才做成影片里那样。

后来我们又讨论起"飞行石被一堆管子缠绕着会不会很奇怪"，最后决定用树根把它包裹起来。

我们想表现出"飞行石能让树木茁壮成长"的感觉，但用语言解释显得很苍白，所以只让那里长出了类似白色豆芽菜的东西。穆斯卡一声惊呼："这地方是怎么回事？"解释到此为止。因为有飞行石，拉普达才会变成那副模样。哪怕进入太空也能靠飞行石活下来。（笑）

后来野崎先生不是让它发光了吗？他还专门问了一句："氧气应该是什么颜色的？"

当时我正好在考虑影片的结尾。要是让拉普达就这样飞上高空，孩子们肯定认为那些狐松鼠会死掉。

于是才有了大家现在看到的结尾。

那是阿波罗进入太空之前的故事，当时人们还不知道在人造卫星上看到的景色是什么样子，所以在我的坚持下做成了那样的结局。大家还说地球上的人能看到拉普达。

而且这次我抱着回归漫画电影的信念，觉得它和《风之谷》是一脉相承的。如果观众带着对《风之谷》的印象去看《天空之城》，也许会有点惊喜。但这部电影也是我特意为了让年龄小一点的观众也能看而制作的。

——故事的核心元素就是少年、少女、军队和海盗？

宫崎：我有过很多构想。如果设定成老博士和少年少女的故事，能在机械方面发挥得更自由一些，类似于《时间飞船》[①]的变体。

只不过，老博士变成了朵拉。（笑）

[①] 龙之子工作室制作的电视动画，1975年至1976年播出。

我并不排斥这种设定，但人际关系会变得单薄。人与人的关系在影片开始便确定下来了，所以无法再去描绘人和人相遇的情形。但相遇是电影中最有趣的部分，所以我放弃了这个构想。

——朵拉是个很好的角色。

宫崎：是啊。工作做烦了的时候，我也想像朵拉那样大喊一声："振作点！我讨厌慢腾腾的家伙！"

朵拉会对其他船员和儿子说，"男人就该出去搞艘自己的船"。但打劫所得会被她没收。（笑）

——老技师年轻的时候是不是喜欢过朵拉，感觉背后好像还有很多故事。

宫崎：他确实像儿子们和船员们的义父。（笑）

这个角色是我在构思"巴鲁坐上风筝和众人告别"时想到的。那时在剧本上，他们还是"坐着鼓翼机离去"的呢。而且坐上虎蛾号时，飞船上没有这么一个老爷子该多无聊啊。我们叫他"鼹鼠老头"。（笑）

多亏了他，朵拉一家才能保持和谐。

他还有一副好嗓子，那句"小点声！"感觉特别好。设置这个角色是明智的决定。

——这个角色很出彩，或者说，他一出场就立住了。

宫崎：朵拉上了年纪，嗓门没那么大。所以她喊的时候，声音从一开始就是哑的。这也是没办法的事。我还想过让她的儿子背着她出场，但后来觉得，还是让她做一个在各方面都不输给儿子的老婆婆比较好。

她一戴上眼镜，就变成了一位慈祥的老婆婆。（笑）她在影片后半部分没什么出场机会，但我其实是想给她安排戏份的。不过后半段的战斗必须靠巴鲁自己，只得安排朵拉一家去寻宝，然后逃跑。

我本想在片尾让朵拉丢给巴鲁一颗宝石，说"拿着吧，反正也不占地方"，最后还是改了。我觉得拥抱希达才会让角色更加完整。

——《天空之城》的主题是什么？

宫崎：没有什么主题，就是男孩遇到了女孩后脱胎换骨，（笑）最终成为顶天立地的男子汉的故事。

我倒不是为自己辩解，而是觉得电影确实需要单纯的东西。如果有个孩子看了《天空之城》，说"这是个痛快的故事"，他对这部电影的理解就很到位。

现在回想起来，故事里的男生获得女生芳心时，都是彬彬有礼的。这是一个永恒的主题，能得到女生青睐是一种顶级的礼仪。不过，我不像以前那样忘我地描绘女生了。（笑）少了心怦怦跳的感觉。大概是老了吧。（笑）

——您还在当打之年呢。多谢您今天拨冗接受采访。

（《浪漫相簿〈天空之城〉》1986年9月15日发行）

《龙猫》不是因为怀旧而制作的作品

采访者／池田宪章

◎ 舞台设定和房子

——《龙猫》的故事舞台是如何设定的呢？

宫崎：其实是用很多地方拼凑出来的。圣迹樱丘的日本动画公司附近啦，我从小看到大的神田川流域啦，现在居住的所泽地区的风景啦，全都混在了一起。负责美术的男鹿和雄先生是秋田人，所以还带了点秋田的感觉。（笑）总之并没有具体的原型。

——年代又是怎么设定的？起初听说是一九五七、一九五八年左右，但看过电影之后，感觉里面也融入了不少您儿时的回忆。

宫崎：其实并不是"昭和三十年代[①]初"，而是还没有电视机的年代。起初我还想过让收音机播放《新诸国物语》，但那样太刻意了，所以特意排除了能体现年代感的元素。因为同时上映的《萤火虫之墓》肯定会有，《龙猫》没有也无妨。

——唯一有年代感的，大概是勘太在笔记本上乱画的杉浦茂的漫画吧。（笑）

宫崎：那是原画师筱原征子按自己的喜好加进去的，能认出来的人年纪都不小了。（笑）

——话说小学的笔记本总有一圈不可思议的白边，仿佛在说"快来涂鸦呀"。

宫崎：我的笔记本上全是涂鸦，用在课堂上的只有一点点。（笑）考卷背面也被我画得一塌糊涂……大家都有这样的回忆吧。能把在日本看到的景物、记忆中的东西或儿时风景片段做成电影，而不是用国外取材的景色，着实是一种幸福的体验。好比冢森的大樟树，现实生活中并没有如此雄伟的樟树，但在我的印象中，它就是那样高大。"好高大，好壮观的树啊。"——每个人小时候都这样仰望过一棵大树吧。所以一旦画出来，树的形象自然会变得异常巨大——当事人并不觉得自己在撒谎。因为在印象中，那棵树的确是如此伟岸。

——在影片开头搬家的那场戏里，小月和小梅在新家跑来跑去。这让我想起了自己小时候，"没错没错，没放家具的房子就是特别宽敞"。去海边民宿时，和兄弟姐妹争先恐后地打开陌生的房间时总会特别开心。房子显得格外宽敞，其实就是因为没放家具吧？

宫崎：每个人都有过一两次那样的经历。我也很喜欢那场戏，虽然它普普通通。孩子们跑来跑去，打开门说一声"没人！"，然后砰的一声关上，再打开另一扇门，高呼"是厕所！"。跑着跑着，就会

[①] 指1955年至1965年。

兴奋起来，甚至笑出声——孩子的世界就是这样的。不过他们真在面前这么闹一番，你肯定会嫌吵。（笑）这次的作品没用到什么花招。我甚至边做边在心里嘀咕，什么都不用真的好吗？这部作品完全不需要牵强的技法。

——搬家是为了让母亲出院后能在空气质量好的地方疗养，这么理解没有问题吧？

宫崎：嗯，没错。除了这个，也想不出别的理由了。那种日式民宅与西式房间相连的房子以前还挺常见的。其实那栋房子还没全部完工，是个半成品。院子本来也想好好收拾一下，还没来得及弄好，房子就没了用武之地……换句话说，那是一栋曾有病人去世的房子。

——是吗？

宫崎：我认为那栋房子是专门给结核病人疗养用的小别墅。病人去世以后，房子就没有了用处，便闲置下来。不过这是隐藏设定。

勘太的奶奶也许给上一户人家当过用人，所以她明明是乡下人，说话却很直率。这都是隐藏设定，没必要说出来，所以谁都不知道。这就是我对那栋房子的设想。所以小院的光照才格外充足。

◎ 记忆中的世界

——看电影的时候，感觉美术的中间色运用得特别好。

宫崎：男鹿先生的美术功不可没。多亏了他的功力，才能完美展现电影中那个世界的风情。他大概也没想到自己能做到这个水准吧。对我来说，除了龙猫、猫巴士和灰尘精灵，其他都是见过的东西，这一点非常关键。不是在某本书上看到的，全都是记忆中的风景。房子、土地、水面、草木……从这个意义上讲，这是一部让我感到很幸福的作品。（笑）如果将故事的舞台放在外国，你就不知道打开房门会看到什么，也不知道路边开着什么花。

故事的发生地点不在我们身边，但比起把虚构的故事做得像真的一样，直接描绘真实的东西显然更好，对男鹿先生和我来说都是如此。所以我们想方设法靠近这个目标。看到一片杂草，会感叹"有这么多种杂草啊"，这种心境就是我想在影像中呈现出来的。从这个意义上讲，这么做还是有难度的，但在美术上努力让我倍感幸福。初夏时节，尤其是夏至前后，太阳应该不会升得这么高吧？或者太阳再高一点，阳光照不到檐廊这个位置，该怎么办呢……我跟男鹿先生整天讨论这些问题。

——我看了几张赛璐珞片，不光背景里有，前景里也加上了草丛，还直接在赛璐珞片上运用调和处理[①]的方法加了几根草，采用了多种手段。

宫崎：那是因为用组线[②]来分割的话，树木的轮廓就会很乏味。我们一贯是这么做的。画草丛之类的东西时，我不想一股脑儿地采用调和的手法，就在赛璐珞片上稍微加了一点叶子，控制在不会被看出来的程度。这次之所以显眼，大概是因为杂草太多了。我们这次用的手法其实很传统。比如减少透射光的使用，都是故意为之。

——镜头的位置好像始终与视线持平。

宫崎：说到底，只有这样才能营造出最自然的效果。总的来说，使用仰角或者让镜头紧贴地面的角度并不适合这部作品。

——只有公交车站那段的一个镜头不是平视。

宫崎：对，有一个俯瞰的镜头。

——看到那段时我想，"哟，是不是龙猫要出现了呀"。（笑）

宫崎：不，其实只是因为一直用同一个视角太单调了。（笑）不过雨天的效果做得很好。做到那个地步，我渐渐变得贪心起来，想把

[①] Harmony 处理，即跳过上色步骤，将作画的线条与美术的背景直接结合在一起的手法。
[②] 给负责美术的人参考的基准线，以保证背景和赛璐珞片结合时不错位。

落到地面的雨滴"啪嗒啪嗒"飞溅起来的模样也表现出来，不过最后呈现的效果已经比预想的自然多了。有人看完以后对我说"日本的自然可真美啊"，我暗想"太好了！"——但那都是我们见惯了的风景，不是吗？即便在今天，也都是随处可见的景色。

——昨天下过一场雪，今早东京的天空特别美。

宫崎：是啊。

——看到那样的景象时，我不禁感叹"东京也没那么糟糕"。

宫崎：光是看到树梢冒出新绿就觉得美，这真的很美好。心态不够从容的时候，是不会这么想的。男鹿先生在制作这部电影时肯定也看了各种各样的东西。想想还怪有意思的，他会随便挖些土来，装在花盆里，然后长出各种各样的东西，变成一片不可思议的草丛，真正的草丛。稍微数一下，都能数出很多种杂草。那本是用来种水果的，但后来没人关注水果了，因为从土里冒出来的杂草才更有意思。还有个盆装的是他从信州带回来的泥土，养着养着长出了奇怪的东西，大家很好奇"这是什么，那是什么"。但所谓"奇怪的东西"也不过是司空寻常的杂草罢了。

——有没有外出采风过呢？

宫崎：只去了日本动画公司后面，一天就搞完了。男鹿先生、作画监督佐藤好春先生和我一起去的。男鹿先生还独自去了几次。他住在日野市，离那里很近。

他观察得很仔细，于是美术人员的工作就变得非常辛苦。杂草相当难画。

——长得也很随机。

宫崎：都是路边的野草。一棵一棵画出来确实很美，但在日常生活中，你根本不会注意到它们，也不会想"啊，那里长着野草"。那样的野草却让我们倍感怀念。如今我见到看麦娘，还会摘下来当哨子吹呢。车前草就更不用说，战争刚结束的时候还需要割下来上缴政府,说是能加进黑面包里。繁缕也经常吃。杂草不是给人一种自由生长、顽强不息的印象吗?也许这就是我喜欢它们的原因。

——我也有钻进神社的空心树干中玩耍的记忆。

宫崎：樟树的皮凹凸不平,很好爬。当然,东京的大学校园里那种笔直的樟树是很难爬的,但《龙猫》里那样的樟树还挺多。日本动画公司附近也有一棵孤零零的老樟树。樟树没有几千年的寿命,活到几百岁的老树就非常壮观了。可惜樟树不结橡子,只会结出黑色的小浆果,所以没有在小月和小梅家的院子里设置樟树。做植物生长那场戏时,我提醒自己"表现得稍微夸张一点,就不是日本了"。

——会变成热带雨林吗?

宫崎：不,我的意思是会变成欧洲。例如,猫巴士像一阵暴风似的驶来,可要是在暴风和猫巴士之间画上等号,就和日本脱节了。日本没有风之精灵,只有扛着袋子送风的神仙。所以,如果把猫巴士做成风之精灵,它就不再是日本的东西了。

日本正走在现代化的道路上。但龙猫它们尚未完全现代化,是处于过渡阶段的妖怪。

做这部电影时,我深切感受到了这一点。所以我无意回归水木茂①笔下的妖怪,对那种妖怪也没有亲切感。对出生在昭和时代的我来说,"猫妖变成巴士"反而更好接受。如果让我创作类似《阿信》②或以明治时代为背景的故事,和创作外国的故事没什么区别。听人提起古老的马笼宿③,我也没有一丝丝的怀念。建于战前、没有毁于战火的建筑和昭和初期的建筑才是更能触动我的风景。许多日本题材的作品里有恐山的巫女,也有大津绘④中那种俗套的感情故事。这些都

---

① 水木茂（1922—2015）,日本妖怪漫画第一人,代表作为《鬼太郎》。
② 1983 年至 1984 年播出的 NHK 晨间剧,20 世纪 80 年代最具影响力的日本电视剧之一。
③ 日本古驿道宿场遗迹,有许多保留江户时代风貌的老建筑。
④ 江户初期京都与大津一带的特产民俗画。

与我无关。从这个意义上讲，很遗憾，我是一个已经现代化的人。宫泽贤治在岩手的土地上长大，虽然他的内心深处有着对欧洲的向往，却能勉强克制住，没有脱离实际。读《银河铁道之夜》时，我常常悲从中来。作品中的主人公回家时都是脱掉鞋子再进屋。我们也会有类似的感受吧。然而，当我们用最忠于自己的方式进行创作，作品会呈现出怎样的面貌呢？这就是制作《龙猫》的初衷。不过要申明一下，制作《龙猫》并不是因为我怀念那个时代。我希望孩子们看完这部作品后，会突然跑过草丛，捡起橡子，或者钻进现在已经很少见的神社后面的树林中玩耍，怀着忐忑的心情窥探檐廊地板下的空间，仅此而已。

◎ 缘何被植物吸引

——自《风之谷》以来，您的作品一直以自然与文明、植物与人类为主题，请问您是从什么时候开始被植物吸引的呢？

宫崎： 在童年和青年时代，男生总是追在女生后面跑，不会对植物产生兴趣。我小时候也不是一个特别喜欢植物的孩子。被植物吸引是在年过三旬以后。

不过我小时候确实有一次觉得树很美、很壮观，直到现在还记忆犹新，是在上初三那年。

在那之前，哪怕走在一片到处都是树的地方，我也没有心情舒畅之感，还俗气地认为风信子比田野上的花更美。二十多岁的时候，我并不是特别喜欢新长出来的绿叶，可到了三十多岁，就开始为榉树的新绿感动，不由得想"世上还有这么美的事物吗"。也是从那时起，我对植物生出了兴趣——树就是美的。但在外国看到的树再漂亮，和日本的树还是不太一样。

比如美国旧金山郊区的大片红杉林，树下土壤干燥，杂草种类也不多,真有种铺上毯子就能露宿的感觉。可要是睡在日本的树下,肯定有各种东西爬出来,一会儿是蚰蜒,一会儿是西瓜虫,还有苍蝇、蚊子、牛虻……外国的树林里就没有这些虫子,感觉很不真实。

——那是人工种植的树林吗?

宫崎:不,是天然林。问题在于气候,湿度和温度的影响比较大。再往南走一走,温度湿度又太高,让人受不了。到头来,还是看到自己熟悉的植物最舒服。

我第一次出国旅行去的是瑞典。当时也觉得那里的树很美,但看着有些单调。回国以后,我一个人去石神井公园散步。因为是工作日的上午,当时公园里一个人也没有。我为什么会在那个时间段去公园呢?因为一大早去东映动画的工作室也见不到一个人,所以把孩子送去托儿所后,我都会去石神井公园打发打发时间,然后再去工作室。逛着逛着,突然觉得这个公园好美啊。我意识到,原来没有人的时候,日本是这么美。(笑)原来日本变得肮脏混乱,只是因为人口增加了……当时我恍然大悟。在格林童话里看到"睡在森林的树洞里"这样的桥段时,我很不理解。要是在日本钻进树洞,肯定满头都是虫子。因为树洞里有各种各样的昆虫。不仅虫子很多,再狭小的空间里都长满了树木杂草——这就是我眼中的自然。所以看外国的童话时,我才会想不通。

意识到这一点时,我心想:啊……我果然是个日本人。虽然日本历史中有很多令我讨厌的元素,但我好像对自己多了几分了解。

——所以,一切始于日本的树木和自然对您的吸引?

宫崎:你知道中尾佐助提出的"照叶树林文化"吗?

——不,不知道。

宫崎:在我三十多岁的时候,中尾先生第一次提出了这个概念。他的文章让我深受震撼。

放眼世界,爱吃松软米饭的民族其实很少,主要分布在日本、尼泊尔和中国云南等地。这些地方的人还爱吃纳豆类食物。早在日本建国之前,甚至在日本民族形成之前,我们就已经是这个文化圈的一分子。云南至今保留着吃糯米饭的风俗,而不丹那边的人看起来跟日本人没什么两样。本以为日本是封闭的岛国,只有源氏、丰臣秀吉这种老调又无聊的历史,没想到它早与世界有了广泛的联结,而且这种联结超越了国家和民族,这让我由衷地释然。"照叶树林文化"就是一篇关于这方面的文章。

从那以后,我便豁然开朗。日本人是犯过很多错误,但并不意味着所有日本人都是这样。绳文时代制作充满奇思异想的土器的工匠也是其中一员。于是我也能更自由地把历史、我们的现状、战争的愚蠢等各个方面,放到历史的长河中去看待了。

——也就是说,您不再有闭塞感了?

宫崎: 是的,我原来有非常强烈的闭塞感。从这个角度重新审视日本人,就会顺带着重新审视自己,开始思考我从何处而来,为什么爱吃黏糊糊的东西,鼻子的形状为何都跟绳文人一样……青春时代的我被这个问题深深困扰过。(笑)

结合这些亲身体验细想起来,我成长在学校的历史教育中,成长在自称为愚蠢无知的四等公民的言论中,所以有巨大的闭塞感。但从某一刻起,我选择将这一切抛诸脑后,释放自己,开始拥抱照叶树林文化。我终于明白自己为什么喜欢榉树而不是杂树林,看到榉树会觉得安心。那是因为榉树属于照叶树林嘛。(笑)

当我意识到流淌在体内的血液和照叶树林紧密相连,远超发动战争的愚蠢日本人、侵略朝鲜的丰臣秀吉,甚或是我最讨厌的《源氏物语》时,我感到一种难以言喻的畅快和解脱。从那以后,我便意识到了植物的重要性,意识到了风土问题对于人类的重要性。如果风土遭到了破坏,我身为日本人,就会失去与这片土地最后一层联系。知床半岛的原始森林确实该留下来,听到有人要砍伐树木,我火冒三丈。

但当我亲眼看到知床的风景时,却没有亲切感,觉得那里属于另一个文化圈,更偏欧洲或西伯利亚。那样也很好。

日本已经没有成片的山毛榉了,那种真正的照叶树林已不多见,但我希望能留下更多的樟树、橡树、冬青等树木和森林。昔日的照叶树林曾如此繁盛。榊木之所以被供奉在神龛的祭坛上,是因为人们尊崇它。其实日本的森林很幽暗,一走进去就会毛骨悚然,感觉"好像有什么东西"隐藏在其中。

◎ **妖怪栖息的世界**

——这就是龙猫住在树里的原因。白天也很幽暗的森林……龙猫是夜间行动吗?我看它白天都在睡觉。

宫崎: 黑暗和光明是对立的关系,欧洲认为光明是正义的,黑暗则是邪恶的。我不喜欢这种说法。勒古恩的《地海战记》里说,也许黑暗才是最强大的。

《黑水晶》也是如此,以简单粗暴的二元论将世界划分为美苏两极。但我认为黑暗与光明不适用二元论。对日本人来说,神灵隐没在黑暗中,也许偶尔会在光明中现身,但大部分时间栖身于森林深处或深山里。如果有可以依附的对象,神灵就会悄然降临。所以冲绳那边保留下来的最接近原始形态的神社虽有殿堂,人们祭祀的对象却往往是寻常的木头或石头。祭祀场所也不是什么金碧辉煌的地方,而是静悄悄矗立在幽暗之处,周围有蝴蝶翩翩飞舞,乍看有些阴森恐怖。我带孩子们去的时候,他们都不禁毛骨悚然,直喊"好可怕,好可怕",好像那里有什么东西似的。对日本人来说,这种"可怕"的感觉就是对森林的敬畏之情——说白了是一种原始信仰,万物有灵论。自然之中充满了混沌与未知。很多地方都有"禁林",据说常年上山干活的人进去了也会感到"好像有什么东西存在",突然生出恐惧,觉得还是赶快出去为好。我也不知道究竟是怎么回事，但直觉告诉我，那未知之物应该是真实存在的。我倒不是相信鬼神之说，只是认为世界上并非只有凭五感能感知的东西。这个世界不单单是为人类存在的，有这种事又有何不可呢？所以我总觉得，用"因为人类需要，所以要保留森林"这种追求效率的思路看待自然不太对……

那种东西和内心深处的幽暗面相连，一旦抹去，心中的幽暗也会随之消失，而自己的存在也会变得单薄，这让我很在意。

我从不在过年时去神社，因为并不觉得神灵会住在那些金碧辉煌的神社里。日本的神灵还是该待在某处的深山幽谷中。（笑）

——应该在深山幽谷里睡大觉吗？（笑）

宫崎：或在狂风中优哉游哉地跳舞。其实我本想加一场台风戏。

——小月遇到龙猫的那个晚上倒是来了一阵狂风。

宫崎：只能做成那样了。房子被夜晚的狂风吹得直晃。照理说，我们本可以用大家更熟悉的场景来表现。比如台风来袭，房子被吹得嘎吱作响，晚上突然醒来，发现爸爸拿着锤子，在檐廊内侧钉防雨窗。孩子在一旁看着，心惊胆战。爸爸安慰说没事，孩子却忧心房子会不会被吹走……从前门望出去，只见树都被大风吹歪了，树叶漫天飞舞。挂着绿色橡子的枝杈也飞了过来……防雨窗上不是有洞吗，那是为了方便观察外面专门留的，但没派上用场。为什么呢？说出来很气人，因为小梅够不着啊。（笑）

——是啊。（笑）也没人会把窗户开在那么低的地方。（笑）

宫崎：要是能把这些细节都做出来，就能描绘出台风一夜，打造出一部更令人兴奋的电影了。

——还能展示台风过境之后的万里晴空。

宫崎：走到门口一看，地上还有掉落的橡子。就像阿朴说的那样，只要用心设计这样的小细节，就能打动人心，给人留下强烈的印象。刮台风的时候让人害怕，但刺激兴奋的感觉却更胜一筹。换句话说,你能更深刻地理解风景、风土和气候的意义,而不会被别人的看法和恶意所困扰。

事实上,我认为日本这个国家的风土和风景,比如气候、温度、风雨、台风、地震等,对日本人有着十分重要的意义。

但大家忽视了这些,在家里装空调,一去乡下就喊"臭死了";因为厕所里摆着桂花味香氛,闻到真的桂花便说"有厕所的味道"……在这样的环境中养育下一代是个可怕的错误。这种生活太不接地气了。这部作品就是想告诉大家,我们还有其他的活法。

——龙猫是大自然的精灵,一句话也不说。"不让龙猫开口说话"是一开始就敲定的吗?

宫崎: 是的,我坚决不把龙猫塑造成小鬼Q太郎[①],出场时间太长也不行。我还下定决心,绝不进行"龙猫看到小月伤心难过,就会对她表示同情"的描写。小月寻找小梅那段非常可爱。小梅明明就在那里,于是龙猫帮了她一个忙,用猫巴士送了她一程……这就是那场戏的全部内容。也许龙猫并没有自己在帮忙的意识。

——猫巴士反而更像人。还"咔嗒咔嗒"打出了医院的名字。(笑)

宫崎: 之所以这么构思,是为了让小观众放心。看到猫巴士打出"小梅"的名字,他们就能放下心来。这也是为了给作品画上一个痛痛快快的句号。如果不在这个时候让他们放心,他们会一直提心吊胆,直到最后在找到小梅那条路上才松一口气,那样的话结尾就太仓促了。所以我们通过"猫巴士"和站名让小观众意识到"肯定能找到小梅"。如此一来,大家也会觉得"妈妈应该会好起来"。(笑)当然,这都是我们的设想。所以那场戏配欢快的音乐是没问题的。

——在第一版故事梗概中,小月遇见了龙猫,把伞借给了它。第二天起床后,她发现雨伞放在自家门口,边上还有一包作为谢礼的橡

---

① 藤子不二雄笔下的角色。

子。为什么要改成现在这样呢？

宫崎：对，"龙猫还伞"这一段连分镜都做好了。但是那么处理的话，就显得龙猫太懂事，它不可能有借和还这样的概念。再说了，龙猫怎么会抵触淋雨呢？

——它毕竟是动物。

宫崎：嗯，而且雨水会滋养植物。龙猫是那片森林的精灵，肯定能听到植物们喝到雨水时的欢声笑语。这样的生物怎么可能讨厌下雨呢？而且还是梅雨季节的雨。它撑了片叶子在头顶，是在享受雨滴落在叶片上的清脆响声，所以不会对"借伞"心生感激。想到这里，我就觉得这样的情节是有问题的。但转念一想，兴许龙猫爱听雨滴拍打伞面的响声，它也许觉得雨伞是一种美妙的乐器。既然收到的是乐器，哪儿有归还的道理，要不当场给包橡子作为回礼吧。

所以，故事情节不一定都是从一开始就定好的。

——电影院里的小观众们特别喜欢车站那场戏。

宫崎：我也很开心。其实那场戏不好做，因为是静态的。小月吓了一跳，但也很兴奋。

——小观众肯定都体会到了那种感觉。

宫崎：我琢磨过该让谁先遇见龙猫，想来想去，还是决定让胆子大的小梅先来。在瓢泼大雨中突然看见这么个大块头站在自己身边，无论小月多么坚强，都会被吓坏的。还是让小梅先遇见，再轮到小月比较好。做成当小月跟龙猫静悄悄地站在一起时，猫巴士突然出现，一阵鸡飞狗跳后又离开了。所以我觉得猫巴士出现时，小月没有必要害怕。但加入呼啸的风声后，一下子变得可怕起来。我一看便想，"哦，这样才对嘛"。所以也不太好把久石先生的音乐插进去。

——原来已经有配乐了吗？

宫崎：嗯，那场戏原计划要配一首节奏欢快的乐曲，类似于猫巴士的主题曲。可是一配上去，猫巴士就变成了一只欢快的傻猫，而且还是一只进口猫。

话说猫巴士乘风而来的时候，我一直想象着耳边会伴随着呼啸的风声，但那些茂密的大树之间哪儿来的风呢。我又不想把树放进单独的赛璐珞片，扼杀美术表现的深度，最后实在没办法，只能放弃在画面中表现风的念头。谁知配上呼啸的音效声一点都不突兀，还挺不可思议的。（笑）

◎ **在现实与梦境之间……**

——灰尘精灵在夜晚前往冢森的那场戏非常梦幻，却又毫不牵强地和现实融合在了一起，很有意思。

宫崎： 就像在制作两个完全不同的故事。我一直在琢磨，该怎样将龙猫出现的场景和对自然的描写结合起来。虽然有所顾虑，但还是觉得应该先展示清楚那栋房子，还有周围的森林和身处那个环境中的孩子们，否则无论后面出现什么，观众都会认为那是理所当然的。而"理所当然"则意味着"充其量不过是虚构的故事"。所以必须在影片开头尽可能清晰地描绘出现实生活的碎片——因为到了后半段，这部分可以快速带过。不过出于这种考量，前半部做出来的时长大大超出了原计划。

——是吗？（笑）

宫崎： 没想到搬家后的第一晚会用掉那么多秒。

——A part 一不留神做长了？

宫崎： 与其说是做长了，不如说做成那个长度是不可避免的。

——和以往作品相比，这个故事并没有什么跌宕起伏的情节。

宫崎： 嗯，没有。

——小梅差点迷路就算是全片的高潮了……能觉出您在这方面下了相当大的决心。照理说本可以更加曲折，为什么最后没那么做呢？

宫崎： 关于这一点，我从一开始就没有任何犹豫。甚至觉得"情节已经很丰满了"。哪怕只有台风之夜，也能做出一部足够让孩子们兴奋的电影。

——您的意思是，只要在那一夜尽量描绘孩子的情感就行了？

宫崎： 不，因为台风之夜本身就很刺激，是日常中的非日常。如果连日常中的非日常都不能做得有趣，电影就站不住脚。我刚才提到"这次的作品没用什么花招"说的就是这回事。在小月和小梅遇到龙猫的情节上，我们基本上没有指明"小月在车站遇到龙猫"和"小梅第一次遇到龙猫"是确有其事，还是一场梦。不过，我当然是本着"那都是真的"的心态去做的。

——还有跟龙猫一起跳舞，然后树迅速长大了那段。

宫崎： 那个嘛，就是树版的核弹爆炸……（笑）

——我看的时候还在猜测，这一幕是不是想表现种子强悍的生命力……也可能是树自己做的一个梦……

宫崎：（宫崎先生笑而不答，似乎想让观众按自己的观感理解。）

——"是梦，但又不是梦！"这句台词也很美好。

宫崎： 让小月说这种解读色彩太重的台词也就算了，让小梅马上跟着说，总觉得不太妥当……我也在反省，是不是应该让小月先说"不是梦"，再重复一遍，然后让小梅模仿就好。（笑）没必要什么都弄明白。你问我龙猫是何方神圣，我也答不上来。

跟久石让先生讨论音乐时，我们也很头疼，觉得过分强调神秘感好像也不太对。话虽如此，要是做得太有亲切感，仿佛出现在人物身边的只是寻常的貉子，那也不对劲。所以用久石先生无个性的极简音乐最合适。如果再神秘一点，就有些过犹不及，其中有耳熟的旋律，细听又有点不同……我觉得这种感觉恰到好处。

说来还挺不可思议的，龙猫出现在小月身边时响起的音乐是调整过的。原来是一段七拍的旋律。我说循环播放的话感觉太满了，便让久石先生稍微去掉一点。

于是，久石先生在混音的时候数着拍子，一、二、三、四、五、六、七，停一下，再数七拍。最后做出来的效果特别好。配上画面，简直是天衣无缝，别提多神奇了。

小月抬头仰望的时候没有音乐节奏，可龙猫一现身，音乐就响起来。我直感叹世上怎么会有这么巧的事。（笑）那一段配乐特别好，没有喧宾夺主，没有鲜明的个人特质，既给人难以捉摸、不可思议的感受，又不过分夸大神秘色彩，有种难以名状的亲切感……加上音效和配乐之后，那场戏真的改善很多。

在音乐制作方面，久石先生也操了不少心。他本以为这部作品的配乐一定要欢快明朗。不过直到影片完成后，我才敢一口咬定，配乐也不是非明快不可。其实在制作过程中，我就对久石先生说过，没必要做那么明朗，从头到尾都有配乐反而不好，有些部分还回炉重做了。糟糕，要是我多懂点歌舞乐曲就不会变成这样了——类似的情况出现了好几次。不将音乐搭配上画面感受一下，都不知道是什么效果。

——娜乌西卡说炮艇能劈风逆行，但"海鸥"是乘风而飞的。这样的想象已经让我很惊讶了，没想到在《龙猫》里干脆"变成了风"。（笑）龙猫转着圈飞的模样真的很有意思。

宫崎：如果是动作片，那种场景还能做得更夸张一点。那场戏只是为了表现他们变成风飞向天空而已，不能更进一步，否则就太夸张了，所以我相当克制。如果他们变成风飞去了某个地方，是另一码事。如果没有这个目的，那么到"哇，我们变成风了！！"为止就够了，仅此而已。

——对小月和小梅来说，那已经是一段如梦似幻的经历了。

宫崎：还是有遗憾的。风吹过水面的时候，不是会带起涟漪吗？我常和男鹿先生聊起"要是能做出那个效果就好了"，他说"给三倍的时间，我就做"。我希望他能做出樟树在风中摇曳的姿态时，他也说"给我三倍的时间就能做出来"。

——在一些镜头里，樟树的顶端确实在摇曳。

宫崎：我们想做的不是那种叠化①效果，所以到头来还是放弃了。我们知道该怎么做，关键得有和男鹿先生水平相当、会画背景的人画十张图。再让动画师做成树枝摇动的样子，然后加上树叶。为了让叶片闪闪发光，还要变换颜色，天知道需要用多少张。用一拍三呈现整体的动感，再用一拍一体现叶子上闪烁的光芒……这样才能让树叶随树枝晃动，做出光线流动的效果。然而，我们没有工夫做这些。

猫巴士穿越山峰时，如果稻子已经到了抽穗期，那稻花肯定开了。可要是把花画出来，就没法让稻子动起来。所以我们只能处理成一片绿色的原野，想想还是挺遗憾的。我常跟男鹿先生讨论，要是能画出稻田被风吹出波浪般的起伏，该有多好啊。碰到风吹过河面的场景，我们就会讨论河面上的涟漪……聊到最后，得出的结论永远是需要三倍的时间。（笑）

——在《熊猫家族》中，熊猫父子突然闯入了米米的日常生活。您觉得这个设定和《龙猫》有什么区别吗？

宫崎：在我自己的认知里区别不大。我最喜欢的宫泽贤治作品是《橡子与山猫》，不过看书的时候，我不是很明白山猫是怎么回事。也没必要搞明白。但我很不喜欢书里的插图。那么小的一只山猫站立着走了出来——跟我想象的不一样。我觉得应该是一只两米多高的大山猫，呆呆地站着，眺望着远方，小橡子在它脚下乱跑……一想到呆立着的山猫，我就深深地爱上了那个世界。不瞒你说，很久以前我第一次看到狐狸时特别失望。我一直以为能用妖法骗人的狐狸应该更大一点，可看到的狐狸比中型犬还小，这种东西怎么可能会妖法呢？看到真实的貉子也一样。听到"貉"这个字，你不会联想到憨厚的庞然大

---

① 从一个画面逐渐变成另外一个画面。

物吗？小时候，妈妈给我讲过很多和貉子、狐狸有关的故事，什么貉子、狐狸变成人啦，狐狸假扮人骑马吃油豆腐，结果被逮住啦。我还以为它们体形很大呢，没想到只有那么点大。

所以制作《熊猫家族》时，我是铁了心要把熊猫做得大大的、呆呆的。我终究是个日本人，日语里不是有个词叫"小利口"（小聪明）吗？与之对应的是"大愚"……我觉得日本人就喜欢那种大智若愚。地位变高，性格就会变得温和，能包容那些耍小聪明的人。西乡隆盛①不就是这种形象吗？我喜欢那种呆呆的，散发着大智若愚气场的人物。所以龙猫才会是那个样子。（笑）

——龙猫咧嘴笑的时候没有台词，但让人看着很畅快。

宫崎：日本的神终究是笑着的。不像外国的神，比如耶稣那样似笑非笑。就像日本的气候一样，虽有恶劣的时候，但太阳公公大多时候都是笑眯眯的。我年轻的时候还特别不以为然，一心想追求更严苛激烈的东西。

——感觉日本的神更俗气一点，在情感上跟人没什么区别。

宫崎：日本的神会变成"祸神"，所以必须被镇住。一旦被镇住，就会变成笑眯眯的平静的神祇。我更喜欢这样。日本人大概没有"盼着神灵拯救自己的灵魂"的观念。人们会讨论死后的去向，但无论是去往极乐世界还是天堂，我都觉得不太对。要说人死后回归自然，融入路边的树木、山川或土壤之中，我反倒很认同。所以我更倾向于土葬。火化我母亲的时候，我也想过还是土葬更合适。想象一下，如果埋葬她的地方开出了一朵花，就像是妈妈化作了盛开的花朵。火葬只会产生二氧化碳和碳，在我看来是一种浪费。成为肥料，成为草木和昆虫等生物的一部分，不是更好吗……我在说什么啊。（笑）

---

① 西乡隆盛（1828—1877），明治维新领导人之一，与大久保利通、木户孝允并称为"维新三杰"。

——电影中没有对龙猫和猫巴士做出任何解释，所以既可以认为它们是神，也可以认为它们是妖怪。妖怪看到了人类的巴士，觉得很有意思，于是模仿了一下，这个设定也非常有趣。

宫崎：猫巴士原来也是一只普通的猫妖。它看到巴士，觉得很有趣，就变身了。龙猫也从绳文人那里学到了绳文土器的制作方法，还模仿江户时代的男孩玩陀螺。（笑）龙猫已经活了三千年，所以对它来说，那些都是最近刚刚学会的东西。说不定勘太的奶奶被父母责骂，在街上边走边哭的时候也遇到过龙猫，而龙猫把小梅错当成了小时候的勘太奶奶呢。（笑）

——猫巴士有足足十二条腿，您是怎么让它跑起来的？

宫崎：我们讨论后觉得应该让它像蜈蚣一样，腿依次往前伸，并将这项工作交给了近藤（胜也），让他时不时拿给我们看看，就这么敲定了猫巴士的动作模式。虽然有点困难，但如果能用一拍一做是最好的。动物走路时，肩膀会往前探，但猫巴士的肩关节太紧了，不好探出去。不过虚构角色的奔跑动作还是比较容易模拟出来的，描绘小梅、小月这种孩子的奔跑反而难得多。

◎ 展现孩子的世界……

——对小月和小梅来说，遇到龙猫意味着什么呢？

宫崎：龙猫的存在拯救了小月和小梅。我说的是它的"存在"本身。寻找迷路的孩子时，龙猫出手帮了忙，但我觉得它其实不应该那么做。

——有"宝岛真的存在"这句话就行了。（笑）

宫崎：没错。"原来拉普达真的存在啊"。（笑）倒也不是非要做些什么，关键在于宝岛就在那里，龙猫也在那里。它的存在让小月和小梅不再孤立无援。我觉得这就够了……在制作这种电影的过程中，我比以前更能认清自我的本质，也更了解自己的喜好了。我想起了自己的童年，想起了孩子小时候的种种，想起了如今已经长大成人的侄子侄女当年做过的事。回忆起那些往事，我就不太操心孩子们离家以后都干些什么了。

举个例子吧，当事人大概已经不记得了——我的小儿子上幼儿园时，有一天和我老婆一起出门买东西。那天风很大，回来后老婆直说"这孩子怕不是个天才"，因为他说了一句"今天有一团空气砸过来呢"。这就是小孩子的真实感受。后来儿子忘了这件事，老婆也不记得，当时我也觉得"孩子就是这么说话的"。结果电影里不是刚好有一幕是小月手里的木柴被一阵狂风吹走吗？我突然想起小儿子当年说过的话，于是做成了"一团空气砸过去"的效果。这种事情总会以不可思议的方式留在脑海中，日积月累，就成了《龙猫》。我妈妈当年也住过院，放学回家后空落落的孤独感，我也经历过……

——和真正的四年级小学生相比，小月显得特别成熟。

宫崎：在那种境遇下，孩子"不得不"成熟起来。四年级是孩子从《哆啦A梦》毕业的时候，也是他们自己逐渐变成故事主角的时候。有一个叫《我是国王》的童话故事，幼儿特别喜欢。其实那就是一个关于"自己"的故事。里面有个傻傻的国王，小朋友们读得津津有味，咯咯笑着说"他真是个笨蛋"。但实际上，他们读的是自己的故事。我认为四年级正是孩子们开始思考"想成为什么样的人""不想成为什么样的人""希望得到什么"的时期，也是情窦初开的阶段。十岁是一个分水岭。要是有人问，小月那么能干，真的只有十岁吗？我也不好回答，但那个年岁的孩子大概都以为自己很能干。其实十岁就能下厨了。我当年就做过饭，还打扫过卫生、烧过洗澡水……

——工作室的员工告诉我，在制作《龙猫》时，您给他们上了一堂关于"走"的动画课，真有这回事吗？

宫崎：不是"走"，而是"跑"。

——教了些什么呢？

宫崎： 大家的动画都没"跑"起来。只掌握了公式，没有真正让人物跑起来。我加入东映动画的时候，一拍二，中割二，一共六帧[1]的跑法还不是很普遍。有人主张六帧，有人说用五帧更好，众说纷纭。后来，大冢康生一派——包括高畑先生都认为至少用六帧才对。当时大冢先生给我上过课，告诉我如果用在六帧中插两张中间画的方法让人物跑起来，应该利用怎样的错觉，能创造出怎样的意境，三张画分别有什么意义和作用。一张是蓄力，一张是蹬直，一张是踢腿。把这三个元素结合在一起，才能打造出跑步的感觉，利用三张画完成跑步姿势的技巧就是这么来的。我觉得他说的特别有道理，却没有将其转化成公式死记硬背，而是用自己的方式进行理解和应用，比如小孩子或反派奔跑时，该怎么变形才能达到合适的效果，久而久之就形成了一套自己的"理论"，比如"出于这样那样的原因，画这种姿势是行不通的"。我以为大家都是这么做的，谁知根本不是。

他们稀里糊涂地画，说白了就是按死记硬背的套路画。新人培训时，我带过的那群人也把技巧忘得一干二净了。

什么场合加上下移动，什么场合不用加，什么场合不能加，什么场合加上比较好，都需要有判断力。于是我给他们上了一堂课，但只听一堂课是不可能完全掌握的。

——分别教了小月的跑法和小梅的跑法？

宫崎： 不，只教了最基本的跑法。所以要自己去思考，作画的时候该关注哪里。画轻快的奔跑时，前后两帧稍微错开一点就会有动起来的感觉，但不是因为错开才能体现出动感，而是这样做更合适，或是因为有特定的意义……教的是这些东西。三种基本姿势就是这么来的，但这些姿势稍有差池，动作就会变得僵硬，跑得不流畅。因此负

---

[1] 相隔六帧的两张原画之间再加入两张中间画，即用一张原画和两张中间画完成一个完整的跑步动作。

责这一部分的导演亲自下场修改了许多，比如跑动镜头的动画和原画，还给出了参考姿势……惨不忍睹的镜头之多可想而知。

——确实，去小学观察一下，会发现一二年级的小朋友是一刻不停的，让人感叹"他们怎么就不累呢"，而且跑得还特别快。

宫崎：是的。其实孩子并没有"我要跑"的念头，只是想"快点过去"罢了。想快点过去，双脚自然而然就跑了起来。所以让小朋友出门跑腿时，大人叮嘱"不可以跑哦"也是徒劳，孩子前脚刚答应，后脚就跑起来了。（笑）他们只是想"赶紧去"而已，完全没有自己在奔跑的意识。这次的电影并不是以情节为主导，所以镜头必须有足够的表现力才行。从这个意义上讲，动画师的实力还不太够啊，差了一大截！

——一方面也是不习惯吧，很少有对动画师这么高标准严要求的作品。

宫崎：不光是因为这个。对这种细碎工作不感兴趣的动画师实在太多了。很多人入行并不是为了做这些，而是想忘记现实，做一些非现实的东西，不是吗？比如爆炸场面之类。在动作片里不觉得有什么问题，但放到《龙猫》中就让人看不下去，不光是小月和小梅的镜头，还有别的方面。其实孩子跑步节奏不可能固定不变。实际观察一下就知道了，简直是乱七八糟，毫无章法。观察一下边跟朋友聊天边往家走的孩子会发现，没有一个像"魔法使莎莉"那样你说一句我再说一句，而是一会儿转个身，一会儿走到旁边，一刻不消停。"看看窗外路过的孩子"——这句话我不知说了多少遍。

◎ 小月和小梅

——您有女儿吗？

宫崎：没有，只有两个儿子。我这辈也是四兄弟，清一色的男孩。

——那为什么要把主人公设定成姐妹俩呢？

宫崎： 因为我是男的。如果设定成男生，就成了勘太的兄弟，那样不太对头。

——会更粗糙？

宫崎： 不，会更心酸，我肯定不敢做。因为和自己的童年太相似了……我不想做成那样。比如，我与母亲的关系就不像小月和妈妈那样亲密。我比小月有更明显的自我意识倾向，我母亲也是。去医院探望时，我也不好意思一把抱住母亲——所以小月难为情，不敢立刻凑上去是很正常的。那她妈妈会怎么做呢……大概会给女儿梳梳头发吧。她们就是用这种形式亲密接触的。妈妈顾虑到女儿的想法，以这种方式支持着小月。现实生活中真有这种事，制作组的木原就听说过。

他听说的故事，主人公是位女性。她的母亲生病了，什么都不能为孩子做，只能在病床上一边和孩子说话，一边给孩子梳头。对孩子来说，这就是莫大的心理安慰。毕竟日本人不像美国人那样习惯紧紧拥抱别人。更何况孩子已经上小学四年级了。所以梳头这个仪式对小月来说意义重大。而小梅可以紧紧抱住母亲的膝盖，去感受母亲的体温。她那个年纪的孩子还可以冲上去抱住母亲。

——去医院探望完妈妈后，父女三人骑车回家时流露出的舒畅和安心让我印象深刻，内心的幸福洋溢在脸上，场面十分温馨。话说我有个问题，不知道该不该问导演本人……作品中有一场戏是小月无法抑制内心的情绪，哭了出来，您能给我们分析一下吗？

宫崎： 起初我没打算让她号啕大哭，只知道这孩子肯定一直紧绷着。做到 B part，看到小月和小梅之间的关系，我意识到小梅并没有受到过多的郁闷情绪困扰，因为她不会想太多，活得很随性。但小月就不一样了，因为她太乖巧了。让小月明确承认自己一直在逞强，她才会好受些，不然她肯定会变成不良少女。所以直到分镜画到 B part，也就是作品的一半时，我才意识到她需要在某个地方来一次情绪爆发。而当时都快做到 C part 了。

——她要打开防雨窗，做饭，准备便当，还得照顾妹妹。

宫崎： 做完 C part，正要进入 D part 的时候，我觉得小月快要爆发了……话虽如此，又不想让她砸锅摔碗。我自己也有类似的经历。妈妈睡着了，孩子在厨房里干活，这可称不上什么佳话，只是日常生活而已。如果是妈妈偶尔睡一天，孩子帮忙干点活还好，可要是天天这么过，就太难熬了。

——这样的日子持续了半年多。

宫崎： 爸爸肯定也干活，可是……我总觉得要给小月一次大哭大闹的机会，否则她该多憋屈啊。所以，妈妈才会在医院里说"小月真可怜"。要是连这点理解都得不到，小月肯定会变成不良少女……所以我才用片尾的静止画面讲述"妈妈出院归来，于是小月也能安安心心地和普通的孩子一起玩了"。画面上的孩子们长得很像，分不清哪个才是小月，但这样就很好。小梅也不再是被姐姐推着跑的妹妹，而是领着更小的孩子一起玩。

我故意没在片尾放"龙猫和小月、小梅在一起"的画面。

如果她们留在那里，就无法回到人类世界了。我甚至觉得，哪怕那天过后她们再也没遇见龙猫，也没关系。

——她们可以堆雪人，然后龙猫它们……

宫崎： 也许龙猫会在一旁看着，这就足够了。不过我也是直到影片快要做完了才意识到，片尾的静止画面应该处理成这样。直到那时，我才真正看清这部作品。也是在那一刻，我坚定了不做续集的决心。一生中遇见一次龙猫就足够了。

◎ 最头疼的一场戏

——据说很多人在观看《龙猫》时回忆起了童年的种种往事。

宫崎：我刚搬到所泽时，有对父母以为自己的孩子掉进了附近的河里，就跳进河里救人，还惊动了街坊四邻。那是一条很脏的河，像臭水沟，但大伙儿都拼了命帮忙寻找。结果找着找着，"失踪"的孩子突然出现了，原来是跑去别处玩了。这种事常有，却会在一瞬间颠覆我们的日常生活。

还记得有一次，我们带着弟弟去庙会，走着走着走散了，弟弟一直没有回家。我们意识到他可能是迷路了，搞不好会被谁拐走。现在的孩子遇到这种事知道要打电话，也不会轻易迷路，而我当时有种"或许再也找不到弟弟了"的感觉。大家连忙赶回去，在昏暗的庙会中分头寻找。找到他时，他正揪着一位陌生老奶奶的袖子哭鼻子呢。老奶奶也不知该怎么办才好，只好带着他到处走（笑）……《龙猫》就是由这些鸡毛蒜皮的小事汇聚而成的。要是能做成九十分钟就好了，但我不想扩展龙猫的部分，只想多画些小月和小梅的日常生活。

——也就是说，这终究是小月和小梅的故事，而不是龙猫的故事。

宫崎：有一场戏是"给爸爸打完电话回到家后，小月和小梅都睡着了"。不瞒您说，那场戏让我头疼了很久。我试着画过弯腰走进厨房、垂头丧气的小月，但感觉完全不对。不该是那样的心情。我的母亲住院的时候，家里只有一个保姆——不知道现在还叫不叫"保姆"。保姆和我们是敌对关系，简直水火不容，天一亮就毫不留情地把被子掀开。保姆不过十八岁到二十岁的样子，我们又不听话，她心里肯定很生气。当时上学还是分批次的，上午一批下午一批。一天下午，我哥去学校上课，保姆告诉我"狗被他带走了"，我可喜欢那只狗了。做这场戏的时候，我想起了当年的心情。当时感觉糟透了，站都站不稳。比起伤心或难过，更多的是不知所措。如果父母在家，还能找他们告状，可他们不在，保姆还一脸满不在乎。因为这样一来，她就不用再照顾狗了。我完全想不起自己在那之后做了什么……大概是睡了一觉吧。

我和儿童文学作家久保次子女士聊过这个问题——《龙猫》的小说版是她执笔的。我问"你觉得孩子遇到这种情况时会怎么做",她也觉得孩子会去睡觉。于是我就画成了"小月躺在地板上睡着了",感觉这样才对。

小梅不会立刻睡着,因为她到家的时候刚止住眼泪。

她会像往常一样玩玩具,但心不在焉,玩着玩着就困了,然后睡着了……

意识到这一点时,我突然反应过来当年自己做了什么。(笑)

——揭开了人生的空白。(笑)

宫崎: 是啊,当年的我大概也睡了一觉。至于睡在了哪里,应该是个什么都没有的房间里。我肯定是躺在地板上睡着了,根本没想起被褥和枕头。

当年的保姆肯定不会给我盖被子,塞枕头。所以我非常喜欢那场戏,很高兴能回忆起自己的过往。

于是我画了一张孩子躺在地上睡觉的画,拿给男鹿先生看,问他"这个怎么样"。他说"在这种地方睡午觉肯定很舒服"。(笑)

反过来说,很多父母误解了孩子,看到孩子能在这种时刻安然入睡,就感叹"天真无邪",其实孩子一点也不镇定自若,连站都站不稳,是为了保护自己才睡的。所以孩子选择睡觉的时候,其实是他们最烦恼的时候——不肯上学的孩子回到家后倒头就睡,是因为他们太紧张、太烦恼了……想明白这些,我对很多事的理解都比以前深刻了一点。

其实小梅是抱着玉米睡的。从画面上的角度看过去,确实看不到她怀里的玉米,但又不能让她面朝镜头,否则就会露出脸。如果她脸上还挂着沮丧的表情,就显得太假了——顺利完成这场戏的时候,我真的特别高兴。

——完全没想到她还抱着玉米,是我大意了。

宫崎：很难理解吧。小时候去海边远足时，我第一次看到了海胆，说什么都想把这么有趣的东西拿回家给生病的母亲看，于是把海胆放在了宿舍檐廊的地板下面。现在回想起来，母亲不可能没见过海胆。（笑）地板下面的海胆当然放臭了，我还记得当时非常沮丧。我一心想分享自己的惊喜，完全没想到母亲很可能见识过了。

小梅认定那是自己亲手掰的第一根玉米，早忘了是勘太奶奶帮忙掰的了。把玉米送给妈妈吃，妈妈一定会好起来。于是玉米就成了小梅心心念念的东西。妈妈吃了玉米就会好起来，奶奶也是这么说的。而且这玉米还是妈妈最爱的小梅掰的呢。

——怎么可能不管用呢？

宫崎：我也不知道她有没有想那么多，但不管怎样，她都觉得只要把玉米拿给妈妈吃，妈妈就会回到她身边。

——而且姐姐也哭了，让她不知所措。

宫崎：那个时候，小梅第一次意识到家里出大事了。因为她看到小月哭了，她就认为妈妈肯定出了大事，非要去看看她不可……

这种情节就很自然。每个人小时候都会经历那么一两次的。

——玉米上的字是在哪里写的呢？

宫崎：是小月坐在医院旁边的树上用指甲刻上去的，因为小梅还不会写字呢。

——在影片的最高潮，即大家寻找小梅的那场戏里，从夕阳西下到暮色渐沉，通过美术处理呈现出了强烈的紧迫感。这次您在光线的演绎上有什么特别的讲究吗？

宫崎：我一直很注重光线。因为没有光，画面就会失去趣味。不过太阳从穹顶逐渐西斜，天空被晚霞染红，然后慢慢变成黑夜的过程占据了影片最后四分之一时长，对男鹿先生而言任务还是很艰巨的。

在制作过程中，我们也讨论过"好像再弄暗一点也行"，可要是真的那么做，难度特别高。如果按照"一直是红灿灿的晚霞"制作的话反而比较简单。所以在前半部分都没放什么特意刻画晚霞的镜头。

　　只有一两个镜头吧。从医院回家的时候红日西斜，背景里的阳光颜色也应该更浓烈一些。既然作品的舞台是日本，就得在美术和光线上下足功夫，因为大家都知道日本的阳光是什么样的。我也不认为每处细节都做得很到位，但十分庆幸前期控制住了，没做得太鲜艳，所以最后四分之一的色彩和光线变化才更加鲜明。然而男鹿先生说"那是高原的夏天吧"。（笑）我则笑道："空气里没有湿气，难道不是秋田的夏天吗？"

　　——作品中的天气给人留下了深刻的印象，比如光线，还有雨、风、风和日丽的夏日、月光皎洁的夜晚……是因为孩子对天气的变化比较敏感吗？

　　宫崎：因为世界原本是这样的啊。（笑）就这么简单。有晴天，有阴天，有下暴雨的日子，还有刮风的夜晚……仅此而已。

　　其实每个人都会在生活中用肌肤去感知天气和温度。所以，勘太的奶奶才如此喜欢小月和小梅。因为这两个城里来的孩子看得到灰尘精灵，奶奶意识到她们并不是所谓"城里来的陌生孩子"，而是拥有清澈的眼眸。这样的孩子能注意到蓝天、地上的橡子和路边的小花。其实现在全国的孩子都是一样的。

　　——肯定会有越来越多的大人和孩子在看完《天空之城》后，被云朵在空中流淌的壮观景象所吸引；在看完《龙猫》以后，开始留意路边的杂草、小花和嫩叶。

　　宫崎：这着实是一部让我做得很幸福的作品。

　　——请您再接再厉，为孩子们制作更多优秀的动画。感谢您今天接受我们的采访。

（《浪漫相簿〈龙猫〉》1988年6月30日发行）

我想在这部作品中展现一个人的多面性

七月某日,电影制作完成,静候上映。我们在吉卜力工作室面对面采访了宫崎骏导演。《魔女宅急便》的主题是什么？琪琪是一个怎样的女孩？——导演围绕这些问题侃侃而谈。

◎ 青春期的特征

——那就从《魔女宅急便》的制作意图聊起吧。

宫崎：最初的出发点是想做一部关于青春期女孩的故事,关于我们身边就有的,从乡下搬来东京生活的普通日本女性的故事。我们想描绘这些女性在当代社会中的种种经历。虽然作品以架空的国家为舞台,是一个有魔女存在的虚构世界,但实际描绘的是来大城市闯荡,好不容易有了住处和工作,却不知道接下来何去何从的女孩们的故事。我做了这样的假设,认为只要影片做得出色,观众就会有共鸣。

另一方面也是想争口气,因为有人说"你画的女孩都是公主",我想告诉他们"才不是呢"。（笑）

——确实,琪琪在各方面都是一个普通的女孩子。

宫崎：以往的作品涉及人的生死,主人公必须在艰难的环境里克服困难,这部电影的主人公则不然。所以要说这部作品最大的特征是什么,就是"片中的角色具有多面性"。在父母面前还像个孩子,独处时则一脸严肃地思考问题。对同龄的男孩话里带刺,对长辈或自己珍视的人却又彬彬有礼。也许不是刻意为之,而是自然流露,又或许是父母管教的结果,反正我觉得"用不同的表情对待不同的人"是青春期的一大特征。

——所以,这部作品的主人公就是一个有好几张面孔的女孩。

宫崎：在现实生活中,这都是理所当然的。就算看起来有些刻意，也是青春期不可避免的愚蠢行为，（笑）都是天经地义的。我不是要挑她们的毛病，只想让她们幸福快乐。（笑）我想做的就是这样一部电影。

不过需要注意的是，作品中的琪琪之所以郁闷，是因为她飞不起来了。在今后的人生中，她也会经历许多挫折。沮丧归沮丧，但她一定会在摔倒的地方爬起来。我想以这种基调为作品画上句号，而不是她生意越做越红火，或者变成了小镇的偶像，结局皆大欢喜。她会时而灰心沮丧，时而活力充沛，情绪起起伏伏……总之，我从一开始就非常小心，避免做成一个"事业成功的故事"。

——您的意思是，那绝不是单纯的大团圆结局……

宫崎：关于结局，我确实想做出让观众感到安心的画面。还想让索娜的宝宝露个脸……但我最想为琪琪做的，是让她和同龄女孩成为好朋友。

——是在镇上遇到的那群女孩吧，琪琪很排斥的那几个……

宫崎：与其说是排斥，不如说是琪琪有某种心结。只要琪琪自己解开了心结，就会发现周围并没有坏心眼的人。将老奶奶的馅饼送到目的地时，那个女孩对她很冷淡，但那是快递员都会经历的事情，并不算特别糟糕的经历，经历这些也是工作的一部分。

反正我是这么想的，琪琪也在那一刻痛彻认识到自己的幼稚，本以为对方肯定会千恩万谢……其实不然。她拿了人家的钱，就得替人家送货。如果送货的时候遇到了好人，就告诉自己今天真走运……当然啦，电影里没讲到这个地步。（笑）快递员大叔上门的时候，我们也不会说"您辛苦了，进来喝杯茶吧"，不是吗，（笑）只会盖上印章，说一句"多谢"。

——如果快递员是个小姑娘，大概会不一样吧？

宫崎：应该都一样。所以我很喜欢派对上那个女孩出来时说话的语气。一点也不做作，很真实。她是真的不想收，都说了不需要，奶奶还是送了吃的过来。这不是常有的事吗？琪琪在那一刻可能会很震惊，很受伤，但人世间很多事就是要这样咽下去的。

◎ **琪琪的魔法**

——这部作品中出现的魔法该如何解释呢？比如琪琪会飞却飞不起来，分别意味着什么？

宫崎：你觉得琪琪为什么会飞？因为她是魔女吗？

——电影里说她是靠"血缘"才会飞的……

宫崎：血缘到底是什么？它源自父母的遗传，而非我们后天掌握的技能。所谓天赋就是这样，需要经历从"下意识地随意运用"到"有意识地将其化为己有"的过程。这和乌尔丝拉说的是一回事。她可以自如地画画，误以为那些天赋源于自身，实际上却是他人赋予的。每个人都一样。从二三十岁到四五十岁，我们必须不断地探索，才能在某种程度上认清自己的真正实力。所以，那些从前能随随便便做到的事，现在却做不到了，其实就意味着"我们不可能在浑然不觉中成长"。

所以我决定将影片中的魔法与传统意义上的魔法区分开，仅限于琪琪拥有的某种天赋。如此一来，就完全可能出现"飞不起来"的情况。于是问题成了是否需要一个逻辑，解释"她为什么飞不起来"。

——是的，比如"因为她跟蜻蜓吵架了"。

宫崎：但这样的理由会让问题变得更清晰吗？并不会。恰恰相反，我觉得琪琪的表现更能得到女观众的认同。昨天还能飞，怎么今天就突然掉下来了呢？为什么她那么在意别人说的话？为什么打不起精神呢？……说来说去不就是这些吗？我们这些从事动画工作的人也常遇到"画不出来"的情况。突然忘记了该怎么画，不明白以前是怎么画出来的。天知道为什么会这样，完全没有逻辑可循……但这种情况常有。

不光是天赋，心情也是如此。琪琪拿自己没办法，因为青春期就是无法掌控自我的时期。谁都不想跟别人吵架，可一开口就是很伤人或愚不可及的话，连自己都想不到会说出口。明知换个方式更好，却偏要反着来，干出各种傻事……

——您认为这就是青春期吗？

宫崎：不过，现在很多三四十岁的人还是这副样子……所以真正确立了自我的人，无论走到哪里，无论面对谁，展现出来的态度应该都一样，或者说他们想对每个人展现出同样的态度。可琪琪在百无聊赖地看店时会抖腿，看到外面有人走过，她也会突然换上微笑……但这并不是因为她耍滑头，当我们踏入社会，就得经常做这种事。关键不在于这么做行不行得通，而在于内心深处有没有被满足。遇到这种情况，什么能让我们满足呢？方法有很多，比如通过成功的事业收获自信啦，比别人赚得多，把自己打扮得漂漂亮亮的，获得优越感啦……但我觉得，琪琪这样的女孩最需要的是某种避难所。

◎ **青春的愚行**

——琪琪心目中的避难所究竟是哪里呢？

宫崎：就是在琪琪与一些连她自己都不明白的事情对抗时，能有一个尊重她、理解她的人。所以琪琪才会问乌尔丝拉"我能不能常来"，乌尔丝拉则回答"我夏天都在"。对琪琪来说，那里就成了她最重要的地方，成为让她振作起来的重要场所。老奶奶也会给琪琪做蛋糕，她的存在也让琪琪欢喜。但更让她欢喜的是，有人第一次以朋友而非房东的身份来到她的房间，还能理解她的烦闷。我觉这对她来说，比快递生意发展得好不好重要得多。

我身边的动画师也是如此。大晚上边喝酒边嚷嚷"要不辞职算了""还是回老家吧"。他们肯定也在寻找避难所,也在做各种各样的尝试。但这样做能让他们振作起来吗?没那么容易。到头来还是老样子。我们只能告诉自己,这样跌跌撞撞,一次又一次经历挫折,就是我们的活法。正在读这本书的读者今后也会经历这样的事情,但人间处处有芳草——"哦,这就是主题啊",近藤喜文先生说道。(笑)

——换句话说,琪琪不是能给周围人带来幸福快乐的传统魔女主角,而是渴望变得幸福快乐的普通姑娘,这才是您的主题。

宫崎: 对,在周围人的帮助下变得幸福快乐,尽管她还没有意识到这一点。对琪琪来说,最重要的不是生意做得顺不顺利(当然这也很要紧),而是自己如何遇到形形色色的人,不是吗?只要她骑着扫帚带着猫在天上飞翔,她就是自由的。因为飞在空中,便能远离人群。但住在城里,也就是"修行"的时候必须更加坦诚。就算不拿扫帚也不带猫,一个人也可以自在地走在街上,跟别人交流。关键在于她能不能做到这一点。在现实生活中,大家都把自己打扮得很时髦,提前看《PIA》①做好功课,确保不用问路就能找到电影院(因为不想出丑)。这就是资讯类杂志畅销的原因所在。大家都不想出丑,所以一个劲儿地排练。

我就是一个自我意识很强的人,所以对此深有体会。有时候,我甚至不敢问车站工作人员"走这个检票口对不对",也不好意思站在街头四处张望,看看该往哪个方向走,以至于在错误的路上越走越远,走到莫名其妙的地方。我干过很多这样的傻事,所以……本来没打算在作品中描绘这些,但到了这个年纪,就能用更宽容、更客观的态度去面对了。

——这就是您之前提到的"不可避免的愚蠢行为"吧。

---

① 1972 年至 2011 年在日本首都圈发行的综合娱乐资讯杂志,对 20 世纪 70 年代到 80 年代的年轻人产生了巨大的影响。

宫崎： 人就是会做各种蠢事，想必大家都深有体会。所以我们不能一味否定，但也不意味着蠢事想干多少就可以干多少（能不犯傻当然是最好的）。我也干过很多蠢事，蠢到半夜想起来都难为情，想大吼一通，但那也是必不可少的人生经历，无从躲避。人们常会在父母去世后懊恼"当时怎么对他们说了那种话呢"，而他们的父母年轻时肯定也有过同样的懊恼，也火冒三丈地想过"我以后八成要受一样的气"。可能我对这种事的看法和以前不太一样了吧。不过，这只是我作为成年人的感想罢了。我有时也会想，是不是因为自己上了年纪，才会做出这样的作品……

——换言之，作为导演，您不觉得这是一个关于成功的故事。

宫崎： 毕竟时代不同。在小小年纪就要离家做学徒的时代，日常生活极为艰辛，青少年的痛苦与贫穷紧密相连，大家都想早日独立，或尽快回到家乡……然而现在，甚至有些愚蠢的父母（尽管不是所有父母都这样）在孩子结婚的时候说"过不下去了就回老家"。（笑）而且孩子离家时带着一大笔钱，哪怕是外出修行，也跟过去大不相同了。不过心理层面的问题还是一样的，所以我才做了这部电影。

我们工作室也有很多这样的女生。我带过不少刚入职的年轻女动画师，观察过她们的生活状态，琪琪的一举一动大多来源于此。所以你们看着肯定很熟悉。（笑）要是能以幽默的笔触再升华一下就好了。还有一个问题是，用动画的形式描述这种事是好是坏……但我还是做了，因为我觉得偶尔花点时间做这样一个小规模的日常故事也不错。不过做这一部就足够了。（笑）

——您对下一部作品有什么规划呢？

宫崎： 下次想做一部更荒唐、可以不用动脑就能享受的作品。这就是此刻的想法，至于最后会做成什么样，我也不敢保证。

（《浪漫相簿〈魔女宅急便〉》1989 年 10 月 15 日发行）

《红猪》映前访谈

◎ 在时代的风中

• 工作的感动

——昨天,我和工作室的员工们一起观看了《红猪》的首次试映。也许是因为身边坐的都是工作人员,我对在保可洛工厂辛勤工作的菲儿等女性留下了非常好的印象。呼吁"缩短劳动时间""学校也该引进双休制"已成为时代的风潮,影片中似乎也包含着对这些论调的回应……

宫崎: 也不是在回应。在我看来,只要认为自己从事的工作是有意义的,所有的"职业人士"都必然会为之奋斗,无关时间的长短。不过,我非常讨厌那种"必须为公司无私奉献"的观念。"为公司奉献"和努力做好自己的"职业"是两码事。

不过在现实生活中,能不能像保可洛那样独自撑起一家飞艇工厂,恐怕得打个问号。(笑)但林德伯格[①]飞越大西洋时驾驶的那架飞机的生产商瑞安好像就是如此。在当时的美国小作坊里,工程师都是凭直觉设计图纸,然后找街坊四邻的大妈们兼职制造飞机。在那个年代,人的直觉、品位、经验和热情仍然对飞机的性能有着全方位的影响。我就喜欢这种感觉。如今飞机成了高科技的集合体,都是用电脑制造的。

——您不仅制作了《红猪》,更是"动画工厂"吉卜力工作室的掌舵人。请问作品中有没有融入这方面的亲身经历呢?

宫崎: 要是我也能跟波鲁克一样,只需要抽抽烟、看看孩子,抱

---

① 查尔斯·奥古斯都·林德伯格(1902—1974),美国飞行员、作家、探险家。1927年驾驶单翼飞机圣路易斯精神号,从纽约飞至巴黎,成为历史上首位以单人不着陆飞行的方式横跨大西洋的人。

怨几句"熬夜对身体不好""伤皮肤"之类的话就好了。（笑）电影中的男性角色只知道开着飞机做蠢事，女性角色则个个聪明能干又可靠……怎么说呢，仿佛是落语中的世界。

但现实并非如此，很难像他们那样活着。我们的员工经常需要通宵达旦地工作，无论男女，有些人连星期天都无法休息。这种（需要改善的）现状产生的结果有好有坏，而我个人很喜欢忘我投入的时光。

——这种态度似乎也反映在二十世纪二十年代末的保可洛工厂中。

宫崎： 与其说是"反映"，不如说那就是工作的常态。影片中，保可洛老爹一会儿说"请饶恕我们在女人的帮助下制造战斗艇的罪孽"，一会儿又喜滋滋地说"来来来，多吃点，加油干"，然后哈哈大笑。就是这样。我觉得工作中确实存在这种平凡的"感动"。

在今天的日本，人们不会因为"有工作"而感动，因为大家觉得工作遍地都是。然而放眼世界，"没有工作""毕业即失业"的国家反而更多。

最近美国经济的衰退成了舆论的焦点，而我认为日本的经济衰退也迟早会浮出水面。在第一次世界大战期间，美国从债权国变成了债务国，在五十年代达到发展的顶峰，又过了三四十年，变成了现在这样。而英国从维多利亚时代的繁荣到没落所经历的时间要长得多。连俄国的古代王朝也能维持三百多年。

中国的春秋战国时代也维持了五百年。虽然战事不断，百姓生活贫苦，可一个时代好歹能持续那么久。但苏联只撑了七十年，这体现出时代的脚步正在快速前进。

在今天的日本，"埋头工作可不好"成了主流观点，但我认为风向很快会变成"都怪大家不工作，如此下去可不行啊"。只做领导交代的任务，而不主动思考应该做什么——这种倾向便足以体现出这一点。至少我不想失去对工作的激情。如果对工作都没有了热忱，那就完蛋了。

◎ 在一团糟的生活中，积极而顽强地活下去

• 处于时代的转折点

——去年夏天，《红猪》的制作正式启动时，您在《浪漫相簿〈儿时的点点滴滴〉》的访谈中提到，"我们正处于时代的转折点，不过《红猪》并不是一部捕捉转折点的作品，而是一部反映阵痛期的作品"。但最后呈现的作品似乎不尽如此。

宫崎： 制作刚启动时，我确实感觉我们迎来了时代的转折点，但并没有搞明白究竟是什么样的转折，就做了下去。在这部作品之前，我一直认为自己是在把握时代、理解时代的前提下制作电影的，唯独这一次有些迷茫。影片的时间也越来越长（《红猪》原定片长四十五分钟，但随着制作的推进，最终成品长达九十三分钟）。不过做完《红猪》后，我反而有所领悟。

——有怎样的领悟？

宫崎： 一言以蔽之，就是"即使生活再糟糕，也只能活下去"。二十世纪八十年代之前的未来观中有一种末日论。如果日本继续发展壮大，总有一天会突然爆发灾害，文明一举灭亡，要么就是再度遭遇关东大地震，使大地变成一片焦土。这种预言一旦成为现实，必然哀鸿遍野，惨绝人寰，但我们内心深处的某个角落又潜藏着一种想法——也许这样反而痛快。连末日观都带上了几分美好的幻象。

而进入九十年代之后，刚好是《红猪》的企划初具雏形时，我们目睹了苏联解体、种族冲突升级、新一轮愚蠢行为的开端和日本经济泡沫的破灭。我逐渐感到，末日怕是不会来得那么痛快。

从今往后，哪怕特应性皮炎和艾滋病无处不在，哪怕世界人口增长到一百亿，我们也不得不在纷纷扰扰中活下去。我们必须付出更多

的行动去保护自然环境，但空气依旧会越来越脏。即便如此，我们还是得活下去。

总之，"等东京化作焦土，再重新规划，建设一座干净整洁的新城市"已经指望不上了。哪怕真的再次发生关东大地震，如今的大楼也不会倒塌。（吉卜力工作室的）铃木制片人居住的惠比寿公寓也不会倒。（笑）顶多就是房子有点歪，某个房间无法使用而已。至于要不要全部拆除重建，真到了那个时候，怕是谁都没有那么多钱吧。到头来只能接着住。

这意味着东京十有八九会变成贫民窟。经济的衰退会让昔日的闹市区变得一塌糊涂，沦为鬼城或红灯区。台风和洪水肆虐过后，积水退去，天空恢复澄澈，一切似乎都被冲刷得干干净净，看来台风也不是百害无一利嘛——这种幻想将成为天方夜谭。因为哪怕台风过境，城市也不会因此焕然一新。我认为这才是今后的大趋势。

即使到了二十一世纪，这一问题也得不到解决。我们只能拖着旧账，一遍遍重蹈覆辙，咬着牙坚持活下去。这就是我的领悟。

——真到了这一步，也只能像之前那样拼命工作，挣扎着往前走。

宫崎：我认为，所谓的泡沫时代是一个慵懒涣散、没有威胁的时代。人们不在乎自己的未来，只希望找份活计打工就行了。

但随着时代的变迁，如今二十多岁的年轻人或许会成为最后一批对社会问题漠不关心的人，而在看《Animage》的青少年却不得不开始关注社会议题。因为那些目前无忧无虑的女孩，一旦成为母亲，也不得不面对特应性皮炎和神经症等孩子可能会有的健康问题。

最近只要有人来跟我报喜，说要结婚了，我都会让他们今后"学会忍耐""不要过度相信自己的直觉"。厌倦了就稍微忍一忍，也许过一段时间就会重新喜欢上对方。所以要多忍耐，尽可能多生几个孩子。跟孩子一起为特应性皮炎烦恼，为艾滋病和癌症担惊受怕，面对各种各样的威胁，顽强地活下去，这样才好。既然日本不可能闭关锁国,游离于世界之外,就不要在这个人口不断增长的世界中歇斯底里地嚷嚷"都是他们的错",轻言锁国或试图挑起矛盾。纵使百般不情愿,也没有别的办法,还是一起生活下去吧。哪怕有时会气得火冒三丈,也只能互相迁就着过下去。别无选择。

但真到了那个时候,也不能陷入简单粗暴的虚无主义或享乐主义的陷阱。要为环保付出合理的代价,无论是金钱还是别的东西。尽管我挤不出多少时间,但蠢事也会接着做。比如开着敞篷双座车上下班,一路吸入尾气。或者驾驶着没有冷气也没有暖气的汽车,穿上保暖衣物,行驶在肮脏的东京街头,弄得一身灰尘。我们需要的就是这种觉悟。

有了这份觉悟,我就能活力充沛地再活上十年半左右。多亏《红猪》让我收获了这份"本钱"。

(《Animage》1992 年 8 月号)

《风之谷》完结的当下 故事永无止境

◎ 没有信心画完的作品

——《风之谷》漫画前前后后连载了十三年,终于宣告完结了。

宫崎:一共连载了五十九期,简单换算下来是五年左右,但还要加上前期准备和后期收尾的时间,所以实际算起来,这十二三年的一半时间大概都花在了《风之谷》上。

其实,我起初都没有信心画完这部漫画。我早就打定了主意,想停笔的话随时都可以停,是在不做长远打算的前提下画的,所以并不是"我想把故事画成这样",而是"故事自己变成了这样"。

——这样啊。因为《风之谷》的故事规模堪比大河剧,我还以为您早就构思好了从头到尾的每个环节，再在漫长的岁月中去呈现。

宫崎：我没有那么强大的构思能力。有好几次是在截稿日的逼迫下随手画的，直到很久以后才反应过来那段有什么意义。

——电影版《风之谷》是一九八四年上映的，也就是您开始连载的第三年。之后又过了整整十年，漫画版终于宣告完结。在此期间，作品受到了各种各样的赞美与批判。

宫崎：似乎有很多人带着看电影时留下的印象去看了漫画。他们把娜乌西卡当成了环保战士，没有走出这种先入为主的观念，或者说漫画终究没有扭转这一观念的力量……

——漫画版和电影版的故事本身有很大不同。而且漫画中的娜乌西卡性格中也有更复杂的元素。

宫崎：那是当然。如果电影和漫画的内容一样，在电影结束后继续连载漫画岂不是很荒唐。

当时我不知道重启连载后要往哪个方向画下去，也没有信心，但电影中的一些内容让我难以释怀，所以逼着自己继续画。老实说，为筹备下一部电影暂停连载的时候，我松了一口气，只想赶紧逃离书桌。

说来惭愧。做完电影，休息一段时间以后，我还是觉得回去画《风之谷》很痛苦，以至于让连载足足中断了四次。

——电影版刚好被当成了八十年代环保热潮的先锋……

宫崎：我完全没有那方面的意识，只是从结果来看，碰巧处于那个位置。关于作品的构想很久以前就有了，始于中尾佐助先生的书。

简而言之，我在创作《风之谷》之初，并没有想到要画一个关于环境保护或生态系统的故事。

我本想画一个以沙漠为舞台的故事，可画出来一看，感觉不太有趣，便想要不改成森林吧，改成森林就行了，就这么简单。于是画着画着，就变成了现在的故事。

从这个意义上讲，我并没有什么宏大的构想。想到哪里就画到哪里，思路卡住了就搞个庞然大物出来，于是有了沉睡的巨神兵……

巨神兵也是我一边嘟囔"接下来会发生什么呢，愁死人了"，一边画出来的。心想船到桥头自然直，说不定杂志先停刊了呢，（笑）就是这么糊弄着画下来的……

——以沙漠为舞台的话，您想画一个怎样的故事呢？

宫崎：我真的不记得了。当时应该有很多构想……唯一记得的是，我当时非常恼火，对世界的现状和社会上各种事情都很生气。

——是一九八一年、一九八二年那会儿？

宫崎：一九八〇年前后吧。不光是环境问题，还有人类到底要走向何方。但我思考最多的应该是日本的现状。而最让我恼火的恐怕是自己的现状。

——那您在泡沫经济的巅峰期……

宫崎：很惭愧，也很火冒三丈，到现在也没有完全平静下来，只是那股憋闷转移到了别处吧。

◎ **做完电影时一筹莫展**

——既然不是一开始就有了完整的故事构思，那么决定把《风之谷》改编成电影的时候，您肯定遇到了很大的困难吧？

宫崎：真是一筹莫展。如果是别人写的故事，我还能采取正面进攻的策略，但这回的原作是片刻前还在自己脑海中的东西，可谓是新鲜出炉，根本没法客观看待。即便原作没画出来，每一格的背后也有我的各种妄想和情感。所以，电影的主题虽然出自同名漫画，但需要进行改编，重新排列组合，装进能用"包袱皮"裹住的范围内。

因为电影必须给观众呈现"打开包袱皮再合上"的过程。有些人可能会说"不合上也行"，但我毕竟是制作商业电影的人，还需要考虑如何收尾。

超过了这个范围，就无法用电影去呈现。"娜乌西卡发现了腐海的作用、构造和意义，态度产生了一百八十度的转变"是有意义的。我早想好了，电影就做到这里为止，但当时脑海中还是有太多模糊的东西无法放入这个框架，也无法理清。

也怪我想把无法在电影中呈现的东西画到漫画里，遇到困难是理所当然的。

——原来是这样。难怪《风之谷》的漫画版和电影版是两部截然不同的作品。因为电影的"包袱皮"有一定的开合方式。

宫崎：就算在连载结束后再制作电影版《风之谷》，也会做出一样的东西来。这一点是不会改变的。

——电影的结局对之后的连载有影响吗？

宫崎：我刚才也说过，电影归电影，它已经完结了。漫画连载并不是为了依样画葫芦，与电影全然无关。连我自己都不记得电影情节了。（笑）

但刚开始制作电影版《风之谷》的时候，我坚称这部作品是建立在我的"愿景"之上，而不是"因为现实如此"。可做完电影以后，我发现自己沉浸在了当初不想涉足的宗教领域，心想"这可不妙"，陷入了困境。

我以为已经做好了思想准备，在做完电影后继续连载《风之谷》的话，一定能比以前更谨慎地看待关于宗教的问题，可实际画出来一看，搞不明白的地方还是太多了，结果从头到尾都画得稀里糊涂。

——而且电影上映后的连载期数远远多于电影之前。

宫崎：是啊。所以读者大概都换过一批了。我边画边想，继续在杂志上连载下去，读者怕是也会一头雾水吧。可我还是要思考一些自己不太理解的事情。

——比如？

宫崎：以"神明存在"为前提，这个世界观就得以成立，但我不能这么做。结果，我还是闯进了本不想踏足的领域，比如人类和生命。

我发现，如果用人与人之间的纠葛或矛盾去解释这个世界，还能应付过去，但无法只停留在这个层面上。

于是，我连一句有把握的话都说不出。

要是拥有毁灭性力量的巨神兵喊娜乌西卡"妈妈"，该怎么办？光是思考这个问题，我就头昏脑涨。所以她的困惑就是我的困惑。

——巨神兵在连载后期扮演的角色与电影中完全不同……

宫崎：通俗文化中有很多"遇到给予自己力量的庞然大物"的故事。比如《泰山》中的象群和《铁人28号》。这种故事以不同的形式反复出现，可以解释为人类渴望庞然大物的回归或自身的成长。在通俗作品中，巨大的力量往往亦正亦邪，只要假设它是正面的就行了。

事实上，力量大多是技术的产物。我认为技术本身是中立而纯洁的。汽车也一样。它们忠于驾驶者，为他们无私奉献。

人们认为机器没有心，对它们毫无戒备，殊不知人类早已把心灵赋予了机器。忠诚的心灵、纯洁的奉献和自我牺牲是机器的本质。它们像狗狗一样，无论主人多么凶恶，都会听命行事。我认为"人类把心灵赋予机器"这个观点是阿西莫夫"机器人三原则"的基础。娜乌西卡的巨神兵本身是个不足为奇的创意，能在许多前人的作品中找到创作根源。可一旦赋予它们肉眼可见的"纯洁"形象，它们就会变得难以驾驭。当然，之所以这样做，是因为我也对"纯真无垢"有强烈的向往……

——巨神兵产生意识后，故事的走向和之前截然不同了。

宫崎：画这种作品的时候，我只能告诉自己，那些浮现在脑海中的念头和不着边际的片段是有意义的。即使让作品的结构产生了破绽，我也不能忘记那些片段。关于这一点，三言两语说不清楚。

也许我思考的这些问题，有些人很早以前就用更深刻、更犀利，也更恰当的语句表达过了。对此，我深刻意识到了自己能力的不足。

——您是指宗教领域吗?

宫崎: 也许人类心中所谓有意义的意识形态,包括形形色色的思想和信仰,或者诸如此类的东西,实际上早已存在于大自然中……

我有一种可怕的预感,如果我们想超越纷繁杂乱的烦恼,去往纯净无瑕的地方,最终抵达的可能不过是路边的一颗小石子,或一滴水珠。

可一旦把这些观点付诸语言,就会变成可疑的宗教。况且,我还远没有达到那种境界,所以无法顺利地画下来。说到底,我有时觉得巨神兵比人类更可爱。

——看《风之谷》时,确实会有"王虫比人可爱"的感受。

◎ 词穷

宫崎: 我时常陷入这样的困境,无论如何也理不出头绪。有时候觉得像《奇爱博士》[①],有时又不知道这算不算"奇异"。

被认为是人类独有的情感和其他种种,也许通过世界上最单纯的病毒进行分享和传播的。但它们分享和传播的东西只能在人类身上被激发出来吗?恐怕得用更灵光的脑袋多加思考才行。在得出答案之前,无法用语言表达出来。

这就是我陷入的困境。虽然我也觉得危险,却不得不朝着那个方向前进,因为早在十年前,我就让巨神兵在作品中登场了。总不能说"我创造了这个角色,但后来把它给忘了"吧。(笑)

所以,与其说我是作品的创作主体,倒不如说是跟着作品走……

——是故事自己在发展……

宫崎: 说"发展"还不够贴切,应该说"故事本来就在那里",

---

① 1964 年上映的黑色幽默电影,由斯坦利·库布里克执导。

所以不会朝着我想要的方向发展。即便如此，我还是强迫它朝着我希望的方向而去，我也知道这个过程中掺杂了太多谎言，着实不是什么值得称道的事情。

最后，承受了那么多的娜乌西卡真能回归普通的生活吗？这样一个人真的可以在不失去理智的情况下活下去吗？我只知道，她恐怕是无法回归原点了，但一定会继续活下去，去见证一切。

——电影姑且给出了结论，但在漫画中，娜乌西卡在故事的一开始就抛出了很多问题。悬而未决的事情非但没有解决，反而越来越多，直到故事结束。

宫崎： 没错。我们从一开始就知道"何谓生命"这个问题不会有结论，却终究无法回避。

我养的狗已经十六岁半了，身体很虚弱，随时都有可能离开。它的眼睛得了白内障，几乎看不见东西，鼻子只能闻到一点点气味，只有一只耳朵能稍微听到点声音。即便如此，它仍然活着。

它总是一副不太开心的样子，但出门散步的时候，它的表情看起来会变得开心一点点。

这让我不由得思考"生物"究竟是什么。父母都不在了，我却对着一条狗感慨万千，非常本末倒置。不过我有时也会想，现在的它已经不是片刻前的它了。就像波纹在水面上扩散，变得越来越微弱。明明是同一阵波纹，却已经不像刚激起时那样富有活力了——我大概是这么理解的。

有人说生物是自私基因的载体，但并不足以将这个问题解释清楚。也许伟大的人早在很久以前就开始思考这些问题了，换句话说，他们早在学问出现之前，已经对这些问题有所感悟，而我刚刚站在思考的门槛上。

——愈发深刻地意识到，自己搞不懂的事情实在太多了……

宫崎： 没错。无论是自然与人类的关系，还是人类内部的自然规律,都不是三言两语能解释清楚的。不过,"活下去"就是在自然中维持"表面平衡"的方法,所以为了维持平衡,我们还需要付出努力。

然而,如果我们进一步深究,会发现一些需要直面宇宙中的混沌和黑暗的问题,解答的关键显然不在我们的头脑中,而在隐居山林的古人的思想中。

最近,我每每听到以前置若罔闻的宗教词汇,心头都会"咯噔"一跳:哦,原来宗教还探讨这些啊。我能感觉到,在佛教入门书籍一笔带过的简单词语背后,有某种非凡的体验和思想。但我并没有将它们转化为自己的血肉,只是在它们面前惶惑不安罢了。

恐怕在我誊抄那些词语的刹那,它们就已经开始变质了,但我终究不是亲鸾①这样的大师,可以毫不畏惧地写下它们,无论怎么写都很虚假,所以我决定不让娜乌西卡说这些话。

我本以为自己理清了一些头绪,然而在推进《风之谷》的过程中,我反而越来越混乱,有种词穷的感觉。

这种感觉就像娜乌西卡自己陷入了沉默,我也不想用语言表达。可能是一旦将某个念头脱口而出,它就会变成另一种东西。

——在娜乌西卡决心"靠撒谎活下去"之后不久,故事就迎来了结局……

宫崎:因为我觉得这样的结尾更契合主人公的性格。我只能告诉自己,那就是她对周遭生命的爱。

总之,我至少可以斩钉截铁地说,"因为我方是正义的,只要击溃对方取得胜利,就能迎来和平"之类都是谎言。诚然,世间有善恶之分,也有行善之举。但做善事的人并不一定是善人,他们只是"做了善事"而已。说不定下一秒就会做出恶行。人性就是如此。不认清人性的复杂,就会在很多事情上做出错误的判断,无论是政治决策还

---

① 亲鸾(1173—1263),镰仓初期僧侣,净土真宗的祖师。

是有关自身的决策都不例外。

◎ 比土鬼国的崩坏还要轻而易举

——在《风之谷》漫画连载期间，国内外发生了许多重大事件，其中有没有哪件事影响到您呢？

宫崎：对我冲击最大的就是南斯拉夫内战。

——为什么是这件事呢？

宫崎：我本以为他们不会再打仗了。那片土地经历过太多可怕的事情，本以为他们已经受够了苦难，结果却出人意料。这让我认识到人类是不会有长进的，也让我认识到了自己是多么天真。

——而且不同于海湾战争，那是一场相当传统的战争。

宫崎：从某种角度看，海湾战争很好理解。伊拉克政府像极了军阀时代的日本政府，把士兵派去条件极度恶劣的荒岛或沙漠，不给水也不给食物，放任他们"自生自灭"。那种军队仿佛是日本军队的翻版，让人看着很难受。南斯拉夫则不然。

我认为挑起战争的不过是一小撮极端分子，但民众无法阻止他们。就像纳粹在德国兴起时，很多人都说他们不过是一群流氓混混，可不知不觉中就发展成了一股无法阻挡的力量。

如果只看CNN①之类的报道，就会认为错的显然是塞尔维亚一方。但事实并非如此。在基督教内部，西欧教派与东正教之间有着明显的矛盾。也难怪塞尔维亚对北约的反应持怀疑态度，如果俄罗斯出手，他们反倒会松一口气。

可塞尔维亚是不是正义的一方呢？或许也未必。双方都非常愚蠢，做出很多可怕的事情。就算战争存在所谓的正义，一旦开打也必

---

① 美国有线电视新闻网。

然会走向腐朽，几乎没有哪场战争可以免俗。

——娜乌西卡也说过"根本就没有正义"。

宫崎：我喜欢研究战争，所以读了很多关于战争的书——常有人问我："宫崎先生，您是喜欢战争吗？"我都会这样回答："你觉得研究艾滋病的人喜欢艾滋病吗？"——在这个过程中，我认识到自己对历史的认知显然太幼稚了。

——那南斯拉夫内战爆发前的苏联解体呢？

宫崎：苏联解体的时候，《风之谷》的连载漫画刚好画到了土鬼国崩坏的阶段。我边画边想，土鬼这样的帝国怎么会如此轻易地土崩瓦解呢？没想到苏联的遭遇更让我感到错愕。

"国家的土崩瓦解"和"当地人照常生活"是可以同时发生的两件事。我一直疑惑西罗马帝国灭亡时发生了什么，生活在那里的人们经历了哪些变化，而现实让我隐约找到了答案。

——哦，真是无巧不成书……

宫崎：所以土鬼帝国的崩坏其实还有很多需要补充说明的地方，但漫画连载的篇幅有限，每月就那么十六页。因为这个可悲的现实，我不得不砍掉很多东西。我也觉得有必要解释一下一些问题，比如那个国家为什么灭亡，国家是什么，制度是什么，制度是如何停止运作的等等，可又没有时间，画着画着，帝国就在作品中自行灭亡了。然而在现实世界中……

◎《风之谷》改变了我的思想

宫崎：在《风之谷》的收尾阶段，我产生了一个在某些人眼里无异于背叛的想法。我不得不放弃之前看待事物的方式，所以那时感觉很艰难。直到现在还是会想，也许保持原样才更轻松。

并不是连载的过程中经历了戏剧性的事件或激烈的心理斗争，从而发生了转变,而是内心的疑问逐渐积累,变得一发不可收拾。

所以我感觉这种思想上的显著变化并非来源于社会立场的变化,而是连载《风之谷》的结果。

举个例子,刚开始我犹豫要不要把娜乌西卡设定成族长基尔的女儿,也就是"公主"。因为我能预料到,到时候会有人指出娜乌西卡属于某种精英阶层。于是我提前准备了各种理论应对质疑。

但画着画着,这些就不重要了。是什么出身都无所谓,我不想再争论这些。无论出生在哪个阶层,无聊的人就是无聊,好人就是好人。人世间没有对错之分,只有好人和不那么好的人,只有"想跟他做朋友的人"和"不想跟他做朋友的人",仅此而已。我不再用阶级作为划分人类的标准。太绝对的说辞是彻头彻尾的谎言,人们什么样的蠢事都干得出来,民意调查或许根本不可信。

我只不过是回到了极为寻常的原点,算不上什么大彻大悟。但一想到这是无数人提出过的观点,而自己仅仅是绕回了最初的地方,我就十分郁闷,又只能接受。我告诉自己,以后要对自己的看法负责。

类似的经历有过很多次。长久以来,我一直试图用观念来扭曲自己的感觉,但以后不会这样做了。对现在的政治家,我也只会从表象去评判。

——就是凭直觉……

宫崎: 与其说出于直觉,不如说是"给人留下的好印象",即使对方不是一个很有能力的政治家,但好歹是个好人。反正也不能抱太大期望,宁可选一个看起来最好的。眼下我别无选择,只能从这个层面看待问题。说白了就是变回了傻瓜。

——也许不是"变回",更像是在爬旋转楼梯。

宫崎: 确实有种在原地打转的感觉……比如有个名为"龙猫森林运动"的国民信托基金,用我们电影中的角色形象来宣传活动,但我们并不是因为"他们是对的"才予以支持的,而是因为开展这项运动的人非常好，在踏踏实实地做事。

早在发起运动之前，他们就深爱着山峰丘陵，一有空就去那里走走，看看植物和鸟儿，不断思考能为这个地区做些什么。所以我们不介意让他们使用龙猫的形象。换作生态法西斯主义者，我们肯定会收回授权。

最近我都不用对错去评判了，而是看对方是不是好人。所以我的世界也越来越小了。（笑）

◎ 通过清理家附近的小河，"解决"环境问题

——在启动《风之谷》的连载之前，您曾说对日本怒上心头，那现在呢？

宫崎：我已经过了嘲讽泡沫经济破灭的阶段，此刻神清气爽。问题还没解决，但围墙已经倒塌了，外面的东西总会进来的。

大米短缺[①]也不算什么，又没饿死人。这件事反倒让我见识到了国家的经济实力。

——想要什么都能买回来。

宫崎：如果是一九四几年，怕是会出大问题。可现在大家也不过是嚷嚷几句"泰国大米不好吃"，可见日本的经济实力还是相当雄厚的。我也不由得感慨，经济实力薄弱的国家很难生存下去啊……

说出来不怕你们误会，我都有点厌倦讨论日本的农业了。

我在机缘巧合下认识了一位种水稻的农民，他一直用的是有机耕作的方式，从不使用农药。于是我们家跟他签了订米合同，说好了就算收成不好、成本上升也照样从他那里订购。我的"农业问题"就这

---

① 1993年，日本大米产量因冷夏严重不足，政府只得紧急进口大米，但消费者对进口农作物的不信任根深蒂固，引发了诸多社会问题。

么解决了。(笑)

当然,这样解决不了任何宏观问题,但我不喜欢"日本农业如今一败涂地"的煽情论调,听着就像"日本电影正在走向灭亡"一样,尽管我能理解那种愤怒。

总觉得不该是这样的。输赢哪有那么简单。讨论农业问题和农协只会让人烦躁。于是我试着从个人角度做个了断,但这么做并不值得赞扬。不过话又说回来……要是真饿死了人,那就是另一码事了。

最近这种想法变得愈发坚定,所以觉得抽空参加一下本地居民组织的河道清理活动,用这样的形式去解决环境问题也不错。其实就是捡几个掉在河里的塑料袋,并不能从根本上解决问题。

总的来说,如果你从宏观角度入手,就会遇到很多无可奈何的事情。之所以处处碰壁,是因为具体问题和宏观概念之间有着巨大的差异,从而造成了分裂,但人们又往往能在具体问题中获得满足。这也是我目前最满意的一点。

宏观就是从山顶或飞机上俯瞰地上的路,怎么看都不满意。可走到山下,看到面前有一段五十米长的平坦道路,你会觉得这条路还不错。如果天朗气清,阳光明媚,你就会觉得精力充沛,心想"日子还是有办法过下去的"。想法会因为视角的不同而改变,这究竟是怎么回事呢?

所以,与其在座谈会和演讲会的讲台上高谈阔论,不如做一些实际工作更适合我。不过我也会继续开车,边开边排放废气。如果大家都选择不开车,那我也可以不开,但我一定会坚持到最后。对于那些真正想开车的人,我可以大言不惭地说,只要把每升汽油的价格涨到三百日元就行了。(笑)

——到时候汽车肯定会变少。

宫崎: 一听到"调低油价有利于刺激日本经济"的论调,我就火冒三丈。让那些愿意为开车付出任何代价的人去开呗。人人都开车既不是人类的进步，也不代表着平等。

如今各个领域都有大众化的问题。我也属于大众的一员，所以看到齐柏林飞艇的照片也很想上去体验一下，但如果我真的生在那个时代，八成没有资格坐上飞艇。话虽如此，我也不觉得人人都能坐飞艇的时代会更好。

我打算今年在这栋楼（吉卜力工作室）的屋顶上铺土育草。这样做虽然解决不了任何问题，但总比光生气来得有意义。据说这样也能节省一点空调费。肯定有很多人说这是杯水车薪，解决不了大问题，他们说得没错，但我还是想做些力所能及的事情。

有位摄影师发起了一项活动，希望让在切尔诺贝利事故中遭受辐射影响的孩子来日本接受治疗。住上一个月左右，孩子们的状态就会有显著改善，补充了足够的营养也是原因之一。连那些停止发育的孩子都重新开始长高了。

摄影师也知道，孩子们回国以后，一切又会变回原样。就算送十几个孩子过来，也不代表能救助数以万计的受灾儿童，这让他备受煎熬。但我觉得能发起活动就足够了——尽管这么说很容易遭人误解——这就是他力所能及的范围。

也许有人会问："如果那个孩子死了，他的所作所为不就没有意义了？"此言差矣。最关键的是孩子们当下的感受。可一旦用语言表达出来，就会造成很大的误解。真是个棘手的问题。总想用结果去衡量，很多事情会变得非常复杂。一说"当下最要紧"，就可能被误解为享乐主义，实在是个难题。用语言准确表达想法真的太难了。

——因为语言门槛很低。不管怎么表达，鸡蛋里都能挑出骨头。

宫崎：很多东西是无法用语言表达的，我之所以说"清理清理河道就行"，其实是因为很多人给我贴上了"环保斗士"的标签……

——您是故意的吧。

宫崎：没错。其实我什么都不想说，闷头做事就行了。还不如直接说我只是去参加邻里之间的交流活动呢。

◎ **不明白的就先放着**

——完成电影《风之谷》后,您一边连载《风之谷》漫画,一边制作了《天空之城》《龙猫》《魔女宅急便》和《红猪》。这些动画跟《风之谷》的类型都不同。

宫崎: 多亏了《风之谷》漫画,我才能做出那些作品。《风之谷》是其中最沉重的一部,回到那个世界很痛苦,所以我一直不想回去。哪怕在现实世界中,只要画的是那种东西,就越来越难回归社会。

——会离社会越来越远吗?

宫崎: 是的。但电影的制作现场总是鸡飞狗跳,会被最琐碎的日常杂事牵绊。比如"他怎么老偷懒"啦,"你也该找个老婆"啦。(笑)大家都活得非常俗气,成天惦记着票房。

当我做完电影后,正茫然地休息时,《风之谷》漫画又在等着我。那感觉可太讨厌了。于是我闲逛了半年,才提笔开画。所以我刚才说的是真心话,为了逃避画《风之谷》才做了那些电影。

倒也不是因为《风之谷》很沉重,才想做轻快的电影。不过我要是没有继续连载,大概会尝试在电影中加入一些更沉重的元素,从而变得手忙脚乱。当然这都是事到如今擅自总结出的结论。当时我并没有想那么多,只是觉得做那种电影更好,于是就去做了。

但画《风之谷》的时候,我没有提前构思好情节,以后应该不会再做类似的尝试了。

——在《风之谷》完结的当下,您对未来有什么展望呢?

宫崎:《风之谷》的完结并不意味着这个故事的结束。故事可以无止境地继续下去,但在现实中,我们已经走到了"接下来会发生什么,大家都心知肚明"的节点。也就是说,娜乌西卡和置身于难以琢磨的现代社会的我们,站在了同一条起跑线上。

从今往后,肯定会有各种各样的荒唐事发生,大家也会竭尽全力应对,同样的戏码将反复上演。我就是想在看清这一切的节点上为这部作品画上句号。

在连载的过程中,我意识到娜乌西卡的角色并不是领导者,更像是代表人类关注着万物走向的巫女。

而信任娜乌西卡的人才是真正推动故事发展的角色。和普通的故事结构相比,这确实不太合理,也让我颇感头疼。

虽然连载完结了,但在最后一册单行本出版之前,包括前面提到的内容,还有很多东西需要整理。但搞不明白的就先放着吧,姑且先画上句号。

不然我永远无法完成这部在四十出头就开始创作的作品,没法安安心心地变成老头子了。事实上,在连载完结的那一刻,我确实觉得自己一下子老了很多。

但它根本就没有结束。所以我也没有解脱的感觉,真头疼啊。要是能说出"我觉得自己卸下了重担"就好了。本以为一旦完结就万事大吉,可惜事与愿违。我曾以为不用画连载能轻松一些,可原本排在第二位的痛苦工作,现在却变成了最痛苦的。(笑)

——总之,您预见到了亟待解决的课题堆积如山。

宫崎:是的。关于这一点,没人比娜乌西卡更清楚。

(《读》岩波书店 1994 年 6 月号)

未完成的《熊猫家族》

《熊猫家族》是一部令人怀念的作品,也是一个难得的故事。无论是创作的时候、绘制的时候,还是观看的时候,心里都是暖洋洋的。

用一个晚上写好了企划书，交上去后几个月都杳无音讯。不过在广播里听到中国的大熊猫即将来到日本的新闻时，我就知道这个企划肯定会通过。果不其然，突然传来决定制作的消息。从这个角度看，《熊猫家族》是一部瞄准了熊猫热潮的作品。不过对我来说，在读到高畑（勋）先生在短时间内写好的企划文案那一刻，便已心潮澎湃，预感到我们可以创造出一个美好的世界。正因为有这份悸动，才没有蹭热度的负罪感。

　　前几天，我重看了当年的影片，心想"要是时间再充裕些，我们一定能做得更好"。不过我还记得，虽然这部作品没有筹备期，但我们在构思故事舞台的时候行云流水，全无犹豫。

　　路边樱花树成排的街景、波斯菊盛开的庭院、几乎没有汽车经过的宁静郊区……都是我在儿时见过的景象。那时的神田川还生机勃勃，没有沦为歌谣中的臭水沟。当然，影片中的世界与现实中的往昔并不相同。当时的日本整体上要比现在贫穷得多，无论是大人还是孩子，都背负着不同于现在（也可以说与现在并无二致）的痛苦与艰辛。后来，人们为摆脱贫困付出了不懈的努力，物质生活也随之变得无比富足。时至今日，很多人终于意识到，这也意味着许多东西的消失。

　　《熊猫家族》描绘的世界并不是制作团队怀旧的产物。在我看来，至少漫画电影展现出了日本的另一种可能，描绘了本该存在的城市景观……不，是呈现出仍蕴藏着那种可能性的日本风土，它作为一个有意义的课题，仍以未完成的状态摆在我们面前。

　　　　　　　　　　[《熊猫家族》LD BOX 制作・发行 / 小学馆
　　　　　　　　　经销 / Pony Canyon 1994 年 8 月 19 日上市
　　　　　　最初刊载于 1982 年，由 King Record 发行的剧情篇 LP（已停产）]

《熊猫家族》作者寄语

《熊猫家族》虽然是二十多年前的作品，但对我们（高畑勋、大冢康生、小田部羊一）来说意义非凡。

当时人们普遍认为孩子只喜欢打打闹闹的作品，我们却觉得，快乐和兴奋就蕴含在日常的点点滴滴中，想制作一部孩子真正喜欢的作品，才有了这部《熊猫家族》。

电影上映时，我带着儿子和侄女去了电影院。它是跟《哥斯拉》一并放映的，时间并不长，但影院里的孩子们都看得非常开心，最后还合唱起了主题曲。我大吃一惊。还记得那时孩子们的神情让我由衷地感到幸福。正是孩子们的支持决定了我接下来的工作方向。

话说回来，熊猫是一个非常随和悠闲的角色。不需要做什么特别的事情，只要待在那里，就能让周围的人沉浸在幸福之中。从这个意义上讲，我觉得龙猫和熊猫是一样的。孩子们发自内心喜爱的作品同样具有让人幸福的力量。

（《This is Animation 熊猫家族之大雨马戏团》小学馆 1994 年 9 月 1 日发行）

画面已经在脑海中动起来了

宫崎骏先生出版了一本新的图画书，书名叫作《幽灵公主》。它改编自《美女与野兽》，以日本为舞台，讲述一个被父亲厌恶的姑娘嫁给怪物后，从恶灵手中救回父亲的故事。其实这个故事由一九八〇年为企划简报绘制的印象板汇编而成。雪藏已久的项目终于有了动静，所以在制作电影之前先出版了这本书。

宫崎先生习惯用透明水彩绘制印象板。他说这是三十多年来的老习惯。透明水彩的优点在于"简便"，有调色板和笔洗足矣。

"把颜料挤在调色板上,能用很久很久。即使变干了,用水化开涂在纸上就行。买一次够用好几年,没有比这更便宜的画材了。"(笑)

宫崎先生并不会用透明水彩绘制作品。印象板不过是为创作电影服务的准备工作。

"画这个是为了向制作团队说明这部作品的舞台背景。因为自己的构思还不够清晰,所以才要画出来。如果自己已经一清二楚了,就没必要画,所以经常只画一半便停笔。"

所以他一点都不挑剔画纸和画笔。纸是跟负责背景的同事借来的,笔则是从上色的同事那儿拿来的。

"工作太忙了,与其没完没了地花时间,不如速战速决。我用的不是透明水彩的常规画法,而是自创的。先用铅笔画线稿,然后涂上颜料,尽量省事,(笑)尽可能加快速度。"

他说透明水彩"不会扼杀线条",最适合叠加在铅笔或钢笔的线条上。颜料用的是荷尔拜因牌的二十四色,再额外添置五六种颜色。

"颜色的种类也不是越多越好。我买过大号调色板,用着用着就分不清哪个颜色在哪里了。所以不如一块调色板用上十年,同样的颜色总是在同样的地方,手自动就伸过去了,都不用动脑子想。"

所以他不换大调色盘。外出写生时,带一块荷尔拜因的调色板就足够了。动笔画太耗费时间,他往往先通过实地考察把握街景、建筑和房屋布局。

不过让宫崎先生感到不满的是,颜料中没有与日本的自然环境匹配的颜色。因为去欧洲时,他发觉荷尔拜因颜料与当地风景的颜色能自然地融为一体。

"日本小学生用的棕色颜料是红松树的颜色。可如今,我们在日常生活中都看不到那种棕色了,它却还是颜料盒里的标配。我觉得要改一改,换成更贴近现实中地面的颜色。十八色的颜料足以调出暗淡的土色、树皮的颜色和日本杂树林的颜色,无须使用绿色、黄绿色这样的人工色。"

宫崎先生用的颜色都是自己调制的，调配肤色时尤其谨慎。

"一旦画错就不能改了，所以我会先调得非常淡，薄薄涂上一层。如果其他地方涂上颜色后，感觉肤色太浅了，那就再涂一层看看。但肤色涂错了就要用白色盖住，然后重新涂一层，展现出来的色感会完全不一样，印出来的效果糟糕到令人绝望。"

时隔十余年，才以大开本画册形式重见天日的《幽灵公主》印象板，是他充分调动了脑海中的各种资料，在不到一个月的时间里画完的。他在绘制印象板时不会重新查资料。制作启动后再去采风，也只是为了"再次确认"，"以便划定可以虚构的范围"。武士宅邸的布局和结构都来源于平日的积累。

好比古代的绘卷。

"在十二世纪的绘卷中，无论贵族还是街边的平民，身形都画得一样大。这说明画家是从同等的距离观察他们的。放眼世界，类似的绘画视角实属罕见。这种记忆碎片应该也流淌在我们的血液中。"

《幽灵公主》的时代考证也尽量聚焦人们的生活细节。不过，据说改编成电影后会与印象板大不相同。

"起初通过大脑皮层和额叶想象出来的东西，到了某个阶段就派不上用场了，于是藏在更深层意识下的想法会被迫显现出来。不依靠后者，就会做出满口大道理的电影。'城主被恶灵附体变成了坏人'的故事也太无聊了。要打造出更有魅力的人物才行。"

他的创作灵感来自维多利亚时代的小说描绘的恶魔形象。

"那些小说里的恶魔都非常潇洒，爽快大方又英俊。简直是现代人理想中'最酷的存在'。最消极的角色以令人恐惧的面孔示人，看起来还有什么意思呢？而且轻而易举就能击败。那么设定成一个不那么容易被打倒的角色，新的问题又出现了，城主的女儿和怪物女婿该怎么处理？这个问题还没有答案，所以才值得做成电影。"

宫崎先生说，"动画是一种永远难以熟练的劳动"。不同于为个人审美和自我满足而努力的工匠，这是一种在特定条件下打造极致商品的工作。《幽灵公主》的制作将在一九九四年秋季启动，关于这部作品的各种方案，正在宫崎先生的脑海中盘旋。

(《新画材指南 水彩》美术出版社 1994 年 9 月 1 日发行)

具有隐喻属性的地球环境

采访者／山本哲士 高桥顺一

◎ 生命形式与王虫

山本：这次我们围绕"地球环境的文化学"，策划了一场从文化角度探讨地球环境的活动。前不久，《风之谷》的连载宣告完结。我看完后感动得热泪盈眶，特别想借这个机会向宫崎先生请教一些有关环境的问题。关于这一主题，人们往往很难理解自然环境实际上遭到了怎样的破坏，或者地球正面临着怎样的危机。但是如果以《风之谷》这样的形式展现出来，势必会引发许多现实层面的思考。我最近常建议学生们多看看《风之谷》，和学者的言论相比，这部作品能给人带来更多的启发和感悟，以它为起点，认真对待那些问题就好。

接下来进入正题。作品中的王虫让我非常感动，请问王虫究竟是什么？您是在哪里意识到了它的存在？或者说，您想通过王虫表达什么？可否请您展开讲讲？

宫崎：我都不记得了，毕竟那是十多年前的事。不过……怎么说呢，我小时候看电影《泰山》时也很兴奋。泰山一吼，大象就成群结队地过来了。其实来的都不是非洲象，而是印度象。但在我的认知里,那就是开天辟地以来最强大的东西,让我生出了强烈的向往。想必大家都有过类似的体验。后来上了小学,得知用机关枪能打死大象,那一刻的失望仍记忆犹新。我一直以为大象能把机枪的子弹弹回去。在通俗文化中,对强大力量的向往会以不同的形式反复出现。比如在山川惣治的作品《少年肯尼亚》中,有一条叫"达纳"的蛇。不知为何,它总会在危急时刻突然降临。所以每当它出现,我就特别安心。

再举一个例子。有一部电影叫《大魔域》,内容和原作略有不同。电影里有一条龙。它顶着一张非常好懂的面孔,一看就知道它在想什么,十分无聊。神秘莫测的角色才能成为观众向往的对象。简而言之,越是拟人化,就越容易让人移情,也越无趣。与其说我们在追求超越条条框框的东西,不如说一直以来我们都向往比自身更巨大、无法轻易理解的存在和力量。这不仅仅是我个人的发现,也是代代传承下来的观念。想想我们自己,再想想自然,就会明白这个道理。不知为何,在人类的心中,自然显然具有巨大的力量,它超越了我们自身的善恶,是一种宏大的存在。我们拥有这样的自然观。

看《大魔域》时,你会发现制作方的视角和我们不一样,觉得无聊也在所难免。影片里不仅有龙,还有一只巨大的石龟,一脸醉醺醺的样子。如果它的眼神像深不可测的洞穴,那我看到这样一个庞然大物从石头中钻出来,肯定会感动。然而,一看到那张醉醺醺的、刻意得好似迪士尼玩偶的脸,我便强烈地感受到他们的自然观是如此肤浅,简直无可救药,连电影都看不下去了。

高桥: 我觉得欧洲人,或者说欧洲文明中已经不存在"人类未曾涉足的自然"了,连想都想不出来。

宫崎: 不知道是不是整个欧洲都是如此。我去爱尔兰的时候就没有这种感觉。不过一说起欧式自然风光,人们就会联想到蒂罗尔。我却很看不惯。这里弄成森林,那里建成农场,这里住人,那里铺路……完全是按照规划来的。在当地散步都觉得很没意思。

山本： 这种观点和王虫的形态有关吗？

宫崎： 小时候抓过虫子的人应该都有过这样的经历——比如看到知了凹凸不平的头部，就会感叹"它怎么长得这么有趣"。知了有三只单眼，不是吗？那三个小红点简直跟宝石一样，让人眼前一亮。还有蜻蜓，巨圆臀大蜓和碧伟蜓的颜色也很奇妙。这些都是孩子们最先接触到的、能让他们大为惊叹的东西。独角仙的幼虫、小龙虾背部的弧度、长得像飞船一样的蚂蚁……观察它们，就像在窥探世界的秘密。上小学的时候，老师告诉我们"蜘蛛有八只眼睛"，那一刻，我大受震撼，甚至有种世界轰然倒塌的错觉。我不由得想，八只眼睛看到的世界会是什么样子呢？王虫就是这些思绪的集合体。我在作品中塑造庞然大物的形象时，不会选择有爬行动物和哺乳动物生活的世界。因为对于一个全新的生态系统来说，那样的世界过于简单明了。而且从技术层面上讲，无论把爬行动物或哺乳动物改成什么形态，都不过是把迄今为止出现过的零部件拼在一起罢了，所以用昆虫和节肢动物更容易组合出让人捉摸不透的东西来。我想做出让人无法轻易移情的生物形态。很多人讨厌虫子，所以我认为用昆虫来代表对立的生态系统是很合适的。还有"蠢"这个汉字——我跟朋友借过一本战前出版的江户川乱步的小说。为了避讳，里面缺了很多字，以至于句子都看不太懂了。可就是这样一本书，反而让我看得毛骨悚然，不知不觉就记住了出现在书中的"蠢"字。"王虫"这个词本身也是用《沙丘》①中的"沙虫"、诸星大二郎笔下的佛教术语"Ohm②"等元素混合而成的。"它是很大的虫子，所以要叫王虫。""它有很多条腿，所以是'蟲③'。"创作出发点就是这么简单。下一步就

---

① 美国作家弗兰克·赫伯特的科幻小说，首部同时获得雨果奖与星云奖的作品。
② 同"王虫"的发音。
③ 日语中"虫子"通常写作"虫"（むし），但"王虫"一词写作"王蟲"。

是怎么才能让它看起来有模有样的。我也推敲了很久,比如"它长大以后会变成什么样"。

高桥: 王虫会永远保持幼虫的形态吗?

宫崎: 我有过各种各样的构思,比如"会不会有一天,它们突然都变成了成虫",但这么画反而会束手束脚,所以作罢了。王虫在影片中自始至终都是幼虫,才更契合这个故事。

◎ 森林与腐海

山本: 王虫让腐海焕然一新,但那些无限繁殖的、介于动植物之间,又与之完全不同的孢子和菌丝究竟是一种怎样的状态呢?类似于环境因霉菌而腐坏的感觉吗?

宫崎: 不,"腐海"即腐臭之海,是一个真实存在的地方,位于克里米亚半岛的东北部,名叫"锡瓦什湖"。海水退去后,那里变成了沼泽,于是人们称之为"腐海"。第一次看到这个词的时候,它给我留下了深刻的印象。对人类而言,霉菌丛生意味着腐败。既然像大海一样铺天盖地、黑压压一片的森林叫"树海",那"腐海"这个说法就是最合适的。直到最后关头,我还在纠结要不要把"海"字改成世界的"界",后来才拍板决定"用哪个都可以"。总之,锡瓦什湖是真实存在的。

高桥: 腐海是一个很震撼的概念,给我们模糊的自然观带来了天翻地覆的冲击。我很好奇,您用如此"邪恶"的形象去描绘自然的想法是从何而来?

宫崎:《麦克白》的最后提到了"移动的森林"。预言说"麦克白不会被打败,除非森林移动",但最后森林还是移动了。小时候第一次听到"森林会动"这句话时,我吓坏了。"如果森林真的会动,那不是很好吗?可以做一部那样的电影啊!"但在我内心深处,一直留有这样的念头，"如果树拥有诅咒的能力，人类早就被咒死了"。要是打破植物毫无防备、只能被任意摆布的固有印象，塑造一座具有攻击性的森林，不是也很有意思吗？换句话说，一味地把大自然描写成"如果人类不去保护它，它就会消失"，岂不是很傲慢？我不喜欢这样。大家都把自然描绘得十分可爱，但自然本该是更可怕的东西。我总觉得如今的自然观缺了点什么。即使是今天，我们走进森林里，周围一片静悄悄的，还是会感到毛骨悚然，不是吗？世上确实有无论谁走都感到害怕的路。我常去的山间小屋附近就有一条让人瘆得慌的小路。我问过本地人"那条路上出过什么事吗"，有人如此回答——"没有，那条路本来就怪瘆人的"。"自然是美好的，是重要的，我们必须保护自然"，这样的观点并没有错，但我想，那只是我们所处的世界的一部分。人们不应该忘记，在历史的长河中，森林曾拥有远超人类的力量，"自然需要人类保护"只是暂时的。所以"有攻击性的森林"的设定是站得住脚的。

山本：腐海深处有一片洁净的地方，不需要戴口罩。大婆婆也说过："不该刻意阻止腐海的侵蚀，还是顺其自然为好。"工业社会的思路是"征服即是胜利"，您是如何发现"这样是行不通的"？"污浊深处自有洁净"的灵感又是怎么来的呢？

宫崎：想在那个世界活下去，就必然会得出那样的结论。C.W.尼科尔看完电影版后特别感动，可他问了一句"最终腐海长出了新芽，是不是要派开垦团过去啊"。我一听便想，"这人还是老样子，又要做一样的事了"。我差点想跟他解释"不是这么回事"，但又怕麻烦，干脆闭嘴。结尾的处理更契合我的心意，尽管那并不完全符合逻辑，也不够清晰。在搭建故事结构时，我并不是从一开始就设定好"腐海底部是洁净的"。

高桥：那一幕给我留下了非常深刻的印象。娜乌西卡躺在地上说"我终于明白了腐海的意义"，太震撼了。

宫崎： 漫画完结后我才意识到，自己画了一个不得了的东西。但当时自然而然地就那么画了，完全不觉得有什么。正因如此，虽然我在电影版中把它做成了一场令人难忘的戏，但在漫画中，这一情节和让娜乌西卡感叹了一句"天真蓝啊"没什么区别。总之，那是一段不太符合逻辑的素材，所以我别无选择，只能跟着感觉走。先按自己能接受的方式来设计，事后再思考其中的含义。必须想办法找出其中的逻辑。这种情况还是很常见的。

山本： 这样做反而催生出了强烈的逻辑性。只要建立相反的价值观，自会出现一个和谐的世界。欧洲世界倾向于抗拒和排除对立的事物，而宫崎先生设想的亚洲式理论形成了一种能为我们带来感动的结构。虽说这件事可能是一个巧合，但也代表着它正是在感性逻辑的基础上构建而成的，促成其发生的条件也很耐人寻味。还有，娜乌西卡的海鸥号起初依靠发动机飞翔，后来变成了乘风而行。既用他律能源，又用自然界的风能等自律能源。在我看来，这代表着通过逻辑构建了一种超越工业社会的隐喻，非常有意思。另外，我觉得作品中的机械形象，或者说您对科技的看法也非常有趣。

◎ 科技的形象

高桥： 我也喜欢《风之谷》，但最喜欢的其实是《天空之城》，其中的机械形象非常出色。问一个非常简单的问题——拉普达的世界是过去的还是近未来的呢？作品中没有明确交代。

宫崎： 我参考的是"很久以前写的科幻小说"，比如写在蒸汽机时代的科幻小说。当时人们认为，树木在大气层外并不会枯死，所以才会安排那样的结局。就当它是写于十九世纪末的科幻小说中的世界吧。

山本： 那是一个巨大的机器人保护着小花和鸡蛋的世界。

宫崎： 我的机械观是一种彻头彻尾的妄想，比方说，我在烈日下开着一辆破车,心想"热死了",但转念一想,这么热的天,发动机还能正常运转,它是多么舍己为人、兢兢业业啊!人类制造机械的行为,一方面可以看作是制造工具,即手脚的延伸,另一方面则是在制造对自己无限忠诚的东西。虽然把机械归为生物未免太简单粗暴,但制造机械确实是在制造生物的原型。从这个角度看,人类身上最高洁的品格,比如奉献或自我牺牲——那些最近不流行了,但仍能打动人心的东西,其实都是非常简单明了的,并非建立在复杂的事物上,而是更接近世间万物蕴含的最本质的部分。只要存在于这世间,哪怕是一块路边的石头,都可能拥有这样的品质,甚至是更多。音乐也是如此,它原本就存在于宇宙中,人类只不过是赋予了它形式。哪怕无人欣赏,星星和风也一直在发射电波和振动,而人类不过是接收了这些东西,将其做成音乐罢了。所以在创作这部作品时,会感觉到"音乐原本就是存在的"。我认为机械并非只能朝单一方向无限地复杂化,恰恰相反,它也可以退化,甚至与技术的发展方向背道而驰。从这个角度看,机械也可以具有灵性,不是吗?所以我喜欢那些对老摩托车情有独钟的人,因为他们对机械充满了深厚的感情。那种只是翻了翻杂志的产品目录,觉得"这个不错",就卖旧换新的人,我很看不上,认为他们丢掉了一些重要的东西。也不喜欢每两年就换一辆新车的人。我更喜欢那些能从机器的神奇中感受到某种万物有灵论的人。

山本: 作品中的飞行器是船的形状,却能在天上飞。

宫崎: 十九世纪有很多这样的作品。儒勒·凡尔纳的作品是最有趣的水下科幻小说。潜水技术发展起来后也出现了许多科幻作品,但大多都很无聊。儒勒·凡尔纳则不然,他深入海底的同时也是在探索自己的内心世界。作品中对大海的向往,或者说认为"大海是一个更深邃、更丰饶、更隐秘的世界"的观点,与尼莫船长[①]的神秘感重叠

[①] 法国小说家儒勒·凡尔纳的《海底两万里》中的人物。

在一起，同时也展现出了作者思想的深度，以及作品世界的深度。有趣的是，人们心心念念要"飞上天空"时想象出来的姿态，和用滑翔伞或轻型吊车"飞起来"的模样并不相同。人们对飞翔的想象似乎不能通过这种方式满足，所以才不断地加以调整和修改。明明已经在天上飞了，却还是和想象中的"飞上天空"不一样，这就是人心的奇妙之处和有趣之处。

也许我们终将迎来这样一个时代——空调无法修理，供电也停止了，大家指着电视说"这个东西叫电视机，原来是能显示出影像的"。现在修空调就要等两个星期，长此以往，肯定会迎来一个"以前还有办法，现在却无计可施"的时代，一个有电线却没有电力，维修和养护彻底崩盘的时代。所以我很抵触所有事物都会朝着同一个方向发展的想法。

山本： 那个机器人变成了巨神兵一般的生命体。

宫崎： 真让人头疼啊，我都不知道该怎么办。娜乌西卡很头疼，我也一筹莫展。它展现出了无比的奉献精神，是最舍己、最高洁、最纯真的象征，同时也拥有最强大的破坏力。人类总是按照"有生命"和"无生命"区分物体，但无论它做出过怎样的奉献，都不应该被身为创造者的我们随意对待。就像有人说"养鸡是为了吃鸡肉，所以杀鸡算不了什么"一样，我总觉得哪里不对，不得不思考"如果那些机器或生物真的开口说话了，该怎么办"。但这样一来，又会变成自问自答。所以我并不是在理清思路的前提下画的，反而越画越为难。但又必须完结它，最终还是画完了。

山本：《卡姆依传》也迟迟没有完结。

宫崎： 是啊。饶是白土三平先生，都走到了唯物史观全盘崩塌的地步。所以虽然有人说《卡姆依传》要出第二部，我也觉得肯定是假消息。不可能有续作，因为那部作品描绘的世界是虚构的。我看这部漫画的时候也不由得感慨，"阶级史观果然是个谎言"。人的具体生活要更复杂、更暧昧,即使存在权力和阶级差异,也是布满灰色地带的,正因如此,人类才能存活至今。

山本:《卡姆依传》之所以令我感动,就是因为唯物史观的规律出现了裂痕,展现出了人类生存的本质。而白土三平所描绘的拔忍①的虚无主义也偏离了唯物史观,所以他才不得不创作《外传》吧。

高桥:今天听宫崎先生聊了那么多,我意识到自己对《天空之城》的看法好像是错的。我一直以为《天空之城》的首要主题是高洁、坚毅和奉献,而这些主题是通过巴鲁和希达体现出来的。

宫崎:不,我也认为高洁、坚毅和奉献在人际关系中很重要,但这些品质确实不仅仅属于人类。

制作《天空之城》时,我还没有明确这一点,但现在越来越觉得,这些品质作为构成世界的基本元素而存在。我们使用的许多形容词,似乎在人类出现之前就已存在于这个世界中。我想要表达的是,"宝岛大约是真实存在的,虽然不知道其中的'宝物'究竟是什么,但它确实在那里"。那是不能用"能换多少钱"的经济观念去衡量的宝物。

高桥:因为我没能从机器人身上看出"奉献"……

宫崎:这很正常,因为《天空之城》并不是基于这个想法制作的,纯粹是我们喜欢罢了。可叫人头疼的是,拉普达这个岛在整体上给人的印象是负面的。换句话说,我随手建立了一个任何事物都具有二元性的模式,而拉普达最终从这种二元性中解脱了出来。它不再是人们定义的拉普达岛,而是在天空中重获自由。我并不讨厌这种模式。我不反感通过为一切事物赋予二元性,最终达成扬弃的模式,但用这种模式制作电影,就很容易搬起石头砸自己的脚。

山本:在我看来,拉普达的世界是工业社会和科技社会的末路,

---

① 脱离所属的忍者集团,重新成为浪人的忍者。

人们无法回归大地，只能去往远方。在途中，所有机械都损坏了，只剩下树木。而《风之谷》则是人们在腐朽至极的大地上挣扎求生，所以更为震撼。

宫崎：这其实是电影和漫画的区别。一部电影仅有两个小时，只能点到为止，描绘不了太庞大的主题。我一看自己的漫画就浑身不舒服。身体状态好的时候，偶尔也有觉得有趣的瞬间，可其余的时间总想着"我怎么画出了这么个东西"……我有个坏毛病，总想把作品画得难懂一点。就是这么别扭。因为我不是专业漫画家，所以干脆画得难懂一点。我从一开始就定下目标，要画出一部绝对没法边吃荞麦面边看的漫画，但眼看着画到一半，作品竟然变得好懂了，让我惊愕不已。所以一旦觉得格子变少了，比如一页只有八格，我就改成十一格，如此这般，漫画就会变得难懂。出书的时候也做了不少蠢事，比如这里加一格，那里加一页。

山本：我是先看的漫画，然后才看了动画电影。动画的故事比较完整，但漫画那种混乱失序的感觉也非常有趣。

宫崎：电影必须以电影的形式结束。有人说"电影拍成什么样都行"，也有人说"电影必须怎样怎样"，但毕竟是观众掏钱买票看，如果我是观众，看到"接下来你们自己去想吧"的电影，一定会说："我掏钱就是为了让你替我动脑子，把答案拍给我看。"

即便有人说《风之谷》有一个"宗教电影或奇迹电影"式的结尾，它也必须有起承转合。哪怕只克服了一个小问题也好，起承转合也必不可少。这是一种商业道德。但漫画不存在这种要求，于是连载就变成了一场苦修。我曾经有四次暂停连载，当时满脑子都想着"够了，再也不画了"。可忙完电影以后，编辑部又来催我接着画，而我也觉得还能动笔画下去。歇上六个月以后，我告诉自己："好嘞，接下来每个月画二十四页，状态好就画三十六页！"可最后只画出了十六页，有时甚至是八页。工作效率太低了。还得跟肩颈酸痛作斗争。说真的，看别人的漫画时，我会由衷地感慨"人家画得真好"。

◎ 被批判的工业社会

山本：哲学和社会学中有很多试图反思现代和工业社会的言论，同样性质的论调也出现在了剧画和动画中，而且发展到了极致，形成了统一的话语体系。宫崎世界显然发挥了极具代表性的作用。

宫崎：这可不好说，个人层面的反思是很难的。以宏观的视角讨论人类社会或思想的变迁还算好，但想在日常生活的维度做到这一点并不容易。不过我们确实迎来了必须在日常生活中反思的节点，这也是我们这个时代最大的问题所在。所以刚开始画《风之谷》，我还可以在论及结局时，轻松地设想如何完美地画下句点。《阿基拉》[①]想必也是如此。然而，当我们意识到生活变得越来越散漫、越来越安于现状时，人口却在持续增长，陷入了病态的循环。即使有人说"接下来要靠宗教了"，可宗教并不会突然出现。最近我特别好奇基督和佛陀长什么样，越来越觉得耶稣肯定不是美男子。

山本：在我们杂志的第三十三期上，梅原猛先生提到佛陀、耶稣和孔子等四圣造就了人类中心主义，所以我们必须超越它。而超越的原点就是森林和森林哲学。他说农业，尤其是基于小麦种植的农业会破坏森林，而以水稻为基础的农业则会设法走出森林，维持与水源的平衡。但后者也有后者的问题。

宫崎：我明白，因为水稻种植区也是人口稠密区。解决办法就是让人类回归原点。简而言之，这是农业发展达到极限的结果。开拓农业并没有让人类富足起来，不过是能养活更多的人，使他们不至于忍

[①] 大友克洋的科幻漫画，所改编的同名动画电影于1988年上映。

饥挨饿罢了。实际情况就是如此。《绿色世界史》①一书提到过这个观点,而这种观点的出现,代表着人们对自然的看法发生了非常大的变化。在生物史和地球史领域,NHK特别节目《地球大纪行》和《生命》给大众带来的震撼也不容小觑。比如"在大气刚开始含有氧气时,氧气对此前的生命来说是致命的毒药",又比如伯吉斯生物群②的发现促成了一场哥白尼式革命。"寒武纪的生命大爆发是偶然的,地球现在的形态和人类的幸存也都是偶然"——如果这个想法成为我们思考未来生活方式的基石,会催生出怎样的观点呢?弱肉强食这一世俗的进化论对人类来说意义重大,但如果那是错误的呢?在迈向二十一世纪的过程中,进化论会发生巨变,比如"恐龙并不是因为长得太大才灭绝的"。

高桥:生物在某天突然出现,又在某天无缘无故地消失——这样的事情在生命史中反复上演。生物向着某个目标直线进化的构想已经完全崩塌了。NHK特别节目中介绍的奇虾③鲜明地揭示了这一点(详见NHK科学特辑《生命:四十亿年的遥远旅程2》,日本放送出版协会,1994年)。

宫崎:节目中的模型做得尤其好。

高桥:毕竟是日本人做的节目,换作英国人绝对想不到。

宫崎:怪诞虫、欧巴宾海蝎之类的古生物名字在我们工作室流行过一阵子。《奇妙的生命》④一书中的怪诞虫的复原图上下颠倒了,特别好笑。我不知道未来的主流观点会变成什么,如今我们仍不得不被民主主义等无聊的思想牵着鼻子走,但我认为在迎接百亿人口时代

---

① 即《绿色世界史:环境与伟大文明的衰落》,作者为英国历史学家克莱夫·庞廷。
② 伯吉斯页岩位于加拿大的不列颠哥伦比亚省,与中国的贵州凯里生物群、云南澄江生物群构成世界三大页岩型生物群,为寒武纪生命大爆发提供了证据。
③ 美国、加拿大、波兰、澳大利亚及中国的寒武纪沉积岩均有发现的古生物。
④ 美国古生物科学家斯蒂芬·古尔德创作的科普图书,介绍了生命史和伯吉斯页岩。

的过程中,社会的主流观点已经出现了非常大的变化。如何将其与日常生活中的具体问题——比如自己要怎么活下去,如何应对迫在眉睫的衰老——联系起来?眼下最缺少的就是连接二者的桥梁。我不想被误会成环保斗士,所以一个劲地抽烟。我认为赛璐珞动画比电脑作画更优质,但前者确实存在产生工业废料的问题,我们也会疑惑"继续用这种东西制作动画到底有没有意义",但最终还是选择含糊其词。

山本: 我觉得没有比"保护自然"更人为的概念了。而您描绘出了一个超越这一概念的世界。

宫崎: 我家(所泽)附近有条又脏又臭的河。流域下水道建起来后,水质才稍微好了一点。

四十年前,它还是一条清澈的小河。污染得最厉害的时候,水浑浊得发白,让人不敢相信河里还有活物。后来,河水稍微干净了一些,引来了摇蚊。摇蚊是一种蓝色的花蚊子。当时河里的摇蚊多到能抓来红烧。这虽然是一种对环境的破坏,但也证明小河的生态环境恢复了一些,毕竟原来可是连摇蚊都不来。摇蚊灾害持续了十多年,在河水变得更清澈后也消失了。后来,当地组织了清理河道的活动,我也参加了。只要参加一次,连普普通通的大婶也能理解大学者写的艰涩道理,会意识到"这种防护堤不好,这么下去河水是不会变清的"。后来,河里稍微堆积了一些泥沙,政府就派出推土机平整河道。泥沙好不容易沉淀下来,鱼类来栖息了,他们却偏要铲平河床,让大家都火冒三丈。在这个问题上没有左右之分,因为更让人们感到幸福的不是"我们在保护自然"的大道理,而是"看见小龙虾了"这样的小发现。不是人类高高在上地保护着什么,而是直接感受到那份幸福。"感觉更接近童年的那条河了。"前一阵子,一位老先生坐在河里边洗澡边说,"这条河明明没那么干净,为什么会有这种感觉呢?"我能做的实事也就这些,一年顶多参加四五次活动。在论文里写"保护自然"让人生厌，但家附近的河干干净净的，总比臭气熏天要好。要是能在河边钓钓鱼就好了——在目前有限的条件下，在河底摸索一小时，准能达到听著名学者讲两个小时的效果。我们发现河底埋着一辆摩托车，十五六个人喊着号子把它捞上来，街坊们还以为在办什么庆典活动呢。正是这份充实让我感到幸福，觉得平时做做这些就足够了。"保护自然"只是一个口号，对小河来说，有没有摩托车埋在里面根本无所谓，河水干不干净也只是人类的评判标准。真用环境指标去评判，肯定是一塌糊涂。即便河中有鱼，那些鱼也一定饱受特应性皮炎和哮喘之苦。但眼下姑且先这样吧。以前我在路上遇到人，从不打招呼，但现在遇到河道清理会的成员，都会向他们问一声好。这时我才发现"哦，原来我也成本地人了"。这么简单的一件小事，也能让我的心情轻松一点。不知道这与人类面临的诸多难题有什么联系，但我下定决心，在日常生活中继续这么做。所以我不会成为环保的号召者，也不在意这类活动是不是自民党发起的。和自民党的市议会议员一起拎着袋子，边捡空易拉罐边聊天时，我们达成了一个非常朴素的共识——"河还是干净点好"。对方也许是想借机拉选票，但我觉得"那也没关系"，这就是我此刻的心境。

山本：您为什么总是以少女为主题呢？

宫崎：这也没什么道理可讲。如果你问"男生和女生，谁当主角更好"，我只能说"女生看着更英姿飒爽一些"。这年头看到少年大步流星地走，也不会有什么感触，可是看到一个女孩子走路生风，就会觉得"哇，真帅"。也许因为我是男的。说不定在女性眼里，走路生风的青年更帅气。起初我想的还是"男人的时代、大义名分的时代已经过去了"。然而十年后，我才发觉这种说法很傻气。说"因为我喜欢女性"才更真实。

高桥：除了少女，我感觉"孩子"在您的作品中也占了很大比重。

宫崎：在现实生活中，我是那种跟合得来的孩子特别要好，但跟合不来的孩子一见面就两看相厌的类型。常有朋友带孩子来我家做客，如果那个孩子跟我合得来，我们一见面就能成为好朋友，但也有相反的情况，有的小宝宝一见到我就哇哇大哭。所以我也不会强迫自己认定"所有的孩子都很可爱"。合不来就是合不来。我会直接告诉朋友，"真不凑巧，我和你的孩子合不来"。这么说也许有些老生常谈，但我确实觉得孩子有无限的可能。不过随着年岁的增长，他们会变得愈发无趣。三岁的孩子肯定比五岁的孩子更有意思。而五岁的孩子和学龄儿童相比，你会发现，后者虽然变得更加复杂，却也变得更好懂了。因为世界赋予他们的东西会渐渐被人类赋予他们的所取代。以前我常说"想早点抱孙子"，但最近觉得无所谓了。只要一直跟那个年纪的小朋友打交道就行。毕竟孩子们会日渐成长，走出我们的生活。在我们的工作中，孩子也是过客。但一批孩子离开后，自会有新的孩子到来。我已经把心态调整成这样了。

山本： 娜乌西卡采取了"我什么也不做"的姿态。换作男生肯定会有所行动，而她即使选择什么也不做，却仍无法避免被卷入战斗。

宫崎： 我都没意识到这一点，画着画着才发现……起初我并不知道她想做些什么。也许她想设法避免眼前的惨剧，但只能采取一些权宜之计。她并不认为自己能够解决根本问题，只是想认清事态的发展，于是不再踌躇，采取了行动。我也是画到后期才意识到这一点。

◎ 为孩子制作电影

高桥： 之前我们提到，腐海深处有一个洁净的世界，而娜乌西卡在自己的房间里养了一些腐海的植物。虽然不知道这两件事之间有没有关联，但这绝对是成年人无法想象的。这样看来，腐海深处的洁净世界和"在人类世界培植腐海植物"仿佛是对应的，而娜乌西卡的存在意义就在于"干净"与"肮脏"、"善"与"恶"的反转对比。

宫崎：画到那一格之前，我都没想过这个问题，是随心而画。我并没有从一开始就想好城堡内部的样子，或娜乌西卡密室的位置，是画完后才发觉"这个时候娜乌西卡在哪里？原来在这个房间里啊"。再按"大概真有这种事吧""世上不也有那种人嘛"的逻辑赋予意义。跟制作电影的过程有点像，但电影在某个节点之前可以依靠逻辑创作。在企划阶段，你会在脑海中构思"这么做就行""这样就能收尾了"。但实际启动制作后，你会晕头转向，不知所措。不能一味依赖用逻辑——我称其为"用大脑皮层"——构建的东西，因为它们可能会变得毫无用处。意识深处潜藏的想法不运转起来，作品就无法成形。所以你必须把自己逼入绝境，直到一筹莫展，觉得"这样下去不行"的时候，深层意识才会运转起来，给出某种答案。以这种方式得到答案时，你就会有"在制作电影"的真实感，并得到满意的结果。我认为"电影不在自己的脑海中，而是在头顶上方的空间里"。电影是早就存在的。"创新"这个词听着很酷，其实不然，我们必须在自己现有的能力和客观条件下，寻找到唯一的最优解。解决问题的答案是多种多样的，但最优解永远只有一个。制作电影就是摸索并接近最优解的过程，也是想方设法让电影逐渐成形的过程。制作者不过是电影的奴隶，他们不是在制作电影，而是被电影推着走。

山本：有因果性、连续性的叙事容易让人预料到结局，无法打动人心。但《风之谷》这样的作品具有"非连续性"，展现了没有被解决的问题，为观众带来了感动。那是一种跳跃的、非连续性的世界特有的感动。

宫崎：我们的大脑构造乍一看很有逻辑，其实不然，因此才有"最重要的是直觉"的说法。据说在我们睡觉时，大脑中的这一部分会自行运转起来。话虽这么说，但在制作电影时，我们有许多方法可供选择，并不存在"理应如此"的情况。一切都是可选的，所以必须选择自己认为"最好"的东西。"道理和膏药一样,想贴哪儿就贴哪儿"——用这句日本谚语来形容电影导演的工作真是太贴切了。我们可以滔滔不绝地阐述"为什么要用这个方法"。于是大家会说,"有道理,就按这个路线来吧"。可过了一会儿,又会觉得"还是那个方法好",再次给出一大堆理由。

山本:龙猫的灵感是哪里来的呢?

宫崎:龙猫是我随便想出来的,因为既不能画成熊,也不能画成貉子。真是随便想的。制作那部电影时,我也是稀里糊涂的,头疼得很。唯一贯彻到底的是,要给龙猫塑造一张"不知道它在想什么的脸"。所以在制作期间,我十分迷茫。一直等到影片完成六个月后,我才知道自己做了什么。观众对《龙猫》的反应也是始料未及。

高桥:当时我女儿刚好四岁,她上的托儿所办了一场观影会。那天我刚好休假,就去托儿所帮忙,陪着五十几个三岁到六岁的孩子看电影。电影开始后,我能看出孩子们随着情节推进越来越兴奋。猫巴士出现的时候,他们的兴奋到达了顶点,激动得哇哇叫。孩子们的反应鲜活得让人惊讶,连我的情绪都被调动起来了。

宫崎:只要有两三个小朋友开心起来,周围的大人心情也会变好,这是毋庸置疑的。我只在电影院看过一次,是一场试映会。当时有几个小朋友在场,他们一高兴,周围的大人也跟着开心。这种情绪是会传染的。

高桥:是的,孩子们的情绪感染了我。

宫崎:看到那样的景象,我们也会非常开心,庆幸自己做了这部电影。听说某家幼儿园给孩子们放《龙猫》时,孩子们一看到小梅走进龙猫的洞穴,就躲到椅子下面,可把我高兴坏了。对孩子们来说,可怕、瘆人和可爱、有趣是混杂在一起的,在兴奋之余也有几分畏惧。硬是将它们区分开来,说小鸟、花朵和蝴蝶是可爱的,别的则是可怕或有害的,那就大错特错了。无论是啤酒瓶、弹珠汽水瓶,还是蝴蝶，都与世界紧密相连。按大人的价值观区分那些东西，告诉孩子"看到蛇就该尖叫"，会把孩子培养得非常无趣。不用说艰深晦涩的大道理，无论是在电影院里，还是在日常生活中，只要感觉到身边的小朋友发自内心地快乐，哪怕不是自己的孩子，我们也会跟着一起快乐起来。人类这种生物就是如此。我决定诚实地承认这一点，带着这个信念活下去。

高桥：我也是看了您的作品，才第一次意识到这一点。我在抚养孩子的过程中产生的感悟，和您的作品带给我的感受在某种程度上是相通的。这和我之前提到的关于孩子的问题也有关联，其实就是对日渐成长的生命产生了共鸣，并从中体会到了生命和自然的意象。多亏了您的作品，我第一次有了如此深切的体验。所以当父亲的时间越久，我越能将您的作品与自己的育儿经验相联系，也越能品味出其中的真实感。

宫崎：在养育孩子方面，我只留下了无法挽回的遗憾。在孩子们最有意思的年纪，我一直忙于工作，基本不在家。偶尔回趟家，就想使劲弥补，并没有细水长流地参与他们的生活。我曾带他们去丰岛园，一起把每个项目都玩一遍。但那终究只是事后弥补。我也知道这样做没用，心中满是悔恨。所以我现在的心态是"是谁的孩子都无所谓，一起分享这一刻吧"。这就足够幸福了。一直陪着他们也很辛苦。养育孩子真的很不容易。当他们长大成人，父母或许会产生"下次应该可以做得更好"的想法，但体力已经跟不上了。父母确实会跟孩子一起成长。为小朋友制作电影，会收获在其他年龄段的人身上看不到的幸福礼物。这份礼物是不可替代的珍宝。然而在为人父母之前，很难有动力为小朋友制作电影，因为那时都想着为自己制作。现在我们工作室也有很多年过三旬却没有结婚的人，等他们的孩子长到三岁左右，他们就会生出念头："我得给他看点什么""找不到合适的，就自己做"。我们这代人就是这么过来的。然而，过去几年的世界动荡，让我和高畑勋先生做出了好像是在给自己找借口的电影。我一直强调，我们必须回到起点，必须为孩子们制作电影。

高桥顺一 ————

1950 年生，早稻田大学教授。著有《瓦尔特·本雅明》等。

山本哲士 ————

1948 年生，信州大学教授。著有《皮埃尔·布迪厄的世界》等。

（季刊《iichiko》No.33、34 日本贝里埃艺术中心 1994 年 10 月 20 日、1995 年 1 月 20 日发行）

《On Your Mark》：刻意曲解的歌词

——"警察"与"天使"，看起来很像押井守先生的作品。

宫崎： 他一直在作品中是否会出现天使这件事上吊人胃口，所以我干脆做了一个出来。（笑）但我没说过她就是天使，说不定是鸟人呢。这不重要。

——感觉在短短的六分四十秒中浓缩了一部电影的内容。

宫崎： 影片中加入了很多类似暗号的东西，但这是一部音乐电影，大家想怎么解读都可以。

——影片开头出现的那座矗立在宁静田园风光中的奇怪建筑是什么？

宫崎： 认为是什么都行，不过我希望大家在看到紧接着出现的、带有辐射警告标志的卡车后有所领悟。地表充满了辐射，人类已无法居住了，但处处绿意盎然。像切尔诺贝利周围一样。那里已经化为自然的圣地。人类则生活在地下城市中。

但在现实中，人类应该不会搬到地下，而是冒着生病的危险继续留在地上。

——这部作品是歌曲《On Your Mark》的音乐电影吧？

宫崎： 歌名的意思是"各就各位"，但我在内容上做了刻意的曲解。影片讲述的是所谓的后末日时代，一个充满辐射、疾病肆虐的世界。事实上，我认为这样的时代终究会到来，所以在制作影片的过程中，我一直在思考"生活在那样一个世界意味着什么"。

我相信在那样的时代，无政府主义会大肆盛行，但人们对制度的看法会无限趋于保守，误认为还有很多东西可以失去。而一旦变得一无所有，人们又会走向纯粹的无政府主义，甚至尸横遍野。届时能为人们排解郁闷的大概是"毒品""职业体育"和"宗教"，这些东西会蔓延开来。在那样的背景中，为了隐藏在体制之下，必须隐晦地表达自己的想法，于是我做出了这部充满恶意的影片。（笑）

——比如，歌词里有一句"每次开始奔跑，都被流行感冒击垮"，请问这里的"流行感冒"指的是被辐射和疾病笼罩的世界吗？

宫崎：（不肯定也不否定）站在地球史的角度看，人类的问题就跟流行感冒一样。

——……两位警察救出的天使似乎是混沌世界中的一线希望。正如歌词"即便如此我们也不会停止……"所说，营救天使的场景反复出现了好几次。在经历了数次失败后，她终于从混沌的世界飞向蓝天，仿佛在黑暗中看到一道光明。但警察们被留在了地面……

宫崎： 她并不是救世主，警察也没有通过营救行动和她心意相通。我的意思是，如果一个人没有完全屈服于现状，内心深处还留有不愿让他人触碰的希望，却又不得不放弃，那就把它放在谁都无法触及的地方吧。就是这么回事。尽管在放手的那一刻，可能会有片刻心与心的交流。这样就好，就足够了……警察肯定会做回警察的，但能不能顺利回归就是另一码事了。（笑）

——回到了"流行感冒"的世界。

宫崎: 到头来,还是只能从那里开始。再混沌的时代,也会有令人欣慰和兴奋的东西。正如娜乌西卡所说,"我们要做那一次次口吐鲜血,飞越朝阳的鸟儿"。

(《Animage》1995年9月号)

年谱

1941 年—1962 年／出生 疏散 升学

1941 年
1 月 5 日生于东京都文京区，四兄弟中排行老二。

1944 年—1946 年
举家疏散至栃木县宇都宫市和鹿沼市。伯父在鹿沼市经营公司"宫崎飞机"，父亲也是公司主管。

1947 年—1952 年
三年级前就读于栃木县宇都宫市的小学，四年级时回到东京，转入杉并区立大宫小学。五年级时转至大宫小学新设的分校永福小学。痴迷福岛铁次的《沙漠魔王》。

1953 年—1955 年
作为首届毕业生从永福小学毕业，进入杉并区立大宫中学。经常与喜爱电影的父亲和保姆一起去看电影。印象深刻的电影有《饭》(1951 年，东宝，成濑巳喜男[①]执导)、《黄昏的酒场》(1955 年，新东宝，内田吐梦[②]执导)等。

[①] 成濑巳喜男（1905—1969），日本电影导演，代表作为《浮云》。
[②] 内田吐梦（1898—1970），本名内田常次郎，日本知名导演，代表作为《饥饿海峡》。

1956 年—1958 年
从大宫中学毕业,进入都立丰多摩高中。梦想成为漫画家,开始积极学习绘画。高三时观看了日本首部彩色长篇动画《白蛇传》(1958 年,东映动画),开始对动画产生兴趣。

1959 年—1962 年
从丰多摩高中毕业,进入学习院大学政治经济学部,专攻"日本产业论"。入学后发现校内没有漫画研究会,于是选择了最接近的儿童文学研究会。有时研究会只有他一个会员。
他视这段时间为"漫画修行期",埋头画画,也向出版贷本漫画的出版社投过稿,但没有一部完成的作品,数千页级别的大长篇的开头倒是越攒越多。
在大学唯一觉得有趣的是久野收[①] 老师的课程。开始接触堀田善卫等人的作品。至于电影,在 ATG 起步之初看过《修女乔安娜》(1960 年的波兰电影,1962 年正式上映)等。
虽然没有直接参与 1960 年的安保斗争,但在运动进入退潮期后,看到了刊载于《Asahi Graph》的照片,因此产生了兴趣。但为时已晚,无法再以无党派人士的身份参加示威游行。

1963 年—1970 年／东映动画时代

1963 年
大学毕业,进入东映动画(最后一批正式社员)。同届入职的有土田勇(美术)、角田纮一、高桥信也(动画师)等人。
入职后租下东京都练马区的一间四叠半的公寓(房租为六千日元)。起薪一万九千五百日元(前三个月的培训期为一万八千日元)。
第一部以动画师身份参与制作的作品是《汪汪忠臣藏》(导演为白川大作)。之后在电视动画《狼少年肯》中负责动画。

---
① 久野收(1910—1999),日本哲学家、思想评论家。

1964 年
在动画电影《格列佛的宇宙旅行》（导演为黑田昌郎）中负责动画。在电视动画《少年忍者风之藤丸》中担任原画辅助。出任工会秘书长（同时期的副委员长是高畑勋）。

1965 年
在电视动画《小熊胖奇》中担任原画。入秋后，自愿参加长篇动画电影《太阳王子》的筹备工作。其他成员包括担任导演的高畑，负责作画的大冢康生、林静一等。10 月，与同事太田朱美结婚。新居位于东京都东村山市。同年秋天因阑尾炎手术住院，在此期间所绘的"岩石巨人"成为参与制作《太阳王子》的契机。"也许以后再也做不了长篇了"的危机感，和核心团队成员在工会运动中发展出来的友谊，奠定了作品的基调。

1966 年
参与制作《太阳王子》，担任场景设计与原画。4 月启动作画，但因进度延迟，于 10 月暂停，转而为《彩虹战队罗宾》绘制原画。

1967 年
1 月，《太阳王子》重启制作。长子出生。全年投身于《太阳王子》的制作。购买 1954 年产的雪铁龙 2CV。

1968 年
3 月，《太阳王子》首次试映。7 月，以《太阳王子 霍尔斯的大冒险》之名正式公映。担任电视动画《魔法使莎莉》的原画（第 77 集、80 集）。之后投入长篇动画电影《穿长靴的猫》（导演为矢吹公郎）的原画工作。

1969 年
4 月，次子出生。移居练马区大泉学园。在动画电影《飞天幽灵船》（导演为池田宏）、电视动画《甜蜜小天使》（第 44 集、61 集）中负责原画。9 月至次年 3 月，于《少年少女新闻》连载原创漫画《沙漠之民》（署名为秋津三朗）。

1970 年
负责《甜蜜小天使》的原画。加入长篇动画电影《动物宝岛》（导演为池田宏）的筹备小组。移居埼玉县所泽市，即现居住地。

1971－1978 年／加入日本动画公司

1971 年
担任长篇动画电影《阿里巴巴与四十大盗》（导演为设乐博）的原画与创意构成，之后离开东映动画，与高畑勋、小田部羊一加入 A 制作公司，作为新企划《长袜子皮皮》的核心成员进行筹备工作。
8 月，与东京电影公司社长藤冈丰一同前往瑞典（首次出国），拜访《皮皮》的原作者林格伦，并前往故事的舞台哥得兰岛（真人版《皮皮》在此地拍摄）采风，被保留着中世纪风貌的城市维斯比震撼。可惜此行未能见到原作者。顺道参观位于斯德哥尔摩近郊的斯堪森露天博物馆。
但《皮皮》最终未开始制作。之后中途加入《鲁邦三世（旧）》制作团队，与高畑一起担任导演。在筹备《皮皮》的过程中积累的经验用在了日后的《熊猫家族》和《阿尔卑斯山的少女》上。维斯比和斯德哥尔摩也成了《魔女宅急便》的故事舞台。

1972 年
《鲁邦》结束后，制作了由千叶彻弥[①]的漫画改编的动画《小雪的太阳》试播片[②]，但企划未能实现。为电视动画《赤胴铃之助》绘制分镜（第 26 集、27 集）。此外也为电视动画《全力青蛙》绘制过分镜，但未被采用。
参与为迎合熊猫热潮制作的短篇动画电影《熊猫家族》（导演为高畑勋，作

[①] 千叶彻弥（1939— ），日本漫画家，代表作为《明日之丈》。
[②] 为推销企划案制作的影片。（原编注）

画监督为小田部羊一），担任原案、编剧、场景设定和原画。这部作品不同于普通的潮流之作，讲述了"熊猫父子闯入女孩日常生活"的故事，情节有趣又刺激，被认为是《龙猫》的灵感来源。

1973 年
在短篇动画电影《熊猫家族之大雨马戏团》（核心团队同前作）担任编剧、美术设定、画面构成和原画。虽是因前作大受好评而制作的续集，但充分体现了宫崎骏的特色。之后担任《大漠小英雄》（第 15 集）和《魔投手》（第 1 集）的原画。6 月，与高畑、小田部一起加盟瑞鹰映像，开始筹备《阿尔卑斯山的少女》。7 月，前往瑞士采风。

1974 年
在电视动画《阿尔卑斯山的少女》中担任场景设定和画面构成。本作奠定了"名作系列"的地位，在日本乃至世界各地广受好评。宫崎骏与导演高畑、作画监督小田部配合默契。宫崎骏主要负责构图，作为导演和作画、美术之间的协调者，不仅要确定整体构图，连人物的动作也要考虑在内，职责相当于实拍电影中的摄影师。他成了"不画画的导演"高畑勋的左膀右臂和眼睛，五十二集的所有画面构图均出自其手。

1975 年
担任电视动画《佛兰德斯的狗》的原画辅助工作，并开始筹备次年的《三千里寻母记》。7 月，前往意大利和阿根廷采风。"瑞鹰映像"宣布独立，更名为"日本动画公司"，人员不变。

1976 年
在电视动画《三千里寻母记》中担任场景设定和构图。制作团队的核心成员仍是高畑、小田部与宫崎。

1977 年
担任电视动画《小浣熊》的原画后，6 月开始筹备《未来少年柯南》（首部正式担任导演的作品）。邀请当时尚任职于 SHIN-EI 动画的大冢康生进行协助。

1978 年
担任电视动画《未来少年柯南》（NHK 首部单集三十分钟的动画）的导演。

1979 年—1982 年／启动《风之谷》连载前

1979 年
担任电视动画《红发少女安妮》（导演为高畑勋）第 1 集到第 15 集的场景设定与画面构成。为制作新版鲁邦，加入东京电影公司新社。12 月，《鲁邦三世：卡里奥斯特罗城》完成。首次担任剧场版的导演，同时负责剧本与分镜。虽然票房不佳，却得到了众多影迷和电影界人士的大力支持。女主角克蕾莉丝备受动画迷的喜爱，催生了不少个人向同人志的诞生。作画监督大冢康生正是旧版《鲁邦三世》（电视动画）之父。作画方面，有友永和秀等新人加入，通过恰到好处的肢体动作塑造了全新的鲁邦形象。
影片开场的两车追逐战，鲁邦和次元之间的幽默对白，城堡和罗马水道的设定与打戏如拼图一般完美结合，组成了一部高品质的娱乐大作。偷走可爱少女芳心的"怪叔叔"鲁邦则承载着制作者的共鸣。

1980 年
负责 Telecom 的新人培训。Telecom 是东京电影公司新社旗下的动画制作工作室，自前一年开始定期招募新人。这些年轻的动画师也参与了《卡里奥斯特罗城》的制作工作。后来宫崎骏带领这批动画师制作了《鲁邦三世（新）》的第 145 集和第 155 集，由他担任编剧和导演。笔名"照树务"取自"Telecom"的谐音。其间绘制用于新企划的印象板。《幽灵公主》的印象板就是其中之一。此外，当时还被称作"所泽妖怪"的"龙猫"的印象板也有一部分完成于这一时期（最初的创意早在《阿尔卑斯山的少女》时期就已存在）。

1981年

参与电影企划《小尼莫》和《洛夫》，以及与意大利广播电视公司合作的《名侦探福尔摩斯》的筹备工作，前往美国、意大利等地。

《小尼莫》在1989年7月作为剧场版《NEMO》上映，但这部作品其实是东京电影新社社长藤冈丰酝酿多年的企划，宫崎骏与近藤喜文只是参与了筹备工作（由高畑勋代替宫崎骏出任导演，但中途又换成了别人）。

《Animage》同年8月号首度推出"宫崎骏特辑"，该特辑也成为德间书店和宫崎骏长期合作的契机。

1982年

从《Animage》2月号开始连载漫画《风之谷》。几乎在同一时期出任《名侦探福尔摩斯》的导演。

《风之谷》以"只能在漫画中实现的事"为导向，其独特的笔触与画面的密度震撼了业界，深奥的世界观也令广大读者惊叹。可惜因其他工作繁忙，绘画工作量过大等原因，连载时断时续。

《福尔摩斯》由Telecom的作画、导演团队制作了四集。宫崎骏参与制作了六集。11月，离开东京电影公司新社。

1983年至今／截至制作《幽灵公主》时

1983年

电影版《风之谷》项目启动。高畑勋出任制片人，制作团队选定了由原彻担任社长的Top Craft（东映动画时代制作《太阳王子》的原班人马）。于东京都杉并区阿佐谷设立准备室。8月开始作画。宫崎骏担任导演、编剧与分镜。漫画版《风之谷》的连载至6月号暂停。6月，通过Animage文库推出新作绘本《修那之旅》。

1984年

3月，电影版《风之谷》制作完成（东映发行，3月11日公映。《名侦探福尔摩斯：蓝柘榴石／海底的财宝》同时上映）。4月，于杉并区成立个人事务所"二马力"。在构思新作时,萌生以福冈县柳川市为舞台拍摄纪录片的构想,请高畑勋担任导演后启动制作(即1987年4月公映的《柳川堀割物语》)。于《Animage》8月号重启漫画版《风之谷》的连载。

1985年
电影新作《天空之城》进入筹备阶段。漫画版《风之谷》的连载于5月号暂停。于东京都武藏野市吉祥寺设立吉卜力工作室。5月,前往英国威尔士采风。

1986年
8月2日,《天空之城》公映(东映发行)。宫崎骏担任导演、编剧与分镜。《名侦探福尔摩斯 哈德逊夫人人质事件/多佛海峡大空战》同时上映。于《Animage》12月号重启漫画版《风之谷》的连载。

1987年
漫画版《风之谷》的连载于6月号暂停。《龙猫》进入筹备阶段,仍由吉卜力工作室负责制作,与《萤火虫之墓》同步推进。

1988年
4月16日,《龙猫》公映(东映发行)。宫崎骏担任原作、编剧、导演。成为昭和最后一年最受欢迎的日本电影。

1989年
7月29日,《魔女宅急便》公映(东映发行)。宫崎骏担任制片人、编剧、导演。

1990年
于《Animage》4月号重启漫画版《风之谷》的连载。

1991年
担任《儿时的点点滴滴》(导演为高畑勋)的制作人。漫画版《风之谷》的连载于5月号暂停。《红猪》进入筹备阶段。

1992年
7月18日,《红猪》公映(东映发行)。宫崎骏担任原作、编剧、导演。参与制作日本电视台短片《天空色的种子》(导演)和《这是什么呢》(导演、原画)。两部作品皆由吉卜力工作室制作。

1993年
于《Animage》3月号重启漫画版《风之谷》的连载。

1994年
负责企划《天然色彩漫画电影 平成狸合战》(导演为高畑勋)。漫画版《风之谷》于《Animage》3月号完结。

1995年
7月15日,担任《心之谷》(导演为近藤喜文)的编剧、分镜、制片人。在同时上映的《On Your Mark》中出任原作、编剧、导演。

1996年
制作新片《幽灵公主》(计划于1997年夏天公映)。

爱的火花

动画导演 高畑勋

1

宫崎骏是一个非常勤奋的人。据说他总把我比作"大地懒的后裔"。我有许多弥足珍贵的战友，他们会联合起来，想方设法掰开我那三根总想抓着树枝的指头，而阿宫是其中最特别的一个。首先是因为他对于工作的狂热和慷慨奉献出的非凡才智。其次是以上两点催生出的紧张感和魄力。正是宫崎骏的存在指出了我的懒惰，激起了我的羞愧，鞭策我努力工作，使我发挥出超越自身微薄能力的潜能。如果我没有在年轻时日日接触他那无私奉献的工作精神，怕是只能做出些潦草敷衍的东西来。不难想象，曾与他共事、现在仍与他共事的众多同仁应该也有同样的感触。

宫崎骏的头很大。帽子必须戴特大号的，不然装不下他的脑壳。他的父亲大概用某种方法预见了他那颗转得极快的头脑，所以将并不擅长跑步的他命名为"骏"。"头大"不等于"脑袋灵光"，幸好他血液循环极好。但这也是他不耐热的原因所在。他是个名副其实的热血男儿,夏天需要强劲的空调冷气,这就不可避免地导致女同胞和阿宫一度为公司的空调开展激烈的攻防战。我在战前的杂志《少年俱乐部》的广告栏看到过一款名为"爱迪生头套"的头脑冷却金属装置。如果战后依然销售,对他而言定是一大福音——当然,前提是这款产品有特大号。

跟宫崎骏玩抛接球特别费劲。某日午休时,同事们在公司前院玩球,宫崎骏也加入其中。不知为何,和他玩过的人都累得精疲力竭,一屁股瘫坐在工位上感叹:"唉,和宫先生玩球可太累人了……"因为他像一名企图双杀的二垒手似的,刚接到球就立刻抛回去,让对方措手不及。球前脚刚抛出去,后脚就飞回来了。这么玩既放松不了肩膀,也散不了心。哪怕你没和年轻时的他玩过球,但凡跟他交谈过、讨论过,便能立刻想象出那是一幅怎样的景象。对他身边的人而言,"与宫先生玩抛接球"就是和宫崎骏"互动"的绝佳象征。

宫崎骏的头脑总是很忙。即使有闲暇时间,他也不会发呆休息。对他来说,休养和散心就和午休时玩抛接球一样,意味着从繁忙的工作中抽身做些别的事情。正因为有效利用了这一稀有的怪癖,他才能在担任创作者、导演和作画者的同时,成为工作室的强大主宰者。从运营公司,到亲自指挥员工调换工位,他总是通过方方面面的高强度工作来舒缓因创作而疲惫的头脑和双手。最近的放松方法则是构思、设计和监督屋顶花园以及防灾厕所的建设。听说连载《风之谷》时,他总是在每月的截稿日前熬夜赶完稿后,撂下一句"去看看电影吧",就兴高采烈地进城去,连跑两三家电影院,看个过瘾才回来。(他不介意从中间开始看电影。如果影片没意思,他也会中途离开。他需要的是对想象力的刺激和触发,所以他会因为一部电影过度激发了他的想象而批评它,也会翻来覆去看同一部电视纪录片,百看不厌。)

2

宫崎骏是个"劳碌命"。他爱憎分明,情深义重,情感充沛。他关爱人类,但对他人的才能有过高的期望。他会在梦想破灭时咆哮怒吼,无论别人做什么都看不下去,以至于瞎操心,指手画脚,着急上火,却又容易心灰意冷,最终自己扛下所有重责。他讨厌对自己心慈手软、意志薄弱的男人,讨厌不上进的家伙。他会折腾人,却也会照顾人,所以大家暗地里常说他是个"多管闲事的大叔"。他对女性基本上是非常友善的。在日语中,爱为孩子操心的家长叫"子烦恼",而宫崎骏是一个兼具"公司烦恼""部下烦恼"和"朋友烦恼"的人。

我问新员工"面试的时候都问了些什么",对方笑着回答道:"幸亏宫崎先生一直在说话,撑住了场面,还给了我很多建议,真是个大好人啊。"

大家经常称他为"不需要制作进行盯着的宫先生"。制作我担任制片人的《风之谷》时,只要是他分内的事,就不需要别人跟在屁股后面催。这在我们动画从业者中实属罕见,因为大部分人都是一副脑子里完全没有日程表的德行。当然,这体现出了他强烈的责任感,但另一方面的原因是,他能直观想象出没能按期完成任务,会引发怎样的混乱和多么糟糕的情况。他之所以是"劳碌命",总是忍不住担心别人、照顾别人,也一定是因为他的想象力极度丰富,能够在脑海中描绘出他人的未来。

工作期间暂离办公桌时,他既不会关掉台灯,也不会暂停正在播放的音乐磁带。这也是"必须立刻回来"的执念(即强烈的责任感和义务感)使然。

宫崎骏极其害羞。他的天性是孩子气的,纯真任性、直来直去,因此心中的欲望会如实写在脸上。但他克己禁欲的意志力和羞耻感又比谁都强,所以总爱遮遮掩掩,表达情绪也是拐弯抹角、颠三倒四。

不能因为他破口大骂就认定他持鲜明的反对态度。因为那也许是他拼命压制被勾起的情感和欲望时，条件反射般的过激行为。在这种情况下，只要他找到足够的借口，就会原谅自己和对方，并以"无奈接受"的形式释放情绪。

他非常在意"自己人"的行为举止，即使是别人做出的蠢事，他也会像自己做的一样感到羞耻。他无法正视东海林祯雄[①]的漫画和寅次郎[②]年轻时的失败，却也无法理解嘲笑他们的人，对他们火冒三丈。出国时，他自觉代表着日本人的形象，时刻高度紧张，忍不住要干涉同行者的言行。他不习惯被人称作"老师"，也无法容忍别人这么称呼他。只要有人喊了，他就立刻制止，说"别喊我老师"。

只有同事在场的时候，宫崎骏总是口无遮拦。无论是同事，其他公司的业务和作品，还是社会现状、世间百态，都会痛批一通。时而兴高采烈，时而义愤填膺。他经常到处散播带有破坏性和虚无性的论调。在讨论中，他的发言极端而笃定，常常将对方驳得体无完肤。但这也是他特有的激烈辩证法。他虽然说话不好听，旁人常会被他一针见血的发言和充满讽刺的画作逗得喷饭或偷笑，但其中也不乏独断与偏见。总的来说，这些其实是他保持精神活跃的独特对话技巧，是一种自问自答，一种用来放松头脑，但稍微有点烦人的拉伸体操。他周围的人都很清楚这一点，所以不会往心里去，左耳进右耳出，有时也会被他的武断和怒气冲冲的样子吓得不敢出声。然而，和玩抛接球一样，他渴望找到一个反应灵敏的对手，能够挑战他的种种言论，进一步强化他的辩证法。"上次我提出意见的时候，宫先生明明一口驳回了，怎么就神不知鬼不觉地采纳了呢"——常有人这么抱怨，但这正是辩证法的体现。问题是，如今宫崎骏是工作室的掌舵人，时刻立于

[①] 东海林祯雄（1937—　），日本漫画家，1974年至2014年在《每日新闻》早报连载四格漫画共计13749次，创下最高纪录。
[②]《寅次郎的故事》的主角。

顶点,所以很难找到旗鼓相当的对手。原本痛恨权威主义和趋炎附势的他,已成为权威本身。

遥想当年,他还是个投身电视动画的年轻人,每天把全部精力投入无休无止的艰苦工作中。精疲力竭时,他会突然大喊"我要烧了这间工作室!",把不熟悉他的新人吓个半死。哪怕是现在,他也是一口咬定"关东大地震一定会来"(尽管是半开玩笑的),所以总在安排制作进程时把这件事考虑在内。他从不逃避,从不偷懒,痛恨失败主义,时刻目视前方。对这样的他而言,要想在不担责任的前提下逃离痛苦的现实,除了一场大火或大地震,确实别无他法。

3

宫崎骏是一个感情丰富的人。这一点从他的作品中能轻易看出来。和他走得近的人都知道,他的感情不是一般的丰富。他会在画分镜时百感交集,眼泪甚至打湿了画纸。这种事会很快传到我的耳朵里。熟悉他的人总免不了在塑造的人物身上(尤其是专心致志的男人的滑稽动作和反派的奸邪笑声中)看到他的影子。不过在大多数情况下,他与角色之间的关系更复杂一些。

从好人到坏人,从美女到野兽,从城市到森林,他总是将自己的热切欲望和心愿注入其中,希望他们成为自己理想中的模样。他想把美少女们从困境中解救出来,哪怕变成中年"肥猪"也要拉风耍帅。他笔下的女性是美丽聪慧的,富有行动力,心性坚忍,令人不禁想拥抱……日渐迫切的愿望,让他"附身"于毫无相似之处的美少女和怪物身上。他塑造的人物展现出惊人的现实感,这并非源于冷静的观察。即使他的敏锐洞察起了作用,那些笔下的角色也是通过他与人物融为一体时迸发出的爱的火花,才拥有了丰满的血肉。

因此,他会接连移情于为了铺陈剧情而设置的人物,赋予其魅力、烦恼和思想，连反派都会在不知不觉中被净化。创造出有深度或有趣味的角色，也许是优秀创作者共同的倾向，但阿宫恐怕是无法忍受在不移情的状态下客观描绘自己一手创造，并在漫长的制作期间天天打交道的人物吧。

宫崎骏极其注重具体性。在日常生活中，他对没有具体目标的唯心主义理论持强烈的否定态度，可一旦受到触动，就任由影像方面的想象力无限延伸，并为之激动雀跃，迫不及待地想实现脑海中那些栩栩如生的幻影。他年轻时对中国的情怀也有这样的一面。而在工作室运营方面，他也会抛出一个又一个具体而有趣的提议。旁人很快就会跟不上节奏，被牵着鼻子走，并惊愕地发现，那些看似心血来潮的提议竟然从一开始就具体到了细枝末节。以工作室的建设规划为例，豪华的女厕所、铺着木地板的宽敞"酒吧"、屋顶花园……可以说，如今工作室的每一个人都受其恩泽。（说起恩泽，我认为宫崎骏带来的最大恩泽就是龙猫。龙猫不是一个普通的吉祥物。他不仅让龙猫在所泽扎根，还让它们住进了全国孩子身边的每一片森林和树林，住进了全国的孩子心里。他们一看到树木，就能感觉到龙猫藏在里头。如此美妙的事情实属难得。）

他能在视觉效果上力挽狂澜，为一部眼看走向崩盘的作品画上精彩的句号。但实际上，他的内心深处恰恰相反，有着某种固执的理想主义或平衡感，会早早（至少在潜意识中）预测到作品即将到达的终点。问题在于能否真正抵达。为了实现这一点，他不依赖投机取巧的理念，而是充分发挥影像的想象力，脚踏实地做好每一件事，把握每个关键的瞬间，并精准预见可能出现的种种困难与曲折，从而开拓出前行的道路。

在这场极其惊险刺激的冒险中，他总能取得成功。虽说作品只是具体的元素堆砌而成，但构建并掌控作品世界的终究是创作者宫崎骏。以他的才能，应该能为非现实元素赋予现实的说服力，渡过种种难关。然而，现实世界又岂会这般理想？宫崎骏也是孤掌难鸣。因此不难理解他为何会陷入对公众的怀疑，为何时而发表极具破坏力的虚无言论，甚至说出可能会被解读为"独裁倾向"的话语。顺便一提，因为他的作品是豁达而爽快的，所以有些人听说他事无巨细地插手工作室的运营琐事（从厕所问题到节省电费），颇感惊讶。但考虑到作品体现出的理想主义离不开他对细节具体而缜密的把握，他的一些做法也就不足为奇了。

宫崎骏已经有好一阵子没写过剧本了。他连分镜都不会画完，只要构想出具有启发性的世界观，塑造出与之相应的富有魅力的主人公，他就能一头栽进作品，在开展作画等工作的同时推进分镜。在持续的专注力之下，他的工作无异于无止境的即兴表演。他似乎已无法忍受"一旦完成设计，就会陷入漫长的执行阶段"这一动画制作的宿命，希望投身于那独一无二的多重燃烧，让打造作品这件事更接近某种感官冒险的境地。他依靠犀利的直觉，在唯有爱的驱使下才能完成的惊人工作中苦苦挣扎，几乎沉陷其中，但谁都救不了他。旁人只会被水花溅到。

他最近的作品更侧重于将具有启示性和象征性的世界构造细致地描绘出来，缜密程度也进一步提升。虽然是动画作品，但是照这个趋势发展下去，撇开人物形象和行为不谈，故事情节很可能会受制于世界的构造，迫使他突破以往的理想主义和平衡感。

4

他的喜怒哀乐和情绪起伏不定的性格，强烈的自我主张和敏捷的行动力，以及丰富的创意、旺盛的好奇心和几乎能用幻视形容的强大想象力，必然会与他年轻时便有的理想主义、正义感、洁癖、克己、自制和禁欲倾向产生冲突和纠葛。他复杂而迷人的人格也由此形成。

"阿宫是矛盾的集合体"——看到他的种种言行,熟悉他的人都会这样评价。一位老员工偷偷教新员工如何与他打交道:"你不能把他今天说过的话照单全收。因为到了明天,他也许会说出截然相反的话来。"

认识宫崎骏的人凑在一起聊天时,总会不知不觉地聊起他。他就是这样个性鲜明,鲜活有趣,能为大家提供源源不断的话题。大家常说他的坏话,但到头来还是会依赖他,喜欢那样的他。甚至有人说"阿宫本人比他的作品更有趣"。当然,这都是玩笑话。对我们而言,阿宫还是原来的阿宫,但总觉得他身上的一些东西确实在发生变化。因此,我们想趁阿宫尚未完全蜕变成温文尔雅的白发白须的老人形象(如果他真的发生了这样的变化,就太无聊了,但他显然希望自己变成这副模样),冒着触其逆鳞的风险,斗胆写下了我们眼中的"日常生活中的宫崎骏"。

P.S. 从某个时期开始,阿宫总是积极主动地承担责任,而我这个"大地懒的后裔"总是狡猾地逃避责任。而且在每一次工作中,我都会因为拖延进度给他这个掌舵人添麻烦。考虑到他那一点就炸的性格,每每回想起他对我的任性妄为是多么忍让和宽容,我都不禁感慨他对我的友情之深厚和自制力之强。具体事例我就不列举了。遥想大家都还年轻时,我们几个都很容易输给好奇心的诱惑,唯有他一直保持着超然自制的态度,让人倍感怀念。由此可见,宫崎骏终究是一个严于律己的人。

眼下是能干的制片人铃木敏夫掌管着吉卜力工作室,当年正是他以编辑的身份将《风之谷》送到了读者面前。他是宫崎骏的坚强后盾,也一肩扛起了与阿宫的"辩证法"互动的任务。没有他,就没有今天的吉卜力。其实铃木敏夫才是讲述宫崎骏的最佳人选,毕竟他们是真正共患难过的关系。也多亏了他,我和阿宫才能一直做朋友,没吵过架。

"烦恼之人"宫崎骏能在司马辽太郎和堀田善卫在世时与他们见上一面，也是值得庆幸的。他的态度并没有拜访黑泽明时那样拘谨和羞涩，而是表现出了某种未经世故的谦虚和共鸣。在《朝日新闻》上刊登的司马辽太郎悼词洋溢着真情，看得我由衷地感到欣慰。听说他在司马先生的葬礼上号啕大哭。或许那几位大前辈在当时很可能处于精神危机的阿宫心里，埋下了另一种理想主义的种子。

一边感叹"人类就是无可救药"，一边变得庄重老成，将希望寄托于未来，过上含饴弄孙的生活，热情地鼓励年轻人，在自然中嬉戏，学习作为一名世界观察者应有的礼节——我越来越觉得，阿宫在未来变成这般模样也并非全无可能。话说最近每次见面，他都会像写随笔那样，平静地向我描述池塘里来了牛蛙，回忆参观全生园① 时的见闻。

---

① 设于东京东村山市的麻风病患者疗养所，详见《折返点》。

编辑/吉野千鹤
资料协助/高畑宫崎作品研究所（代表/叶精二）

爱好（手稿翻译）

我的剪贴簿 第1回 宫崎骏

ぼくのスクラップ 第1回 みやざきはやお

这些都是我想放在影片里，却苦于没有机会，只得在剪贴簿中雪藏至今的飞机。

这也是因为企划没有通过而一直"待机"的一架。

驾驶席 →

机头的武器火力强劲，配备了各种装置，形状酷似斗蛇。

这是一架在夜间偷情来袭的侵略者（不是外星人）侦察机。

Sparviero（食雀鹰）

让人心惊胆战的是飞机尾部的机师席，虽然有安全带，但大多数机师都不肯用。他们总是攀住两根把手，熬过长时间的飞行。

发动机很有特色，我擅自将其命名为"冷动发动机"。内置六个齿轮，带动汽缸交替膨胀收缩，通过机翼的罅缝和下方的喷气口，排出几乎与大气同等温度的高压气体。比起高速飞行，更擅长流畅的滑翔，几乎无声。

独角仙式飞机

这架飞机也一直没有出场的机会，蒙尘十余载。这是一架虫型扑翼机，张开上翅，半透明的振翅便会颤巍巍地打开。

引擎采用脉冲推进器，前后受力的同时发出"突突突"声。原本是专为右边这种飞艇设计的，但这一机体设计被我用在了某部作品中。

这类载具基本只有动不动就抓走女生的反派才会使用。

即便存在同名的真实机械也与之无关

★本插画中出现的所有机械装置均为作者杜撰。©1981 HAYAO MIYAZAKI

《东京电影FC会报》1981年10月号

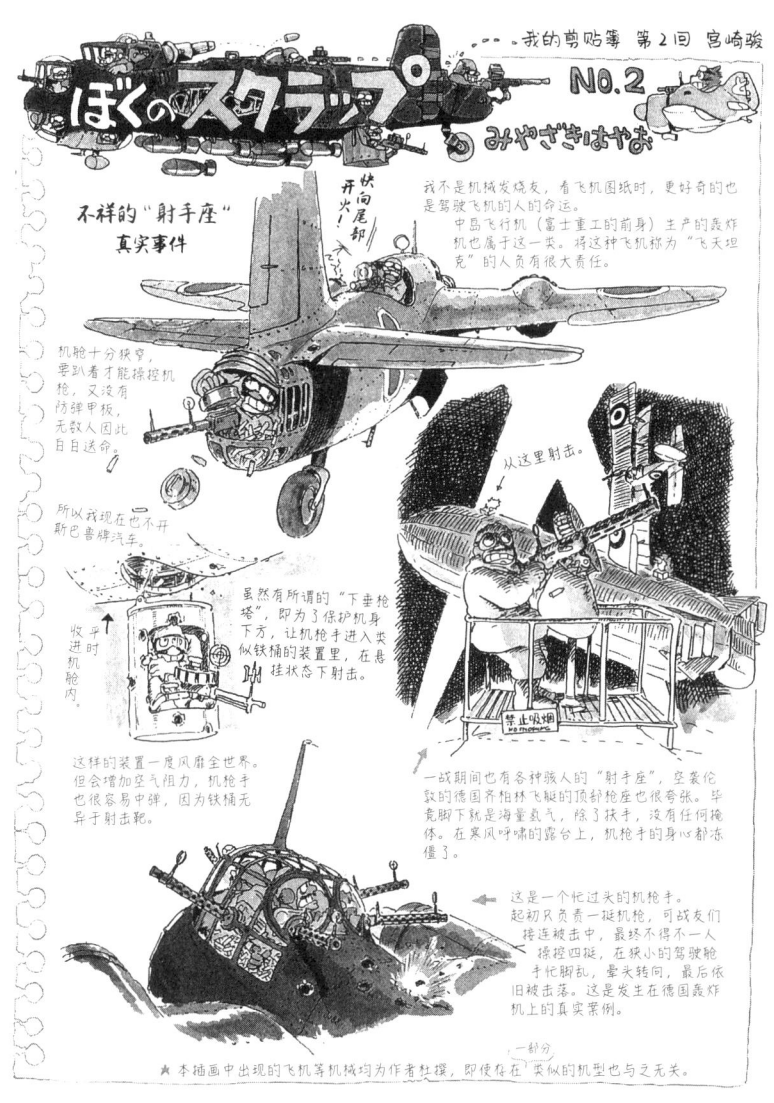

ぼくのスクラップ No.2
みやざきはやお

我的剪贴簿 第2回 宫崎骏

不祥的"射手座"真实事件

伏向尾卸
开火！

我不是机械发烧友，看飞机图纸时，更好奇的也是驾驶飞机的人的命运。中岛飞行机（富士重工的前身）主产的轰炸机也属于这一类。将这种飞机称为"飞天坦克"的人负有很大责任。

机舱十分狭窄，要趴着才能操控机枪，又没有防弹甲板，无数人因此日日送命。

所以我现在也不开斯巴鲁牌汽车。

收进机舱内
水平时

虽然有所谓的"下垂枪塔"，即为了保护机身下方，让机枪手进入类似铁桶的装置里，在悬挂状态下射击。

从这里射击

禁止吸烟

这样的装置一度风靡全世界。但会增加空气阻力，机枪手也很容易中弹，因为铁桶无异于射击靶。

一战期间也有各种骇人的"射手座"。坚装伦敦的德国齐柏林飞艇的顶部枪座也很夸张。毕竟脚下就是海量氢气，除了扶手，没有任何掩体。在寒风呼啸的露台上，机枪手的身心都冻僵了。

← 这是一个忙过头的机枪手。起初只负责一挺机枪，可战友们接连被击中，最终不得不一人操控四挺。在狭小的驾驶舱手忙脚乱，晕失转向，最后依旧被击落。这是发生在德国轰炸机上的真实案例。

一秒分

★ 本插画中出现的飞机等机械均为作者杜撰，即使存在类似的机型也与之无关。

（《东京电影FC会报》1981年11月号）

我的剪贴簿 第3回 宫崎骏

<致歉>

本想写一写坦克,却迟迟动不了笔。在拖延中我渐渐明白,自己已经在不知不觉中对坦克生出了厌恶。所以这篇稿子有点混乱。

别看它现在这副样子,放在五十年前,这可是最新式的坦克。

装甲精英

重装甲骑兵在世界各国都是社会精英。不难想象他们有多蔑视用自己的双脚走在地上的人。

"打扰啦!"

"哇——别过来!"

坚决反战

※ 重装甲骑兵在二十世纪以坦克兵的形式复活。他们是军队中的精英,看看德国军队和以色列军队就知道了。但近来我有发觉得,自己并不是用坦克碾轧别人的一方,而是被碾轧的一方。于是对坦克生出了厌恶,我的剪贴簿也变得坚坚如也。

© 1981 HAYAO MIYAZAKI

(《东京电影FC会报》1981年12月号)

(月刊《Model Graphix》Art Box 1985年10月号）

想要这样的庭院

那个院子总是大门紧闭。透过生锈的门扉，只能看到逐渐没入树丛的石子路。这么大的宅院，究竟住着什么人呢？

城中的一大块空白。一眼望不到头的围墙内好似原始森林。

某日乘车望向窗外，意外发现那座宅院的森林中有个奇怪的黑影！！简直和雷龙一模一样。

我满脑子都是那座庭院，那里肯定藏着不得了的秘密……

后来，我终于在一个夏日清晨鼓起勇气，爬上电线杆翻过了宅院的围墙。

院子里乱得一塌糊涂，到处都是石头做的恐龙。

莲花池里的长颈龙，空无一人的西式建筑。

三角龙在疯长的夏日杂草间倾听蝉鸣……

啊啊，要是我有花不完的钱，就能造一个这样的院子了……

宫崎骏 1984.11.20

(《TAMIYA NEWS》田宫模型编室 1986年1月 Vol.175)

图书在版编目（CIP）数据

出发点 /（日）宫崎骏著；曹逸冰译. -- 海口：
南海出版公司，2025.7. -- ISBN 978-7-5735-0976-5

Ⅰ. I313.65

中国国家版本馆CIP数据核字第2024J761U5号

著作权合同登记号　图字：30-2024-215

Shuppatsuten 1979-1996 (Starting Point 1979-1996)
Copyright © 1996 Hayao Miyazaki
All rights reserved.

©1996 Studio Ghibli Inc.
First published in Japan by Studio Ghibli Inc.
This Simplified Chinese edition published by arrangement with
Studio Ghibli Inc., in care of Tuttle-Mori Agency, Inc., Tokyo

出发点

〔日〕宫崎骏　著
曹逸冰　译

出　　版	南海出版公司　(0898)66568511	
	海口市海秀中路51号星华大厦五楼　邮编 570206	
发　　行	新经典发行有限公司	
	电话(010)68423599　　邮箱 editor@readinglife.com	
经　　销	新华书店	
责任编辑	翟明明　贺　静	
特邀编辑	杨亦桐	
装帧设计	李照祥	
内文制作	田小波	
印　　刷	北京盛通印刷股份有限公司	
开　　本	850毫米×1092毫米　1/32	
印　　张	16.25	
字　　数	500千	
版　　次	2025年7月第1版	
印　　次	2025年7月第1次印刷	
书　　号	ISBN 978-7-5735-0976-5	
定　　价	88.00元	

版权所有，侵权必究
如有印装质量问题，请发邮件至 zhiliang@readinglife.com